Wolfgang Hohlbein
DER WIDERSACHER

BASTEI LÜBBE

Wolfgang Hohlbein

DER WIDERSACHER

Roman

BASTEI LÜBBE

BASTEI-LÜBBE TASCHENBUCH
Band 13871

Erste Auflage: Mai 1997

Taschenbuchausgabe 1997 by
Bastei-Verlag Gustav H. Lübbe GmbH & Co.,
Bergisch Gladbach
Lektorat: Stefan Bauer
Innenillustrationen: Dieter Ziegenfeuter
Umschlaggestaltung: Quadro Grafik, Bensberg
Titelbild: Thomas Kneifer
Satz: Kremerdruck GmbH, Lindlar
Druck und Verarbeitung: Elsnerdruck, Berlin
Printed in Germany
ISBN 3-404-13871-6

Der Preis dieses Bandes versteht sich einschließlich
der gesetzlichen Mehrwertsteuer.

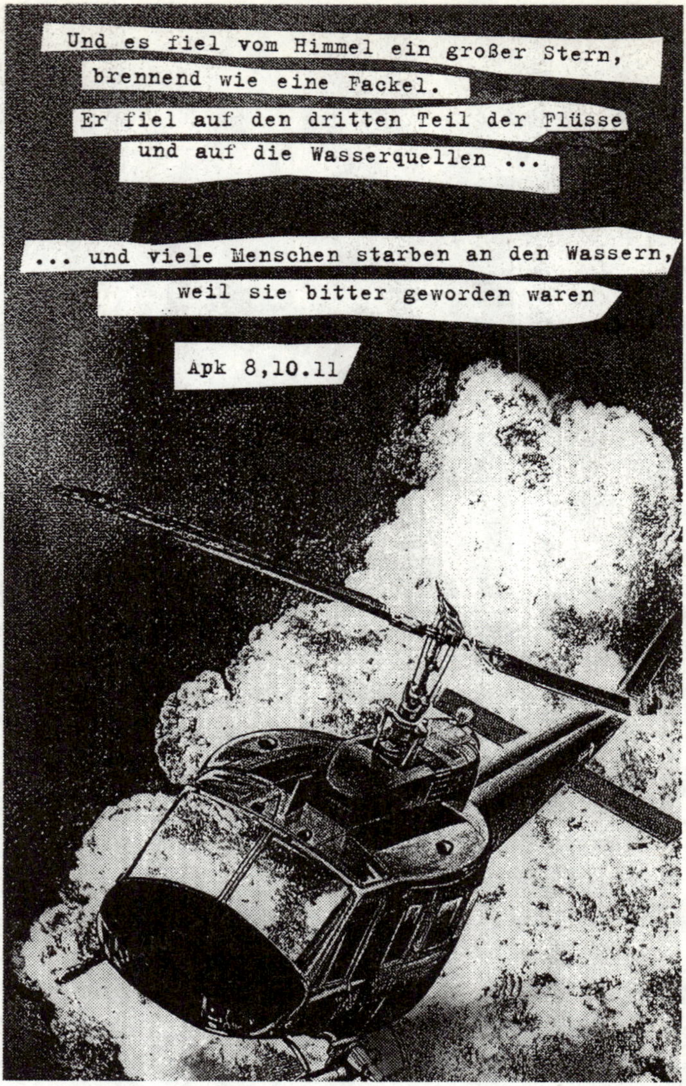
Und es fiel vom Himmel ein großer Stern,
brennend wie eine Fackel.
Er fiel auf den dritten Teil der Flüsse
und auf die Wasserquellen ...
... und viele Menschen starben an den Wassern,
weil sie bitter geworden waren
Apk 8,10.11

Pünktlich mit dem Beginn des Frühlings war der Winter zurückgekehrt. Die ganze Nacht über hatte es geregnet, als probe die Natur für eine neue Sintflut, und mit dem ersten Licht der heraufziehenden Dämmerung – falls man das stumpfe Bleigrau, das in die Wolken zu fließen begann wie graue Tinte in Ballen aus aufgeweichtem schwarzem Löschpapier, Licht nennen wollte – begann der Regen noch kälter zu werden. Kleine, spitze Eisnadeln mischten sich in die schräg vom Himmel stürzenden Wasserschleier, und als die Sonne aufging – ein verwaschener gelber Fleck, nicht ganz rund, mit zerfasernden Rändern und kaum nennenswerter Leuchtkraft –, wurde aus dem Eisregen Schnee und aus dem Morast, in den sich die Wege verwandelt hatten, ein klebriger Sumpf, in dem Eis glitzerte wie hineingestreutes Glas.

Salid haßte dieses Land. Nein – er haßte den Winter, seine Kälte, die jede Bewegung zur Qual machte, und seine Nässe, die einem das Gefühl gab, unter Wasser zu atmen. Das *Land* war ihm egal. Es war ihm so gleichgültig wie seine Menschen oder die Länder und Menschen irgendeiner anderen Region in diesem kalten, nassen Teil der Welt. Er hatte einige von diesen Menschen getötet – Salid hatte nicht Buch geführt, aber er schätzte, daß es eine Zahl irgendwo zwischen dreißig und fünfzig sein mußte, eher mehr als weniger –, aber er hatte keinen von ihnen gehaßt. Die allermeisten hatte er nicht einmal gekannt. Haß war keine gute Kraft. Haß war destruktiv und schädlich, und er zerstörte nur zu oft nicht nur die, gegen die er gerichtet war, sondern auch den, der ihn aufbrachte. Salid Ibn Yussuf, weit besser bekannt unter dem Namen Abu el Mot, mit dem er in ungefähr zwei Dutzend Ländern der westlichen Welt einen guten Platz in der Hitparade der zehn meistgesuchten Terroristen belegte, wußte nicht einmal wirklich, was Haß war. Er hatte ihn nie verspürt, und das war auch gut so. Haß war eine Flamme, die heiß und schnell brannte und sich nicht nur irgendwann unweigerlich selbst verzehrte, sondern auch den Blick für die Realität trübte. Salid hatte zu viele gute Männer für Ziele sterben sehen, die es nicht wert waren. Was *er* tat, tat er aus Überzeugung, und das war eine *gute* Kraft, eine Kraft, die ein Leben lang hielt und ihren Besitzer stärker machte, statt ihn aufzuzehren. Wenn er tötete, dann, weil es getan werden mußte, mit dem gleichen Kalkül und aus den gleichen Beweggründen heraus vielleicht, aus denen ein Schachspieler die Figuren auf seinem Brett bewegte und manchmal opferte. Salid sah das, was er tat, gerne als eine Art großes Spiel an, ein Schachspiel, bei dem sich zwar mehr als zweiunddreißig Figuren auf weit mehr als vierundsechzig Feldern gegenüberstanden, das aber trotzdem nach festen Regeln von Zug und Gegenzug, Aktion und Reaktion gespielt wurde, von Schlagen und Geschlagenwerden. Er war selbst ein ganz guter Schachspieler – nicht überragend, aber ganz passabel –, und er hatte einen gewaltigen Vorteil auf seiner Seite: Er war in einer Position, in der zwar auch er sich an gewisse Regeln zu halten hatte, diese Regeln aber weitestgehend selbst bestimmen konnte – und sie seinen Gegnern aufzwang. Vielleicht war das der Grund, aus dem er so erfolgreich war; zumindest aber der, weshalb er so *gefährlich* war. Salid tötete nicht aus irgendwelchen Gefühlen heraus, sondern mit der Präzision und dem unerbittlichen Desinteresse einer Maschine.

Dabei war Salid alles andere als der typische Terrorist; sofern es in diesem Gewerbe überhaupt eine typische Karriere gab. Er war als einer von drei Söhnen einer wohlhabenden, wenn auch nicht wirklich reichen palästinensischen Kaufmannsfamilie aufgewachsen und hatte in den beiden ersten Jahrzehnten seines Lebens weder existentielle Not noch unerträgliches Unrecht erlebt, zumindest nicht am eigenen Leib. Denn sein Vater hatte es stets verstanden, sich mit beiden Seiten zu arrangieren, den Israelis und der PLO und ihren diversen Splitter- und Konkurrenzgruppen; ja, es war ihm sogar mit dem unnachahmlichen Geschick eines arabischen Händlers, dessen ganze Größe einem Nicht-Muslim niemals klarwerden würde, gelungen, sich und die Seinen unbeschadet durch das Gewirr von familiären, religiösen, politischen, weltanschaulichen, prinzipiellen oder auch einfach nur willkürlichen Verstrickungen, gegenseitigen Verpflichtungen und angezeigten Rücksichtnahmen zu lavieren und dabei auch noch seinen Geschäften nachzugehen. Und – und das war das Erstaunlichste überhaupt – er hatte all dies vollbracht, ohne sich dabei den Groll irgendeiner Seite zuzuziehen. Salid hatte eine Jugend gehabt, um die ihn neunundneunzig Prozent seiner Landsleute beneidet hätten: Geld, Frauen, Reisen – nichts von alledem im Überfluß, aber niemals so wenig, daß er irgend etwas entbehrt hätte – und Leere. Eines Morgens war er in einem billigen Hotelzimmer in Tel Aviv aufgewacht, hatte den im Schlaf zusammengerollten Körper der billigen Prostituierten neben sich betrachtet und den Nachgeschmack des billigen Whiskys auf der Zunge verspürt und sich gefragt, ob das alles war, was er von seinem Leben erwartete: alles möglichst *billig* zu bekommen. Manchmal, wenn er darüber nachdachte, wieso sich sein Leben so radikal anders entwickelt hatte als das seiner beiden Brüder und all seiner Jugendfreunde, glaubte er, daß die Entscheidung an jenem Morgen gefallen war. Es hatte noch lange gedauert, ehe irgend etwas geschehen war – Jahre, um genau zu sein –, aber an diesem Morgen war der erste Stein ins Rollen gekommen: ein winziger Kiesel, so klein, daß man nicht einmal ein Klicken hörte, und doch groß genug, um eine Lawine auszulösen.

Salid fuhr sich mit der linken, von gleich zwei Handschuhen gegen die beißende Kälte geschützten Hand über das Gesicht und verzog die Lippen, als er Eis in seinem Bart spürte. Salid war, zumindest nach mitteleuropäischen Maßstäben, ein gutaussehender Mann; ein Umstand, den er sich schon mehr als einmal zunutze hatte machen können. Seine Freunde behaupteten, er sehe aus wie Omar Sharif in seinen besten Tagen. Seine Feinde bestritten dies nicht, versäumten aber niemals, hinzuzufügen, daß ihm sowohl Sharifs Charme als auch seine weltmännische Art abgingen, sein Blick aber dafür verschlagen wie der einer Ratte sei. Im Moment fühlte er sich jedoch allerhöchstens wie eine *erfrorene* Ratte.

Dabei kam ihm und dem halben Dutzend anderer, die seit dem vergangenen Abend hier saßen und um die Wette froren, der plötzliche Wetterumschwung nur recht. Kälte und Regen hatten auch die letzten Spaziergänger aus der ohnehin einsamen Gegend verscheucht, und niemand, der seine fünf Sinne beisammen hatte, würde ohne wirklich zwingenden Grund mit einem Wagen hierherkommen. Der einzige, auf keiner Karte eingezeichnete Weg, der zu dem stacheldrahtumzäunten – und ebensowenig auf einer Karte zu findenden – Camp zweieinhalb Kilometer entfernt führte, war schon bei gutem Wetter eine Marterstrecke. Aufgeweicht und halb weggespült, wie er jetzt war, grenzte es an Tollkühnheit, ein Fahrzeug hierher zu lenken, das sich nicht auf Ketten oder besser gleich Schwimmkufen bewegte.

Salid und die fünf anderen waren zu Fuß gekommen, vor mehr als zwölf Stunden. Sie würden nicht zu Fuß wieder gehen, zumindest nicht auf dem gleichen Weg, auf dem sie gekommen waren, denn sie hatten eine Überraschung in Form einer acht Pfund schweren Splittergranate im eisigen Morast des Waldweges zurückgelassen; nur für den fast – aber eben nur *fast* – ausgeschlossenen Fall, daß irgend jemand doch auf die Idee kommen sollte, Stoßdämpfer und Achsen seines Wagens einem besonderen Härtetest zu unterziehen. Wenn ja, würde er anders ausfallen, als ihm lieb war. Auf jeden Fall erheblich kürzer.

Die sechs Männer boten im Moment keinen sehr guten Anblick. Ihre pelzgefütterten Parkas waren dunkel und schwer vor Nässe und die Gesichter gerötet vor Kälte, aber zugleich auch blaß, denn keiner von ihnen hatte in der zurückliegenden Nacht mehr als eine Stunde geschlafen. Die gefleckten Tarnhosen, die sie trugen und deren beabsichtigter Effekt sich mit der ersten Schneeflocke ins Gegenteil verkehrt hatte, waren mit Morast bespritzt und so steif, daß sie bei jeder Bewegung wie Stanniolpapier knisterten. Trotzdem war Salid zufrieden: Der Regen hatte alle Spuren weggespült, und der Schnee, der seit einer halben Stunde fiel, deckte nun auch die Asche des kleinen Feuers zu, das sie angezündet hatten; sorgsam so abgedeckt, daß kein noch so schwacher Lichtschein ihre Gegenwart verraten konnte.

Das einzig Saubere an ihnen waren die Waffen: vier russische Kalaschnikows, ein amerikanisches M16 und Salids umgebautes G3-Gewehr, eine deutsche Präzisionswaffe, die er nachträglich mit einem selbstgebastelten, aber höchst effektiven Schalldämpfer und einem Nachtsichtgerät versehen hatte. Das war eine Eigenheit von Salid; eine der wenigen Schwächen, die er sich erlaubte: Er benutzte stets die Waffen derer, gegen die er kämpfte. Wenn sie seinen Ansprüchen nicht entsprachen, so verbesserte er sie eben. Salid war auch der einzige, der die Kapuze seines Parkas nicht hochgeschlagen hatte, sondern trotz der beißenden Kälte barhäuptig dasaß und sich nicht einmal die Mühe machte, das Gesicht aus dem Wind zu drehen, und das, obwohl er von allen hier vielleicht am meisten unter der Kälte litt.

»Sie kommen.«

Salid hob den Kopf, blinzelte aus rotgeränderten Augen nach Süden und griff dann ungeschickt nach dem Funkgerät, das neben ihm an einem Baum lehnte. Er stieß es um. Salid fluchte leise in seiner Muttersprache und zerrte den Fäustling mit den Zähnen herunter. Darunter kam das schwarze Leder eines zweiten Handschuhs zum Vorschein, mit dem er nach dem Gerät griff und es an der Antenne aus dem Schlamm zog, in den es gefallen war. Umständlich wischte er es an seiner Jacke sauber und drückte die Sprechtaste.

»Meute an Leitwolf. Wiederholen.« Seine Stimme klang so, wie sein Gesicht aussah: Beides vergaß man nie wieder wirklich, wenn man ihm einmal begegnet war. Er sprach ein so akzentfreies Deutsch, als wäre er in diesem Land aufgewachsen – aber das galt für das halbe Dutzend anderer Sprachen, das er beherrschte, genauso.

»Sie kommen«, wiederholte die Stimme aus dem Funkgerät. »Eine halbe Stunde zu früh, aber sie sind es. Sind gerade an mir vorbeigefahren. Sie fahren ziemlich schnell.«

Ein Stirnrunzeln erschien auf Salids Gesicht. Er mochte es überhaupt nicht, wenn sich jemand nicht an die Spielregeln hielt – und die besagten eigentlich, daß der Wagen erst in gut dreißig Minuten hier sein sollte; eher später, wenn man den plötzlichen Wettersturz bedachte. Eine Sekunde lang blickte er das Funkgerät ärgerlich an. Dann nickte er, stand mit einer fließenden Bewegung auf und sagte: »Gut. Bleib, wo du bist, und halt die Augen offen.«

Er schaltete ab und ließ das Sprechgerät in der Jackentasche verschwinden. Seine Bewegung hatte die anderen aufsehen lassen, und sie mußten sowohl seine Worte als auch die andere Hälfte des Gespräches verstanden haben, die aus dem Funkgerät gekommen war. Trotzdem sahen sie ihn nur an, bis er eine Handbewegung machte. »Es geht los.«

Die Männer reagierten mit einer Präzision, die jahrelangen militärischen Drill verriet. Rasch und ohne ein überflüssiges Wort ergriffen sie ihre Waffen, löschten ihre Zigaretten im Schnee und steckten die Kippen ein. Ihre Bewegungen waren schnell, aber ein wenig ungelenk. Die Nacht in Kälte und Schnee hatte sie Kraft gekostet und ihren Muskeln die Geschmeidigkeit genommen. Aber Salid wußte, daß sie so präzise und tödlich wie programmierte Maschinen funktionieren würden, wenn es soweit war. Sehr viel mehr waren sie in seinen Augen auch nicht.

Beinahe lautlos verließen sie den Platz, an dem sie die Nacht zugebracht hatten, ohne mehr Spuren als ein paar Abdrücke im feuchten Boden und die erloschene Feuerstelle zurückzulassen. Regen und Schnee würden dafür sorgen, daß niemand etwas damit anfangen konnte.

Sie bewegten sich ungefähr hundert Meter weit durch den verschneiten Wald, ehe Salid als erster den Weg erreichte und anhielt. Er griff in die Tasche, zog ein kleines Kästchen mit einer einzelnen roten Taste und einem ebenfalls rot leuchtenden Lämpchen heraus und drückte den Schalter.

Das Licht wurde grün. Die Granate war jetzt nicht mehr scharf. Aus eng zusammengekniffenen Augen spähte er den Weg hinab. Die Bäume standen hier besonders dicht. Regen und Schnee hatten die Äste schwer werden lassen, so daß sie sich wie die Kuppel eines grünweiß gefleckten Domes über dem Waldweg schlossen und das Licht fast vollständig wegfilterten. Wie immer nach einem heftigen Schneefall war es sehr still, so daß das Motorengeräusch des näher kommenden LKWs beinahe schon überdeutlich zu hören war, lange, ehe der Wagen selbst in Sicht kam. Er mußte noch weit hinter der nächsten Biegung des Weges sein.

Salid entsicherte sein Gewehr und ließ sich auf ein Knie sinken. Er bewegte ein paarmal das linke Bein, bis sein Knie eine flache Kuhle in den Schnee und den darunterliegenden Matsch gewühlt hatte, in der es sicher ruhte. Dann richtete er den Lauf der Waffe auf die Stelle, an der der LKW auftauchen mußte. Er zielte freihändig, trotz der mehr als zwanzig Pfund, die die Waffe mitsamt ihrer Zusatzausstattung wog. Zweimal mußte er umgreifen. Das G3 war ein wenig kopflastig geworden, so daß es einige Sekunden dauerte, ehe der Lauf mit dem klobigen Schalldämpfer-Aufsatz zu zittern aufhörte.

Ganz langsam kam das Motorengeräusch näher. Eine halbe Minute verging, dann eine, zwei ... Schließlich tauchte der Wagen hinter der Biegung auf: ein schwerer Armee-Laster in Nato-Oliv, die gefleckte Tarnplane über der Ladefläche dunkel und eingebeult vom Wasser, das sich darauf gesammelt hatte. Die Scheibenwischer arbeiteten rasend und gleichmäßig, um die geteilte Frontscheibe sauber zu halten, aber die Gestalten der beiden Männer im Führerhaus waren trotzdem nur als verschwommene Umrisse zu erkennen. Selbst die großen Zwillingsreifen des Fahrzeuges hatten Mühe, auf dem aufgeweichten Boden Halt zu finden. Der Laster schaukelte wild von einer Seite zur anderen; manchmal drehten die Räder durch und schleuderten kleine Dreckfontänen hoch. Der Motor heulte protestierend, denn der Fahrer quälte den Wagen im ersten oder zweiten Gang über den Weg, um überhaupt noch von der Stelle zu kommen.

Weißer Dampf quoll aus dem Kühlergrill, wie der Atem eines alt gewordenen Drachen, der sich schnaubend durch sein verzaubertes Reich quälte.

Das G3 senkte sich um eine Winzigkeit. Salids Finger krümmte sich um den Abzug, fand den Druckpunkt und verharrte noch einmal. Als der Wagen noch zehn Meter entfernt war, zog er durch, zweimal hintereinander und so schnell, daß er kaum Zeit fand, den Gewehrlauf zwischen den beiden Schüssen um Millimeter zu schwenken. Das doppelte, leise *Pfffhump* der Schüsse ging vollkommen im Dröhnen des Motors unter.

Zwei oder drei Sekunden lang geschah gar nichts. Der Wagen grub sich einfach weiter auf wühlenden Rädern durch den Schlamm, wie ein stöhnendes Ungeheuer, das durch nichts zu stoppen war; dann brach er plötzlich aus, stellte sich quer und kippte fast um. Der Motor heulte schrill und protestierend, beruhigte sich wieder und tuckerte im Leerlauf weiter. Weißer Rauch quoll aus den rostzerfressenen Auspuffrohren und begann auf den Weg herabzusinken.

Salid hob seine Waffe ein wenig. Der Lauf deutete jetzt auf einen der verschwommenen Schatten hinter der Windschutzscheibe. Er bewegte sich. Aus dem Inneren des Lasters erscholl ein wütendes *»Goddam!«*, dann flog die Beifahrertür auf, und eine Gestalt in einer dunkelgrünen Uniform sprang aus dem Wagen – um prompt bis über die Knöchel im Morast zu versinken. Noch immer wütend vor sich hin fluchend, zerrte der Mann die Füße aus dem Morast, hielt sich mit der linken Hand am Kühler des Lasters fest und stapfte, nach vorne gebeugt, als kämpfe er gegen einen nicht vorhandenen Sturm, um den Wagen herum.

Ein dritter, noch lauterer Fluch kam über seine Lippen, als er die beiden geplatzten Vorderreifen sah. Mit einem ärgerlichen Schnauben ging er in die Knie, legte beide Hände um das Rad und zerrte sinnlos daran.

Das G3 gab ein weiteres, gedämpftes *Pfffhump* von sich, und in der Windschutzscheibe des Wagens erschien ein daumennagelgroßes Loch, eingewoben in ein Spinnennetz winziger ineinanderlaufender Risse und Sprünge. Der verschwommene Schatten dahinter machte einen Satz und sank in sich zusammen. Alles ging so schnell und leise, daß der Soldat auf der anderen Seite des Wagens es nicht einmal merkte.

Es hätte ihm auch nichts genutzt.

Der Lauf des G3 schwenkte herum, schob sich ein wenig weiter vor, verharrte – und gab zum viertenmal dieses leise, tödliche Geräusch von sich. Der Soldat sank in der Hocke nach vorn, prallte mit dem Gesicht gegen den Reifen und kippte zur Seite.

Seit den ersten beiden Schüssen war nicht einmal eine Minute vergangen.

Salid richtete sich auf, trat an die Fahrertür und riß sie auf, den Lauf seiner Waffe schräg nach oben gerichtet. Aber da war nichts mehr, worauf er hätte schießen müssen. Der Fahrer – ein junger Bursche von allerhöchstens zwanzig Jahren – hing zusammengesunken über dem Lenkrad. Auf seinem Gesicht lag ein durch und durch erstaunter Ausdruck, aber kaum Schmerz. Das kleine, runde Loch zwischen seinen Augen blutete nicht einmal sehr stark. Dafür war sein Hinterkopf praktisch nicht mehr vorhanden. Die doppelt faustgroße Wunde in der Schädeldecke des Toten dampfte in der Kälte.

Salid warf die Waffe über den Toten hinweg auf den Beifahrersitz, zerrte den Leichnam aus dem Wagen und durchsuchte rasch dessen Taschen. Er fand einen kleinen, in Plastik eingeschweißten Ausweis, den er an sich nahm. Zwei seiner Begleiter ergriffen den Toten und schleiften ihn in den Wald, gerade weit genug, daß er vom Weg aus nicht sofort gesehen werden konnte. Es war überflüssig, die Leichen gut zu verstecken. Alles, was sie brauchten, war eine halbe Stunde.

Der Rest der Aktion verlief so schnell und präzise, wie sie sie geübt hatten: Die beiden Toten verschwanden im Wald, während zwei der Angreifer große, an Feuerlöscher erinnernde Stahlflaschen brachten, aus denen eine Mischung aus Preßluft und schnelltrocknendem Schaumstoff in die zerschossenen Reifen zischte. Der Wagen richtete sich schaukelnd wieder auf, noch immer mit ein wenig Schlagseite, aber für den Rest der kurzen Strecke fahrbereit. Die Preßluftflaschen verschwanden auf der Ladefläche, und einer der Männer trat an das Führerhaus und brach den Scheibenwischer über der zerschossenen Scheibe mit einem kurzen, harten Ruck ab, ehe er auf den Beifahrersitz kletterte und die Tür hinter sich zuzog. Dreißig Sekunden später war der letzte der verbliebenen vier Angreifer unter der Plane verschwunden.

Der Motor des Lasters heulte auf. Schaukelnd setzte das schwerfällige Fahrzeug zurück, grub sich selbst aus dem Morast heraus und richtete die Schnauze wieder in seine ursprüngliche Richtung. Seit dem ersten Schuß waren knapp zwei Minuten vergangen.

Salid hatte sich aus Parka und Tarnhosen geschält, während die anderen die Spuren des Überfalls verwischten. Darunter war die dunkelblaue Uniform eines Staff-Sergeants der US-Air-Force zum Vorschein gekommen. Das G3 lag entsichert über seinen Knien und schaukelte wild hin und her, während er Gas- und Kupplungspedal des zwanzig Jahre alten Ford betätigte. Seine linke Hand fuhr über Gesicht und Kinn und entfernte den weißen Schimmer aus seinem Bart. Seine Augen waren zu schmalen Schlitzen zusammengepreßt. Er sah nicht viel durch die zerschossene Scheibe, denn der Schnee fiel immer heftiger, und das abgebrochene Ende des Scheibenwischers schien ihm spöttisch zuzuwinken. Er war nervös. Alles war bisher genau nach Plan verlaufen, er hatte keinen Grund, nervös zu sein, aber er *war* nervös, und diese Nervosität allein war Grund genug, ihn noch nervöser zu machen. Irgend etwas stimmte nicht. Er wußte nicht, was es war, er konnte sich nicht einmal *denken*, was es war, aber da *war* etwas; so deutlich, daß er es fast anfassen konnte.

Der Wagen rollte noch zehn oder zwölf Meter weit den Berg hinab, ehe die Reifen auf dem hartgefrorenen Randstreifen zu rumpeln anfingen und Brenner behutsam auf die Bremse tippte. Er verlor dadurch mit Sicherheit fünf oder sechs Meter, vielleicht sogar mehr, denn die Straße verlief noch ein gutes Stück weit abschüssig, aber das Risiko, daß die Reifen auf dem Gemisch aus Schnee und angefrorenem Matsch den Halt verloren und der Mitsubishi sich querstellte oder gar ins Schleudern kam, war zu groß. Diese fünf oder sechs Meter ärgerten ihn ungemein – obwohl er sich gleichzeitig sagte, was für ein Unsinn das war. Er hatte fünf oder sechs *Kilometer* Fußmarsch vor sich – wenn er Glück hatte. Wenn nicht, konnten es auch gut zehn werden. Bei eisigem Schneefall, noch eisigerem Wind, mit leichten Sommerschuhen und nur in Jacke und Hose. Brenner dachte mit einem lautlosen Seufzen an Mantel und Handschuhe, die er in seinem Hotelzimmer in Frankfurt vergessen hatte. Das hieß – genaugenommen hatte er sie gar nicht *vergessen*. Er hatte sie auf seinem Zimmer liegenlassen und sich schon auf dem Weg in die Tiefgarage daran erinnert, daß der Winter in den letzten beiden Tagen zurückgekehrt war, und die Wahrheit war, daß er schlicht zu *faul* gewesen war, noch einmal hinaufzufahren und sie zu holen. Schließlich hatte sein Wagen eine gut funktionierende Heizung. Und einen fast leeren Tank. Aber die Strecke, die er zu fahren hatte, betrug kaum hundert Kilometer, und so war er im Vertrauen auf Gott und die Eurocard-Gesellschaft um halb sechs Uhr morgens losgefahren.

Einer von beiden hatte ihn im Stich gelassen.

Brenner hatte zu spät begriffen, daß er mit der kleinen Bequemlichkeit, nicht noch einmal in den Aufzug zu steigen und seinen Mantel zu holen, eine Kettenreaktion in Gang gesetzt hatte, an deren Ende ein möglicherweise stundenlanger Spaziergang durch den verschneiten Taunus stand. In seinem Mantel befanden sich nämlich nicht nur die Handschuhe, sondern auch seine Brieftasche mit sämtlichen Papieren, Schecks und dem allergrößten Teil seines Bargeldes. Brenner hatte in dem schmalen Portemonnaie, das er in der Gesäßtasche trug, nichts als seine goldene Eurocard und etwas über sieben Mark in bar gefunden. Fünf davon hatte er für Zigaretten ausgegeben, und was die Kreditkarte anging – *Wenn Sie mit der Eurocard zahlen, zeigen Sie, daß Sie gut mit Geld umgehen können. Ha, ha, ha!* –, war sie nicht das Plastik wert, auf das sie gedruckt war. Bei der ersten Autobahntankstelle, an der er vorbeigekommen war, war der Kartenautomat kaputt gewesen; die zweite hatte das Ding erst gar nicht angenommen. Und der Tankanzeiger war unerbittlich weiter gesunken. Schließlich hatte er die Autobahn verlassen, um eine Tankstelle zu suchen, die Kreditkarten akzeptierte, oder eine Bank oder irgendein Postamt, auf dem er mit diesem verfluchten Scheißding Geld bekommen konnte.

Und damit hatte die Katastrophe erst richtig begonnen. Er hatte keine Tankstelle gefunden. Eine Bank oder ein Postamt auch nicht. Genaugenommen nicht einmal eine Stadt. Seit er die Autobahn verlassen hatte, mußte er sich in irgendeinem unbekannten – und vor allem *unbewohnten* – Land befinden, denn er hatte nicht ein einziges Schild gesehen. Kein Hinweis auf die Autobahn, keine Bundesstraßen-Schilder, keine Ortsschilder – geschweige denn ein *Ort* –, nichts. Er mußte durch eine Art Dimensionsfalte oder so etwas gerutscht sein, dachte er, die ihn auf eine Parallelwelt geführt hatte, auf der es Bäume und Straßen und Schnee gab, aber keine Menschen. Und kein Benzin. Der Tank war leer, basta. Die Anzeige stand schon seit gut fünf Minuten *unter* Null.

Trotzdem griff er nach dem Zündschlüssel, drehte ihn herum und versuchte den Motor zu starten. Das Ergebnis war genau so, wie er erwartet hatte: Der Anlasser drehte sauber und schnell durch, aber der Motor des Space-Wagon tuckerte nicht einmal. Im Tank mußte mittlerweile so etwas wie Vakuum herrschen.

»Was wird das, wenn es fertig ist?« fragte Astrid stirnrunzelnd. »Willst du die Batterie leerorgeln?«

Brenner ließ gehorsam den Zündschlüssel los, aber er widerstand der Versuchung, das dunkelhaarige Mädchen auf dem Beifahrersitz anzusehen oder gar etwas zu sagen, was ihm wahrscheinlich im gleichen Moment schon selbst leid täte. Der zweite große Fehler an diesem Tag: Er nahm normalerweise nie Anhalter mit. Aber das Mädchen hatte ihm einfach leid getan, wie es dagestanden hatte, zitternd vor Kälte, den winkend erhobenen Daumen ebenso blaugefroren wie die Lippen und mit Augen, die so groß und dunkel wie die eines verschreckten Rehs waren. Mittlerweile waren sie schmaler geworden und ihr Blick sehr viel härter. Das Mißtrauen darin war selbst mit einer gewaltigen Portion guten Willens nicht mehr zu übersehen. Während der letzten Minuten war ihre rechte Hand immer öfter in die Jackentasche geglitten und hatte an irgend etwas darin herumgefingert. Brenner vermutete, daß sie eine Spraydose mit Tränengas, ein Messer oder irgendeinen anderen Blödsinn darin trug. Blöde Kuh. Er konnte sie verstehen; das Leben einer Anhalterin, zumal wenn sie so jung und attraktiv war, barg gewisse Risiken. Aber trotzdem: blöde Kuh.

»Sieht so aus, als wäre der Sprit alle«, sagte er lahm.

»Ja, so sieht es aus.« Astrid nickte. Ihre Hand schloß sich fester um das, was immer sie in der Jackentasche trug.

»Der Tank ist *wirklich* leer«, sagte Brenner. Seine Stimme klang gereizt. Astrid schien sich nicht darüber im klaren zu sein, daß er sich in einer Stimmung befand, in der er nur nach jemandem suchte, an dem er seine schlechte Laune auslassen konnte. »Was glaubst du eigentlich, wonach ich in den letzten zehn Minuten verzweifelt gesucht habe?«

Das Mädchen war klug genug, nicht zu antworten. Aber sein Blick sprach Bände. Brenner zerrte mit einer wütenden Bewegung den Zündschlüssel aus dem Schloß und rammte ihn regelrecht in die Jackentasche. Er hatte Scheibenwischer und Licht ausgeschaltet, und die Windschutzscheibe war schon zur Hälfte zu; bedeckt von einer millimeterdünnen Schicht aus Eis, das in kleinen Stücken abwärts rutschte und dabei einen dünnen Film auf dem Glas hinterließ, der sofort wieder gefror. Die Heizung hatte im gleichen Moment, in dem er den Schlüssel abzog, aufgehört, einen Strom warmer Luft in den Wagen zu pusten, und obwohl Brenner ganz genau wußte, daß es unmöglich war, glaubte er die Kälte bereits zu spüren, die in den Wagen kroch.

»Sieht so aus, als würden wir laufen müssen«, sagte er.

»Wir?« Astrid zog die rechte Hand aus der Tasche, und Brenner versteifte sich für eine halbe Sekunde. In der nächsten Sekunde kam er sich reichlich dämlich vor. Astrid zog eine Packung Marlboro und ein Bic-Feuerzeug aus der Jacke, bediente sich und zuckte wortlos die Achseln, als sie ihm die Packung hinhielt und er ablehnte.

»Wieso wir?«

»Ich habe keine Ahnung, wie lange ich bis zur nächsten Tankstelle brauche«, antwortete er. »Vielleicht Stunden. Du würdest erfrieren, wenn du im Wagen bleibst. Es kann verdammt kalt werden.«

Astrid ließ ihr Feuerzeug aufflammen und nahm einen tiefen Zug aus ihrer Zigarette. Der Rauch stieg ihr in die Augen und ließ sie tränen. »Warum warten wir nicht einfach?« fragte sie, während sie sich mit den Fingerknöcheln der freien Hand über die Augen fuhr und ein Husten unterdrückte. »Irgendwann kommt schon ein Wagen vorbei, den wir anhalten können.«

»Bist du sicher?« Brenner deutete auf die unversehrte Schneedecke, die sich über die Straße vor ihnen ausgebreitet hatte. Man sah nicht einmal, wo die Straße aufhörte und der schmale Randstreifen vor dem Wald begann. »Die Gegend hier sieht nicht sehr belebt aus.« Er schüttelte den Kopf, biß die Zähne zusammen und öffnete die Tür, ehe er noch Zeit fand, es sich vielleicht anders zu überlegen. Die Kälte war nicht ganz so schlimm, wie er erwartet hatte, aber sie war schlimm genug, und sein Körper betrog sich im Moment selbst. Die gespeicherte Wärme würde nicht allzulange vorhalten.

Die in seinem linken Fuß hielt nur ungefähr eine Sekunde, genau so lange nämlich, wie er brauchte, um das Bein aus dem Wagen zu schwingen und den Fuß auf den Boden zu setzen; genauer gesagt, in die beinahe knöcheltiefe Pfütze, über der er den Wagen zielsicher zum Stehen gebracht hatte. Das Wasser, das durch seinen Strumpf sickerte und in einem halben Dutzend winziger Katarakte in seinen Schuh stürzte, war so kalt, daß es weh tat. Brenner biß die Zähne zusammen und widerstand sogar der Versuchung, den Fuß wieder zurückzuziehen. Statt dessen suchte er sich wenigstens für den anderen Fuß einen trockenen Platz, stemmte sich mit weit durchgedrückten Armen und einer schon beinahe grotesken Bewegung völlig ins Freie und humpelte um den Kombi herum.

Um es kurz zu machen: Der Reservekanister glänzte durch die gleiche Eigenschaft wie sein Mantel, die Handschuhe und die Brieftasche – durch Abwesenheit. Gut. Mußte er das blöde Ding wenigstens nicht bis zur nächsten Tankstelle schleppen.

Astrid war aus dem Wagen gestiegen und wühlte in ihrem aufgeklappten Jeans-Rucksack herum, den sie auf der Motorhaube des Space abgestellt hatte. Brenner verbiß sich die Frage, was die Schnallen des Rucksacks dem Lack des Wagens antun mochten, drückte statt dessen die Tür zu und schloß ab. Astrid musterte ihn spöttisch aus den Augenwinkeln und begann etwas Graues, Unförmiges aus dem Rucksack herauszuzerren.

»Hast du Angst, daß jemand mit einem Benzinkanister kommt und ihn stiehlt?« fragte sie.

»Ich hab' ein Radio im Wagen«, knurrte Brenner. »Was tust du da?«

Das graue Monstrum entpuppte sich als Strickpullover, den Astrid bequem als Nachthemd hätte tragen können und der auch Brenner noch um schätzungsweise acht Nummern zu groß war. Sie zerrte ihn mit einem unwilligen Ruck vollends ins Freie, wobei sich allerdings auch ein Teil des restlichen Rucksackinhaltes selbständig machte und in den Schnee und auf die Motorhaube herabfiel. Brenner *wußte* jetzt, was sie dem Lack des Wagens antat.

»Hier. Zieh das an«, sagte sie, während sie sich nach ihren Habseligkeiten bückte.

Brenner zögerte nur einen wirklich winzigen Moment. Der Pullover sah zwar scheußlich aus, aber das Wärmereservoir seines Körpers war bereits aufgebraucht. Wenn er vor der Wahl stand, sich lächerlich zu machen oder sich eine Lungenentzündung zu holen, zog er ein paar Lacher auf seine Kosten immer noch vor.

Er schlüpfte in den Pullover und half dem Mädchen, seinen Rucksack wieder zu packen – und dabei die Motorhaube endgültig zu ruinieren –, dann marschierten sie los. Die Straße verlief leicht abschüssig gute hundert Meter weit bis zur nächsten Biegung und stieg dann ebenso sanft wieder an, bis sie nach zwei- oder dreihundert Metern hinter einer weiteren Biegung verschwand. Und der nächsten. Und der nächsten.

»Wohin, zum Teufel, führt diese beschissene Straße?« fragte Astrid, nachdem sie mindestens eine halbe Stunde lang schweigend nebeneinander hergelaufen waren. »Nach Sibirien?«

In ihrer Stimme war noch immer der gleiche aggressive Ton, der Brenner in den ersten zehn Minuten ihrer Bekanntschaft irritiert und ab der elften geärgert hatte. Brenner war vielleicht noch nicht alt genug, um ihr Vater zu sein, aber mit seinen fünfunddreißig Jahren entschieden *zu* alt, um sehr viel Verständnis für das Benehmen einer allerhöchstens sechzehnjährigen Möchtegern-Punkerin aufzubringen, die gerade ihre nachpubertäre Phase durchlebte – die, in der sie sich vergebens fragte, wieso eigentlich noch nicht die ganze Welt gemerkt hatte, daß sie als einzige wußte, wie der Hase lief.

»Ich habe keine Ahnung«, sagte er nach einer Weile. Sein Fuß tat weh. Er hatte keine Lust zu reden, und die Kälte hatte das Maß des Erträglichen längst überschritten und wurde immer quälender. Ohne den Pullover wäre er längst erfroren. Trotzdem fragte er sich immer mehr, warum er sie überhaupt mitgenommen hatte und ob es wirklich eine so gute Idee gewesen war.

Astrid unterstrich diese Zweifel noch, indem sie fragte: »Hast du keine Karte?«

»Doch«, antwortete Brenner knurrig. »Sogar eine ganz besonders gute. Den ADAC-Straßenatlas, neueste Ausgabe.«

»Im Handschuhfach?«

»In der Seitentasche«, gestand Brenner. »Griffbereit, auf der Fahrerseite.«

Astrid lachte, und obwohl er sich über ihre Frage – genauer gesagt: den Umstand, daß sie ihn nötigte, schon wieder einen Fehler zuzugeben – ärgerte, löste dieses Lachen die verbissene Spannung ein wenig, zumal es Astrid war, die plötzlich und unerwartet einlenkte: »Irgendwann muß ja schließlich eine Stadt kommen. Oder wenigstens ein Schild. Hast du eine ungefähre Ahnung, wo wir sind?«

»Nicht die geringste«, gestand Brenner. »Ich habe einfach die erstbeste Ausfahrt genommen.« Er zog eine Grimasse. »Irgend jemand hat mir mal erzählt, man bräuchte nur die Autobahn zu verlassen, um früher oder später zu einer Tankstelle zu kommen.«

»Wohl eher später.« Astrid zündete sich eine neue Zigarette an, und diesmal lehnte er nicht ab, als sie ihm die Packung hinhielt. Sie gab ihm im Gehen Feuer. »Bist du blank?« fragte sie plötzlich.

Brenner hatte den Rucksack übernommen, dessen Gewicht sich mittlerweile unangenehm bemerkbar machte. Er wechselte ihn von der rechten auf die linke Schulter, ehe er zwischen zwei Zügen antwortete: »Wie kommst du darauf?«

»Ganz einfach: indem ich mich frage, wieso einer mit fast leerem Tank von einer Raststätte wegfährt, an der man so viel Benzin kaufen kann, wie man will.«

Er erzählte ihr die Geschichte seines vergessenen Mantels und der Lawine unangenehmer Überraschungen, die er ausgelöst hatte, und Astrid nickte mehrmals hintereinander und sehr heftig. »Scheiß-Plastik«, sagte sie inbrünstig. »Dieses Zeug wird uns noch alle ruinieren.«

»Was für ein interessanter Satz«, sagte Brenner. »Wo hast du ihn gelesen?« Astrid sah ihn verwirrt an, und Brenner fuhr fort: »Ich nehme an, du kannst mir erklären, wie du das meinst. Wieso uns das ›Scheiß-Plastik‹ alle noch ruinieren wird.«

Astrids Augen funkelten. »Ach, leck mich doch.«

»Im Moment nicht«, antwortete Brenner. »Zu kalt. Außerdem könnte jemand vorbeikommen, und ich will dich nicht in eine peinliche Situation bringen.«

»Was bist du eigentlich?« fragte Astrid. Sie schien unsicher zu sein, ob sie nun wütend werden sollte oder nicht. »Ein beschissener Bänker oder so was?«

»Ich wollte, ich wäre es«, antwortete Brenner. »Leider. Ich bin nur ein kleiner Versicherungsvertreter, der versucht, den Leuten überflüssige Policen anzudrehen.« Er lachte. »Unter anderem, um sich ein beschissenes Kapitalistenauto leisten zu können, mit dem er dann Anhalterinnen wie dich mitnimmt.«

»Deine Geschäfte müssen ziemlich mies gehen«, konterte Astrid. »Ansonsten hättest du noch ein paar Mark übrigbehalten, um zu tanken.« Sie schnippte ihre Zigarette in den Schnee neben der Straße, griff sofort in die Tasche, um sich eine neue anzuzünden, und steckte die Packung dann mit einem Achselzucken wieder ein. »Bist du wirklich Klinkenputzer?« fragte sie.

»Aquisiteur«, verbesserte sie Brenner in ganz bewußt übertrieben beleidigtem Ton. »Genaugenommen bin ich Regionalinspektor der –«

»Schon gut, ich glaube dir.« Astrid zog eine Grimasse und strich sich mit einer unbewußten Geste eine Strähne ihres schwarzen, schulterlangen Haares aus dem Gesicht. Wenn dieses Haar etwas gepflegter gewesen wäre, überlegte er, und möglicherweise sogar zu einer modischen Frisur geschnitten und wenn sie sich zu einer modernen Brille anstelle dieses John-Lennon-Drahtgestells durchgerungen hätte, hätte sie richtig hübsch sein können. »So geschwollen können nur Klinkenputzer daherquatschen.«

»Warum tust du das?« fragte Brenner.

»Was?«

»Dich so aufführen. Ich meine: Du bist sauer auf mich, weil ich dich in diese Lage gebracht habe, okay. Aber das ist nicht der Grund, nicht wahr? Du warst schon so, als du eingestiegen bist.«

»Und wenn?«

»Ich mache dir keinen Vorwurf. Ich frage mich nur, warum ein Mädchen wie du mitten im Winter durch diese gottverlassene Gegend trampt und jeden anpflaumt, der sie mitnimmt. Schlechte Erfahrungen gemacht?«

»Vielleicht.« Sie wich seinem Blick aus, und der Abstand zwischen ihnen vergrößerte sich wieder; vermutlich, ohne daß sie es selbst merkte.

»Willst du darüber reden?«

»Warum sollte ich?«

»Ganz einfach: weil wir Zeit haben«, antwortete Brenner. Er deutete nach vorne. Die Straße verlief jetzt wieder bergab und auf eine Strecke von mindestens drei oder vier Kilometern praktisch schnurgerade. Die Schneedecke war unversehrt, so weit sie sehen konnten. Es würde ein verdammt langer Spaziergang werden.

Und ein sehr kalter.

Unter normalen Umständen gab es, abgesehen von einem gutgezielten Schwinger oder vergleichbaren Attacken, nicht viel, was McCormacks Magen in Aufruhr versetzen konnte. Aber zusammen mit Styper in irgendein Fahrzeug zu steigen, das sich mit Motorkraft bewegte, das war *per se* schon ein wagemutiger Akt. Zusammen mit ihm in irgend etwas zu sitzen, das *flog*, grenzte an Tollkühnheit. Und neben Styper in einem *Apache* zu sitzen, nun, das waren Umstände, die ganz und gar nicht mehr normal waren.

McCormacks Magen hatte gerade aufgehört zu revoltieren, als Styper den Helikopter warnungslos in die nächste siebeneinhalbfach gedrehte Korkenzieherspirale warf – das war seine Version einer Rechtskurve – und dabei ein Indianergeheul anstimmte, das selbst Sitting Bull vor Neid hätte erblassen lassen. McCormack keuchte vor Schrecken, als er in die Sitzgurte geworfen wurde, und sein Magen sprang mit einem Satz bis in die Kehle hinauf und klopfte von innen gegen seine zusammengebissenen Zähne.

»Styper!« keuchte er. »Sind Sie denn wahnsinnig geworden?«

»Captain?« Styper grinste so breit, daß seine Mundwinkel fast unter dem futuristisch anmutenden Helm verschwanden. Der Helikopter kippte zur anderen Seite und vollführte ein Manöver, das McCormack vorkam wie eine dreifach ineinandergeknotete Moebius-Schleife.

»Leutnant Styper! Hören Sie sofort mit dem Unsinn auf!« stöhnte McCormack. Er hätte Styper liebend gerne angeschrien, aber er wagte es nicht, aus Angst, bei dem bloßen

Versuch sein Frühstück über das Instrumentenbord zu verteilen. »Halten Sie die Maschine an!«

»Zu Befehl – *Sir!*«

McCormack begriff zu spät, daß er schon wieder einen Fehler gemacht hatte. Noch vor fünf Minuten hätte er seine rechte Hand darauf verwettet, daß das Äquivalent einer Gewaltbremsung mit kreischenden Reifen bei einem Fahrzeug, das sich an die universellen Regeln der Aerodynamik zu halten hatte, gar nicht möglich wäre. Styper bewies ihm das Gegenteil.

Der Motor des *Apache*-Helikopters heulte auf, sein kantiges Vorderteil senkte sich, bis die Maschine für eine endlos scheinende Sekunde nahezu senkrecht in der Luft stand, um dann – gerade, als McCormack felsenfest davon überzeugt war, daß sie im nächsten Sekundenbruchteil wie ein Stein zu stürzen beginnen würde – mit einem knirschenden Schlag wieder in die Waagerechte zurückzukippen. »Befehl ausgeführt, Sir«, grinste Styper. »Maschine angehalten.«

McCormack griff sich stöhnend an den Helm und schluckte ein paarmal, doch der saure Geschmack in seinem Mund wollte nicht weichen. Er beherrschte seinen Zorn. Schließlich hatte man ihn gewarnt. Und wenn schon nicht auf diese Warnungen, so hätte er spätestens auf die mitleidigen Blicke reagieren müssen, die die anderen Offiziere am Morgen ausgetauscht hatten, als sie sich zur Befehlsausgabe versammelten. Styper war dafür bekannt, total verrückt zu sein – um es vorsichtig auszudrücken. Die Liste der Beschwerden, die in den letzten beiden Jahren beim Militärkommandanten von Ramstein eingegangen waren und auf denen sein Name stand, war nicht sehr viel kürzer als das Telefonbuch von New York. Wäre er nicht zufällig auch noch einer der besten Hubschrauberpiloten gewesen, die die US-Air-Force jemals hervorgebracht hatte, wäre er vermutlich schon längst gefeuert, verhaftet und in die geschlossene Abteilung der nächsten Klapsmühle eingeliefert worden; in dieser Reihenfolge. Nirgendwo anders gehörte der Kerl hin, McCormacks Meinung nach.

»Eine phantastische Maschine, Sir«, fuhr Styper fort, als McCormack nicht antwortete. »Ich bin schon alle möglichen Typen geflogen, aber dieses Baby bleibt mein Lieblingsspielzeug.« Seine Augen leuchteten wie die eines Kindes, das von der neuen Eisenbahn schwärmt. Was man über ihn sagte, war wahr, dachte McCormack. Der Kerl war total plemplem.

»Darf ich Sie daran erinnern, *Leutnant*«, sagte er scharf, »daß dieses *Spielzeug* Eigentum der Vereinigten Staaten von Amerika ist und einen Wert von gut und gerne zwanzig Millionen US-Dollar –«

»Fast achtundzwanzig, Sir«, verbesserte ihn Styper, aber McCormack fuhr völlig unbeeindruckt fort:

»– darstellt? Ganz davon abgesehen, daß wir uns im Hoheitsgebiet eines befreundeten Landes befinden und Sie gerade gegen mindestens ein Dutzend Gesetze und Verordnungen verstoßen haben – haben Sie eine Ahnung, was die Leute dort unten über uns Amerikaner denken mögen, wenn sie Ihre kleinen Kunststückchen gerade beobachtet haben?«

»Nichts, Sir«, antwortete Styper. »Dort unten wohnt niemand. Nur ein paar Bauern und Förster.« Er deutete durch die durchsichtige Kanzel nach unten. Der Helikopter stand reglos in der Luft. Die Rotoren wirbelten den Schnee davon, so daß sie sich im Zentrum eines gut dreißig Meter messenden elliptischen Gebietes relativ klarer Sicht befanden. Dahinter jedoch herrschte dichtes Schneetreiben. Styper hatte recht, dachte McCormack verärgert. Sie schwebten gut vierhundert Meter über dem Wald. Sofern dort unten überhaupt jemand lebte, konnte er den Hubschrauber unmöglich gesehen haben. Aber das machte es nicht besser.

»Ich habe Frau und Kinder, Leutnant«, sagte er säuerlich. »Und meine Familie möchte mich heute abend unversehrt zurückbekommen. Haben Sie das verstanden?«

»Jawohl, Sir«, antwortete Styper. Das dämliche Grinsen war von seinem Gesicht verschwunden, aber in seinen Augen glitzerte es noch immer spöttisch. McCormack fragte sich, ob Styper wohl jemals erwachsen werden würde. Wahrscheinlich nicht.

»Außerdem sind wir nicht zu unserem Vergnügen hier«, fuhr er fort. »Wir haben einen Auftrag auszuführen. Also lassen Sie die Mätzchen und bringen die Kiste wieder auf Kurs.« Er machte eine hastige Geste. »Langsam. Wir haben genug Zeit.«

Styper gab sich keine Mühe, seine Enttäuschung zu verhehlen. Aber er gehorchte. Beinahe sanft gab der *Apache* seine Warteposition über dem Wald wieder auf und schwenkte auf einen östlichen Kurs.

McCormack behielt Styper aufmerksam im Auge – zumal es kaum etwas anderes zu sehen gab. Der Himmel über ihnen war bleigrau und völlig eben, und die Felder und Waldstücke, die sich eine halbe Meile unter ihnen abwechselten, hatten sich schon fast vollkommen weiß gefärbt. Noch zwei Tage, dachte McCormack, und ganz Mitteldeutschland würde unter einer halbmeterhohen Schneedecke ersticken. Allein der Gedanke daran ließ ihn frösteln. McCormack war Texaner, und es hatte in den ganzen zwölf Jahren, die er jetzt hier in Ramstein Dienst tat, nicht einen Tag gegeben, an dem er sich nicht mindestens einmal nach seiner Heimat zurückgesehnt hatte. Natürlich gab es auch dort Schnee, aber die Winter waren anders: kalt, kurz und trocken, so wie auch die Sommer anders waren: heiß, lang und trocken; nicht dieses Matschwetter, das sich neun Monate im Jahr nicht so richtig entscheiden konnte, was es eigentlich wollte. Nun ja – dieser Flug war wahrscheinlich sein letzter Einsatz. Noch genau elf Tage, den heutigen mitgerechnet, und seine Dienstzeit war vorbei. In nicht einmal zwei Wochen würden er und seine Frau bereits auf der Terrasse der kleinen Ranch sitzen, die sie von seiner Abfindung gekauft hatten. Ade *good old Germany*! Ade *Army*! Und ade all ihr beknackten Hunde wie Styper – auch wenn er sie wahrscheinlich nach spätestens drei Monaten vermissen würde!

»Sie fliegen wirklich gut«, sagte er nach einer Weile; im Grunde nur aus dem ihm selbst nicht ganz erklärlichen Impuls heraus, seinen Worten von vorhin etwas von ihrer Schärfe zu nehmen.

»Danke, Sir.« Styper nickte. »Aber dieses Baby zu fliegen ist keine Kunst. Sie müssen ihm nur sagen, wohin Sie wollen, alles andere macht es praktisch von selbst.«

McCormack ließ seinen Blick über die komplizierten Kontroll- und Anzeigeinstrumente des *Apache* gleiten. Für ihn ergab nichts hier irgendeinen Sinn. Obwohl er seit zwölf Jahren auf einem Militärflughafen stationiert war, verstand er gerade genug von der Technik, um zu wissen, daß Helikopter die kleinen Flugzeuge ohne Flügel waren. McCormack war im Innendienst alt geworden, und er gedachte nicht, in den verbleibenden elf Tagen seiner Dienstzeit irgend etwas zu lernen, das er elf *Jahre* und elf *Monate* lang nicht hatte wissen müssen. Warum man ihn zu diesem Einsatz abkommandiert hatte, war ihm ein Rätsel. Seit Stypers erstem Looping argwöhnte er, daß niemand anders als *Styper* der Grund dafür war: ein kleiner Scherz seiner sogenannten Kameraden, den sie ihm zum Abschied mit auf den Weg gaben.

Nur um freundlich zu sein, sagte er: »Man erzählt sich ja wahre Wunderdinge über diese Hubschrauber. Sind sie wahr?«

»Sie sind untertrieben«, antwortete Styper, mit einer Stimme, die McCormack nicht ganz zu Unrecht befürchten ließ, daß er gerade schon wieder einen Fehler begangen hatte. Vielleicht hätte er ihm dieses Stichwort besser nicht gegeben. »Mit diesem Baby allein gewinn' ich einen Krieg, wenn es sein muß. Wußten Sie, daß es *Apaches* waren, die Hussein damals als erste in den Arsch getre ...« Er stockte. »Verzeihung, Sir. Ich meine: Wußten Sie, daß es eine Abteilung *Apache*-Kampfhubschrauber gewesen ist, die den Golfkrieg eröffnet hat?«

»Nein«, antwortete McCormack. »Ich dachte bis jetzt, die Iraker hätten ihn angefangen.« Er sah Styper scharf von der Seite her an und wartete auf eine Reaktion in seinem Gesicht. Aber sie kam nicht. Nach einer Weile fragte er: »Waren Sie schon einmal in einem Kampfeinsatz, Leutnant?«

»Nein, Sir«, antwortete Styper. »Und Sie?«

McCormack schüttelte den Kopf. »Gottlob, nein. Und ich werde wohl auch keinen mehr erleben. In zwei Wochen ist für mich Schluß.«

»Ihr Wort in Gottes Ohr, Sir«, sagte Styper. Er sagte es auf eine ganz bestimmte Art, die etwas in McCormack aufhorchen ließ.

»Wie meinen Sie das?«

Styper zuckte mit den Schultern, und die Bewegung setzte sich über seine Arme und die Hände bis in den Steuerknüppel hinein fort. Der *Apache* schüttelte sich einen Moment und flog dann wieder ruhig. »Nur so«, antwortete er. »Worum geht es bei diesem Einsatz heute, Sir?«

»Das wissen Sie so gut wie ich«, antwortete McCormack irritiert. »Wir eskortieren eine Maschine zurück zum Flughafen. Einen anderen Hubschrauber mit einem Navy-General an Bord, um genau zu sein. Warum fragen Sie? Haben Sie Ihren Einsatzbefehl nicht gelesen?«

Styper schwieg einen winzigen Moment zu lange, als daß es McCormack nicht aufgefallen wäre. »Doch«, antwortete er schließlich. »Ich frage mich nur, was er sonst noch an Bord hat.«

»Wie meinen Sie das?« McCormacks Stimme klang plötzlich scharf.

»Ich mache mir nur so meine Gedanken«, antwortete Styper ausweichend.

McCormack sog hörbar die Luft zwischen den Zähnen ein. »Dann seien Sie bitte so freundlich und lassen mich an Ihren Überlegungen teilhaben, Leutnant!«

»Sehen Sie die Dinger dort draußen?« Styper deutete mit einer Kopfbewegung auf die kurzen Stummelflügel des *Apache*. Unter jeder der Tragflächen hing eine massige Tonne, deren vorderes Drittel wie die Science-fiction-Version eines Bienenkorbes aussah: die Waffenträger des Helikopters.

»Und?« fragte McCormack ungeduldig.

»Sie sind geladen«, antwortete Styper. »Vierundzwanzig Babys auf jeder Seite. Und unter dem Bauch haben wir noch ein paar größere Kaliber hängen.«

Es dauerte einige Augenblicke, bis die Bedeutung dessen, was Styper ihm soeben mitgeteilt hatte, vollends in McCormacks Bewußtsein durchsickerte. »Moment mal«, sagte er. »Wollen Sie damit sagen, daß wir –«

»– scharfe Munition an Bord haben, jawohl, Sir«, bestätigte Styper. »Ich frage mich: Wenn es wirklich nur ein Navy-General ist, den wir eskortieren sollen, warum, zum Teufel, sind wir dann bis an die Zähne bewaffnet?«

Der Wald zog mit quälender Langsamkeit an ihnen vorüber, und Salid kam es seit einer Weile *wirklich* so vor, als bewege sich der Wald rechts und links des Weges, und schon längst nicht mehr der LKW, wie in einem alten Hollywood-Film, in dem man den Hauptdarsteller auf ein Holzpferd gesetzt hatte und hinter ihm eine Leinwand mit einer daraufgestellten Landschaft abspulte, um Bewegung zu simulieren. Er konnte tun, was er wollte, es schien ihm nicht möglich zu sein, die Geschwindigkeit des Ford nennenswert zu beeinflussen. Gab er Gas, drehten die Reifen in dem Morast einfach durch, bremste er, rutschte der Wagen weiter und drohte auszubrechen.

Natürlich wußte er, daß dieser Effekt zum allergrößten Teil nur in seiner Einbildung existierte. Nicht der Wagen oder gar dieser Wald – *er* war es, mit dem etwas nicht stimmte. Er war nervös. Er hatte keine Angst, aber er wußte, daß von diesem Moment an absolut nichts mehr schiefgehen durfte, denn es gab kein Zurück mehr. Ein winziger Fehler, und keiner würde diesen Wald lebend verlassen. Dafür würden schon die Zyankali-Tabletten sorgen, die jeder von ihnen in der Tasche hatte. Und im Zweifelsfall sein G3. Nicht, daß Salid glaubte, die Waffe wirklich benutzen zu müssen. Sein Plan war – wie alle Pläne, die er je ausgearbeitet hatte – perfekt bis ins letzte Detail. Einer der Gründe, aus denen Salid zu einem so überaus erfolgreichen Terroristen geworden war, war der, daß er stets sogar das eigentlich Unvorhersehbare einkalkulierte und bisher fast immer recht damit gehabt hatte. Salid glaubte nicht an Zufall oder unglückliche Umstände, und indem er sich weigerte, derlei Dinge zu akzeptieren, konnten sie ihm auch selten etwas anhaben. Und wenn doch ... Die fünf Männer, die ihn begleiteten, hatten gewußt, worauf sie sich einließen. Sie waren bereit, für ihre Überzeugung zu sterben. Es war kein Himmelfahrtskommando, das er anführte – Salid hielt nichts von Selbstmordunternehmen, die über die Propagandawirkung hinaus selten etwas brachten –, aber sie alle hatten die Möglichkeit ihres eigenen Todes akzeptiert und würden nicht zögern, ihn hinzunehmen.

Und doch: Etwas war heute anders. Es war nichts Konkretes. Nur ein Gefühl. Aber Salid war ein Mann, der sich nie von Gefühlen hatte leiten lassen, und vielleicht machte es ihn gerade deshalb doppelt nervös.

Langsam näherten sie sich der Lichtung, auf der ihr Ziel lag. Der Weg machte einen scharfen Knick, dann lag plötzlich freies Gelände vor ihnen, sanft ansteigend und sorgsam von Unterholz und Gestrüpp befreit, vielleicht fünfzig Meter, hinter denen sich, gekrönt von den jetzt erloschenen Augen großer Flutlichtscheinwerfer und den ganz und gar nicht erloschenen Augen aufmerksamer Videokameras, ein doppelter Stacheldrahtzaun erhob. Dahinter, klein und geduckt unter dem noch immer fallenden Schnee, standen drei langgestreckte Baracken und ein klobiger Betonklotz, vor dessen Eingang zwei frierende Wachtposten von einem Bein auf das andere traten. Halb verdeckt hinter dem Betonbau ragte die Kanzel eines Militärhubschraubers in die Höhe. Rotorblätter und Glas waren bereits vom Schnee befreit. Die Maschine war startbereit.

Das große Tor in dem Stacheldrahtzaun war verschlossen, aber die Tür des kleinen Wachhäuschens daneben stand offen; ein Mann in einem glänzenden schwarzen Regencape war halb herausgetreten und sah dem Lastwagen mit deutlich sichtbarer Ungeduld entgegen.

Salids Hand senkte sich auf das G3, blieb einen Moment darauf liegen und hob sich dann wieder. Er ergriff das Lenkrad mit beiden Händen und gab Gas, um die letzten Meter schneller zurückzulegen. Der Wachtposten trat vollends aus dem Haus und kam dem LKW einige Schritte entgegen. Ein fragender Ausdruck, der allerdings nach ein paar Sekunden in ein schadenfrohes Grinsen überging, erschien auf seinem Gesicht, als er den defekten Scheibenwischer sah. Das Glas, das er eigentlich sauberhalten sollte, war fast völlig unter einer pappigen Schicht aus Eis, Morast und Schnee verborgen. Das Einschußloch darin wäre nicht einmal aus allernächster Nähe zu sehen gewesen.

Der Soldat drehte sich um und winkte jemandem im Inneren des Wachhäuschens zu, dann machte er einen halben Schritt zurück, um nicht mit Schlamm vollgespritzt zu werden, als der LKW näher kam. Mit schrill heulendem Motor hielt der LKW an, keine fünf Meter vom Tor entfernt. Salids Fuß ließ das Gaspedal nicht völlig los, so daß der Motor zwar etwas leiser wurde, aber noch immer laut genug rumorte, um jedes andere Geräusch zu übertönen, das eventuell bis ins Innere des Wachhäuschens gedrungen wäre.

Der Posten kam wieder näher. *»What happened?«* rief er feixend. *»You're late, and –«*

Salids Finger krümmte sich um den Abzug der Waffe. Das G3 ruckte hart auf seinen Knien. Die Kugel durchschlug die Fahrertür, traf den Posten in den Hals und schleuderte ihn zu Boden. Gleichzeitig trat Salid das Gaspedal mit einem Ruck durch und ließ die Kupplung kommen.

Der Ford machte einen Satz. Die Stoßstange krachte gegen die Sperrholzwand des Wachhäuschens und ließ das ganze Gebäude wie ein Kartenhaus zusammenbrechen. Eine halbe Sekunde später prallte die Schnauze des Wagens gegen das Tor und riß es aus den Angeln.

Funken stoben hoch. Ein häßliches elektrisches Zischen erklang, und für eine halbe Sekunde spielte blaues Feuer um den Kühlergrill des Ford. Die beiden notdürftig geflickten Reifen zerplatzten, und ein Teil der Plane fing Feuer. Die zerschossene Hälfte der Windschutzscheibe zerbrach endgültig und ergoß sich als Sturzbach kleiner würfelförmiger Glasscherben über Salids Hände und in seinen Schoß. Dann war der Laster hindurch und raste schaukelnd auf die drei Baracken zu, wobei er einen Teil des niedergewalzten Tores hinter sich herschleifte.

Eine Alarmsirene begann zu heulen. Irgendwo begannen Männer zu schreien, hinter sämtlichen Fenstern der drei Baracken flammte im gleichen Augenblick Licht auf, und die beiden Posten, die soeben noch vor der Bunkertür dem Ende ihrer Wachperiode entgegengedöst hatten, fuhren plötzlich herum und verschwanden mit einem einzigen Satz im Inneren des Gebäudes. Sie versuchten nicht einmal, ihre Waffen zu heben. Ihre Befehle lauteten anders. Noch ehe der LKW auch nur zwanzig Meter zurückgelegt hatte, rastete die schwere Panzertür mit einem dumpfen Krachen ein. Um sie jetzt noch aufzubrechen, hätte es schon eines schweren Geschützes bedurft.

Der Lastwagen schlingerte weiter. Aus einer der Baracken heraus begann jemand zu schießen, helle peitschende Pistolenschüsse, die Funken aus dem Metall schlugen, aber kaum nennenswerten Schaden anrichteten. Der Wagen raste unbeeindruckt weiter auf die mittlere der drei Baracken zu, verlor auf halbem Wege das Tor, das sich an seinen Aufbauten verhakt hatte, und stellte sich nahezu quer, als Salid mit aller Gewalt auf die Bremse trat.

Die Plane flog hoch. Drei, vier Gestalten in gefleckten Tarnhosen und Parkas sprangen heraus und begannen zu schießen, noch während sie zu Boden sprangen. Das Heulen der Alarmsirene ging im peitschenden Rattern der russischen MPis unter, dem Splittern von Holz und Glas und gellenden Schreien. Ein Soldat stolperte aus einer der Baracken und fiel, versuchte hochzukommen und stürzte getroffen nach hinten. Etwas Kleines, Dunkles flog über ihn hinweg und verschwand in der offenstehenden Tür der Baracke. Aus dem Gebäude erklang ein einzelner, heller Schrei, dann ein Knall, sonderbar weich und gedämpft, dann wieder ein Schrei und Sekunden später das qualvolle Husten mehrerer Männer.

Die vier Terroristen feuerten weiter, deckten die beiden

Baracken rechts und links des Lasters mit wütenden Garben aus ihren Waffen ein und rannten gleichzeitig im Zickzack über den Hof, während der Lastwagen schwerfällig zurücksetzte und plötzlich mit aufheulendem Motor auf die dritte Baracke zuschoß. Das tonnenschwere Fahrzeug krachte gegen die Tür des Holzbaus und zermalmte sie, durchbrach die Wand und blieb schließlich stecken, wie ein Korken in einen zu engen Flaschenhals gerammt.

Salid ergriff sein Gewehr mit beiden Händen, sprengte die Tür mit der Schulter auf und ließ sich aus dem Wagen fallen. Schüsse peitschten. Auch die zweite Hälfte der Windschutzscheibe zerplatzte. Jemand schrie, mit schriller, überschnappender Stimme und auf englisch, und Salid sah einen verschwommenen Schatten davonhasten, den er unter Feuer nahm, ohne zu treffen. Von draußen drang noch immer das wütende Rattern der Kalaschnikows herein, dann die dumpfe Detonation einer zweiten Gasgranate.

Salid sprang auf die Füße, sah einen Schatten aus den Augenwinkeln und schoß, ohne lange zu zielen. Ein schriller Schrei antwortete ihm, dann das dumpfe Poltern eines Gewehrs, eine Sekunde später gefolgt von einem schwereren, weichen Körper, der auf dem Boden aufschlug. Dann war niemand mehr da, der auf die beiden Eindringlinge hätte schießen können.

Hastig durchquerten die beiden Männer den verwüsteten Raum. Ein Feuerstoß aus dem M16 des zweiten ließ die angrenzende Tür auffliegen, und das dumpfe *Plopp* des G3 tötete den Mann, der mit angelegtem Gewehr dahinter gewartet hatte. Eine berstende Explosion ließ das Gebäude erzittern. Glas klirrte, und plötzlich drang Feuerschein durch das graue Licht des Morgens.

Mit einem gewaltigen Satz sprang Salid durch eine der plötzlich glaslosen Fensteröffnungen, rollte sich über die Schulter ab und kam mit angelegtem Gewehr wieder auf die Beine. Die beiden Männer stürmten weiter. Wahllos um sich schießend, drangen sie tiefer in das Gebäude ein. Sie erreichten eine weitere Tür und sprengten sie auf.

Der Raum dahinter war nicht leer. Ein gewaltiger Schreibtisch nahm den größten Teil des vorhandenen Platzes ein, daneben stand ein etwas kleinerer, schäbiger Tisch mit einem Funkgerät, an dessen Knöpfen ein junger Bursche wie von Sinnen drehte.

Salid erschoß ihn, jagte einen kurzen Feuerstoß in das Funkgerät und richtete den Lauf der Waffe auf die beiden anderen Soldaten. Einer von ihnen hatte eine Pistole gehoben, erstarrte jedoch mitten in der Bewegung, als er den Lauf des Gewehrs auf sich gerichtet sah.

Der zweite hatte sich nicht einmal gerührt, sondern starrte die beiden Eindringlinge mit einer Mischung aus Haß und kalter Verachtung an. Er war ein Mann von vielleicht fünfzig Jahren, mit schütter gewordenem, grauem Haar, in der Uniform und mit den Rangabzeichen eines Navy-Generals. An der Wand hinter ihm hing ein aufgespanntes Sternenbanner. Er wirkte hilflos, aber keineswegs verängstigt.

»Gut, daß Sie keinen Widerstand leisten, General«, sagte Salid. Sein Englisch hatte einen sonderbar harten Akzent, der sich so anhörte, als wäre er sorgsam und über Jahre hinweg kultiviert worden. »Ich würde Sie und Ihren Freund da ungern erschießen.«

Die Augen des Generals wurden schmal. »Was wollen Sie?« antwortete er in der gleichen Sprache. »Sie müssen verrückt geworden sein, wenn Sie glauben, hier irgend etwas erreichen zu können. In spätestens zehn Minuten sind Sie tot.«

Salid lächelte kalt. »Möglich. Ein Grund mehr, keine Zeit zu verlieren, nicht wahr?« Seine Waffe deutete auf die Stahltür neben dem Sternenbanner. »Wir interessieren uns für den Inhalt Ihres Safes, General. Wären Sie bitte so freundlich, die Tür zu öffnen?«

»Fuck yourself«, sagte der Offizier ruhig.

Salid erschoß ihn.

Seine Waffe stieß ein kurzes, gedämpftes Bellen aus, und auf der Brust der blauen Uniform erschien eine schnurgerade Reihe kleiner schwarzer Löcher, die sich langsam mit dunklem Rot füllten. Eine halbe Sekunde lang starrte der Mann seinen Mörder aus weit aufgerissenen Augen an, dann kippte er nach vorne. Sein Kopf schlug mit dumpfem Geräusch auf der Schreibtischplatte auf, deren grünes Leder plötzlich mit einer Anzahl häßlicher roter Flecke gesprenkelt war.

»Nun, mein Freund?« Salids Stimme klang fast amüsiert, während er die Waffe auf den jungen Soldaten richtete. »Vielleicht machst du uns die Freude, die Tür zu öffnen?«

Der Soldat zögerte. Seine Rechte umklammerte noch immer den Revolver, den er gezogen hatte, als die beiden Männer hereinstürmten, und Salid konnte seine Gedanken so deutlich auf seinem Gesicht lesen, als hätte er sie laut ausgesprochen. Er wußte, daß er keine Chance hatte, die Waffe zu heben. Angst spiegelte sich auf seinen Zügen.

Dann erschien so etwas wie ein trotziger Ausdruck auf seinem Gesicht. »Erschießt mich doch«, sagte er. Seine Stimme zitterte. »Raus kommt ihr hier jedenfalls nicht mehr.«

Salid musterte ihn einen Moment lang wortlos, dann trat er mit raschen Schritten um den Schreibtisch herum. Er packte den Mann, zerrte ihn von seinem Stuhl und stieß ihn gegen die Wand. »Mach auf!« befahl er.

Der Soldat schüttelte den Kopf. »Das kann ich nicht. Nur der Gen–«

Das G3 machte *Plopp*. Der Soldat schrie, brach zusammen und umklammerte mit beiden Händen seine zerschossene Kniescheibe.

Salid lächelte kalt, drehte den Mann mit dem Fuß auf den Rücken und setzte die Mündung seines Gewehrs auf das andere Knie des Verletzten. »Nun, mein Freund?« fragte er. »Soll ich abdrücken?«

»Don't, please«, stöhnte der Mann. Sein Gesicht war grau vor Schmerzen. Er wimmerte. *»Please ...«*

»Dann mach auf!« Salid hielt sein Gewehr mit einer Hand. Mit der anderen packte er den Verletzten am Uniformaufschlag und riß ihn roh in die Höhe. Der Mann schrie vor Schmerz, als ihn ein brutaler Stoß gegen die Tür des Wandsafes prallen ließ. Aber er hob gehorsam die Hände und begann mit zitternden Fingern die Kombination des Zahlenschlosses einzustellen. Mit einem leisen Klicken schwang die Stahltür auf.

»Siehst du«, sagte Salid freundlich. »Es zahlt sich doch aus, vernünftig zu sein.«

In den Ausdruck schier unerträglicher Pein in den Augen des jungen Soldaten mischte sich eine verzweifelte Hoffnung. Salid ließ dieser Hoffnung gerade lange genug Zeit, von einem Funken zu einer lodernden Flamme zu werden, ehe er abdrückte.

Achtlos ließ er den Soldaten fallen. »Tut mir leid, Kleiner«, sagte er spöttisch. »Aber du bist einfach zu vertrauensselig.«

Salid registrierte aus den Augenwinkeln den verwunderten Blick, den ihm sein Begleiter bei diesen Worten zuwarf, und auch wenn er sich flüchtig darüber ärgerte, er verstand ihn. Geschmacklose Sprüche wie diese waren normalerweise gar nicht seine Art. Einer der Gründe – wenn nicht *der* Grund für den Erfolg, den Salid in seinem blutigen Handwerk hatte, war, daß er seine Aufträge mit der Präzision, aber auch der Kälte einer Maschine ausführte, die tötete, weil es ihre Aufgabe war, nicht weil sie Vergnügen oder Widerwillen oder überhaupt etwas dabei empfand. Außerdem verabscheute er Dummheit in jeder Form, und Sprüche wie diese *waren* dumm. Sie gehörten in schlechte Kriminalromane und noch schlechtere Filme, aber nicht hierher.

Salid wunderte sich über sich selbst. Und er war alarmiert. So unwichtig dieser Ausrutscher seinem Begleiter vorkommen mochte – er war nicht normal, und Dinge, die nicht normal waren, machten ihn prinzipiell nervös.

Ein weiterer Fehler: Salid registrierte, daß er seit gut fünf Sekunden vor dem offenen Safe stand und hineinsah, ohne seinen Inhalt wirklich zu sehen. Was war nur mit ihm los? Verdammt!

Salid schüttelte den Kopf und konzentrierte sich auf den Inhalt des kleinen Wandtresors. Er enthielt das, was man in einem Safe wie diesem und an einem Ort wie diesem erwartete: zwei schmale Aktenordner, die Salid ignorierte, eine kleine Summe Bargeld – Salid rührte auch sie nicht an –

und eine in weinrotes Leder gebundene Mappe, die der Terrorist rasch an sich nahm und durchblätterte. Sie enthielt vier eng maschinenbeschriebene Seiten, sorgsam in Klarsichthüllen eingeschweißt und mit dem blaßroten Aufdruck TOP SECRET, der sich quer über jedes einzelne Blatt zog.

Salid klappte die Mappe zu, warf einen weiteren Blick in den Safe und zog eine Video-8-Kassette sowie einen kleinen, überraschend schweren Behälter aus verchromtem Metall hervor, die er beide achtlos in der Tasche verschwinden ließ. Aus einem absurden Ordnungsbedürfnis heraus schloß er die Safetür wieder, ehe er sich umwandte. »Gehen wir.«

»War das ... alles?« fragte sein Begleiter.

Wieder tat Salid etwas, das eigentlich nicht seinem normalen Verhalten entsprach. Statt die Frage zu ignorieren, beantwortete er sie. »Was hast du erwartet, Bruder?« fragte er spöttisch. »Eine Atombombe?«

Der andere fuhr unmerklich zusammen. Wahrscheinlich hielt er den ungewohnten Spott in Salids Stimme für ein Zeichen von Ärger. Er sagte nichts, aber seine Augen verrieten die Frage, die auszusprechen er nicht wagte: *Und dafür haben wir unser Leben riskiert?*

Salid verwirrte ihn noch mehr, indem er sie laut beantwortete. »Es ist vielleicht nur Papier, Bruder – aber in den richtigen Händen ist es gefährlicher als eine Bombe. Wenigstens für unsere Feinde.« Er schob die Mappe unter seinen Parka und deutete zur Tür. »Und jetzt nichts wie weg.«

Diesmal widersprach der andere nicht. Niemand widersprach Salid zweimal.

Zum erstenmal, seit sie den Wagen stehengelassen hatten, kam Brenner der Gedanke, daß dieser Ausflug vielleicht mit etwas mehr als ein paar Unbequemlichkeiten enden könnte. Es war kälter geworden – nicht nur subjektiv, in seiner Einbildung, sondern tatsächlich. Während der letzten zehn Minuten hatte der Himmel begonnen, eine unangenehme stumpfgraue Farbe anzunehmen, die eine deutliche Sprache sprach; eine Sprache, deren Wortschatz aus Begriffen wie Schnee, Kälte und Wind bestand, aber auch aus Unterkühlung, erfrorenen Zehen, Lungenentzündung und Fieber.

Brenner verzog das Gesicht. Ihre Lage war schlimm genug, auch ohne daß er sich selbst noch zusätzlich fertigmachte. Sie waren seit gut zwanzig Minuten unterwegs – wie weit konnte ein Mensch in zwanzig Minuten gehen? Einen Kilometer? Zwei? Kaum mehr – und die Straße vor ihnen war noch immer so leer und makellos weiß wie im ersten Moment. Nirgends ein Schild, keine Kreuzung, kein Hinweis darauf, daß sich in diesem Winkel des Universums seit dem frühen Pleistozän irgendwelches Leben geregt hätte.

Er wandte im Gehen den Kopf und sah den Weg zurück, den sie gekommen waren. Bäume, Schnee, noch mehr Bäume und noch mehr Schnee. Hübsch. Romantisch, wenn man ihn auf einer Postkarte oder einem Kalenderfoto sah. Wenn man mit nassen Füßen hindurchlatschte und bei jedem Schritt bis über die Knöchel in eisigem Schnee versank, verlor der Anblick allerdings eine Menge von seiner Faszination. Zumindest sickerte ihm der Schnee jetzt nicht mehr in die Schuhe – sie waren bereits randvoll.

Brenners Blick folgte der doppelten Spur, die Astrid und er hinterlassen hatten. Sie sah irgendwie seltsam aus. Seine eigene Fährte verlief schnurgerade einen knappen halben Meter neben dem Straßenrand entlang, während die des Mädchens einer Art flacher Sinuskurve ähnelte: Mal führte sie parallel neben seiner eigenen entlang; mal, immer dann, wenn ihr aufgefallen war, daß sie dem natürlichen Feind ihrer Spezies – einem Erwachsenen – zu nahe zu kommen drohte, bewegte sie sich ein Stück zur Straßenmitte hin, um schließlich langsam wieder zurückzukehren: ein Satellit, der vergeblich versuchte, der Anziehungskraft seines größeren Begleiters zu entrinnen.

Brenner philosophierte einen Moment lang darüber, ob diese Spuren vielleicht symptomatisch für ihrer beider Leben waren: das unentschlossene und am Ende doch regelmäßige Auf und Ab des Mädchens und das zielbewußte –

und langweilige – Geradeaus seines eigenen Weges? Was Astrid anging, so kannte er sie nicht gut genug, um darüber zu urteilen; aber er vermutete es. Auch er war schließlich einmal sechzehn gewesen, nicht annähernd so renitent wie Astrid, aber doch in Maßen aufsässig. Es hatte eine ganze Weile gedauert, bis er kapierte, daß das, was er für ein Aufbegehren gegen Konventionen und starre Regeln hielt, nur das Befolgen *anderer* Konventionen und Regeln war. Die Astrids der Welt benahmen sich im Grund ebenso berechenbar wie die Brenners. Und was *sein* Leben anging ... nun, was war gegen Langeweile zu sagen, solange sie hinlänglich bequem und finanziell abgesichert war?

»Worauf wartest du?« fragte Astrid. »Daß ein rettender Engel vom Himmel steigt?«

»Einer in einem gelben Wagen mit Münchener Kennzeichen würde mir schon reichen«, antwortete Brenner. Er grinste dümmlich. »Hast du Interesse an einem ADAC-Schutzbrief? Ich kann ihn dir vermitteln, zu günstigen Konditionen. Jeder sollte einen haben. Ohne die gelben Engel ist man aufgeschmissen, glaub mir.«

Astrid blickte ihn verständnislos an. Das Mädchen befand sich wieder auf dem näherkommenden Teil seines Kurses, und Brenner versuchte den Punkt abzuschätzen, an dem es seinen Fehler bemerken und den Sicherheitsabstand wieder vergrößern würde.

»Ich denke darüber nach, daß ich diese Geschichte später einmal meinen Enkeln erzählen kann, weißt du?« fuhr er fort. »Wenn ich sie vor dem Kaminfeuer auf den Knien schaukele. Das große Abenteuer meines Lebens.«

Astrids Blick spiegelte nun vollkommene Verständnislosigkeit. Eine Sekunde lang. Dann sagte sie: »Wenn wir nicht bald irgendwo hinkommen, wo es warm ist, dann wirst du niemals Enkel haben, weil du dir nämlich die Eier abfrierst.«

Zweifellos hatte sie das aus dem einzigen Grund gesagt, um das Wort *Eier* zu benutzen. Und ebenso zweifellos hatte sie nicht ganz unrecht damit. Sie waren jetzt seit zwanzig Minuten unterwegs, und schon das war mehr, als Brenner sich unter diesen Umständen vorher zugetraut hätte. Plötzlich begriff er, daß sie wirklich in Gefahr waren; vielleicht nicht unbedingt in Lebensgefahr, aber in *Gefahr*. Daß er es sich bis jetzt nicht wirklich eingestanden hatte, lag wohl weniger an Dingen wie Ignoranz oder übergroßem Mut als vielmehr an dem Leben, das er bis jetzt geführt hatte. Gefahr gehörte einfach nicht dazu – nicht *diese* Art von Gefahr. Die einzig konkreten Gefahren, mit denen Menschen wie er zu rechnen hatten, waren Herzinfarkte, Steuererklärungen, Lungenkrebs, allenfalls noch ein Verkehrsunfall; aber kaum die, zwanzig Kilometer von der nächsten menschlichen Ansiedlung entfernt im Schnee zu erfrieren. Gefahren dieser Art gehörten in Videofilme und Bücher, wo man sie mit dem wohligen Schauer des nicht unbedingt unbeteiligten, aber doch un*gefährdeten* Zuschauers genießen konnte.

Außerdem – wann war das letzte Mal ein Mensch in diesem Land erfroren? Im letzten Krieg? Vor zwanzig Jahren? Zehn? Brenner hatte keine Ahnung, war aber sicher, daß es *lange* her war. Niemand hatte in einer Welt, die so von Medien beherrscht wurde wie diese, eine Chance, einer solchen Nachricht zu entgehen.

Vielleicht, dachte er finster, hatten sie ja bereits morgen eine neue Sensation. Oder im nächsten Frühjahr, wenn der Schnee schmolz und ihre steifgefrorenen Leichen freigab. Er sah die Schlagzeilen direkt vor sich: SCHNEEMENSCH VOM TAUNUS ENTDECKT. WAREN ER UND SEIN WEIBCHEN AUF DER FLUCHT VOR EINER MAMMUT-HERDE, ALS DIE EISZEIT ÜBER SIE HEREINBRACH?

Dieser alberne Gedanke erschien ihm für einen Moment so komisch, daß er über das ganze Gesicht grinste. Astrid holte ihn wieder in die Wirklichkeit zurück, indem sie fragte: »Hast du in deinem Angebot eigentlich auch eine Versicherung gegen Dummheit?«

»Ja«, antwortete Brenner. »Aber ich habe die letzte Prämie nicht überwiesen. Das wolltest du doch hören, oder?«

Die Schärfe in seinen Worten überraschte ihn selbst. Offenbar setzte ihm die Kälte doch mehr zu, als er wahrhaben wollte. Er begann launisch zu werden. Aber das war auch kein Wunder. Er fror erbärmlich, und aus seinen Füßen war mittlerweile jedes Gefühl gewichen, auch – und das beunruhigte ihn erheblich – die Schmerzen. Fingen Erfrierungen so an?

Astrid wirkte jetzt völlig verstört. Aber die Härte, die für einen Moment aus ihren dunklen Augen gewichen war, kehrte zurück. Zu spät wurde ihm klar, daß die Beleidigungen und das, was sie für Offenheit hielt, wohl zu ihrer extrovertiert-aufsässigen Art gehörten, Vertrauen zu fassen. Er hatte diesen Versuch vereitelt, und vielleicht auf Dauer. Andererseits – was kümmerte es ihn?

Dann tat sie etwas, was ihn überraschte. Sie blieb stehen, zog mit klammen Fingern die Marlboro-Packung aus der Tasche und hielt sie ihm hin. Sie enthielt noch zwei Zigaretten.

Ein Friedensangebot? Ja, entschied er.

Brenner war nicht nach Rauchen, aber er begriff die Geste und wollte die Kleine kein zweites Mal vor den Kopf stoßen. Also griff er mit tauben Fingern nach der Zigarette, klemmte sie sich zwischen die ebenso tauben Lippen und ließ sich von dem Mädchen Feuer geben.

Seine Lippen und seine Kehle waren so kalt, daß er den Rauch nicht einmal mehr schmeckte. Trotzdem versuchte er wenigstens so etwas wie die Andeutung eines Lächelns auf sein Gesicht zu zaubern. »Danke.«

Astrid nahm einen tiefen Zug und blies den Rauch gleich darauf durch die Nase wieder aus. Brenner war sicher, daß sie nur mühsam ein Husten unterdrückte. Sie wedelte mit der Hand vor dem Gesicht, um den Rauch zu vertreiben, der ihr schon wieder in die Augen zu steigen drohte.

»Du rauchst noch nicht sehr lange, wie?« fragte er. Astrid sah ihn nur an, und er fühlte sich aus irgendeinem Grund genötigt hinzuzufügen: »Du solltest es lassen.«

»Habe ich dich um deine Meinung gebeten?« fragte Astrid. Dann hustete sie wirklich.

»Ich wollte nur freundlich sein«, sagte Brenner. Auch darum hatte sie ihn nicht gebeten. Auch gut. Sie gingen weiter.

Als sie ihre Zigaretten aufgeraucht und beinahe nebeneinander in den Schnee geschnippt hatten, sagte Astrid plötzlich: »Da vorne geht ein Weg rein.«

Brenner blickte in die Richtung, in die sie deutete. Ihm selbst war die Lücke zwischen den regelmäßig gepflanzten Bäumen noch gar nicht aufgefallen. Er hatte allerdings auch nicht wirklich hingesehen. Sie beschleunigten ihre Schritte und blieben vor der Einmündung stehen.

Die Straße – wenn man sie so nennen wollte – war kaum zwei Meter breit und führte in spitzem Winkel in den Wald hinein. Die Baumkronen hatten den Großteil des Schnees abgehalten, so daß er sehen konnte, daß es sich um eine unbefestigte Fahrspur handelte; eigentlich nicht einmal das, sondern nur eine Bresche im Unterholz, in der geduldig mahlende Räder über Jahre oder Jahrzehnte hinweg ihre Furchen hinterlassen hatten und die von einem Geflecht von Wurzeln durchwoben und im Sommer wahrscheinlich fast vollkommen unter Unkraut und anderem Grünzeug verborgen war – wie übrigens die ganze Abzweigung selbst. Durch den spitzen Winkel, in dem sie in den Wald führte, war sie aus der einen Richtung gar nicht und aus der anderen so gut wie nicht sichtbar. Astrid hatte sie nur entdeckt, weil die weiße Mauer, die das mit Schnee verklumpte Unterholz entlang der Straße bildete, an dieser Stelle unterbrochen war.

»Ein Wirtschaftsweg«, sagte er. »Laß uns weitergehen.«

»Vielleicht führt er zu einem Bauernhof oder einem Schloß oder so etwas«, sagte Astrid. »Wir könnten es ja versuchen.«

»Ja, vielleicht«, antwortete Brenner. »Aber vielleicht führt er auch nur zu einem Holzstapel auf einer Lichtung oder einer Futterstelle. Oder zwanzig Kilometer durch den Wald zu einer anderen Straße.« Er schüttelte den Kopf. »Es wäre verrückt, da reinzugehen. Hier wissen wir wenigstens, wo wir sind.«

»Ach?« sagte Astrid. »Und wo sind wir?«

»Früher oder später kommen wir schon in einen Ort«, antwortete Brenner ärgerlich. »Oder wenigstens zu einem Haus.«

»Jemand ist mit dem Wagen da reingefahren«, beharrte Astrid. »Ist nicht mal lange her.«

Sie deutete auf den Boden, und er mußte eingestehen, daß das Mädchen tatsächlich über eine schärfere Beobachtungsgabe verfügte als er. Ihm waren die Reifenspuren bisher nicht einmal aufgefallen, obwohl er direkt darauf stand. Eine dünne Decke aus frisch gefallenem Schnee hatte sich darüber gelegt, aber sie war noch nicht dicht genug, sie ganz zu verbergen.

»Die können genausogut von gestern sein«, sagte er – wider besseres Wissen. Er besaß nicht einmal annähernd das Fährtenlesertalent eines Indianers, doch selbst ihm war klar, daß die Spuren nur wenige Stunden alt sein konnten. Aber: »Außerdem – wer sagt dir, daß die Spuren in den Wald *hinein* führen? Sie können ebensogut *heraus* kommen.«

Da Astrid gegen dieses Argument wenig sagen konnte, ignorierte sie es. Statt dessen verlegte sie sich aufs Bitten. »Laß es uns wenigstens versuchen«, sagte sie. »Das hier kann noch kilometerlang so weitergehen. Ich habe keine Lust zu erfrieren.« Sie deutete in den Wald hinein, wartete vergeblich auf eine Antwort – nein, darauf, daß er *zustimmte* – und kam ihm einen weiteren Schritt entgegen. »Nur bis zur ersten Biegung. Wenn sich danach nichts tut, kehren wir um.«

Brenners Blick folgte dem schmalen Waldweg ein Stück; nur ein paar Meter, denn danach verschmolz der Pfad mit den Schatten, die das Innere des Waldes wie Nebel erfüllten. Vielleicht machte er auch einen Knick; genau ließ sich das nicht sagen. Es spielte auch keine Rolle. Brenner hatte nicht vor, dort hineinzugehen.

»Wir würden uns verirren«, sagte er. »Bestenfalls verlieren wir nur Zeit.«

Ebensogut hätte er mit einem der Bäume sprechen können – nein: *besser*. Der hätte wenigstens keine Widerworte gegeben.

»Das kann doch noch kilometerweit so gehen«, sagte Astrid zum zweitenmal. »Ich habe keine Lust, mir die Zehen abzufrieren. Da drinnen ist es wenigstens wärmer.«

»Aber sei doch vernünftig. Wir werden –«

Er hätte ein Wort benutzen sollen, das sie kannte. Astrid machte sich nicht einmal mehr die Mühe, ihm einen ihrer trotzigen Blicke zuzuwerfen, sondern trat mit einem entschlossenen Schritt von der Straße herunter und begann in den Wald hineinzumarschieren.

Für einen Moment empfand Brenner echte Wut. Und für einen noch kürzeren Moment war er nahe daran, sie einfach laufenzulassen und seinen Weg auf der Straße fortzusetzen. Verdammt, es war schließlich nicht seine Tochter oder sonst jemand, für den er verantwortlich gewesen wäre. Sollte sie doch in ihr Unglück laufen, wenn sie unbedingt wollte! Natürlich tat er es nicht. Statt dessen fluchte er herzhaft – allerdings nicht sehr laut – und folgte ihr. »Verdammt, warte!« rief er.

Tatsächlich blieb Astrid stehen und sah zu ihm zurück, während er ungeschickt hinter ihr herhumpelte. Aus seinen Füßen war jegliches Gefühl gewichen, und jetzt, wo er nicht mehr über halbwegs glatten Schnee ging, fiel es ihm schwer, überhaupt die Balance zu bewahren. Brenner ruderte mit den Armen, um sein Gleichgewicht zu halten und nicht der Länge nach auf die Nase zu fallen. Er war sich bewußt, daß er einen ziemlich albernen Anblick bieten mußte, und dieses Wissen schürte seinen Groll auf die Kleine noch. Nicht genug, daß die ihm Schwierigkeiten machte, als würde sie dafür bezahlt, sie ließ ihn auch noch wie einen kompletten Idioten dastehen. Sie war wirklich ein Herzchen.

»Also gut«, sagte er mit einem demonstrativen Blick auf die Armbanduhr. »Fünf Minuten. Wenn wir Dornröschens Schloß bis dahin nicht gefunden haben, kehren wir um.«

»Du hast wirklich deinen witzigen Tag, wie?« gab Astrid zurück; ohne eine Spur von Humor – und übrigens auch, ohne auf seinen Vorschlag zu antworten. Sie ging weiter.

»Sag mal« – Brenner platzte endgültig der Kragen – »bist du eigentlich von zu Hause abgehauen, oder haben deine Eltern dich rausgeschmissen?«

Sie zuckte mit den Achseln und antwortete, ohne ihn anzusehen. »Ich bin gegangen, ehe sie einen Vorwand dafür gefunden haben. Und du?«

Brenner verstand die Frage nicht.

»Ich meine: Wie war es bei dir? Bist du zu Hause geblieben, hast dein Abi und eine Lehre gemacht und dir ein hübsches Appartement von deinen Alten einrichten lassen, nachdem du den Bund hinter dich gebracht hast?«

»Ich war nicht beim Bund«, antwortete er automatisch. »Aber sonst stimmt es – ungefähr. Wieso?«

»Ja, so ungefähr hab' ich mir das gedacht.« Astrid seufzte. Sie sprach nicht weiter, doch es war ein Schweigen irgendwie *anderer* Art als das, was bisher zwischen ihnen geherrscht hatte.

Brenner war verwirrt. Dieses Mädchen irritierte ihn, denn es war gar nicht so berechenbar, wie er bisher trotz allem geglaubt hatte – für einen Mann, dessen Leben zum größten Teil aus Statistiken, Zahlen, vorausberechneten Risiken und Provisionsabrechnungen bestand, ein Graus. Aber zugleich empfand er auch eine fast schon absurde Mischung aus Mitleid und Verantwortungsgefühl. Schließlich war er – ob absichtlich oder nicht – schuld daran, daß sie sich in dieser Lage befand. Niemand hatte ihn gezwungen, anzuhalten und sie mitzunehmen; schon gar nicht in einem Wagen mit fast leerem Tank. Gut – niemand hatte *sie* gezwungen einzusteigen. Aber trotzdem ... Sie wäre jetzt nicht hier, ohne ihn.

Aber da war auch noch mehr. Er spürte, daß mit dem Mädchen etwas nicht stimmte. Sie hatte Probleme – *große* Probleme. Ihre Aggressivität war nichts als ein Schutz, den sie zwischen sich und dem Rest der Welt aufgebaut hatte, eine Mauer, die ganz bewußt so stachelig war, daß niemand zweimal auf die Idee kam, sie zu berühren.

Während sie schweigend durch den dichter werdenden Wald gingen, versuchte Brenner verstohlen ihr Gesicht zu betrachten, ohne daß sie es merkte. Ihm fiel erst jetzt wirklich auf, wie sehr das Mädchen unter der Kälte litt – viel mehr als er. Ihre Haltung war so verkrampft, als versuche sie mit angehaltenem Atem zu gehen, und sie wechselte den Rucksack immer öfter von einer Schulter auf die andere. Sie war schon vorhin blaß gewesen, als sie in den Wagen gestiegen war; jetzt hatte ihr Gesicht eine Farbe irgendwo zwischen Grau und gar nichts angenommen, die es regelrecht krank aussehen ließ. Manchmal bewegten sich ihre Lippen, als spräche sie mit sich selbst oder als hätte sie Schmerzen.

Brenner hütete sich, sie zu fragen, was mit ihr nicht stimmte. Er hätte sowieso nur eine patzige Antwort bekommen oder gar keine. Aber er entschuldigte sich zumindest in Gedanken bei ihr für das eine oder andere, was er zu ihr gesagt – und vor allem über sie *gedacht* hatte. Allerdings nicht für alles.

»Da stimmt was nicht.« Styper hob erschrocken die linke Hand an den Helm und preßte sie gegen die Stelle, an der sich der integrierte Kopfhörer befand. Für eine Sekunde nahm sein Gesicht jene scheinbar ausdruckslose Starre an, die höchste Konzentration verriet. Dann nahm er die Hand herunter und sagte laut und fast schon übertrieben artikuliert: »Scheiße!«

»Was ist los?« fragte McCormack. Automatisch wollte auch er nach dem Verbindungskabel greifen, das seinen Helm ins interne Kommunikationsnetz des *Apache* einstöpselte – er hatte es bisher nicht getan, zwar vorschriftswidrig, aber wozu, auf einem so kleinen Routinehüpfer wie diesem –, als Styper antwortete:

»Genau wissen sie es anscheinend auch nicht. Aber es sieht so aus, als hätte jemand die Connor-Base überfallen.«

McCormack starrte ihn aus weit aufgerissenen Augen an. Doch er kam nicht mehr dazu, eine weitere Frage zu stellen, denn Styper beschleunigte so abrupt, daß er regelrecht in den Sitz hineingeprügelt wurde, während der *Apache* wie ein stählerner Pfeil nach Osten schoß.

In einem Punkt hatte Astrid sogar recht gehabt: Es war unter dem schützenden Blätterdach tatsächlich wärmer als draußen auf der Straße. Sogar *wesentlich* wärmer Die Temperaturen lagen zwar auch hier sicherlich unter Null, aber das Schlimme war der Wind gewesen, der ohne die geringste Mühe durch seine Kleider gedrungen war und seine Körperwärme ebenso schnell aufzehrte, wie er sie produzieren konnte. Und noch etwas geschah, womit er nicht gerechnet hatte: Nachdem er sich erst einmal an das Gehen auf dem Waldboden gewöhnt hatte, fiel es ihm erstaunlich leicht, fast leichter als auf der asphaltierten Straße – eine Erfahrung übrigens, die viele Menschen machten, die den größten Teil ihres Lebens in zubetonierten Städten verbrachten und alles, was weiter als hundert Meter war, mit dem Wagen erledigten.

Natürlich hatten sie *nicht* an der ersten Biegung haltgemacht; und sie waren schon gar nicht umgekehrt. Brenner hatte nicht einmal widersprochen, als Astrid einfach weitergegangen war, sondern nur – und selbst das nur in Gedanken – mit den Achseln gezuckt und sich in sein scheinbar unvermeidliches Schicksal gefügt. Er hatte einfach keine Lust mehr, sich zu streiten. Eine sonderbare Art von Müdigkeit hatte von ihm Besitz ergriffen; als fülle die Kälte das Vakuum, das sie in ihm erzeugte, mit unsichtbaren Bleigewichten wieder aus, die nicht nur an seinen Gliedern zerrten, sondern auch seine Gedanken und seinen Willen lähmten; vor allem den, sich mit einer pubertierenden Sechzehnjährigen aussichtslose Rededuelle zu liefern. Wozu?

Der Pfad beschrieb eine weitere Biegung, diesmal beinahe im Neunzig-Grad-Winkel, so daß Brenner bis zum letzten Moment nicht sehen konnte, was dahinter lag, und um ein Haar gegen das schmiedeeiserne Tor gerannt wäre, das den Weg blockierte. Kaum zehn Zentimeter von den rostigen Stäben entfernt blieb er abrupt stehen. Der Anblick kam so überraschend, daß er ein paar Sekunden brauchte, bis er überhaupt begriff, was er sah.

»Na?« sagte Astrid hinter ihm. Sie gab sich keine Mühe, den triumphierenden Ton in ihrer Stimme zu unterdrücken. »Glaubst du immer noch, daß der Weg nur zu einem *Holzstapel* führt?«

Das glaubte Brenner zwar schon seit einer geraumen

Weile nicht mehr, aber er sah keinen Anlaß, es zuzugeben. Außerdem hielt er Astrids Triumph für etwas verfrüht – vorsichtig formuliert. Ganz im Gegenteil: Je länger er das Hindernis studierte, desto mehr kam er zu dem Schluß, daß der Befund eher *ihm* recht gab.

Es war ein äußerst massives Tor; zwar alt – *uralt*, um genau zu sein –, aber nichtsdestoweniger fest genug, auch einem durchaus ernst gemeinten Versuch zu trotzen, es ohne den dazugehörigen Schlüssel zu öffnen. Es stand keineswegs allein auf dem Pfad, sondern gehörte zu einem beeindruckend großen Zaun, der beiderseits des Weges im Wald verschwand und in regelmäßigen Abständen von gemauerten Säulen durchbrochen war, an denen man die einzelnen Zaunfelder aufgehängt hatte. Der Zaun war zwei Meter hoch und mit gefährlich aussehenden Spitzen versehen.

»Was ist?« fragte Astrid ungeduldig. »Mach es auf.«

Brenner zögerte. Es war nur ein Gefühl, aber ...

»Ich weiß nicht«, sagte er. »Vielleicht sollten wir besser umkehren.«

»Bist du verrückt?« Astrid riß ungläubig die Augen auf. »Hier wohnen Menschen, das sieht doch jeder. Willst du vielleicht noch eine Stunde durch den Schnee latschen?«

Nein, das wollte er nicht, und ja, selbst er hatte mittlerweile begriffen, daß sie sich einer menschlichen Behausung näherten – vermutlich wirklich einem Schloß oder einem großen Gutshof, der sich hier mitten im Wald verbarg. Und trotzdem zögerte er noch immer. Sein Beruf brachte es mit sich, daß er ein Gespür dafür entwickelt hatte, ob ein Schild »ZUTRITT VERBOTEN« ernst gemeint war oder nicht; und das hier *war* ernst gemeint, auch wenn es nicht wirklich dahing. Er wandte sich wieder dem Tor zu und betrachtete es noch einmal, und diesmal sehr viel aufmerksamer.

Die einzelnen Stäbe waren so dick wie sein Daumen und weit über zwei Meter hoch, und die Zwischenräume sahen großzügig bemessen *aus*, ohne es jedoch wirklich zu sein. Das Schloß erinnerte auf den ersten Blick an einen fast formlosen Klumpen aus Rost, der auseinanderfallen mußte, wenn man ihn auch nur scharf ansah, aber auch dieser Eindruck täuschte. Brenner brauchte nur eine Sekunde, um das dünne, in einem unauffälligen Rotbraun gehaltene Kunststoffkabel zu entdecken, das sich an einem der Gitterstäbe entlangringelte und im Schloß verschwand.

Brenners Blick folgte dem Kabel bis zu der Säule rechts des Weges, an deren Fuß es im Boden verschwand. Ein zweites, im tarnenden Grau der Steinsäule gehaltenes Kabel stieg daneben bis zu deren Spitze empor und wurde zu einem dünnen Draht, der sich eine Handbreit unter der Spitze des Zaunes entlangzog. Normalerweise wäre er kaum sichtbar gewesen. Selbst jetzt, wo er wußte, wonach er zu suchen hatte, erkannte er ihn nur, weil die Kälte ihn mit einem dünnen Eispanzer umgeben hatte, auf dem sich das Licht brach.

»Siehst du das da?« Er deutete auf den Draht. Astrid nickte, aber er sah ihr an, daß sie nicht wirklich begriff, was sie sah.

»Ein Kontaktdraht«, sagte er gewichtig. »Wahrscheinlich gehört er zu einer Alarmanlage, die sofort losheult, wenn jemand den Zaun auch nur anfaßt. Und dort.« Während sein Blick dem Draht gefolgt war, hatte er etwas entdeckt, worauf er Astrid nun mit einer entsprechenden Geste aufmerksam machte. »Der Schatten dahinten, rechts an der großen Eiche. Siehst du ihn?«

Astrids Augen wurden schmal, als sie sich konzentrierte. »Eine ... Kamera?« murmelte sie.

»Und zwar eine ziemlich moderne«, bestätigte Brenner. »Irgend jemand hat sich da ziemliche Mühe gemacht, sein Grundstück zu sichern. Ich weiß nicht, ob wir wirklich weitergehen sollten.«

»Was glaubst du, was dahinter ist?« fragte Astrid böse. »Frankensteins Schloß?«

Brenner lachte nicht. Er fand ihre Worte wenig komisch. Er hatte die Erfahrung gemacht, daß Leute, die sich solche Mühe gaben, ihr Anwesen zu schützen, meistens auch einen Grund dazu hatten oder es zumindest glaubten – was auf dasselbe hinauslief: Sie reagierten entsprechend ungehalten, wenn man ihre Warnungen ignorierte. Außerdem sah er gar keine *Möglichkeit* weiterzugehen. Das Tor war verschlossen, und es gab weder eine Klinke noch einen Klingelknopf oder irgendeine Entsprechung dazu. Eigentlich nur, um sich zu bestätigen, streckte er die Hand aus und rüttelte an den Gitterstäben. Das Ergebnis war genau so, wie er erwartet hatte – das Tor rührte sich nicht. Es war tatsächlich so massiv, wie es aussah.

»Laß uns umkehren«, sagte er.

»Ich rühre mich keinen Schritt mehr von der Stelle«, sagte Astrid, und das in einem Ton, der ihm unmißverständlich klarmachte, daß sie diese Worte ernst meinte. Und konsequent, wie sie nun einmal war, bewegte sie sich gleich darauf ein halbes Dutzend Schritte zur Seite, so daß sie unmittelbar vor der Videokamera stand, auf die Brenner sie aufmerksam gemacht hatte.

»Heda, ihr da drinnen!« rief sie, während sie beide Arme in die Höhe hob und winkende Bewegungen vollführte. »Wenn ihr uns sehen könnt: Wir brauchen Hilfe! Wir sind mit dem Wagen liegengeblieben!«

Brenner wußte für einen Moment nicht, welches Gefühl überwog – sein Ärger über Astrids Starrsinn oder der über sich selbst, daß *er* nicht auf diese Idee gekommen war. Wahrscheinlich irrte sich Astrid, was die Möglichkeiten des Besitzers der Kamera angingen, sie zu hören – aber ihre Gesten und vor allem ihr Anblick mußten jedem klarmachen, daß sie keine Sonntagsspaziergänger waren, die sich im Wald verlaufen hatten.

Eine Reaktion blieb allerdings aus. Astrid fuhrwerkte noch eine ganze Weile mit beiden Händen in der Luft herum, sagte ihren Spruch in verschiedenen Variationen auf und vollführte einige schon fast komisch anmutende Verrenkungen, ohne daß auch nur irgend etwas geschah. Weder sprang das Tor mit einem elektrischen Klicken auf, um sie einzulassen, noch meldete sich ein verborgener Lautsprecher – Brenner war sehr sicher, daß beides möglich gewesen wäre –, und es *kam* schon gar niemand, um ihnen zu helfen. Entweder man hatte sie nicht gesehen – oder man *wollte* sie nicht sehen.

»Also gut«, sagte Astrid schließlich. »Dann eben anders.« Sie stampfte wütend mit dem Fuß auf und sah dadurch für eine halbe Sekunde vollends wie ein trotziges Kind aus. Dann trat sie dichter an den Zaun heran, hob die Arme und begann ungeschickt an den rostigen Gitterstäben emporzuklettern.

»He!« sagte Brenner erschrocken. »Was hast du vor?«

»Das siehst du doch«, antwortete Astrid, ohne mit Klettern innezuhalten. »Also stell nicht so blöde Fragen, sondern hilf mir lieber.«

»Aber du kannst doch nicht –«, begann Brenner und machte eine hastige Bewegung, als sie den Halt verlor und abzurutschen drohte. Sie fing sich im letzten Moment wieder, zog sich aber eine häßliche Schramme an der rechten Hand zu, die sofort und sehr heftig zu bluten begann. Fluchend kletterte sie wieder vollends nach unten, preßte die Hand unter die Achsel und verzog das Gesicht.

»Und ob ich kann«, sagte sie gepreßt. »Du kannst ja hierbleiben und ein bißchen frieren. Oder meinetwegen auch zurückmarschieren. Ich schick' dir ein Taxi, sobald ich in die Nähe eines Telefons komme. Ehrenwort.«

»Laß mich deine Hand sehen«, bat Brenner. Er war beinahe selbst überrascht, als Astrid nach dem obligatorischen trotzigen Blick tatsächlich die Hand unter dem Arm hervorzog und ihm hinhielt. Der Kratzer war sehr tief; wahrscheinlich nicht gefährlich, vorausgesetzt, die Wunde wurde gesäubert und anständig verbunden, ehe sie sich entzünden konnte, aber es mußte höllisch schmerzen.

»Das sieht nicht gut aus«, sagte er.

»Ich weiß«, maulte Astrid. Sie schien zu begreifen, daß er wenig mehr als sie von Erster Hilfe verstand – vor allem solcher ohne einen Verbandskasten oder irgendwelchen anderen Hilfsmitteln –, denn sie zog die Hand mit einem Ruck zurück und funkelte ihn an. »Ein Grund mehr, hier nicht länger blöd rumzustehen. Was ist jetzt? Hilfst du mir oder nicht?«

Brenner überlegte nur noch einen Augenblick. Seine *Vernunft* sagte ihm, daß es verrückt war, dem Vorschlag des

Mädchens zu folgen – es war ziemlich schwer zu übersehen, daß der, dem das Gelände auf der anderen Seite des Zaunes gehörte, nicht wollte, daß Fremde es betraten. Möglicherweise waren der Kontaktdraht und die Kamera nicht alle Sicherheitsvorkehrungen, die er getroffen hatte. Was, wenn sie auf streunende Wachhunde stießen oder auf bewaffnete Posten, die erst schossen und dann nachsahen, was sie getroffen hatten? Aber seine Füße, die mittlerweile zu soliden Eisklumpen mutiert waren und wahrscheinlich am Boden festfrieren würden, wenn er noch einige Minuten länger hier herumstand, behaupteten das Gegenteil – und wahrscheinlich war es tatsächlich so, daß seine Phantasie mit ihm durchging. Sie waren hier nicht im Wilden Westen. Schließlich waren sie keine Einbrecher, sondern Menschen, die tatsächlich *Hilfe* brauchten; vielleicht nötiger, als er sich eingestehen wollte.

»Also gut«, sagte er. »Aber wenn wir dort drüben sind, tust du, was *ich* sage, ist das klar? Keine Diskussionen, keine faulen Kompromisse. Wenn wir jemanden treffen, rede ich, und du hältst die Klappe.«

»Ja, Papi«, antwortete Astrid.

Brenner blieb ernst. »Ich meine es ernst«, sagte er. »Irgend jemand hat sich da verdammt viel Mühe gegeben, sein Eigentum zu sichern. Ich weiß nicht, ob er sehr begeistert ist, wenn wir plötzlich an seine Tür klopfen.«

»Er wird noch weniger begeistert sein, wenn die Polizei bei ihm anklopft und ihn fragt, wie die beiden erfrorenen Leichen vor sein Tor kommen«, antwortete Astrid, und ihre Worte hörten sich fast ebenso ernst an wie seine. Plötzlich mußte er daran denken, wie ungeschickt sie sich angestellt hatte, als sie versuchte, über den Zaun zu steigen. Das Mädchen war mit seinen Kräften am Ende. Er übrigens auch.

Brenner war der erste, der sich an die Übersteigung des Zaunes machte – ein Unternehmen, das sich als weit schwieriger erwies, als er erwartet hatte. Seine Finger waren so steifgefroren, daß er sich nur mit Mühe an den rostigen Stäben festklammern konnte, und die Anstrengung, sein Körpergewicht daran in die Höhe zu ziehen, ließ eine Woge heißen Schmerzes durch seine Hände schießen, die ihm fast die Tränen in die Augen trieb. Astrid war diplomatisch genug, keinen Laut von sich zu geben, sondern ihm mit unbewegtem Gesicht zuzusehen, aber Brenner war klar, daß er sich kaum geschickter anstellte als sie gerade. Die zwei Meter Zaunhöhe, die, vom Boden aus betrachtet, gar nicht so schlimm ausgesehen hatten, erwiesen sich als fast unüberwindlich. Brenner zitterte vor Anstrengung am ganzen Leib, als er das Bein über die eisverkrusteten Spitzen schwang und ungeschickt auf der anderen Seite nach einem Halt tastete.

»Paß bloß auf, daß du dir keine edlen Körperteile verletzt«, rief ihm Astrid grinsend zu.

»Haha«, machte Brenner – und bewegte sich noch ein bißchen vorsichtiger. So ganz unrecht hatte sie nicht. Wenn er auf dem vereisten Metall abrutschte, konnte er sich nicht nur ein paar Körperteile verletzen, sondern sich unversehens aufgespießt wie ein Schmetterling in einer Sammlervitrine wiederfinden. Behutsam setzte er den Fuß auf eine Querstrebe, wippte ein paarmal hin und her, um sich von der Festigkeit seines Haltes zu überzeugen, und streckte die Hand aus.

»Komm rauf. Ich helfe dir.«

Astrid folgte ihm. Brenner registrierte mit einem absurden Gefühl von Neid, daß sie sich trotz ihrer verletzten Hand diesmal um einiges geschickter anstellte als er. Sie brauchte nur einige Sekunden, um hoch genug zu klettern, damit sie seine ausgestreckte Hand ergreifen konnte. Brenner zog sie mit einem mehr gutgemeinten als kraftvollen Ruck in die Höhe. »Paß mit den Spitzen auf«, sagte er. »Sie sind gefährlich.«

Sehr behutsam schwang Astrid zuerst das eine, dann das andere Bein über den Zaun. Sie berührte dabei mehrmals den Alarmdraht; falls man sie auf dem Videomonitor nicht gesehen hatte, würde spätestens jetzt irgendwo eine Lampe aufleuchten. Gut so, dachte Brenner. Das letzte, was er wollte, war, wirklich für einen Einbrecher gehalten zu werden.

Astrid hatte den Zaun überstiegen und versuchte auf der anderen Seite herunterzuklettern, wozu sie sich mit beiden

Händen an den rostigen Stäben festhielt. Aber sie hatte wohl ihre Verletzung vergessen, denn sie verlor plötzlich den Halt, fuchtelte eine halbe Sekunde lang wild mit dem Arm in der Luft herum und verlor dann vollends die Balance. Mit einem kleinen Schrei kippte sie nach hinten. Brenner versuchte sie zu halten, aber er hatte wohl vergessen, daß er nicht auf ebener Erde stand, und eine Sekunde später landeten sie beide aneinandergeklammert am Boden.

Der Sturz war nicht sehr tief, und sie fielen in schon halb aufgetauten Morast, der ihrem Aufprall den größten Teil der Wucht nahm. Trotzdem war der Sturz hart genug, daß Brenner eine Sekunde lang benommen liegenblieb, zumal Astrid auf ihn gefallen war und ihr Körpergewicht – zwar keine fünfzig Kilo, aber das *aus zwei Metern Höhe* – ihm die Luft aus den Lungen getrieben hatte. Er fühlte sich benommen. Nein, sie hätten *wirklich* nicht über diesen Zaun steigen sollen.

Sie waren sich so nahe wie niemals zuvor; zwar nur für eine Sekunde und alles andere als freiwillig, aber Astrids Fluchtdistanz war eindeutig unterschritten – Brenner sah Panik in ihrem Blick aufflammen, und sie sprang so rasch in die Höhe, daß sie sofort wieder ausglitt und neben ihm in den Schlamm stürzte. Sie fiel diesmal unglücklicher – auf dem weichen Boden verletzte sie sich zwar nicht, aber als sie ihren Sturz abzufangen versuchte, landete sie zielsicher in einer Pfütze. Als sie sich wieder aufrichtete, waren ihr Gesicht und ihr Haar voller Schlamm.

»Hast du dir weh getan?« fragte Brenner. Beinahe hoffte er es. Natürlich nichts Schlimmes: eine Zerrung, ein verstauchter kleiner Finger oder ein hübscher blauer Fleck am Hintern; sie hatte ihn mittlerweile weit genug gereizt, daß er sich durchaus ein wenig Schadenfreude gönnte.

Astrid schüttelte zornig den Kopf, als er sich auf das rechte Knie hochstemmte und die Hand nach ihr ausstreckte, so daß er die Bewegung nicht weiterführte, sondern statt dessen vollends aufstand. Zumindest er *hatte* sich verletzt – sein linkes Handgelenk tat erbärmlich weh. Mit zusammengebissenen Zähnen schob er den Ärmel von Astrids Strickpullover hoch und betrachtete seine Hand. Zu sehen war nichts, aber das Pochen wurde immer schlimmer, obwohl er die Hand bewegen konnte. Wahrscheinlich verstaucht, dachte er. Man sagte, daß so etwas mehr schmerzen sollte als ein glatter Bruch, und das schien zu stimmen.

Er spürte Astrids Blick auf sich ruhen, schüttelte den Ärmel mit einer ärgerlichen Bewegung wieder herunter und drehte sich zu der Videokamera um. Irrte er sich, oder hatte sie sich tatsächlich bewegt?

Vorsichtshalber hob er beide Arme über den Kopf, winkte übertrieben heftig und oft und deutete dann mit noch übertriebenerer Gestik zuerst auf sich und Astrid, dann auf den Zaun und schließlich in die Richtung, in der er das dazugehörige Gebäude vermutete.

»Was wird denn das, wenn es fertig ist?« erkundigte sich Astrid.

»Ich will nur sichergehen, daß uns niemand für Einbrecher hält und die Hunde auf uns hetzt oder gleich mit einem Gewehr kommt«, antwortete Brenner.

»Einbrecher?« Astrid lachte, nahm die Brille ab und versuchte die Gläser mit einem Zipfel ihres Pullovers notdürftig sauberzuwischen. »Wenn uns tatsächlich irgend jemand beobachtet hat, hat er sich wahrscheinlich halb tot gelacht«, sagte sie. »Sie werden uns fragen, ob wir mit der Nummer noch frei sind.«

Brenner lachte nicht, sondern begann mit übertrieben hektischen Bewegungen, sich den Schmutz aus den Kleidern zu klopfen – wenigstens versuchte er es. Irgendwie brachte Astrid das Kunststück fertig, ihm das Gefühl zu geben, daß er die alleinige Schuld an ihrem Mißgeschick trug; außerdem haßte er nichts so sehr wie das Gefühl, sich zum Narren zu machen, und genau das tat er praktisch ununterbrochen, seit sich ihre Wege gekreuzt hatten. Brenner verfluchte zum hundertsten Male an diesem Morgen seine eigene Faulheit, sämtliche weibliche Wesen auf diesem Planeten und vor allem die Kreditkartengesellschaft, auf deren leere Versprechungen er hereingefallen war.

Nachdem es ihm mit erheblicher Mühe gelungen war, aus den Matschklumpen an seiner Hose und dem geliehenen Pullover die gleiche Anzahl schmieriger, feucht glänzender Flecke zu machen, wandte er sich um, ging die wenigen Schritte zum Tor zurück, wobei er es sorgsam vermied, in ihre Richtung zu sehen, und marschierte schweigend los, als er hörte, daß sie aufstand und ihm folgte.

Der Weg setzte sich auf dieser Seite fort, aber er befand sich in wesentlich besserem Zustand. Hinter der nächsten Biegung, die nur ein knappes Dutzend Schritte entfernt war, löste plötzlich eine geteerte Fahrspur die ausgewaschene Rinne ab. Das Unterholz rechts und links der Straße war sorgsam zurückgeschnitten, und hier und da entdeckte er Stellen, an denen der Straßenbelag offenbar erst vor kurzem erneuert worden war. Beginnender Verfolgungswahn oder nicht – Brenner hatte immer mehr das Gefühl, daß sie nicht hier sein sollten. Der erbärmliche Zustand der Straße auf der anderen Seite des Zaunes war kein Zufall. Wer immer hier wohnte, legte großen Wert darauf, nicht entdeckt zu werden.

»Was kann das hier sein?« fragte Astrid nach einer Weile. Sie hatte zu ihm aufgeschlossen. »Ein Schloß oder ein Kloster?«

»Keine Ahnung«, antwortete Brenner kurz angebunden. »Wir werden es bald wissen. Hoffentlich.«

Wieder verfielen sie für hundert oder auch zweihundert Schritte in brütendes Schweigen, dann sagte Astrid: »Das mit uns läuft irgendwie nicht richtig, wie?«

Überrascht blieb er stehen und drehte sich zu ihr um. »*Was* läuft nicht richtig?« fragte er betont. Er gab ihr gar keine Gelegenheit, zu antworten, sondern fuhr in hörbar schärferem Ton fort: »Ich wüßte nicht, was zwischen uns *laufen* sollte, Kindchen. Wir sind in einer ziemlich miesen Situation, aber mit ein bißchen Glück ist in ein paar Minuten alles vorbei, und dann werden sich unsere Wege trennen und hoffentlich nie wieder kreuzen.«

Astrid wirkte völlig verstört. Sein Angriff kam so überraschend und – wie er sich widerwillig eingestand – grundlos, daß sie ihn gar nicht begriff. »Aber –«

»Und nur damit das klar ist«, fuhr er im gleichen Ton fort. »Niemand hat dich gezwungen, bei diesem Sauwetter per Anhalter zu fahren, und niemand hat dich gezwungen, in meinen Wagen zu steigen. Komm also bitte nicht auf die Idee, irgendwelches dummes Zeug rumzuerzählen, okay?«

Astrids Augen waren plötzlich so hart wie das Eis, das auf den Ästen glitzerte. »Du überschätzt dich, Alter«, sagte sie. »Für einen Moment habe ich gedacht, du wärst in Ordnung, aber du bist auch nicht anders als all die anderen Arschlöcher. Ich werde bestimmt nicht –«

Das Brummen eines näherkommenden Motors unterbrach sie. Brenner und sie drehten sich im gleichen Moment herum und erkannten die leuchtenden Kreise eines Scheinwerferpaares, das sich ihnen rasch näherte. Also hatte doch jemand an dem zu der Videokamera gehörigen Monitor gesessen und sie beobachtet.

Brenner trat mit einer raschen Bewegung an den Straßenrand und sah dem näherkommenden Scheinwerferpaar entgegen. Hinter den Lichtern erschien ein massiger Umriß, der zu den kantigen Linien eines betagten Geländewagens wurde, welcher rasch auf sie zuhielt und schließlich kaum einen Meter vor Astrid zum Stehen kam. Die Seitenscheibe wurde heruntergekurbelt, und ein bärtiges, vom Pelzfutter einer hochgeschlagenen Kapuze eingerahmtes Gesicht lugte zu ihnen heraus. Bart und Futter hatten fast dieselbe Farbe, so daß es schwer war, zu sagen, wo das eine aufhörte und das andere begann. Die Augen, die zu diesem Gesicht gehörten, blickten nicht besonders freundlich.

»Hallo«, sagte Brenner – was vielleicht nicht besonders intelligent, aber das einzige war, was ihm aus dem Stegreif einfiel.

Der Bärtige erwiderte seinen Gruß nicht, sondern musterte abwechselnd ihn und das Mädchen aufmerksam und mehrmals hintereinander, ehe er die Tür öffnete und umständlich aus seinem Jeep herauskletterte. Das hieß – eigentlich *hievte* er sich mühsam ins Freie. Der Jeep war so groß, wie es Geländewagen nun einmal sind, aber neben dem Fremden wirkte er wie ein Spielzeugauto. Brenner hatte nie zuvor einen größeren Mann gesehen.

»Wer sind Sie?« fragte er. »Sie befinden sich hier auf Privatbesitz. Haben Sie das Schild nicht gesehen?«

»Was für ein Schild?« erwiderte Brenner. Das fing ja gut an – genau so, wie er befürchtet hatte. Konnte er sich mit seinen düsteren Zukunftsprognosen nicht wenigstens einmal irren?

»Das, auf dem steht: *Privatbesitz. Betreten verboten*«, antwortete der Riese betont.

»Da war kein Schild«, sagte Astrid. »Jedenfalls haben wir keins gesehen.«

Der Fremde blickte aus einer Höhe von gut zwei Meter zehn auf sie herab, runzelte die Stirn und sah plötzlich nicht nur wie ein Märchenriese, sondern wie ein ausgesprochen *schlechtgelaunter* Riese aus. »Wahrscheinlich ist es wieder runtergefallen«, seufzte er. »Ich habe es schon ein dutzendmal festgenagelt, aber es hält einfach nicht.«

»Die Bäume sind auch nicht mehr das, was sie mal waren«, witzelte Brenner. Wenn er geglaubt hatte, mit diesem lahmen Scherz die Laune seines Gegenübers zu heben, sah er sich getäuscht. Der Blick der dunklen Augen konzentrierte sich nun auf ihn, und er wirkte plötzlich um einiges unfreundlicher als gerade, als er Astrid angesehen hatte.

»Ich nehme an, das Tor und der Zaun sind auch umgefallen«, sagte er, »oder ihr habt es jedenfalls nicht gesehen, wie?«

»Wir brauchen Hilfe«, antwortete Brenner. »Hören Sie – ich weiß, daß wir auf Privatbesitz sind. Wir wollen Ihnen bestimmt keinen Ärger machen, aber wir ...«

»Uns ist der Sprit ausgegangen«, mischte sich Astrid ein. »Vier oder fünf Kilometer von hier. Wir waren auf der Suche nach einer Tankstelle und haben den Weg ganz zufällig entdeckt. Können Sie uns helfen?«

Brenner registrierte überrascht den freundlichen Ton in Astrids Stimme, den er ihr bis zu diesem Moment gar nicht zugetraut hätte. Allerdings wirkte er so wenig wie sein mißlungener Versuch, einen Scherz zu machen.

»Das Benzin?« wiederholte der Riese. »Es gibt eine Tankstelle im Ort, zwei Kilometer die Straße hinunter.«

Zwei Kilometer? Das hieß, hinter dem nächsten Hügel, vor dem sie von der Straße abgebogen waren. Brenner unterdrückte nur mit Mühe den Impuls, dem Mädchen einen zornigen Blick zuzuwerfen. »Vielleicht könnten Sie uns hinbringen«, sagte er. »Ich weiß, es ist viel verlangt, aber wir sind ... ziemlich erschöpft. Und das Mädchen ist verletzt.« Er deutete auf Astrids Hand. Sie hatte aufgehört zu bluten, aber die Wunde war so mit halb eingetrocknetem Morast verkrustet, daß sie wahrscheinlich allen Grund hatte, sich mittlerweile *wirklich* Sorgen zu machen.

»Verletzt? Was ist passiert?«

»Nichts«, antwortete Astrid, während sie sich alle Mühe gab, Brenner mit Blicken aufzuspießen. Ganz instinktiv verbarg sie die Hand unter der Achsel. »Das ist nur ein Kratzer.«

»Trotzdem – laß mich sehen.« Der Fremde griff nach Astrids Hand, zog sie heran, ohne ihre halbherzige Gegenwehr zur Kenntnis zu nehmen, und musterte sie auf eine Art, die Brenner klarmachte, daß er etwas von dem verstand, was er tat.

»Für einen Kratzer ganz schön tief«, sagte er stirnrunzelnd. »Wie ist das passiert?«

»Ich war ungeschickt«, antwortete Astrid und riß ihre Hand los. »Als ich über den Zaun steigen wollte.«

»Über den Zaun, so?« Etwas war in der Stimme des Hünen – und viel mehr noch in dem Blick, den er ihm flüchtig zuwarf –, was Brenner nicht gefiel. Aber er kam nicht dazu, sich für etwas zu verteidigen, was er gar nicht getan hatte, denn der Fremde fuhr fort: »Na ja, jedenfalls muß die Wunde versorgt werden, und zwar schnell. Ich nehme euch mit.«

»Es reicht, wenn Sie uns zum Wagen –«, begann Brenner, nur um sofort unterbrochen zu werden:

»Das dürfte euch wenig nutzen, denke ich. Bis ihr im Ort jemanden findet, der euch einen Reservekanister leiht und euch zu eurem Wagen zurückbringt, habt ihr euch längst eine Lungenentzündung geholt.« Er deutete auf den Jeep. »Steigt ein. Bruder Antonius wird mich zwar steinigen, aber ich kann euch unmöglich so zurückschicken.«

Astrid kletterte in den Wagen, nahm auf der Rückbank Platz und legte ihren Rucksack auf den Sitz neben sich, damit Brenner erst gar nicht auf die Idee kam, sich etwa neben sie zu setzen. Umständlich stieg er über den Fahrersitz und den überlangen Schalthebel hinweg und machte es sich bequem, soweit dies auf dem praktisch nur aus nacktem Drahtgeflecht bestehenden Sitz möglich war. Als der Hüne in den Wagen stieg, schien der Jeep plötzlich auf einen Bruchteil seiner normalen Größe zusammenzuschrumpfen; Brenner hatte für eine Sekunde das Gefühl, in einem Swimming-pool zu sein, in den sich ein ausgewachsener Wal verirrt hatte. Er rutschte auf dem Sitz zur Seite, so weit es ging. Trotzdem berührte die Schulter des Fahrers seine eigene.

Als sie losfuhren, verstand Brenner zumindest, warum sich der Mann in einen pelzgefütterten Anorak gehüllt hatte. Es war hier drinnen kälter als draußen; spürbar kälter sogar. Der Wagen machte nicht nur äußerlich den Eindruck, ein Überbleibsel aus dem letzten Weltkrieg zu sein, er mußte wohl auch von einem der Wüstenfeldzüge stammen, denn Brenner konnte nirgends einen Luxus wie eine Heizung oder auch nur ein Gebläse erkennen. Die Windschutzscheibe war so beschlagen, daß der Mann nur mit einer Hand lenken und schalten konnte; die andere brauchte er dazu, praktisch ununterbrochen über die Scheibe zu wischen und sich wenigstens ein kleines Guckloch freizuhalten.

Irgendwie brachte er trotzdem das Kunststück fertig, auf dem schmalen Weg zu wenden, ohne den Wagen gegen einen Baum zu rammen. Dann legte er mit einem Knirschen, das Brenner unwillkürlich auf fliegende Metallsplitter und herumspritzendes Getriebeöl warten ließ, den ersten Gang ein und fuhr los. Viel zu schnell. Die Reifen drehten auf dem zum Teil gefrorenen Boden durch, ehe er behutsam ein wenig Gas wegnahm und sich der Wagen rumpelnd in Bewegung setzte. Er schien kein sehr geübter Fahrer zu sein.

»Ich hoffe, wir machen Ihnen nicht zu viele Umstände«, begann Brenner – nur um überhaupt etwas zu sagen.

»Das machen Sie«, antwortete der andere. Er war auch kein sehr *höflicher* Mensch, wenngleich er anscheinend aufgehört hatte, sie zu duzen. »Aber ich kann Sie ja schlecht hier draußen erfrieren lassen. Womit fährt Ihr Wagen?«

»Wie?« meinte Brenner verständnislos.

Irgendwo in dem Gestrüpp aus Barthaaren und Pelzfutter entstand etwas wie ein Lächeln. »Mit Benzin oder Diesel?«

»Benzin«, antwortete Brenner. »Super, bleifrei – warum?«

»Der Wagen hier fährt mit Dieselöl«, antwortete der Riese. »Damit hätte ich Ihnen aushelfen können. Über Benzinvorräte verfügen wir hier leider nicht. Ich werde Sie ins Dorf bringen müssen.«

»Es reicht vielleicht schon, wenn ich telefonieren kann«, sagte Brenner. »Der ADAC kommt bestimmt. Ich habe einen Schutzbrief.«

»Wie schön für Sie«, sagte der Hüne spöttisch. Brenner hatte das sichere Gefühl, daß er nicht einmal *wußte*, was der ADAC war; geschweige denn ein Schutzbrief. »Leider verfügen wir nicht über ein Telefon. Aber irgendwie werden wir euch schon helfen, keine Sorge.«

Brenner starrte ihn verwirrt an. Kein Telefon? Ein Wagen, der aus dem Dreißigjährigen Krieg stammen mußte, und Godzilla als Fahrer? Wo, um alles in der Welt, waren sie da hingeraten?

Feuerschein und das abgehackte, scharfe Rattern einer Maschinenpistole schlugen ihnen entgegen, als sie die Baracke verließen. Zwei Meter vor der Tür lag ein umgestürzter Jeep, der vorhin noch nicht dagewesen war. Eines seiner Hinterräder drehte sich noch, das andere brannte. Einige Schritte entfernt lag ein toter Soldat, kaum einen Meter entfernt der Leichnam eines von Salids Männern. Trotzdem war der Kampf so gut wie vorbei. Salid wußte, daß sie gewonnen hatten. Im Grunde hatten sie das schon, bevor der Angriff begonnen hatte. Salid pflegte keine Aufträge zu übernehmen, die mit einem Fehlschlag endeten.

Das Lager war klein, und das letzte, womit das knappe Dutzend Soldaten hatte rechnen können, war, seine Waffen tatsächlich noch einmal *benutzen* zu müssen. Zehn Jahre Frieden hatten auch die gefürchteten amerikanischen Marines langsam und weich werden lassen. Salids Meinung zufolge wurden sie sowieso total überschätzt. Wäre es das Ziel ihres Überfalls gewesen, so hätten sie jetzt schon jedes Leben in diesem Lager ausgelöscht.

Salid sah auf die Uhr. Sie lagen genau im Zeitplan, trotz der Zeit, die sie in der Baracke verloren hatten.

Er opferte eine Minute, um mit einem Sprung hinter den umgestürzten Jeep zu gelangen und sich einen Überblick zu verschaffen. Außer den beiden Toten in seiner unmittelbaren Umgebung entdeckte er drei weitere Leichen, die aber allesamt amerikanische Uniformen trugen. Eine der beiden anderen Baracken brannte lichterloh; der dichte Qualm, der aus den Fenstern und dem bereits halb eingesunkenen Dach quoll, verwehrte ihm den Blick auf den Bereich dahinter, aber er hörte noch immer Schüsse. Kein Vernichtungsfeuer, auch nicht das hektische Hin und Her eines wirklichen Gefechts. Seine Männer feuerten nur noch, um die Marines nachhaltig zu motivieren, die Köpfe unten und die Finger von den Waffen zu lassen. Gut. Salid hatte seinen Männern befohlen, unnötiges Blutvergießen zu vermeiden – wobei er nicht genau definiert hatte, was er für *nötig* befand –; nicht aus Menschlichkeit oder Rücksicht, sondern weil ihm Verschwendung jeglicher Art zuwider war; auch die von Menschenleben. Außerdem waren diese Soldaten nicht seine Feinde. Sie standen nur zufällig auf der falschen Seite.

Salid rannte geduckt los. Im Zickzack näherte er sich der brennenden Baracke, schwenkte zehn Meter davor nach rechts und warf sich mit einem Fluch zu Boden, als eine Kugel kurz vor ihm den Morast hochspritzen ließ. Der Schuß war nicht gezielt, aber ein Zufallstreffer konnte genauso tödlich sein wie ein gezielter Schuß. Er mußte vorsichtig sein.

Vielleicht vor allem, was seine Beurteilung der Lage anging, denn als er den Kopf hob, explodierte der Boden vor ihm ein zweites Mal und überschüttete ihn mit einer Fontäne aus Eiswasser und Matsch. Offensichtlich war der Schuß doch nicht ganz so zufällig in seine Richtung gegangen, wie er bisher angenommen hatte.

Salids dunkle Augen verengten sich zu Schlitzen, während er nach dem Angreifer Ausschau hielt. Er entdeckte ihn fast sofort – einen verschwommenen Schatten in einem der Fenster, der sich in der lodernden Glut dahinter aufzulösen schien. Salid verspürte ein flüchtiges Gefühl von Erstaunen. Die Hitze in der brennenden Baracke mußte unvorstellbar sein. Er fragte sich, woher der Mann überhaupt noch die Energie nahm, auf ihn zu schießen.

Allerdings hielt ihn sein Erstaunen keinen Moment davon ab, seine eigene Waffe zu heben und auf den Marine zu feuern. Der Mann warf sich blitzschnell zur Seite, und der Schuß ging harmlos an ihm vorbei. Salid korrigierte die Richtung des Gewehrlaufes um einige Millimeter und drückte noch einmal ab. Die Kugel schlug in das Holz neben dem Fensterrahmen, ganz genau dort, wo der Amerikaner stehen mußte, und fetzte ein paar Holzsplitter heraus. Fast in der gleichen Sekunde erschien der Schatten erneut vor den Flammen. Salid hörte den Schuß nicht einmal, aber diesmal lag der Einschlag so nahe, daß er den heißen Luftzug des Geschosses spüren konnte.

Salid fluchte, schoß ebenfalls und registrierte befriedigt, wie sich der Mann wieder hinter seine Deckung zurückzog. Blitzschnell drehte er das Gewehr zur Seite, schraubte mit hastigen Bewegungen den Schalldämpfer ab und ließ ihn in den Morast fallen. Während er auf einer tieferen Ebene seines Bewußtseins, die das Geschehen vollkommen unbeteiligt beobachtete und wertete, begriff, daß er schon wieder einen Fehler gemacht hatte, indem er den Schalldämpfer auf der Waffe ließ, der im Wald vielleicht nützlich gewesen war, dem G3 aber hier zuviel von seiner Durchschlagskraft und Zielsicherheit nahm, zielte er bereits erneut und drückte dreimal rasch hintereinander ab. Diesmal konnte er *sehen*, daß der kurze Feuerstoß die dünne Bretterwand durchschlug. Ein Schatten erschien in der Fensteröffnung. Salid richtete das Gewehr auf seinen Kopf, drückte aber nicht ab.

Es war auch nicht nötig. Der Mann stand noch eine Sekunde lang reglos da, wankte plötzlich – und kippte nach vorne. Das M16 entglitt seinen Fingern und fiel in den schmelzenden Schnee vor der Baracke, als der Marine in der Fensterbrüstung zusammenbrach. Salid sah, daß der Rücken seiner Uniformjacke bereits schwelte.

Rasch richtete er sich auf und lief weiter. Auf den nächsten zwanzig Schritten gab ihm der Rauch Deckung, dann lag das letzte Stück des Weges offen vor ihm. Salid rannte im Zickzack weiter, duckte sich, sprang nach rechts, links, vor und zurück und tat alles, um kein sicheres Ziel zu bieten, falls einer von Uncle Sams Neffen etwa auf die Idee kam, seine hehren Prinzipien zu vergessen und einem flüchtenden Mann in den Rücken zu schießen.

Aber niemand feuerte auf ihn. Unbehelligt erreichte Salid den Hubschrauber, umrundete ihn und kletterte in die Kanzel. Das Peitschen der Schüsse und das Prasseln und Knistern der Flammen drang plötzlich nur noch gedämpft an sein Ohr.

Hinter den Kontrollen des Helikopters saß ein junger Mann im Tarnanzug und mit dem dunklen Gesicht eines Orientalen. Eines *ziemlich nervösen* Orientalen, wie Salid besorgt registrierte.

»Was stimmt nicht?« fragte er.

»Nichts«, antwortete der Pilot nervös. »Es ist nur ... Ich kenne diesen Typ nicht. Nicht genau. Die Instrumente sind anders als bei den Maschinen, die ich bisher geflogen habe.«

»Ich denke, du kannst einen Helikopter fliegen?« fragte Salid.

»Das kann ich auch!« verteidigte sich der Pilot. Er sprach hastig, in einem Ton, der seinen Worten viel von ihrer Glaubwürdigkeit nahm. »Aber ich habe bisher nur russische Maschinen geflogen. Diese hier ist anders.«

Er streckte die Hand nach einem Schalter aus, zögerte und legte schließlich einen anderen um. Zu dem guten Dutzend winziger Kontrollämpchen auf dem Armaturenbrett vor ihm gesellte sich ein weiteres.

»Kannst du es, oder kannst du es nicht?« fragte Salid. Seine Stimme klang ganz ruhig. Er empfand nicht einmal wirklichen Zorn. Er würde den Mann zur Verantwortung ziehen, ebenso wie den, der ihm diesen Piloten vermittelt hatte; aber später. Im Moment zählte nur, daß sie hier wegkamen, und das schnell. Ihr Zeitplan war gut, aber sehr eng. Sie konnten sich keine Verzögerungen leisten. Alles in allem waren seit dem ersten Schuß gut vier Minuten vergangen, und wahrscheinlich würden auf der nicht einmal dreißig Kilometer entfernten Rhein-Main-Air-Base jetzt schon die Alarmsirenen gellen und die Besatzungen zu ihren Hubschraubern hasten.

Statt zu antworten, betätigte der Mann eine Anzahl weiterer Schalter. Salid hörte ein feines Singen, das rasch lauter wurde. Gleichzeitig begannen sich die Rotorblätter über der durchsichtigen Kanzel zu drehen; langsam, aber schneller werdend. Salid spürte Erleichterung, aber nicht sehr viel. Noch waren sie nicht in der Luft. Und vor allem noch nicht wieder *unten*.

Er blickte an dem Piloten vorbei nach draußen. Das Feuer hatte weiter um sich gegriffen. Die Baracke brannte jetzt wie ein Scheiterhaufen. Die Glut war so hell, daß sie ihm die Tränen in die Augen trieb. Dort drinnen lebte niemand mehr.

Durch den Rauch kamen zwei Gestalten in gefleckten Tarnanzügen auf die Maschine zu. Eine von ihnen stolperte plötzlich, fiel auf die Knie und hob in einer grotesk langsam anmutenden Bewegung die Hände an das Gesicht. Wo ihr rechtes Auge gewesen war, gähnte jetzt ein blutiger Krater. Der zweite Mann rannte unbeeindruckt weiter, umrundete die Maschine und quetschte sich an Salid vorbei auf die schmale hintere Sitzbank.

»Los!« befahl Salid.

Der Pilot zögerte einen winzigen Moment. Sie waren zu sechst gekommen, jetzt waren sie noch drei. Aber ein einziger Blick Salids brachte ihn sehr rasch dazu, mit beiden Händen den Steuerknüppel zu umklammern und hastig die Pedale zu betätigen.

Das Heulen des Rotors wurde lauter. Aus den drei Rotorblättern über der Kanzel war längst ein rasender Kreis aus reiner Bewegung geworden, dessen Miniatur-Taifun den Schnee in weitem Umkreis hochwirbelte. Die Maschine begann zu zittern – und löste sich langsam vom Boden.

Salid gestattete sich ein flüchtiges Gefühl von Erleichterung. Drei von sechs. Es hätte schlimmer kommen können. Die drei anderen waren freudig gestorben, in dem Bewußtsein, einer gerechten Sache – *ihrer* Sache, die schon durch diese Definition automatisch zur richtigen wurde – zu dienen. Diese Narren. Aber auch das gehörte zu den Geheimnissen seines Erfolgs. Es brauchte Narren, wie sie es waren, damit Männer wie er überleben konnten.

Bei diesem Gedanken breitete sich ein dünnes, kaum sichtbares Lächeln auf seinem bärtigen Gesicht aus. Aber es blieb nicht sehr lange dort; vielleicht eine Sekunde, vielleicht zwei.

Genau so lange, wie der Helikopter brauchte, um zwanzig Meter weit in die Höhe zu klettern und die stumpfe Plexiglaskanzel nach Westen zu drehen.

In diesem Moment sah er den heranrasenden *Apache*.

»Wo sind wir da bloß hingeraten?«

Die gleiche Frage wie Brenner stellte Astrid gute zehn Minuten später laut und – Brenner zweifelte keine Sekunde daran – ganz bewußt so, daß ihr Retter sie hören mußte, aber nicht sicher sein konnte, ob er es auch tatsächlich *sollte*. Es war das erste Mal, daß sich ihre liebreizende Art wieder bemerkbar machte, seit sie Sebastian – ihr Retter hatte sich mittlerweile vorgestellt, ansonsten aber nichts über sich oder diesen sonderbaren Ort erzählt – getroffen hatten, und ihr vermeintlicher Fauxpas löste auf dem bärtigen Gesicht des Riesen ein gutmütiges Lächeln aus. Wahrscheinlich, dachte Brenner, würde er sich das sehr schnell abgewöhnen, wenn er Astrid erst einmal ein bißchen näher kennenlernte.

Aber bei allem Ärger darüber, daß die Kleine offenbar gewillt schien, sich – und damit ganz automatisch auch ihn – auch hier nach Kräften unbeliebt zu machen, konnte er sie fast verstehen. Er selbst hätte es etwas diplomatischer und vor allem *leiser* ausgedrückt, doch auch er fragte sich immer mehr, was das hier für ein sonderbarer Ort war.

»Vielleicht ist es eine Art Kloster«, antwortete er nun, mit einiger Verspätung, auf ihre Frage. »Oder eine Sekte, die sich hier verkrochen hat, um ungestört zu sein.«

Astrid stand auf und begann in dem winzigen Raum auf und ab zu gehen, um sich ein bißchen Wärme zu verschaffen. Die Kammer ähnelte irgendwie Sebastians Auto, nicht nur, was ihr Alter und ihre Schlichtheit anging. Es war hier drinnen genauso kalt. Und genauso unbequem. Und das lag nicht etwa daran, daß die Heizung nicht funktioniert hätte. Es gab keine. Ebensowenig wie einen Ofen oder irgendeine andere Möglichkeit, sich aufzuwärmen.

»Ich habe kein Kreuz über der Tür gesehen«, antwortete sie. »Außerdem dachte ich immer, daß in einem Kloster Hilfesuchende mit offenen Armen empfangen werden. Wie kommst du darauf?«

»Erinnerst du dich, daß er von ›Bruder Antonius‹ gesprochen hat?«

»Der, der ihn wahrscheinlich steinigen wird, weil er uns nicht hat erfrieren lassen?« Sie machte eine Bewegung, die eine komplizierte, aber eindeutige Mischung aus Nicken und Kopfschütteln darstellte. »Trotzdem – das hier sieht nicht wie ein Kloster aus. Ich finde, es sieht eher aus wie Frankensteins Schloß.«

Brenner lächelte flüchtig und trat ans Fenster. »So ein großer Unterschied ist das vielleicht gar nicht«, sagte er. »Im Mittelalter dienten die Klöster öfter als einziger Unterschlupf vor Räubern oder feindlichen Soldaten oder in besonders harten Wintern. Viele waren massiver erbaut als so manche Burg.«

»Du kennst dich mit so etwas aus, wie?«

»Ich interessiere mich ein wenig für Geschichte«, antwortete er achselzuckend. Er versuchte, einen Blick nach draußen zu werfen, doch was er durch das schmale Fenster sah – das zwar kein Glas hatte, dafür aber ein sehr massives Gitter –, war wenig aufschlußreich. Der Waldrand, einige Meter Straße und ein kleines Stück des hölzernen Steges, über den sie gerumpelt waren. Das Gebäude lag an einem schmalen Fluß, dessen Oberfläche zum Teil noch zugefroren war. Und damit hörte sein Wissen darüber auch schon beinahe auf.

Sebastian hatte in dem gewaltigen Torgewölbe angehalten und sie in diesen Raum unmittelbar hinter der Außenmauer bugsiert, ehe Brenner Gelegenheit gehabt hatte, auch nur einen Blick in den Innenhof zu werfen. Aber das wenige, was er gesehen hatte, schien seine Vermutung zu bestätigen. Das Gewölbe war äußerst massiv und aus tonnenschweren, ohne sichtbaren Mörtel aufeinandergesetzten Steinquadern errichtet. Aus der Decke direkt hinter dem Tor lugten die Spitzen eines Fallgitters, das vermutlich seit zwei- oder auch fünfhundert Jahren festgerostet und nicht mehr von der Stelle zu bewegen war. Und die kleine Brücke, die über den Fluß führte, war gar keine Brücke, sondern eine *Zug*brücke, die hochgeklappt ein äußerst massives Tor ergeben mußte. Im Inneren des Torgewölbes gab es keine Fenster, sondern nur eine Anzahl schmaler Schießscharten.

Alles in allem war es wohl doch eher eine Burg als ein Kloster. Natürlich war der Unterschied doch ein wenig größer, als er gerade behauptet hatte, aber er verspürte wenig Lust, Astrid jetzt einen Vortrag über mittelalterliche Architektur zu halten.

»Das hier muß das Wachzimmer gewesen sein«, sagte er. »Man kann den Waldrand und die Brücke im Auge behalten, ohne selbst gesehen oder getroffen zu werden.«

»Interessant«, sagte Astrid, mit einer Stimme, wie sie desinteressierter kaum noch klingen konnte. »Das Badezimmer würde mich im Moment aber noch mehr interessieren. Ein Königreich für eine Wanne voll heißem Wasser!«

Brenner lächelte schmerzlich. Ihre Worte entbehrten nicht einer gewissen Berechtigung. Er war mittlerweile nicht einmal mehr völlig sicher, daß sie wirklich einen guten Tausch gemacht hatten. Es war hier drinnen ebenso kalt wie draußen im Wald, aber dort hatten sie wenigstens noch Bewegung gehabt, die ihnen half, die Kälte zu ertragen. In dieser Kammer gab es nicht viel Raum, um sich zu bewegen. Sie war von quadratischem Grundriß und maß nicht einmal ganz fünf Schritte, und ein Gutteil des Platzes wurde von einem klobigen Tisch und sechs ebenso klobigen Stühlen eingenommen, die nicht unbedingt zum Draufsetzen einluden. Die Möbel waren uralt und stammten wahrscheinlich noch aus der Zeit, zu der dieses Kloster errichtet worden war; allerdings waren es keine Antiquitäten, sondern einfach nur *alter Kram*. »Sie werden uns schon nicht erfrieren lassen«, sagte er.

»Bist du sicher?« Astrid hielt in ihrem ruhelosen Auf und Ab inne und legte den Kopf schräg. »Vielleicht ist das ja doch eine von diesen Geschichten – du weißt schon: Zwei Leute haben eine Wagenpanne, marschieren los und stoßen mitten im Wald auf ein uraltes Gemäuer, in dem ein verrückter Wissenschaftler Experimente mit Menschen macht. Er gibt ihnen irgendwelche Spritzen, damit sie zu sprechenden Salatköpfen werden.«

»Und dann werden sie von Außerirdischen entführt, die ihre Gene brauchen, um ihr degeneriertes Volk vor dem Aussterben zu bewahren«, fügte Brenner in ernstem Ton hinzu. »Aber du weißt ja auch, wie all diese Geschichten enden. Am Schluß werden sämtliche Bösewichter zur Hölle geschickt, und der strahlende Held befreit die bildhübsche –«

»– aber strohdumme –«

»– Heldin, und die beiden müssen heiraten und den Rest ihres Lebens zusammenbleiben«, schloß Brenner.

Astrid schüttelte sich. »Was für eine entsetzliche Vorstellung. Dann doch lieber die Außerirdischen.«

Sie lachten. Zum erstenmal war es ein *echtes* Lachen, das Brenner auf ihrem Gesicht sah. Und solange es andauerte, sah sie wirklich so jung aus, wie sie war, nämlich *allerhöchstens* sechzehn und wahrscheinlich noch nicht einmal das.

»Hast du 'ne Zigarette?« fragte Astrid.

Brenner schob den Pullover in die Höhe und wühlte in den Taschen der Anzugjacke, die er darunter trug. Plötzlich kam ihm zu Bewußtsein, wie albern es aussehen mußte. Er streifte ihn über den Kopf und warf ihn achtlos zu Boden, ehe er die Zigarettenpackung hervorkramte, die er an der letzten Raststätte gekauft hatte. Er bediente sich selbst, hielt sie erst dann Astrid hin und wartete, daß sie ihr Feuerzeug aufschnappen ließ.

Astrids Hände zitterten so heftig, daß es ihm nicht gelang, die Camel in Brand zu setzen. Ganz automatisch griff er zu und hielt ihre Finger fest. Erst als der bittere Rauch seine Lungen füllte, begriff er, daß er etwas Unerhörtes tat, wofür sie ihm vor einer Stunde vermutlich noch die Augen ausgekratzt hätte. Aber er widerstand dem Impuls, die Hand erschrocken zurückzuziehen. Das hätte den Moment erst vollends peinlich gemacht. Statt dessen hielt er ihre Finger sogar etwas länger fest, als nötig gewesen wäre. Sie waren so kalt, daß er gar nicht das Gefühl hatte, etwas Lebendes zu berühren. Schließlich zog Astrid ihre Hand zurück und steckte das Feuerzeug ein.

»Danke«, sagte sie. Sie stieß eine Rauchwolke aus, die ihr Gesicht verbarg wie ein eisgrauer Schleier. »Sieht so aus, als hätten wir es hinter uns, wie?«

»Das Schlimmste, ja«, bestätigte Brenner. »Falls sie nicht gleich mit Ketten und Totenkopf-Masken kommen und uns in die Folterkammer schleppen.«

Der Scherz trug keinen zweiten Lacher, das spürte er selbst. Astrid verzog nur flüchtig die Lippen und beschränkte sich ansonsten darauf, einen vorwurfsvollen Blick auf den Pullover zu werfen, den er fallen gelassen hatte. Brenner hob ihn auf und drapierte ihn, so gut es ging, über eine Stuhllehne. Nicht, daß es etwas änderte – er sah noch immer aus wie ein Putzlappen, der seit Ewigkeiten nicht mehr gewaschen worden war. Erst jetzt fiel ihm auf, daß er auch ungefähr so roch.

»Hör mal«, begann Brenner verlegen. »Was ich vorhin gesagt habe, daß du keine Geschichten rumerzählen sollst und so –«

»Geschenkt«, unterbrach ihn Astrid. »Es tut dir leid und so weiter, ich weiß. Vergiß es.«

Aber das tat er nicht. Ganz im Gegenteil – es ärgerte ihn schon wieder, daß sie ihm nicht einmal eine Chance gab, sich zu entschuldigen, und es sogar fertiggebracht hatte, seine Worte gegen ihn zu wenden.

»Was ist eigentlich los mit dir?« fragte er.

Erstaunlicherweise konterte sie nicht mit einer patzigen Antwort, sondern sah ihn nur ein paar Sekunden lang aus ihren großen Augen an, ehe sie eine Bewegung machte, die ein Achselzucken sein mochte. »Was soll los sein?«

»Das weißt du ganz genau«, antwortete Brenner, nun schon etwas schärfer. »Ich weiß selbst nicht genau, warum ich den Blödsinn vorhin gesagt habe. Wir waren wohl beide ein bißchen von der Rolle, nehme ich an. Aber du warst schon vorher so. Glaubst du vielleicht, daß das irgend etwas bringt?« Er machte eine abwehrende Handbewegung, als sie ihn unterbrechen wollte. »Ich denke, daß du vermutlich einen Grund hast. Vielleicht hat man dir ziemlich übel mitgespielt. Ich will gar nicht wissen, was los war. Es geht mich nichts an. Aber weißt du, es wird nicht besser, wenn du jetzt für den Rest deines Lebens wie eine bissige Hündin herumläufst und nach jeder Hand schnappst, die dich vielleicht nur streicheln will. Die Welt besteht nicht nur aus« – er benutzte ganz absichtlich dasselbe Wort wie sie – »*Arschlöchern*, die etwas von dir wollen.«

»Kann schon sein«, antwortete Astrid. »Aber dann frage ich mich, warum ausgerechnet ich immer wieder auf sie stoßen muß.«

Brenner resignierte, obwohl der Zorn in ihrer Stimme nicht einmal mehr ganz echt klang; eigentlich mehr nach

Trotz. Dennoch verzichtete er darauf, nachzuhaken, obwohl er vielleicht zum erstenmal eine Chance gehabt hätte, die Mauer zu durchbrechen, die sie zwischen sich und dem Rest der Welt aufgerichtet hatte. Brenner sah sie nur noch einen Moment stirnrunzelnd an, dann drehte er sich weg und trat wieder ans Fenster. Wozu, dachte er. In längstens einer halben Stunde würde Sebastian sie zur Tankstelle bringen, und eine weitere Stunde danach würde er das Mädchen an irgendeinem Bahnhof oder einer anderen Autobahnraststätte absetzen, damit es einem anderen Autofahrer auf die Nerven gehen konnte. Falls es ihn überhaupt begleitete und nicht gleich von der Ortschaft aus seiner Wege ging. Es lohnte sich einfach nicht. Er hatte schon genug am Hals, ohne daß er sich mit den – wirklichen oder eingebildeten – Problemen einer Sechzehnjährigen belastete

Er sog an seiner Zigarette und inhalierte so tief, daß ihm leicht schwindelig wurde; ein angenehmer Nebeneffekt, wenn man nur Gelegenheitsraucher war. Brenner hörte, wie sich Astrid hinter ihm bewegte und näher kam, aber er widerstand der Versuchung, sich zu ihr herumzudrehen, sondern blickte weiter starr aus dem Fenster.

Draußen begann das Licht matter zu werden. Ein deutlicher Anteil von Grau war jetzt in dem ohnehin blassen Sonnenschein, und die Wolken wirkten nicht dichter, aber irgendwie *massiger*. Wahrscheinlich würde es wieder schneien. Dabei war heute der vierundzwanzigste März. Soviel zum Thema Treibhauseffekt, dachte er spöttisch.

»Es waren meine Eltern«, sagte Astrid plötzlich. »Ich bin einfach nicht mehr mit ihnen klargekommen, weißt du? Es gab gar keinen großen Krach oder so was. Eines Morgens bin ich wach geworden. Es war noch dunkel. Ich hörte meine Mutter unten in der Küche rumklappern und mußte daran denken, daß sie das tat, solange ich mich erinnern konnte. Jeden Morgen, weißt du? Sie steht immer eine Stunde vor den anderen auf, macht das Frühstück und bereitet alles vor, damit mein Vater und ich aus dem Haus können. Und ich dachte daran, daß ... daß ich auch so enden könnte. Eine

Stunde vor den anderen in der Küche, mit Morgenmantel und Lockenwicklern im Haar, und ... und plötzlich hatte ich das Gefühl, verrückt zu werden. Kannst du das verstehen?«

Fast widerwillig drehte er sich zu ihr herum. Ob er sie *verstehen* konnte? Beinahe hätte er gelacht. Aber er beherrschte sich und sagte nur sehr ruhig: »Ja, ich glaube schon.«

»Das war alles«, fuhr Astrid leise fort. Sie sprach leise. Ihre Stimme klang nicht einmal bitter, aber es war eine Ausdruckslosigkeit darin, die fast schlimmer war. »Zwei Wochen später bin ich weg. Ich habe ihnen einen Zettel dagelassen, daß sie sich keine Sorgen machen sollen. Mein Vater schuftet sich krumm für sein beschissenes Reiheneckhaus mit Garage, meine Mutter geht dreimal die Woche putzen, wäscht die dreckigen Unterhosen von irgendwelchen fremden Bälgern und tut noch so, als mache es ihr nichts aus, und einmal im Jahr dann nach Ibiza, das ist das Höchste.«

»Das ist mehr, als viele andere haben«, sagte Brenner.

»Aber das kann doch nicht alles sein! Das Leben kann doch nicht nur aus Arbeit und Buckeln bestehen.«

»Das tut es aber«, antwortete Brenner. Die Worte des Mädchens machten ihn trauriger, als sie begreifen konnte. Auch er hatte einmal ganz genauso gedacht – er erinnerte sich sogar, einem seiner Freunde einmal fast wörtlich dasselbe *gesagt* zu haben. Nur hatte er nicht dieselben Konsequenzen wie sie gezogen. Vielleicht, weil er zu vernünftig gewesen war. Vielleicht auch zu feige. War das überhaupt ein Unterschied?

»Hast du versucht, mit deinen Eltern darüber zu sprechen?« fragte er.

Sie nickte und sog hektisch an ihrer Zigarette. »Sie haben nicht einmal begriffen, was ich meinte. Mein Vater hat mir einen Fünfziger in die Hand gedrückt und gemeint, ich solle mir was Hübsches kaufen.«

»Und danach bist du auf und davon«, vermutete Brenner. Sie antwortete nicht.

»Und? Geht es dir seitdem besser?«

»Klar«, antwortete Astrid. »Das siehst du doch, oder?«

»Dann geh zurück«, sagte Brenner. »Mach die Schule zu Ende und –«

»– und studiere, oder lern einen vernünftigen Beruf?« fiel ihm Astrid ins Wort. »Mensch, hör bloß mit *dem* Scheiß auf. Das kann ich wirklich nicht mehr hören.«

»Ich nehme an, man hat es dir schon zu oft geraten«, vermutete Brenner. »Weißt du, das liegt vielleicht daran, daß es die Wahrheit ist.«

»Ach, leck mich doch –!« schnappte Astrid. Sie drehte sich mit einem Ruck weg und starrte zu Boden, aber er sah, daß sie nur noch mühsam um ihre Beherrschung kämpfte. Er hatte ihr nichts Neues gesagt. Er vermutete, daß sie erst seit ein paar Wochen unterwegs war, doch sie mußte schon längst begriffen haben, wie aussichtslos diese Flucht war. Man konnte nicht vor etwas weglaufen, das *überall* war.

»Ich mache dir einen Vorschlag«, sagte er leise und so sanft, wie er konnte. Astrid zögerte. Mit sichtbarem Widerwillen hob sie den Kopf und sah ihn an.

»Du gibst mir die Telefonnummer deiner Eltern –« Er hob beruhigend die Hand, als sie auffahren wollte. »Und ich rufe sie morgen an und sage ihnen, daß es dir gutgeht. Mehr nicht. Ich verspreche dir, daß ich weder meinen Namen nenne noch ihnen verrate, wo ich dich getroffen habe. Ich sage ihnen nur, daß du in Ordnung bist und sie sich keine Sorgen zu machen brauchen. Was hältst du davon?«

Astrid war sehr verunsichert. Vielleicht, weil dieser Vorschlag so überraschend kam, nach allem, was zwischen ihnen passiert war. Brenner überraschte er ja fast selbst. »Was bist du?« fragte sie. »So eine Art Freizeit-Samariter? Von denen habe ich gestrichen die Schnauze voll, weißt du?«

»Ich will dir nur einen Gefallen tun«, sagte er. »Er kostet dich nichts. Und mir gibt er das Gefühl, jemandem geholfen zu haben.«

»Und woher weiß ich, daß ich dir trauen kann?« fragte sie.

»Gar nicht«, antwortete er ruhig. »Aber wenn ich vorhätte, dich reinzulegen, würde ich es kaum so anfangen. Was hätte ich davon, deinen Eltern zu verraten, wo ich dich getroffen habe? Du wärst längst über alle Berge, bis sie hier sind. Außerdem – was sollte mich daran hindern, eine kleine Absprache mit unserem Wohltäter hier zu treffen, damit er die Polizei holt anstelle des ADAC?«

Vermutlich war es die Offenheit dieser Worte, die sie überzeugte; wenigstens zum Teil. »Morgen?« vergewisserte sie sich. »Nicht eher?«

»Keinen Moment früher«, erwiderte Brenner. »Ehrenwort.«

Astrid ließ noch eine Sekunde verstreichen, in der sie ihn scharf ansah, dann trat sie an den Stuhl, auf dem sie ihren Rucksack abgestellt hatte, klappte ihn auf und begann mit hektischen Bewegungen darin herumzusuchen. Nach einem Augenblick förderte sie einen Kugelschreiber und ein zerlesenes Romanheft zutage. Sorgsam trennte sie ein Stück vom unteren Rand einer Seite ab, kritzelte eine Nummer darauf und reichte ihm das Zettelchen. Es war kaum größer als eine Briefmarke. Brenner warf einen flüchtigen Blick darauf, nur um sicher zu sein, daß er den Zettel nicht morgen herausholen und feststellen mußte, daß er ihre Schrift nicht entziffern konnte, aber Astrids Handschrift war gestochen scharf. Fast unbewußt registrierte er, daß er die Vorwahlnummer kannte. Köln. Allzu weit war sie bisher nicht gekommen.

»Wenn du zwischen drei und fünf anrufst, ist mein Alter noch nicht da«, sagte Astrid. »Ist vielleicht besser, wenn du nur mit meiner Mutter redest.«

Brenner faltete das Papier zusammen, zog seine Geldbörse heraus und schob es sorgfältig hinter die Kreditkarte, deren goldfarbenes Plastik ihn höhnisch anzugrinsen schien. »Soll ich ihr irgend etwas ausrichten?«

»Nein«, sagte Astrid. Sie klang fast erschrocken, und Brenner gemahnte sich in Gedanken zur Vorsicht. Wenn er ihr Vertrauen noch einmal verspielte, dann endgültig.

Aber er kam nicht in die Versuchung, denn in diesem Moment wurde die Tür geöffnet, und Sebastian kam zurück – und sie erlebten eine Überraschung. Der Riese hatte die pelzgefütterte Jacke und die schweren Hosen gegen eine braune Kutte eingetauscht, deren einziger Schmuck aus einem schlichten Holzkreuz bestand, das an einem dünnen Strick an seiner Hüfte befestigt war. Trotz der beißenden Kälte trug er jetzt auch keine Winterstiefel mehr, wie vorhin im Wagen, sondern einfache Schnürsandalen, wie sie schon bei den römischen Legionären Mode gewesen waren. Ihrem Zustand nach zu urteilen, mußten sie auch ungefähr aus dieser Zeit stammen. Zumindest hatte das Rätselraten jetzt ein Ende, dachte Brenner. Sie *waren* in einem Kloster.

Sebastian kam nicht mit leeren Händen. Er balancierte ein hölzernes Tablett vor der Brust, das selbst für seine gewaltigen Pranken zu groß schien und auf dem eine ebenfalls hölzerne Schale mit dampfend heißem Wasser, saubere weiße Tücher, Verbandszeug sowie ein großer Tonkrug und zwei dazu passende Becher aus dem gleichen Material standen.

Brenner ging ihm entgegen, um ihm seine Last abzunehmen, aber Sebastian schüttelte nur den Kopf und deutete auf die gleiche Weise zur Tür. Er hatte sie mit dem Fuß aufgestoßen, aber keine Hand mehr frei, um sie zu schließen. Während Brenner ihm die kleine Mühe abnahm, trug er sein Tablett zum Tisch und lud es unter gewaltigem Scheppern ab.

»Es tut mir leid, daß es ein bißchen gedauert hatte«, sagte er. »Aber ich mußte warten, bis das Wasser heiß war. Ich glaube, ein warmes Getränk wird euch jetzt guttun.« Er setzte den Krug mit einem Knall vom Tablett herunter auf den Tisch, beförderte die beiden Becher hinterher und goß ein. Ein sonderbarer, sehr intensiver Geruch drang in Brenners Nase; nicht unangenehm, aber fremd.

»Früchtetee«, sagte Sebastian.

Brenner war ein bißchen enttäuscht. Er hätte seine rechte Hand für eine Tasse *Kaffee* gegeben – aber was hatte er erwartet, nachdem Sebastian seine Verkleidung abgelegt hatte? Er gab sich zumindest Mühe, sich seine wahren Gefühle nicht anmerken zu lassen.

Astrid war weniger diplomatisch – was auch sonst? Sie griff mit beiden Händen nach dem Becher, nippte vorsichtig daran und verzog das Gesicht. »Scheußlich«, sagte sie. »Und so etwas trinkt ihr hier wirklich?«

Sebastian lächelte. »Manchmal«, sagte er. »Normalerweise trinken wir Wasser. Wir haben unsere eigene Quelle. Ich weiß, es ist aus der Mode gekommen. Du wärst wahrscheinlich überrascht, wie köstlich frisches Quellwasser schmeckt. Aber dieser Tee ist besser gegen die Kälte. Er weckt die Lebensgeister.«

Astrids Miene machte deutlich, was sie von dieser Behauptung hielt. Trotzdem nahm sie einen zweiten, merklich größeren Schluck. Sie verzog auch jetzt wieder das Gesicht, sagte aber: »Na ja – *heiß* ist er wenigstens. Danke.« Ihre Hände schmiegten sich fester um den henkellosen Becher, um die Wärme aufzusaugen, die sein Inhalt verströmte.

Etwas an diesem Anblick schien Sebastians Mißfallen zu erregen. Aber es dauerte eine Weile, bis Brenner begriff, was es war: die Zigarette, die Astrid zwischen Zeige- und Mittelfinger der Rechten geklemmt hatte. Beinahe hastig beugte er sich über den Tisch, nahm ihr die ohnehin fast heruntergebrannte Camel aus der Hand und trug sie zum Fenster, um sie zusammen mit seiner eigenen hinauszuschnippen – allerdings nicht, ohne vorher noch einen letzten Zug zu nehmen. Astrid sah ihn verwundert an, sagte aber nichts.

»Danke«, sagte Sebastian. »Ich wollte nicht unhöflich sein, aber ...«

»Sie rauchen hier nicht«, vermutete Brenner.

»Tatsächlich ist in diesen Räumen noch nie geraucht worden, soweit ich weiß«, bestätigte Sebastian. »Der Geruch hält sich sehr lange. Und er ist doch sehr störend, wenn man ihn nicht gewohnt ist.«

»Sicher«, sagte Brenner. »Bitte entschuldigen Sie.«

Er registrierte das Glitzern in Astrids Augen und warf ihr einen fast beschwörenden Blick zu. Zu seiner eigenen Überraschung reagierte sie sogar darauf und schluckte die spöttische Bemerkung herunter, die ihr wahrscheinlich auf der Zunge lag.

»Sie leben hier sehr abgeschieden«, sagte er.

»Und sehr einfach«, fügte Astrid hinzu.

»Wir haben alles, was wir brauchen«, antwortete Sebastian. »Wir halten nicht viel von weltlichem Besitz. Das meiste ist ohnehin nur Ballast, der mehr Probleme schafft, als er beseitigt.« Er blickte zu Astrid. »Laß mich deine Hand sehen.«

Astrid stellte den Becher ab. »Das ist wirklich nur ein Kratzer«, sagte sie. »Er tut schon kaum noch weh.«

Sie streckte den Arm halb über den Tisch und zog ihn dann wieder zurück, noch bevor Sebastian nach ihrer Hand greifen konnte. Ihr Blick streifte nervös das Verbandszeug, das auf seinem Tablett lag.

Brenner fiel erst jetzt auf, daß sich außer einer Anzahl Mullbinden und verschieden großen Pflasterstreifen auch eine Schere, eine Pinzette und eine gebogene Nadel in einem durchsichtigen Plastiketui dabei befanden.

»Keine Sorge«, sagte Sebastian. Ihr Blick war ihm nicht entgangen, und als Reaktion erschien ein verständnisvolles Lächeln auf seinen Zügen. »Ich will dir nur helfen. Man sollte mit solchen Kleinigkeiten nicht zu leichtsinnig sein. Du willst doch keine häßliche Narbe zurückbehalten, oder? Dazu bist du noch zu jung, finde ich.«

Zögernd streckte Astrid zum zweitenmal die Hand aus und ließ es zu, daß Sebastian die Wunde begutachtete und anschließend sorgsam reinigte. Er ging sehr behutsam zu Werk, wie Brenner auffiel. Trotzdem zuckten Astrids Mundwinkel ein paarmal verdächtig, und sie wurde noch blasser, als sie sowieso schon war.

»Der Schnitt ist ziemlich tief«, sagte Sebastian. »Ich bin nicht sicher, daß er richtig heilt. Ich sollte das nähen. Keine Angst – ich verstehe mich auf so etwas. Wir versorgen kleinere Verletzungen hier immer selbst.«

»Nähen?« Astrid wurde noch blasser. Ihr Blick saugte sich an dem Kunststoffetui mit der Nadel fest.

»Es wird ein wenig weh tun«, sagte Sebastian. »Aber nicht sehr. Wenn wir es nicht tun, dann wirst du zum Arzt gehen müssen – ob du willst oder nicht.«

Eine sonderbare Formulierung, fand Brenner. Zumindest für jemanden, der nicht wußte, was mit Astrid los war.

Das Mädchen überraschte ihn erneut, indem es sich nervös mit der freien Hand über das Gesicht fuhr und dann sagte: »Also gut. Aber machen Sie schnell, ehe ich's mir anders überlege.«

Sebastian beeilte sich tatsächlich, aber er arbeitete trotzdem sehr sorgfältig und, obwohl seine Hände eher geeignet schienen, mit Eisenbahnschwellen zu jonglieren, mit erstaunlichem Geschick; schon um Astrid nur ein Mindestmaß an Schmerzen zuzufügen. Trotzdem war ihr Gesicht aschgrau, als er den letzten von insgesamt fünf Stichen gesetzt und den Faden mit einer winzigen Schere dicht über der Haut abgeschnitten hatte.

»Gleich ist es vorbei«, sagte er. »Einen Moment noch. Ich trage eine Salbe auf, die kühlt und den Schmerz ein wenig lindert.«

Astrid hatte während der ganzen, trotz allem sicher sehr schmerzhaften Prozedur keinen Laut von sich gegeben, aber nun schwankte sie ein wenig auf ihrem Stuhl. »Ich glaube, mir wird schlecht«, sagte sie. »Wo haben Sie hier –?«

»Die Toilette?« Sebastian deutete auf die Tür. »Auf der anderen Seite. Es ist die einzige Tür. Brauchst du Hilfe?«

Sie stand auf, hielt sich einen Moment lang mit der unverletzten Hand an der Tischkante fest und ging dann mit unsicheren, kleinen Schritten los. Sie atmete langsam und gezwungen tief. »Beim Kotzen? Danke. Das ... schaffe ich noch alleine.«

Brenner konnte ein Lächeln nicht mehr ganz unterdrücken, als er Sebastians Verblüffung registrierte. Trotzdem behielt er Astrid aufmerksam im Auge und folgte ihr, um nötigenfalls sofort zugreifen zu können. Sie atmete jetzt schneller, und er konnte sehen, daß sie immer krampfhafter schluckte, um sich nicht schon hier drinnen übergeben zu müssen.

Er begleitete sie bis zur Tür, schloß sie dann aber fast hastig hinter ihr, als sie zu laufen begann und er begriff, daß sie es schaffen würde. Brenner verspürte eine sonderbare Mischung aus Mitleid und Bewunderung für ihre Tapferkeit. Wenn es etwas gab, was er fürchtete, dann waren es Schmerzen.

Als er sich wieder herumdrehte, begegnete er Sebastians Blick. Einem sehr sonderbaren Blick, der auf eine sehr sonderbare Weise auf ihn gerichtet war. Brenner glaubte regelrecht zu sehen, wie es hinter seiner Stirn arbeitete. Plötzlich erinnerte er sich wieder an jenen anderen, auch nicht sehr angenehmen Blick, mit dem Sebastian ihn und das Mädchen gemustert hatte, als er sie draußen im Wald auflas – und daran, wie nahe sie beieinander gestanden hatten, als er gerade das Zimmer betrat. Ohne daß er selbst wirklich sagen konnte, warum, fühlte er sich mit einem Male genötigt, sich zu verteidigen.

»Ich glaube, ich muß Ihnen erklären –«

»Das war sehr freundlich, was Sie gerade getan haben«, sagte Sebastian.

Brenner verstand nicht einmal, was Sebastian meinte. »Was?«

»Ich habe einen Teil Ihres Gespräches mit angehört«, erklärte Sebastian. Er deutete auf das Tablett auf dem Tisch, dann zur Tür. »Ich hatte ein wenig Mühe, die Tür zu öffnen, so daß ich unfreiwillig lauschen mußte. Es ist sonst nicht meine Art, aber in diesem Fall bin ich froh, es getan zu haben. Ich hatte einen ...«, er wirkte plötzlich fast verlegen, »... anderen Eindruck, als ich Sie vorhin traf. Einen falschen.«

»Sie ist ein bißchen jung für mich«, sagte Brenner. Sebastians Worte machten ihn nun verlegen. »Außerdem war es nicht ganz so uneigennützig, wie Sie vielleicht glauben.«

»So?«

»Das Mädchen tut mir leid, und?« fragte Brenner. Verrückt – aber er hatte immer mehr das Gefühl, sich *verteidigen* zu müssen, nur weil er für eine Sekunde freundlich gewesen war. Wieso eigentlich, verdammt? »Außerdem kann ich mir so für die drei Groschen eines Telefonanrufes das Gefühl verschaffen, ein gutes Werk getan zu haben.«

»Tun Sie gern Gutes?« wollte Sebastian wissen.

Brenner war nun vollends verstört. Unter allen anderen denkbaren Umständen und an jedem anderen vorstellbaren

Ort wäre dieses Gespräch ebenso pathetisch wie albern gewesen, aber hier nicht. Vielleicht lag es einfach an der simplen Tatsache, daß Sebastian seine Holzfällerkleidung gegen eine Mönchskutte eingetauscht hatte – selbst für einen so überzeugten Agnostiker, wie Brenner einer zu sein sich einbildete, noch immer die Kleider jener Männer, die traditionell für Begriffe wie Vertrauen, Verständnis und Selbstlosigkeit standen. Wie fast jeder fühlte er sich in einer solchen Umgebung befangen.

»Warum nicht?« antwortete er ausweichend. »Ja – ich denke schon.«

»Nun, dann sollten Sie wissen, daß niemand selbstlos handelt, der Gutes tut«, sagte Sebastian. »Es ist immer ein Geschäft. Sie tun ein gutes Werk, und Sie bekommen etwas dafür – ein Dankeschön, eine Anerkennung oder auch nur das Wissen, etwas Positives getan zu haben. Das macht es nicht kleiner.«

So hatte Brenner das noch gar nicht gesehen. Er war auch nicht sicher, daß dieser Gedanke so stimmte. Wenn das Sebastians Vorstellung von der Essenz des Evangeliums war, war sie doch *sehr* vereinfacht. Andererseits – waren nicht alle großen Dinge in Wahrheit auch sehr einfache Dinge?

Seine Gedanken begannen in eine Richtung zu wandern, die ihm nicht gefiel. Er löste sich mit einem Ruck von seinem Platz an der Tür, ging zum Fenster und lehnte sich mit verschränkten Armen so gegen die Wand, daß er Sebastian und den kleinen Ausschnitt der Welt draußen gleichzeitig im Auge behalten konnte.

»Wo wir schon einmal dabei sind«, sagte er, ohne Sebastian direkt anzublicken. »Ich habe mich noch gar nicht für *Ihre* Hilfe bedankt. Ich hoffe, Sie bekommen unseretwegen keinen Ärger.«

»Mit Bruder Antonius?« Sebastian erinnerte sich offensichtlich an jedes Wort, das er gesagt hatte. »Um ehrlich zu sein – ich habe es ihm noch gar nicht gebeichtet. Aber er wird mir schon nicht den Kopf abreißen.«

»Wenn Sie wollen, rede ich selbst mit ihm«, sagte Brenner.

Sebastian lächelte. Wahrscheinlich hatte er unwissentlich etwas sehr Dummes vorgeschlagen. »Das wird kaum nötig sein«, sagte er »Und ich weiß nicht einmal, ob es gut wäre. Bruder Antonius empfängt sehr selten Besuch.«

»Sie haben hier draußen überhaupt sehr selten Besuch, nicht?« fragte Brenner. Er wandte seine Aufmerksamkeit nun doch wieder ihrem Gastgeber zu, doch wenn Sebastian ihm seine kaum noch verhohlene Neugier übelnahm, so verbarg er es meisterhaft.

»Eigentlich nie«, gestand er. »Wir leben hier sehr abgeschieden. Fernab von der Welt, aus der Sie stammen und das Mädchen. Manchmal ist es sehr einsam hier, aber diese Einsamkeit ist nötig, damit wir uns ganz auf unsere Aufgabe konzentrieren können.«

Brenner hütete sich, danach zu fragen, was diese Aufgabe war. Er hatte wenig Lust, sich mit Sebastian auf eine theologische Diskussion einzulassen; schon damit ihm nicht versehentlich herausrutschte, was *er* von alledem hielt. Wo sie schon einmal beim Thema »gute Taten und der Lohn dafür« waren: Er wäre sich ziemlich schäbig vorgekommen, Sebastian für *seine* Hilfe zu danken, indem er ihm erklärte, daß er das, was er und seine Brüder taten, für eine Art besseren Mummenschanz hielt.

»Werden Sie Ihr Wort halten?« fragte Sebastian plötzlich.

Die Frage überraschte ihn. »Ihren Eltern nicht zu verraten, wo sie ist, meinen Sie?« Brenner überlegte einige Augenblicke, ohne wirklich zu einem befriedigenden Ergebnis zu gelangen. Er hatte bisher noch gar nicht darüber nachgedacht – warum auch? Es gab keine Veranlassung, ein einmal gegebenes Wort zu brechen. Schließlich zuckte er mit den Schultern. »Ich schätze, es würde niemandem etwas nutzen, wenn ich es breche«, sagte er. »Obwohl es wahrscheinlich richtig wäre. Es ist für ein Mädchen wie sie nicht ganz ungefährlich, sich ganz allein dort draußen herumzutreiben.«

»Sie sollten sehr vorsichtig sein«, sagte Sebastian. »Sie vertraut Ihnen. Wenn Sie dieses Vertrauen brechen, richten Sie vielleicht mehr Schaden als Nutzen an.«

Als ob er das nicht wüßte! Trotzdem: »Ich fürchte, Sie leben hier wirklich ein bißchen weit weg von der richtigen Welt«, sagte er. »Wissen Sie, was einem sechzehnjährigen Mädchen alles passieren kann, das ganz allein dort draußen ist?«

»Sie ist nicht allein«, sagte Sebastian. »Gott ist hier.«

Die Überzeugung, mit der Sebastian diese Worte aussprach, machte es Brenner schwer, wirklich zornig zu werden. Er bemühte sich, den gewohnten Zynismus, der sich sonst immer in seine Stimme schlich, wenn er über Religion sprach, ein wenig im Zaum zu halten. Er spürte allerdings selbst, daß es ihm nicht völlig gelang. »Dann hoffe ich nur, er ist auch bei ihr, wenn sie irgendeinem gewissenlosen Kerl in die Hände fällt, der sie vielleicht erst süchtig macht und sie hinterher auf den Strich schickt. Verzeihen Sie ... Ich will Ihnen bestimmt nicht zu nahe treten, aber ich fürchte, daß –«

»– ich keine Ahnung habe, wie es dort draußen wirklich aussieht?« fiel ihm Sebastian ins Wort. Er schüttelte den Kopf. Er sah ein bißchen verletzt aus, aber nicht zornig. »Weltabgeschieden heißt nicht weltfremd, mein Freund. Oder gar dumm. Ich kenne die Gefahren, von denen Sie sprechen. Ich kenne sie nur zu gut. Ich gebe Ihnen sogar recht – es wäre vernünftiger, Ihr Wort zu brechen und sie nach Hause zu schicken. Wenn Sie es wünschen, benachrichtige ich sofort die Behörden. Ich frage mich nur, was wir ihrer Seele damit antun.«

»Ihrer Seele?« In seiner Stimme war ein Klang von Spott, den er nicht unterdrücken konnte. Es tat ihm leid, daß das Gespräch in diese Richtung zu gehen begann, aber er gab Sebastian mehr die Schuld daran als sich. Wieso hatte er davon angefangen? Brenner hatte nicht einmal daran *gedacht*, Astrid reinzulegen. Wieso unterstellte er ihm mit seiner Frage eine Absicht, die er nie gehabt hatte?

Sebastians Blick wurde eine Spur härter. »Ihren Glauben daran, daß es noch ein paar ehrliche Menschen auf der Welt gibt, wenn Sie diese Definition dem Wort Seele vorziehen«, sagte er. »Er wäre vielleicht für alle Zeiten zerstört.«

Brenner brachte es auf den Punkt. »Sie wollen sagen, daß ich mich auf jeden Fall falsch entscheide, ganz egal, *wie* ich mich auch entscheide.«

»Manchmal muß man das Falsche tun, um noch größeres Unheil zu vermeiden«, bestätigte Sebastian. »Und manchmal weiß man vielleicht nicht einmal, welche der beiden Möglichkeiten die falschere ist.«

»Ich ... glaube, das verstehe ich nicht ganz«, sagte Brenner verwirrt.

»Vielleicht kommt eines Tages der Moment, an dem Sie es verstehen«, sagte Sebastian. Er stand auf. »Doch nun entschuldigen Sie mich. Es wird Zeit für unser gemeinsames Gebet. Versprechen Sie mir, in diesem Raum zu bleiben, bis ich zurück bin? Es wird nicht lange dauern. Vielleicht eine halbe Stunde. Danach bringe ich Sie und das Mädchen ins Dorf.«

»Gibt es dort eine Bank?« fragte Brenner.

Sebastian war bereits auf dem Weg zur Tür, blieb aber jetzt noch einmal stehen. »Ein Postamt«, sagte er. »Warum?«

»Weil mir nicht nur das Benzin, sondern auch das Bargeld ausgegangen ist«, gestand Brenner. »Eine Tankstelle allein würde mir nicht viel nutzen, fürchte ich.«

Sebastian blickte fragend, und Brenner erklärte ihm mit wenigen Worten, wie das Mädchen und er überhaupt in diese mißliche Lage geraten waren. »In dem einen oder anderen Punkt haben Sie vielleicht sogar recht, den Fortschritt zu verdammen. Ohne dieses moderne Plastikgeld wären wir gar nicht in diese Verlegenheit gekommen.«

»Und jetzt hätten Sie gerne ein wenig von unserem guten alten Papiergeld«, vermutete Sebastian lächelnd.

»Nur falls die Tankstelle keine Kreditkarten akzeptiert«, antwortete Brenner verlegen – was ihm nach allem, was er heute bereits mit diesem beschissenen Plastikding erlebt hatte, schon so gut wie sicher erschien. Sie hatten nicht viel gewonnen, wenn Sebastian sie ins Dorf brachte und sie von dort nicht weiterkamen. »Ich werde es selbstverständlich zurückerstatten«, sagte er. »Mit Zinsen, versteht sich.«

»Versteht sich«, sagte Sebastian spöttisch. »Ich werde sehen, was ich für Sie tun kann. Auf die eine oder andere Weise werden wir schon eine Lösung finden. Aber nun muß ich gehen. Wenn ich zu spät zum Gebet komme, dann wird Bruder Antonius *wirklich* zornig.«

Der Anblick traf Salid wie ein Schlag. Vielleicht zum erstenmal, seit sein Leben begonnen hatte, den Regeln von Kampf, Rückzug, Angriff, Verteidigung und Flucht zu gehorchen, wußte er nicht, was er tun sollte; vielleicht nur für eine Sekunde, aber sie schien endlos zu dauern. Er saß einfach da, starrte dem heranrasenden schwarzen Ungeheuer entgegen und konnte regelrecht spüren, wie sich die Gedanken hinter seiner Stirn immer schneller im Kreis drehten, ohne zu irgendeinem vernünftigen Ergebnis, ja nicht einmal zu einem wirklichen *Begreifen* der Gefahr zu gelangen, die der Anblick der stählernen Hornisse bedeutete.

Es war auch nicht Salid, der schließlich reagierte, sondern der Pilot. Mit einem Ruck, der Salid halb aus seinem Sitz und gegen die gewölbte Scheibe schleuderte, riß er den Helikopter herum und ein Stück in die Höhe. Das brennende Lager schien unter ihnen wegzusacken wie ein bedruckter Spielzeugteppich, der von der Hand eines Kindes zur Seite gerissen wurde. Die Maschine taumelte. Der Pilot hatte sie nicht gut in der Gewalt, und Furcht und Hast machten ihn noch unsicherer. Für eine Sekunde war Salid fast sicher, daß er jetzt endgültig die Kontrolle über die Situation verloren hatte.

Trotz allem arbeitete ein Teil seines Bewußtseins – der gleiche, der ihn schon vorhin auf seine eigenen Fehler aufmerksam gemacht hatte – mit der gewohnten Präzision weiter. Er sah, daß der *Apache*, der sich plötzlich nicht mehr neben, sondern ebenfalls unter ihnen befand, immer mehr an Tempo verlor und dabei tiefer ging, und während die Zeit – und damit die winzige Chance, die sie – vielleicht – gehabt hatten, erbarmungslos verstrich, wurde ihm klar, was geschehen war: Der *Apache* war nicht gekommen, um sie abzuschießen. Er würde es tun, zweifellos, sobald der Pilot seine Überraschung überwunden und begriffen hatte, *wer* in dem Chopper saß, der wie ein Phönix aus dem brennenden Lager aufgestiegen war.

Aber noch hatte er es nicht begriffen. Sie saßen in einer Maschine, die die gleichen Hoheitszeichen trug wie der *Apache*. Und die bewaffnet war. Hätten sie sofort das Feuer eröffnet, hätten sie eine gute Chance gehabt, den *Apache* abzuschießen oder zumindest so schwer zu beschädigen, daß sie entkommen konnten.

Das Begreifen dieser Chance und die Erkenntnis, daß es wahrscheinlich zu spät war, kamen fast im gleichen Moment. Das Schicksal hatte ihnen noch einmal drei oder vier Sekunden geschenkt, und sie hatten sie vertan. Der Mann hinter den Kontrollen des *Apache* war kein Narr. Er konnte es nicht sein, oder er hätte nicht in dieser Maschine gesessen. Salids Verachtung für die Amerikaner ging nicht so weit, ihnen Dummheit zu unterstellen.

Salid richtete sich mühsam in seinem Sitz auf, drehte sich zu dem jungen Piloten um – und begriff, daß er erneut einen Fehler begangen hatte.

Er war nicht der einzige, der die Chance sah, die sich ihnen bot. Aber anders als er hatte der Pilot nicht verstanden, wie flüchtig sie gewesen war; vielleicht nicht einmal wirklich, sondern nur ein böser Scherz, den sich das Schicksal mit ihnen erlaubt hatte.

»Nein!« schrie er. *»Tu es –«*

Es war zu spät. Der Chopper führte die begonnene Drehung zu Ende und beschleunigte so abrupt, daß Salids Worte in einem überraschten Keuchen untergingen, als er zurück in den Sitz geworfen wurde. Gleichzeitig senkte sich der Daumen des Piloten auf den Feuerknopf, der in den Steuerknüppel integriert war. In das hysterische Flappen der Rotoren mischte sich das Hämmern eines Maschinengewehrs, und fast im gleichen Moment löste sich eine Rakete aus dem Waffenträger, der an der rechten Kufe des Choppers hing, und raste wie eine winzige weißglühende Sonne auf den *Apache* zu.

Die MG-Salve saß genau im Ziel. Funken sprühten aus der Panzerung des *Apache*, und für den Bruchteil einer Sekunde klammerte sich Salid gegen jede Überzeugung an die verzweifelte Hoffnung, daß auch die Rakete treffen würde.

Vielleicht hätte sie es sogar, wäre der Pilot des *Apache* nicht tatsächlich so gut gewesen, wie Salid befürchtet hatte.

Über die Entfernung hinweg war nicht zu erkennen, ob die MG-Salve Schaden angerichtet hatte oder nicht. Aber wenn überhaupt, dann nicht genug. Die Maverick-Rakete näherte sich dem Helikopter mit rasender Geschwindigkeit, doch im allerletzten Moment vollführte der *Apache* einen regelrechten Satz zur Seite, und das Geschoß verfehlte ihn so knapp, daß sein Feuerschweif den Lack ansengen mußte. In einer lodernden Flammensäule explodierte es tief unter ihm.

»Weg!« brüllte Salid. *»Verdammt, weg hier!«*

Vielleicht war dies sein letzter Fehler, aber wahrscheinlich hatten sie ihre Karten ohnehin schon zu sehr überreizt. Sie näherten sich dem *Apache* noch immer, und möglicherweise hätte der Pilot einer zweiten Maverick nicht mehr ausweichen können. Doch Salids Schrei hatte den jungen Piloten vollends verunsichert. Er zögerte, eine Sekunde nur, und vielleicht sogar weniger, doch plötzlich loderten unter dem Bug des feindlichen Helikopters orangerote Funken. Salid spürte, wie irgend etwas den Chopper traf, nicht einmal sehr laut oder hart, ein schnelles, trockenes *Plopp-plopp-plopp-plopp*, wie Hagel auf einem Wellblechdach. In der Kanzel neben ihm war mit einem Male eine geschwungene Reihe kleiner, von Sprüngen gesäumter Löcher, durch die eisiger Wind hereinpfiff. Der Mann hinter Salid schrie auf und brach im Sitz zusammen, und der Gestank von Blut und heißem Öl erfüllte die Kanzel.

Die Salve, so verheerend ihre Wirkung auch gewesen war, verschaffte ihnen noch einmal eine Gnadenfrist. Die pure Aufprallwucht hatte den Chopper aus der Bahn geworfen, so daß der Großteil der Geschosse ins Leere ging, statt die Maschine einfach in der Luft zu zerreißen. Der Helikopter taumelte, näherte sich einen Moment lang in einer immer enger werdenden Spirale dem Boden und kippte dann wieder in die Waagerechte, als der Pilot noch einmal die Gewalt über ihn zurückgewann.

»Nach Osten!« schrie Salid. »Schnell!« Er erinnerte sich an die kleine Ortschaft, durch die sie in der vergangenen Nacht gekommen waren, nur ein Dutzend Häuser, vielleicht sogar weniger, aber auch nur fünf oder sechs Kilometer entfernt. Mit etwas Glück konnten sie es bis dorthin schaffen, ehe die Maschine endgültig den Geist aufgab und sie landen mußten. Der Pilot des *Apache* würde es nicht wagen, über dem Ort das Feuer auf sie zu eröffnen.

Der Pilot begann zu lamentieren, während der Steuerknüppel unter seinen Händen immer heftiger zu bocken anfing. »Warum hast du mich nicht schießen lassen? Ich hätte ihn treffen können. Ich weiß, daß ich ihn erwischt hätte!«

Vielleicht stimmte das sogar. Salid war trotzdem nicht gewillt, ihm seinen Fehler zu verzeihen; so wenig, wie er bereit war, sich selbst zu vergeben. Aber dies war nicht der Moment, darüber zu reden.

Während sie dicht über den Wipfeln des verschneiten Waldes nach Osten jagten, drehte sich Salid in seinem Sitz herum und sah zurück. Der Mann auf der hinteren Sitzbank war tot. Das MG-Geschoß hatte ein fast faustgroßes Loch durch seine Brust und die Wand hinter ihm geschlagen, durch das Salid einen Blick auf die zerfetzten mechanischen Eingeweide des Hubschraubers werfen konnte. Aus einem zerrissenen Kabel sprühten Funken. Ein dünner Nebel aus Öl oder Treibstoff wurde vom Fahrtwind davongerissen. Es grenzte an ein Wunder, daß sich die Maschine überhaupt noch in der Luft hielt.

Salid glaubte nicht, daß das noch lange so bleiben würde.

»Du hättest sie nicht hierherbringen dürfen«, sagte Bruder Antonius. Er hatte noch neun Minuten zu leben, aber das wußte er natürlich nicht. Vielleicht hätte dieses Wissen nicht einmal etwas an seinen Worten geändert oder dem, was er beim Anblick des zerknirschten, ein ganz kleines bißchen aber auch trotzig aussehenden Gesicht seines Gegenübers empfand.

Antonius war der älteste der neun *Wächter*, die ihre Gemeinschaft bildeten, und nicht nur aufgrund seines hohen Alters – niemand kannte es genau, nicht einmal er selbst, aber Antonius war schon alt gewesen, als der letzte Krieg mit Feuer und Tod über dieses Land hinweggefegt war – unterschied sich seine Einstellung dem Sterben und dem Tod gegenüber grundlegend von der der meisten anderen Menschen. Vielleicht, weil er und die acht anderen ein wenig mehr darüber wußten; und über das, was danach kam.

Die Lebenserwartung Bruder Sebastians – dem diese Worte galten – betrug in diesem Moment gut fünf Sekunden mehr als die des Alten. Er würde zwar als letzter sterben, aber auf ungleich schrecklichere Weise als die anderen, und vielleicht war das die Strafe, die das Schicksal für seine Verfehlung bereithielt. Auf *seine* Antwort *hätte* dieses Wissen Einfluß gehabt; denn von allen hier hatte er die weltlichste Einstellung zum Leben und den vermeintlichen Freuden, die es bereiten konnte. Bruder Antonius wußte das, und es bereitete ihm Sorge, so wie Bruder Sebastian ihm immer ein wenig Sorge bereitet hatte, seit er in den Orden der *Wächter* aufgenommen worden war. Es war nicht seine Schuld. Bruder Sebastian war bemüht und eifrig, und er war durchaus fähig, die ihm gestellten Aufgaben zu bewältigen. Es lag nicht an dem, was er sagte oder tat, daß Bruder Antonius ihm stets mit einem latenten Mißtrauen begegnete und einer daraus resultierenden, vielleicht zu großen Strenge. Es lag an dem, was er *war*.

Sebastian war das notwendige Bindeglied, die nicht gewollte, aber notwendige Nahtstelle, an der ihre Welt mit der dort draußen verbunden war. Sebastian hatte maßlos untertrieben, als er behauptete, das Leben im Kloster wäre manchmal ein wenig einsam.

Tatsache war, daß es auf der ganzen Welt überhaupt nur eine Handvoll Menschen gab, denen die Existenz des Klosters bekannt war, und von dieser Handvoll wiederum nur einige wenige, kaum mehr als zwei oder drei – von denen übrigens keiner in Rom lebte –, wußten, was dieser Orden wirklich war.

Das mußte auch so sein. Antonius und seine Vorgänger hatten viel Zeit und Energie darauf verwandt, dafür zu sorgen, daß die Welt nichts von ihrer Existenz erfuhr. Das Kloster war so gut wie autark. Der Wald und der kleine Gemüsegarten lieferten ausreichend Lebensmittel, um ihre bescheidenen Ansprüche zu decken, der Fluß Trinkwasser und Strom für das kleine Kraftwerk, das vor zehn Jahren – gegen Antonius' innere Überzeugung – im Keller eingebaut worden war. Neben der Mauer aus Stahl und Dornengestrüpp, die das Kloster umgab, existierte noch eine zweite, unsichtbare Wand, die sie schützte, eine Wand aus Schweigen und Vergessen, die ungleich massiver war als der Gitterzaun und der Wald.

Bruder Sebastian war das Loch in dieser Mauer. Sie lebten nicht in einer Welt, von der sie sich völlig abtrennen konnten. Autarke Systeme setzten eine gewisse Größe voraus, die der Orden der *Wächter* nun einmal nicht hatte; nicht einmal annähernd. Es gab Berührungspunkte, ob sie es wollten oder nicht. Manchmal mußte ein Arzt geholt werden. Es gab Ersatz für Dinge des täglichen Bedarfs zu beschaffen, Medikamente zu besorgen, manchmal – selten genug, vielleicht nur in Abständen von Jahren, aber manchmal eben doch – einen Brief aufzugeben oder eine Nachricht in Empfang zu nehmen. Sowenig es Bruder Antonius gefiel: Sie brauchten jemanden, der den Kontakt zur Außenwelt aufrechterhielt, und dieser Jemand war Bruder Sebastian. Und da er ein sterblicher Mensch war, war er den Verlockungen ausgesetzt, die der Antichrist so zahlreich erschaffen hatte, um sterbliche Menschen zu versuchen. Er konnte ihnen nicht widerstehen. Niemand konnte das. Bruder Antonius wußte, daß auch er es nicht gekonnt hätte. Das war der Grund, aus dem er und die sieben anderen diese Mauern seit dem Moment ihrer Ankunft nicht wieder verlassen hatten.

Nachdem Bruder Antonius ein gutes Drittel seiner verbliebenen Lebenszeit mit diesen Gedanken – die er übrigens schon unzählige Male gedacht hatte – zugebracht hatte, fiel ihm auf, daß Sebastian ihm bisher eine Antwort schuldig geblieben war. Er wiederholte seine Worte, fuhr aber auch gleichzeitig fort: »Du hättest sie nicht herbringen dürfen, Bruder. Du kennst die Regeln dieses Ortes. Niemand darf ihn betreten, der nicht das Gelübde abgelegt hat. *Haben* sie das Gelübde abgelegt?«

Die Frage war natürlich nichts als reine Rhetorik, eine jener feinen Spitzen, die sich Antonius manchmal gestattete und für die er dann regelmäßig mit endlosen Vaterunsern und Geißelungen bezahlte. Trotzdem antwortete Sebastian darauf: »Nein. Ich fürchte, der Mann ist nicht einmal Christ. Jedenfalls glaubt er es. Aber sie haben nichts gesehen, was uns gefährlich werden könnte. Sie waren zu Tode erschöpft und froh, daß ich ihnen geholfen habe.«

Die Frage, die ihm auf der Zunge lag, nämlich die, ob er sie etwa halb erfroren im Wald hätte zurücklassen sollen, verbiß er sich. Aber Bruder Antonius las sie deutlich in seinen Augen. Sebastian neigte zur Aufsässigkeit. Und in letzter Zeit immer mehr. Antonius dachte diesen Gedanken ohne Zorn – dieses Gefühl war ihm fremd –, aber voller Trauer. Sie würden sich bald von Sebastian trennen müssen. Das Gift, das er bei seinen Besuchen in der Welt draußen einatmete, begann zu wirken.

»Ich werde sie ins Dorf bringen«, fuhr Sebastian fort. »In einer halben Stunde sind sie nicht mehr hier. Und in einer weiteren Stunde haben sie uns vergessen. Sie haben selbst genug Probleme.«

Bruder Antonius hob wortlos die Augenbrauen. Daß Bruder Sebastian die Probleme der beiden erwähnte, bewies, daß er von ihnen wußte. Er belastete sich mit Dingen, die ihn nichts angingen. Ihre Aufgabe war einfach zu wichtig, als daß das Schicksal einzelner eine Rolle spielen durfte.

Sebastian begriff seine Verfehlung wohl im gleichen Moment, in dem ihm die Worte herausgerutscht waren, denn er biß sich auf die Unterlippe und senkte den Blick. Aber er war klug genug, nichts mehr zu sagen.

Der weißhaarige Abt sah ihn lange und voller Trauer an. Ja, sie würden sich von ihm trennen müssen. Bald. Vielleicht eher, als er bisher geglaubt hatte. Eher als von seinem Vorgänger, der wiederum der Verlockung eher erlegen war als *sein* Vorgänger. Das Gift schien stärker zu werden – oder die Menschen wurden schwächer.

Sebastians Blick machte Antonius klar, daß er all dies wußte, und dieses Wissen wiederum machte Antonius noch trauriger. Wortlos wandte er sich um und trat auf das große Holzkreuz zu, das an der östlichen Wand des Gebetsraumes befestigt war.

Er hatte noch vier Minuten zu leben.

»Ich glaube es einfach nicht!« sagte Astrid, als sie zurückkam, kopfschüttelnd mehrmals hintereinander. Sie roch nicht gut, ein bißchen säuerlich. Offenbar hatte sie sich ziemlich heftig übergeben, und sie mußte es wohl selbst spüren, denn sie war sorgsam darauf bedacht, einen gewissen Abstand zu ihm einzuhalten. Trotzdem fuhr sie in beinahe fröhlichem Ton, geradezu aufgekratzt, fort: »Das darf wirklich nicht wahr sein. Ich wußte gar nicht, daß es so etwas noch gibt!«

»*Was* wußtest du nicht?« fragte Brenner.

Astrid deutete mit dem Daumen über die Schulter. »Ein Plumpsklo«, sagte sie. »Einen richtigen Donnerbalken haben die hier.«

»Was hast du erwartet?« fragte Brenner. »Ein komplett ausgestattetes Bad mit Whirlpool und Sauna?«

»Natürlich nicht. Aber das hier ...« Ihre Entdeckung schien Astrid über die Maßen zu faszinieren. »Ich wußte nicht, daß sie *so* primitiv leben. Ich konnte nicht einmal einen Lichtschalter entdecken.«

»Ich bezweifle, daß sie überhaupt elektrisches Licht haben«, sagte Brenner. Eigentlich war er sogar sicher, daß sie keines hatten. Es hätte einfach nicht hierher gepaßt.

»Vielleicht«, sagte Astrid. »Aber das hier ... verrückt.« Sie ging wieder zur Tür und öffnete sie. »Dieses ganze alte Gemäuer könnte glatt aus der Steinzeit stammen. Ich frage mich, was sie eigentlich hier *tun*.«

Das fragte sich Brenner schon seit einer geraumen Zeit und mit wachsender Verwirrung. Das einzige, was er genau wußte, war, daß das hier kein normales Kloster war, sondern ... Er wußte es nicht. Und er war auch ziemlich sicher, daß er sich jede entsprechende Frage an Bruder Sebastian sparen konnte. »Beten, nehme ich an«, sagte er schließlich. »Und was fromme Männer in einem Kloster eben noch so tun.«

Die Antwort stellte Astrid offenbar ebensowenig zufrieden wie ihn selbst. Sie zog eine Grimasse, schob die Tür noch weiter auf und machte einen halben Schritt, so daß sie noch halb im Raum, halb aber auch schon außerhalb war.

»Laß das«, sagte Brenner. »Wir haben Sebastian versprochen, hier zu warten.«

»Genaugenommen hast *du* es ihm versprochen«, antwortete Astrid. »Außerdem – stell dich nicht so an. Ich will schließlich nichts stehlen, sondern mich nur umsehen, das ist alles.«

»Bitte tu das nicht«, sagte Brenner noch einmal. »Ich habe ihm mein Wort gegeben, und das sollte auch für dich gelten.« Natürlich hätte er ebensogut mit dem Türrahmen sprechen können – und strenggenommen tat er das auch, denn Astrid war bereits weitergegangen und hatte sich nach rechts gewandt, so daß er sie nicht mehr sah.

Mit einer Mischung aus Resignation und allmählich müde werdendem Zorn folgte er ihr. Er konnte sie schließlich schlecht mit Gewalt zurückhalten.

Astrid hatte sich bereits ein paar Schritte von der Tür entfernt und fast den Durchgang zum Innenhof erreicht, als er sie einholte. Brenner war mittlerweile beinahe so weit, sie doch mit Gewalt zurückzuhalten, aber gerade, als er die Hand heben wollte, um nach ihr zu greifen, blieb sie von sich aus stehen.

Vielleicht, weil es vor ihr nicht viel zu sehen gab; zumindest nichts Interessantes. Hinter dem Torbogen erstreckte sich ein rechteckiger Innenhof, der in seiner Schlichtheit schon fast wieder majestätisch wirkte – Astrid hätte ihn wahrscheinlich als langweilig bezeichnet. Er war nicht sehr groß, und es gab nur drei oder vier Türen, die in die angrenzenden, aus gewaltigen Quadern errichteten Gebäude führten. Auf der gegenüberliegenden Seite gewahrte Brenner eine Anzahl schmaler, tief eingeschnittener Fenster, hinter denen man eine Bewegung zu erahnen glaubte. Der Hof war mit großen, sorgsam geglätteten Natursteinen ausgelegt, und die Dächer bestanden aus schwerem Schiefer, dem ungezählte Jahrhunderte eine silberne Patina verliehen hatten. Alles an diesem Gebäude erschien übermäßig groß und wuchtig. Dabei gab es überhaupt keinen Grund dafür, dachte Brenner. Wenn ihn sein hobbymäßig erworbenes Wissen um Architektur und Festungsbau nicht im Stich ließ, dann mußte diese sonderbare Mischung aus Burg und Festung aus dem neunten oder zehnten Jahrhundert stammen, einer Zeit, in der es noch nicht nötig gewesen war, sich vor Kanonen und Mörsern hinter immer dicker werdenden Wänden zu verstecken. Um so mühsamer mußte es dafür gewesen sein, Hunderte und Aberhunderte Tonnen von Steinquadern hierherzuschaffen; denn das Baumaterial stammte eindeutig *nicht* aus dieser Gegend.

»Komm«, sagte er. »Laß uns zurückgehen. Hier gibt es nichts zu sehen.«

Astrid zögerte, wenn auch nur eine Sekunde und wahrscheinlich aus dem einzigen Grund, daß sie ihm aus Prinzip nicht sofort gehorchen wollte. Schließlich nickte sie, drehte sich mit einem resignierenden Seufzen herum – und hob überrascht den Kopf.

»Was ist das?«

»Was ist *was?*« Auch Brenner lauschte, im ersten Moment allerdings vergeblich. Doch dann hörte er es auch: einen fernen, fast regelmäßigen Laut, der fremd und zugleich vertraut klang – so als würde jemand weit entfernt in einem großen Topf Popcorn machen. *Sehr* weit entfernt und in einem *sehr* großen Topf.

Astrid ging mit raschen Schritten an ihm vorbei und in das Torgewölbe zurück. Das Geräusch hielt noch einige Sekunden lang an und brach dann ab, kaum daß sie den halben Schritt zur Brücke hinter sich gebracht hatten.

»Warte!« rief Brenner. Er mußte schon wieder laufen, um Astrid einzuholen, aber zumindest stimmte die Richtung jetzt. Sebastian würde kaum etwas dagegen einzuwenden haben, daß sie sich den Waldrand ansahen.

Sie erreichten die heruntergelassene Zugbrücke und blieben wieder stehen. Astrids Blick glitt unstet von rechts nach links und wieder zurück. Sie wirkte sehr angespannt. »Was war das?« murmelte sie. »Das gefällt mir nicht.«

Brenner konnte ihr nicht einmal widersprechen. Er wußte noch immer nicht genau, wo er diesen seltsamen Laut einordnen sollte, aber er spürte genau, daß er ihn kannte, und es war dieses *Beinahe-Wiedererkennen,* das ihn mit Beunruhigung erfüllte. Es war ...

... ein Laut, den er unzählige Male zuvor gehört hatte. Niemals in Wirklichkeit, aber im Kino, im Fernsehen, in Videofilmen. Das abgehackte Stakkato eines Maschinengewehrs.

Aber das konnte nicht sein! Das war nicht möglich! So etwas geschah nicht. Nicht wirklich. Und nicht *hier.*

»Dort«, sagte Astrid plötzlich. Sie deutete nach Süden. »Sieh doch!«

Brenners Blick folgte der Geste, und was er sah, ließ ihn für eine Sekunde vollends an seinem Verstand zweifeln. So dicht über den Bäumen, daß die Rotoren einen weißen Schleier aus den Wipfeln peitschten, raste ein Helikopter heran. Das Motorengeräusch klang schrill und ungleichmäßig, und er flog nicht ganz gerade, sondern taumelte wie eine betrunkene Riesenlibelle.

Eine Sekunde später tauchte ein zweiter Helikopter über dem Wald auf, der den ersten ganz offensichtlich verfolgte. Beide Maschinen schienen zu brennen, denn sie zogen zerfetzte weiße Rauchschleier hinter sich her.

»Was ist denn *das*?« murmelte Astrid. Erst als sie fortfuhr, begriff Brenner, daß sie nicht das *Geschehen* meinte, sondern einen der beiden Hubschrauber. »Das Ding sieht ja aus wie Blue Thunder.«

»Ein *Apache*«, antwortete Brenner automatisch, obwohl es ihm fast aberwitzig erschien, in diesem Moment über einen *Film* zu reden. Immerhin – es gab etwas, was sie beide interessierte ... »Er war das Vorbild für den Film. Aber das ... das ist ein *Kampfhubschrauber.* Was, zum Teufel –«

Unter dem wie abgeschnitten aussehenden Bug des *Apache* loderte orangerotes Feuer. Ein schriller, heulender Laut erscholl, einem Fanfarenstoß fast ähnlicher als dem Geräusch von Schüssen, und der kleinere Helikopter torkelte zur Seite wie ein Schmetterling, der von einer flachen Hand mitten im Flug getroffen worden war.

»Um Gottes willen«, flüsterte Brenner. »Sie ... sie *schießen*!« Ihm kam nicht einmal der Gedanke, daß das Mädchen und er in Gefahr sein konnten, obwohl sich die beiden Maschinen genau auf das Kloster zubewegten. Sie waren noch zwei oder drei Kilometer entfernt; Sekunden, bei dem irrwitzigen Tempo, in dem sie heranjagten.

»Vielleicht drehen sie einen Film«, murmelte Astrid. Ohne daß es ihr selbst bewußt gewesen wäre, war sie dichter an Brenner herangerückt. Sie zitterte.

Die nächste Salve, die der *Apache* auf den flüchtenden Chopper feuerte, enthob Brenner einer Antwort. Sie verfehlte ihr Ziel, aber die Geschosse fuhren mit einem hörbaren Klatschen in die Baumwipfel, zerfetzten Blätter und Äste, prasselten wie stählerner Regen auf die Zugbrücke und zertrümmerten die dünne Eisdecke des Flusses.

»Um Gottes willen!« schrie Brenner. *»Weg hier!«*

Er fuhr herum, riß das Mädchen mit sich und rannte in den Schutz des Torgewölbes zurück. Astrid schrie und begann wild um sich zu schlagen, wie eine Ertrinkende, die ihren Retter mit sich in die Tiefe zu ziehen drohte, aber Brenner zerrte sie einfach weiter hinter sich her. Das Heulen der beiden Hubschrauber wurde lauter, und wieder erscholl dieser schrille, stählerne Posaunenstoß, mit dem die modifizierte Gatlin-Gun des *Apache* ihre Geschosse ausspie.

Brenner blickte sich im Laufen um und sah, daß der kleinere Helikopter sowohl an Tempo als auch an Höhe verloren hatte und sich in spitzem Winkel der Brücke näherte. Vielleicht hoffte der Pilot, daß die andere Maschine nicht auf ihn feuern würde, um das Gebäude nicht zu treffen.

Es war eine trügerische Hoffnung. Brenner hörte das furchtbare Geräusch der Maschinenkanone, noch bevor er den *Apache* sah, der wie ein flammenspuckendes Ungeheuer vom Himmel stürzte. Die Salve verfehlte den Helikopter, aber sie traf genau in den Torbogen.

Es war vorbei. Brenner wußte, daß sie jetzt sterben würden, aber er hatte nicht einmal Angst. An der Spitze einer rasend schnell länger werdenden Kette aus Explosionen, die Steinsplitter bis gegen die Decke des Gewölbes schleuderten, rannten Astrid und er auf das jenseitige Ende des Tunnels zu, ohne die allerkleinste Chance, es zu erreichen.

Brenner spürte, wie er getroffen wurde.

Es tat nicht einmal weh. Und vielleicht war es gerade dieser Umstand, über den er sich *wirklich* Sorgen machen sollte, denn genaugenommen fühlte McCormack *überhaupt nichts*, nicht einmal die klebrig-feuchte Wärme, die in einem roten Strom zwischen seinen Fingern hindurchquoll und seine Hose und den Kunstlederbezug des Sitzes tränkte. Von einer imaginären Linie zwei Finger über seinem Gürtel abwärts an war sein Körper vollkommen taub.

McCormack wußte, was diese Taubheit zu bedeuten hatte, aber der Gedanke, gelähmt zu sein, erschreckte ihn nicht wirklich. Er drang nicht einmal richtig an sein Bewußtsein, ebensowenig wie jene zweite Erkenntnis, daß er sich keine großen Sorgen um die durchtrennten Nerven in seinem Rücken zu machen brauchte. Sein Leben als Querschnittgelähmter würde nicht lange dauern. Allerhöchstens so lange, wie er brauchte, um zu verbluten.

McCormack fühlte sich sonderbar leicht, auf eine Art fröhlich und gelassen, die an das Gefühl erinnerte, wenn er sich einen seiner seltenen Joints gegönnt hatte, nur viel angenehmer; denn es war vollkommen frei von jeder Schuld oder schlechtem Gewissen. Was ihm zugestoßen war, war ja auch zu absurd, als daß er irgend etwas anderes tun konnte, als sich darüber zu amüsieren. Lächelnd betrachtete er das winzige, kreisrunde Loch in der Glasscheibe vor sich. Die Panzerung hatte die MG-Salve zuverlässig abgehalten, viel besser sogar noch, als die Konstrukteure dieser Wundermaschine versprochen hatten. Von sicherlich fünfzig Geschossen hatte nur ein einziges die Panzerglasscheibe durchschlagen, hatte einen blutigen Kanal in seine Eingeweide gegraben, ihm das Rückenmark zerschmettert und ein sauberes Loch in die Rückenlehne seines Sitzes gestanzt, ehe es schließlich im Boden steckengeblieben war. McCormack konnte fühlen, wie das Leben aus ihm heraussprudelte, in einem klebrigen, warmen Strom, der nur deshalb bereits nachließ, weil der Druck in seinen Adern nicht mehr groß genug war, um ihn aufrechtzuerhalten. Wenn er die Hände herunternahm, würden ihm die Eingeweide auf die Knie fallen. Er wußte, was ein Geschoß wie das, das ihn getroffen hatte, in einem menschlichen Körper anrichtete. Er wollte Styper diesen Anblick ersparen. Außerdem würde die Wunde noch heftiger bluten, wenn er sie nicht weiter zusammenpreßte, und McCormack hatte schon eine *Menge* Blut verloren. Er machte sich ein bißchen Sorgen, daß die Kanzel bis unter das Dach vollaufen und sie in all dem Blut ertrinken würden.

Hysterie, konstatierte er mit einem kleinen, noch klar gebliebenen Teil seines Bewußtseins. Es ging zu Ende. Gott, er wußte nicht einmal, *wer* ihn umgebracht hatte!

Mühsam hob McCormack den Kopf. Er mußte sich entscheiden, ob er nach links zu Styper oder geradeaus zu dem anderen Helikopter sehen wollte – er war nicht sicher, ob er noch die Kraft hatte, beides zu tun. Er entschied sich für den Chopper.

Die Maschine war höchstens noch zweihundert Meter

entfernt. McCormack hatte gehört, daß Styper zwei- oder dreimal auf sie gefeuert hatte, und mindestens einmal hatte er getroffen, denn sie zog eine schmierige, grauweiße Rauchwolke hinter sich her und wurde immer langsamer. Irgendwo vor ihnen war etwas, das dunkler und massiver aussah als der Wald, über den sie dahinjagten, aber es dauerte eine Weile, bis McCormack es als Gebäude identifizierte: ein Kloster oder eine kleine Burg vielleicht. Der Pilot des Chopper hielt darauf zu, wohl in der Annahme, daß Styper es nicht wagen würde, auf ihn zu schießen, wenn er das Gebäude als Deckung nutzte.

McCormack wußte, wie wenig ihm das nutzen würde. Styper würde selbst dann das Feuer auf ihn eröffnen, wenn seine eigene Mutter in der Schußbahn stand. Er hatte seit seinem Eintritt in die Air-Force nur für den Moment gelebt, in dem er die Waffen dieser Kampfmaschine endlich einmal *benutzen* durfte.

Der Chopper stieß jetzt in immer steilerem Winkel auf das Kloster herab; noch ein paar Grad mehr, und aus seinem Sturzflug würde ein echter Sturz. McCormack sah zwei winzige Gestalten, die unter dem großen Torbogen standen und plötzlich herumfuhren, um davonzustürzen.

Styper feuerte. McCormack sah, daß der Chopper getroffen und zur Seite geschleudert wurde. Glassplitter explodierten aus seiner Kanzel, und McCormack glaubte etwas Großes, Dunkles aus der Maschine und in den Fluß stürzen zu sehen. Ganz plötzlich spürte er einen stechenden Schmerz in beiden Beinen. Er wußte, daß das unmöglich war, aber der Schmerz war da, ergriff seinen ganzen Körper und wurde immer schlimmer und schlimmer. McCormacks letzter Gedanke war, daß an all den Geschichten vom Fegefeuer und der ewigen Verdammnis vielleicht doch etwas dran sein konnte.

Styper feuerte aus allernächster Nähe eine Maverick auf den Chopper. Sie verfehlte ihr Ziel und verschwand auf einem lodernden Feuerstrahl im Inneren des Torgewölbes.

Aber da war McCormack bereits tot.

Brenner spürte nur einen Schlag. Er war so hart, daß er ihn nach vorne riß und nach einem letzten, taumelnden Schritt zu Boden schleuderte, tat aber nicht wirklich weh. Eine Art prickelnder Lähmung breitete sich in seiner Schulter und einem Teil des rechten Armes aus, und etwas Warmes und Klebriges rann an seinem Rücken herab. Aber kein Schmerz.

Was weh tat, war der Sturz. Brenner schürfte sich beide Handflächen und die rechte Wange auf, und in seinem Mund war plötzlich der bittere Kupfergeschmack von Blut. Aus den Augenwinkeln sah er, daß Astrid zusammen mit ihm – vielleicht – hoffentlich! – *von* ihm – zu Boden gerissen worden war, dann schlitterte er wuchtig gegen die Wand des Torgewölbes und sah für einen Moment nur bunte Lichtpunkte und -blitze. Eine weitere Sekunde lang lag er reglos und mit angehaltenem Atem da und wartete auf den Tod.

Er kam nicht, aber als Brenner die Augen öffnete und zurücksah, *sah* er ihn.

Er raste in eine flammende Lohe aus Glut gehüllt heran, ein weißglühendes, brüllendes Ungeheuer, das das Gewölbe mit einem Chaos aus Licht, Hitze und unvorstellbarem Lärm überflutete wie ein Höllenhund, der sich von seiner Kette losgerissen hatte. Es war –

Eine Rakete!

Brenners Begreifen und die verzweifelte Bewegung, mit der er sich herumwarf und schützend die Arme über das Gesicht riß, kamen praktisch im gleichen Moment; aber für eine Sekunde war er trotzdem nicht sicher, ob es nicht zu spät war. Eine Woge grausamer Hitze fegte über ihn hinweg, zu rasch, um ihn wirklich zu verletzen, aber heiß genug, jeden einzelnen Nerv in seinem Körper zum Kreischen zu bringen. Er schrie auf und hörte auch Astrids Schrei durch das Heulen des vorüberjagenden Geschosses, dann war der Dämon vorbei, raste weiter und plötzlich ein winziges Stück nach oben – und Brenner wußte, wo er einschlagen würde, eine Sekunde, bevor es wirklich geschah.

Die Rakete kippte plötzlich in einem Winkel von gut dreißig Grad nach oben und jagte so präzise auf ein Fenster im ersten Stockwerk zu, als wäre sie gezielt. Brenner zog instinktiv den Kopf ein, als das Geschoß die Fensterscheibe zertrümmerte.

Genaugenommen waren es zwei Explosionen, die im Abstand von vier oder fünf Sekunden erfolgten; vielleicht eine Funktionsstörung der Waffe, vielleicht auch die vorzeitige Explosion des Treibstoffes, der die Detonation des Sprengkopfes verspätet folgte. Der erste, fast weiße Blitz ließ sämtliche Fensterscheiben zerbersten und drückte einen Teil der Mauern nach außen; zusammen mit einer fast formlosen Gestalt, verkohlt schon vom ersten Flammenblitz der Explosion und von einer fast mannslangen Glasscheibe regelrecht gepfählt, aber *noch immer am Leben*, denn sie schlug mit Armen und Beinen um sich und schrie in einer schrillen, fast unmenschlichen Tonart, während sie in hohem Bogen auf den Hof hinausgeschleudert wurde.

Ehe sie auf dem Boden aufschlug und ihre furchtbaren Schreie endlich aufhörten, erfolgte die zweite Explosion.

Sie war unvergleichlich stärker als die erste. Die Mauern wölbten sich nach außen, als wäre das gesamte Gebäude nichts als ein bemalter Luftballon, der im Bruchteil einer Sekunde bis zum Zerreißen aufgeblasen wurde. Die Detonation mußte Fußboden und Decke des Raumes zerschmettert haben, denn plötzlich schossen auch aus den Fenstern der darunterliegenden Etage Flammen. Die Schieferplatten des Daches wurden davongewirbelt wie Papierschnipsel, die in einem Aschenbecher verkohlten.

Dann brach die gesamte Vorderfront des Gebäudes zusammen. Die Steine verloren ihren Halt und flogen in alle Richtungen davon, begleitet und gefolgt von einem Schwall lodernder Flammen und einem ungeheuren Tosen und Poltern. Trümmer und Glut prasselten wie apokalyptischer Steinregen auf den Hof herab.

Dort, wo der Gebetsraum gewesen war, erhob sich ein Ball aus orangeroten, wabernden Flammen, und in seinem Zentrum tobte ein noch helleres, gleißendes Licht, ein höllisches Fanal von der Form eines fünf oder sechs Meter großen

Kreuzes, das Flammen in alle Richtungen spie und die erlöschende Glut immer wieder neu anzufachen schien. Eine zweite, noch schlimmere Hitzewelle schlug über Brenner zusammen und ließ ihn aufschreien. Voller Entsetzen starrte er seine Hände an, von denen sich die Haut in großen, nassen Blasen abzuschälen begann, und er spürte, daß die Hitze dasselbe seinem Gesicht antat.

Plötzlich fühlte er sich gepackt und hochgerissen. Blindlings schlug er um sich, spürte, daß er etwas traf, und begriff erst, als er Astrids Schrei hörte, daß sie es war, die ihn in die Höhe gezerrt hatte.

Aber bevor er auch nur einen halbwegs klaren Gedanken fassen konnte, erbebte das Kloster unter einem dritten Donnerschlag. Astrid stieß ihn vor sich her, während hinter ihnen rote Glut durch den Torbogen hereinschoß.

Das Wasser hatte dem Sturz seine tödliche Gewalt genommen, aber es war so kalt, daß es ihn allein dadurch beinahe umgebracht hätte. Die dünne Eisdecke, die er mit einem Finger hätte eindrücken können, verwandelte sich in eine Glasscheibe, durch die er mit furchtbarer Wucht hindurchgeprügelt wurde. Die Kälte traf ihn wie ein elektrischer Schlag, der ihn lähmte und zugleich eine glühende Nadel durch sein Herz bohrte.

Salid sank bis auf den Grund des kleinen Flusses. Er versuchte automatisch, sich zu bewegen, Schwimmbewegungen zu machen oder sich wenigstens herumzudrehen, um auf irgendeine Weise wieder an die Oberfläche zu gelangen. Es ging nicht. Er war wie gelähmt. Seine Lungen brannten. Seit er aus dem Cockpit des Hubschraubers geschleudert worden war, waren vielleicht zwei Sekunden vergangen, aber er hatte keine Zeit mehr gehabt, Luft zu holen, und die Atemnot wurde bereits jetzt unerträglich. Die Kälte lähmte ihn. Seine Glieder weigerten sich noch immer, ihm zu gehorchen, und seine Kleider sogen sich rasch voll Wasser und zerrten ihn mit ihrem Gewicht zusätzlich in die Tiefe.

Trotzdem konnte er sehen, was über ihm vorging. Das Wasser des kleinen Flusses war glasklar. Er sah den verschwommenen Umriß des Helikopters, der unter den Einschlägen der Geschosse zur Seite getaumelt war wie ein Boxer unter den Hieben eines unsichtbaren Gegners, den winzigen, lodernden Stern, der auf ihn zuraste, ihn verfehlte und statt dessen in der Toröffnung verschwand, und den Umriß des zweiten Kampfhubschraubers, der immer näher kam, als wolle sein Pilot nun wirklich in den Nahkampf übergehen. Eine Sekunde später explodierte die fehlgeleitete Rakete irgendwo im Inneren des Klosters. Salid sah grelles Feuer hinter der Toröffnung flackern, und er mußte flüchtig an die beiden Gestalten denken, die er gesehen hatte. Sie hatten keine Chance gehabt.

Endlich gelang es ihm, seine Glieder zu einer einzigen, matten Schwimmbewegung zu zwingen. Die Wasseroberfläche und die Umrisse der beiden Helikopter kamen immer näher, und Salid raffte noch einmal jedes bißchen Energie, das er in sich fand, zusammen, um sich weiter nach oben zu kämpfen, bis er endlich die Wasseroberfläche durchstieß und verzweifelt nach Luft schnappen konnte.

Salids Lungen füllten sich mit köstlichem, süßem Sauerstoff, und der stählerne Ring, der seine Brust zu zerquetschen begonnen hatte, zerbrach.

Der Chopper wurde von einer zweiten Salve der Gatlin-Gun des *Apache* getroffen und regelrecht zersägt. Die zerborstene Kanzel stürzte wie ein Stein zwanzig Meter neben Salid in den Fluß, das Heck prallte gegen die Mauer und explodierte.

Salid wurde von der neuerlichen Druck- und Hitzewelle erneut unter Wasser gedrückt, aber diesmal hatte er das Unheil kommen sehen und tief eingeatmet. Er kämpfte nicht gegen die unsichtbare Faust an, die ihn in den Schlamm des Flußgrundes pressen wollte, sondern machte im Gegenteil kräftige, schnelle Schwimmbewegungen, die ihn tief unter Wasser beförderten, weg von dem grausamen, tötenden Licht und den gefährlichen Trümmern, die den Fluß über ihm wie eine MG-Salve zerrissen. Salid wurde herumgewirbelt wie ein Stück Treibholz, das einen Wasserfall hinunterschoß, aber er schwamm mit verbissener Kraft weiter, bis seine Lungen erneut nach Luft schrien und er einfach nicht mehr konnte.

Der Fluß, aus dem er emportauchte, dampfte wie eine Thermalquelle. Salid atmete keuchend ein und spürte, daß die Luft *heiß* war – und als er den Blick wandte, wußte er auch, warum.

Mit der Strömung trieb eine Lache aus brennendem Öl oder Treibstoff heran, um nachzuholen, was der ersten, großen Explosion mißlungen war.

Salid überschlug blitzschnell seine Chancen, ihr zu entgehen, atmete tief ein und tauchte, so rasch und so tief er konnte. Das Wasser über ihm fing Feuer, und Salid registrierte voller Schrecken, daß die Lache viel größer war, als er angenommen hatte. Aber er gestattete sich nicht, Furcht zu empfinden, die seine Reaktionen vielleicht um den entscheidenden Moment verlangsamt hätte, sondern schwamm rasch und so weit, bis er glaubte, seine Lungen müßten platzen; und auch dann noch ein Stück weiter.

Flammen versengten sein Gesicht, als er auftauchte, aber das brennende Öl war eine Handbreit von ihm entfernt. Salid stöhnte vor Schmerz, als seiner Haut binnen einer Sekunde jede Feuchtigkeit entzogen wurde und sie aufplatzte. Um seine Augen zu schützen, preßte er die Lider aufeinander. Er warf den Kopf zurück, tauchte wieder unter und entfernte sich mit panischen Schwimmbewegungen ein kleines Stück von dem brennenden Benzin. Diesmal reichte sein Atem nicht, ihn sehr weit kommen zu lassen

Ein schrilles Heulen drang an sein Ohr. Salid sah hoch und erblickte den *Apache*, der noch immer über den brennenden Trümmern des Chopper kreiste, wie ein Raubvogel, der sich mißtrauisch davon zu überzeugen trachtete, daß sein geschlagenes Opfer auch wirklich tot war. Im ersten Moment kam ihm der Anblick fast absurd vor; erst dann begriff er, daß trotz allem erst wenige Sekunden verstrichen sein konnten, seit er in den Fluß gestürzt und der Chopper explodiert war. Und vielleicht war es noch nicht einmal vorbei. Die Männer dort oben *mußten* ihn einfach sehen.

Und wie auf ein Stichwort hin schwenkte der *Apache* in diesem Moment zur Seite und hielt genau auf ihn zu!

Aber irgend etwas stimmte nicht mit der Maschine. Ihr Flug war unregelmäßig und taumelnd, das Motorengeräusch wurde immer schriller. Die Turbine schien zu stottern. Aus dem weißen Rauch war schwarzer, öliger Qualm geworden, der aus einer klaffenden Wunde in ihrer Flanke drang, und die Maschine war Salid jetzt nahe genug, daß er die beiden Gestalten in ihrem Cockpit erkennen konnte. Eine von ihnen war leblos nach vorne gesunken. Also hatte ihr erster Angriff doch Erfolg gehabt. Salid begriff mit einer Mischung aus Trauer und trotziger Resignation, daß der junge Pilot recht gehabt hatte und er unrecht. Sie *hätten* den *Apache* abschießen können, hätte Salid ihn nicht daran gehindert, ein zweites Mal zu feuern. Der stählerne Vogel war bereits weidwund gewesen. Sie hatten ihn gerade lange genug am Leben gelassen, damit er ihnen folgen und *sie* töten konnte, ehe er selbst starb.

Der *Apache* kam immer näher. Salid war für einen Moment überzeugt davon, daß er direkt auf ihn herabfallen würde, um die Geschichte mit einem Paukenschlag fast biblischer Gerechtigkeit zum Abschluß zu bringen. Aber dann kippte die Maschine plötzlich zur Seite, jagte so dicht über den Fluß hinweg, daß ihre Rotoren fast das Wasser berührt hätten, und fand noch einmal in die Waagerechte zurück. Taumelnd näherte sie sich dem Ufer, schoß auf das Kloster zu und gewann dabei immer mehr an Höhe.

Beinahe hätte der Pilot es sogar geschafft.

Der *Apache* jagte in steilem Winkel an der Außenseite des Klosters in die Höhe. Seine Kufen streiften das Dach, rissen Schieferplatten und Holz los. Aus dem Riß in ihrer Flanke, aus dem bisher nur Rauch gequollen war, sprühten plötzlich Funken, dann Flammen. Die Maschine taumelte. Der Heckrotor fiel aus, und der *Apache* begann zu kreiseln. Seine Kufen berührten zum zweitenmal das Dach, zertrümmerten den First, und diesmal konnte Salid sehen, wie etwas von der Maschine abbrach. Dann kippte der *Apache* wie ein Reiter, der aus dem Sattel eines bockenden Pferdes stürzt, über den Dachfirst in die Tiefe.

Die Explosion erfolgte fast unmittelbar darauf. Der Blitz war so grell, daß er für einen Moment das Licht der Sonne einfach auszulöschen schien. Salid sah, wie sich *das gesamte Gebäude* ein Stück in die Höhe zu heben und dann mit einem berstenden Schlag wieder zurückzufallen schien, dann schossen Flammen und Licht wie aus dem Herzen eines explodierenden Vulkanes senkrecht nach oben und setzten den Himmel in Brand.

Salid tauchte, um der Druckwelle zu entgehen, drehte sich unter Wasser herum und raffte das letzte bißchen Kraft zusammen, das er noch in seinem geschundenen Körper fand, um auf das Ufer zuzuschwimmen, während über ihm die Welt in Trümmer ging.

Was er in diesem Moment am deutlichsten begriff – obwohl es im Grunde vollkommen aberwitzig war –, war die Tatsache, daß der Ausspruch »Schlimmer konnte es nicht kommen« eine glatte Lüge war. Ganz egal, was geschah, es *konnte* immer schlimmer kommen, und vielleicht gab es sogar eine Art Naturgesetz, nach dem es immer schlimmer kommen *mußte*. Brenners Universum war zerbrochen, in einer einzigen, rotglühenden Sekunde. Aus einem Leben, das aus Zahlen und Arbeit, aus Langeweile und nicht mehr Abwechslung als den geliehenen Abenteuern in einem Buch oder Film bestanden hatte, war ein Chaos aus Feuer und Lärm geworden, das ihn in einem sich immer schneller drehenden Strudel auf das Ende zuriß. Brenner verstand nicht mehr, was mit ihm geschah. Fast wünschte er sich zu sterben, nur damit es endlich vorbei war.

Ein harter Stoß in die Seite schleuderte ihn gegen die Wand und zugleich in die Wirklichkeit zurück. Plötzlich spürte er wieder die Hitze, fühlte das Beben des steinernen

Bodens unter seinen Füßen, der sich aufbäumte und wie unter Schmerzen schrie, und hörte das schreckliche Mahlen und Bersten, mit dem sich die scheinbar so unerschütterlichen Wände rings um ihn herum bewegten wie Theaterkulissen aus dünnem Papier. Automatisch taumelte er weiter, drehte den Kopf und begriff erst in diesem Moment, *wessen* Hand ihn in die Höhe gezerrt hatte.

Astrids Anblick versetzte ihm einen Schock. Er erkannte sie kaum wieder. Der Großteil ihrer Haare war zu einer klumpigen Masse verkohlt; das, was er von ihrem Gesicht noch erkennen konnte, war voller Blut und Ruß. Ihre Jacke schwelte, und die Hände, mit denen sie ihn gepackt hatte, fühlten sich feucht und klebrig an. Instinktiv versuchte er vor dem schrecklichen Anblick zurückzuweichen, aber Astrid hielt ihn mit unerwarteter Kraft fest. Fast schon beiläufig registrierte er, daß der weiße Verband, den Sebastian ihr angelegt hatte, schwarz geworden war. Ihre Hand mußte *gebrannt* haben. Mit einem Male wurde ihm klar, daß es ihr Körper gewesen war, der ihn wie ein lebender Schutzschild vor dem Gluthauch der Rakete bewahrt hatte.

»Lauf!« schrie sie. *»Schnell! Es ist noch nicht vorbei!«*

Gleichzeitig versetzte sie ihm einen Stoß, der ihn in das Chaos aus Flammen und glühenden Steinen auf dem Hof hineintaumeln ließ. Brenner fand nicht einmal Zeit, einen klaren Gedanken zu fassen. Die Bedeutung ihrer Worte, die Unmöglichkeit, daß sie in ihrem Zustand noch stehen, noch irgend etwas *tun* konnte, die Frage, woher sie wußte, wohin sie gehen sollten und vor allem, was noch passieren würde – all dies wurde ihm erst viel, viel später klar und ohne daß er auch nur auf eine dieser Fragen eine befriedigende Antwort gefunden hätte. Beinahe willenlos taumelte er neben ihr her über den brennenden Hof, direkt auf das Gebäude auf der anderen Seite zu, aus dessen Türen und Fenstern noch immer Flammen schossen. Die Hitze nahm noch zu, aber Astrid trieb ihn unbarmherzig vorwärts, mit einer Kraft, die ihn überrascht hätte, hätte er in diesem Moment auch nur einen klaren Gedanken fassen können.

Er konnte es nicht. Hätte er es gekonnt, wäre er vermutlich stehengeblieben und gestorben. Astrids verbrannte Hände stießen ihn unbarmherzig vorwärts. Er stolperte, stürzte und wurde wieder in die Höhe gerissen, ehe er auch nur den Schmerz registrieren konnte, der durch seine Hände schoß, als er versuchte, seinen Sturz auf dem glühendheißen Boden abzufangen.

Mehr gestoßen und gezerrt als aus eigener Kraft erreichte er das andere Ende des Hofes und die feuergeschwärzte Wand. Er sah erst jetzt, daß eine der Türen nicht aus den Angeln gerissen oder einfach pulverisiert worden war; eine niedrige, aber ungemein massiv wirkende Tür mit einem gewaltigen Schloß. Astrid versetzte ihm einen Stoß, der ihn haltlos gegen die Wand neben der Tür schleuderte, ließ endlich seine Schulter los und berührte die Tür. Brenner konnte nicht sehen, was sie tat, er war ganz sicher, daß sie *ganz bestimmt keinen* Schlüssel oder etwas Ähnliches hatte – aber plötzlich schwang die Tür auf und gab den Blick auf einen halbrunden, gemauerten Gang frei, der nach kaum zwei Schritten in die ersten Stufen einer steil nach unten führenden, ausgetretenen Treppe überging.

»Lauf!« schrie Astrid. *»Schnell!«*

Gleichzeitig packte sie seine Schulter, riß ihn ohne erkennbare Mühe herum und versetzte ihm einen Stoß, der ihn in den Gang um ein Haar kopfüber die Treppe hinuntergeschleudert hätte. Im allerletzten Moment fand er an den rauhen Steinwänden rechts und links der obersten Stufe Halt und kämpfte eine Sekunde mit verzweifelter Kraft um sein Gleichgewicht. Die Treppe verschwand nach wenigen Stufen in stygischer Finsternis, so daß er nicht sagen konnte, wie lang sie war. Aber er *spürte*, daß sie weit in die Tiefe führte; sehr weit.

»Lauf!« schrie das Mädchen noch einmal. *»Rette dein Leben, denn du bist unschuldig!«*

Vielleicht war es die ungewöhnliche Wahl dieser Worte, die ihn innehalten ließ; vielleicht fand er auch in diesem Moment zum erstenmal zumindest ein wenig in die Wirklichkeit zurück, die so jäh zu einem Alptraum geworden zu sein schien – aber Brenner lief nicht weiter, sondern drehte sich um und sah Astrid an.

Er kam niemals dazu, seine Frage zu stellen oder überhaupt *irgend etwas* zu tun, geschweige denn zu *begreifen*, was geschah. Alles passierte in einer einzigen Sekunde, vielleicht weniger, aber er sah, hörte, fühlte und roch plötzlich mit geradezu phantastischer Schärfe, jener Klarheit, die nur Momente absoluter Todesgewißheit hervorzubringen vermochte:

Er sah Astrid, die mit weit ausgebreiteten Armen vor ihm stand, verbrannt, auf schreckliche Weise verletzt und doch ohne eine Spur von Schmerz oder Furcht in den Zügen, aber er sah auch den Helikopter, der über und hinter ihr über dem Dach des Klosters erschien, wie ein brennender Stern, der vom Himmel taumelte, kippte –

Und explodierte.

Das letzte, was Thomas Brenner wahrnahm, war eine lodernde Feuerwalze, die sich brüllend vom Himmel herabsenkte und die Gestalt des Mädchens in einen Mantel aus Flammen hüllte. Dann ergriff ihn die Druckwelle und schleuderte ihn rücklings die Treppe hinunter.

Hinterher wußte Salid selbst nicht genau, wie er das Ufer erreicht hatte. Vielleicht war es purer Zufall, daß ihn seine instinktiven Schwimmbewegungen in die richtige Richtung gebracht hatten, vielleicht auch das letzte der zahllosen Wunder, denen er seine Rettung bisher verdankte. Irgendwann gruben sich seine Hände plötzlich in warmen Schlamm, und seine Überlebensinstinkte ließen seine Finger sich krümmen und zupacken. Mit letzter Kraft schleppte er sich das flache Ufer hinauf und blieb liegen. Er hatte nicht mehr die Energie, ganz aus dem Fluß zu kriechen. Vom Bauchnabel abwärts lagen sein Körper und seine Beine noch im Wasser. Aber er war zumindest nicht mehr in Gefahr zu ertrinken.

Salids verbissener Kampf gegen die Bewußtlosigkeit und damit vielleicht den Tod dauerte lange, und er hätte ihn wahrscheinlich verloren, wäre nicht ein Verbündeter des Todes plötzlich und unfreiwillig zu seinem Helfer geworden. Das Wasser wurde immer kälter. Seine Beine begannen zu prickeln, und er konnte spüren, wie sein Körper von den Füßen aufwärts allmählich taub wurde. In dem Zustand halber Bewußtlosigkeit, in dem er am Ufer lag, sah er sich plötzlich selbst, wie sie ihn finden würden, wenn sie nachsehen kamen, was hier passiert war: tot, von den Hüften abwärts in einen kompakten Eisblock eingefroren, aus dem man seinen Leichnam heraushacken mußte, wie den des Steinzeitmannes, den sie vor ein paar Jahren in den Alpen entdeckt hatten. Irgendwie gab ihm diese absurde Vorstellung die Kraft, sich weiter das Ufer hinaufzuziehen und auf den Rücken zu wälzen. Salid war dabei nur auf die Kraft seiner Arme angewiesen. Seine Beine waren taub und gehorchten ihm nicht mehr.

Trotzdem explodierte ein entsetzlicher Schmerz in seiner Hüfte, als er sich herumdrehte. Salid keuchte, biß die Zähne zusammen, um einen Schrei zu unterdrücken, und sah an sich herab.

Der Morast neben seinem Bein hatte sich rosa gefärbt. Wo die aufgesetzte Jackentasche gewesen war, erblickte er nun ein zerfetztes Loch, unter dem rohes Fleisch sichtbar war. Im ersten Moment glaubte er, sich die Verletzung irgendwo im Fluß zugezogen zu haben, aber dann erinnerte er sich an den Schlag, der ihn aus dem Helikopter geworfen hatte. Eines der MG-Geschosse hatte ihn getroffen. Salid hatte es nicht einmal gespürt.

Bisher.

Dafür machte sich die Wunde jetzt um so deutlicher bemerkbar. Und er wußte, daß das erst der Anfang war. Die Kälte betäubte seine Nerven, aber es war nur ein flüchtiger Aufschub, den er um so teurer würde bezahlen müssen. Die Wunde blutete nicht einmal sehr stark, aber Salid sah Knochensplitter hervortreten.

Ganz plötzlich wurde ihm klar, daß es vorbei war. Selbst wenn er die nächste Stunde überlebte und selbst wenn er *entkam* – Salid wagte nicht zu schätzen, welche von beiden Möglichkeiten die unwahrscheinlichere war –, würde er nie wieder der sein, der er noch vor einer Stunde gewesen war. Er war schwer verletzt und würde nie wieder richtig gehen können. Sein Gesicht war verbrannt; Salid hatte genug Verbrennungen gesehen, um zu wissen, daß er deutliche Narben zurückbehalten würde. Welche Verletzungen er noch davongetragen hatte, wußte er nicht, aber er wußte, *daß* es welche gab. Im gleichen Maße, in dem die lähmende Kälte nachließ, meldeten sich die Schmerzen. Überall. Es war ein Wunder, daß er sich überhaupt noch bewegen konnte. Aus Abu el Mot, dem Vater des Todes, war Salid der Krüppel geworden, das Narbengesicht – in einem einzigen, unachtsamen Moment, wegen der Unerfahrenheit eines Piloten und seines eigenen Leichtsinns, nicht auf das ungute Gefühl gehört zu haben, das ihn warnte.

Jeder andere an seiner Stelle hätte jetzt vielleicht aufgegeben. Doch Salid empfand keine Verzweiflung, sondern eine tiefe, fast schon heitere Gelassenheit, die ihn mit Kraft aus einer neuen, bisher unbekannten Quelle versorgte. Er bildete sich nicht ein, noch irgend etwas gewinnen zu können. Er bildete sich nicht ein, *überleben* zu können. Abu el Mot hatte seinen letzten Kampf gekämpft und verloren. Er hatte als Krieger gelebt, und er war als Krieger gestorben.

Aber er wollte nicht, daß sie ihn so fanden; als zitterndes Bündel, das vielleicht schreien, vielleicht sogar um sein Leben betteln würde, wenn die Qual und die Furcht größer wurden. Wenn er sterben mußte, dann wie ein Mann: allein und ohne daß jemand seine Schreie hörte.

Mit zusammengebissenen Zähnen setzte Salid sich auf, kämpfte einen Moment gegen Übelkeit und Schwindel und stellte überrascht fest, wie leicht es ihm fiel. Es war, als schöpfe sein Körper jetzt, wo er nichts mehr zu verlieren hatte, noch einmal aus dem ganzen Reservoir der Lebenskraft, die noch für Jahrzehnte hätte ausreichen sollen.

Salid sah zum Kloster zurück. Das Gebäude war vollkommen zerstört. Seine Mauern standen noch, aber Salid hatte die Explosion gesehen, in der der *Apache* zerborsten war; was er erblickte, konnte nicht mehr als eine leere Hülle sein, eine geschwärzte Schale aus Stein, aus der alles Leben herausgebrannt worden war. Sämtliche Dächer waren eingestürzt und brannten. Die wenigen Fenster hatten sich in schwarzgeränderte Wunden verwandelt, aus denen Rauch, hier und da auch Flammen quollen, und der Himmel über dem Kloster reflektierte das blutigrote Licht der Glut, die noch immer in seinem Innenhof toben mußte. Salid schauderte leicht. Alle Munitions- und Treibstoffvorräte des *Apache* mußten auf einen Schlag explodiert sein, eine Sekunde, nachdem die Maschine hinter den gewaltigen Mauern des Gebäudes verschwunden und wahrscheinlich noch bevor er auf dem Boden aufgeschlagen war. War es wirklich Zufall, dachte er, daß ihn nur eine einzige Sekunde vor dem sicheren Tod bewahrt hatte – nur damit er jetzt und auf qualvollere Weise starb?

Er vertrieb den Gedanken. Die Qual würde nicht mehr lange währen. Die Strömung hatte ihn an dem brennenden Gebäude und dem Wrack der Maschine vorbeigetragen, aber längst nicht so weit, wie er geglaubt hatte. Vielleicht dreißig Meter bis zum Tor, allerhöchstens vierzig bis zum Wrack des Choppers. Er mußte dorthin. Das Gewehr war ihm bei seinem Sturz aus den Händen gerissen worden und im Fluß versunken, aber er brauchte eine Waffe. Die Strecke war weit, aber er konnte es schaffen, selbst wenn er auf Händen und Knien kriechen mußte.

Sein erster Versuch endete mit einem Schmerzensschrei. Salid stürzte zurück in den Morast, kaum daß er auch nur *versuchte*, das verletzte Bein zu belasten. Es war, als würde ein glühender Speer durch seine Fußsohle hindurch und mit einem harten Ruck bis in die Schulter hinauf gerammt.

Der Schmerz war so schlimm, daß er sich zwei-, dreimal hintereinander übergab, ehe er schließlich doch in die gnädige Dunkelheit einer Ohnmacht floh, von der er wußte, daß ihr eine tiefere, endgültigere Dunkelheit folgen mußte.

FREI.
NACH SO LANGER ZEIT.
ENDLICH, ENDLICH FREI!

Er erwachte mit einem Gefühl tiefer Bitterkeit. Seine Bewußtlosigkeit hatte lange gedauert, das spürte er, und es war kein dunkler Schacht gewesen, in den er gestürzt war, sondern ein Brunnen der Schmerzen, angefüllt mit dem Feuer und Licht der *Dschehenna*, mit Erinnerungen und Bildern, mit Visionen des Wahnsinns und Zweifel. Aber er lebte. Die Hölle hatte ihn gehabt und wieder ausgespien, als hätte nicht einmal der Teufel selbst ihn haben wollen.

Salid versuchte sich zu bewegen und konnte es nicht. Seine Beine waren taub. Er lag mit dem Gesicht in einer Pfütze seines eigenen Erbrochenen, und der Ekel, den diese Erkenntnis in ihm wachrief, hätte ihn sich erneut übergeben lassen, hätte er noch die Kraft dazu gehabt.

Daß er lebte, war keine Gnade. Ganz plötzlich begriff er, daß der Tod ihn nicht verschont, sondern *verschmäht* hatte. *Dies* war die Strafe, die der Allmächtige für ihn bereithielt. Er würde nicht den Tod eines Kriegers sterben, sondern das Leben eines Verdammten führen, ein Krüppel, für den man nicht einmal mehr Verachtung übrig hatte, sondern nur noch Mitleid. Die Hölle, die Salid erwartete, hieß Leben.

Wieder verstrich Zeit, die endlosen ersten Minuten der Ewigkeit, die vor ihm lag. Dann hörte er Geräusche – ein fernes, an- und abschwellendes Wimmern und Heulen, das ein Teil seines Bewußtseins als Sirenenklang identifizierte, ohne daß dieses Erkennen wirklich an sein Denken drang: das Brummen eines Motors, Lärm, Stimmen? Noch einmal regte sich etwas wie Trotz in ihm, ein verzweifeltes Aufbegehren, das ihn die Gewißheit, die Strecke bis zum Wrack des Choppers und der erlösenden Waffe darin niemals bewältigen zu können, einfach ignorieren ließ. Seine Hände gruben sich in den weichen Schlamm, versuchten, die Zentnerlast seines Körpers vorwärts zu ziehen, und schafften es nicht. Eine

Woge grausamer Schmerzen explodierte in seiner Hüfte. Salid schrie. Von einer Sekunde auf die andere waren seine Beine nicht mehr taub, sondern standen in Flammen.

Dann spürte er, daß er nicht mehr allein war.

Mühsam öffnete er die Augen, hob sein besudeltes Gesicht und sah zu der Gestalt empor, die neben ihm stand.

Und begriff …

»Nein!« keuchte er. »Nein! *Nein! Bitte … bitte NICHT*!«

Die Gestalt stand lange und schweigend da und blickte auf Salid herab. Sie reagierte nicht, nicht auf seine Worte, nicht auf das verzweifelte Flehen in seinem Blick, nicht auf das Entsetzen, das er verströmte wie eine explodierende Sonne weißes Licht. Sie stand einfach da und sah aus Augen auf ihn herab, die älter als diese Welt waren und die so mühelos in Salids Inneres blickten, als wäre er aus Glas. Sie erriet seine intimsten Gedanken, überblickte sein Leben in einer einzigen Sekunde und sah Dinge, die selbst er nicht wußte und niemals hatte wissen wollen.

Salid begann zu weinen. *»Scheijtan«*, wimmerte er. *»Scheijtan. Scheijtan.«* Immer und immer wieder dieses eine Wort. Er krümmte sich, versuchte die Augen vor dem Anblick dieses Gesichtes zu verschließen und konnte es nicht. Die bloße Nähe der Gestalt lähmte ihn. Er konnte sich nicht mehr bewegen. Nicht mehr atmen. Nicht mehr denken.

Langsam und ohne Hast beugte sich die Gestalt zu Salid herab, streckte die Hand aus und berührte seine zerfetzte Hüfte, und der Schmerz erlosch. Zugleich verschwand die Angst. Wo Furcht und Panik gewesen waren, fühlte Salid plötzlich nichts als eine große, warme Leere. Er wollte es nicht, aber er hob den Kopf und sah ins Gesicht der Gestalt, und auch das Entsetzen, das er bei diesem Anblick empfunden hatte, war nicht mehr da.

Die Gestalt lächelte. »Steh auf und geh«, sagte sie, und der Mann, der Abu el Mot, der Vater des Todes, gewesen war, erhob sich und verschwand mit schnellen Schritten im verschneiten Unterholz.

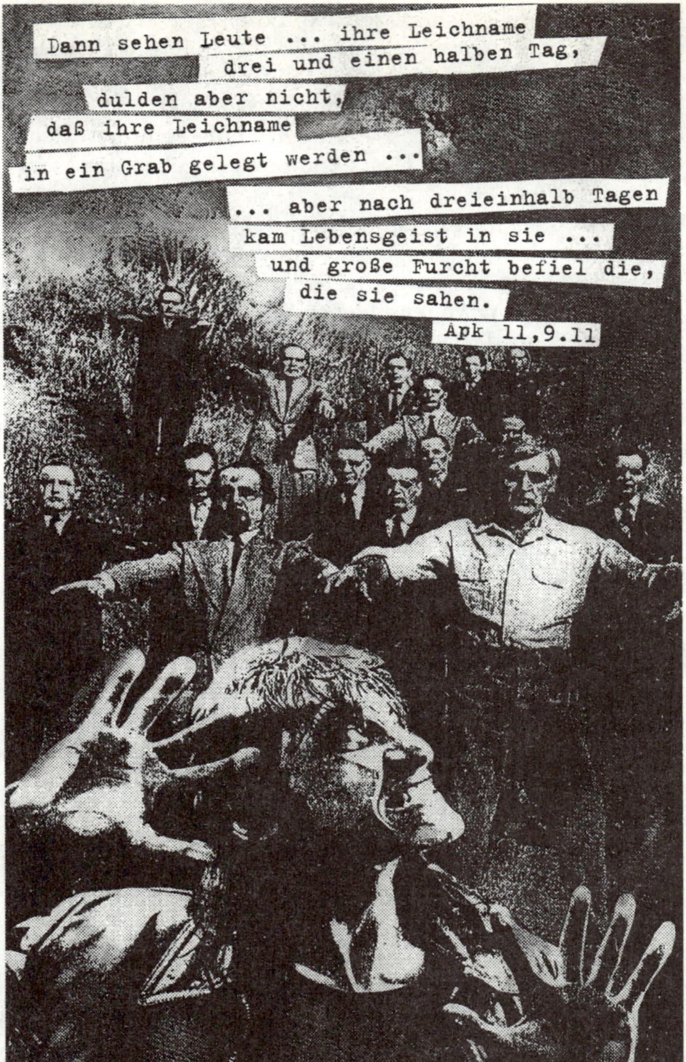
Dann sehen Leute ... ihre Leichname
drei und einen halben Tag,
dulden aber nicht,
daß ihre Leichname
in ein Grab gelegt werden ...
... aber nach dreieinhalb Tagen
kam Lebensgeist in sie ...
und große Furcht befiel die,
die sie sahen.
Apk 11,9.11

Irgend etwas stimmte mit der Sonne nicht. Ihr Licht war so grell, daß es in den Augen schmerzte, selbst wenn er nicht in den lodernden Ball am Himmel hineinsah, aber es erhellte die Welt trotzdem nicht. Alles war grau, blaß, und selbst die Schatten waren keine richtigen Schatten; so, wie es nirgends richtig hell wurde, wurde es auch nirgends richtig dunkel. Tag und Nacht näherten sich einander, als hätte die Welt zu verblassen begonnen. Vielleicht würden sie sich irgendwann auf einem imaginären Punkt zwischen Hell und Dunkel treffen, und alles würde nur noch grau sein – eine allumfassende Ödnis, in der nichts mehr zählte, eine Welt ohne Unterschiede, ohne Hell und Dunkel, Gut und Böse, Freude und Leid. Vielleicht die erschreckendste Vision der Hölle, die er bisher gehabt hatte.

Es war nicht die erste. In den drei Tagen, die er jetzt hier war, hatte er zahlreiche Alpträume gehabt, und jeder schien ein bißchen schlimmer zu sein als der davor. Er träumte oft von der Hölle, vom Weltuntergang, der Apokalypse, Harmageddon, der letzten Schlacht zwischen Gut und Böse. Und das war nicht das einzig Eigenartige. Noch schlimmer war, daß er wußte, *daß er träumte, während er träumte. Dieses Wissen, das ihn eigentlich dazu hätte bringen müssen, auf der Stelle zu erwachen, machte es nicht besser; es gab diesen Träumen ein Gewicht, das ihnen nicht zustand. Es machte sie… realer. Sie blieben völlig absurd und bar jeder Logik, aber sie wurden von etwas, das nie gewesen war, zu etwas, das vielleicht sein würde.*

Die verblassende Welt, über die er schritt, war nicht leer. Es gab keine Gebäude, keine Straßen und Flüsse, keine Berge und Wälder, ja, nicht einmal einen wirklichen Horizont. Aber es gab Menschen. Er hörte ein dumpfes Dröhnen, das näher kam, Schreie, Lärm. Er sah rennende Menschen, die vor irgend etwas flohen; andere wiederum stürzten, wanden sich in Agonie am Boden und schlugen mit den Händen auf ihre Körper ein. Irgend etwas kroch über sie. Im ersten Moment konnte er es nicht richtig erkennen, dann sah er, daß es Insekten waren, kleine, kriechende Scheußlichkeiten, halb so lang wie eine Kinderhand, aber mit dem Aussehen winziger höllischer Schlachtrösser, gepanzert und voller rasiermesserscharfer Klingen und Stacheln und Zähne. Sie fielen zu Hunderten über ihre Opfer her, bissen mit ihren winzigen Zähnen, stachen mit den Dornen am Ende ihrer gekrümmten Schwänze zu, schnitten mit sirrenden Flügeln in blutendes Fleisch.

Er hörte wieder jenes sonderbare, hämmernde Geräusch und drehte sich herum. Durch die Reihen der sterbenden, schreienden Menschen sprengte eine Anzahl Pferde auf ihn zu. Er konnte ihre Reiter nicht richtig sehen, aber er wußte, daß ihr Anblick ihn erschreckt hätte, hätte er es gekonnt. Die Pferde selbst glichen gigantischen schwarzen Ungeheuern mit Löwenköpfen, aus deren Nüstern Flammen schlugen. Unter ihren Hufen barst die Erde, und wer ihren Weg kreuzte, der wurde gnadenlos niedergeritten. Sie bewegten sich genau auf ihn zu, und er wußte, daß es kein Zufall war. In dieser unwirklichen, grauer werdenden Welt war er nur Zuschauer; weder die Menschen noch die skorpionschwänzigen Heuschrecken, die sie quälten, nahmen ihn wahr – aber die Reiter waren seinetwegen gekommen. Wenn sie ihn erreichten, würde er sterben.

Sie erreichten ihn nicht. Brenner wachte auf.

Sehr viel hatte sich allerdings nicht geändert. Hufschlag, Schreie, Lärm und das Sirren gläserner Schwingen waren verschwunden, aber er befand sich noch immer in einer Welt, die zum allergrößten Teil aus ineinanderfließenden Grauschattierungen bestand und die – wenn auch auf eine vollkommen andere Art – nicht weniger erschreckend war. Möglicherweise war sie sogar schlimmer, denn aus *diesem* Alptraum würde er vielleicht nie wieder erwachen.

Die Ärzte hatten ihm alles erklärt. Brenner verstand durchaus, woher seine Angst kam – und damit die Träume, in denen sie sich Gestalt verschaffte –, und dieses Verstehen hätte ihm eigentlich helfen müssen, damit fertig zu werden.

Zumindest nach Auffassung der Ärzte. Aber auch in diesem Punkt ähnelten sich die Wirklichkeit und die Visionen, die ihn seit drei Tagen quälten. So, wie ihm dort das Wissen, daß er träumte, nicht half, den Traum zu beenden, half ihm hier das Wissen um die Ursache seiner Angst kein bißchen, sie zu bekämpfen. Mit den Schmerzen wäre er fertig geworden. Mit der Dunkelheit nicht.

Brenner setzte sich sehr vorsichtig auf. Die Bewegung bereitete ihm trotzdem Schmerzen, aber er biß die Zähne zusammen und kämpfte sich tapfer in eine halb sitzende, halb auf den rechten Ellbogen gestützte Haltung hoch. Mehr ließen die Verbände und die zahllosen Nadeln, Schläuche, Kabel und Drähte nicht zu, die auf die eine oder andere Weise mit ihm verbunden waren und ihn fesselten wie eine untalentierte Raupe in einem begonnenen Kokon. Sein Rücken übrigens auch nicht. Eines der zahlreichen Wunder, denen er sein Überleben zu verdanken hatte, bestand darin, daß er sich – auch wieder nach Aussage der Ärzte, die er aber mit jeder Schmerzexplosion, die durch sein Nervensystem tobte, mehr bezweifelte – keinen einzigen Knochen gebrochen hatte. Und das nach einem Treppensturz, um den ihn jeder Stuntman beneidet hätte, und der Kleinigkeit von einer Schußverletzung an der Schulter. Die Kehrseite der Medaille war, daß er sich jeden einzelnen Muskel im Leib geprellt und wahrscheinlich jede einzelne Sehne gezerrt hatte. Er war nicht etwa mit blauen Flecken und Blutergüssen übersät – sein ganzer Körper war ein einziger blauer Fleck.

Jedenfalls fühlte er sich so.

Brenner gab sich selbst ein paar Sekunden, um sich von der Anstrengung zu erholen, dann drehte er langsam den Kopf nach links; in die Richtung, in der das Fenster lag. Sehen konnte er es nicht. Wo es sein sollte, war nur ein etwas helleres Rechteck in dem allgegenwärtigen Grau, das ihn umgab. Der Anblick goß Öl in die schwelende Glut, und für einen Moment drohte er in Panik zu geraten. Aber er kämpfte sie nieder – wenigstens für den Augenblick. Panik brachte nichts ein; allerhöchstens eine weitere Spritze, die den Anteil von Blut in seinem Chemiehaushalt noch mehr verringern würde. Daß er das Fenster nicht sah, konnte an vielerlei Gründen liegen. Zum Beispiel daran, daß es draußen dunkel war oder die Jalousien heruntergelassen waren. Außerdem stimmte seine Beobachtung nicht ganz – er konnte das Fenster sehen. Gestern hatte es noch kein graues Rechteck dort drüben gegeben. Es war wohl so, wie die Ärzte sagten: Sein Sehvermögen kehrte zurück. Langsam, aber es kam zurück. Es würde noch ein paar Tage dauern, vielleicht sogar eine oder zwei quälende Wochen, aber irgendwann würde er wieder ganz normal sehen können. Hoffentlich.

Er mußte mit seiner Bewegung wohl irgendeine Art von Alarm ausgelöst haben; denn schon nach wenigen Sekunden wurde die Tür geöffnet, etwas klickte, und einen Augenblick später wurde das Grau, in dem er schwamm, heller, wie Nebel, in dem sich rauchige Konturen bewegten.

»Was tun Sie denn da, in Gottes Namen, schon wieder? Sie sollen doch nicht aufstehen. Wissen Sie eigentlich, wie spät es ist?« Das war die Stimme der Nachtschwester. Er hatte sie bisher noch nie gesehen – wie auch? –, aber es war erstaunlich, wie schnell die übriggebliebenen Sinne die Funktionen eines verlorenen zu kompensieren begannen. Seit er aufgewacht war und nicht mehr sehen konnte, hörte und fühlte und roch er Dinge in einer Intensität, die er sich früher nicht einmal hatte vorstellen können.

Vor allem Schmerz.

»Nein, das weiß ich nicht«, antwortete er. »Ich habe ein bißchen Mühe, die Uhr zu erkennen. Die Leuchtziffern scheinen irgendwie kaputtgegangen zu sein.«

»Sehr komisch«, sagte die Schwester. Sie kam mit schnellen, festen Schritten näher und drückte ihn mit keineswegs sanfter Gewalt in die Vertiefung zurück, die sein Kopf in das Kissen gegraben hatte. »Es ist kurz nach drei, wenn Sie es wissen wollen. Drei Uhr *morgens*. Warum schlafen Sie nicht ein bißchen?«

Brenner suchte nach einer ironischen Antwort, aber er fand keine. Er *war* müde, aber zugleich wußte er auch, daß er jetzt nicht mehr einschlafen konnte. Mein Gott – war er wirklich erst drei Tage hier? Es kam ihm jetzt schon vor wie drei Monate.

»Es ist langweilig, nicht?« fragte die Schwester. Er war nicht sicher, ob er das Mitgefühl in ihrer Stimme nun hörte, weil es wirklich da war, oder nur, weil er es hören wollte. »Ich kann das verstehen. Manchmal geht selbst für mich die Zeit nicht um. Es ist schlimm, wenn man nichts sieht. Man kann nicht lesen, nicht fernsehen ...«

»Sie könnten mir wenigstens ein Radio bringen«, sagte Brenner.

»Was haben Sie gegen unser Krankenhausprogramm?«

»Nichts«, maulte Brenner. »Ich kann es inzwischen schon mitsingen.«

Entweder fand sie das nicht sehr komisch, oder sie brauchte ein paar Sekunden, um den Scherz zu kapieren. Sie lachte; allerdings mit Verspätung und nicht sehr echt. »Es tut mir wirklich leid, aber die Technik ist eben gegen uns. Unser Kabelanschluß ist leider immer noch nicht repariert.«

»Und wie wäre es mit einem Kofferradio?« fragte Brenner. »Ein kleines, billiges Gerät mit einer *Antenne*? Sie wissen schon: diese Dinge, die man herausziehen kann und die dauernd abbrechen?«

»Die Verwaltung gestattet leider keine privaten Geräte«, antwortete die Schwester. »Außerdem hätten Sie nicht viel davon. Wir liegen hier in einer Art Funkloch. Sie würden nur Störungen empfangen.«

»Ich liebe Störungen«, sagte Brenner. Er starrte feindselig zu dem weißen Fleck hoch, der da war, wo eigentlich ihr Gesicht sein sollte. Er fragte sich, wie alt die Schwester war. Sie hatte eine junge Stimme, aber ihre Schritte waren zu fest für eine noch sehr junge Frau, und das, was sie mit und an ihm tat, war zu routiniert. Andererseits hatte sie sehr weiche Hände.

»Irgendwo im Schrank muß meine Brieftasche liegen«, fuhr er fort. »Ich schreibe Ihnen einen Scheck aus, und Sie gehen und kaufen ein Radiogerät, einverstanden?«

»Aber ich habe Ihnen doch gerade gesagt –«

»Ich weiß«, unterbrach sie Brenner. »Aber im Ernst – ich höre *gerne* Störungen. Vor allem in Stereo!«

Auch jetzt dauerte es wieder Sekunden, ehe sie antwortete; und auch jetzt wieder in leicht verändertem Ton. Noch vor drei Tagen hätte er es nicht geglaubt, hätte ihm jemand erzählt, daß es überhaupt möglich war, aber er konnte ihr Lächeln tatsächlich *hören*.

»Tut mir leid«, sagte sie. »Aber wissen Sie was? Bisher ist es eine ziemlich ruhige Nacht. Ich muß mich noch um zwei andere Patienten kümmern, aber wenn nichts Unvorhergesehenes mehr passiert, könnte ich später wiederkommen und Ihnen ein bißchen Gesellschaft leisten. Ich könnte Ihnen etwas vorlesen.«

»Aus der Tageszeitung?«

»Ich fürchte, ich habe keine. Politik interessiert mich nicht. Was halten Sie von der Bibel?«

Brenner ließ absichtlich einige Sekunden verstreichen, ehe er antwortete. Er hatte sich zeit seines Lebens nie für Religion interessiert und für die Bibel schon gar nicht. Aber er spürte die gute Absicht hinter ihrer Frage und wollte sie nicht vor den Kopf stoßen, und so verzichtete er auf die spöttische Antwort, die ihm auf der Zunge lag. Statt dessen sagte er: »Im Moment ist mir eher nach etwas ... weniger Schwerem zumute.«

»Ich besitze eine Taschenbuchausgabe«, antwortete die Schwester. »Sie wiegt kaum etwas.«

Brenner lachte. »Jedenfalls danke für den Vorschlag. Vielleicht komme ich später darauf zurück. Im Moment ... Vielleicht werde ich jetzt doch noch versuchen, ein bißchen zu schlafen.«

»Eine gute Idee«, antwortete die Schwester. »In knapp drei Stunden kommt die Frühschicht, und dann werden Sie gnadenlos geweckt.«

Er hörte, wie sie irgend etwas an den Maschinen neben ihm tat, dann fuhr sie fort: »Das sieht ja alles schon sehr gut aus. Sie waren ein braver Patient und haben alle Ihre Medikamente genommen?«

»Habe ich eine Wahl?« Brenner hob die rechte Hand, so weit er konnte. In seinem rechten Handrücken steckte eine Nadel, durch die er nicht nur intravenös ernährt, sondern auch mit dem größten Teil seiner Medikamente versorgt wurde. Und die außerdem noch erbärmlich weh tat.

»Nein«, antwortete die Schwester. Sie klang jetzt eindeutig fröhlich. »Und das ist auch gut so. Wenn Sie irgendwas brauchen, klingeln Sie.«

Ihre Schritte entfernten sich, und einen Moment darauf hörte er das Geräusch der Tür. Er war allein – das hieß, außer ihm war niemand im Zimmer. Vermutlich wurde er in jeder Sekunde von mindestens einem Augenpaar beobachtet. Brenner war sich ziemlich sicher, daß die Schwester keineswegs zufällig genau in dem Moment hereingekommen war, als er versucht hatte, von seinem Bett aufzustehen. Wenn nicht sie selbst, so überwachten ihn doch die zahlreichen Geräte, an die er angeschlossen war, so gründlich, wie es nur ging. Die Ärzte stritten es ab, vermutlich um ihn zu beruhigen, aber Brenner war vom ersten Moment an klargewesen, daß dies *kein* normales Krankenzimmer war. Er befand sich auf einer Intensivstation, möglicherweise sogar in einer Spezialklinik.

Er fragte sich nur, warum.

Abgesehen von seinen Augen fehlte ihm nicht viel. Gewiß, jeder einzelne Muskel in seinem Körper tat weh, und er hatte seit seinem ersten Erwachen in diesem Zimmer so viele Spritzen bekommen, daß er sich wie ein Nadelkissen fühlte, aber er war eindeutig nicht schwer verletzt. Jedenfalls nicht schwer genug, um diese Behandlung zu rechtfertigen. Vielleicht hatten sie ihn doch belogen, was sein Sehvermögen anging. Was, wenn es nicht zurückkehrte, sondern im Gegenteil ganz erlöschen würde – oder er für den Rest seines Lebens in diesem grauen Universum gefangen war?

Brenner spürte die Gefahr, die in diesem Gedankengang lauerte, und brach ihn mit einer bewußten Anstrengung ab. Er war in den letzten Tagen mehrmals am Rande der Panik gewesen – und ein- oder zweimal ganz eindeutig jenseits dieses Randes –, aber er hatte begriffen, daß Panik zu nichts führte. Sie war nicht konstruktiv und sie erfüllte nicht einmal die Funktion eines reinigenden Gewitters, denn er fühlte sich hinterher nicht besser, sondern im Gegenteil hundeelend – nicht gereinigt, sondern ausgebrannt.

Brenner hob die linke, nicht bandagierte Hand und tastete ungeschickt nach dem Radiohörer – genauer gesagt, dem Ding, das sich Radiohörer schimpfte. Die kleine, an einem Gummischlauch befestigte Muschel hatte die Klangqualität eines schlechten Ohrsteckers, wie ihn Stenotypistinnen zu benutzen pflegten, und die Qualität des Programms, das er damit empfing, paßte dazu. Der Schalter an der Wand – den er nicht mit der Hand erreichen konnte, ohne sich halb den Arm auszukugeln – hatte zwar sechs Stellungen, aber auf vieren davon empfing er nur statisches Rauschen, auf den beiden anderen das krankenhauseigene Musikprogramm, das vom Band kam und sechsmal am Tag wiederholt wurde: seichte Popmusik auf dem einen und ebenso seichte Klassik auf dem anderen Kanal. Er kannte die Programmfolge mittlerweile auswendig. Trotzdem war es immer noch besser als gar nichts.

Umständlich nestelte er den Hörer in sein Ohr und verzog das Gesicht, als er die Melodie identifizierte. Zu allem Überfluß hatte er auch noch den Klassikkanal gewählt. Er hatte jetzt zwei Möglichkeiten: Er konnte die Schwester rufen oder mit dem linken Arm in einem beinahe unmöglichen Winkel nach dem Schalter an der Wand greifen, womit er wahrscheinlich ebenfalls die Schwester wieder auf den Plan gerufen hätte. Die dritte Alternative war, für die nächsten zwanzig Minuten eine miserabel gespielte Klaviersonate von Debussy oder Gott-weiß-wem von einem seit Monaten ununterbrochen heruntergespulten Band zu hören.

Er hob den Arm und kam genau so weit, wie er befürchtet hatte: Seine Finger tasteten an dem dürren Plastikschlauch entlang, bis er den Arm so weit verdreht hatte, wie er konnte, und seine Fingerspitzen berührten soeben den Kopf.

»Warten Sie – ich helfe Ihnen.«

Brenner fuhr so erschrocken zusammen, daß das Krankenhausbett spürbar zitterte. »Wer ist da?« Er hatte nicht gehört, daß jemand hereingekommen war; weder das Geräusch der Tür noch Schritte. In den grauen Nebelschwaden ringsum bewegten sich Schemen, aber er konnte nicht sagen, was davon real war und was nicht.

»Entschuldigen Sie. Ich wollte Sie nicht erschrecken. Möchten Sie die Musik hören?«

Brenner riß den Ohrhörer mit einer hastigen Bewegung herunter und setzte sich nun doch auf. Mindestens zwei seiner elektronischen Schutzengel begannen protestierend zu piepsen, aber darauf achtete er nicht. »Wer sind Sie?« fragte er noch einmal. »Und wo, zum Teufel, kommen Sie her?«

»Also gerade *dorther* mit Sicherheit nicht.« Ein leises Lachen, das es ihm endlich gestattete, wenigstens die Richtung zu identifizieren, aus der die Stimme kam. »Bitte verzeihen Sie mir. Ich wollte Sie wirklich nicht erschrecken. Die Schwester sagte mir, daß Sie wach sind und vielleicht ganz froh über ein bißchen Gesellschaft wären. Mein Name ist Johannes. Pater Johannes, von der Gesellschaft Jesu, aber das muß Sie nicht beeindrucken. Die meisten nennen mich einfach nur Johannes.«

»Pater?« Brenner legte den Kopf auf die Seite und blickte angestrengt in die Richtung, aus der die Stimme kam. Nach einigen Momenten sah er tatsächlich einen Schatten – den ersten *wirklichen* Schatten, seit er hier aufgewacht war. Alle anderen Schemen, die zu ihm sprachen, waren hell gewesen. Dieser war dunkel. »Sind Sie der Gefängnispfarrer hier?«

Johannes lachte – nicht sehr laut, aber es klang herzhaft und sehr warm. Seine Stimme war älter als die der Schwester, aber nicht älter als Brenners. »So ungefähr«, sagte er.

»Aber lassen Sie sich davon nicht irritieren. Außerdem bin ich nicht im Dienst.«

»Das ist gut«, sagte Brenner. »Ich brauche nämlich keinen Beichtvater. Ich habe noch nicht vor zu sterben.«

Diesmal lachte Johannes nicht. Selbst Brenner war ein wenig erstaunt über den leisen, scharfen Unterton in seiner Stimme. Seine Verwirrung war fort, aber dafür machte sich ein Gefühl von Feindseligkeit in ihm breit, das er sich gar nicht erklären konnte.

»Ich sagte doch, ich bin nicht im Dienst«, sagte Johannes nach einer Weile. »Ich war schon auf dem Weg nach Hause, als ich die Nachtschwester getroffen habe. Sie hielt es für eine gute Idee, wenn ich noch einmal bei Ihnen vorbeischaue. Aber ich gehe wieder, wenn Sie nicht reden wollen.«

»Nein«, antwortete Brenner hastig. »Bitte entschuldigen Sie, Pater. Ich wollte Sie nicht vor den Kopf stoßen.«

Die Schritte umkreisten das Bett, und er hörte, wie ein Stuhl hochgehoben und scharrend herangezogen wurde.

»Also gut«, sagte Johannes. »Wenn wir damit fertig sind, uns gegenseitig zu entschuldigen, könnten wir uns ein bißchen unterhalten. Wenn Sie wollen, heißt das.«

Eigentlich wollte Brenner das nicht. Er konnte es sich nicht erklären, aber er empfand noch immer ein grundloses, aber sehr heftiges Mißtrauen gegen die körperlose Stimme des Geistlichen. Warum?

Das Gefühl war so stark, daß es sein schlechtes Gewissen weckte – schließlich hatte der Mann ihm nichts getan, sondern war im Gegenteil sehr freundlich zu ihm gewesen. Er opferte immerhin einen Teil seiner Freizeit, was für jemanden mit seinem Beruf vielleicht nicht selbstverständlich war, auch wenn alle Welt es erwarten mochte. Brenner glaubte nicht, daß Krankenhausgeistliche über sehr viel Freizeit verfügten.

»Ich möchte schon«, sagte er zögernd. »Ich fürchte nur, daß ... Nun, ich bin nicht unbedingt besonders bibelfest.«

Johannes seufzte. »Warum glaubt eigentlich alle Welt, daß wir nur über die Bibel und den Sinn des Lebens reden können?« fragte er. »Das muß wohl der Fluch meiner Kutte sein.«

»Tragen Sie denn eine?« fragte Brenner.

»Nein. Bei uns gibt es das nicht. Sehen ...« Johannes stockte, schwieg für eine oder zwei Sekunden und fuhr dann in deutlich betroffenem Tonfall fort: »Verzeihung. Ich hatte für einen Moment vergessen, daß ... Sie nichts sehen.«

»Das macht nichts«, log Brenner. Es klang nicht besonders überzeugend, und er gab sich auch keine Mühe, so zu tun. »Man gewöhnt sich dran, wissen Sie? Es ist ja nicht für lange. Ich kann heute schon besser sehen als gestern. Und gestern etwas besser als vorgestern.« Das klang noch weniger überzeugend. Johannes sagte nichts dazu, aber irgend etwas an seiner Art zu schweigen irritierte Brenner. Nach einigen Sekunden fügte er hinzu: »In ein paar Tagen ist alles wieder in Ordnung. Wenigstens ... hoffe ich das.«

»Das klingt überhaupt nicht überzeugt«, sagte Johannes geradeheraus. Er hatte eine recht eigenwillige Art, seinen Job zu tun, fand Brenner. Aber zugleich auch eine, die ihm gefiel. Bisher hatte er sich hartnäckig geweigert, mit einem Geistlichen zu sprechen, obwohl das das erste gewesen war, was sie ihm angeboten hatten, kaum daß er wieder richtig zu sich gekommen war. Schließlich war das hier ein *kirchlich* verwaltetes Krankenhaus. Das war das zweite gewesen, was sie ihm gesagt hatten.

»Sind Sie hier, um meine Depressionen zu pflegen oder um mich aufzuheitern?« fragte Brenner. Er lächelte. »Nein, keine Sorge – das wird schon wieder. Es geht eben nur ... langsam. Man ist ziemlich hilflos, wenn man nichts sehen kann. Und man kommt auf die seltsamsten Gedanken.«

»Seltsame Gedanken?«

»Nichts Bestimmtes«, antwortete Brenner ausweichend. Es tat ihm bereits leid, daß er überhaupt von dem Thema angefangen hatte. »Der ganze sinnlose Kram eben, der einem durch den Kopf geht, wenn man ans Bett gefesselt daliegt und vor Langeweile fast stirbt.«

»Bekommen Sie keinen Besuch?«

»Wer sollte mich schon besuchen?« antwortete Brenner. Es hatte nicht wehleidig klingen sollen, aber er hörte selbst, daß genau das der Fall war.

»Keine Verwandten, Freunde ... Kollegen?«

»Doch«, antwortete er, hastig und eindeutig im Tonfall einer Verteidigung. »Aber ich wollte nicht, daß man sie benachrichtigt.«

»Warum nicht?«

»Meine Mutter ist fast siebzig und seit zehn Jahren herzkrank«, antwortete Brenner. »Ich wollte nicht, daß sie sich unnötig aufregt. Und mein Vater ist schon lange tot.«

Johannes hatte seinen Tonfall wohl richtig gedeutet und ließ die Frage nach Freunden und Kollegen diskret fallen. Für einige Augenblicke wurde es still; auf eine sehr ungute, bedrohliche Art. Die Dunkelheit schien näher an ihn heranzukriechen, und Brenner fühlte sich sehr allein. Johannes hatte es nicht gewußt und ganz sicher nicht beabsichtigt, aber seine Frage hatte eine Tür in Brenners Gedächtnis geöffnet, die er bisher sorgsam verschlossen gehalten hatte. Er wollte nicht an seine Familie denken, auch nicht an Freunde, die er praktisch nicht hatte, und erst recht nicht an seine Kollegen, mit denen er – wenn überhaupt – in einer Art zähneknirschendem Burgfrieden lebte. Natürlich hatte er daran gedacht – ebenso wie an das Sterben, seinen Unfall, das Feuer ... Drei Tage waren eine lange Zeit, wenn man nichts anderes zu tun hatte, als dazuliegen und zu denken.

»Möchten Sie darüber reden?« fragte Johannes nach einer Weile.

»Über meine Familie?«

Er konnte das Kopfschütteln des Paters hören. »Ihren Unfall. Manchmal erleichtert es, über die Dinge zu reden.«

Er konnte also doch nicht aus seiner Haut, dachte Brenner. Einmal Seelsorger, immer Seelsorger, selbst wenn man nur mal eben auf dem Nachhauseweg bei einem Patienten vorbeisah, um ihm ein wenig Gesellschaft zu leisten. Aus irgendeinem Grund wirkte dieser Gedanke jedoch beruhigend auf ihn.

»Ich kann mich kaum erinnern«, sagte er. »Es muß ziemlich schlimm gewesen sein, aber ...« Er suchte einen Moment nach Worten und rettete sich schließlich in ein Achselzucken. »Im Grunde weiß ich nicht mehr darüber als das, was mir die Polizei erzählt hat.«

Das war eindeutig nicht die Wahrheit. Er erinnerte sich an eine Menge, aber er konnte nicht genau sagen, was davon wirklich geschehen war und was nicht. Einiges davon war so bizarr, daß es nur Einbildung sein konnte. Es war mit seinem Gedächtnis wie mit seinem Augenlicht – sie hatten ihm gesagt, daß es zurückkehren würde, aber es war ein langsamer Prozeß, voller Qual und Ungewißheit. Und es gab noch einen Unterschied: Er sehnte es nicht annähernd so sehr zurück wie sein Augenlicht. Vielleicht überhaupt nicht.

»Es heißt, Sie hätten großes Glück gehabt.« Johannes schien zumindest eine menschliche Schwäche zu haben – er war neugierig.

Brenner lächelte beinahe gegen seinen Willen.

»Fünfunddreißig Stufen kopfüber eine Steintreppe hinunterstürzen und sich dabei nicht einen einzigen Knochen zu brechen ist *ziemliches* Glück, denke ich«, sagte er. »Jeder Stuntman wäre neidisch darauf – jedenfalls hat man es mir so erzählt.«

»Sie erinnern sich nicht?«

Brenner schüttelte den Kopf, zog eine Grimasse und fügte in bewußt übertrieben gequältem Ton hinzu: »Aber es muß wohl was dran sein. Ich fühle jede einzelne Stufe, auf die ich aufgeschlagen bin. Aber es müssen mehr gewesen sein als fünfunddreißig ... so an die viertausend, schätze ich, und ein paar habe ich wohl doppelt genommen.«

Johannes lachte – aber es klang eher pflichtschuldig als wirklich amüsiert, und als er weitersprach, hörte Brenner den gespannten Unterton in seiner Stimme zu deutlich, um ihn sich nur einzubilden. »Was ist eigentlich passiert? Ich meine: nicht nur Ihnen, sondern überhaupt? Ich habe etwas von einem Brand gehört und einer Explosion ...«

Er wollte antworten, aber dann starrte er statt dessen für endlose Sekunden schweigend dorthin, wo Johannes' Gestalt als flackernder Schemen durch den grauen Nebel trieb, und ließ seine Frage noch drei- oder viermal hinter seiner Stirn nachhallen, aber er kam zu keiner befriedigenden Antwort.

Ja, was ist eigentlich passiert?

Tatsache war: Er wußte es nicht. Nicht wirklich. In seinem Kopf waren Bilder, Gefühle, Lärm ... ein sinnloses Durcheinander, als hätte jemand nicht nur ein, sondern gleich fünf oder auch zehn verschiedene Puzzlespiele genommen und die Teile wild durcheinandergemischt. Und das war nicht einmal das Schlimmste. Wenn er bisher an seinen Unfall zurückgedacht hatte – was bislang nicht der Fall gewesen war, aber manchmal, etwa wenn er mit einem der Ärzte sprach, eben doch –, so hatte er es mit einer Art heiterer Gelassenheit getan; etwas, was ihn nicht wirklich interessierte, zumindest nicht wirklich berührt hatte. Jetzt fragte er sich zum erstenmal, ob er sich tatsächlich nicht erinnern konnte – oder vielleicht gar nicht *wollte*.

Die Vorstellung erschreckte ihn. Er war kein Psychologe, aber wie jedermann hatte er genug einschlägige Filme gesehen und Bücher gelesen, um zu wissen, was der Begriff »Verdrängung« bedeutete. War das, was er erlebt hatte, vielleicht so schlimm, daß er sich mit gutem Grund nicht daran erinnerte, oder –

»Habe ich etwas Falsches gefragt?« Johannes' Stimme drang wie eine Rettungsleine in seine Gedanken. »Ich wollte Ihnen keine Unannehmlichkeiten bereiten.«

»Das haben Sie nicht«, versicherte Brenner. *Das tue ich schon ganz allein.* »Aber ich fürchte, ich erinnere mich nicht. Alles ist ... sehr verwirrend.«

»Partielle Amnesie.« Er konnte hören, wie Johannes' Jacke raschelte, als er nickte. Das Geräusch klang teuer. Vielleicht nach Seide. »Das ist ganz und gar nichts Ungewöhnliches in einem solchen Fall. Überhaupt kein Grund zum Erschrecken. Meistens kehrt das Gedächtnis nach ein paar Tagen von selbst zurück.«

So wie mein Augenlicht? »Meistens?«

»Fast immer«, verbesserte sich Johannes hastig. Nach ein paar Sekunden tat er es noch einmal und sagte: »Immer.«

»Vorsicht, Herr Pfarrer«, sagte Brenner spöttisch. »Da gibt es doch irgendein Gebot, das das Lügen verbietet, oder?«

Johannes lachte. Diesmal klang es echt.

»Es muß *Pater* heißen«, sagte er amüsiert. »Und dieses Gebot gibt es tatsächlich, ja ...« Er seufzte. »Langsam glaube ich, daß es vielleicht keine so gute Idee war, hierherzukommen. Ich scheine mehr Schaden als Nutzen anzurichten. Soll ich wieder gehen?«

»Nein«, sagte Brenner rasch. »Ich bin ein bißchen nervös. Es ist ... nicht besonders angenehm, so daliegen zu müssen und nicht einmal etwas zu sehen. Sie haben nicht zufällig irgendwo ein klitzekleines Transistorradio herumstehen?«

»Hier nicht. Aber ich werde zu Hause nachsehen. Wenn ich etwas Passendes finde, bringe ich es Ihnen morgen mit. Sie halten Sie hier ziemlich kurz, was Informationen angeht, wie?«

»Ja. Als Gegenleistung halten sie mir die Journalisten vom Leib.«

»Seien Sie froh«, sagte Johannes überzeugt. »Es hat schon nachgelassen, aber in den beiden ersten Tagen war es eine richtige Belagerung. Die Kerle haben sogar in den Bäumen gehockt und versucht, mit Teleobjektiven Aufnahmen von Ihrem Zimmer zu machen. Deshalb hat man wohl auch das Fenster verdunkelt.«

Das war eine neue Information, die Brenner eigentlich hätte erleichtern sollen – statt dessen ärgerte sie ihn. Kein Wunder, daß er das Fenster auch tagsüber nicht sehen konnte. Es hätte ihm eine Menge Grübeleien erspart, hätte er gewußt, warum das Fenster dunkel blieb.

»Wenn das so ist, dann können *Sie* mir wahrscheinlich viel eher erzählen, was passiert ist«, sagte er.

»Kaum«, antwortete Johannes in bedauerndem Ton. »Die Zeitungen überbieten sich in den wildesten Spekulationen, aber niemand weiß wirklich mehr, als daß es eine Explosion gegeben hat und anschließend ein gewaltiges Feuer. Die Polizei hat das ganze Gelände abgesperrt und läßt niemanden auch nur in die Nähe.«

Eine blitzartige Vision: ein schwarzer Schemen, der auf einem Feuerstrahl ritt und heulend auf ihn zujagte. Das Bild erlosch, ehe er erkennen konnte, was da auf ihn zukam, und es war zu bizarr, um wirklich zu sein. Ein Stück aus einem Puzzle, das nicht zu ihm gehörte. Er fragte sich, ob er das wirkliche Bild unter all diesen falschen Teilen überhaupt jemals wiederfinden würde.

»Es war ... eine Art Kloster, nicht wahr?«

Brenner hob die Schultern. »Sollten *Sie* nicht der Spezialist für Klöster und Kirchen sein?«

»Ja«, antwortete Johannes. »Sie sind Versicherungsagent, nicht?«

»Und?«

»Kennen Sie alle Agenturen in der Stadt? Oder sogar im ganzen Land?«

»Touché«, sagte Brenner. »Ja. Ich glaube, es war ... eine Art Kloster. Wir sind mit dem Wagen liegengeblieben und wollten ... telefonieren.«

»Wir?«

»Dieses Mädchen und ich.« *Was für ein Mädchen?*

»Was für ein Mädchen?«

Eine neue Vision, noch kürzer als die erste, aber ungleich deutlicher: ein schmales, von dunklem Haar eingerahmtes Gesicht mit Augen, in denen ein tiefverwurzeltes Mißtrauen gegen das Leben war; vielleicht die Spuren einer alten Verletzung, die niemals ganz vernarben würde. Er war sicher, daß dies ein Teil des richtigen Bildes war, vielleicht das erste überhaupt bisher. Er versuchte es festzuhalten, aber es entglitt ihm.

»Eine ... Anhalterin?« antwortete er zögernd. »Ich habe sie ... mitgenommen ..., glaube ich.«

Es war nicht nur bizarr; das Phänomen begann in ihm so etwas wie fast wissenschaftliche Neugier zu wecken: Die Erinnerungen kehrten im gleichen Moment zurück, in dem er die Worte aussprach, und es war genau andersherum, als es sein sollte: Die Worte weckten Bilder in ihm, nicht umgekehrt. Plötzlich war er sehr aufgeregt. Vielleicht hatte er ganz aus Versehen endlich die richtige Tür gefunden und mußte den Weg nur konsequent weitergehen, um sich an alles zu erinnern.

»Wissen Sie, wie sie hieß?«

»Nein«, antwortete Brenner. »Wir sind nur ein Stück zusammen gefahren. Danach ... Ja, das Benzin ist mir ausgegangen. Wir mußten zu Fuß weitergehen, aber es war sehr kalt, und als wir den Weg fanden ...«

»Den Weg zum Kloster?«

Der Zauber erlosch. Er sah die verschneite Straße und ihre beiden nebeneinanderliegenden Spuren, aber danach nichts mehr. Wo der Weg in den Wald hineinführte, war nichts mehr, nur Dunkelheit. Die Worte hatten aufgehört, Bilder zu gebären. Seine Phantasie spielte ihm sogar einen besonders perversen Streich: Das schwarze Stück fehlender Realität, das den Beginn des Waldweges verdeckte, hatte tatsächlich die Umrisse eines Puzzleteiles ...

»Möglich«, sagte er. »Ich ... weiß es nicht genau.«

»Und dieses Mädchen?« Johannes klang eindeutig mehr als nur interessiert. »Wissen Sie ihren Vornamen? Oder wie sie ausgesehen hat?«

»Ich –«

Die Tür wurde aufgerissen, und eine sehr laute, sehr zornige Stimme fragte: »Was, zum Teufel, ist denn hier los?!«

Etwas scharrte – die Hartgummistopfen an den Beinen von Johannes' Stuhl, als er mit einem erschrockenen Ruck hochsprang –, dann waren energische Schritte zu hören und dann wieder die scharfe Stimme, die Brenner jetzt als die eines der Ärzte identifizierte.

»Wer sind Sie? Was haben Sie hier zu suchen?«

»Ich –«

»Verlassen Sie dieses Zimmer! Auf der Stelle!«

»Bitte, Herr Doktor«, sagte Johannes besänftigend. »Es gibt gar keinen Grund, sich aufzuregen. Ich bin nur hier, um –«

Brenner konnte hören, wie der Arzt Johannes mit einer energischen Bewegung das Wort abschnitt. Der weiße Arztkittel raschelte anders als das Jackett des Geistlichen. »Warum Sie hier sind, das werden wir gleich klären – draußen und in Gegenwart der Polizei. Und jetzt verlassen Sie dieses Zimmer. Der Patient braucht absolute Ruhe. Was Sie hier tun, ist nicht nur Hausfriedensbruch, sondern auch unverantwortlich!«

»Aber ich bitte Sie!« begann Johannes, kam aber auch jetzt nicht dazu, weiterzureden, denn er wurde erneut unterbrochen:

»Nein, *ich* bitte *Sie* zum letztenmal, dieses Zimmer zu verlassen. Wenn Sie nicht sofort gehen, rufe ich die Polizei!«

Brenner war dem hitzigen Gespräch bisher schweigend, aber mit wachsender Verwirrung gefolgt, aber nun richtete er sich auf, soweit er es konnte, und wandte sich an den Arzt. »Was ist denn los? Ich habe zwar nicht um geistlichen Beistand gebeten, aber das ist doch kein Grund –«

»Geistlicher Beistand?« Der Arzt lachte humorlos. »Hat er sich etwa als Seelsorger vorgestellt?«

»Ist er das denn nicht?« fragte Brenner verwirrt. Er sah nach rechts, aber Johannes' Schatten war verschwunden. Seine Welt war klein geworden. Ein einziger Schritt reichte, um vom Schemen zur körperlosen Stimme zu werden. »Ich dachte, er wäre der Krankenhauspfarrer.«

»Jedenfalls nicht bei uns«, antwortete der Arzt. Brenner konnte hören, wie er sich wieder zu Johannes herumdrehte. »Sie sind ja immer noch da!«

»Bitte, Herr Doktor!« sagte Johannes. »Ich verstehe ja Ihre Erregung, aber ich muß unbedingt –«

»Schwester Annegret, rufen Sie die Polizei«, sagte der Arzt kühl.

Johannes atmete hörbar ein. »Das ist nicht nötig«, sagte er, nun in resignierendem Tonfall. »Ich gehe. Bitte entschuldigen Sie mein Eindringen. Und – Herr Brenner, bitte versuchen Sie, sich an das Mädchen zu erinnern. Es ist sehr wichtig.«

Brenner hörte, wie er um das Bett herumging und mit schnellen Schritten das Zimmer verließ. Eine Frauenstimme, die er bisher noch nicht gehört hatte, fragte: »Soll ich die Polizei rufen, Herr Professor?«

»Nein«, antwortete der Arzt nach kurzem Überlegen. Jetzt erinnerte sich Brenner auch an den Namen: Schneider. Professor Schneider. »Der kommt nicht wieder. Das ganze Aufheben lohnt sich sowieso nicht.«

Er drehte sich geräuschvoll wieder zu Brenner herum und kam näher, so daß er von einer körperlosen Stimme wieder zu einem weißen Schemen ohne erkennbares Gesicht wurde. Im ersten Moment dachte Brenner, er spräche direkt zu ihm, aber als er es tat, bewegten sich Ausläufer des weißen Schemens nach oben; er hantierte an seinen elektronischen Wächtern, während er weiterredete:

»Ich hoffe, der Kerl hat Sie nicht zu sehr aufgeregt. Ich werde den Leuten am Empfang gehörig den Kopf waschen – so was kommt nicht noch mal vor, das verspreche ich Ihnen.«

»Ich ... ich verstehe überhaupt nicht, was los ist«, antwortete Brenner verwirrt. »War er denn kein Pater?«

Der Professor schnaubte abfällig. »Ich weiß nicht, wer dieser Kerl ist, aber ich kann Ihnen sagen, wofür ich ihn halte.«

»Und für wen?« erkundigte sich Brenner.

»Höchstwahrscheinlich ein Reporter«, antwortete Schneider. »Sie glauben nicht, auf welche Ideen diese Kerle kommen, wenn sie hinter einer Story her sind. Denen ist absolut nichts heilig. Was haben Sie ihm erzählt?«

»Nichts«, sagte Brenner. »Die meiste Zeit hat er geredet, um ehrlich zu sein.«

»Dann sind wir ja gerade noch rechtzeitig gekommen. So ... das hätten wir.« Er hörte auf, an den Geräten neben Brenners Bett zu spielen, und beugte sich nun doch direkt über ihn. »Und wie fühlen wir uns heute?«

Brenner konnte sich gerade noch einen abgedroschenen Kalauer verkneifen: Mir geht es gut, Herr Doktor, aber Ihnen ...? Statt dessen zuckte er mit den Achseln und sagte: »Nicht viel besser als gestern, um ehrlich zu sein. Ich kann immer noch nichts sehen.«

»Ja, das habe ich schon gehört. Der Augenarzt ist morgen nicht im Haus, aber übermorgen werde ich gleich noch einmal mit ihm reden, das verspreche ich Ihnen.«

Brenner erschrak. Noch zwei Tage als Gefangener in dieser Welt, die nur aus grauen Schemen und Ungewißheit bestand? »Ist das denn ... notwendig?« fragte er stockend.

Seiner Stimme mußte wohl sehr viel mehr Erschrecken anzuhören sein, als ihm selbst bewußt gewesen war, denn der Arzt beeilte sich plötzlich, zu versichern: »Sie werden wieder sehen können, keine Angst. Der Kollege hat mir versichert, daß Ihre Sehnerven keinen bleibenden Schaden davongetragen haben. Aber Sie müssen sich noch ein wenig gedulden.«

»Und was heißt *ein wenig*?« fragte Brenner. »Drei Tage? Drei Wochen? Drei Monate?«

Eine Sekunde lang, die durch das graue Zwielicht, in dem er trieb, auf das Zehnfache ihrer normalen Länge gedehnt wurde, herrschte lastendes Schweigen, das Schneider mit einem kurzen und kein bißchen überzeugend klingenden Lachen beendete. »Seit wann bekommt man von einem Arzt eine konkrete Auskunft?« fragte er.

»Manchmal geschehen eben doch noch Zeichen und Wunder.«

»Vielleicht – aber dafür wäre dann wohl eher der Herr zuständig, der gerade gegangen ist ... Im Ernst: Ich bin kein Spezialist auf diesem Gebiet, und ich will dem Kollegen auch nicht vorgreifen, aber ich denke, in den nächsten Tagen müßte sich eine spürbare Besserung einstellen. Und jetzt haben Sie, glaube ich, genug Aufregung für einen Tag gehabt. Versuchen Sie ein bißchen zu schlafen.«

Brenner ersparte es sich zu antworten. Wenn er in den gut drei Tagen, die er jetzt hier war, eines begriffen hatte, dann, daß es vollkommen sinnlos war, mit den Ärzten diskutieren zu wollen.

Also ließ er sich zurücksinken und schloß die Augen – obwohl es nahezu überflüssig war –, während sich die Schritte des Professors und der Schwester entfernten, und gegen seine eigene Erwartung schlief er ein, noch ehe er das Geräusch der Tür hörte.

Er hatte wieder einen Alptraum, aber diesmal träumte er nicht von Skorpionen, die aus den Rissen einer verblassenden Welt krochen, um die Menschen zu quälen, sondern von einem Mädchen ohne Gesicht.

Zumindest am Anfang.

Nach allem war es am Schluß beinahe schon zu leicht gewesen. Wäre Salid noch der Mann gewesen, als der er vor einer Weile in dieses Land gekommen war, dann hätte er höchstwahrscheinlich sogar so etwas wie Enttäuschung empfunden; denn was ihm als die größte Herausforderung seines bisherigen Lebens erschienen war, entpuppte sich nach drei Tagen als Kinderspiel.

Salid liebte Herausforderungen. Mehr: Er *brauchte* sie, so dringend wie ein Süchtiger seine Droge und ebenso regelmäßig und in steigender Dosierung. Übrigens auch mit dem gleichen unvorhersehbaren Ende.

Er streckte die Hand nach dem Türgriff aus, zog sie aber dann noch einmal zurück, um einen letzten, sichernden Blick in die Runde zu werfen; ein Verhalten, das ihm so sehr in Fleisch und Blut übergegangen war, daß er schon gar nicht mehr anders konnte – selbst wenn es vollkommen überflüssig war, wie jetzt. Er hatte den Wagen auf einem Parkplatz schräg gegenüber der Klinik abgestellt, den er bei seiner ersten Erkundung heute nachmittag entdeckt hatte. Er war ideal – Salid konnte die Straße in beiden Richtungen überblicken, ohne selbst gesehen zu werden. Es gab zwar eine doppelte Reihe modern gestylter Laternen, die die Straße auch nachts fast taghell erleuchteten, aber dazwischen auch eine noch dichter gestaffelte Doppelreihe ebenso sorgfältig gestylter Platanen, die hinlänglich Schatten spendeten, um den Wagen nahezu unsichtbar zu machen. Auch in anderer Hinsicht war die Straße ideal: Mit Ausnahme des Krankenhauses selbst gab es nur mittlere bis große Einfamilienhäuser, meist hinter gepflegten Vorgärten oder halbhohen Hecken gelegen und mit großem Abstand zu ihren Nachbarn. Somit hatte er buchstäblich Dutzende von Fluchtwegen zur Auswahl.

Nicht, daß er sie brauchte.

Was vor ihm lag, war vielleicht der schwerste Kampf, den er in seinem ganzen Leben würde ausfechten müssen, und er hatte bisher nicht einmal eine Ahnung, wie er ihn bestehen sollte, aber eines wußte er mit Sicherheit: Er würde nach vollkommen anderen Spielregeln ablaufen als alles, was er kannte.

Trotzdem: Salid konnte nun einmal nicht aus seiner Haut. Er ließ weitere fünf Sekunden verstreichen, in denen er die Straße aufmerksam beobachtete, dann stieg er aus dem Wagen und überquerte mit schnellen Schritten die Straße. Er war dunkel gekleidet – nicht schwarz, das wäre zu auffällig gewesen –, und er bewegte sich gerade schnell genug, um nicht wirklich zu hasten; ein Passant, der es eilig hatte, aber nicht so eilig, daß er aufgefallen wäre. Niemand würde sich später an den Mann in dunklen Flanellhosen und blauem Cordsakko erinnern, selbst wenn es der Zufall wollte, daß jemand zu dieser Uhrzeit aus dem Fenster sah. Ein weiterer Reflex aus seinem früheren Leben, der vollkommen sinnlos geworden war. Er wurde nicht gejagt. Der Gegner, mit dem er es diesmal zu tun hatte, hatte es nicht nötig, seine Opfer zu hetzen. Er wartete, bis sie zu ihm kamen.

Salid sah auf die Uhr, während er die Straße überquerte und sich im spitzen Winkel dem Krankenhaus näherte; der Pförtner in seiner trübgelb erhellten Loge würde ihn so nicht sehen können. Die Videokamera, die er während seiner Patrouillenfahrt am Tage entdeckt hatte, bereitete ihm etwas größere Sorgen, aber auch damit würde er fertig werden. Vermutlich war sie nicht permanent eingeschaltet oder zumindest nicht mit einem Recorder gekoppelt. Wer würde schon einen harmlosen nächtlichen Spaziergänger aufnehmen?

Er näherte sich dem Eingang und blieb im Schatten eines Strauches stehen. Der Pförtner sah genau in seine Richtung, aber Salid wußte, daß er ihn nicht sehen konnte; die Pförtnerloge war hell erleuchtet, während die Lampen hier draußen allenfalls zur Dekoration gut waren. Trotzdem erstarrte er für einen Moment zur Reglosigkeit, bis der Pförtner den Blick wieder auf die Zeitschrift senkte, mit der er sich die Langeweile vertrieb.

Salid wartete. Er hatte noch keinen konkreten Plan – in das Krankenhaus hineinzukommen stellte kein Problem dar, aber er wußte weder, in welchem Zimmer sich die Person befand, nach der er suchte, noch, in welchem Zustand er sie antreffen würde. Er würde improvisieren müssen.

Das Klingeln eines Telefons drang gedämpft an sein Ohr. Salid sah, wie der Pförtner nach dem Hörer griff und einige Sekunden lang lauschte, dann aber heftig und ganz offensichtlich nicht besonders gut gelaunt zu gestikulieren begann. Schließlich hängte er ein, stand auf und verließ die Loge. Salid sah, daß er stark humpelte – das war von Vorteil, denn es bedeutete, daß er sich nicht besonders schnell bewegen konnte. Es sah so aus, als hätte er Glück; zumindest eines seiner Probleme schien sich gerade von selbst erledigt zu haben.

Er wartete, bis der Mann verschwunden war, zählte in Gedanken dann noch einmal langsam bis fünf und betrat das Krankenhaus. Der Pförtner war so leichtsinnig gewesen, wie Salid gehofft hatte: Die Kabine war nicht abgeschlossen. Salid schlüpfte rasch durch die Tür, trat an den Schreibtisch und stellte ohne besondere Enttäuschung fest, daß es keine Patientenliste gab. Der Schreibtisch war leer bis auf eine aufgeschlagene Auto-Zeitschrift und einen halbvollen Aschenbecher. Auf einem kleinen Tischchen daneben stand ein Computerterminal; der Monitor war ausgeschaltet, aber das Gerät selbst befand sich im Stand-by-Modus. Salid kannte sich hinlänglich mit Computern aus, um das System zu starten und auf diese Weise herauszubekommen, in welchem Zimmer sich der Gesuchte befand, aber er zögerte trotzdem.

Er wußte nicht, wohin der Pförtner gegangen war, geschweige denn, wie lange er wegbleiben würde. Es bestand die Gefahr, daß der Mann ihn überraschte, während er noch mit dem Terminal beschäftigt war, und Salid hätte es bedauert, ihn töten zu müssen.

Er wollte sich gerade herumdrehen und die Pförtnerloge wieder verlassen, als er eine Bewegung aus den Augenwinkeln wahrnahm. Jemand kam auf das Krankenhaus zu. Ein Schatten, der geduckt an der Fassade entlangschlich und dabei versuchte, die spärliche Deckung auszunutzen, die die Architektur des Gebäudes und die wenigen, lieblos aufgestellten Pflanzenkübel boten. Er stellte sich dabei nicht einmal besonders geschickt an, aber er bewegte sich mit einer Art natürlicher Eleganz, die ihn vor den Blicken eines etwas weniger aufmerksamen Beobachters, als es Salid war, geschützt hätte.

Die meisten anderen Männer wären jetzt vielleicht erschrocken zusammengefahren oder hätten hastig versucht, sich hinter die nächstbeste Deckung zu ducken. Salid nicht. Er erstarrte zur Salzsäule. Wer immer dort draußen heranschlich, beobachtete die Pförtnerloge zweifellos ebenso aufmerksam, wie er selbst es vorhin getan hatte. Wenn er sich bewegte, würde der andere ihn entdecken; wenn nicht, hatte er eine gute Chance, nur ein Schatten unter Schatten zu sein. Das menschliche Auge war das eines Jägers, das auf Bewegung reagierte, weniger auf das, was es sah. Salid stand mit angehaltenem Atem da und beobachtete die sich nähernde Gestalt aus den Augenwinkeln.

Nach einigen Momenten revidierte er seine Meinung über den Fremden – der Mann stellte sich sogar ausgesprochen ungeschickt an. Selbst der Pförtner, der sich eindeutig mehr für seine Lektüre als seine eigentliche Aufgabe interessiert hatte, hätte ihn unweigerlich entdecken müssen. Von der Videokamera über dem Eingang ganz zu schweigen.

Die Gestalt wurde immer langsamer, je weiter sie sich dem Eingang näherte. Salid konnte jetzt erkennen, daß es ein Mann in einem dunklen und offenbar viel zu weiten Mantel war. Er blieb immer wieder stehen, duckte sich, richtete sich wieder auf, bewegte sich nach rechts, links – es waren die typischen Bewegungen eines Mannes, der etwas tat, was er eigentlich nicht wollte. Und er war nicht nur kein Profi, dachte Salid abfällig, sondern eindeutig ein Dilettant. Aber das war immer noch keine Antwort auf die Frage, was der Fremde hier eigentlich tat.

Die Gestalt kam näher, und für einen Moment richtete sich ihr Blick direkt auf Salid. Das schwache Sternenlicht glitzerte auf dunklen Pupillen, deren Blick sich unmittelbar in Salids Augen zu bohren schien. Vollkommen still stehend und darauf vertrauend, daß seine Reglosigkeit bewirkte, wozu die Dunkelheit in der Pförtnerloge allein vielleicht nicht ausgereicht hätte, wurde Salid wieder zu dem, was er für einen großen Teil seines Lebens gewesen war: ein Schatten.

Was so oft funktioniert hatte, verfehlte seine Wirkung auch diesmal nicht. Es gab keine Reaktion; kein Stocken im Schritt, kein erschrockenes Zusammenfahren; nichts. Der Mann ging rasch weiter und trat durch die auseinandergleitenden Glastüren, während sein Blick aufmerksam weiter abwechselnd die Vorhalle und das Innere der Pförtnerloge taxierte.

Salid begann nun doch allmählich nervös zu werden. Er wußte nicht, wohin der Pförtner gegangen war, aber er hätte hier bestimmt nicht alles offengelassen, hätte er vor, länger als ein paar Minuten wegzubleiben. Trotzdem verharrte Salid weitere fünf Sekunden in vollkommener Reglosigkeit, ehe er sich herumdrehte und dem Mann folgte.

Professor Schneider legte den Telefonhörer auf, starrte den Apparat einige Sekunden lang mit verhaltener Wut an und richtete seinen Blick dann mit noch weniger verhaltenem Zorn auf sein Gegenüber.

Der Mann erwiderte das wütende Funkeln in seinen Augen auf die gleiche Weise, auf die er bisher auf alles reagiert hatte: mit einem angedeuteten Lächeln, das keines war.

Dieses Lächeln war es, was Schneider am meisten provozierte. Dieser sonderbare – nein, sonderbar war das falsche Wort: *sonderbar* war er Schneider am Anfang vorgekommen; mittlerweile war er Schneider eindeutig *unheimlich* geworden –, dieser unheimliche Mann mit dem dünnen grauen Haar und der kleinen Narbe über dem linken Auge hatte etwas geschafft, was der Professor noch vor drei Tagen für unmöglich gehalten hätte: Schneider war alles andere als ein gewalttätiger Mensch, aber während der letzten Stunden hatte er immer öfter das Bedürfnis, diesen alten Mann zu packen und so lange zu schütteln, bis er ihm endlich sagte, was hier überhaupt gespielt wurde.

»Ich nehme an, Sie haben erfahren, was Sie wissen wollten?« fragte Alexander mit einer Kopfbewegung auf das Telefon. Jedenfalls hatte er sich Schneider als »Alexander« vorgestellt. Schneider war sich nicht sicher, ob es sich dabei um einen Vor- oder Zunamen handelte – geschweige denn, ob es überhaupt sein richtiger Name war.

»Ich habe erfahren, daß ich alles weiß, was ich im Moment wissen muß, und daß es darüber hinaus nichts gibt, was ich wissen sollte«, antwortete Schneider betont. Sein Gegenüber lächelte über diesen verschlungenen Satz, so wie er über alles lächelte, aber diesmal blieben seine Augen noch ernster als sonst. Schneider hatte bis auf einige »Ja« und »Nein« und einige angefangene Halbsätze, bei denen er jedesmal unterbrochen worden war, nicht sehr viel gesagt, aber für einen so aufmerksamen Beobachter, wie Alexander es war, mußte das Telefongespräch trotzdem sehr aufschlußreich gewesen sein.

»Ich kann Ihre Verärgerung verstehen, Herr Doktor«, sagte er nach einer Weile. »Aber bitte glauben Sie mir, es –«

»Ich bin nicht verärgert«, unterbrach ihn Schneider. »Ich bin stinkwütend! Ich bin es nicht gewöhnt, einen Maulkorb verpaßt zu bekommen.«

»Sie sind verbittert«, sagte Alexander mit einem verständnisvollen Nicken. »Ich kann das verstehen, Herr Doktor, aber bitte glauben Sie mir, daß –«

»Das bezweifle ich«, sagte Schneider, womit er Alexander erneut unterbrach; wenigstens ein kleiner Triumph, wenn auch ein sehr billiger. Er schlug mit der flachen Hand neben dem Telefon auf den Schreibtisch. Das Geräusch klang in der nächtlichen Stille, die auch in Schneiders Büro gekrochen war, wie ein Pistolenschuß, aber Alexander zuckte nicht einmal mit den Lidern. »Es macht mir nichts aus, Anweisungen entgegenzunehmen. Aber es macht mir sehr wohl etwas aus, gegen meine innere Überzeugung zu verstoßen.«

»Gibt es auch eine äußere?« fragte Alexander lächelnd.

Schneider überging den Einwand. Er hatte nicht vor, sich auf rhetorische Spitzfindigkeiten einzulassen. »Nennen Sie es Gewissen, wenn Sie wollen. Oder den Eid des Hippokrates. Es bleibt sich gleich. Ich habe geschworen, Menschen zu heilen. Nicht, sie krank zu machen.«

Alexanders Lächeln erlosch für einen Augenblick. Der Moment verging zu schnell, als daß Schneider sicher sein konnte, aber vielleicht war es ihm jetzt zum erstenmal gelungen, seine vermeintlich unerschütterliche Ruhe zu durchdringen.

»Darf ich Sie daran erinnern, Professor«, sagte er, nicht ohne eine gewisse Schärfe in der Stimme, »daß Sie geschworen haben, dem Werk Gottes zu dienen – zu hören und zu gehorchen, ohne zu fragen, wenn es Ihre geistlichen Führer von Ihnen verlangen?«

»Sonst wären Sie längst nicht mehr hier«, knurrte Schneider. Er hatte diesen Eid vor Jahren geleistet, als Sohn einer konservativ-christlichen Familie und eingedenk der Vorteile, die diese Verbindung brachte, wenn auch getragen von der Überzeugung, das Richtige zu tun. Bis vor drei Tagen dieser grauhaarige Alte gekommen war, um ihn einzufordern. Allerdings hätte der Mann von seinem Auftreten her genausogut vom Geheimdienst sein können – oder von der CIA.

Alexander hatte sich inzwischen wieder völlig in der Gewalt. »Sie retten Ihrem Patienten mit großer Wahrscheinlichkeit das Leben«, sagte er. »Und vielen anderen Menschen möglicherweise auch.«

»Ach!« Schneider machte eine ärgerliche Handbewegung, aber er hatte sich verschätzt. Seine Hand stieß gegen das Telefon und fegte es halbwegs vom Tisch. Er griff gedankenschnell zu und fing den Apparat auf, aber mit dieser Aktion nahm er seinen Worten natürlich jeden Beiklang von gerechter Empörung. Er wirkte jetzt einfach nur komisch. Trotzdem fuhr er fort: »Der Kerl ist vollkommen gesund! Er hat eine harmlose Fleischwunde in der Schulter und ein paar Prellungen, das ist alles. Keine Spur von Lebensgefahr. Er gehört nicht einmal ins Krankenhaus – geschweige denn auf die Intensivstation!«

»Vom medizinischen Standpunkt aus betrachtet vielleicht nicht«, gestand Alexander lächelnd, »aber es gibt –«

»– mehr Dinge zwischen Himmel und Erde, als sich unsere Schulweisheit träumen läßt«, vollendete Schneider in bewußt zynischem Ton.

»So ungefähr.« Alexander nickte. »Ich hätte es anders ausgedrückt, aber es trifft den Kern der Sache, ja.«

Schneider starrte den grauhaarigen Mann geschlagene fünf Sekunden lang beinahe haßerfüllt an, aber er beherrschte sich und schluckte seinen Zorn herunter – obwohl er dabei das Gefühl hatte, tatsächlich etwas Materielles herunterschlucken zu müssen; einen stacheligen, bitteren Ball, der einen schlechten Geschmack in seinem Mund und eine Reihe kleiner, blutender Wunden in seinem Stolz hinter-ließ. Und der schwer wie ein Stein in seinem Magen lastete.

Trotzdem; er versuchte es: »Es ist nicht so, daß ich Ihnen mit Absicht Schwierigkeiten bereiten will, Monsignore.« Er benutzte dieses Wort absichtlich und hielt Alexander dabei scharf im Auge. Da er – nach drei Tagen, zum Teufel! – immer noch nicht wußte, mit wem er es eigentlich zu tun hatte, umging er die direkte Anrede normalerweise, so gut es ging. Wenn er es doch tat, wählte er jedesmal eine andere: Hochwürden, Exzellenz, Vater ... Die Reaktion des Mannes war stets die gleiche. Er tat Schneider nicht den Gefallen, sich zu verraten. Allerdings verriet das belustigte Glitzern in seinen Augen Schneider etwas anderes: nämlich daß er keineswegs das Gefühl hatte, Schneider bereite *ihm* irgendwelche Schwierigkeiten. »Es würde mir nur leichter fallen, Ihnen zu helfen, wenn ich verstehen würde, worum es überhaupt geht.«

»Das kann ich Ihnen nicht erklären«, antwortete Alexander. »Bitte verstehen Sie mich richtig. Es ist nicht so, daß ich es nicht will. Ich *kann* es einfach nicht. Aber ich versichere Ihnen, es handelt sich um eine Angelegenheit von kirchlichem Belang. Und mit möglicherweise weittragenden Konsequenzen.«

Schneider ging zum Angriff über. »Hochwürden, verzeihen Sie, aber das hier ist ein Krankenhaus. Wir kümmern uns um das leibliche Wohl der Menschen, nicht um das seelische.«

»Das eine ist nicht immer von dem anderen zu trennen.« Diesmal war es Alexander, der Schneider unterbrach, aber Schneider ließ den Einwand nicht gelten.

»Möglicherweise. Aber ich weigere mich, noch lange tatenlos dabei zuzusehen, wie Sie diesem Mann etwas antun, mit dem er vielleicht nie wieder fertig wird. Sie reden von seinem Seelenheil? Ist Ihnen eigentlich bewußt, was wir seiner Psyche antun?«

»Durchaus«, sagte Alexander so gelassen, daß es Schneider schauderte. »Und wenn es das ist, was Sie hören wollen: Diese Schuld werde ich tragen müssen. Hier steht mehr auf dem Spiel als das Wohl *eines* Menschen.«

Schneider war nicht ganz klar, von wessen Wohl Alexander sprach – seinem oder dem Brenners. Es spielte auch keine Rolle. »Ich weigere mich, diese Art der Rechnung mitzumachen«, sagte er. »Ein Menschenleben gegen hundert? Opfern wir tausend, um eine Million zu retten? Eine Million für zehn Milliarden? Werfen wir doch gleich eine Wasserstoffbombe auf Neu-Delhi, um die Pest einzudämmen, die dort wütet. Auf lange Sicht würde das die Anzahl der Todesopfer verringern.«

Alexanders Blick machte klar, daß er nicht vorhatte, sich auf diese Diskussion einzulassen. Es war auch nicht das erste

Mal, daß sie sie führten. Ihre Gespräche drehten sich seit drei Tagen im Kreis.

Das Telefon klingelte und enthob Schneider so der Verlegenheit, weitersprechen zu müssen und so vielleicht noch mehr Unsinn zu reden. Er hob ab, lauschte einen Moment in den Hörer und fragte dann: »Sind Sie sicher? Der gleiche Mann?«

Alexander legte fragend den Kopf schräg, aber Schneider tat so, als bemerke er es nicht. Er tat ihm auch nicht den Gefallen, auf die Mithörtaste zu drücken. »Also gut«, sagte er nach einigen Sekunden. »Unternehmen Sie nichts, aber rufen Sie die Polizei.«

»Warten Sie«, sagte Alexander.

»Einen Moment.« Schneider ließ den Hörer sinken, legte die linke Hand auf die Sprechmuschel und sah Alexander bewußt unfreundlich an. »Ja?«

»Wieder dieser Pater?« fragte Alexander in ungewohnt sachlichem Ton.

»Jedenfalls behauptet er, einer zu sein«, antwortete Schneider. »Die Polizei soll sich darum kümmern.«

»Nein.« Alexander stand auf, und während er diese kurze Bewegung vollzog, ging eine erstaunliche Veränderung mit ihm vonstatten. Ganz plötzlich war er kein alter, stets freundlich lächelnder Mann mehr. Seine Bewegungen und sein Tonfall strahlten Autorität aus. »Keine Polizei! Ich kümmere mich darum.« Er ließ Schneider keine Gelegenheit zu widersprechen, sondern verließ mit schnellen Schritten das Büro, ohne die Tür hinter sich zu schließen.

Schneider hob den Telefonhörer wieder ans Ohr und stand gleichzeitig auf. »Also gut, keine Polizei«, sagte er. »Aber kommen Sie nach oben, zur Intensivstation. Und ... bringen Sie den Pfleger mit, der Bereitschaft hat.«

Aus dem dumpfen, süßlich-warmen Dunstkreis eines Fiebertraumes glitt er hinüber in etwas, von dem er nicht wußte, ob es nun das Wachen war oder nur ein anderer, vielleicht schlimmerer Alp-

druck. Wärme umgab ihn, der harzige Geruch von brennendem Holz, der aus irgendeinem ihm selbst nicht ganz verständlichen Grund nicht in das Bild passen wollte, und dunkelrot flackerndes Licht; möglicherweise nur eine Assoziation zu dem Fackelgeruch, vielleicht aber auch real. Er lag auf dem Rücken, und obgleich er viel zu matt war, um sich bewegen zu wollen, hatte er das Gefühl, an Händen und Füßen gebunden zu sein. Aber wer sollte ihn fesseln?

Und warum?

Er versuchte die Augen zu öffnen. Im ersten Moment dachte er, es ginge nicht, dann wurde ihm klar, daß sich seine Lider gehorsam gehoben hatten; er konnte nicht richtig sehen. Der rote Schimmer, der durch seine geschlossenen Lider gedrungen war, war auch jetzt nicht sehr viel heller. Etwas stimmte nicht mit seinen Augen – oder er lag tatsächlich in einem fast völlig dunklen Raum. Irgendwo waren Geräusche: ein samtig-warmes Rascheln, Stoff, vielleicht ein Kleidungsstück, vielleicht eine Decke, die über den Boden geschleift wurde, Stimmen, die in gehetztem Flüsterton sprachen, ohne daß er die Worte verstehen konnte. Es war warm.

Obwohl alles an diesem Traum – und es mußte ein Traum sein, denn hinter der Schwärze, die seine Erinnerungen verschluckt hatte, lauerte noch etwas anderes, etwas Gräßliches und ungemein Schlimmes, an das er sich vielleicht nur nicht erinnerte, weil er es nicht wollte *–, obwohl also alles an diesem Traum dazu angetan war, ihn zu ängstigen, erfüllte er ihn zugleich mit einem Gefühl von Beschütztsein und Wärme, vielleicht, weil er die älteste aller Erinnerungen mit sich brachte: eine rote, warme Geborgenheit, in der beruhigende Geräusche und eine schützende Umarmung sich vereinten.*

Aber dieses Gefühl mochte täuschen. Da war immer noch das dunkle Etwas hinter seiner Erinnerung, das allmählich Substanz, aber noch keine Form gewann. Etwas war geschehen. Etwas war ihm angetan worden.

Diese Erkenntnis allein – sosehr er sich auch dagegen zu wehren versuchte – reichte aus, ihn ein Stück weiter über die Grenzlinie zwischen Schlaf und Wachen rutschen zu lassen. Geborgenheit und Wärme zogen sich zurück wie die Wellen einer warmen

Brandung, und der Strand, der darunter zum Vorschein kam, war voller spitzer Steine und Scherben. Seine Hände und Füße schmerzten, zuerst sacht, dann immer heftiger und schließlich unerträglich, und zugleich gewannen auch die Stimmen weiter an Deutlichkeit. Er konnte die Worte jetzt verstehen –

»Früher oder später müssen wir es ohnehin tun. Wir können ihn nicht ewig hier gefangenhalten.«

»Aber es ist zu seinem eigenen Schutz!«

»Schutz? Wovor? Das ist lächerlich!«

»Vielleicht vor sich selbst.«

– aber sie ergaben keinen Sinn. Trotzdem war etwas Bedrohliches darin. Sie enthielten eine Wahrheit, die er noch nicht verstand, aber deren Bedeutung er bereits zu erahnen begann. Nicht, was geschehen war – oder würde –, aber was es bedeutete. Vielleicht war die Schwärze in seiner Erinnerung nicht etwas, was geschehen war, sondern etwas, das noch kam.

»Er ist wach. Gebt acht, was ihr redet.«

Das schleifende Geräusch wurde lauter. Schritte näherten sich ihm, und dann erschien eine Gestalt in der rötlichen Dämmerung, die seine Welt erfüllte. Im ersten Moment verspürte er Erleichterung, als er das Gesicht als das eines Freundes identifizierte. Aber dann sah er noch einmal hin, und als er den Ausdruck in seinen Augen sah und zu begreifen begann, was er bedeutete, da begann er zu schreien …

Sie hatten aufgehört, Tote zu bringen, aber das machte es nicht besser. Der letzte Wagen war vor einer Stunde gekommen, vielleicht anderthalb – obwohl keine Minute verging, in der er nicht mindestens einmal auf die Uhr sah, hatte er zugleich jedes Zeitgefühl verloren. Sein subjektives Empfinden für das Verstreichen der Zeit schien irgendwie gespalten worden zu sein: Auf der einen Seite zählte er die Sekunden bis zum Ende seiner Wache, aber gleichzeitig war es ihm auch nicht möglich zu sagen, was vor einer halben Stunde gewesen war oder vor drei oder vor zehn Minuten. Der Alptraum hatte vor zwei Tagen begonnen, und seither hatte

Weichsler jede nur vorstellbare Facette des Schreckens und Entsetzens kennengelernt – und eine ganze Reihe bisher für ihn unvorstellbarer dazu.

Dabei war Weichsler alles andere als zartbesaitet. Niemand, der in der Sondereinheit Dienst tat, der Weichsler und seine Kameraden angehörten, war das, und bis zu dem Moment vor zwei Tagen, an dem er von der Ladepritsche des Lastwagens gesprungen war und gesehen hatte, was sie wirklich erwartete, war er sogar stolz darauf gewesen. Seither hatte sich eine Menge geändert. Nicht nur Weichslers Einstellung zum Sterben und Tod, sondern auch die zum Leben.

Das Schlimme war noch nicht einmal der Anblick der Toten. Daran hatte er sich tatsächlich gewöhnt, und das schon vor Jahren. Es waren die Säcke. Schwarze, mit einem Kunststoffreißverschluß versehene Säcke aus einem Material, das unangenehm anzufassen war und immer feucht aussah, und es waren die Geräusche. Vor allem sie.

Weichsler zündete sich mit zitternden Händen eine Zigarette an – es war verboten, aber niemand scherte sich auch nur einen Dreck darum – und sog den Dunst so tief in die Lungen, daß ihm schwindlig wurde. Der Rauch war zu heiß, und er hinterließ einen fauligen Geschmack auf seiner Zunge. Weichsler verzog angeekelt das Gesicht, aber er widerstand der Versuchung, die Zigarette zu Boden zu werfen und auszutreten. Es lag nicht an der Zigarette. Alles, was er seit zwei Tagen zu sich nahm, schien irgendwie faulig zu schmecken.

Wieder sah er auf die Uhr. Es war anderthalb Minuten später als gerade, als er es das letzte Mal getan hatte – drei Minuten nach vier. Noch zwei Stunden, bis er abgelöst wurde. Drei, bis die Sonne aufging. Weichsler verzog das Gesicht. Wahrscheinlich würde er auch heute nicht schlafen können.

Hinter ihm raschelte etwas. Das heißt: *rascheln* war nicht die richtige Bezeichnung. Es war eher ein Geräusch, wie es dünne Aluminiumfolie verursachen würde, die man mit der Hand zerknüllte – oder ein schwarzer Leichensack, in dem sich etwas bewegte …

Weichsler unterdrückte den Impuls, auf der Stelle herumzufahren, aber er konnte nicht verhindern, daß sich seine Hand fester um den Lauf der Maschinenpistole schloß, während er sich bewußt langsam umdrehte. Ein Teil von ihm wußte ganz genau, daß es eine Erklärung für die Geräusche gab, aber da war noch eine andere, rationalen Argumenten nicht zugängliche Stimme in seinem Kopf, und *diese* Stimme sagte etwas ganz anderes.

Das Rascheln hatte aufgehört. Vielleicht war es dagewesen, vielleicht auch nicht – es spielte keine Rolle. Für einen Moment sah er überall huschende Schatten, Reißverschlüsse, die von innen aufgezogen wurden, verkrümmte Hände mit blaugrauer, ausgetrockneter Haut, die sich mit abgehackten Bewegungen aus den schwarzen Kunststoffbeuteln herausarbeiteten und –

»Schluß!«

Der Klang seiner eigenen Stimme erschien ihm fremd, und das Echo, das sie in der großen, kaum beleuchteten Turnhalle hervorrief, wirkte irgendwie bedrohlich; als wären es nicht nur seine eigenen Worte, die zurückkehrten, sondern als hätten sie ... etwas mitgebracht. Trotzdem beruhigte es ihn. Er war lange genug daran gewöhnt, Befehlen zu gehorchen – sogar, wenn sie von ihm selber kamen.

Weichsler nahm einen weiteren Zug aus seiner Zigarette, blies den faulig schmeckenden Qualm so weit von sich, wie er konnte, und trat die Zigarette schließlich doch aus, bevor er mit langsamen Schritten zwischen den in schnurgeraden Reihen aufgestellten Feldbetten entlang zu gehen begann. Es waren sehr viele Feldbetten, in sehr vielen Reihen. Weichsler wußte nicht, wie viele genau: Am ersten Tag hatte er sie gezählt, und da waren es dreihundert gewesen, aber danach hatte er damit aufgehört. Vielleicht waren es jetzt schon fünfhundert, vielleicht auch mehr – es spielte keine Rolle. Es waren auf jeden Fall zu viele.

Wieder hörte er ein Geräusch, aber diesmal war es nicht das eingebildete Kratzen einer Zombiehand, die sich aus ihrem Plastikkokon zu befreien versuchte, sondern ein Laut, den er vielleicht noch mehr fürchtete. Draußen fuhr ein Lastwagen vor, Türen wurden geschlagen, dann das typische Klappern, mit dem die Ladeklappe heruntergelassen wurde. Er hatte zu früh aufgeatmet. Es war noch nicht vorbei. Sie brachten wieder Tote. Weichsler verzog erneut das Gesicht, machte auf der Stelle kehrt und ging zur Tür.

Er hatte sich kaum in Bewegung gesetzt, als sie von außen geöffnet wurde, und für einen Moment blendete ihn grellweißes Licht. Die Scheinwerfer des Lastwagens waren genau auf die Tür gerichtet. Weichsler ging schneller, erreichte die Tür und betätigte den Lichtschalter, ehe er sich dem Schatten zuwandte, der in dem hell erleuchteten Rahmen aufgetaucht war.

Der Soldat in ihm war offensichtlich stärker als der total verunsicherte Mensch, denn er erkannte erst die Rangabzeichen und dann das Gesicht seines Gegenübers: Oberleutnant Nehrig. Ausgerechnet. Von allen Offizieren der Einheit mochte Weichsler ihn am allerwenigsten. Und daß dieses Gefühl auf Gegenseitigkeit beruhte, machte es auch nicht unbedingt besser.

Nehrig brauchte offensichtlich eine Sekunde, um sich zu orientieren, denn zunächst blinzelte er irritiert in das weiße Neonlicht, das Reihe um Reihe unter der Decke der Turnhalle aufflackerte. Dann nickte er Weichsler zu, salutierte nachlässig und gab mit dem zweiten Teil derselben Bewegung jemandem draußen auf dem Schulhof einen Wink. Erst dann trat er endgültig ein.

»Leutnant Weichsler. Alles in Ordnung?«

Was soll wohl nicht in Ordnung sein? dachte Weichsler verärgert. *Glaubst du, sie stehen auf und laufen davon, wenn ich nicht hinsehe?* Natürlich sprach er das nicht aus – wenn auch im Grunde weniger aus Respekt vor seinen Vorgesetzten, sondern vielmehr, weil der Gedanke etwas in ihm berührt und geweckt hatte, das ihn über die Maßen erschrecken würde, wenn er den Fehler beging, es laut auszusprechen. So nickte er nur ebenso knapp wie Nehrig gerade und sagte: »Melde: Alles in Ordnung, Herr Oberleutnant.«

Aus irgendeinem Grund schien Nehrig diese förmliche Meldung zu verblüffen. Einen kurzen Moment lang sah er Weichsler beinahe konsterniert an, dann tat er etwas für ihn höchst Seltenes: Er lächelte.

»Okay, vergessen wir die Förmlichkeiten«, sagte er. »Gab's irgend etwas?«

»Nein.« Weichsler schüttelte den Kopf. »Alles ruhig.«

»Und mörderisch langweilig, nehme ich an«, fügte Nehrig hinzu. »Wir bringen Ihnen noch ein paar Gäste. Sie haben doch noch Betten frei?«

»Zwei oder drei.« Weichsler machte eine Handbewegung über die Schulter zurück. »In der letzten Reihe.«

»Das reicht.« Nehrig wiederholte seine Geste nach draußen. »Bringt sie rein.«

Weichsler trat einen Schritt zur Seite, um den beiden Soldaten Platz zu machen, die Nehrigs Befehl folgten und einen weiteren schwarzen Kunststoffsack hereinschleppten. Den beiden folgten zwei weitere Männer, die einen offenbar sehr viel leichteren Sack trugen; eine sehr schlanke Frau, vermutete Weichsler, vielleicht ein Kind.

»Ganz hinten«, sagte Nehrig. »Letzte Reihe.«

Während sich die vier Soldaten mit ihrer schrecklichen Last weiterbewegten, starrte Nehrig einige Sekunden lang mit gerunzelter Stirn auf die Stelle neben der Tür, an der Weichsler die letzten Stunden gestanden und eine ihm unbekannte Anzahl von Toten bewacht hatte. Auf dem grüngestrichenen Betonboden lagen ungefähr fünfzehn ausgetretene Zigarettenstummel. Wahrscheinlich, dachte Weichsler, suchte er in Gedanken nach einer entsprechenden Formulierung, um ihn wegen dieses Verstoßes gegen die Dienstvorschrift zu rügen.

Weichsler erlebte binnen kurzem eine zweite Überraschung: Statt ihn anzublaffen, zog Nehrig plötzlich selbst eine Packung West aus der Jackentasche und hielt sie ihm hin. Weichsler griff schon aus reiner Verblüffung zu und beugte sich ein wenig vor, als Nehrig ihm Feuer gab. Seine MPi schlug mit einem leisen Klappern gegen den Türrahmen. Nehrig sah ganz automatisch hin und runzelte mißbilligend die Stirn. Weichslers Waffe hing griffbereit an seiner Seite statt über der Schulter. Aber er sagte auch dazu nichts. Weichsler schulterte seine Waffe mit einer Bewegung, die eine Winzigkeit zu hastig ausfiel, während Nehrig sich selbst Feuer nahm und den Rauch mit sichtbarem Genuß in die Lungen sog. Weichsler empfand ein flüchtiges Aufwallen von vollkommen absurdem Neid. *Seine* Zigarette schmeckte immer noch irgendwie faulig.

»Seit wann sind Sie hier?« fragte Nehrig. Er sah Weichsler dabei nicht an, sondern verfolgte scheinbar konzentriert die vier Soldaten, die die beiden Leichensäcke zum anderen Ende der Turnhalle trugen.

»Heute nacht?« Weichsler sah vollkommen überflüssig auf die Uhr. »Seit Mitternacht.«

»Geisterstunde, wie?« Nehrig grinste. Weichsler fand die Bemerkung ganz und gar nicht komisch, und offenbar sah man es ihm an, denn Nehrigs Grinsen verschwand schlagartig, als er sich ihm zuwandte. »Scheiß-Job, was?«

»Es geht«, antwortete Weichsler ausweichend.

»Draußen ist es schlimmer«, pflichtete ihm Nehrig bei, und obwohl Weichsler zustimmend nickte, wußte er doch, daß das nicht stimmte. Vor zwei Tagen war er froh gewesen, hierher zum Wachdienst abkommandiert worden zu sein statt zu einer der Einheiten, welche die umliegenden Ortschaften nach Leichen absuchten; aber mittlerweile war viel Zeit vergangen. Zeit zum Nachdenken, Zeit, die er zusammen mit diesen schweigenden Toten in einer Turnhalle oder zusammen mit seinen Alpträumen in einem zum Schlafsaal umfunktionierten Klassenraum verbracht hatte. Entschieden zuviel Zeit. Vermutlich war es eine grauenhafte Aufgabe, die umliegenden Ortschaften Haus für Haus, Etage um Etage und Zimmer um Zimmer nach weiteren Toten zu durchkämmen. Aber die Männer dort draußen hatten wenigstens was zu tun, und Weichsler war an einem Punkt, an dem ihm alles besser erschien, als in dieser kalten, zugigen Halle zu stehen und darauf zu warten, daß es Tag wurde. Die Toten waren nicht stumm. Sie machten Geräusche, und wenn er noch einen oder zwei weitere Tage hier verbrachte, würde er vermutlich anfangen, ihre Stimmen zu hören.

»Die beiden da waren die letzten«, sagte Nehrig nach einer Weile. »Ich glaube nicht, daß wir noch mehr finden. Gott sei Dank wirkt dieses Scheiß-Zeug nicht allzulange.«

»Wie viele sind es?« fragte Weichsler. Er erschrak fast. *Warum stellte er diese Frage? Er wollte es nicht wissen!* Trotzdem nickte er, als Nehrig die Zigarette aus dem Mundwinkel nahm und ihn fragend ansah:

»Insgesamt? Eintausendzweihundertsiebzehn – mit den beiden da.«

»Großer Gott!« flüsterte Weichsler. Er hatte gewußt, daß die wirklichen Zahlen von denen abwichen, die die Medien verbreiteten, aber *das* ...

»Ja, eine ganze Menge, nicht?« Nehrig schürzte die Lippen und fügte in vollkommen verändertem, hartem Ton hinzu: »Und trotzdem noch einer zu wenig. Sie haben dieses Schwein immer noch nicht gefunden. Entweder hat es ihn in Atome zerblasen, oder er lebt noch.«

Weichsler mißfiel der Ton in Nehrigs Stimme. Er hätte ihn verstehen müssen – immerhin sprachen sie von dem Mann, der für den Tod von eintausendzweihundert Männern, Frauen und Kindern verantwortlich war. Aber er war dem Tod in den letzten beiden Tagen einfach zu nahe gewesen, um noch so zu empfinden.

»Sie werden ihn schon aufspüren«, antwortete er. »Wenn er noch lebt, finden sie ihn. Niemand zieht so ein Ding ab und kommt damit durch.«

Nehrig schnaubte. »Einen Scheiß werden sie! Offiziell war das Ganze ein Unfall, schon vergessen? Der Verursacher ist tot, die Amerikaner hüllen sich in Schweigen, die Regierung zahlt den Hinterbliebenen eine großzügige Abfindung, und irgendein paar hohe Tiere in Bonn streichen eine großzügige Abfindung dafür ein, daß man in der Öffentlichkeit ihre Köpfe rollen läßt. So läuft das.«

Weichsler widersprach nicht – er hatte, weiß Gott, keine Lust, sich mit Nehrig ausgerechnet auf eine politische Diskussion einzulassen; schon gar nicht, wenn sie auf dem Niveau eines Stammtischgespräches stattfand –, aber er bezweifelte, daß es tatsächlich so laufen würde. Was er über Salid, den Terroristen, gesagt hatte, galt auch für diese ganze verdammte Geschichte: Niemand zog so ein Ding ab und kam damit durch. Nicht einmal die Amerikaner. Und keine verdammte Regierung der Welt.

Die Soldaten hatten ihre Last abgeladen und kamen zurück. Sie bewegten sich sehr schnell und schweigend, aber als Weichsler ihnen in die Gesichter sah, entdeckte er auf allen vier den gleichen Ausdruck: eine Art abgestumpfter Verbitterung, die ihn einen Moment lang daran zweifeln ließ, tatsächlich den schwereren Job bekommen zu haben. Aber diese Frage war vermutlich müßig: *Jeder* Job war der schwerere, wenn man ihn gerade tun mußte.

Die Soldaten sagten kein Wort, sondern blickten Nehrig nur fragend an. Nehrig machte eine ebenso wortlose Geste nach draußen, und die Soldaten gingen. Weichsler sah ihnen nach, bis sie in dem silberschwarzen Gemisch aus Dunkelheit und Regen verschwunden waren, das auf der anderen Seite der Tür lastete. Neben dem Ausdruck von Entsetzen hatten die vier Männer noch etwas gemein: Sie alle waren noch sehr jung. Keiner älter als zwanzig, schätzte Weichsler. Vermutlich Wehrpflichtige. Er fragte sich, ob sie das, was sie hier erlebten, wohl jemals wieder vergessen würden. Aber auch diese Frage hatte allenfalls akademischen Wert. Die Frage war vielmehr, ob er es jemals wieder vergessen würde, und die Antwort darauf war eindeutig *nein*.

Erst nach einigen Sekunden fiel ihm auf, daß Nehrig keine Anstalten machte, ebenfalls zu gehen, sondern gemächlich an der Wand neben der Tür lehnte und auf seiner Zigarette kaute. In dem fast schattenlosen weißen Neonlicht glich sein Gesicht selbst ein bißchen dem eines Zombies. Seine Haut wirkte unnatürlich bleich, und je nachdem, aus welchem Blickwinkel man sie betrachtete, schien sie einen bläulichgrünen Schimmer zu haben. Das einzige, was nicht zu diesem toten Aussehen paßte, waren die Augen. Ihr Blick irrte fast unstet durch den Raum, verharrte hier, verweilte einen Moment dort, tastete über dieses und jenes, als würde er etwas ganz Bestimmtes suchen ... vielleicht befürchten?

Weichsler schüttelte den Gedanken ab. Nehrig war müde, körperlich erschöpft und im Innersten genauso fertig wie er und alle anderen hier, und das war alles, und das war auch schon schlimm genug, basta.

»Ganz schön unheimlich hier, wie?« sagte Nehrig unvermittelt. Er lächelte nervös, paffte an seiner Zigarette und stieß sich von der Wand ab. »Fängt man da nicht allmählich an, Gespenster zu sehen?«

Einen Moment lang überlegte Weichsler ernsthaft, worauf Nehrig mit dieser Frage hinauswollte. Vermutlich auf nichts. Andererseits ...

»Nein«, sagte er. »Nur die Langeweile setzt einem zu. Und die Kälte.«

»Ja, ist ein bißchen wie im Kühlhaus hier«, bestätigte Nehrig. »Aber ich fürchte, es muß sein. Wenn wir die Heizung aufdrehen, fangen unsere Freunde hier in ihren Ganzkörperparisern an zu stinken. Das würde Ihnen bestimmt noch weniger gefallen.«

Weichsler schluckte die scharfe Antwort, die ihm auf der Zunge lag, im letzten Moment herunter. Die Respektlosigkeit, mit der Nehrig über die Toten sprach, machte ihn wütend, weil sie so banal war und so unnötig.

Aber er sagte nichts von alldem, sondern fragte nur: »Warum bringt man sie nicht weg?« Eine Frage, die er sich ohnehin seit zwei Tagen fast ununterbrochen stellte.

»Seit wann fragt ein Soldat nach dem Sinn seiner Befehle?« sagte Nehrig anstelle einer Antwort. Er grinste dabei, aber irgend etwas in seinen Augen strafte dieses Grinsen Lügen. Einen Moment später erlosch es dann auch, und er fuhr fort: »Ist schon alles organisiert. Morgen abend beginnt der Abtransport. Und bis dahin passen Sie gut auf, daß hier keiner aufsteht und wegläuft, ja?«

Weichsler blieb sehr ernst. Nehrigs Bemerkung amüsierte ihn nicht im geringsten, sondern gab dem bohrenden Schrecken in seinen Gedanken noch neue Nahrung.

»Worauf wollen Sie hinaus?« fragte er geradeheraus. Geräusche. Da waren die Geräusche gewesen, ein beständiges Knistern und Rascheln, als bewege sich in den schwarzen Plastiksäcken etwas, ununterbrochen und kriechend. Sie hatten ihm erklärt, warum das so war: Tote waren nicht still. Es gab Fäulnisprozesse, Gärung. Sie konnten Blähungen haben und rülpsen, und manchmal konnten sie sich tatsächlich bewegen, selbst nach Tagen noch. Aber das war die wissenschaftliche Erklärung, und die nutzte ihm im Moment herzlich wenig. Die Geräusche waren dagewesen, und sie waren noch da, selbst jetzt, auch in diesem Moment, auch wenn er sie im Augenblick nicht zu hören glaubte.

»Was?« Nehrig sah ihn mit wenig überzeugt gespieltem Unverständnis an.

»Fürchten Sie, es könnte tatsächlich passieren?« fragte Weichsler. »Ich meine, daß sie aufstehen und weglaufen?«

Nehrig starrte ihn einen weiteren Moment lang mit diesmal nicht gespielter Überraschung an, dann begann er zu lachen. Nach kurzem Zögern stimmte Weichsler in dieses Lachen ein, aber es hatte ungefähr die Qualität eines Liedes, das man lauthals pfeift, während man nachts über einen Friedhof geht. Es hielt auch nicht sehr lange an.

»Nein, im Ernst«, sagte Nehrig. »Passen Sie auf. Erst vor einer Stunde haben sie ganz in der Nähe zwei Reporter aufgegriffen, die sich irgendwie durch die Absperrung gemogelt haben. Halten Sie also die Augen offen – und melden Sie alles Ungewöhnliche.«

Wenn es etwas gab, das hier und jetzt überflüssig war, dachte Weichsler, dann war es diese Bemerkung. Er hatte ohnehin Befehl, sich alle dreißig Minuten bei der Kommandostelle zu melden – die fünfzig Meter entfernt auf der anderen Seite des Schulhofes lag –, und er kam diesem Befehl peinlich genau nach.

»Und was soll ich tun, wenn hier ein ... *Journalist* auftaucht?« fragte er betont. »Ihn erschießen?«

»Halten Sie nur die Augen offen«, antwortete Nehrig. »Das ist alles. Gute Nacht.«

Er zertrat seine Zigarette unter dem Stiefelabsatz und ging. Weichsler schloß die Tür hinter ihm, aber nicht ganz. Durch einen schmalen Spalt, der eine ebenso schmale, aber sehr unangenehme Linie eisiger Kälte auf seinem Gesicht und dem linken Auge hinterließ, sah er zu, wie Nehrig gebückt durch den Regen lief und in einen der beiden Laster einstieg, die noch immer mit laufendem Motor vor der Turnhalle standen.

Der Anblick hatte etwas sonderbar Bizarres. Die schweren Maschinen und die Welt, durch die sie sich bewegten, schienen plötzlich nicht mehr zusammenzupassen. Das Universum ringsum war erloschen. Es war die schwärzeste Stunde der Nacht, und die Dunkelheit hatte sich wie ein Deckel über das Gelände der ehemaligen Grundschule gestülpt. Der Regen war so dicht, daß selbst die erleuchteten Fenster des Schulgebäudes drüben verschwunden waren. Das einzige Licht kam von den Scheinwerfern der beiden Wagen, die jetzt langsam zurücksetzten, um auf möglichst engem Raum zu wenden – obwohl es auf dem Schulhof weiß Gott genug Platz gab. Mit ihren klobigen Formen, den gewaltigen Reifen und den beschlagenen rechteckigen Scheiben wirkten sie wie seltsame Stahltiere; und sie sahen uralt aus, wie die letzten Vertreter einer längst ausgestorbenen Spezies. Der Anblick hatte etwas Endgültiges. Als die beiden Wagen in den wehenden Regenschleiern verschwanden, schienen sich gleichsam auch die Tore der Zeit hinter ihnen zu schließen.

Verrückt. Und trotzdem war nichts Komisches oder gar Lächerliches an diesem Gedanken – ganz im Gegenteil. Er erschreckte ihn, heftiger und tiefer, als er sich selbst eingestehen wollte; als hätte er eine Art verborgener Wahrheit in ihm berührt, von deren Existenz er bisher nicht einmal etwas geahnt hatte.

Er wollte den Gedanken verjagen und sich gerade von der Tür abwenden, als er draußen eine Bewegung wahrzunehmen glaubte. Er war nicht ganz sicher – es ging zu schnell, und die Sicht war zu schlecht, um überhaupt etwas sicher erkennen zu können –, aber für einen kleinen Moment hatte er den Eindruck, eine ... *Gestalt* inmitten der silbernen Regenschleier zu erkennen. Sie stand einfach da, ein hochgewachsener, schlanker Umriß in einem irgendwie sonderbaren Gewand, und blickte zu ihm herüber. Dann blinzelte er, und als er die Augen wieder öffnete, war die Erscheinung verschwunden.

Nein, dachte Weichsler. Niemand wäre so verrückt, bei diesem Wetter dort draußen zu stehen und ihn anzustarren; nicht einmal ein Reporter auf der Jagd nach einer Story. Er begann allmählich Gespenster zu sehen – kein Wunder nach den letzten beiden zurückliegenden Nächten.

Weichsler begriff, daß er dabei war, sich die sonderbarste Erfrierung aller Zeiten zuzuziehen, drückte die Tür ins Schloß und drehte sich herum. Sein Gesicht war taub vor Kälte, und das linke Auge tränte heftig. Er streckte die Hand nach dem Lichtschalter aus und zog sie wieder zurück, ohne ihn berührt zu haben. Für die Zeit von Mitternacht bis zu Nehrigs Eintreffen hatte ihm die Notbeleuchtung ausgereicht, aber die beiden verbleibenden Stunden würde er die Lampen brennen lassen, auch wenn das weiße Neonlicht ihm normalerweise unangenehm war.

Weichsler griff in die Tasche, zog seine vorletzte Zigarette heraus und setzte sie in Brand. Der Rauch schmeckte noch schlechter als bisher, aber er sog ihn so tief in die Lungen, daß ihm schwindelig wurde.

Und dann, ganz plötzlich, wußte er, was der Ausdruck auf Nehrigs Gesicht bedeutet hatte. Er hatte ihn für Müdigkeit gehalten, aber das stimmte nicht.

Es war Angst.

Er erwachte mit dem lastenden Gefühl eines vergessenen, aber noch nicht verarbeiteten Alptraums und dem intensiven Gefühl, daß etwas anders geworden war. Es dauerte auch nur eine Sekunde, bis Brenner begriff, was: Er konnte sehen.

Nicht besonders gut und nicht besonders viel, aber er *konnte* sehen, und das war eine Neuigkeit, die ihn die Nachwehen des Alptraums – es war eine völlig wirre Geschichte, die irgend etwas mit einem Mädchen zu tun hatte, aber auch mit Feuer, flüsternden Stimmen und dem Gesicht eines bärtigen Mannes – auf der Stelle vergessen ließ. Brenner fuhr ein kleines Stück aus seinem Kissen hoch, erinnerte sich gerade noch rechtzeitig daran, daß jede zu heftige Bewegung seine elektronischen Wachhunde auf der Stelle wieder dazu bringen würde, lautstark aufzuheulen, und sah sich aus so weit aufgerissenen Augen um, daß er wahrscheinlich einen entsetzlichen Anblick geboten hätte – wäre jemand dagewesen, um ihn zu sehen.

Es war niemand da. Wie meistens, wenn er erwachte, war er allein. Aber noch etwas hatte sich geändert – er empfand die Einsamkeit und Stille plötzlich nicht mehr als Bedrohung, sondern fühlte sich im Gegenteil sicherer, wenn auch auf eine sehr sonderbare Weise: die eines Gefangenen. Was er empfand, das war die Erleichterung eines Kerkersträflings aus vergangenen Jahrhunderten, dem das Alleinsein der einzige Schutz vor seinen Kerkermeistern war, die doch nur kamen, um ihn zu quälen.

Brenner setzte sich ganz vorsichtig auf – er hatte gelernt, sich zu bewegen, ohne daß die High-Tech-Bagage rings um sein Bett sofort losrandalierte – und versuchte dieses sonderbare Gefühl zu verdrängen, aber statt dessen wurde es eher stärker. Es war ein völlig absurdes Gefühl; so widersinnig, daß er darüber gelacht hätte, wäre es nicht zugleich so beängstigend gewesen. All diese Geräte und Apparaturen, der gesamte gewaltige Krankenhausapparat mit seinen Maschinen, Operationssälen, Röntgengeräten, Computern und Überwachungsanlagen, all die Ärzte und Pfleger und

Schwestern waren schließlich aus keinem anderen Grund hier, um ihn zu beschützen, und trotzdem fühlte er sich bedroht und gefesselt.

Ob es etwas mit seinem Traum zu tun hatte? Er versuchte sich genauer daran zu erinnern, aber wie meistens, wenn er mit klopfendem Herzen und einem schalen Geschmack im Mund aufwachte, ging es nicht. Die Bilder waren da, aber sie ließen sich einfach nicht zu einem sinnvollen Ablauf zusammenfügen.

Wahrscheinlich, weil es keinen gab, dachte er. Er hatte sich irgendwelches wirres Zeug zusammenphantasiert, wie in jeder der vergangenen Nächte, und etwas davon in die Welt des Wachens mitgenommen. Nachdem es seinem Körper trotz aller Anstrengung nicht gelungen war, ihn im Stich zu lassen, machte er jetzt offenbar gemeinsame Sache mit seinem Unterbewußtsein. So einfach war das.

Unendlich vorsichtig stemmte er sich weiter hoch, bis er sich auf die Ellbogen aufgerichtet hatte und einen etwas größeren Teil seines Zimmers überblicken konnte. Der graue Nebel war noch da, aber er hatte sich gelichtet. Brenner konnte jetzt tatsächlich einen billigen Tisch und drei Plastikstühle auf der anderen Seite des Zimmers erkennen und darüber ein schwarzes Rechteck: das abgedunkelte Fenster, dessen Abwesenheit ihm bisher solche Angst bereitet hatte. Daneben befand sich ein etwas kleinerer, verwaschener Fleck von hellerer Farbe – wahrscheinlich ein Bild, einer jener billigen Drucke, wie sie in Krankenhauszimmern der zweiten Klasse üblich waren. Und da war noch mehr.

Brenner stürzte jäh in einen Strudel von einander widersprechenden Emotionen und Gedanken. Das Gefühl, gefangen – *eingekerkert* – zu sein, war noch immer da, aber er empfand auch eine Erleichterung, die an Euphorie grenzte, und ein fast hysterisches Vergnügen an Dingen, die er in den letzten dreißig Jahren seines Lebens als selbstverständlich hingenommen hatte. Er spürte seinen Körper so intensiv wie niemals zuvor, jeden einzelnen Quadratzentimeter seiner Haut, jedes Haar, jede Nadel, die in ihm steckte, jeden Verband und jede Elektrode, die sie auf die eine oder andere Art an ihm befestigt hatten, und er spürte jetzt eigentlich zum erstenmal, wie viele Quellen unterschiedlich intensiver Schmerzen er in und an sich hatte. Aber selbst dieser Schmerz war zugleich beinahe wohltuend, denn er war *da*, und das allein war wichtig. Schmerz war etwas Schlimmes, aber *nichts* zu empfinden war schlimmer. Und zugleich sah er Dinge, die er vor drei Tagen noch nicht einmal registriert hätte, hätte man ihn mit der Nase darauf gestoßen. Er sah jedes winzige Stäubchen auf seinem Nachttisch, die mikroskopisch feinen Kratzer an dem verchromten Bettgestell, jede einzelne Faser der weißen Verbände, in denen seine Hände steckten.

Wäre er etwas weniger »high« gewesen, dann hätte er vielleicht begriffen, daß er noch immer so gut wie blind war. Der Teil des Universums, den er sehen konnte, maß vielleicht fünf Meter, aber das waren vier Meter mehr als noch vor ein paar Stunden. Der Arzt hatte recht gehabt: Sein Sehvermögen kehrte zurück.

Ganz vorsichtig drehte er den Kopf und sah nach rechts. In dieser Richtung hörte seine Welt nach wie vor nach einem knappen Meter auf, aber sie verlor sich jetzt nicht mehr in grauem Nebel, in dem ein paar Lichter schwammen und manchmal verwaschene Umrisse, sondern endete vor einer mit weißer Rauhfaser tapezierten Wand, vor der ein verchromter Instrumentenwagen stand.

Dieser Anblick war ernüchternd. Das technische Aufgebot, das ihn überwachte, war nicht annähernd so gewaltig, wie er erwartet hatte. Auf dem Wagen standen drei schuhkartongroße Geräte, die mit einigen Kabeln untereinander und zwei oder drei weiteren Drähten mit ihm verbunden waren. Einer davon sah schon ein wenig schäbig aus. Brenner war fast ein wenig enttäuscht. Nach allem, was er durchgemacht hatte, hatte er eigentlich ein wenig mehr Aufwand verdient. Aber was erwartete er, dachte er spöttisch. Schließlich war er nur Kassenpatient.

Mutig geworden, stemmte er sich noch ein bißchen weiter

hoch. Einer der verchromten Kästen reagierte mit einem ärgerlichen Fiepen darauf, und zwei oder drei rote Digitalanzeigen begannen hektisch zu flackern, aber der befürchtete Alarm blieb noch immer aus. Entweder waren die Dinger kaputt, oder er hatte sich in den letzten Tagen eine ganze Menge eingebildet, nicht nur jede Menge Science-fiction-Apparaturen neben seinem Bett, die es gar nicht gab. Er zog langsam die Beine an den Körper, setzte sich schließlich ganz auf und versuchte auch die Arme zu heben. Er löste damit keinen Alarm aus, aber es ging trotzdem nicht. Seine linke Schulter tat erbärmlich weh, und in seinem rechten Handrücken steckte eine Nadel, die jeden Versuch, die Hand zu bewegen, zu einem Abenteuer machte, das ihm die Tränen in die Augen steigen ließ. Er hatte noch nie Schmerzen ertragen können.

Trotzdem biß er die Zähne zusammen, ignorierte das Pochen und Brennen in seiner linken Schulter und versuchte sich die Nadel aus der Hand zu ziehen. Es blieb bei dem Versuch. Der Schmerz war so heftig, daß man kein bekennender Feigling wie er sein mußte, um sich darum zu drücken.

Er ließ die Nadel, wo sie war, zog aber nach einer Sekunde des Überlegens den dünnen Plastikschlauch ab, an dem sie saß. Ein dünner Strom einer farblosen Flüssigkeit begann herauszutropfen und das Bettlaken dunkel zu färben. Brenner sah dem einen Moment lang zu, dann verknotete er den Schlauch aus einem absurden Ordnungsbedürfnis heraus, so daß das Tröpfeln aufhörte. Ein rascher Blick auf den Gerätewagen zeigte ihm, daß die Digitalziffern mittlerweile vor der elektronischen Variante eines Tobsuchtsanfalles zu stehen schienen, aber der erwartete Alarm blieb immer noch aus. Vielleicht ertönte er in diesem Moment auch irgendwo in dem Bereitschaftszimmer auf der anderen Seite des Flures, aber niemand kam.

Brenner schlug vorsichtig die Decke zur Seite, schwang die Beine aus dem Bett und verzog das Gesicht, als seine bloßen Füße den eiskalten Kunststoffboden berührten. Seine Zehen begannen sich zu verkrampfen, so daß er die Füße anhob, bis er den Boden nur noch mit den Fersen berührte. Er wartete ein paar Sekunden, dann löste er mit der Linken ungeschickt die beiden Elektroden, die mit Heftpflaster über seinem Herzen und an der rechten Schläfe befestigt waren. Spätestens jetzt hätte eigentlich ein Notruf ausgelöst werden müssen, aber die verchromten Kästen neben seinem Bett zeigten noch immer keine Wirkung. Soweit die Segnungen der Technik!

Ihm wurde ein wenig schwindlig, aber wem wäre es nicht schwindlig geworden, wenn er drei Tage reglos im Bett gelegen hätte und sich zum erstenmal aufsetzte? Brenner atmete zweimal tief ein und aus, dann senkte er tapfer beide Füße auf den eisigen Boden und belastete sie mit seinem Körpergewicht.

Wer hatte behauptet, daß es keine Wunder mehr gab? Er konnte nicht nur aus eigener Kraft stehen, die Krämpfe in seinen Zehen kamen auch nicht zurück, und er fühlte sich sogar kräftig genug für eine Expedition, die er auch unverzüglich in Angriff nahm. Das Ergebnis war verblüffend – er schaffte es nicht nur bis zum Fenster, er war auch hinterher keineswegs erschöpft, sondern fühlte sich im Gegenteil kräftiger als zuvor. Sein Körper kam ihm mit einem Mal vor wie eine Maschine, die bisher im Leerlauf vor sich hin getuckert hatte, aber nur einen kleinen Stups brauchte, um auf Touren zu kommen. Vielleicht, dachte er, war er hier einfach falsch. Statt in ein Krankenhaus wäre er besser in eine Autowerkstatt gegangen, um das Standgas höher einstellen zu lassen.

Sein Denken funktionierte noch immer auf diese seltsame, schizophrene Weise. Die aus Hysterie geborene Albernheit überwog noch immer, aber darunter waren auch noch andere, viel ernstere Ebenen; es war, als hörte er verschiedene Stimmen, die in unterschiedlichen Tonarten und über gänzlich verschiedene Dinge sprachen, und einige dieser Gespräche waren nicht besonders angenehm.

Da war eine Stimme, die ihm erklärte, daß er Blödsinn dachte und auf dem besten Wege war, sich noch ein paar Schrammen mehr einzuhandeln und seinen Krankenhausaufenthalt zu verlängern, und eine andere, die immer noch darauf beharrte, daß er hier gar nicht im Krankenhaus, sondern *gefangen* war; ohne ihm allerdings zu verraten, wo oder von wem. Oder gar, warum.

Brenner zog eine Grimasse, erklärte dem durcheinanderplappernden Chor in seinem Kopf, er solle gefälligst die Klappe halten, und wandte seine Konzentration wieder dem Fenster zu. Es war mit einem schwarzen Rollo verschlossen, das offenbar erst vor kurzer Zeit und in ziemlicher Hast angebracht worden war; eine billige Papierjalousette, die mittels einer einfachen Kordel hochgezogen werden konnte. Brenner versuchte es, aber mit nur einer Hand erwies sich das als gar nicht so einfach. Das Rollo verkantete sich, und er mußte zweimal von vorne beginnen, ehe er es weit genug aufbekam, um in gebückter Haltung aus dem Fenster sehen zu können.

Was er sah, war eine Enttäuschung. Es war wenig mehr als nichts – draußen herrschte noch immer winterliche Dunkelheit, in der selbst gesunde Augen nicht viel mehr als Schatten und gedrungene Umrisse erkannt hätten. Immerhin konnte er den Unterschied zwischen Himmel und Erde ausmachen: Die Dunkelheit über ihm war nicht ganz so intensiv wie die darunter, und er sah sogar ein paar Sterne; allerdings leuchteten sie nicht am Himmel, sondern unten. Straßenlaternen. Phantastisch. Noch gestern hätte er eine brennende Straßenlaterne wahrscheinlich nicht einmal dann gesehen, wenn er davorgelaufen wäre. Wie es aussah, blieben ihm Kosten für die Anschaffung eines Blindenhundes doch erspart.

Er stand eine ganze Weile so am Fenster und genoß einen Anblick, den er im Grunde gar nicht hatte, und während er es tat, konnte er spüren, wie seine Kräfte immer schneller zurückkehrten. Es hatte immer noch keinen Alarm gegeben, und weder die Schwester noch ein halbes Dutzend Pfleger mit weißen Turnschuhen und Zwangsjacken waren hereingekommen, um ihn ins Bett zurückzuschleifen. Vielleicht war der Diagnosecomputer – oder was immer das Ding neben seinem Bett sein mochte – tatsächlich ausgefallen.

Und vielleicht war das der Grund, weshalb er sich besser fühlte.

Der Gedanke störte ihn. Er konnte nicht genau lokalisieren, welche der verschiedenen Stimmen in seinem Kopf ihn ausgesprochen hatte, aber er hatte eindeutig etwas Lästerliches. Krankenhäuser machten Menschen gesund, nicht krank. Auch wenn ein Teil seiner Phantasie offensichtlich beschlossen hatte, einen Ausflug ins frühkindliche Stadium zu machen, sollte er *das* wissen.

Vorsichtig – die linke Hand auf dem Fensterbrett, um sicheren Halt zu haben, sollten ihn so überraschend die Kräfte verlassen – drehte er sich wieder zu seinem Bett herum und machte ein paar Schritte darauf zu. Aber seine Kräfte ließen nicht nach, sondern kehrten im Gegenteil jetzt immer rascher zurück, und so machte er auf halbem Wege einen Neunzig-Grad-Schwenk nach links und steuerte die Tür an. Was er erlebte, mußte wohl so eine Art kleines Wunder sein. Kurz bevor er das letzte Mal die Augen geschlossen hatte, hatte er sich beinahe zu schwach gefühlt, um auch nur einen Arm zu heben; jetzt glaubte er sich durchaus in der Lage, sein Zimmer zu verlassen und der Nachtschwester einen Überraschungsbesuch abzustatten. Sie würde Augen machen!

Um ein Haar wäre seine Expedition an der Tür allerdings schon zu Ende gewesen. Sie war nicht verschlossen, aber so schwergängig, daß seine Kraft beinahe nicht reichte – allzuweit schien es damit also doch noch nicht her zu sein. Aber der unerwartete Widerstand weckte auch seinen Trotz; Brenner stemmte sich mit der Schulter gegen die Tür, schob sie auf und trat auf den Korridor hinaus.

Er war leer und so dunkel, daß Brenner im ersten Moment glaubte, in einen finsteren Tunnel geraten zu sein, ehe ihm klar wurde, daß ihm seine Augen erneut einen Streich spielten. Offensichtlich brannte nur die Nachtbeleuchtung: Vor ihm war nichts als Schwärze, in der ein halbes Dutzend zerfaserter Lichtinseln schwammen. Brenner zögerte ein paar Sekunden. Wahrscheinlich wäre es klüger, nicht weiter zu gehen. Ganz davon abgesehen, daß ihn seine auf so wundersame Weise zurückgekehrten Kräfte auch ebenso plötzlich wieder verlassen konnten, lief er ernsthaft Gefahr, sich zu verletzen, wenn er gegen ein Hindernis lief. Die plötzlichen Fortschritte, die seine Genesung machte, verführten ihn dazu, sich zu überschätzen.

Aber er war nicht in der Stimmung, vernünftig zu sein. Brenner lauschte. Für ein Krankenhaus erschien es ihm hier fast zu still, selbst in Anbetracht der frühen Morgenstunde. Alles, was er hörte, waren seine eigenen Atemzüge und leise Stimmen, deren blecherner Klang ihm verriet, daß sie aus einem Radio stammten; einem jener Radios, die hier nicht erlaubt waren, vermutete er. Brenner ließ die Türklinke los, überlegte noch einen Moment und wandte sich dann nach links. Einer der Lichtflecke war ein wenig größer als die anderen – das Bereitschaftszimmer, in dem die Nachtschwester Wache hielt. Außerdem kamen die Stimmen von dort.

Vorsichtig tastete er sich darauf zu, wobei er die linke Hand mit gespreizten Fingern an der Wand entlangschleifen ließ und die rechte ein wenig vorstreckte, um nicht unversehens gegen ein Hindernis zu laufen. Trotzdem wäre er beinahe gestürzt. Seine Hand griff plötzlich ins Leere, und er machte einen ungeschickten Ausfallschritt nach links, um sein Gleichgewicht wiederzufinden, wodurch er vollends in das Zimmer hineintrat, dessen Tür so unerwartet offenstand. Sein Fuß stieß gegen ein Hindernis, das mit einem lautstarken Scheppern davonrollte.

Brenner setzte automatisch zu einer Entschuldigung an, aber noch bevor er das erste Wort aussprechen konnte, begriff er, daß es nichts zu entschuldigen gab. Das Zimmer war leer. Er konnte zwar außer dem hellen Rechteck des Fensters und einiger verschwommener Umrisse nichts erkennen, aber in den letzten Tagen war sein Gehör sehr viel schärfer geworden, und vor ihm rührte sich nichts. Er hatte niemanden gestört, weil er in ein leerstehendes Zimmer gestolpert war.

Brenner tastete sich wieder auf den Flur hinaus und war diesmal aufmerksamer. Auch die nächste Tür stand offen, und diesmal spürte er schon, bevor er es betrat, daß das dahinterliegende Zimmer leer war. Das dritte danach übrigens auch. Das Krankenhaus war ganz offensichtlich nicht besonders gut belegt. Aus einem ihm selbst im ersten Moment nicht ganz verständlichen Grund beunruhigte ihn dieser Gedanke.

Er ging weiter und sparte es sich, auch die beiden übrigen Zimmer auf dieser Seite des Korridors zu inspizieren. Die Radiostimmen wurden lauter, und er sah jetzt ein bläuliches Flackern, das sich in das verwaschene Weiß der Lichtinsel vor ihm mischte. Ein Fernseher. Hatte die Schwester nicht behauptet, daß Fernsehempfänger in dieser Klinik nicht erlaubt seien?

»Hallo?«

Seine eigene Stimme erschreckte ihn. Sie klang hier draußen vollkommen anders als drinnen in seinem Zimmer. *Wie in einem vollkommen leeren Korridor? Vielleicht einem, der zu einem vollkommen leeren Krankenhaus gehörte?*

Unsinn!

Um sich selbst zu beweisen, daß er einfach nur hysterisch war, rief er noch einmal und dann noch ein drittes Mal, aber er bekam keine Antwort. Wenn der helle Bereich hinter der Glasscheibe, die seine tastenden Finger berührten, tatsächlich das Schwesternzimmer war, dann war es leer.

Für einen Moment bewegten sich graue Nebelschwaden vor seinen Augen, und für einen noch kürzeren Moment flackerte Furcht in ihm hoch. Bevor sie sich zu einer ausgewachsenen Panik entwickeln konnte, trieben die Nebelfetzen jedoch schon wieder auseinander, und er konnte nicht nur ebenso gut, sondern *weitaus besser* sehen als noch vor einer Sekunde. Offensichtlich kehrte sein Sehvermögen nicht nur allmählich, sondern auch in Schüben zurück.

Es war das Schwesternzimmer. Hinter der Glasscheibe stand ein Schreibtisch, der bis auf einen tragbaren Fernseher, eine Kaffeetasse nebst der dazugehörigen Thermoskanne und einen überquellenden Aschenbecher so leer war, daß es schwerfiel, sich vorzustellen, daß jemals jemand daran gearbeitet hatte. Die Nachtschwester war nicht da. Die Stimmen, die er gehört hatte, kamen aus dem Fernseher.

Brenner spielte einen Moment lang mit dem Gedanken, seine Erkundung fortzusetzen – ein rascher Blick über die Schulter zurück zeigte ihm nicht nur, daß er den Korridor jetzt fast bis zum anderen Ende erkennen konnte, sondern auch, daß seine Befürchtungen übertrieben gewesen waren. Es gab absolut nichts, worüber er hätte stolpern können. Der Korridor war so leer, wie man es von einem Krankenhausflur erwarten sollte, aber selten sah; keine Krankenbetten, keine Rollstühle, gar nichts. Auf der anderen Seite endete der Gang nach wenigen Schritten vor einer zweiflügeligen Milchglastür, auf der in Spiegelschrift: INTENSIVSTATION, ZUTRITT NUR FÜR KRANKENHAUSPERSONAL zu lesen war.

Vermutlich war es keine gute Idee weiterzugehen. Er war wohl gut beraten, wenn er den Bogen nicht überspannte. Aber er ging auch nicht in sein Zimmer zurück, sondern betrat nach kurzem Zögern den Bereitschaftsraum und ging um den Schreibtisch herum, um einen Blick auf den Fernsehschirm zu werfen.

Es war eine Enttäuschung, jedenfalls zuerst. Er konnte zwar jetzt besser sehen, aber auf dem Dreißig-Zentimeter-Monitor erkannte er trotzdem nichts als flimmernden Schnee, in dem sich formlose Schemen bewegten. Brenner wollte sich schon enttäuscht abwenden, aber dann erregte doch etwas daran seine Aufmerksamkeit. Nicht das Bild, das er sowieso nicht sehen konnte, aber das, was der ebenfalls unsichtbare Kommentator dazu sagte.

»... die Anzahl der Opfer mittlerweile auf dreihundertundzwölf angestiegen. Jedenfalls ist das die Zahl, die von offiziellen Stellen angegeben wird. Inoffizielle Stimmen reden jedoch von einer weitaus höheren Anzahl von Todesopfern und Vermißten.«

Dreihundert Todesopfer? Wie es schien, war das Leben draußen in der Welt in den drei Tagen, die er hier war, nicht stehengeblieben, für einige aber ziemlich abrupt zu Ende gegangen. Brenner war alles andere als ein sensationslüsterner Mensch; er verabscheute es normalerweise, sich am Unglück anderer zu ergötzen. Aber nach drei Tagen Einzelhaft, in der die Alpträume und seine Blindheit die einzige Abwechslung gewesen waren, war er regelrecht ausgehungert nach Neuigkeiten.

»Das gesamte Gebiet ist weiterhin weitläufig abgesperrt, so daß wir Ihnen leider immer noch keine Bilder vom Schauplatz der Katastrophe bieten können«, fuhr die Stimme aus dem Fernseher fort. *»Wir sind jedoch mit einem Kamerateam vor Ort gewesen und haben versucht, einige Originaltöne von Mitgliedern der Rettungsmannschaften einzufangen, die heute morgen aus dem Sperrgebiet gekommen sind.«*

Was mochte geschehen sein? dachte Brenner. Ein Flugzeugabsturz? Er war ein wenig beunruhigt. Er konnte immer noch nichts sehen, aber allein der Tenor der Worte, die er hörte, weckte in ihm den Verdacht, daß es sich diesmal nicht um einen Chemieunfall in Bangladesch oder an irgendeinem anderen weit entfernten Ende der Welt zu handeln schien, sondern um etwas, das näher lag. Er beugte sich weiter vor, blinzelte angestrengt –

– und die flimmernden weißen und schwarzen Punkte auf dem Fernsehschirm gerannen zu einem Bild. Es war zu blaß und hatte zum Ausgleich dazu viel zu starke Konturen, was es zugleich unnatürlich wie auch sonderbar plastisch erscheinen ließ, aber es war eindeutig ein *Bild*, das er sehen konnte und das ihm etwas sagte.

Zum Beispiel, daß er den Tenor der Nachrichten ganz richtig gedeutet hatte. Diesmal waren es nicht irgendwelche armen Hunde in Mexiko oder den Hochanden gewesen, die es erwischt hatte. Was er auf dem Monitor erkannte, das war ein Durcheinander von Menschen, Autos und Gebäuden, das im allerersten Moment aus reiner Bewegung zu bestehen schien, die sich weigerte, Form anzunehmen. Aber er sah sofort, daß die Aufnahme nicht via Satellit von den Kaiman-Inseln kam, sondern aus einer Entfernung von allerhöchstens wenigen hundert Kilometern, und möglicherweise nicht einmal das. Die Autos hatten *deutsche* Kennzeichen. Die Menschen – wenigstens die meisten – waren so gekleidet wie die, die er vor ein paar Tagen noch getroffen hatte, und die Stimmen, die er hörte, sprachen kein Kauderwelsch, sondern Hochdeutsch und Hessisch. Was immer passiert war, es war hier passiert. Kein Wunder, dachte er, daß die Journalisten den Sturm auf sein Krankenzimmer abgeblasen hatten. Sie hatten etwas viel Besseres als einen Mann, der einen Treppensturz überlebt hatte.

Und einen MG-Treffer in die Schulter, die Explosion eines kompletten Klosters, ein Hubschrauberduell und den Beschuß mit Bordraketen.

Der Gedanke blitzte so deutlich in seinem Kopf auf, daß er fast die Qualität einer Erinnerung hatte. Wäre er nicht einerseits so phantastisch und Brenner andererseits so von dem gebannt gewesen, was er auf dem Fernsehschirm sah, hätte er vielleicht sogar begriffen, daß er genau das war. So aber gestattete er ihm nicht, Realität zu werden, sondern konzentrierte sich ganz auf das, was ihm der Fernseher zeigte.

Das Kamerateam war nicht das einzige, das sich auf der überfüllten Straße drängte. Brenner identifizierte die Embleme von zwei, drei Privatsendern auf hochgehaltenen Kameras und Mikrofonen und fast am Rande des Aufnahmebereichs einen klobigen Übertragungswagen des ZDF. Die Menschen drängten sich auf dem Bürgersteig und in Hauseingängen, und sie wären wahrscheinlich auch auf die Straße selbst hinausgelaufen, hätten sie es gekonnt. Was sie daran hinderte, das war eine dicht geschlossene Reihe von Männern in grünen Uniformen, die er nicht genau identifizieren konnte, von denen er aber annahm, daß es sich um Einsatzkräfte der Polizei handelte.

Der Kommentator fuhr fort, von einer Katastrophe zu berichten, die er jedoch niemals beim Namen nannte. Wahrscheinlich, dachte Brenner säuerlich, beherrschte das Thema seit Stunden sämtliche Medien, und er war möglicherweise der einzige Mensch in diesem ganzen Land, der *nicht* wußte, was geschehen war. Immerhin bekam er mit, daß wohl nicht nur ein kleines Gebiet, sondern zwei komplette Ortschaften mit sämtlichen dazugehörigen Straßen und Feldwegen von Polizei- und Grenzschutzkräften abgeriegelt worden waren. Wenn es sich tatsächlich um einen Flugzeugabsturz handelte – wie er immer noch ganz instinktiv annahm –, was, um alles in der Welt, hatten sie dann an Bord gehabt? Eine scharfe Atombombe?

Er wollte sich schon abwenden, um entweder in sein Zimmer zurückzugehen oder die Intensivstation doch zu verlassen – ganz sicher war er noch nicht –, als in das ohnehin unruhige Bild auf dem Monitor noch mehr Bewegung kam. Im allerersten Moment sah er praktisch nichts, nur ein allgemeines, quirlendes Gewusel, aus dem sein lädiertes Sehvermögen keine klaren Informationen herauszufiltern imstande war. Aber dann geschah dasselbe wie vorhin schon einmal, und diesmal war es beinahe unheimlich, vielleicht, weil er jetzt nicht mehr einfach zu überrascht war, um wirklich zu begreifen, was geschah: Von einer Sekunde auf die andere fügten sich die Informationsfetzen vor seinen Augen zu Bildern zusammen, so schnell und präzise, als hätte jemand einen Schalter in seinem Kopf umgelegt oder mit geübten Bewegungen eine letzte Feinjustierung vorgenommen. Das Unheimlichste war, daß der Effekt nur den Bildschirm betraf. Seine Augen fokussierten sich auf den Fernseher; alles, was ringsum war, blieb verschwommen und nebelhaft.

Die Absperrkette auf der Straße teilte sich, um einem kleinen Lastwagenkonvoi Platz zu machen. Zwei, drei, schließlich vier NATO-oliv lackierte klobige LKWs rumpelten zwischen den Männern hindurch. Ihre Ladeflächen waren unter gefleckten Planen verborgen, aber die des letzten war nicht ganz geschlossen, so daß die Kamera einen kurzen Blick darunter erhaschte. Die Männer, die darauf saßen, trugen keine Uniformen, wie er erwartet hatte. Sie sahen aus, als kämen sie direkt aus der Requisitenkammer von *Industrial Light & Magic*. Sie trugen weiße, den ganzen Körper umhüllende Anzüge, die nahtlos in Handschuhe, Stiefel und einen klobigen Helm übergingen. Ihre Gesichter verbargen sich hinter dunklen Scheiben. Die Männer trugen ABC-Schutzanzüge.

Sein eigener Gedanke von gerade schoß ihm noch einmal durch den Kopf, und plötzlich fand er ihn gar nicht mehr lustig. Mit ziemlicher Sicherheit befand sich in dem Gebiet, aus dem die Männer kamen, *keine* Atombombe, aber es mußte wohl etwas in dieser Preisklasse sein; vielleicht nicht ganz so groß, aber für die, die es betraf, von ebenso dramatischer Wirkung.

Die Bilder schlugen Brenner so sehr in ihren Bann, daß er die Stimme des Kommentators kaum noch hörte. Hin und her gerissen zwischen Furcht und einer nie gekannten, morbiden Faszination sah er zu, wie sich die kleine Kolonne im Schritttempo ihren Weg durch die Menschenmenge bahnte, wobei sie nicht besonders gut vorankam und zwei- oder dreimal sogar anhalten mußte, bis die Polizeibeamten die Menge wieder einigermaßen zurückgetrieben hatten. Er versuchte vergeblich, das zu deuten, was er sah. Die Menschenmenge am Straßenrand wirkte aufgebracht, aber nicht wirklich zornig. Irgend etwas sehr Beunruhigendes ging dort vor. Etwas, das –

– vielleicht gar nicht real war.

Brenner blinzelte, fuhr sich mit dem Handrücken über die Augen und sah noch einmal auf den Monitor, auf dem die LKW-Kolonne mittlerweile vollends zum Stillstand gekommen war, belagert von Dutzenden von Männern und Frauen, die den Fahrern und den Männern auf den Ladeflächen etwas zuriefen. Einen Augenblick lang fragte er sich allen Ernstes, ob er noch alle Tassen im Schrank hatte. Die Bilder waren faszinierend, und sie wirkten auf eine schwer greifbare Weise echt und bedrohlich, aber gerade das hätte ihn eigentlich warnen sollen. Sie wirkten ein bißchen zu bedrohlich und fast ein bißchen *zu* echt. Die Wirklichkeit gehorchte selten der Dramaturgie eines Spielfilms – aber diese Bilder hier taten es.

Das war die Erklärung. Kein Hundert-Megatonnen-Sprengsatz im Bayerischen Wald, sondern ein Katastrophenfilm auf irgendeinem Privatsender, dem er in seiner Gier nach Informationen von jenseits der grauen Barriere, hinter der er die letzten drei Tage und Nächte verbracht hatte, einfach aufgesessen war. Und er hatte sogar die Möglichkeit, diese Theorie ziemlich schnell zu überprüfen. Er mußte nur umschalten.

Theoretisch. Praktisch verfügte der Fernseher über keinerlei sichtbare Bedienungselemente, an denen er auf einen anderen Kanal umschalten konnte, und die Fernbedienung fand er nicht. Wahrscheinlich hatte die Schwester sie mitgenommen, als sie ihren Posten verließ. Trotzdem, das war die Erklärung. Ein Film. Eine Fiktion, mehr nicht.

Brenner atmete erleichtert auf und trat einen halben Schritt von der Tischplatte zurück. Und hätte ihm jemand in diesem Moment einen Eimer mit eiskaltem Wasser ins Gesicht geschüttet, dann wäre er kaum schlimmer schockiert gewesen.

Eine der Gestalten, die die Wagenkolonne umringten, hatte sich herumgedreht und das Gesicht der Kamera zugewandt, aber das war nur das, wonach es *aussah*. In Wirklichkeit blickte sie nicht in die Kamera, sondern direkt in Brenners Augen.

Er wußte einfach, daß es so war, mit der gleichen, ebenso grundlosen wie unerschütterlichen Sicherheit, mit der er das Gesicht wiedererkannte.

Es war Astrid.

Brenner schwankte. Es war nicht einfach nur ein Erinnern. Der Name und die Erinnerung tauchten gleichzeitig in seinen Gedanken auf, und beides traf ihn mit der gleichen Wucht; ein geradezu körperlich fühlbarer Faustschlag, der ihn von innen zwischen die Augen traf.

Astrid. Das Mädchen aus seinem Traum. Das Mädchen, nach dem der Pater ihn gefragt hatte. Das Mädchen, das vor seinen Augen *zu Asche verbrannt war*. Es war unmöglich. Sie war nur eine Gestalt aus einem Traum, und wenn nicht das, dann war sie tot; und doch stand sie da, und sie sah nicht einfach nur in die Kamera, sondern sah *ihn* an. Sie wußte ganz genau, daß er hier war, hier in diesem Zimmer, in diesem

Krankenhaus, von dem er selbst nicht einmal genau wußte, wo es war, vor diesem einen bestimmten Bildschirm.

Brenner spürte, wie die Hysterie sich wie dünnflüssige Tinte in seinen Gedanken auszubreiten begann. Sein Herz raste plötzlich; von einer Sekunde zur anderen war er in Schweiß gebadet. Er wartete vergeblich darauf, daß sich das Bild abermals änderte; ein neues Zucken, ein weiteres Sich-neu-Ordnen, und aus dem Gesicht des toten Traum-Mädchens würde das Gesicht *irgendeines* Mädchens werden, das nur eine zufällige Ähnlichkeit mit der Anhalterin hatte. Aber nichts dergleichen geschah. Astrids Gesicht blieb Astrids Gesicht, und ganz im Gegenteil, sie drehte sich in diesem Moment weiter herum, lächelte in die Kamera und winkte mit der linken Hand; für Millionen von Zuschauern nichts als ein Mädchen, das sich für zwei Sekunden als Fernsehstar fühlte und über das man die Stirn runzelte, lächelte oder das man auch insgeheim dafür verachtete, aber Brenner wußte es besser. Dieses Lächeln galt niemand anderem als ihm, und das Winken war kein Winken, sondern ein Zeichen, das nichts anderes sagte als: *Ich bin real. Du täuschst dich nicht. Ich bin hier und warte auf dich.*

Brenner schloß für einen Moment die Augen und preßte die Lider so fest zusammen, bis bunte Sterne auf seinen Netzhäuten zu tanzen begannen. Als er wieder hinsah, hatte sich das Bild nicht verändert. Es war immer noch da, und Astrids Lächeln war jetzt eindeutig spöttisch geworden. Sie hatte ihn gesehen und amüsierte sich über sein Erschrecken. Und warum auch nicht? Als wandelnde Ausgeburt eines Alptraums hatte man schließlich ein Recht, sich zu freuen, wenn es einem gelang, jemandem einen gehörigen Schrekken einzujagen.

Wahrscheinlich war es dieser Gedanke, der Brenner schließlich in die Wirklichkeit zurückholte. Er war einfach einen Tick zu albern, um aus irgend etwas anderem als purer Hysterie geboren zu sein. Er war hysterisch. Ein Teil seines Bewußtseins hatte die Grenze zur Panik eindeutig überschritten, und er sah Dinge, die es nicht gab. Das Mädchen war nicht auf dem Bildschirm. Er sah sie noch immer, aber er wußte jetzt, warum: weil er sie sehen *wollte*. Vielleicht gab es diesen ganzen verrückten Film nicht, und wer weiß, vielleicht stand nicht einmal *er* wirklich hier, sondern lag in seinem Bett und phantasierte sich wirres Zeug zusammen.

Die Vorstellung half. Ob sie nun der Wahrheit entsprach oder nicht, Panik gehörte offensichtlich zu den Feinden, die heimtückisch waren, ihren Schrecken aber im gleichen Moment zu verlieren begannen, in dem man sich ihrer Gegenwart bewußt wurde. Es gab dieses Mädchen nicht. Es gab diesen Film nicht – nun gut, ihn *vielleicht* –, und es gab auch die Erinnerung an sie nicht.

Und wenn er noch lange hier herumstand und blödes Zeug dachte, dann würde es vielleicht auch *ihn* bald nicht mehr geben, und wenn, dann allenfalls als sabbernden Idioten in einer Gummizelle.

Astrids Gesicht war noch immer auf dem Bildschirm zu sehen, und hätte es noch eines zusätzlichen Beweises für seine Theorie bedurft, wäre es der Ausdruck darauf gewesen. Sie hatte aufgehört zu lächeln und wirkte ein bißchen verwirrt, aber auch verärgert. Eindeutig hatte sie seine Gedanken gelesen.

»Nein«, sagte Brenner. »So einfach mache ich es dir nicht.« Natürlich glaubte er nicht wirklich daran, daß sie die Worte verstand, aber er mußte einfach mit ihr reden, und sei es nur aus dem gleichen Grund, aus dem er als Kind ein Lied gepfiffen hatte, wenn er in den Keller ging. Und es half, zumindest teilweise. Ihr Gesicht verschwand immer noch nicht. Sie sah ihn immer noch vorwurfsvoll an, aber beides hatte nun seinen Schrecken verloren. Möglicherweise nicht auf Dauer, denn hinter dieser ersten, fast besiegten Angst lauerte eine zweite, die vielleicht noch schlimmer war: nämlich die, daß er vielleicht *wirklich* auf dem Wege war, den Verstand zu verlieren. Aber er gestattete dieser Furcht nicht, Gestalt anzunehmen. Nicht jetzt. Nach einem letzten Blick auf den Bildschirm verließ er das Schwesternzimmer und tastete sich durch den verlassenen Korridor zu seinem Zimmer zurück.

Hatte er gerade geglaubt, seine Furcht im Zaum zu haben? Lächerlich. Sie war da, und sie flüsterte mittlerweile so laut, daß sie in seinen Ohren dröhnte. Er vermied es krampfhaft, durch die offenstehenden Türen der anderen Zimmer zu blicken, obwohl er wußte, daß dahinter nichts war. Aber er hätte dieses Nichts jetzt deutlicher gesehen, und vielleicht auch noch mehr. Wenn er Dinge sah, die nicht da waren, warum dann nicht umgekehrt Dinge *nicht* sehen, die da waren? Er hätte es nicht ertragen, in eines der Zimmer zu sehen und im Bett einen schlafenden Patienten vorzufinden.

Es waren nur wenige Schritte. Obwohl er sehr langsam ging, dauerte es bestenfalls eine Minute; aber sie kam ihm vor wie ein Jahr. Noch vor zehn Minuten hätte er es für unmöglich gehalten, aber jetzt war er erleichtert, wieder in dem Zimmer zu sein, das ihm in den letzten Tagen wie ein Kerker vorgekommen war. Es war kein Kerker. Es war seine Zuflucht. Die Dunkelheit war nicht sein Feind, sondern ein Schutz vor dem Wahnsinn, der dahinter lauerte, die blinkenden Apparate neben seinem Bett waren seine Wächter, und die Nadel, die in seinem Handrücken steckte und sich jetzt mit pochenden Schmerzen wieder in Erinnerung brachte, war seine einzige Waffe. Er war hier nicht gefangen, sondern sicher. Er hätte niemals aufstehen und schon gar nicht sein Zimmer verlassen dürfen.

Brenner schloß sorgsam die Tür hinter sich, ging zu seinem Bett zurück und ließ sich behutsam auf die Kante nieder. Aber statt sich vollends zurückzulehnen und die Bettdecke wie in Kindertagen über den Kopf zu ziehen – und nach nichts anderem war ihm zumute –, saß er einfach da und starrte ins Leere. Er sah das Gesicht noch immer, und das Wissen, daß es nur Einbildung gewesen war, nutzte überhaupt nichts. Vielleicht, weil er sich in einem Dilemma befand, aus dem es keinen Ausweg zu geben schien. Er konnte glauben, daß er das alles gerade *wirklich* erlebt hatte, aber *das* hätte bedeutet, daß er die Treppe weitaus mehr als fünfunddreißig Stufen hinuntergestürzt war, nämlich nicht nur bis auf den Kellerboden, sondern bis in eine Tiefe, in der

Begriffe wie Realität und Logik nicht mehr viel galten. Oder er konnte glauben, es sich wirklich nur eingebildet zu haben. Aber er wußte nicht, ob ihm diese Erklärung tatsächlich besser gefiel. Was war besser? In einem fremden Kontinuum gestrandet zu sein oder den Verstand verloren zu haben?

Er brauchte Gewißheit. Aber wie? Er wußte ja noch nicht einmal, ob es dieses Mädchen überhaupt gegeben hatte, und nicht nur sie, sondern diese ganze verrückte Geschichte, die beim Anblick ihres Gesichts wieder in seiner Erinnerung aufgetaucht war. Da war der Priester gewesen, der gesagt hatte, sie sei wichtig; aber vielleicht hatte er ja nur geblufft, um mehr aus ihm herauszukriegen? Ein Journalist, der sich als Jesuit ausgab und über ein Mädchen sprach, das er gar nicht kennen konnte – das klang nicht besonders überzeugend.

Frage: Wie konnte man entscheiden, was wirklich war und was nicht, wenn man keinerlei Vergleichsmöglichkeiten hatte?

Antwort: Überhaupt nicht.

Der Gedanke war eher ernüchternd als erschreckend. Und so ganz nebenbei war er nicht richtig. Er *hatte* eine Möglichkeit. Sie gehörte zu all den Erinnerungen, die so plötzlich in seinem Gedächtnis aufgetaucht waren. Er war nur nicht ganz sicher, ob er sie nutzen wollte.

Trotzdem blieb er nur noch einen Moment reglos sitzen, dann stemmte er sich wieder hoch und ging mit schleppenden Schritten zur Tür und dem schmalen Einbauschrank in der Wand daneben. Seine Beine fühlten sich mit einem Male an wie mit Blei gefüllt. Seine gerade erst zurückgekehrten Kräfte ließen bereits wieder nach, aber nach dem Raubbau, den er damit betrieben hatte, war das wohl auch kein Wunder.

Mit zitternden Fingern öffnete er die Schranktür und gewann einige weitere Sekunden, indem er seine Kleider betrachtete. In jeder anderen Situation hätte er sich gefragt, warum man sich überhaupt die Mühe gemacht hatte, sie aufzuhängen. Es waren nur noch Fetzen. Hose und Jacke waren zerrissen und so verdreckt, daß ihre ursprüngliche Farbe kaum noch zu erkennen war, und in der Jacke – und auch dem Hemd, dessen angesengter Kragen darunter zum Vorschein kam – klaffte ein gewaltiges Loch mit verbrannten Rändern, wo ihn das MG-Geschoß gestreift hatte. Es war schwer vorstellbar, daß jemand, der in diesen Kleidern gesteckt hatte, noch am Leben sein sollte. Und noch schwerer vorstellbar, daß *er* dieser Jemand sein sollte. Außerdem gab es einen weiteren, beunruhigenden Aspekt an diesem Anblick: Er schien das, woran er sich erinnerte – nein, verdammt: *zu erinnern glaubte!* –, zu bestätigen.

Seine Hände begannen stärker zu zittern. Noch vor einer Sekunde hatte er geglaubt, die Ungewißheit nicht ertragen zu können. Jetzt war er nicht mehr sicher, ob er die *Gewißheit* ertragen konnte. Warum nicht wieder ins Bett gehen, die Augen schließen und darauf hoffen, sich nur an einen weiteren, völlig abgedrehten Traum zu erinnern, wenn er sie wieder aufmachte; wenn er wirklich verrückt war, spielte es letztendlich keine Rolle, ob er den Beweis dafür eine Stunde früher oder später bekam.

Aber er konnte auch genausogut seine Brieftasche herausnehmen und nach diesem Beweis suchen.

Sie befand sich in einem kaum besseren Zustand als der Rest seiner Kleidung. Das Leder war angesengt und offenbar naß geworden, denn es fühlte sich brüchig und stumpf an, und ihr Inhalt war zum Großteil zu einer formlosen grauen Masse zusammengepappt. Der einzig relativ unbeschadete Teil war der blanke Hohn: die goldene Eurocard, die die ganze Katastrophe letztendlich ausgelöst hatte. Wer hatte je behauptet, daß das Schicksal keinen Sinn für Humor hätte? Es *hatte* einen, aber er war ziemlich schwarz.

Brenner biß die Zähne zusammen und versuchte die aufgeklappte Brieftasche mit der rechten Hand zu halten, ohne die Nadel dabei noch tiefer in sein Fleisch zu treiben, während er mit der linken die zusammengeklebten Papiere auseinanderzog. Nichts davon war noch zu gebrauchen, aber den Verlust würde er verschmerzen: einige Quittungen, ein paar Notizzettel, eine Tankquittung ...

… und beinahe als letztes den abgelaufenen Parkschein, auf dessen Rückseite er die Telefonnummer von Astrids Eltern notiert hatte.

Er war ebenso aufgeweicht wie alles andere, was sich in seiner Brieftasche befunden hatte, aber es gab einen Unterschied. Die Feuchtigkeit hatte weder vor Tinte noch vor Kugelschreiber, Bleistift oder Druckerschwärze haltgemacht und alles Geschriebene zu einem einzigen Brei verwischt. Nur die mit vor Kälte krakeliger Schrift hingekritzelte Telefonnummer war so deutlich zu lesen, als wäre sie vor einer Minute geschrieben worden. Sie war weder verlaufen noch unleserlich, sondern schien ihn höhnisch anzugrinsen.

Brenner starrte die zehnstellige Ziffernkombination an, und er wußte, was geschehen würde, aber er konnte nichts dagegen tun. In seinem Kopf begann sich etwas zu drehen, und nur einen Moment später kippte das Zimmer vor seinen Augen zuerst nach rechts, dann sehr viel weiter nach links und erlosch schließlich. Letztendlich hatte das Schicksal wohl doch noch eine Spur von Mitleid und ließ ihn in Ohnmacht fallen.

Beinahe wäre er ein Opfer seiner eigenen Vorsicht geworden. Etwas stimmte in diesem Krankenhaus nicht, und man mußte kein gesuchter Berufsterrorist sein, um *das* zu begreifen. Schon auf dem Weg nach oben war ihm die Stille aufgefallen. Krankenhäuser – zumal morgens um vier – gehörten zwar nicht unbedingt zu den Orten, an denen es lautstark wie auf dem Fischmarkt zuging, aber zumindest hier in der dritten Etage, in die er dem Eindringling gefolgt war, war es einfach zu still.

Salid hörte absolut *nichts*. Der Eindringling – es war ein relativ junger, hellhäutiger Mann mit kurzgeschnittenem blondem Haar und für die Witterung viel zu dünner Kleidung – hatte darauf verzichtet, den Aufzug zu benutzen, sondern war die Treppe hinaufgegangen. Um sich nicht zu verraten, hatte Salid ihm einen gewissen Vorsprung gelassen – und wäre um Haaresbreite selbst entdeckt worden. Es war das alte Spiel vom verfolgten Verfolger, aber die Schraube hatte sich heute noch einmal weitergedreht: Während der Fremde offenbar dem Pförtner folgte – möglicherweise nur, um von ihm nicht entdeckt zu werden –, folgte Salid *ihm* und begriff fast zu spät, daß es noch eine weitere Partei in diesem Spiel gab. Er hatte die Tür des Treppenhauses kaum geschlossen, als er Schritte hinter sich hörte und einen Schatten hinter dem geriffelten Milchglas sah. Hastig wandte er sich nach rechts, huschte ein paar Stufen weit die Treppe hinunter und preßte sich mit angehaltenem Atem gegen die Wand.

Praktisch im gleichen Augenblick wurde die Tür geöffnet, und zwei Gestalten betraten das Treppenhaus. In dem blassen Schein, der vom Korridor hereinfiel, erkannte Salid, daß sie weiße Hosen und helle, kurzärmelige Jacken trugen. Ärzte oder Pfleger, auf jeden Fall Krankenhausangestellte, die, aus welchem Grund auch immer, beschlossen hatten, die Treppe zu nehmen statt den viel bequemeren Aufzug gleich nebenan.

Salid fluchte lautlos in sich hinein. Sobald sie das Licht einschalteten, mußten sie ihn einfach sehen, und dann hatte er ein Problem. Er zweifelte nicht daran, daß er nur Sekunden brauchen würde, um sie zu überwältigen – aber damit war es nicht getan. Er würde sie töten müssen, um ganz sicherzugehen, daß sie ihn nicht verrieten, und *das* war sein Problem. Er war nicht sicher, ob er es noch konnte. Sein Herz begann schneller zu klopfen, während er sich instinktiv spannte und aus weit aufgerissenen Augen die beiden schwarzen Umrisse in der Dunkelheit zwei Meter über sich musterte.

Die Entscheidung wurde ihm abgenommen. Die Männer machten kein Licht. Einer von ihnen schob die Tür sehr leise ins Schloß, während der andere reglos und mit schräggehaltenem Kopf dastand und nach oben lauschte. Sie benutzten die Treppe nicht aus Gesundheitsbewußtsein oder um nicht auf den Lift warten zu müssen, sondern aus dem gleichen Grund wie er.

Salids Erleichterung hielt jedoch nur eine Sekunde vor, ehe er begriff, daß er überhaupt keinen Grund dazu hatte. Er war offensichtlich nicht der einzige, der mitbekommen hatte, daß es einen ungebetenen Gast in dieser Klinik gab – aber wer sagte ihm eigentlich, daß sie den anderen suchten und nicht ihn? Sie waren praktisch beide gleichzeitig in das Gebäude eingedrungen; woher nahm er die Überzeugung, daß der *andere* entdeckt worden war und nicht er oder gar beide? Möglicherweise war der hinkende Pförtner auch nicht leichtsinnig gewesen, sondern hatte ganz genau gewußt, was er tat, und ihnen eine Falle gestellt, in die sie blind hineingetappt waren.

Salids Professionalität hinderte ihn daran, kostbare Zeit damit zu verschwenden, indem er sich über diese Tatsache ärgerte. Vorerst würde es reichen, seiner Gewohnheit zu folgen und die schlimmstmögliche Alternative zugleich auch als die wahrscheinlichste anzunehmen, solange das Gegenteil nicht bewiesen war. Trotzdem legte er die Erkenntnis, daß er offensichtlich begann, nachlässig zu werden, sorgsam in seinem Gedächtnis ab, um zu einem späteren Zeitpunkt darüber nachzudenken.

Die beiden Pfleger eilten mit den sicheren Schritten von Männern die Treppe hinauf, die ihre Umgebung gut genug kannten, um kein Licht zu benötigen. Sie sprachen kein Wort, aber Salid hörte, daß sie einen Moment zögerten, ehe sie die Tür eine Etage höher öffneten, und es auch dann nur sehr behutsam taten. Sie *waren* auf der Jagd.

Salid wartete, bis die Tür über ihm wieder ins Schloß gefallen war, ließ eine weitere Sekunde verstreichen und huschte dann schnell und fast lautlos die Treppe hinauf. Sein Pulsschlag hatte sich wieder beruhigt. Was immer an jenem Morgen im Wald mit ihm geschehen war, hatte ihn vielleicht grundlegend verändert, ihn aber nicht seiner alten Instinkte und Reflexe beraubt. Als er die Tür im nächsten Stockwerk erreichte und das Ohr gegen das kalte Glas preßte, um zu lauschen, war er wenig mehr als eine Kampfmaschine. Hätte in diesem Moment jemand die Tür von der anderen Seite geöffnet, hätte diese Begegnung mit ziemlicher Sicherheit tödlich für ihn geendet.

Aber er hörte nichts. Obwohl die beiden Männer einen Vorsprung von allerhöchstens zehn Sekunden hatten, waren ihre Schritte nicht mehr zu orten. Sie bewegten sich entweder sehr schnell oder sehr leise.

Salid drückte die Klinke herunter, preßte die linke Handfläche mit großer Kraft gegen das Glas, um jedes Geräusch zu unterdrücken, und öffnete die Tür einen Spaltbreit. Der Korridor, der dahinter lag, war ebenso leer wie der ein Stockwerk tiefer, aber hell erleuchtet. Die beiden Männer waren nicht mehr zu sehen, doch als Salid die Tür ganz öffnete und hindurchtrat, wußte er sofort, wohin sie verschwunden waren: Nur ein paar Schritte weiter machte der Flur auf der linken Seite einen scharfen Knick, während er sich zur Rechten sicherlich zwanzig oder fünfundzwanzig Meter weit dahinzog. Salid wandte sich nach links, ging mit schnellen Schritten bis zur Ecke –

»Sie da! Bleiben Sie stehen!«

Salid fuhr mit einer blitzartigen Bewegung herum und hob die Arme. Seine linke Hand deckte die Kehle, während die andere weiter erhoben und zu einer Kralle geöffnet war, um in Augen, Kehlkopf oder Weichteile zu stoßen. Aber hinter ihm war niemand. Die Stimme war aus der anderen Richtung gekommen. Verdammt! Er war sehr viel angespannter, als er sich selbst gegenüber eingestehen wollte. Eine weitere, nicht zu unterschätzende Möglichkeit, Fehler zu begehen ...

»Bleiben Sie stehen! Das hat doch keinen Zweck!« Der Ton dieser Worte war schon schärfer, und gleichzeitig hörte er trappelnde Schritte und dann etwas, das wie ein Kampf klang; oder auch ein kurzes Gerangel. Salid spähte vorsichtig um die Ecke.

Was er sah, das war so grotesk, daß er beinahe laut aufgelacht hätte. Der junge Mann, dem er gefolgt war, rannte wie ein aufgescheuchtes Huhn von rechts nach links und wieder zurück über den Krankenhausflur, verfolgt von einem humpelnden Greis in einem grauen Hausmeisterkittel, der vergeblich versuchte, ihn am Jackenärmel zu erwischen.

Trotzdem war seine Flucht ziemlich aussichtslos – nach hinten endete der Gang nach wenigen Schritten vor einer geschlossenen Doppeltür aus Drahtglas, und die andere Richtung blockierten die beiden Pfleger, die Salid beinahe überrascht hätten. Ganz offensichtlich fanden sie Gefallen an der Szene; denn sie machten keine Anstalten, dem Mann im blauen Kittel bei seiner Verfolgungsjagd zu helfen.

»Jetzt bleiben Sie doch endlich stehen. Das hat doch keinen Sinn mehr!« keuchte der Hausmeister. Er bewegte sich zwar nicht wesentlich schneller als ein durchschnittlicher Fußgänger, keuchte aber, als hätte er einen Hundert-Meter-Sprint hinter sich, und seine Wangen hatten eine hektische rote Färbung angenommen. »Verdammt, wollen Sie, daß ich ... daß ich einen Herzinfarkt bekomme?«

So absurd Salid diese Frage vorkam, der Eindringling blieb tatsächlich stehen und sah den schweratmenden Alten erschrocken an. Aber er wich hastig einen weiteren Schritt zurück, als der Hausmeister wieder näher kam. Sein Blick flackerte, und Salid sah, daß sich seine Finger hektisch bewegten. Er drehte mit kleinen, ruckartigen Bewegungen den Kopf hin und her und machte erneut einen Schritt nach hinten, bis er mit dem Rücken gegen die Wand stieß. Er war eindeutig in Panik.

Salid fragte sich nur, warum. Er konnte ihn jetzt zum erstenmal richtig erkennen, und ein einziger Blick reichte, um ihm klarzumachen, daß er hier ganz gewiß keinen Einbrecher vor sich hatte. Es sei denn, Einbrecher trugen in diesem Land neuerdings Priesterkragen.

Die Glastür wurde aufgerissen, und ein Mann in einem weißen Arztkittel stürmte heraus. Er hatte schütteres Haar und trug eine elegante dünne Goldbrille, aber sein Gesichtsausdruck paßte nicht zu seinem äußeren Erscheinungsbild. Er sah auf eine Weise aufgebracht aus, die man bei einem Mann wie ihm nicht vermutete, und seine Stimme klang entsprechend.

»Was ist hier los?« fragte er herrisch. »Was soll dieser Lärm? Wir sind hier in einem Krankenhaus, nicht auf dem Bahnhof!« Sein Blick glitt auf eine schon fast berufsmäßig herablassende Weise über die Gesichter der beiden Pfleger und des Hausmeisters und konzentrierte sich dann auf den Mann im Priesterkragen. Über seinem Brillengestell erschienen drei tief eingegrabene, parallel verlaufende Falten, die ihm mit einem Male das Aussehen eines mißgelaunten Dackels gaben.

»Sie sind ziemlich hartnäckig, wie?« fragte er.

»Ich habe Ihnen gesagt«, begann der andere, »daß –«

»Und *ich* habe Ihnen gesagt«, unterbrach ihn der Arzt zornig, »daß ich Sie hier nicht mehr sehen will. Ich dachte, ich hätte mich deutlich genug ausgedrückt. Was Sie hier tun, ist illegal. Man könnte es als Einbruch auslegen. Zumindest aber als Hausfriedensbruch.«

»Soll ich die Polizei rufen?« erkundigte sich der Pförtner.

Der Arzt tat so, als müsse er einen Moment über die Antwort nachdenken, aber Salid las in seinen Augen, daß er diese Frage längst entschieden hatte. »Nein«, sagte er. »Wenigstens noch nicht. Sie können wieder auf Ihren Posten gehen.«

Er wartete ganz genau ab, bis sich der Pförtner herumgedreht und einen Schritt in Salids Richtung getan hatte, dann fügte er mit leiser, aber eisiger Stimme hinzu: »Und ich wäre Ihnen äußerst verbunden, wenn Sie Ihre Arbeit in Zukunft etwas gewissenhafter verrichten würden. Offensichtlich kann hier in letzter Zeit jeder hinein- und herausspazieren, wie es ihm gerade gefällt.«

Der Pförtner zog den Kopf zwischen die Schultern und war klug genug, nichts mehr zu sagen, und Salid wich hastig wieder ins Treppenhaus zurück. Lautlos huschte er zwei Stufen nach oben und wartete. Er war sicher, daß der Mann diesmal nicht die Treppe benutzen würde. Er war körperbehindert; kein Krüppel, aber doch jemand, dem Treppensteigen gewiß Mühe bereitete.

Seine Rechnung ging auf. Nach ein paar Sekunden schlurfte ein gebückter Schatten an der Milchglasscheibe vorbei, und kurz darauf hörte er das Geräusch der Aufzugtüren. Salid kehrte wieder in den Korridor zurück, wandte sich jedoch nicht sofort nach links, sondern sah sich rasch und mit geschultem Blick um.

Er war in genug Krankenhäusern auf der ganzen Welt gewesen, und irgendwie glichen sie sich alle, so daß er fast auf Anhieb fand, wonach er suchte. Lautlos huschte er über den Flur, öffnete die Tür zur Wäschekammer und schlüpfte hindurch, ohne Licht zu machen.

Diesmal hatte er Pech. In den Regalen stapelten sich bis unter die Decke Handtücher, Bettwäsche und Wolldecken, aber keine Kittel. Nach kurzem Suchen entdeckte er jedoch einen unordentlich zusammengeknüllten blauen Morgenmantel, den irgend jemand auf ein Regalbrett geworfen und dort vergessen hatte. Salid schlüpfte aus der Jacke, zog den Morgenrock über und zerwühlte sich mit gespreizten Fingern das Haar. Keine besonders gute Tarnung, aber wenn man nicht zu genau hinsah, dann mochte er als Patient durchgehen, der sich verlaufen hatte.

Sorgfältig kontrollierte er die Taschen seiner Lederjacke, um nichts zurückzulassen, das auf ihn hindeutete, versteckte sie auf dem obersten Regalbrett und ging dann wieder zur Tür. Er konnte die Szene hinter der Gangbiegung von hier aus nicht sehen, wohl aber hören. Die Stimme des Arztes sagte gerade: »... es nach mir ginge, säßen Sie jetzt schon in einem Polizeiwagen und könnten anderen erklären, was Sie hier zu suchen haben.«

»Geht es denn nicht nach Ihnen?« fragte der andere.

»Im Prinzip schon. Aber es sieht so aus, als hätten Sie Glück.«

»Ich kann mit ihm reden?«

»Brenner?« Salid konnte das Kopfschütteln des Arztes regelrecht hören. »Nein. Aber wenn Sie gekommen sind, um mit jemandem zu reden – das können Sie haben. Ich bin nur nicht sicher, ob es Ihnen gefallen wird ... Wie ist es? Sind Sie vernünftig, oder muß ich die beiden Pfleger weiter von ihrer Arbeit abhalten und Sie bewachen lassen?«

»Kaum.«

»Das will ich hoffen. Meine Geduld hat Grenzen, wissen Sie? Und die sind fast erreicht. Sie können dann gehen, meine Herren. Aber bleiben Sie bitte in Bereitschaft – nur falls unser Gast es sich doch anders überlegt und *nicht* vernünftig ist.«

Salid drückte die Tür zu, ließ das Schloß aber nicht einrasten, um kein verräterisches Geräusch zu verursachen. Schritte näherten sich, passierten die Tür und wurden in veränderter Tonlage wieder leiser, und er hörte gedämpfte Stimmen, konnte die Worte durch das Holz hindurch jedoch nicht mehr verstehen. Ungeduldig wartete er darauf, das Geräusch der Aufzugtüren wieder zu hören, aber es blieb aus.

Salid fluchte lautlos in sich hinein. Eine gute Minute verging, aber draußen rührte sich nichts – bis auf die Stimmen der beiden Pfleger, deren gedämpftes Murmeln weiter durch die Tür drang. Die Männer standen entweder immer noch vor dem Lift und warteten darauf, daß die Kabine kam, oder sie taten sonstwas, aber sie waren eindeutig noch da. Seine linke Hand, mit der er noch immer mit aller Kraft den Griff herunter- und die Tür gleichzeitig zudrückte, begann sich allmählich zu verkrampfen, und für einen Moment hatte er plötzlich das bizarre Gefühl, regelrecht spüren zu können, wie die Zeit langsamer lief.

Und noch etwas.

Das Gefühl war noch verrückter, aber ebenso intensiv, und vielleicht gerade *weil* es so völlig absurd war, zugleich auch so real. Er spürte mit einem Mal, daß er nicht mehr allein in der Wäschekammer war.

Etwas war hier.

Jemand.

Salids Herz begann mit schweren, aber unregelmäßigen Stößen zu pumpen. Das Metall des Türgriffs in seiner Hand schien mit einem Male so kalt zu werden, daß es wie Feuer auf der Haut brannte. Irgend etwas starrte ihn an. Es war nicht nur ein Gefühl. Es war ein Blick, dessen Berührung er körperlich spüren konnte, so, wie plötzlich auch die Anwesenheit von etwas – jemand – Fremdem wie etwas Stoffliches zu spüren war, mit einer Intensität, die ihm fast Schmerzen bereitete.

Er war da.

Der Verfolger wartete nicht, bis er zu ihm kam, wie er sich eingeredet hatte. Er war hier, und wahrscheinlich war er die ganze Zeit in seiner Nähe gewesen und hatte ihn beobachtet: ein unsichtbarer Schatten, vielleicht auch ein lautloser Beobachter in seinen Gedanken, der über jeden seiner Schritte Bescheid gewußt hatte, noch bevor er ihn tat. Hatte er sich wirklich eingebildet, ihn besiegen zu können? Das war lächerlich. Was konnte er gegen ein Wesen wie dieses schon ausrichten?

Salid schloß stöhnend die Augen, aber er sperrte die Dunkelheit damit nicht aus, sondern verbannte sie nur hinter seine Lider, und das machte es fast noch schlimmer. Er hatte keine Angst; nicht um sich und nicht in diesem Moment. Irgend etwas sagte ihm, daß das *Ding*, das unsichtbar hinter ihm stand, nicht gekommen war, um ihn zu töten. Das hätte es längst gekonnt; schon vor drei Tagen an jenem Morgen im Wald und vermutlich in jeder einzelnen Sekunde, die seither vergangen war. Es war hier, um etwas viel Grausameres zu tun: Es demonstrierte ihm seine Machtlosigkeit. Alles, was er tat, alles, was er plante und dachte, war zum Scheitern verurteilt. Er hatte sich in Dinge gemischt, die zu groß für ihn waren, wie ein Mann, der versuchte, eine Springflut mit bloßen Händen aufzuhalten. *Das* war die Botschaft, die der lautlose Schatten ihm überbrachte. Er konnte ebensogut aufgeben, die Kammer verlassen und sich den beiden Männern dort draußen stellen.

Aber Salid wäre nicht Salid gewesen, hätte er aufgegeben; nicht einmal jetzt. Statt zu tun, was ihm die Stimme seiner Furcht zuflüsterte, drehte er sich herum und starrte aus weit aufgerissenen Augen in die Dunkelheit hinter sich.

Er war allein, aber das intensive Empfinden einer anderen, schattenhaften Präsenz wurde eher noch stärker, nicht schwächer. Irgend etwas war mit ihm hier drinnen in der Dunkelheit. Salid riß die Augen auf, bis sie zu tränen begannen, und versuchte die Schwärze mit Blicken zu durchdringen, und als ihm das nicht gelang, die Dunkelheit hinter dieser Schwärze, die Barriere, die die Welt des Wirklichen von der des Unfaßbaren trennte. Keines von beidem gelang, aber die bloße Konzentration half ihm trotzdem, wieder ein Stück weit in die Wirklichkeit zurückzufinden.

Es war, als erwachte er aus einem Traum. Er war in Schweiß gebadet, und in seinem Mund war plötzlich ein bitterer Geschmack, als hätte er etwas Schlechtes gegessen, aber das Gefühl, belauert und angestarrt zu werden, war nicht mehr da. Ganz plötzlich wußte Salid, welchem Feind er da in der Dunkelheit begegnet war.

Der Angst.

Er hatte geglaubt, zu wissen, was Angst bedeutete, aber das stimmte nicht. Er kannte alle möglichen Arten der Furcht: Furcht um sein Leben; die Furcht, seinen Gegnern in die Hände zu fallen; die Furcht zu versagen; Furcht vor Schmerzen und Krankheit und tausend andere. Aber er begriff erst jetzt, daß es eine übergeordnete, viel schlimmere Art gab, eine, die keinen Grund und keinen Auslöser brauchte. Nicht die Furcht *vor* etwas, sondern pure, reine Angst, die einfach da war und gegen die es keinen Schutz gab. Hier, in dieser dunklen Wäschekammer, vielleicht dem lächerlichsten Ort auf der Welt für eine solche Erkenntnis, hatte er sie kennengelernt.

Und er wußte jetzt, daß sie immer bei ihm sein würde, ganz gleich, ob es hell oder dunkel war, ob er hier drinnen oder draußen auf dem Flur war, ob allein oder inmitten Tausender von Menschen. Er hatte etwas berührt, an diesem Morgen im Wald, und diese Berührung hatte einen Teil seines Menschseins vergiftet und zu etwas anderem gemacht. Etwas, das von nun an für den Rest seines Lebens in ihm sein würde. Und das ihn am Schluß besiegen mußte.

Während der letzten halben Stunde hatte er nicht mehr auf die Uhr gesehen, aber Weichsler hätte trotzdem auf die Minute genau sagen können, wie spät es war. Die Anzahl der Zigarettenstummel zu seinen Füßen war um weitere fünf gestiegen, und er hätte sich auch jetzt eine angesteckt, wäre die Packung nicht mittlerweile leer gewesen. Er bedauerte es nicht einmal. Er hatte ohnehin nur geraucht, um seine Finger zu beschäftigen und sich abzulenken, aber es hatte nichts genutzt. Die irreale Furcht, die mit Nehrig gekommen, aber nicht wieder mit ihm gegangen war, hatte noch zugenommen. Alles, was ihm der übermäßige Nikotinkonsum eingebracht hatte, waren ein widerlich-pelziges Gefühl auf der Zunge und leichte Kopfschmerzen.

Weichsler wäre gerne nach draußen gegangen, um ein wenig frische Luft zu schnappen, aber die Erinnerung an seinen letzten Blick auf den Schulhof und das immer noch anhaltende, seidige Geräusch des Regens auf dem Dach hielten ihn nachhaltig davon ab. Außerdem war die Luft hier drinnen nicht schlecht. Die Turnhalle war groß genug, daß er schon fünf Stangen hätte rauchen müssen, um sie zu verpesten.

Außerdem hatte er den strikten Befehl, hier drinnen zu bleiben und darüber zu wachen, daß niemand die Toten stahl.

Noch vor zwei Tagen hätte Weichsler über diese Formulierung gelacht, aber jetzt benutzte er sie ganz genau so in seinen Gedanken, und an den Worten war absolut nichts Komisches mehr. Wenn er überhaupt noch so etwas wie Galgenhumor gehabt hatte, so hatte Nehrigs Besuch auch noch die letzten Spuren davon ausgelöscht. Er fühlte sich einfach nur noch schlecht, und er wollte hier raus. Weg von dieser Turnhalle, diesem Ort, der sich in eine Geisterstadt verwandelt hatte, und diesem ganzen Einsatz; vor allem aber aus dieser Halle.

Bis dahin waren es noch knapp anderthalb Stunden. Eine Ewigkeit, wenn man darauf wartete, daß sie verstrich, aber trotzdem eine überschaubare Zeit. Für eine Weile hatte er sie sich damit vertrieben, daß er die Sekunden zählte und von der verbleibenden Zeit abzog; dann, indem er mit langsamen Schritten durch den Raum ging und sich auszurechnen versuchte, wie oft er dieses Hin und Her hinter sich bringen mußte, bis er endlich abgelöst wurde. Es gab noch eine ganze Anzahl ähnlicher Dinge, die er tun konnte, um sich die Zeit zu vertreiben. Sie alle waren ungefähr gleich sinnvoll, und sie alle hatten eines gemein: Sie halfen immer nur für eine kurze Zeit. Anderthalb Stunden waren anderthalb Stunden, basta, und sie wurden um so länger, wenn man sie allein und frierend in einer ungeheizten Halle voller Toter verbringen mußte.

Weichsler sah nun doch wieder auf die Uhr und stellte fest, daß gerade einmal fünf Minuten vergangen waren, seit er seine letzte Zigarette ausgetreten hatte. Vielleicht war es eine gute Idee, noch ein paar Runden zu drehen, und sei es nur, um seinen Kreislauf wieder ein bißchen in Bewegung zu bringen. Seine Füße waren trotz der dicken Winterstiefel eiskalt, und ein paar seiner Zehen fühlten sich schon fast wie abgestorben an. Auch das war etwas, das zu dieser Alptraum-Geschichte paßte: Es war viel zu kalt für die Jahreszeit. Nach dem Kalender hätte vor ein paar Tagen der Frühling beginnen sollen, aber irgendwie schien sich das Jahr in der Richtung vertan zu haben, denn es wurde jeden Tag ein bißchen kälter.

Er stampfte ein paarmal mit den Füßen auf, rückte das Gewehr auf seiner Schulter zurecht und begann mit langsamen Schritten die Turnhalle zu durchqueren. Sein Blick glitt über die präzise ausgerichteten Reihen, in denen die Feldbetten dastanden, aber obwohl er mittlerweile die dritte Nacht hier drinnen verbrachte, hatte der Anblick nichts von seiner unheimlichen Wirkung eingebüßt. Nicht nur die Betten waren alle gleich, auch die schwarzen Plastiksäcke, die darauf lagen; die meisten wenigstens.

Die zwei, die Nehrig und seine Männer vorhin gebracht hatten, waren anders. Beim ersten Hinsehen war Weichsler der Unterschied gar nicht aufgefallen, aber als er, am äußersten Punkt seiner Runde angekommen, davor stehenblieb, sah er, daß sie heller waren und offensichtlich aus einem sehr viel dünneren Material bestanden. Die Umrisse der Körper, die sie enthielten, zeichneten sich deutlich unter dem blaugrauen Plastik ab.

Weichsler fuhr sich nervös mit dem Handrücken über das Kinn. Er konnte selbst nicht sagen, warum, aber die Ankunft dieser zwei Leichensäcke hatte ihm mehr zu schaffen gemacht als die dreihundert zuvor. Vielleicht, weil er gehofft hatte, daß es vorbei war, und diese zwei bewiesen, daß es nicht stimmte, da man offensichtlich immer noch Tote fand. Vielleicht auch, weil er sich bei all den anderen Plastikbeuteln einreden konnte, daß sie Gott weiß was enthielten: Papier, leere Büchsen, Kleider, Gras, Abfall – irgend etwas eben, nur keine Leichen. Bei diesen beiden funktionierte es nicht. Weichsler konnte sogar erkennen, daß in dem einen der zwei Säcke eine Frau lag.

Etwas flog polternd gegen die Tür. Weichsler fuhr mit einer entsetzten Bewegung herum, riß gleichzeitig das Gewehr von der Schulter und brachte sich damit selbst aus dem Gleichgewicht. Er stürzte nicht, aber er prallte ungeschickt gegen die Liege mit dem Leichnam der Frau, fiel auf ein Knie herab und riß die Liege vollends um, als er instinktiv versuchte, sich daran festzuklammern. Der Plastiksack mit der Toten rutschte auf der anderen Seite herunter und prallte gegen eine weitere Liege, die sich prompt zur Seite neigte.

Für den Bruchteil einer Sekunde hatte Weichsler eine furchtbare Vision: Er sah die Feldbetten wie eine Reihe angestoßener Dominosteine eine nach der anderen umstürzen und dreihundert Leichensäcke zu Boden poltern. Natürlich geschah das nicht. Nicht einmal die nächste Liege stürzte. Sie wackelte nur ein bißchen, und der schwarze Plastiksack rutschte ein wenig nach rechts, als hätte sich der Tote darin nur einmal im Schlaf gerührt, um in eine bequemere Lage zu rutschen.

Aber das Ergebnis war auch so schlimm genug. Die Liege, die er umgerissen hatte, lag auf der Seite und hatte den Leichensack halb unter sich begraben. Eines der Beine war abgebrochen, und das zersplitterte Ende hatte den dünnen Kunststoff aufgerissen. Darunter war ein Stück einer blauen Jeansjacke zu sehen. Weichsler verfluchte sich in Gedanken für seine eigene Ungeschicklichkeit, aber als er den Blick senkte und an sich herabsah, wurde er blaß. Das Gewehr war halb von seiner Schulter geglitten, als er fiel, und er hatte es an der ungesündesten aller nur denkbaren Stellen festgehalten: am Abzug. Er konnte selbst spüren, wie alles Blut aus seinem Gesicht wich. Wäre die Waffe nicht gesichert gewesen, hätte er sich selbst das Knie weggeschossen.

Das Geräusch, das die ganze Katastrophe letztendlich ausgelöst hatte, erscholl zum zweitenmal, und Weichsler fuhr erneut und fast ebenso erschrocken hoch. Hastig stand er auf, nahm das Gewehr vollends von der Schulter und entsicherte es; erst dann durchquerte er mit raschen Schritten die Halle und ging zur Tür. Seine Hand zitterte, als er sie nach der Klinke ausstreckte und sie vorsichtig herunterdrückte.

Wenigstens wollte er es. Aber er hatte den Griff kaum berührt, als die Tür auch schon von einer gewaltigen Windböe erfaßt und mit solcher Wucht nach innen gedrückt wurde, daß er ein paar Schritte zurücktaumelte und beinahe schon wieder das Gleichgewicht verloren hätte.

Sturm und Kälte fielen wie eine Meute heulender Wölfe über ihn her. Der Wind peitschte ihm eiskalten Regen ins Gesicht, und er konnte kaum noch etwas sehen, obwohl er schützend die Hand über die Augen hob. Die Temperatur fiel im Bruchteil einer Sekunde so sehr, daß er die Kälte wie einen schneidenden Schmerz im Gesicht und auf den nackten Händen fühlen konnte.

Weichsler fand fluchend sein Gleichgewicht wieder, drehte das Gesicht aus dem Wind und arbeitete sich schräg nach vorne geneigt auf die Tür zu, die ihm aus der Hand gerissen worden war. Er brauchte tatsächlich seine ganze Kraft dazu; denn was vorhin noch ein starker Wind gewesen war, das schien sich mittlerweile zu einem Orkan ausgewachsen zu haben. Der Sturm peitschte den Regen fast waagerecht über den Schulhof, und selbst die hellerleuchteten Fenster auf der anderen Seite waren nicht mehr zu sehen. Er brauchte nicht mehr zu fragen, was gegen die Tür gepoltert war. Was immer dieser Sturm ergriff und mit sich riß, mußte mit der Wucht einer Kanonenkugel herangeflogen kommen.

Er erreichte die Tür und versuchte sie zu schließen, aber sie wurde ihm sofort wieder aus der Hand gerissen. Erst als er sich mit der Schulter dagegenstemmte und mit aller Kraft schob, gelang es ihm, sie wieder zuzudrücken. Das Heulen des Sturmes sank schlagartig wieder auf ein erträgliches Maß herab.

Weichsler lehnte sich mit dem Rücken gegen die Tür, schloß für einen Moment die Augen und atmete hörbar auf. Sein Gesicht prickelte vor Kälte, und seine Jacke war völlig durchnäßt, obwohl er dem Regen allerhöchstens für ein paar Sekunden ausgesetzt gewesen war. Zumindest konnte er sicher sein, daß niemand versucht hatte, hier einzudringen, nicht einmal die Journalisten, vor denen Nehrig ihn gewarnt hatte. Niemand würde sich bei diesem Wetter hierher wagen, und selbst wenn, würde er wahrscheinlich im Regen ersaufen, noch bevor er der Schule auch nur nahe kam.

Weichsler lehnte das Gewehr, nachdem er den Sicherungshebel wieder umgelegt hatte, neben der Tür an die Wand, fuhr sich mit gespreizten Fingern durch das nasse Haar und sah sich kopfschüttelnd um. Die Tür hatte nur ein paar Sekunden offengestanden, aber der Bereich davor glich trotzdem einem flachen See, der glitzernde Tentakel bis weit in die Halle hinein erstreckte. Von seinen gesammelten Zigarettenstummeln war nichts mehr zu sehen, und die vorderen zwei oder drei Reihen der schwarzen Plastiksäcke glänzten vor Nässe. Wahrscheinlich konnte er noch von Glück sagen, daß die Sturmböen die wackeligen Feldbetten nicht einfach umgeblasen hatten. Wie stabil sie waren, das hatte er ja gerade mit eigenen Augen gesehen. Was ihn auf ein anderes, im Moment viel drängenderes Problem brachte. Die Pfütze vor der Tür würde er nicht erklären müssen. Die umgeworfene Liege und den heruntergefallenen Leichensack schon. Er konnte sich Nehrigs Kommentar vorstellen, wenn der die Bescherung sah. Besser, er versuchte den Schaden wiedergutzumachen. Mit ein bißchen Glück konnte er die Liege notdürftig reparieren und den zerrissenen Sack so hinlegen, daß niemand auf den ersten Blick etwas sah.

Er hängte sich das Gewehr wieder über die Schulter, überzeugte sich mit einem raschen Blick davon, daß die Tür auch sicher verschlossen war und nicht etwa beim nächsten Windstoß wieder auffliegen würde, und machte sich auf den Weg. Seine Stiefel erzeugten platschende Geräusche in der zentimeterhohen Pfütze auf dem Boden. Der Wassermenge nach zu schließen, die der Wind in den wenigen Augenblicken hereingeweht hatte, mußte draußen allmählich die Welt untergehen.

Und jemand war hier drinnen bei ihm.

Weichsler blieb mitten in der Bewegung stehen und starrte die feuchten Fußabdrücke an, die vor ihm auf dem Betonboden glänzten. Es waren nicht wirklich die Abdrücke menschlicher Füße, dazu waren sie zu verwischt und zu undeutlich, aber der Abstand stimmte, sie waren gleichmäßig und gegeneinander versetzt: Es waren Spuren. Sie führten aus der Pfütze hinter ihm heraus und verschwanden zwischen den Bettenreihen. Jemand war durch die Tür gekommen, durch die Pfütze gegangen und dann irgendwo in der Halle verschwunden.

Weichsler spürte, wie sich jedes einzelne Haar auf seinem Kopf sträubte, als er begriff, was diese Beobachtung wirklich bedeutete. Die Pfütze war nicht dagewesen, bevor er die Tür geöffnet hatte, und das bedeutete nicht weniger, als daß, wer immer auch hereingekommen war, unmittelbar an ihm vorbeigegangen sein mußte. Und das war vollkommen unmöglich.

Er schloß die Augen, zählte in Gedanken bis fünf und sah noch einmal hin. Die Spuren waren noch da. Jemand war hier drinnen.

Und letztendlich spielte es keine Rolle, wie er hereingekommen war. Weichslers Befehle für diesen Fall waren eindeutig.

Er nahm das Gewehr von der Schulter, entsicherte es erneut und drehte sich einmal um seine Achse. Er sah nichts, aber das hatte er auch nicht erwartet. Wahrscheinlich kauerte der Mistkerl hinter irgendeiner Liege und lachte sich halb tot über sein ratloses Gesicht und noch mehr über den Schreck, den er ihm eingejagt hatte. Nun, sie würden sehen, wer als letzter lachte.

Weichsler sparte sich die Mühe, den Eindringling zum Aufgeben aufzufordern. Statt dessen zog er das Funkgerät aus dem Gürtel und drückte die Sprechtaste. »Hier Weichsler. Hauptstelle, bitte kommen.«

Nichts. Aus dem kleinen Gerät drang nur statisches Rauschen. Weichsler wiederholte seinen Ruf insgesamt dreimal. Er schaltete das Walkie-talkie aus und wieder ein, wechselte zweimal den Kanal und drückte schließlich wahllos auf alle Knöpfe, aber es änderte nichts. Das Gerät war tot – oder das Wetter schlug solche Kapriolen, daß es eine Verbindung unmöglich machte. Weichsler hielt das für unwahrscheinlich. Er verstand nicht viel von Funkgeräten, aber die Gegenstelle war keine fünfzig Meter entfernt. Wahrscheinlich war das Ding einfach kaputtgegangen – und Murphys Gesetz zufolge natürlich im ungünstigsten aller nur denkbaren Momente. Weichsler steckte es ein, ergriff statt dessen das Gewehr wieder mit beiden Händen und drehte sich erneut einmal im Kreis. Die Halle war immer noch leer, aber das bedeutete nichts. Zwischen den gut dreihundert Liegen war genügend Platz, um eine ganze Armee zu verstecken.

»Also gut!« rief er mit so lauter, fester Stimme, wie er nur konnte. »Du hast deinen Spaß gehabt, aber jetzt reicht es! Komm raus!«

Nichts rührte sich. Weichsler hatte nicht ernsthaft damit gerechnet, eine Antwort zu bekommen, aber er wiederholte seine Aufforderung trotzdem noch einmal: »Das hat doch keinen Sinn mehr. Du machst es nur schlimmer! Komm raus, und wir reden über alles. Vielleicht lasse ich dich sogar laufen. Ich habe eigentlich keine Lust, eine Meldung zu machen und dann stundenlang Formulare ausfüllen zu müssen!«

Er bekam immer noch keine Antwort, und trotzdem hatte er das Gefühl, daß sich in der Dunkelheit vor ihm etwas regte. Es war das unheimliche Gefühl, angestarrt zu werden, und das aus Augen, die alles andere als freundlich waren. Seine Hände schlossen sich fester um das Gewehr, aber das Gefühl der Sicherheit, das ihm das vertraute Gewicht der Waffe eigentlich vermitteln sollte, blieb aus. Ganz im Gegenteil begann sich mit einem Male eine Beklemmung in ihm breitzumachen, und ganz plötzlich kam ihm zu Bewußtsein, wie unwirklich die ganze Szenerie war. Die Turnhalle war hell erleuchtet; trotzdem schien sie mit einem Male voller schwarzer, bodenloser Schatten zu sein, in denen alles mögliche lauern konnte. Aus dem seidigen Geräusch des Regens war längst ein hämmerndes Prasseln geworden, das selbst das Heulen des Windes übertönte, und die Temperatur war weiter gefallen. Es war jetzt so kalt hier drinnen, daß er seinen eigenen Atem als grauen Dampf vor dem Gesicht erkennen konnte. Kein Wunder, daß er allmählich durchdrehte.

Weichsler wandte sich zum drittenmal den vermeintlichen Fußspuren zu und besah sie sich genauer. Er war jetzt nicht mehr ganz sicher, daß es wirklich Fußabdrücke waren. Sie sahen so aus, sicher, aber im Grunde nur auf den ersten Blick. Möglicherweise waren es auch nur ein paar nasse Flecke, die rein zufällig die richtige Anordnung hatten, daß sie wie Fußabdrücke aussahen. Logisch betrachtet, war es nicht möglich. Niemand konnte an ihm vorbei durch die Tür gegangen sein, ohne daß er es merkte.

Normalerweise hätte er nach dem Ausfall des Funkgeräts zum Schulhaus hinüberlaufen und Alarm schlagen müssen. Aber das hätte bedeutet, in den Regen und den immer heftiger tobenden Sturm hinaus zu müssen, und außerdem: Wenn er tatsächlich mit einem Dutzend Männer zurückkam und sie die Turnhalle auf den Kopf stellten und nichts fanden ... nein, danke! Er hatte wenig Lust, nach allem, was er durchgemacht hatte, auch noch zum Gespött der ganzen Einheit zu werden.

Weichsler beschloß, einen Kompromiß mit sich selbst zu schließen. Er hatte sich selbst zwar schon fast davon überzeugt, daß er nur einer Täuschung und dem Zustand seines überstrapazierten Nervensystems aufgesessen war, aber er ging trotzdem zur Tür zurück, schloß sie sorgfältig ab und begann die Turnhalle dann gründlich zu durchsuchen. Zweimal schritt er jede Bettenreihe ab, wobei er sich dann und wann überraschend herumdrehte oder in die Hocke sinken ließ, um einen Blick durch den Wald aus dünnen hölzernen Beinen zu werfen, der sich unter der schwarzen Plastiklandschaft erhob. Die einzige Bewegung, die er sah, war die seines eigenen Schattens.

Allmählich hatte er das Gefühl, sich lächerlich zu machen. Gottlob war ja niemand hier, der über ihn lachen konnte; aber wie es aussah, war es wirklich eine gute Idee gewesen, keinen Alarm zu schlagen.

Trotzdem brachte er seine Inspektion sorgsam zu Ende und kontrollierte am Schluß auch noch die beiden einzigen Türen, die es außer dem Eingang gab. Die eine führte zu einem kleinen Raum, in dem Matten, Bälle und all die anderen Sportgeräte aufbewahrt wurden, die man in einer Turnhalle vorzufinden erwartete. Weichsler hatte ihn zu Beginn seiner Wache inspiziert und die Tür dann abgeschlossen, und das war sie auch jetzt noch. Der Schlüssel befand sich in seiner rechten Jackentasche.

Die andere führte zu den Umkleideräumen und den Toiletten. Weichsler durchsuchte beides gründlich und scheute auch nicht die Mühe, wahllos einige der Spinde zu öffnen und hineinzusehen. Als er mit seiner Inspektion fertig war, hatte er noch zwanzig Minuten Zeit bis zur Wachablösung, aber er war jetzt wenigstens sicher, daß außer ihm keine lebende Seele in der Turnhalle weilte.

Niemand bis auf den Mann, der in der zweiten Reihe links neben der Tür stand und sich über einen der Leichensäcke beugte, hieß das.

Es war wie ein Schlag in die Magengrube. Weichsler war für eine Sekunde vollkommen schockiert; so sehr, daß er einfach dastand und die Gestalt anstarrte, ohne überhaupt zu begreifen, was er sah. Aber dann gewannen seine über lange Jahre antrainierten Reflexe die Oberhand. Er war immer noch schockiert und auf eine Weise erschrocken, die ihm allein durch ihre Beschaffenheit Furcht einflößte, aber er riß trotzdem in einer einzigen fließenden Bewegung die Waffe von der Schulter und richtete sie auf den Fremden.

»Keine Bewegung! Wenn Sie sich auch nur rühren, schieße ich!«

Der Fremde rührte sich tatsächlich nicht, aber Weichsler hatte das sonderbare Gefühl, daß das weniger an seinen Worten lag, sondern vielmehr daran, daß er viel zu sehr auf das konzentriert war, was er tat. Weichsler hatte laut genug gesprochen, um fast zu schreien, aber er schien ihn gar nicht gehört zu haben.

»Sie da! Weg von der Liege! Zurück! Und drehen Sie sich herum – ganz langsam!«

Diesmal hatte er geschrien, aber der Bursche zuckte nicht einmal. Weichsler spürte, wie jeder einzelne Nerv in seinem Körper zu vibrieren begann. Sein rechter Zeigefinger hatte sich um den Abzug der Waffe gekrampft und ihn fast bis zum Druckpunkt durchgezogen. Was, wenn der Bursche seine Worte einfach ignorierte? Er konnte ihn doch nicht über den Haufen schießen!

Aber er würde es tun, wenn kein Wunder geschah. Es war eine jener Katastrophen, die man ganz deutlich kommen sieht, ohne auch nur das Geringste tun zu können, um sie aufzuhalten; und das, obwohl man ganz genau weiß, wie. Noch ein Sekundenbruchteil, und er würde abdrücken und den Mann erschießen, und –

– genau in diesem Moment richtete sich der Fremde auf, trat einen halben Schritt von der Liege zurück und drehte sich zu ihm herum.

Weichsler riß erstaunt die Augen auf. Bisher hatte er im Grunde nur einen hellen Schemen gesehen, der sich über die

Liege beugte, aber jetzt konnte er den Fremden deutlich erkennen. Es war ein Mann von unbestimmbarem Alter – vielleicht dreißig, vielleicht auch Mitte vierzig oder noch älter. Die ganze Gestalt wirkte ... *bizarr.* Ein anderes Wort fiel Weichsler dafür nicht ein.

»Wer sind Sie?« fragte Weichsler nervös. »Wie kommen Sie hier herein, und was tun Sie hier?« Obwohl er drei Fragen auf einmal gestellt hatte, gab er dem anderen nicht einmal die Gelegenheit, auf eine davon zu antworten, sondern trat auf ihn zu und winkte herrisch mit der Waffe.

»Zurück da! Treten Sie von der Liege zurück, und ganz vorsichtig! Ich will Ihre Hände sehen!«

Der andere rührte sich nicht. Er sah Weichsler sehr aufmerksam, aber ohne eine Spur von Schrecken oder gar Furcht an. Seine Augen waren seltsam: dunkel und auf eine beunruhigende Weise klar, aber zugleich auch irgendwie verschleiert, als hätte er auf eine Art zu sehen gelernt, die anders war als die Weichslers, zugleich aber beinahe verlernt, Dinge wirklich wahrzunehmen.

Wer war dieser Kerl? So eine Art verrückter Hare-Krishna-Bruder?

»Verdammt noch mal, du sollst einen Schritt zurücktreten!« sagte Weichsler gepreßt. »Du mußt lebensmüde sein! Das hier ist militärisches Sperrgebiet, ist dir das klar? Wir haben Schießbefehl!«

Er unterstrich seine Worte mit einer weiteren drohenden Bewegung mit dem Gewehr, und diesmal erreichte er zumindest eine Reaktion, wenn auch nicht unbedingt die, die er gewollt hatte.

Der Blick der beunruhigenden dunklen Augen folgte der Bewegung und blieb schließlich auf der Waffe hängen. Aber er wirkte immer noch nicht erschrocken, sondern allenfalls neugierig-interessiert. Der Kerl nahm ihn entweder nicht ernst, oder er hatte noch nie im Leben eine Waffe gesehen.

Dann sah Weichsler etwas, das ihn diese Frage schlagartig vergessen ließ.

Der Leichensack, über den sich der Fremde gebeugt hatte, war offen. Der Kunststoff-Reißverschluß war heruntergezogen, so daß er Gesicht und Schultern des Mannes erkennen konnte, der darin lag.

»Was, zum Teufel –?« Weichsler fuhr wieder zu dem Fremden herum und richtete den Gewehrlauf nun direkt auf sein Gesicht. Eine jähe Woge heißer Wut kochte in ihm empor und für einen winzigen, aber furchtbaren Moment mußte er sich mit aller Macht beherrschen, um dem Kerl nicht den Gewehrkolben ins Gesicht zu schlagen.

»Was hat das zu bedeuten?« fragte er mit zitternder Stimme. »Was soll das alles hier? Wofür hältst du dich? Für jemanden, der keinen Respekt vor den Toten zu haben braucht?«

Er bekam auch jetzt keine Antwort, aber in den Augen des anderen glomm etwas auf, das vielleicht ein Lächeln sein konnte, möglicherweise aber auch das genaue Gegenteil.

Dann verschwand er.

Er lief nicht etwa davon oder verblaßte oder verging in Rauch und Feuer. Er war einfach weg, von einem Sekundenbruchteil zum anderen, lautlos und vollkommen undramatisch und vielleicht gerade deshalb um so beeindruckender.

Weichsler starrte die Stelle, wo der Fremde gestanden hatte, eine geschlagene halbe Minute lang an, ehe er auch nur fähig war zu blinzeln. Er war nicht einmal wirklich erschrocken.

Und er war nicht im geringsten überrascht, als er sich schließlich umwandte und sah, daß der schwarze Plastiksack hinter ihm geschlossen war.

Er mußte sich gehörig den Schädel angeschlagen haben, denn das erste, was er nach seinem Erwachen spürte, waren rasende Kopfschmerzen. Das nächste war etwas in letzter Zeit Wohlbekanntes, von dem er allerdings gehofft hatte, es nicht so bald wieder zu spüren: den Einstich einer Nadel in die linke Armvene, dem ein kurzes, heftiges Brennen folgte.

Dann hörte er die Stimme der Krankenschwester: »Ich glaube, er wacht auf.«

»Irrtum. Er ist wach und spielt nur noch den Schlafenden.« Die Nadel wurde mit einem Ruck aus Brenners Vene gezogen, der seiner Auffassung nach viel zu heftig ausfiel, und er öffnete widerwillig die Augen, um direkt in das Gesicht des behandelnden Arztes zu blicken.

»Hat wenig Sinn, den Jungs da etwas vormachen zu wollen«, fuhr dieser mit einer Geste auf den Instrumententisch und einem reichlich humorlosen Lächeln fort. »Sie merken so ziemlich alles, wissen Sie? Wie fühlen Sie sich?«

»Ich habe Kopfschmerzen«, antwortete Brenner.

»Gut. Der Größe der Beule an Ihrer Schläfe nach zu schließen, dürften sie ziemlich heftig sein.«

»Stimmt«, preßte Brenner zwischen zusammengebissenen Zähnen hervor. »Ihr Mitgefühl tut wirklich gut, Professor.« Er hatte inzwischen die Stimme dem Gesicht zugeordnet.

»Wer sagt, daß ich welches habe?« antwortete Schneider übellaunig. »Warum erwartet eigentlich jedermann von uns Medizinern, daß wir ständig und für alles Verständnis haben? Ich finde, es geschieht Ihnen ganz recht. Ist Ihnen eigentlich klar, wie leichtsinnig Sie sich verhalten haben?«

»Aber ich wollte doch nur –«

»– aufstehen und ein bißchen herumspazieren, ich weiß«, unterbrach ihn Schneider. »Und dabei möglicherweise so ganz nebenbei zunichte machen, was wir in den letzten Tagen erreicht haben.« In Schneiders Augen blitzte es ärgerlich. Sein Zorn war nicht gespielt und möglicherweise verständlich, zumindest aus seiner Sicht. Aber nicht in diesem Ausmaß. Trotzdem verfehlten die Worte ihre Wirkung nicht.

»Es tut mir leid«, sagte Brenner. »Ich wollte Ihnen wirklich keinen Ärger machen, Herr Professor.«

»Dann wären Sie besser nicht aufgestanden und herumspaziert, als hielten Sie sich für einen jungen Gott«, antwortete Schneider in noch immer strafendem, aber zugleich auch schon fast versöhntem Ton. Ärzte waren vielleicht keine Heiligen, die alles verziehen und verstanden, aber sie waren offensichtlich Kummer gewohnt. Er sah Brenner einen Moment lang strafend an, ehe er fortfuhr: »Aber jetzt mal im Ernst: Was haben Sie sich nur dabei gedacht? Ist Ihnen eigentlich klar, was Ihnen alles hätte passieren können?«

»Ich fürchte, nein«, gestand Brenner zerknirscht. »Es tut mir leid. Aber ich habe mich kräftig genug gefühlt, um –«

»Natürlich haben Sie das!« unterbrach ihn Schneider. »Sie sind ja auch bis zum Stehkragen mit Medikamenten vollgepumpt.« Er deutete wieder auf die Geräte neben dem Bett. »Die Dinger da passen nicht nur auf Sie auf, sie bewahren Sie auch vor den schlimmsten Schmerzen und anderen Unannehmlichkeiten. Und wahrscheinlich geben sie Ihnen auch das Gefühl, Bäume ausreißen zu können. Aber nur, solange Sie es lassen, glauben Sie mir.«

Brenners Kopf tat zu weh, als daß er Schneiders Geste mit Blicken folgte, aber er spürte auch so, daß er während seiner Ohnmacht wieder an jedes einzelne Kabel angeschlossen worden war. Nur, daß ihn der Gedanke nicht beruhigte. Ganz im Gegenteil: Die einzigen Minuten in den letzten drei Tagen, in denen er sich halbwegs wohl gefühlt hatte, waren eigentlich die gewesen, in denen er nicht mit den Apparaten verkabelt war – und keine Nadel im Arm gehabt hatte, aus der weiß Gott was in seinen Kreislauf getröpfelt war.

»Ich kann sehen«, sagte er unvermittelt.

Schneider blinzelte. »Wie?«

»Meine Augen«, antwortete Brenner. »Ich kann plötzlich viel besser sehen. Noch nicht richtig, aber kein Vergleich zu gestern. Es kam ganz plötzlich: Ich bin wach geworden und konnte wieder sehen. Deshalb bin ich aufgestanden.«

Schneiders Reaktion verwirrte ihn. Der Arzt blickte ihn einige Sekunden lang durchdringend an, und er sah ihm jetzt zum erstenmal nicht nur ins Gesicht, sondern direkt in die Augen. Dann trat er rasch einen Schritt zurück, hob die Hand und fragte: »Wie viele Finger sind das?«

»Vier«, antwortete Brenner – was, um ehrlich zu sein, beinahe geraten war. Schneiders Hand befand sich schon im unscharfen Grenzbereich seines noch immer eingeschränkten Gesichtsfeldes, so daß er nicht ganz sicher war, ob er nur zwei, drei oder vier Finger in die Höhe streckte. Aber es war eine Dreißig-Prozent-Chance, und er landete einen Treffer. Schneider war für einen Moment so verblüfft, daß er sein Gesicht gar nicht zu sehen brauchte, um seine Überraschung zu spüren. Und er war wohl auch zu verblüfft, um den Versuch zu wiederholen, denn er trat wieder näher und sah Brenner erneut einige Sekunden lang wortlos an. Seltsamerweise las Brenner alle möglichen Empfindungen in seinen Augen – Überraschung, Verwirrung, berufsmäßige Neugier und jene Art mißtrauischen Zweifels, die bei Männern wie ihm wohl schon zu einer Art Instinkt geworden ist –, nur eines nicht: Freude.

»Ihre Erleichterung scheint sich in Grenzen zu halten«, sagte Brenner.

Schneider fuhr ein ganz kleines bißchen zusammen und zwang prompt ein unechtes Lächeln auf sein Gesicht. »O nein«, sagte er hastig. »Sie tun mir unrecht. Ich freue mich immer, wenn meine Arbeit von Erfolg gekrönt wird. Es kommt nur ... ziemlich überraschend.«

»So?« Brenner bemerkte, daß Schneider einen raschen Blick mit der Krankenschwester tauschte, der mehr war als ein bloßer Blick. »Ich dachte, Sie selbst hätten es vor ein paar Stunden so prophezeit – spontan und irgendwann.«

»Ja, natürlich«, antwortete Schneider hastig. Sein Lächeln wirkte plötzlich noch unechter. »Manchmal überrascht es einen, wenn die eigenen Vorhersagen plötzlich eintreffen. Es kam ganz plötzlich, sagen Sie?«

Brenner unterdrückte gerade noch den Impuls zu nicken, was seinen Schädel wahrscheinlich endgültig zum Platzen gebracht hätte. »Ich habe die Augen aufgemacht und konnte sehen, ja. So sollte es doch sein, oder?« Er war jetzt sicher, daß Schneider kein bißchen erleichtert war, sondern ganz im Gegenteil besorgt. Um nicht zu sagen: erschrocken.

»Ja, natürlich. Aber hüten Sie sich, sich zu sehr zu freuen. Sie könnten einen ebenso spontanen Rückfall erleiden. Schwester – was ist mit dem Ding los?«

Brenner biß in Gedanken die Zähne zusammen und drehte nun doch den Kopf in den Kissen. Der Schmerz war weniger schlimm als erwartet, aber was er sah, gefiel ihm nicht. Schneider mochte seine Gründe haben, so und nicht anders zu reagieren, aber er sah in den Augen der Schwester die gleiche Bestürzung, und sie gab sich nicht einmal sonderlich Mühe, sie zu verbergen. Auf die Worte des Arztes hin beugte sie sich hastig über den Instrumententisch und begann – Brenner war sicher, ziemlich wahllos – an Schaltern und Knöpfen zu hantieren. Schließlich drehte sie sich mit einem übertriebenen Achselzucken wieder um.

»Es funktioniert alles tadellos.«

Schneiders Blick machte deutlich, was er vom technischen Verständnis seiner Nachtschwester hielt. Aber er sparte sich jede dementsprechende Bemerkung. »Es ist gut, Schwester«, sagte er. »Bitte sehen Sie jetzt nach unseren Gästen. Ich möchte nicht, daß sie zu lange allein sind.«

Die Schwester ging, aber Schneider machte keine Anstalten, ihr zu folgen. Allerdings sagte oder tat er auch nichts, sondern sah Brenner nur weiter auf diese sonderbare Art an. Seine Blicke begannen ihn allmählich nicht nur zu beunruhigen, sondern regelrecht nervös zu machen. Irgend etwas stimmte hier nicht.

»Fühlen Sie ... sonst noch eine Veränderung?« fragte er schließlich.

»Sollte ich denn?«

»Ich hasse es, auf eine Frage eine Gegenfrage anstelle einer Antwort zu bekommen«, sagte Schneider, schon wieder eine Spur schärfer, aber trotzdem noch immer hörbar nervös.

»Ich bin nicht sicher«, sagte Brenner. »Ich glaube, ich erinnere mich jetzt besser.«

»Woran?«

»Keine Ahnung«, gestand Brenner. »Gestern hätte ich noch geschworen, daß es nur Alpträume sind, aber mittlerweile ...« Er zuckte im Liegen mit den Schultern, und das tat weh; so sehr, daß er es kein zweites Mal versuchen würde.

»Was ist eigentlich wirklich passiert? Ich erinnere mich nur an eine Explosion und Feuer – und jede Menge krauses Zeug.«

»Viel mehr weiß ich auch nicht«, antwortete Schneider – in einem Ton, der dem hörbaren Nachsatz *und das ist gelogen* gleichkam. Mittlerweile schien er sich wohl auch darauf eingestellt zu haben, daß Brenner wieder sehen konnte; denn als er fortfuhr, wich er jedem direkten Blickkontakt aus. »Ich kann Ihnen nur das sagen, was in den Zeitungen gestanden hat. Wie es aussieht, sind Sie und dieses Mädchen direkt in den großen Showdown zwischen Abu el Mot und einer CIA-Einheit hineingeraten.«

»Abu el Mot?«

»Ein Terrorist«, antwortete Schneider. »Sein richtiger Name ist Salim oder Salid ... irgend etwas in dieser Art. Sie haben ihn seit zehn Jahren rund um die Welt gejagt – und Sie und dieses arme Mädchen hatten anscheinend das Pech, genau dort zu sein, wo sie ihn gestellt haben.«

»Moment«, sagte Brenner. »Wenn ich mich richtig erinnere, ist das halbe Kloster in die Luft geflogen –«

»Das ganze«, verbesserte ihn Schneider. »Es gab keine Überlebenden, abgesehen von Ihnen. Und auch Sie haben nur überlebt, weil Sie sich ungefähr zehn Meter unter der Erde befanden.«

»Aber so etwas gibt es doch nicht«, sagte Brenner. Eigentlich tat er es wider besseres Wissen; er spürte einfach, daß jedes Wort von dem, was Schneider sagte, wahr war. Trotzdem fuhr er fort. »Ich meine, so was passiert doch nur im Film.«

»Stimmt«, sagte Schneider. »Normalerweise kommt so etwas nur in amerikanischen Action-Filmen vor; und nicht einmal in den besten. Aber diesmal ist es wirklich passiert.«

»Ein CIA-Helikopter und ein weltweit gesuchter Terrorist liefern sich über einem verwunschenen Kloster ein Luftduell, und ich erinnere mich nicht einmal. Das ist unfair.«

Schneider lächelte. Aber nur für eine Sekunde. »Das werden Sie schon noch«, sagte er. »Ich schätze, Sie werden eine

Menge Geld mit der Geschichte verdienen, wenn Sie erst einmal hier heraus sind und die Journalisten über Sie herfallen. Aber ich fürchte, zuvor werden Sie noch eine Menge Fragen beantworten müssen.«

»Die CIA?«

Schneider verneinte. »Ich sagte doch, so etwas passiert normalerweise nur in zweitklassigen Filmen, nicht in Wirklichkeit und nicht in der Bundesrepublik Deutschland. Wenn ich die Zeitungen richtig gelesen habe, haben die Amerikaner im Augenblick die Köpfe eingezogen und spielen toter Mann. Die Öffentlichkeit ist nicht glücklich über diese Wildwest-Aktion, und die Presse spielt die Geschichte entsprechend hoch. In den letzten Tagen waren dreimal Beamte der Staatsanwaltschaft hier, von der Polizei ganz zu schweigen. Ich halte sie Ihnen vom Leibe, solange ich kann. Aber allzulange werde ich es nicht mehr können, fürchte ich.«

»Ich kann ihnen nicht viel sagen«, meinte Brenner.

»Seien Sie froh«, antwortete Schneider. »Und wenn Sie noch einen privaten Rat von mir wollen: Bleiben Sie dabei. Ganz egal, wer Sie fragt. Und was.«

Seltsam – aber wieso hatte Brenner immer mehr das Gefühl, daß Schneider um den heißen Brei herumredete? Er hatte selten einen Menschen getroffen, der so direkt war wie dieser Arzt, aber jetzt druckste er herum wie ein Schuljunge. Brenner beschloß, es ihm – und sich selbst – ein bißchen leichter zu machen und ihm ein Stichwort zu geben.

»Dieses Mädchen, das bei mir war ... die Anhalterin. Hat man sie gefunden?«

»Nein«, antwortete Schneider. »Nicht einmal ihren Leichnam. Er muß vollkommen verbrannt sein.«

Aber woher wußte Schneider dann von ihr? Wenn von den Bewohnern des Klosters niemand überlebt hatte, dann konnte auch niemand wissen, daß er das Mädchen bei sich gehabt hatte. Und das wiederum konnte nur eines bedeuten: Schneider log. Aber warum?

»Ist das überhaupt möglich?« fragte Brenner.

»Daß ein menschlicher Körper vollkommen zu Asche verbrennt?« Schneider nickte. »Warum nicht? Zumindest theoretisch.«

»Und praktisch?«

»Ich habe keine Ahnung«, gestand Schneider. »Ich war nicht dort. Ich weiß nur, was man mir gesagt hat. Und das ist nicht viel.«

»Sie machen ein ziemliches Geheimnis daraus, wie?«

»Wundert Sie das?« fragte Schneider. »Wie gesagt, die Öffentlichkeit steht kopf. Raketenduelle zwischen Hubschraubern gehören ins Kino, nicht in den Taunus. Und dann noch dieses seltsame Kloster ...«

Der gespannte Unterton in seiner Stimme war nicht mehr zu überhören; offenbar nicht einmal für ihn selbst, denn nach einer Sekunde fügte er mit einem leisen, nervösen Lachen hinzu: »Was für eine Art Kloster war das überhaupt? Ich lebe seit zwanzig Jahren hier, aber ich habe nie davon gehört, obwohl es keine zwanzig Kilometer entfernt ist.«

Das war die erste wirklich konkrete Information, die Brenner erhielt, seit er in diesem seltsamen Krankenhaus aufgewacht war. Aber er hatte in den letzten Minuten eine ganze Menge Informationen bekommen, die vielleicht weniger konkret, aber sehr viel beunruhigender waren; wie zum Beispiel die, daß Schneider offensichtlich nicht hiergeblieben war, um ihm irgend etwas mitzuteilen, sondern um etwas von ihm zu erfahren.

»Ich habe keine Ahnung«, sagte er wahrheitsgemäß. »Aber wenn ich mich nicht sehr täusche, hatten sie nicht einmal elektrischen Strom. Und sie schienen nicht sehr begeistert zu sein, als sie uns sahen.«

Schneider wurde direkter. »Sonst ist Ihnen nichts aufgefallen?«

»Nichts, woran ich mich erinnere«, antwortete Brenner. »Warum?«

»Ich bin nur neugierig«, sagte Schneider.

Und außerdem lügst du wie gedruckt, dachte Brenner. Er glaubte es nicht, er wußte es. Plötzlich war alles ganz klar.

Das ungute Gefühl, das er seit seinem vorletzten Erwachen hatte, wurde von einer Sekunde auf die andere zur Gewißheit: Irgend etwas stimmte hier nicht. Er war nicht nur als Patient hier, sondern auch als Gefangener.

»Vielleicht fällt mir noch etwas ein«, sagte er. »Wie es aussieht, war Ihre Prognose ja richtig. Nach und nach kommt alles zurück. Auch meine Erinnerungen.«

Schneider machte keinen Hehl aus seiner Enttäuschung, aber er versuchte auch nicht, Brenner weiter zu bedrängen. »Vermutlich haben Sie recht«, sagte er. »Wir können uns später noch lange genug unterhalten – vielleicht zu einer etwas zivilisierteren Zeit. Kann ich Sie allein lassen, ohne daß Sie wieder spazierengehen?«

Brenner hob die freie Hand zum Kopf, aber er hütete sich, ihn wirklich zu berühren. »Sicher«, sagte er. »Aber Sie könnten mir noch einen Gefallen tun. Mixen Sie etwas gegen Kopfschmerzen in den Chemiecocktail, mit dem mich diese Maschine vollpumpt.«

»Keine Sorge – es ist alles drin, was Sie brauchen.«

Und vermutlich noch eine ganze Menge mehr. Brenner konnte regelrecht spüren, wie das Vergessen durch die dünne Nadel in seinem Handrücken wieder in seinen Körper zurücktropfte. Die Erinnerungen, von denen er sprach, würden nicht zurückkommen, solange er an diese Maschine angeschlossen war.

Schneider zögerte noch einen letzten, überflüssigen Moment, dann ging er, ohne sich zu verabschieden und ohne das Licht auszuschalten.

Hinterher wurde ihm klar, daß er alles in allem kaum länger als fünf Minuten in der Wäschekammer zugebracht hatte, aber während er es tat, schien die Zeit nicht nur stehengeblieben zu sein, sondern rückwärts zu laufen. Salid hatte es nicht noch einmal gewagt, sich umzudrehen, obwohl er wußte, was er gesehen hatte – nämlich nichts. Es waren nicht die Ungeheuer aus seiner Kindheit, die gekommen waren, um ein altes Versprechen einzulösen. Diesem Monster konnte er nicht entrinnen, indem er sich nur davor hütete, es anzusehen; denn es war in ihm. Aber seine Zeit war noch nicht gekommen. Salid starb innerlich tausend Tode, während er darauf wartete, daß der Aufzug kam und er sein selbstgewähltes Gefängnis verlassen konnte – er hätte seine rechte Hand darauf verwettet, eine geschlagene Stunde in dem kleinen Raum zugebracht zu haben.

Trotzdem ließ er noch einige Sekunden verstreichen, nachdem das Geräusch der Aufzugtür erklungen war. Erst dann trat er wieder auf den Gang hinaus und sah sich aufmerksam um. Der Lift war abgefahren, und die kleine Lampe neben der Tür leuchtete wieder grün, die Kabine war also bereits an ihrem Ziel angelangt und wartete darauf, gerufen zu werden. Salid spielte eine Sekunde lang mit dem Gedanken, genau dies zu tun und den Aufzug anschließend zu blockieren, um sich den Rücken freizuhalten, entschied sich aber beinahe augenblicklich wieder dagegen. Abgesehen von dieser sonderbar verlassen wirkenden Etage befand er sich in einem ganz normalen Krankenhaus. Er tat besser nichts, was den normalen Ablauf störte. Also ging er wieder zu der Tür, durch die der Arzt und seine ungebetenen Besucher verschwunden waren.

Auch dieser Teil des Flures war vollkommen leer, aber die Tür stellte sich als größeres Problem heraus, als er erwartet hatte. Das Schloß war nicht besonders raffiniert – ein simpler Mechanismus, der einrastete, sobald die Tür in den Rahmen fiel, aber es war ein Schloß, und auch wenn Salid Spezialist im Öffnen von Schlössern war, hielt es ihn auf, denn er stand praktisch mit leeren Händen da. Nach einigen Sekunden, in denen er ebenso vergeblich wie frustriert daran herumgefingert hatte, ging er zurück, um ein Werkzeug zu suchen.

Alles, was er zum Öffnen auch weit komplizierterer Schlösser benötigt hätte, befand sich in seiner Jacke, aber er wagte es nicht, die Wäschekammer noch einmal zu betreten, so daß er etliche Minuten damit verlor, Türen zu öffnen und die dahinter liegenden Räume nach einem Stück Draht oder einem anderen geeigneten Werkzeug abzusuchen. Danach allerdings ging alles sehr schnell. Sekunden, nachdem Salid zur Tür zurückgekehrt war, befand er sich auf der anderen Seite und ließ das Schloß lautlos wieder einrasten.

Auch dieser Teil des Korridors war vollkommen leer, aber von irgendwoher drangen Geräusche: gedämpfte Stimmen, ein leises Surren und Klicken und im Hintergrund das verzerrte Geplapper eines Radios. Der Flur war nicht sehr lang – zwei Türen auf der linken, drei auf der rechten Seite – und endete vor einer weiteren Milchglastür, deren Aufschrift die dahinter liegenden Räume als Intensivstation auswies. Die Türen waren zu schmal, um ein Bett hindurchzuschieben, und führten alle zu Verwaltungs- und Aufenthaltsräumen des Personals. Salid registrierte all dies mit einem einzigen raschen Blick und nicht wirklich auf einer bewußten Ebene. Aber er nahm jede noch so kleine Information auf, und wenn er sie brauchte, würde sie da sein. Möglicherweise war er kein Killer mehr, aber seine Instinkte funktionierten so präzise wie eh und je.

Er benötigte ungefähr zwei Sekunden, um die Richtung zu lokalisieren, aus der die Stimmen kamen: Eine der Türen auf der rechten Seite war nur angelehnt; durch den Spalt drang weißes Neonlicht. Keine Schatten. Wer immer dort drinnen war, bewegte sich jedenfalls nicht. Aber er redete, und er tat es weder besonders leise noch in besonders gemäßigtem Ton – Salid konnte die Worte zwar immer noch nicht verstehen, aber was er belauschte, das war zweifellos ein Streit.

Lautlos näherte sich Salid der Tür, sah durch den fingerbreiten Spalt und horchte noch konzentrierter. Seltsamerweise wurden die Stimmen zwar lauter, aber nicht deutlicher, und auch was er sah, gab ihm keinen besonderen Aufschluß: der schmale Ausschnitt eines ganz normalen Büros – Kunststoffboden, ein grauer Metallschreibtisch mit dem obligatorischen PC-Monitor, ein ordentlich aufgeräumter Aktenschrank ... Dann begriff er: Er stand vor dem Vorzimmer des Arztes. Die Stimmen selbst kamen aus seinem Büro.

Er würde nicht weiterkommen, wenn er nicht ein gewisses Risiko einging. Salid sah sich noch einmal rasch und aufmerksam um, dann öffnete er die Tür und trat mit einem schnellen Schritt hindurch. Wie er erwartet hatte, war der Raum leer, aber auf der anderen Seite befand sich eine zweite Tür, die zu Schneiders eigentlichem Büro führte.

Nachdem er sich davon überzeugt hatte, daß ihn sein eigener Schatten nicht verraten würde, näherte er sich ihr und spähte vorsichtig in den dahinter liegenden Raum. Er war wesentlich größer als dieses Vorzimmer und erinnerte in seiner kalten Funktionalität mehr an eine Fabrikhalle als an ein Büro. Der Arzt, den er vorhin gesehen hatte, befand sich nicht darin, wohl aber die beiden anderen Männer. Der ältere, grauhaarige saß in einem schweren Ledersessel hinter dem Schreibtisch, während der jüngere aufgeregt auf der anderen Seite des Tisches hin und her lief.

Etwas Sonderbares geschah: Selbst draußen, unmittelbar vor der Tür, hatte Salid die Worte nicht verstehen können, obwohl sich wahrlich keiner der beiden Mühe gab, leise zu sein. Jetzt, als er sie sehen konnte, wurden aus Lauten plötzlich Worte.

»Ich hätte Sie für vernünftiger gehalten, Bruder Johannes«, sagte der Grauhaarige. Seine Stimme klang sehr streng, strafend, aber nicht wie die eines Vaters, der mit seinem uneinsichtigen Sohn sprach, sondern wie die eines Schulleiters, der mit einem seiner Zöglinge spricht – einem, dem er insgeheim am liebsten den Hals herumgedreht hätte. »Fällt Ihnen nicht selbst auf, wie lächerlich das klingt, was Sie da sagen?«

Johannes blieb mitten im Schritt stehen und starrte sein Gegenüber an. »Nennen Sie mich nicht Bruder«, sagte er zornig. »Ich bin nicht Ihr Bruder, Alexander – oder wie immer Sie heißen.«

Der Mann, der sich Alexander nannte, hob besänftigend die Hände, aber die Geste war ebenso falsch wie das Lächeln, das er dabei auf sein Gesicht zwang. »Wie ich gerade sagte: Sie benehmen sich kindisch. Ich muß gestehen, ich bin ein wenig enttäuscht von Ihnen.«

»Enttäuscht? Worüber? Daß ich mich nicht mit ein paar netten Worten abspeisen lasse und einfach wieder gehe? Daß ich mich nicht einschüchtern lasse wie dieser sogenannte Arzt?«

»Professor Schneider ist ein fähiger Mann«, sagte Alexander. »Was haben Sie gegen ihn?«

»Nichts – außer vielleicht, daß er seinen Eid gebrochen hat. Er macht diesen armen Kerl krank, statt ihm zu helfen.«

Alexander setzte sichtbar zu einer scharfen Entgegnung an, beließ es aber dann bei einem Kopfschütteln und lehnte sich in seinem Stuhl zurück. »Sie sollten sich selbst reden hören, Johannes«, sagte er, nun in beinahe sanftem Ton. »Was Sie da sagen, klingt verdammt nach Paranoia, ist Ihnen das klar?«

»Verfolgungswahn?« Johannes lachte bitter. »Wer weiß? Vielleicht haben Sie sogar recht. Wenn es um das Ende der Welt geht, ist ein bißchen Paranoia vielleicht ganz angebracht.«

Salid hätte sich um ein Haar verraten. Noch vor einer Sekunde hatte er überlegt, wieder zu gehen und die beiden ihrem Streit zu überlassen, der ihn nichts anging, aber Johannes' Worte machten alles anders. Konnte es sein, daß ... daß er nicht der einzige war, der wirklich wußte, was geschah? Aber das war unmöglich! Es hatte keine Überlebenden außer ihm gegeben – ihm und diesem Versicherungsvertreter, der in irgendeinem der Zimmer hinter der nächsten Glastür lag und den zu holen er gekommen war!

»Das Ende der Welt?« Alexander beugte sich interessiert vor. »Sie scheinen einen starken Hang zum Dramatisieren zu haben, junger Freund.«

»Hören Sie auf, mir etwas vorzumachen«, antwortete Johannes verächtlich. »Sie wissen so gut wie ich, wovon ich rede. Sie wissen es besser.«

»Und warum sollte ich das?«

»Weil Sie die Zeichen genauso deutlich sehen wie ich«, behauptete Johannes. »Warum spielen Sie den Unbedarften, Alexander? Sie wissen verdammt genau, was dort draußen vor sich geht.«

»Wissen Sie, wie das klingt?« fragte Alexander lächelnd.

»Das ist mir ziemlich egal!« Johannes ballte in einer hilflosen Geste die Fäuste. »Ich bin also verrückt, ja?«

»Ich würde es vielleicht etwas weniger dramatisch ausdrükken, aber –«

»Aber darauf zielen Sie ab!« fiel ihm Johannes aufgebracht ins Wort. Er beugte sich erregt über den Schreibtisch, und Alexander wich instinktiv um die gleiche Distanz zurück. »Aber wenn ich wirklich verrückt bin, wenn das alles nur Hirngespinste sind, dann verraten Sie mir, was Sie hier suchen! Weshalb sind Sie hier? Und weshalb haben Sie und Ihre Brüder all Ihre Macht aufgeboten, um diesen armen Kerl vor der Öffentlichkeit zu verstecken?«

Alexander schwieg einen Augenblick, aber als er antwortete, da klang er seltsamerweise fast erleichtert; als hätte Johannes ihm unabsichtlich weit mehr als das verraten, was seine bloßen Worte sagten. »Das kann ich Ihnen beantworten, mein Freund«, sagte er. »Immerhin sind bei diesem schrecklichen Unglück mehr als ein Dutzend unserer Brüder ums Leben gekommen, und wie es aussieht, ist Herr Brenner der einzige überlebende Zeuge, den es gibt. Natürlich möchten wir wissen, was wirklich passiert ist. Und was meine angebliche Macht angeht ... Hätte ich sie und wäre alles so, wie Sie glauben, dann wären Sie jetzt nicht hier, meinen Sie nicht?«

»Hören Sie doch auf!« antwortete Johannes. »Sie wissen genau wie ich, daß es begonnen hat! Sie wollen es nur nicht zugeben, weil Sie dann auch zugeben müßten, was dieses sogenannte Kloster in Wirklichkeit war. Und welche Kreatur Sie auf die Welt losgelassen haben!«

»Und das glauben Sie wirklich?« fragte Alexander sanft. »Ihre Worte schmerzen mich, mein Freund.«

Salid war zu einem Entschluß gelangt. Er hatte genug gehört, um nicht nur zu vermuten, sondern zu wissen, daß er in diesem jungen Mann zumindest einen potentiellen Verbündeten hatte – und in Alexander einen erklärten Feind. Aber diese Erkenntnis machte die Situation ungemein komplizierter. Sein ursprünglicher Plan hatte vorgesehen, Brenner aus dieser Klinik zu entführen und erst einmal in das Hotelzimmer zu bringen, das er für diesen Zweck angemietet hatte. Aber nun hatte er es nicht mehr mit einer, sondern zwei Personen zu tun. Er konnte unmöglich beide mitnehmen, aber er konnte Johannes auch nicht einfach vergessen – dazu war er zu wertvoll. Also würde er tun, worin er schon immer am besten gewesen war, und improvisieren. Brenner lief ihm nicht weg, dafür – aus diesem Verdacht hatten Johannes' Worte Gewißheit gemacht – hatten die Ärzte in diesem Krankenhaus gesorgt. Statt dessen würde er Johannes mitnehmen.

Salid überlegte gerade, wie er dies am besten bewerkstelligen konnte, ohne zu großes Aufsehen zu erregen, als ihm seine Instinkte eine Warnung zukommen ließen. Jemand kam. Eine Tür war ins Schloß gefallen, und Schritte näherten sich.

Die Zeit, die ihm noch blieb, reichte nicht aus, sich zu verstecken – ganz davon abgesehen, daß es hier kein geeignetes Versteck gegeben hätte –, aber sie reichte Salid, um seine ganz eigene Art von Mimikri durchzuführen. Er wandte sich zur Tür, und während er es tat, sanken seine Schultern ein Stück nach vorne. Seine ganze Haltung erschlaffte. Sein Gesicht verlor den Ausdruck angespannter Konzentration, mit dem er dem Gespräch im Nebenzimmer gefolgt war, und selbst seine Augen blickten nicht mehr annähernd so wach wie zuvor. Als die Nachtschwester das Zimmer betrat, hätte es des blauen Frottee-Bademantels gar nicht mehr bedurft, um aus Salid Abu el Mot einen Patienten dieser Klinik zu machen, der sich verlaufen hatte.

»Was –?« Die Schwester riß erstaunt die Augen auf, erstarrte für einen Moment mitten in der Bewegung und setzte dann neu an, in verändertem, scharfem Tonfall und vielleicht eine Spur lauter, als es der Situation angemessen gewesen wäre. »Was tun Sie hier? Wer sind Sie, und was haben Sie hier zu suchen?«

»Ich will den Arzt sprechen«, antwortete Salid. »Das hier ist doch sein Büro. Ich will ihn sprechen.«

»Den Arzt? Welchen –« Die Schwester stockte erneut. Als sie eine halbe Sekunde später neu ansetzte, war jede Spur von Freundlichkeit aus ihrer Stimme gewichen. »Wer hat Sie hier hereingelassen?«

»Hereingelassen? Niemand«, antwortete Salid. Er legte nun einen trotzig-herausfordernden Ton in seine Stimme. »Die Tür war offen. Niemand hat mich hereingelassen. Hier sagt einem ja sowieso keiner was. Ich will jetzt den Arzt sprechen. Seit einer Woche warte ich jetzt drauf, daß mir einer sagt, was mit mir los ist. Ich will jetzt endlich den Arzt sprechen!«

Der Trick funktionierte. Der mit Mißtrauen gepaarte Zorn wich endgültig aus dem Gesicht der Schwester und machte einem Ausdruck von Resignation Platz, der nichts mit Nachgiebigkeit zu tun hatte. »Hören Sie mir zu«, sagte sie. »Sie sind hier in der falschen Abteilung.«

»Das hier ist doch die Krankenhausleitung, oder?« fragte Salid trotzig.

»Ja, aber –«

»Also!« sagte Salid triumphierend. »Ich will jetzt wissen, was Sache ist! Ich verlange auf der Stelle –«

»Sie haben hier nichts zu verlangen!« unterbrach ihn die Schwester. »Sie sind hier falsch, verstehen Sie doch. Sagen Sie mir, in welcher Abteilung Sie liegen, und ich lasse Sie zurückbringen, okay? Und gleich morgen früh werde ich mich persönlich darum kümmern, daß einer unserer Ärzte mit Ihnen spricht, darauf gebe ich Ihnen mein Wort.«

»Das versprechen sie mir hier seit einer Woche«, maulte Salid.

Das Gespräch im Nebenzimmer war mittlerweile verstummt. Salid hörte Schritte hinter sich und erblickte Alexander und den jüngeren Geistlichen, die hintereinander hereinkamen. Ihr Mienenspiel war sehr interessant: Johannes sah noch immer ein wenig aufgebracht aus, vor allem aber irritiert, während Alexander das Mißtrauen in Person war. Salid stufte ihn endgültig als den Gefährlicheren von beiden ein.

»Sind Sie der Arzt?« fragte Salid. »Wenn ja, dann –«

»Das ist nicht Professor Schneider«, sagte die Nachtschwester rasch. An Alexander gewandt, fügte sie hinzu: »Bitte entschuldigen Sie die Störung. Ich werde die Angelegenheit sofort in Ordnung bringen.«

»Wer ist dieser Mann?« fragte Alexander. Seine Augen wurden schmal, und in seinem Blick erschien etwas, das Salid warnte. Er spannte sich unmerklich.

»Ein Patient«, antwortete die Schwester. »Wie gesagt, ein Mißverständnis. Ich werde es sofort –«

»Dieser Mann ist kein Patient«, sagte Alexander. Er sprach ganz ruhig. Seine Stimme war frei von Vorwurf oder gar Empörung, aber sie ließ auch keinen Zweifel zu.

»Kein Patient? Aber wer ...«

Salid explodierte förmlich. In einer einzigen fließenden Bewegung drehte er sich halb herum, schmetterte sie so wuchtig gegen die Wand neben der Tür, daß sie halb besinnungslos zu Boden sank, gleichzeitig trat er mit dem gestreckten Bein nach hinten aus. Alexander taumelte zurück, prallte gegen den Türrahmen und sank mit einem sonderbaren, seufzenden Laut zu Boden. Das alles dauerte weniger als eine Sekunde. Noch bevor Alexander und die Schwester vollends zu Boden gesunken waren, war Salid schon wieder herumgefahren und trat auf Johannes zu.

»Großer Gott, nein!« keuchte Johannes. »Was ... was wollen Sie von mir?« Er war einen Schritt zurückgewichen und hatte in einer angstvoll-linkischen Bewegung die Hände vor das Gesicht gehoben. In seinen Augen flackerte die blanke Todesangst.

»Keine Angst«, sagte Salid hastig. »Ich tue Ihnen nichts.« Er hob in einer besänftigenden Geste die Hände, die Johannes aber vollkommen mißzuverstehen schien. Aus der Angst in seinem Blick wurde für einen Moment reine Panik. Er wich weiter zurück, stolperte über Alexanders reglosen Körper und fiel halbwegs gegen den Türrahmen.

»Bitte!« sagte Salid hastig. »Haben Sie keine Angst! Ich bin nicht Ihr Feind!« Er nahm die Hände wieder herunter und trat vorsichtshalber einen Schritt zurück. Es wirkte. Die Furcht blieb auf Johannes' Gesicht, aber die Panik verschwand.

»Hören Sie zu«, sagte Salid. »Ich kann es Ihnen jetzt nicht erklären, aber ich bin nicht Ihr Feind. Im Gegenteil – ich stehe auf Ihrer Seite.«

Hinter ihm erklang ein halblautes Stöhnen. Salid drehte sich rasch herum und ging gleichzeitig in die Hocke. Die Schwester regte sich unsicher. Sie hob stöhnend den Kopf und öffnete die Augen, aber ihr Blick blieb trüb. Salid ließ ihr keine Zeit, vollends aufzuwachen. Seine Hand tastete nach einer bestimmten Stelle in ihrem Nacken und drückte kurz und heftig zu. Der Blick der dunkelbraunen Augen erlosch endgültig.

»Großer Gott!« keuchte Johannes. »Was tun Sie? Sie ... Sie haben sie getötet!«

»Keine Sorge, sie lebt noch.« Salid richtete sich wieder auf und versuchte beruhigend zu lächeln, erreichte damit aber auch jetzt wieder das genaue Gegenteil. Vermutlich spielte es keine Rolle. Mit großer Wahrscheinlichkeit konnte nichts, was er jetzt tat, Johannes beruhigen.

»Hören Sie zu«, sagte er, hastig und laut, aber in einem Ton, von dem er zumindest hoffte, daß er nicht drohend klang. »Ich kann es Ihnen jetzt nicht erklären, aber ich bin Ihr Verbündeter. Ich bin wegen Brenner hier und aus dem gleichen Grund, aus dem Sie hier sind – und auch er.« Er deutete auf Alexander. »Bitte vertrauen Sie mir einfach. Ich werde Ihnen alles erklären, sobald wir hier heraus sind. Aber jetzt muß ich Brenner finden. Wissen Sie, wo er ist?«

Johannes nickte ganz automatisch, obwohl Salid bezweifelte, daß er seine Frage überhaupt verstanden hatte.

»Wo?«

»Hinter ... hinter der Tür«, stammelte Johannes. »Das ... dritte Zimmer auf der rechten Seite – glaube ich.«

»Gut.« Salid wandte sich zur Tür, blieb noch einmal stehen und sah zu Johannes zurück. »Bleiben Sie hier? Ich meine: Kann ich mich darauf verlassen, daß Sie keine

Dummheiten machen? Nur, bis ich zurück bin und Ihnen alles erklärt habe?«

»Aber was denn erklärt?« fragte Johannes verstört.

Salid wußte, daß jede Sekunde zählte. Er hatte keine Angst. Er war nicht einmal nervös. Aber er war oft genug in Situationen wie dieser gewesen, um zu wissen, daß er sich jetzt alles leisten konnte, nur eines nicht: Zeit zu verschwenden. Aber der junge Geistliche befand sich in einem Zustand, in dem er vollkommen unberechenbar war. »Sie hatten recht, Johannes«, sagte er. »Alles, was Sie zu Alexander gesagt haben, trifft zu. Und es ist in Wahrheit noch viel schlimmer, als Sie glauben.«

Natürlich war niemand dagewesen, weder im Umkleideraum noch in der Dusche und schon gar nicht hier drinnen; ebensowenig wie es Fußspuren auf dem Boden gegeben hatte oder gar Schatten. Der einzige Schatten, der sich in der Turnhalle bewegte, war sein eigener, und die einzigen Schrecken, die es hier gab, produzierte er selbst. Davon allerdings genug. Eine ganze Menge mehr, als ihm lieb war, um genau zu sein.

Weichsler brauchte nicht einmal besonders lange, um die Panik zu überwinden und die einzig mögliche Erklärung für das zu finden, was er erlebt hatte: nämlich daß er es geträumt hatte. Als es geschah, hätte er seine rechte Hand darauf verwettet, den Mann vor sich zu sehen. Er hatte seine Stimme gehört. Er hatte in seine Augen geblickt. Es war so realistisch gewesen, wie es nur sein konnte; und trotzdem nicht wahr. Eine Halluzination, mehr nicht. Wenn Halluzinationen nicht realistisch wären, besäßen sie keinen Schrecken. Nach drei Tagen in diesem Irrenhaus hatte er vielleicht das Recht auf seine eigene kleine Verrücktheit.

Tief in sich spürte Weichsler, daß diese Erklärung nicht stimmte, aber er hütete sich, diesen Gedanken weiterzuverfolgen. Etwas in ihm schreckte vor dieser Wahrheit zurück wie eine Hand vor einer heißen Herdplatte.

Außerdem hatte er im Moment Wichtigeres zu tun, als über seltsame Gestalten nachzudenken, die sich in Luft auflösten. Nach drei Tagen, in denen jede Minute zu seinem persönlichen Feind geworden war, hatte er nun keine Zeit mehr. Seine Ablösung kam in zehn Minuten, und bis dahin mußte er wenigstens das größte Chaos hier beseitigen.

Weichsler hatte den Plan aufgegeben, die Liege reparieren zu wollen; dazu hatte er weder die Zeit noch das notwendige Werkzeug. Er würde sich damit begnügen müssen, die tote Frau wieder auf das Feldbett zu legen und die Liege so auszubalancieren, daß sie erst zusammenbrach, wenn er nicht mehr hier war.

Es kostete ihn all seine Überwindung, den dünnen Plastiksack vom Boden aufzuheben und auf das zerbrochene Bettgestell zu legen. Die Folie fühlte sich widerlich an; nicht kalt und glatt, wie es sein sollte, sondern warm, weich, beinahe ... lebendig. Etwas bewegte sich darunter. Etwas, das kroch.

Weichsler versuchte den Gedanken zu verscheuchen. Seine Nerven schleiften am Fußboden, das war alles. Er bettete den Sack vorsichtig auf den natogrünen Bezug und widerstand nur mit Mühe der Versuchung, sich hastig aufzurichten und die Hände an der Hose abzuwischen. Stattdessen ließ er seine schreckliche Last nur sehr behutsam los; und jederzeit bereit, wieder zuzugreifen, sollte die Liege wieder aus dem Gleichgewicht geraten.

Sie hielt. Für einen Moment neigte sich das nunmehr dreibeinige Gestell zur Seite, kippte aber dann wieder in die Gerade zurück und stand. Weichsler richtete sich vorsichtig auf, zog die Hände zurück und lächelte erleichtert. Für ungefähr eine Sekunde, dann gefror sein Lächeln.

Der Leichensack bewegte sich.

Es gab keinen Zweifel. Es sah nicht etwa nur so aus, als bewege er sich. Es war auch nicht etwa so, als hätte sich das Wanken der Liege nur auf den Sack übertragen. Es war ganz einfach so: Der Sack – nein, nicht der Sack: etwas in ihm – bewegte sich.

Etwas, das darin war und hinaus wollte.

Es war genau dieser Gedanke, der etwas in Weichslers Kopf ausrasten ließ. Es war, als würden irgendwo in seinem Gehirn Kontakte gelöst, Verbindungen unterbrochen und organische Schaltkreise deaktiviert. Alles war da, was man erwarten konnte: Panik, Entsetzen, Furcht und Hysterie, aber ihre Wirkung blieb aus. Panik und Hysterie tobten gleich tollwütig gewordener Bestien, aber sie taten es in kleinen, sorgsam verriegelten Zellen. Furcht und Entsetzen ließen seine Nerven auflodern wie den dünnen Draht einer Glühbirne, die versehentlich an eine Starkstromleitung angeschlossen wurde. Aber er tat nichts. Er konnte es nicht. Etwas in ihm blockierte jede Reaktion, eingeschlossen den vielleicht einzig vernünftigen Impuls, nämlich den, wegzulaufen, so schnell und so weit er nur konnte.

Die glänzende schwarze Plastikfolie bewegte sich weiter, beulte sich aus, schlug Falten und glättete sich wieder. Etwas darunter bewegte sich. Hände, die hinaus wollten. Fingernägel, die mit einem stumpfen Gummigeräusch über Plastik scharrten. Und irgend etwas kroch in Weichsler empor; vielleicht die Furcht, die einen anderen Weg gefunden hatte als über seine Nervenbahnen und nun in seiner Kehle hinaufkroch wie ein dicker, haariger Ball auf Spinnenbeinen. Er war immer noch unfähig, sich zu rühren. Sein Körper war vollkommen gelähmt; selbst sein Atemreflex war erloschen.

Das Zittern der Liege hielt an. Sie beugte sich zur Seite, zitterte einen Moment noch heftiger und richtete sich dann wieder auf, wie ein leckgeschlagenes Schiff nach dem Anprall einer gewaltigen Woge. Aber diesmal hörte die Bewegung nicht auf. Der Sack rollte ein Stück zur Seite, fiel zurück und knickte dann in der Mitte ein. Vor Weichslers ungläubig aufgerissenen Augen schien sich der Leichnam in seiner schwarzen Hülle ein Stück weit aufzusetzen. Nicht sehr weit und auch nicht sehr schnell – aber weit genug, um schließlich das Gleichgewicht zu verlieren und mit einem feuchten Laut zu Boden zu fallen.

Das Geräusch brach den Bann. Die schwarze Spinne sprang mit einem Satz vollends in Weichslers Hals hinauf und wurde zu einem Schrei; ein keuchender Laut, mit dem er zurückprallte und gegen eine andere Liege stieß. Dann schlug die Furcht zu. Für einen Moment färbte sich alles, was er sah, rot: die Farbe der Angst. Sein Herz hämmerte so rasend schnell und hart, daß es aus dem Takt zu geraten drohte, und dann konnte er wieder atmen, aber es war, als hätte er gemahlenes Glas in die Lungen gesogen. Der Anfall dauerte nur wenige Sekunden, aber vielleicht hätte er Weichsler trotzdem das Leben gerettet, hätte er getan, was ihm jede einzelne Zelle seines Körpers zuschrie: davonlaufen.

Er tat es nicht.

Vielleicht war das Entsetzen zu groß, war das, was er sah, zu bizarr, um wirklich zu sein. Er hätte davonlaufen und vielleicht sein Leben retten können, aber er hätte dieses Bild nie wieder vergessen.

Was er sah, konnte nicht sein. Es durfte nicht sein. Er würde sich selbst beweisen, daß nichts von dem, was er zu sehen glaubte, Wirklichkeit war. Er mußte. Er würde den Verstand verlieren, wenn er es nicht tat.

Steif wie ein Roboter und Zentimeter um Zentimeter bewegte sich Weichsler vor und in die Hocke und streckte die Arme nach dem Plastiksack aus. Die Bewegung kostete ihn unendliche Mühe, denn all seine Muskeln waren zum Zerreißen gespannt. Mühsam drehte er den Sack herum und tastete nach dem Reißverschluß. Er ließ sich nicht öffnen. Die billige Mechanik war verklemmt, vielleicht waren seine Finger auch nur zu ungelenk. Aber er mußte die Tote sehen. Er mußte sich mit eigenen Augen davon überzeugen, daß sie tot war!

Weichsler hörte auf, sich mit dem Reißverschluß abzumühen. Statt dessen tastete er nach einem der Risse, die der Sack beim Zusammenbruch der Liege davongetragen hatte. Er grub die Hände hinein und zerrte mit aller Kraft, doch so dünn das schwarze Kunststoffmaterial auch war, so zäh war es. Weichsler zog und zerrte mit aller Gewalt, aber es gelang ihm kaum, den Riß über der Hüfte zu verlängern. Der Kunststoff dehnte sich einfach unter seinen Fingern und veränderte seine Farbe in Streifen von Schwarz zu schmutzigem Grau; aber er riß nicht.

Weichsler wurde immer verzweifelter. Mit einem heftigen Ruck drehte er die Tote auf den Rücken, versuchte sein Glück noch einmal mit dem Reißverschluß und kam endlich auf die Idee, sein Messer zu ziehen. Er war so ungeschickt, daß er sich selbst einen Schnitt in den Daumen zuzog; es blutete, aber das spürte er gar nicht. Endlich hatte er die Klinge vollends herausgeklappt.

Als er sie durch den schwarzen Kunststoff stoßen wollte, fiel sein Blick auf das Gesicht der Toten. Er konnte es sehen. Nicht ungefähr. Nicht in groben Umrissen. In allen Details. Die schwarze Folie hatte sich wie eine zweite Haut über ihr Gesicht gelegt und zeichnete jedes noch so winzige Detail nach, jedes Fältchen, jede Unebenheit der Haut, jede Wimper. Er konnte die feinen, leicht geschwungenen Augenbrauen erkennen; die hochgezogenen Wangenknochen, die dem gesamten Gesicht etwas leicht Asiatisches zu verleihen schienen; die gerade Nase; selbst die grobere Hautstruktur der Lippen. Sie waren leicht geöffnet. Die schwarze Folie dazwischen bewegte sich vor und zurück. Die Tote atmete.

Weichsler hatte jetzt zwei Möglichkeiten: Er konnte verrückt werden – falls er es nicht schon war –, oder sein Verstand konnte eine Erklärung für das finden, was er sah, ganz gleich, wie unwahrscheinlich sie auch klingen mochte. Die Tote atmete. Aber Tote atmen nicht. Deshalb war sie nicht tot. So einfach war das.

In die Mischung aus Panik und brodelndem Wahnsinn, die Weichslers rationales Denken verschlungen hatte, mischte sich eine neue, aber gänzlich andere Furcht, als er die einzig logische Erklärung für das begriff, was sich da vor seinen Augen abspielte: Die Männer, die draußen ihren Job taten, hatten einen Fehler gemacht. Die junge Frau war nicht tot.

»O mein Gott!« flüsterte Weichsler.

Die dünne Kunststoffmembran zwischen den Lippen bewegte sich weiter, dann schlug das Material ein Stück höher Falten; die vermeintliche Tote versuchte die Augen zu öffnen, schaffte es aber nicht.

»Warten Sie!« sagte Weichsler. »Strengen Sie sich nicht an! Ich ... ich helfe Ihnen!« Diese Idioten! Diese verdammten Idioten hatten eine Lebende gefunden! Sie hatten eine Überlebende der Katastrophe gefunden – vielleicht die einzige Überlebende! – und einfach zwischen all die Toten gelegt. Diese gottverdammten Idioten hatten sie wie ein Stück Abfall in eine Mülltüte gestopft und auf den Wagen geworfen, ohne sich auch nur die Mühe zu machen, ihren Puls zu fühlen!

»Nur eine Sekunde noch!« stammelte er. »Ich helfe Ihnen! Warten Sie!« Diese verdammten Idioten! Diese verfluchten, hirnrissigen Idioten! Mit seiner blutverschmierten Hand hob er das Messer auf und führte einen geraden, erstaunlich sicheren Schnitt, der die Folie von der Hüfte bis über die Schulter der jungen Frau aufklaffen ließ. »Warten Sie! Wir haben es gleich! Noch eine Sekunde, und Sie können wieder atmen. Ich hole Sie raus!«

Das Mädchen arbeitete jetzt nach Kräften mit. Eine wachsbleiche, mit Blut und Schmutz verkrustete Hand erschien in dem Riß und verbreiterte ihn, dann eine zweite. Weichsler fiel auf, daß die meisten Fingernägel gesplittert und bis weit in das empfindliche Fleisch darunter abgebrochen waren. Und noch etwas fiel ihm auf: Dem Leichensack entströmte ein klebrig-süßer Geruch. Der gleiche Geruch, der permanent seit drei Tagen die gesamte Turnhalle ausfüllte, nur ungleich intensiver. Für das Mädchen war ein Alptraum wahr geworden; vielleicht der schlimmste aller vorstellbaren Träume. Sie war lebendig begraben worden und in der Welt der Toten wieder erwacht.

»Mein Gott!« stammelte Weichsler, immer und immer wieder. »Mein Gott, mein Gott!« Seine Hände zerrten und rissen an der Folie, halfen dem Mädchen, den Riß weiter zu vergrößern. Seine Finger streiften die des Mädchens, und sein Schrecken wuchs weiter, als er spürte, daß sich selbst ihre Haut wie die einer Toten anfühlte, kalt und glitschig und zu weich; nicht wie lebendes Fleisch, sondern wie Schaumgummi. Diese Frau hatte mehr erlebt als die Hölle. Weichsler riß mit aller Gewalt an der Folie, die ihren Kopf bedeckte, so daß sie sich mit einem saugenden Geräusch von ihrem Gesicht löste. Für den Bruchteil einer Sekunde blieb dessen Abdruck noch darin, es sah aus, als hätte er tatsächlich das Gesicht des Mädchens abgerissen.

Was darunter zum Vorschein kam, war auch nicht wirklich das Gesicht einer Lebenden.

Weichsler schrie. Diesmal war er nicht paralysiert, und diesmal war es kein halbersticktes Keuchen, das über seine Lippen kam, sondern ein gellender, spitzer Schrei, der als dünner Schmerz in seinem Kopf widerhallte. Das Gesicht des Mädchens war schlaff und grau, verschmiert mit eingetrocknetem Blut und Schleim.

Weichsler erinnerte sich schlagartig wieder daran, was er über die Wirkung des Kampfstoffes gehört hatte: Er tötete schnell und ausnahmslos, aber er beschränkte sich nicht darauf, das Nervensystem zu zerstören und den Kreislauf zusammenbrechen zu lassen. Seine tödliche Wirkung bestand darin, den betroffenen Organismus dazu anzuregen, ein gewisses Enzym zu produzieren, das der Natur zwar nicht unbekannt war, im Körper eines Säugetieres aber nichts zu suchen hatte, und es ähnelte vage dem Stoff, den Spinnen ihrer Beute injizieren, um das Fleisch zu verflüssigen. Die Wirkung dieses Enzyms war nicht ganz so drastisch, aber ebenso tödlich: Das Fleisch des Betroffenen verlor seinen inneren Halt. Es verflüssigte sich nicht, aber es wurde mürbe. Das war, was Weichsler über den Kampfstoff gehört hatte.

Jetzt sah er seine Wirkung.

Ein gut fünfmarkstückgroßes Stück aus der linken Wange des Mädchens war an der Innenseite der Folie klebengeblieben und einfach abgerissen; darunter kam weißer Knochen und ein Teil der Muskelmechanik zum Vorschein, die das Gesicht bewegt hatte, als es noch lebte. Der Mund der Toten stand immer noch offen, und das Fleisch darin hatte nicht mehr die Kraft, die Zähne zu halten; sie ragten krumm und schief hervor. Das Allerschrecklichste aber waren die Augen. Weichsler hätte es vielleicht noch ertragen, sie als ausgelaufene Höhlen zu erblicken, denen alles Menschliche fehlte; aber es *waren* Augen, groß und fast unversehrt, die ihn anstarrten. Was nicht stimmte, war die Farbe. Sie schienen nur noch aus Pupillen zu bestehen und hatten einen milchigblauvioletten Ton, die Augen einer Toten. Und trotzdem war Leben darin, oder wenigstens etwas wie Leben; etwas, das vor drei Tagen daraus gewichen und nun wieder hineingezwungen worden war, gegen seinen Willen, gegen alle Gesetze der Natur – und Gottes? – und gegen alles, was recht war.

Weichsler erwachte endgültig aus seiner Lähmung, kippte mit wild rudernden Armen nach hinten und versuchte rücklings von dem Etwas davonzukriechen, das sich da vor ihm aus seinem schwarzen Kokon schälte. Er stieß dabei gegen eine weitere Liege und riß sie um, aber das registrierte er gar nicht. Wimmernd vor Angst kroch er weiter, stieß gegen eine weitere Liege und noch eine, bis die Wand ihn schließlich stoppte.

Mittlerweile hatte sich die Tote ihrer schrecklichen Hülle zum größten Teil entledigt und versuchte auf die Beine zu kommen. Ihre Glieder schienen ihr nicht mehr richtig zu gehorchen, als hätten drei Tage schon ausgereicht, um zu vergessen, was sie in zwanzig Jahren gelernt hatten. Ihr Blick blieb weiter auf Weichsler gerichtet, und wieder spürte er, daß da irgend etwas in ihren Augen war; etwas, das ihn zutiefst erschreckte. Es war etwas wie ein Flehen, keine Drohung, sondern ein stummer Schrei nach Hilfe.

Möglicherweise hätte Weichsler sogar begriffen, was dieser Blick bedeutete, doch in diesem Moment geschah das, was auch noch den letzten Funken von klarem Denken in ihm hinwegfegte wie eine Sturmböe ein welkes Blatt.

Nicht nur diese eine Tote bewegte sich. Was gerade geschehen war, wiederholte sich, und nicht nur bei dem Toten neben dem Mädchen, sondern vor ihr, neben ihr, hinter ihr ... Es war, als hätte man einen Stein in einen Teersee geworfen, der nun eine kreisförmige Welle über seine gesamte Oberfläche zog. Überall knisterte und raschelte es; schleifende, nasse, kriechende, reißende Laute, die sich in das Heulen des Schneesturmes mischten und es schon nach Sekunden übertönten. Einer nach dem anderen, ausgehend von einem imaginären Zentrum, das sich nicht einmal weit von Weichsler entfernt befand, begannen sich sämtliche Toten aus ihren Hüllen zu befreien und aufzustehen!

Weichsler sprang in die Höhe. Etwas berührte sein Bein und versuchte sich daran festzuklammern. Weichsler brüllte wie unter Schmerzen, versuchte seinen Fuß zu befreien und spürte, wie irgend etwas zerriß, ehe er mit einem Ruck freikam und taumelnd sein Gleichgewicht wiederfand. Er nahm nicht mehr in Einzelheiten wahr, was rings um ihn herum vorging. Alles wurde unwirklich, bizarr und zugleich hyperrealistisch, wie in einem mittelalterlichen Höllengemälde. Gestalten richteten sich auf. Hände tasteten in seine Richtung. Blaugelierte, leere Augen starrten ihn an, und Weichsler riß die MPi von der Schulter und drückte ab.

Das Hämmern der Maschinenpistole hätte in Weichslers Ohren überlaut sein müssen, aber irgendwie war seine Wahrnehmung gespalten. Das Rattern war nicht lauter als der Aufprall weicher Wattebälle auf einer Glasplatte, doch dafür hörte er mit gräßlicher Klarheit das Geräusch, mit dem die Geschosse das Ziel trafen: spritzende, weiche Laute, nicht der Aufschlag von Blei auf Fleisch und Knochen, sondern das Geräusch einer Eisenkugel, die in zähem Morast versinkt.

Weichsler hielt den Auslöser der Waffe niedergedrückt, während er durch die Halle stürmte. Die Geschosse heulten als Querschläger von den Wänden davon, zertrümmerten Glas und Holz, ließen ein halbes Dutzend Liegen zusammenbrechen und schleuderten zahllose Gestalten zu Boden.

Aber sie blieben nicht liegen, sondern versuchten sofort, wieder in die Höhe zu kommen. Der Tod hatte seine Macht über diese Ziele verloren. Weichsler feuerte das Magazin leer, aber er hielt den Abzug trotzdem weiter durchgezogen, selbst als die Waffe längst aufgehört hatte, orangerote Flammen und Blei zu spucken.

Er mußte die Turnhalle in ihrer gesamten Länge durchqueren, um die Tür zu erreichen. Seine Munition war verbraucht, noch ehe er die Hälfte der Strecke hinter sich gebracht hatte, aber die Salve hatte ihm trotzdem Luft verschafft. Nur einer einzigen der Zombie-Gestalten gelang es, ihm den Weg zu vertreten und die Arme nach ihm auszustrecken. Weichsler versuchte der Berührung auszuweichen, aber es gelang ihm nicht mehr. Sein eigener Schwung ließ ihn gegen den Toten prallen und riß sie beide von den Füßen. Die Hände des toten Mannes glitten über sein Gesicht und krallten sich darin fest.

Es tat nicht einmal besonders weh, aber es war das Fürchterlichste, was er jemals erlebt hatte. Die schartig gebrochenen Fingernägel rissen seine Haut auf und hinterließen blutige Kratzer, und irgend etwas Kaltes, Zähflüssiges vermischte sich mit seinem eigenen Blut. Ein, zwei Sekunden lang lag Weichsler einfach hysterisch kreischend auf dem Boden, strampelte mit den Beinen und schlug blind um sich; dann gelang es ihm irgendwie, die entsetzlichen Totenhände abzustreifen und deren Besitzer von sich zu stoßen. Er schrie nicht mehr, denn dazu reichte sein Atem nicht mehr aus, aber während er in die Höhe sprang und weiter zur Tür taumelte, wimmerte er wie ein verängstigtes Kind. Tränen liefen über sein Gesicht, und er prallte so heftig gegen die Wand neben der Tür, daß er sich eine weitere blutende Wunde an der Stirn zuzog. Mit fahrigen Bewegungen tastete er nach der Klinke, riß die Tür auf und taumelte hinaus in die Nacht.

Der Sturm war zu einem Orkan geworden, der ihn ansprang wie ein Ungeheuer aus Lärm und Kälte und Millionen unsichtbarer schneidender Messer. Unter normalen Umständen hätte ihn bereits die erste Böe von den Füßen gerissen oder zumindest gegen die Wand gedrückt, aber die Panik und der Wahnsinn, die längst von seinem Denken Besitz ergriffen hatten, verliehen ihm zugleich auch fast übermenschliche Kräfte. Rings um ihn herum tobte eine Hölle aus Lärm und rasiermesserscharfen wirbelnden Kristallen, aber irgendwo dahinter war das Schulgebäude, waren Licht und Wärme und die anderen, war Sicherheit. Er lief los.

Hinter ihm ergriff der Sturm mit einem wütenden Heulen die Tür und riß sie endgültig aus den Angeln. Doch so unvorstellbar seine Gewalt auch sein mochte – es gab etwas, das nicht einmal er in der Turnhalle halten konnte.

Diesmal hatte er sich nicht mehr die Mühe gemacht, das Ende des Infusionsschlauches zu verknoten, nachdem er es von der Nadel in seiner Hand gelöst hatte, so daß sich auf seinem Bett ein dunkler, rasch größer werdender Fleck zu bilden begann. Es tat ihm nicht leid; ganz im Gegenteil erfüllte ihn der Anblick mit einer gewissen Befriedigung. Es war keine große, es war nicht einmal eine kleine Rache. Aber es war eine Rache.

Nebenbei: Es war der Beweis, der aus seiner Vermutung endgültig verifizierte Sicherheit machte. Die kleine Anstrengung, den Plastikschlauch von der Kanüle zu lösen, hatte fast seine Kräfte überstiegen, aber er konnte regelrecht spüren, wie sie zurückkehrten, nachdem das Teufelszeug nunmehr in die Bettdecke tropfte und nicht mehr in seinen Kreislauf.

Was weitaus langsamer zurückkehrte als seine körperlichen Kräfte, war Brenners Vermögen, logisch zu denken oder gar etwas so Kompliziertes wie Kausalität zu erkennen. Sein Denken hatte noch in Schneiders Gegenwart wieder begonnen, sich leicht zu verwirren. In den fünf Minuten, die er als Sicherheitsspanne nach dem Weggang des Arztes hatte verstreichen lassen, war aus dem Drei-Bier-Gefühl von leichtem Benebeltsein ein Vollrausch geworden, in dem nichts mehr Bestand hatte außer dem Wunsch, sich fallen zu lassen und die warme Umarmung zu genießen.

Und dem Gedanken, die Nadel aus seiner Hand zu ziehen.

Brenner konnte selbst jetzt noch nicht sagen, wieso ausgerechnet dieser Gedanke dem großen Schwamm widerstanden hatte, mit dem etwas die Schiefertafel in seinem Kopf leerzuwischen begann, aber er war dagewesen, so klar und leuchtend wie ein Feuer in schwärzester Nacht: Er mußte die Nadel loswerden.

Es war ihm nicht gelungen. Er hatte es versucht, aber der Schmerz, die Nadel mit seinen ungelenken Fingern aus seinem Fleisch zu ziehen, war zu groß gewesen, so daß er schließlich nur den Schlauch abgezogen hatte. Unmittelbar darauf begann er sich besser zu fühlen. Körperlich.

Trotzdem vergingen noch gute zehn Minuten, bis sich der graue Nebel in seinem Kopf halbwegs lichtete, wenigstens so weit, daß er überhaupt begriff, was er getan hatte. Auch dann konnte er noch nicht wirklich klar denken, aber in dem undurchdringlichen Nebel zwischen seinen Schläfen erschienen nach und nach weitere Leuchtfeuer. Er war ein Gefangener. Die, die sich als seine Freunde ausgaben, waren seine Feinde. Er mußte weg. Das tote Mädchen finden. Jeder dieser Gedanken schien vollkommen isoliert für sich zu stehen, und obwohl sie hintereinandergereiht durchaus eine Geschichte erzählten, fehlte doch die Geschichte dahinter, so daß ihnen eigentlich jede Glaubwürdigkeit abging. Trotzdem hatte jedes dieser Leuchtfeuer ein Gewicht, das die Frage nach seinem Wieso erst gar nicht aufkommen ließ. Er war ein Gefangener. Alle, die sich für seine Freunde ausgaben, waren seine Feinde. Er mußte hier weg, und er mußte das Mädchen finden. So einfach war das und wichtiger als sein Leben.

Es dauerte lange, aber irgendwann fand er die Kraft, sich in seinem Bett aufzusetzen und den Kopf nach rechts zu drehen. Sein Sehvermögen hatte wieder nachgelassen, aber das überraschte ihn nicht; sonderbarerweise erschreckte es ihn auch nicht. Ohne daß er sagen konnte, warum, wußte er, daß er genau das erwartet hatte – er hatte sogar das absurde Gefühl, daß er enttäuscht gewesen wäre, hätte er mehr gesehen als grauen Nebel mit verschwommenen Konturen. Aber er mußte auch nichts sehen, um zu wissen, daß der elektronische Verräter auf dem kleinen Tischchen neben seinem Bett stand. Er wußte sogar, wie er ihn überlisten konnte. Sein erster Impuls war gewesen, die Kontakte zu lösen, die an seinem Brustkorb und den Schläfen befestigt waren, doch das hätte irgendwo zwei oder drei Zimmer entfernt sofort Alarm ausgelöst.

Statt dessen verlagerte er sein Gewicht behutsam auf den rechten Ellbogen, biß die Zähne zusammen und streckte die Hand nach dem Gerät aus. Seine Finger tasteten über lackiertes Metall, folgten dem Verlauf der Kante und fanden das Netzkabel. Es tat weh. Er konnte das Kabel nicht richtig fassen, weil sich die Nadel zwischen Zeige- und Mittelfinger bei jeder Bewegung tiefer in sein Fleisch bohrte, so daß er es schließlich zwischen Ring- und kleinem Finger einklemmte, um es aus der Steckdose zu ziehen. Es gelang ihm erst beim dritten oder vierten Versuch, und hinterher standen ihm Tränen in den Augen, aber er hatte Erfolg, und der wurde zumindest nicht unmittelbar geahndet.

Brenner setzte sich auf, schwang die Beine aus dem Bett und ließ weitere zwei, drei Minuten verstreichen, ehe er den nächsten und entscheidenden Teil seiner Revolution in Angriff nahm. Nicht nur, weil er den Schmerz fürchtete. Die Nadel aus seiner Hand zu ziehen würde eine ekelhafte Angelegenheit werden, aber weit bedeutsamer als der Schmerz war das, was diese Handlung signalisierte. Wenn er Schneider oder der Schwester das nächste Mal gegenüberstand, konnte er sich nicht mehr auf ein Versehen hinausreden, sondern würde zu seinem Aufbegehren stehen müssen.

Der Schmerz war viel schlimmer als erwartet. Seine Hand blutete heftig, und er spürte die Nadel noch lange, nachdem er sie längst zu Boden geworfen hatte.

Die nächste Etappe war weit weniger schmerzhaft, aber sehr viel mühsamer. Brenner tastete sich, halb blind und noch immer benommen, zum Schrank und versuchte seine Kleider anzuziehen, aber diesmal blieb es bei dem Versuch. Seine Kräfte reichten aus, die Schranktür zu öffnen, aber nicht mehr, um die Kleider vom Bügel zu nehmen. Und ihm blieb keine Zeit mehr, Energien für einen zweiten Anlauf zu sammeln. Die Tür ging auf, und jemand betrat das Zimmer.

Brenner drehte sich mühsam herum und versuchte den grauen Nebel vor seinen Augen zu durchdringen. Sein Sehvermögen schien nicht nur auf das Maß von gestern nacht zurückgefallen zu sein, sondern hatte sich radikal verschlechtert. Er sah nur, daß jemand unter der Tür stand, nicht einmal, wer.

»Brenner?«

Es war eine fremde Stimme, nicht der Arzt, die Schwester oder ein anderer Angestellter des Krankenhauses. Im allerersten Moment dachte er, es wäre vielleicht Johannes, der zurückgekehrt war.

»Sie sind Brenner, richtig?«

Es war nicht Johannes. Die Stimme sprach akzentfrei, aber man spürte trotzdem, daß ihr Besitzer nicht in seiner Muttersprache redete.

»Wer ist da?« fragte Brenner. »Was … wollen Sie?«

Die Gestalt kam näher. Es war ein Fremder Er trug keine Krankenhauskleidung, sondern einen altmodischen Bademantel aus blauem Frotteestoff, der ihm zu klein war, und sein Gesicht bewies das, was seine Stimme vermuten ließ. Soweit Brenner dies mit seinem eingeschränkten Gesichtssinn erkennen konnte, hatte es einen dunklen Teint und südländischen, vielleicht arabischen Schnitt. Etwas an dieser Erkenntnis erschien Brenner ungemein wichtig, aber er konnte noch nicht sagen, was. Nur, daß es kein gutes Wissen war.

»Sie sind Brenner.« Der Mann im blauen Morgenmantel trat weiter auf ihn zu und ergriff Brenner so energisch am Ellbogen, daß es weh tat. »Wie geht es Ihnen? Können Sie laufen?«

Brenner versuchte seinen Arm loszureißen, aber es blieb bei dem Versuch, obwohl der Fremde seinen Griff nicht verstärkte. Vielmehr schien er Brenners Gegenwehr nicht einmal zu bemerken.

»Was wollen Sie?« fragte Brenner. Plötzlich hatte er Angst. Und ebenso plötzlich wußte er, wem er gegenüberstand.

»Sie ... Sie sind dieser Terrorist!« keuchte er. »Großer Gott, Sie sind dieser Salim! Sie haben das Kloster in die Luft gesprengt! Was wollen Sie von mir?«

»Mein Name ist Salid«, antwortete der andere. Er gab sich Mühe, seine Überraschung zu verbergen, aber Brenner spürte genau, daß er auf gar keinen Fall darauf vorbereitet gewesen war, von Brenner erkannt zu werden. »Ich kann es Ihnen jetzt nicht erklären, aber ich beschwöre Sie, mir zu vertrauen. Ich bin nicht hier, weil ich Ihnen etwas antun will.«

Brenner wunderte sich ein wenig, daß er nicht in Panik geriet oder vor Angst einfach wie gelähmt war – immerhin stand er einem leibhaftigen Terroristen gegenüber, einem Mann, dessen Beruf es war, Menschen zu töten. Aber vielleicht war das, was er spürte, ja Panik. Seine Stimme klang jedenfalls ganz danach, als er antwortete.

»Was wollen Sie von mir? Weshalb sind Sie hier?«

»Ich will Sie hier herausholen, Brenner«, antwortete Salid. Er ließ endlich Brenners Arm los. »Ich weiß, daß es sich phantastisch anhört, aber Sie sind hier nicht als normaler Patient. Man hält Sie hier gefangen.« Er schwieg eine oder zwei Sekunden, in denen er Brenner abermals und mit veränderter Aufmerksamkeit musterte. Seine nächsten Worte bewiesen Brenner, über welch scharfe Beobachtungsgabe der Palästinenser verfügte. »Aber ich glaube beinahe, das haben Sie selbst schon gemerkt. Ich schaffe Sie hier raus.«

»Wozu?« fragte Brenner. »Um mich umzubringen?«

»Wenn ich das wollte, wären Sie bereits tot«, antwortete Salid auf so rasche und beiläufige Weise, daß die Worte viel mehr Gewicht bekamen, als jede Drohung ihnen geben konnte. »Ich fürchte, Sie werden im Gegenteil nicht mehr lange leben, wenn Sie hierbleiben. Vielleicht keiner von uns.«

»Sie sind verrückt, wenn Sie glauben, daß ich mit Ihnen gehe!« Brenner versuchte einen Schritt zurückzuweichen und wäre beinahe gestürzt.

»Ich könnte Sie zwingen«, antwortete Salid. »Und ich werde es tun, wenn es sein muß – aber es wäre besser, wenn ich das nicht müßte. Es würde die Sache vereinfachen, wissen Sie. Für uns beide.«

Kein Zweifel, er war in Panik. Daß er sich so ruhig fühlte und gar keine Angst zu haben schien, war nur das, was er glaubte. Seine ganz persönliche Art des Verdrängens.

»Ich werde schreien.«

»Und wer sollte Sie hören?« Salid machte eine wedelnde Handbewegung. »Wahrscheinlich wissen Sie es nicht, aber Sie sind der einzige Patient auf dieser gesamten Etage. Außerdem«, Salids Stimme wurde eine Spur schärfer, »selbst Sie sollten allmählich kapiert haben, daß hier etwas nicht mit rechten Dingen zugeht! Was ist mit Ihren Augen?«

»Was soll damit sein? Sie sind in Ordnung.«

»Sind sie nicht. Sie können kaum sehen.«

»Woher –?«

»Man sieht es Ihnen an«, unterbrach ihn Salid. Er schaute auf die Armbanduhr, ehe er weitersprach. »Eine Folge des Unfalles?«

Unfall?! Eine sonderbare Bezeichnung für Massenmord, dachte Brenner. »Ja«, antwortete er. »Oder ... nein. Vielleicht. Ich bin nicht sicher.«

»Auf jeden Fall kommen Sie halb blind kaum aus eigener Kraft hier raus«, sagte Salid. »Und das wollen Sie doch, oder etwa nicht?«

»Aber nicht mit Ihnen.« Brenner versuchte, seine Stimme so sicher und herausfordernd wie nur möglich klingen zu lassen, aber er spürte selbst, daß es sich allerhöchstens trotzig anhörte. »Wenn Sie mich mitnehmen wollen, müssen Sie mich schon niederschlagen.«

»Ganz wie Sie wollen«, seufzte Salid.

Brenner wappnete sich gegen den Hieb, der jetzt folgen würde. Er betete, daß wenigstens die Hälfte von dem stimmte, was er aus einschlägigen Filmen kannte: nämlich daß er sofort das Bewußtsein verlor und es schnell ging.

Aber Salid schlug ihn nicht nieder. Statt dessen sagte er: »Ich weiß, wo das Mädchen ist.«

Professor Schneider sah auf die Uhr, schüttelte den Ärmel seines weißen Krankenhauskittels wieder herunter und trat mit einer entschlossenen Bewegung in den Aufzug. Fünfzehn Minuten, wenn er die Zeit mitrechnete, die er bei Brenner verbracht hatte. Das sollte Alexander ausreichen, ihrem ungebetenen Besucher alles zu sagen, was er ihm zu sagen hatte. Für Schneider jedenfalls hatte diese Frist gereicht, um zu einem Entschluß zu gelangen. Er würde diese Farce beenden. Heute noch.

Er drückte den Aufzugknopf und wartete voller Ungeduld darauf, daß sich die Türen schlossen und die Kabine losfuhr. Er war nicht sofort zurück in sein Büro gegangen, sondern noch einmal hinunter ins Erdgeschoß gefahren – wie er sich selbst eingeredet hatte, um noch einmal mit dem Pförtner zu sprechen und sich davon zu überzeugen, daß alles in Ordnung war, in Wahrheit aber aus einem ganz anderen Grund. Nämlich dem, eine Zigarette zu rauchen. In der gesamten Klinik herrschte strengstes Rauchverbot – an das sich nicht einmal seine eigene Oberschwester hielt –, und Schneider hatte es sich zur Angewohnheit gemacht, ein- oder zweimal pro Nacht nach draußen zu gehen, um seinem Laster zu frönen. Die Zigarette hatte nicht geschmeckt, und die bittere Kälte hatte ein übriges dazu getan, ihn rasch wieder nach drinnen zu treiben, und trotzdem war er in der kurzen Atempause zu einem Entschluß gekommen, der vielleicht sein gesamtes weiteres Leben verändern würde.

Er würde jetzt nach oben fahren und von diesem Alexander verlangen, daß er ihm reinen Wein einschenkte. Und diesmal würde er keinen Widerspruch dulden und auch keine Ausflüchte akzeptieren, ganz egal, von welcher Seite aus man ihn unter Druck setzte. Man muß Gott – und seinem

Gewissen – mehr gehorchen als den Menschen, sagte er sich. Oder war es nur, weil er sich wegen seiner Machtlosigkeit in diesem schäbigen Spiel verabscheute?

Der Aufzug hielt an. Schneider quetschte sich schräg durch die Türen, die plötzlich mit quälender Langsamkeit auseinanderzugleiten schienen, wandte sich rasch nach links und zog seinen Schlüsselbund aus der Tasche, während er mit weit ausgreifenden Schritten den Korridor entlangeilte. Er rannte fast. Schneider kannte sich selbst zu gut, um nicht zu wissen, daß jetzt jede Sekunde wichtig war. Er war jetzt wild entschlossen, Alexander zu zwingen, endlich Farbe zu bekennen. Zeit zu vergeuden bedeutete in diesem Fall, Zeit zum Nachdenken zu haben. Nachdenken darüber, welche Folgen sein Entschluß haben konnte. Folgen für ihn, für die Klinik, vielleicht für Brenner.

Er öffnete die Zwischentür, die zu dem Bereich der Klinik gehörte, den er vor drei Tagen – nach einem kurzen, aber äußerst hitzigen Telefongespräch – komplett hatte räumen lassen, ließ sie hinter sich wieder ins Schloß fallen und legte sich in Gedanken noch einmal ganz genau die Worte zurecht, mit denen er das Gespräch eröffnen würde. Sie waren wichtig, vielleicht entscheidend. Alexander war ein meisterhafter Rhetoriker. Aus allen Rededuellen, die sich Schneider bisher mit ihm geliefert hatte, war der Geistliche bisher stets als Sieger hervorgegangen. Wenn er den Anfang verpatzte, konnte er sich den Rest mit ziemlicher Sicherheit sparen.

Schneider öffnete die Tür zum Vorzimmer, trat mit einem energischen Schritt hindurch –

– und blieb wie angewurzelt wieder stehen.

Das Bild, das sich ihm bot, war so bizarr, daß es ihm im allerersten Moment schwerfiel, es als Wirklichkeit zu akzeptieren. Sein Vorzimmer hatte sich in die Kulisse eines amerikanischen Action-Krimis verwandelt.

Alexander und Johannes befanden sich nicht mehr in seinem Büro, wo er sie zurückgelassen hatte. Johannes kniete in einer fast grotesken Haltung am Boden, die rechte Hand um ein kleines Goldkreuz gekrampft, das er bisher offenbar an einer dünnen Goldkette um den Hals getragen hatte, die linke, zur Faust geballt, gegen den Mund gepreßt, und Alexander lag vor ihm auf dem Rücken. Seine Augen starrten weit geöffnet und leer gegen die Decke, und sein Kopf war so weit zur Seite gebogen, daß Schneider keine vierzehn Semester Medizinstudium benötigt hätte, um zu wissen, daß sein Genick gebrochen war. Eine zweite, reglose Gestalt lag unmittelbar neben der Tür am Boden. Schwester Marianne.

Schneider überwand endlich seinen Schrecken und erinnerte sich wieder daran, daß er Arzt war. Rasch ließ er sich neben der reglos daliegenden Schwester auf die Knie sinken und beugte sich über sie.

»Er ... er hat ihn umgebracht«, stammelte Johannes. »Er hat ihn einfach ... umgebracht!«

»Wer?« fragte Schneider. Seine Finger glitten über Mariannes Halsschlagader und tasteten nach dem Puls. Er war schwach, aber regelmäßig und fühlbar. Sie lebte. Gott sei Dank, sie lebte.

»Er hat ihn einfach umgebracht«, stammelte Johannes wieder. »Es ging so schnell. Ich ... ich konnte nichts tun! Er hat ihn einfach getötet! Einfach so, als ... als wäre es nichts.«

Behutsam hob Schneider Mariannes Augenlider an, begutachtete ihre Pupillen und tastete anschließend ihren Schädel nach Verletzungen ab, konnte aber außer einer Beule am Hinterkopf nichts feststellen. Nicht, daß ihn das beruhigte; die schlimmsten Verletzungen waren häufig die, die man nicht sofort sah. Aber zumindest war ihr Schädel nicht gebrochen. Schneider stand rasch auf, ging die wenigen Schritte zu Alexander hinüber und ließ sich abermals auf die Knie sinken. Es war überflüssig, ihn zu untersuchen, aber er tat es trotzdem. Allerdings änderte es nichts. Der alte Mann, der ihn so das Fürchten gelehrt hatte, war tot. Mit einem Ruck hob Schneider den Kopf und sah Johannes an.

Das Gesicht des Jüngeren war erstarrt, und es hatte die Farbe von Recycling-Papier angenommen. Sein Blick war wie gebannt auf Alexanders gebrochene Augen gerichtet.

»Was ist passiert?« fragte Schneider.

»Er hat ihn getötet«, stammelte Johannes. »Einfach so. Völlig grundlos und –«

»Wer?« unterbrach ihn Schneider. Als Johannes nicht gleich antwortete, packte er ihn bei den Schultern und schüttelte ihn so heftig, daß seine Zähne aufeinanderschlugen. »Wer?«

»Ein ... ein Mann«, antwortete Johannes stockend. Obwohl Schneider ihn immer noch schüttelte, starrte er immer noch auf Alexander herab.

»Ein Mann? Was für ein Mann? Was ist passiert?« Schneider kam nicht einmal für eine Sekunde die Idee, daß Johannes für das verantwortlich sein könnte, was er sah. Er kannte diesen jungen Mann nicht – wenngleich er wohl nun die Tatsache akzeptieren mußte, daß dieser wirklich ein Geistlicher war. Doch wenn er eines ganz bestimmt nicht war, dann ein gewissenloser Mörder.

»Ich ... ich weiß nicht«, antwortete Johannes stockend. »Er war ganz plötzlich da und ... und hat ihn getötet. Aber warum? Jesus Christus, ich ... ich verstehe einfach nicht, warum er es getan hat.«

Schneider begann zu ahnen, daß er wahrscheinlich keine konkrete Antwort bekommen würde. Was immer hier auch wirklich geschehen war, hatte den jungen Priester vollkommen aus der Bahn geworfen. Aber eines mußte er noch wissen, denn es war vielleicht lebenswichtig.

»Ist er noch hier?«

Eine halbe Sekunde lang hatte er fast Angst, Johannes könnte nicken und auf die Tür zum Nebenzimmer deuten, aber als er dann eine Antwort bekam, überraschte sie ihn trotzdem kaum.

»Er ... er wollte zu Brenner.«

Brenner. Es war fast, als hätte er genau das erwartet. Es ergab keinen Sinn, weil ihm einfach zu viele Informationen fehlten, und trotzdem paßte es ins Bild.

Schneider stand auf, ging zum Schreibtisch und hob den Telefonhörer ab, um die Nummer der Polizei zu wählen.

Der Sturm hatte ihn wieder ausgespien, aber während er durch das tobende weiße Crescendo stapfte, war Weichsler felsenfest davon überzeugt, daß dieses heulende Chaos ringsum das unwiderruflich letzte sein würde, was er in seinem Leben hörte und sah. Er fürchtete sich nicht davor. Der Tod war eine Erlösung gegen das, was er dort drinnen in der Turnhalle gesehen hatte. Und wahrscheinlich würde es schnell gehen – Erfrieren sollte ja ein angenehmer Tod sein, und die Temperaturen waren so weit gefallen, daß sein Atem zu Eis zu werden schien, noch ehe er über seine Lippen kam. Der Wind schnitt durch seine Jacke, als wäre sie gar nicht da, und der brüllende Sturm tat ein übriges, um auch noch das letzte Gefühl aus seinem Körper herauszuprügeln. Er hatte nicht einmal mehr die Kraft gehabt, seine Waffe zu halten, und sie irgendwo auf halbem Wege weggeworfen.

Aber er starb nicht. Das Schicksal war nicht so gnädig mit ihm. Der Sturm beutelte ihn eine Weile, doch er brachte ihn nicht um, sondern ließ ihn am Ende frei. Vor ihm war plötzlich Licht, und das Heulen des Sturmes war nicht mehr das einzige Geräusch, das er hörte. Er hatte den Hof überquert; vor ihm lag das Schulgebäude, in dessen Erdgeschoß sich die provisorische Kommandoleitstelle befand. Und nicht nur das: Vor ihm hörte der Sturm wie abgeschnitten auf, und Weichsler bot sich ein Anblick von geradezu absurder Friedfertigkeit. Durch die großen, sprossenlos verglasten Fenster fiel weißes Neonlicht heraus, das trotz seines kalten Tones Sicherheit und Wärme zu versprechen schien. Die Welt dahinter unterschied sich radikal von der weißen Hölle, die ihn verschlungen und wieder ausgespuckt hatte: An den Wänden hingen bunte Kindergemälde, Poster und große Blätter mit einzelnen Druckbuchstaben, und an den Fenstern selbst ungelenke Collagen aus Transparentpapier, welche bunte Lichtsplitter in die trapezförmigen Flecken zauberten, die das Neonlicht auf den Schulhof warf. Die Gestalten, die sich hinter den Scheiben bewegten, paßten in ihren gefleckten Tarnanzügen ebensowenig zu der Umgebung wie das klobige Funkgerät auf dem Lehrerpult und die Generalstabskarte, welche die Schiefertafel verdeckte, aber nichts davon vermochte den friedfertigen Eindruck wirklich zu zerstören, den das Bild vermittelte.

Vielleicht wäre *surrealistisch* das passendere Wort gewesen. Weichsler war nicht mehr in einem Zustand, alles, was er sah, bewußt zu verarbeiten, aber etwas in ihm registrierte das Alptraumhafte der Szenerie sehr wohl, und es steigerte seine Furcht noch: Dieser Sturm war kein normaler Sturm. Schnee und Eis wüteten mit unvorstellbarer Gewalt, aber sie tobten nur auf einem winzigen, streng abgegrenzten Areal. Weichsler konnte den Himmel über sich jetzt wieder sehen. Er war so klar wie die Nacht auf der anderen Seite des Schulgebäudes. Der Sturm schien sich nur auf den Bereich unmittelbar vor der Turnhalle zu konzentrieren. Selbst sein Heulen war kaum noch zu hören. Dafür konnte er die Stimmen seiner Kameraden verstehen. Sie redeten über Belanglosigkeiten und lachten. Keiner von ihnen hatte auch nur bemerkt, was hier draußen vorging.

Weichsler taumelte das halbe Dutzend Stufen hinauf, das zur Tür führte, aber er schaffte es nicht, die schweren Eichenflügel zu öffnen. Die Kälte hatte seine Finger zu Krallen werden lassen, die zu nichts mehr gut waren als dazu, weh zu tun. Weichsler sank erschöpft gegen die Tür und sah in den Sturm zurück. Das weiße Chaos tobte mit ungebrochener Heftigkeit weiter. Seine Wut schien sogar noch zugenommen zu haben. Aber im Inneren des weißen Blizzard war noch etwas. Was er für den Tanz sturmgepeitschter Eiskristalle oder den Anblick reiner Bewegung gehalten hatte, besaß Substanz. Der Horror war nicht in der Turnhalle zurückgeblieben, sondern folgte ihm. *Sie* folgten ihm, und Weichsler wußte, daß er ihnen nicht entkommen würde. Er hatte einen Teil jener anderen, dunklen Facette der Welt berührt, die den Toten gehörte, und nun kamen sie, um sich zu holen, was ihnen zustand. Trotzdem gab er nicht auf. Keine Angst vor dem Tod zu haben hieß nicht, das Sterben nicht zu fürchten.

Seine Hände gehorchten ihm immer noch nicht, so daß er den schweren Messingtürgriff ungeschickt mit dem Ellbogen herunterdrückte, während er gleichzeitig die Tür mit der Schulter aufschob. Zu seiner eigenen Überraschung gelang es ihm auf Anhieb. Er taumelte hindurch, wandte sich nach links und stolperte an einem halben Hundert gefleckter Parkas vorüber, die an Kleiderhaken in Erstkläßler-Höhe aufgehängt waren.

Der Bereitschaftsraum befand sich gleich hinter der ersten Tür. Mit Ausnahme der beiden Wachoffiziere befanden sich noch drei weitere Soldaten hier: Zwei lümmelten neben der Kaffeemaschine und unterhielten sich leise, der dritte versuchte gerade, in den linken Ärmel seines Parkas zu schlüpfen; den anderen hatte er bereits an, und absurderweise hatte er auch schon das Gewehr über die rechte Schulter gehängt: Weichslers Ablösung, die sich bereitmachte, ihre Schicht zu übernehmen.

Die Gespräche im Raum verstummten abrupt, als Weichsler hereintaumelte. Einer der Männer an der Kaffeemaschine verschluckte sich an seinem Getränk und ließ beinahe seinen Plastikbecher fallen, der andere grinste weiter, aber es sah mit einem Male eher aus wie eine Grimasse. Weichslers Ablösung erstarrte mitten in der Bewegung zu einer grotesken Statue. Nur der jüngere der beiden Wachoffiziere reagierte so, wie es seine Vorgesetzten von ihm erwartet hätten. Er verschwendete keine Zeit damit, zu erschrecken oder Weichsler anzustarren, sondern sprang von seinem Platz hoch und sorgte gleichzeitig mit einer entsprechenden Handbewegung für Ruhe.

»Weichsler! Was ist passiert?«

Weichslers erster Versuch, zu antworten, scheiterte kläglich. Die Kälte hatte seine Lippen taub werden lassen, und sein Herz hämmerte so heftig gegen seine Lungen, daß er kaum Luft bekam. »... Zeit«, stammelte er. »Sie ... kommen!«

»He, he! Ich weiß, daß ich zu spät dran bin, aber das ist doch kein Grund, gleich in Panik zu geraten!« Weichslers Ablösung versuchte die Spannung mit einem schalen Witz zu lösen, aber niemand lachte. Mit Ausnahme des Wachoffiziers, der die Bemerkung mit einem wütenden Blick ahndete, schien niemand die Worte auch nur zur Kenntnis zu nehmen.

»Also, Weichsler – was ist los? Atmen Sie tief durch, und dann erzählen Sie.«

Weichslers Blick ging zum Fenster, während er dem Rat tatsächlich folgte und die Lungen fast bis zum Bersten mit Luft vollsog. Es war absurd, aber von hier aus betrachtet wirkte der Sturm vollkommen harmlos. Nicht einmal wirklich wie ein Sturm. Aus dem Heulen tausend losgelassener Höllenhunde war ein fernes Brausen geworden, und der Blizzard hatte sich in ein fast ästhetisch anzuschauendes Schneegestöber verwandelt. Irgend etwas kam näher.

»Also?«

»Die ... die Toten«, stieß Weichsler atemlos hervor. »Sie ... sie sind ... aufgewacht.« Das letzte Wort stieß er so atemlos hervor, daß es allein dadurch den letzten Rest von Glaubwürdigkeit verloren hätte.

Allerdings lachte niemand.

»Wie bitte?« Der Wachoffizier riß ungläubig die Augen auf. »Was soll das heißen? Was, zum Teufel, wollen Sie damit sagen? Reden Sie schon, Mann!«

»Sie sind aufgewacht!« wiederholte Weichsler. Er war nur noch eine halbe Oktave davon entfernt zu schreien. »Wir müssen weg! Sie kommen! Versteht ihr denn nicht?«

Natürlich verstand keiner, was er meinte – und wie auch? Aber er hatte einfach keine Zeit für Erklärungen. Die Toten waren ihm gefolgt, und sie waren bereits nahe, das spürte er. Ganz nahe.

Ein dumpfes Klatschen erscholl, und für einen Moment wandte sich aller Aufmerksamkeit dem Soldaten neben der Kaffeemaschine zu. Er hatte seinen Becher endgültig fallen lassen und stand in einer Pfütze aus dampfendem braunem Kaffee. Sein Gesicht verlor von einer Sekunde zur anderen jede Farbe.

»Großer Gott! Sein ... sein Bein! Was ist das?!«

Weichsler sah an sich herab und erinnerte sich plötzlich wieder an das Gefühl von nachgebendem Widerstand, als er seinen Fuß losgerissen hatte. Genaugenommen hatte er seinen Fuß nicht aus dem Griff befreit. Sein rechter Knöchel wurde von einer grauen Hand umklammert, die dicht über dem Gelenk abgerissen war.

Weichslers Ablösung stieß einen würgenden Laut aus, schlug die Hand vor den Mund und wandte sich mit einem Ruck ab, und der zweite Soldat reagierte eine Sekunde später, dafür aber so heftig, daß er fast die Kaffeemaschine vom Tisch gestoßen hätte. Selbst der Wachoffizier, der bisher die Nerven behalten hatte, verlor für einen Moment die Kontrolle: Er prallte mit einem erstickten Keuchen zurück und stieß gegen seinen Kollegen, der hinter ihm erschrocken aufgesprungen war. »Mein Gott, Weichsler, was ... was haben Sie gemacht?« krächzte er.

Weichsler kam nie dazu, zu antworten. Etwas wurde aus dem Schneegestöber herauskatapultiert und zertrümmerte das Fenster, und mit dem Glas zerbrach auch der zweite, unsichtbare Schutz, den es bisher gegeben hatte. Mit einem Male *war* der Sturm da, und mit ihm heulten Kälte, Eis und ein Regen rasiermesserscharfer Glassplitter herein. Die überraschten Schreie der Männer gingen in einem urgewaltigen Brüllen unter, das nichts Wirkliches mehr hatte: der Schrei eines mythischen Drachen, nicht das Geräusch eines Schneesturmes. Der Blizzard hatte die Distanz zum Haus mit einem Satz übersprungen und war nun hier drinnen.

Und seine Bewohner folgten ihm.

Etwas, das fast so weiß war wie der Schnee, tauchte in dem weißen Durcheinander auf, aber Weichsler war der einzige, der es wirklich erkannte: Die Grimasse war Teil des Sturmes, der sie umgab, und der Blizzard vielleicht nur Ausdruck des Zorns, der sie beseelte. Vielleicht war sie auch gar nicht real.

Aber real waren die Hände, die sich plötzlich um den Rahmen schlossen. Weichsler beobachtete voller Entsetzen, wie sich ein fingerlanger, nadelspitzer Glassplitter durch eine der Hände bohrte und abbrach. Doch die Kreatur, zu der diese Hand gehörte, spürte keinen Schmerz mehr. Langsam und mit Bewegungen, die sonderbar ziellos wirkten, ohne es zu sein, begann sie sich am Fensterrahmen in die Höhe und in den Klassenraum hinein zu ziehen. Hinter ihr bewegten sich weitere, verschwommene Schemen durch den Sturm.

Das Heulen des Orkans war längst nicht mehr das einzige Geräusch hier drinnen, aber es verschlang jeden anderen Laut. Weichsler sah, wie sich die Lippen der Männer zu gellenden Schreien öffneten, aber er hörte sie nicht. Die beiden Soldaten und auch der Mann, der ihn hatte ablösen sollen, rannten einfach in wilder Panik durcheinander, aber der Wachoffizier behielt auch jetzt noch die Nerven. Vielleicht war es auch nur ein Reflex. Der Grund spielte keine Rolle – er war der einzige, der überhaupt etwas *tat:* Den linken Arm schützend vor das Gesicht gerissen und schräg gegen den Sturm gelehnt, lief er zum Fenster und versetzte der hereinkrabbelnden Gestalt einen Tritt, der sie wieder nach draußen beförderte. Sein Fuß schien jedoch auf weniger Widerstand zu treffen, als er erwartet hatte. Er verlor die Balance, stolperte gegen den Fensterrahmen und wäre beinahe hinausgestürzt, hätte er sich nicht im letzten Moment festgeklammert. *Seine* Hand blutete, als er sie wieder zurückzog. Der Fensterrahmen war gespickt mit Glasscherben.

»Weichsler! Was bedeutet das?« schrie er. »Was geht hier vor?«

Der Sturm verschlang seine Worte, aber Weichsler las sie von seinen Lippen. Er hätte geantwortet, aber er kam nicht dazu. Plötzlich spie der Sturm weitere Gestalten aus, und diesmal nicht nur eine, sondern drei, fünf, acht ... Das zerborstene Fenster war plötzlich voller Gesichter und leerer, flehender Augen, voller Arme und Hände, die sich zitternd nach dem Offizier ausstreckten.

Sie waren nicht einmal besonders schnell. Er hätte ihnen ohne große Mühe ausweichen können, aber diesmal ließen ihn seine Reaktionen im Stich. Er stand einfach da und starrte wie gelähmt aus dem Fenster, und dann war es zu spät. Ein Dutzend Hände gleichzeitig tastete nach ihm, Finger krallten sich in seine Arme, hielten seine Hände oder schlossen sich um seinen Hals. Im allerletzten Moment erwachte er aus seiner Lähmung und warf sich zurück. Zwei, drei Hände verloren ihren Halt, aber sofort griffen andere Arme aus dem Sturm heraus. Finger tasteten über das Gesicht des Soldaten, strichen über seinen Mund, die Augen und Schläfen.

Aber etwas an diesem Bild war nicht richtig. Natürlich war *nichts* an ihm richtig – es war kein Anblick, den ein lebender Mensch jemals zuvor gesehen hätte; trotzdem war er nicht neu: Hunderte von Horrorfilm-Regisseuren hatten ihn in Szene gesetzt, Millionen von Menschen in der einen oder anderen Form gesehen, und doch wirkte er auf beunruhigende Weise *falsch*. Er entsprach nicht dem Klischee, das dem Gedanken an wandelnde Tote anhaftete, die über die Lebenden herfielen. Etwas ... *fehlte*.

Bevor Weichsler den Gedanken weiter verfolgen konnte, mischte sich ein peitschender Knall in das Heulen des Sturmes. Eine der Gestalten draußen vor dem Fenster wurde zurückgeschleudert und verschwand im Sturm. Sofort nahm eine andere ihren Platz ein, und der Wachoffizier wurde weiter nach draußen gezerrt. Kopf und Oberkörper waren bereits in der Mauer aus Gesichtern und Armen verschwunden, aber seine blutenden Hände klammerten sich noch immer mit verzweifelter Kraft an den Fensterrahmen. Er lebte noch.

Und er würde auch nicht sterben. Es war nicht der Tod, den diese wandelnden Leichname von ihm wollten; so wenig, wie sie Weichslers Tod hatten haben wollen. Die Erkenntnis traf ihn wie ein Blitzschlag. Plötzlich wußte er, was das stumme Flehen bedeutete, das er in den gebrochenen Augen gelesen hatte.

»Nein!« keuchte er. »Nicht! Hört auf zu schießen!«

Das letzte Wort ging im Krachen eines weiteren Schusses unter. Verzweifelt fuhr er herum und versuchte dem Mann neben sich die Waffe zu entreißen. Der Soldat stieß ihn so wuchtig vor die Brust, daß Weichsler zurück- und wieder auf den Flur hinaustaumelte, ehe er sein Gleichgewicht wiederfand. Noch in der gleichen Bewegung hob der Soldat seine Waffe wieder und schaltete von Einzel- auf Dauerfeuer um.

»Nein!« kreischte Weichsler. »Schießt nicht! Sie wollen doch nur Hilfe!«

Das abgehackte Stakkato eines Feuerstoßes übertönte das Heulen des Sturmes. Aus dem Fensterrahmen explodierten Holzsplitter und Kalk, zwei oder drei der toten Gestalten wurden regelrecht zerfetzt, und auf Rücken, Nierenpartie und Oberschenkel des Wachoffiziers erschien eine verwakkelte Perlenschnur aus dunkelroten, rasch ineinanderfließenden Flecken.

Weichsler stürzte mit einem Schrei vor und versuchte, dem Mann die Waffe zu entreißen. Es gelang ihm auch diesmal nicht, aber zumindest konnte er seinen Arm herunterdrücken, so daß er den Rest seines Magazins in den Boden verschoß.

»Verdammt noch mal, bist du verrückt geworden?!«

Ein Faustschlag traf Weichslers Kiefer. Er spürte, wie seine Unterlippe aufplatzte und sich einer seiner Zähne lockerte, aber er ließ nicht los, sondern klammerte sich im Gegenteil nur noch fester an das Gewehr, um es seinem Besitzer zu entreißen.

Doch selbst wenn seine Kraft ausgereicht hätte, er hätte die Katastrophe nicht mehr aufhalten können. Auch die drei anderen Männer hatten mittlerweile ihre Gewehre gehoben und feuerten in den Sturm hinaus. Weichsler sah schattenhafte Gestalten taumeln und stürzen, andere wurden regelrecht zerfetzt oder taumelten mit abgerissenen Gliedmaßen weiter, bis sie erneut getroffen und niedergeworfen wurden.

Der Soldat, mit dem Weichsler kämpfte, ließ plötzlich seine Waffe los. Weichsler fiel ungeschickt auf die Knie, und der Mann nutzte die Zeit, um ihm die geballte Faust gegen die Schläfe zu schmettern.

Er verlor nicht das Bewußtsein, aber er fiel hilflos zur Seite und war für einige Sekunden unfähig, sich zu bewegen. Als er die Kontrolle über seinen Körper halbwegs zurück hatte, waren die Magazine der MPis leergeschossen. Der Sturm heulte weiter durch die zerborstenen Fenster, aber alles, was jetzt mit ihm hereinkam, waren Kälte und wirbelnde Eiskristalle. Der Leichnam des jungen Wachoffiziers, von der MPi-Salve beinahe in zwei Teile zerschnitten, hing reglos über der Fensterbrüstung.

Weichsler versuchte stöhnend in die Höhe zu kommen und fiel wieder hin, als ihm der Soldat in die Seite trat, dem er die Waffe entrissen hatte. Er spürte den Schmerz kaum. Was mit ihm geschah, war vollkommen gleich. Begriffen sie denn nicht, was sie getan hatten?

Er sah aus den Augenwinkeln, wie der Soldat zu einem weiteren Tritt ausholte, im letzten Moment aber von einem anderen zurückgehalten wurde.

»Laß den Blödsinn! Wir müssen Alarm geben! Wer weiß, wie viele noch da draußen sind!«

Weichsler wußte es. Etwas mehr als dreihundert. Abzüglich vielleicht derer, die *er* erschossen hatte. Aber er konnte nichts sagen. Seine Stimme versagte ihm den Dienst, ebenso wie seine Arme und Beine, als er sich abermals hochzustemmen versuchte. Er spürte, wie die Bewußtlosigkeit zurückkam, und diesmal reichte seine Kraft nicht mehr aus, sich dagegen zu wehren.

Der Fernseher lief immer noch, als sie am Wachzimmer vorbeikamen, aber er brachte jetzt keine Katastrophenmeldungen mehr, sondern einen Spot, in dem für Telefonsex mit den Kaiman-Inseln oder sonst einer teuren Doppelnull-Vorwahl geworben wurde. Das Zimmer war auch immer noch leer, und Brenner registrierte all dies, obwohl er weder das Bild sehen noch von dem Raum hinter der Scheibe viel mehr als diffuse Umrisse erkennen konnte. Trotz seines allmählich zurückkehrenden Augenlichts funktionierte sein Gehör noch immer mit der gleichen ungewohnten Präzision der vergangenen Tage, was ihn ein wenig verblüffte; er hatte ganz instinktiv erwartet, daß diese geliehene Schärfe ebenso schnell wieder verschwinden würde, wie sie gekommen war. Vielleicht war es ja gar nicht so, wie er bisher immer angenommen hatte – ohne diesen Gedanken bewußt zu formulieren, aber trotzdem mit ganz selbstverständlicher Sicherheit –, daß es ein gewisses Quantum an Wahrnehmungen gab, das auf alle Sinne gleichmäßig verteilt war und sich nur verschob, wenn einer davon ausfiel, sondern vielmehr so, daß das menschliche Nervensystem noch über gewaltige Reserven verfügte, die es beinahe nach Belieben einsetzen konnte. *Das* wäre doch eine sinnvolle Aufgabe für Leute wie Schneider und seine Kollegen, dachte er: diese Reserven ausfindig zu machen und einzusetzen. Immerhin sinnvoller als die, gesunde Sinne lahmzulegen.

Was für eine wichtige Erkenntnis. Und in seiner momentanen Situation so ungemein hilfreich.

Brenner war sich der Tatsache vollkommen bewußt, daß er kurz davor stand, einfach hysterisch loszuschreien. Er hatte Salid nicht mehr widersprochen und sich auch nicht widersetzt, als dieser nach kurzer Durchsuchung der leeren Krankenzimmer begonnen hatte, wahllos Kleider aus einem Schrank zu zerren – offensichtlich war die Station so übereilt geräumt worden, daß man nicht einmal alle Habseligkeiten der Patienten mitgenommen hatte – und an ihn zu verteilen. Zum erstenmal seit Tagen trug er wieder richtige Kleider, keinen Krankenhauspyjama, der Rücken und Hintern Zugluft und hämischen Blicken preisgab, und allein dafür war er dem Araber dankbar. Auch Salid hatte sich ein Jackett ausgeborgt anstelle seines blauen Morgenmantels. Brenner konnte es nicht deutlich erkennen, vermutete aber, daß der Terrorist – denn Terroristen waren nach landläufiger Vorstellung *immer* groß und breitschultrig – eine einigermaßen lächerliche Figur machen mußte, und während sie das Zimmer verließen und den Gang hinuntereilten, versuchte er mit aller Energie, wenigstens etwas davon zu sehen. Kneifende Falten, zu kurze Jackenärmel ... Er konnte nichts davon erkennen, aber in seinem Zustand bedeutete das nicht, daß es nicht da war.

Außerdem war es ungefähr ebenso wichtig wie das, was er gerade über Schneider gedacht hatte – und den Telefonsex mit Übersee.

Trotzdem beschäftigten ihn diese Fragen weitaus intensiver als die, was hinter der nächsten Tür auf sie warten mochte oder gar draußen, sollte es ihnen tatsächlich gelingen, die Klinik zu verlassen. Die kleinen Helfer, die Schneider in seinen Kreislauf geschickt hatte, verrichteten ihre Arbeit offenbar noch immer mit großem Eifer: Es war ihm jetzt vielleicht möglich, sich auf eine bestimmte Sache zu konzentrieren, aber nicht auf irgend etwas *Wichtiges*.

»Warten Sie einen Moment hier«, sagte Salid plötzlich. »Keinen Laut.«

Brenner hörte, wie er die Tür öffnete und rasch hinter sich wieder zuzog, und für einen kurzen Moment sprang ihn doch die Panik an, wenn auch aus einem Grund, der ihm fast lächerlich vorgekommen wäre – wäre er imstande gewesen, irgend etwas anderes als Angst zu empfinden: Plötzlich fürchtete er sich vor nichts mehr als davor, *allein* zu sein. Ganz egal, wer bei ihm war, und sei es der Teufel persönlich, alles war besser als der Folterknecht, dem er die letzten drei Tage ausgeliefert gewesen war: dem Alleinsein.

Irgendwie gelang es ihm, seiner Gefühle Herr zu werden und die Panik niederzukämpfen, aber es war ein knapper Sieg, der auf der Rennbahn mit einem Zielfoto entschieden worden wäre. Seine Hände und Knie zitterten, und sein Atem ging plötzlich doppelt so schnell wie zuvor. Seine körperlichen Kräfte mochten zurückkehren, aber die seines *Verstandes* waren erschöpft. Das war zumindest *eine* Erklärung dafür, daß er Salid widerstandslos gefolgt war. Er *konnte* niemandem mehr widersprechen. Nicht einmal einem Massenmörder und Terroristen.

Salid kehrte schon nach wenigen Augenblicken zurück und streckte die Hand aus, um Brenner am Ellbogen zu ergreifen und vor sich herzuschieben, wie er es die ganze Strecke von seinem Zimmer bis hierher getan hatte, stockte aber dann mitten in der Bewegung. Brenner konnte seinen

Gesichtsausdruck nicht deutlich erkennen, aber er legte den Kopf schräg und bewies so, daß er ihn aufmerksam musterte.

»Was ist los mit Ihnen?« fragte er. »Sie sind kreidebleich. Ist Ihnen nicht gut?«

Brenner war nicht ganz sicher, ob der sonderbare Ton in seiner Stimme Mißtrauen oder wirkliche Sorge war; und wenn ja, worüber. Er deutete ein Kopfschütteln an.

»Es ist nichts«, behauptete er. »Mir ist ein wenig übel, das ist alles.«

»Das vergeht«, behauptete Salid. »Wahrscheinlich eine Nebenwirkung der Medikamente, mit denen man Sie vollgestopft hat. Schaffen Sie es bis nach unten?«

»Kein Problem«, log Brenner. Tatsächlich war er sich nicht sicher. Das leere Gefühl heftigen Erschreckens ließ nicht nach, wie es normal gewesen wäre, sondern schien im Gegenteil schlimmer zu werden. Es war absurd: Er konnte fühlen, wie seine Kräfte zurückkehrten, mit jeder Sekunde, die sich sein Kreislauf gegen die Medikamente zur Wehr setzte, aber diese Energien schienen irgendwo auf halbem Wege zu versickern.

»Also gut«, sagte Salid. Er klang nicht überzeugt. »Beißen Sie die Zähne zusammen. Es ist nicht weit. Später können Sie ausruhen.«

Diesmal war Brenner fast dankbar, als er ihn am Ellbogen ergriff und vor sich her durch die Tür schob. Die winzige Anstrengung, einen Fuß vor den anderen zu setzen, wurde mit jeder Wiederholung schlimmer. Er hatte sich getäuscht: Nicht seine körperlichen Kräfte schwanden, sondern sein *Wille*.

Das wenige, was er von dem Korridor auf der anderen Seite der Tür erkennen konnte, unterschied sich nicht von dem, aus dem sie kamen. Graue Schemen und hier und da die geraden Linien einer Tür. Und es war genauso still wie auf der anderen Seite. Zu still.

Sie gingen nur wenige Schritte weit, dann blieb Salid abermals stehen und wiederholte seine Aufforderung zu warten.

Brenner nahm verschwommen wahr, daß er eine Tür öffnete und hindurchtrat, und im nächsten Moment schon hörte er ihn auf der anderen Seite lautstark und in einer ihm unbekannten Sprache fluchen. Als er zurückkam, konnte er seine Nervosität beinahe riechen.

»Was ist passiert?« fragte er.

»Nichts«, antwortete Salid. »Ich habe einen Fehler gemacht, das ist alles. Schnell jetzt!«

Sie gingen in schärferem Tempo weiter. Salid öffnete eine weitere Tür, schob Brenner hindurch und bugsierte ihn nach einem knappen Dutzend Schritte in eine Liftkabine.

»Können Sie die Schalttafel erkennen?« fragte er.

Brenner kniff die Augen zusammen, aber sein Sehvermögen war offenbar noch nicht imstande, so fein zu differenzieren. Er sah die Tafel, aber mehr nicht.

Salid seufzte, nahm seine Hand und legte seinen Zeigefinger auf einen der Knöpfe. »Zählen Sie in Gedanken bis dreißig«, sagte er. »Einundzwanzig ... zweiundzwanzig ... dreiundzwanzig ... Klar? Dann drücken Sie den Knopf.«

Brenner nickte. Salid schien noch etwas sagen zu wollen, drehte sich aber dann wortlos um und verschwand mit raschen Schritten. Brenner hörte, wie er eine Tür in der Nähe öffnete und hindurchtrat.

Er begann gehorsam zu zählen. Er hatte keine Ahnung, was dieses Manöver sollte; wahrscheinlich hätte er es nicht einmal dann auf Anhieb durchschaut, wenn er im Vollbesitz seiner geistigen Kräfte gewesen wäre, aber er hätte in diesem Moment vermutlich alles getan, was Salid – oder sonstwer – von ihm verlangte. Selbst das Denken fiel ihm mittlerweile schwer. Einen Entschluß zu fassen, und sei es nur den, irgend etwas *nicht* zu tun, war viel zu mühsam.

Langsam zählte er in Gedanken bis fünfundzwanzig, dann noch einmal bis fünf und drückte den Knopf dann mit einer übertrieben konzentrierten Bewegung nieder. Die Aufzugtüren schlossen sich, und die Kabine setzte sich abwärts in Bewegung.

Sie fuhr nicht sehr weit. Brenner hatte bei dreißig nicht

aufgehört zu zählen, aber der Lift hielt wieder an, noch bevor er bei vierzig angekommen war, und die Türen glitten wieder auseinander. Als er in Gedanken einundvierzig formulierte, flog irgend etwas Riesiges, Weißes zu ihm herein und schmetterte ihn mit solcher Wucht gegen die Wand, daß ihm die Luft aus den Lungen gepreßt wurde. Sein Kopf prallte gegen das verchromte Metall der Liftkabine. Grelle Schmerzblitze explodierten vor seinen Augen, und irgend etwas drückte gegen seine Kehle und schnürte ihm zusätzlich den Atem ab.

»Hören Sie auf! Das ist er nicht!«

Der furchtbare Druck auf seine Brust ließ nach, aber er bekam immer noch keine Luft. Der Mann, der ihn gegen die Wand geworfen hatte, preßte seinen Unterarm gegen Brenners Hals und drückte damit gleichzeitig seinen Kopf in den Nacken und seine Kehle zu. Seine andere Hand hatte Brenners rechten Arm gepackt und in der Brutalo-Version eines Polizeigriffes auf den Rücken gedreht.

»Sie sollen aufhören, verdammt noch mal! Lassen Sie ihn los!«

Trotz seines Schreckens erkannte Brenner Schneiders Stimme. Aber es verging immer noch eine Sekunde, bis der Angreifer endlich den Arm von seinem Kehlkopf nahm, und noch eine, ehe er auch seine Hand losließ, und Brenner hatte das deutliche Gefühl, daß er beides nur mit großem Bedauern tat. Er sank keuchend nach vorne, holte fast verzweifelt Luft und kämpfte gleichzeitig mit den Tränen. Seine Hand blutete wieder. Der Bursche hatte sie so gequetscht, daß Brenner nicht erstaunt gewesen wäre, wenn er ihm dabei ein paar Knochen gebrochen hätte.

Der Angreifer, ein großer, bulliger Kerl, den Brenner nicht zu erkennen brauchte, um zu wissen, daß es ein Krankenpfleger war – eines der seltenen, aber doch anzutreffenden Exemplare dieser Gattung, die ihren Beruf unter anderem darum ergriffen hatten, weil es manchmal einen widerspenstigen Patienten zu bändigen gab –, trat rückwärts aus der Kabine heraus und machte Schneider Platz. Hinter ihm konnte Brenner mindestens zwei, wahrscheinlich sogar mehr weitere Männer erkennen. Wenigstens wußte er jetzt, warum Salid darauf verzichtet hatte, mit dem Lift zu fahren. Er schien geahnt zu haben, daß es ein Empfangskomitee gab.

Schneider blieb einen halben Schritt vor ihm stehen und entblödete sich nicht, den Kopf nach rechts und links zu drehen, um sich davon zu überzeugen, daß Brenner auch wirklich allein in der kaum zwei Quadratmeter großen Liftkabine war. »Wo ist er?« fragte er.

»Wer?« keuchte Brenner. Er bekam immer noch nicht richtig Luft, und er war so durcheinander, daß er im ersten Moment tatsächlich nicht wußte, wovon Schneider sprach.

»Das wissen Sie ganz genau!« Schneiders gepreßtem Ton nach zu schließen, hatte er zu einer ganz anderen Antwort angesetzt. »Der Kerl, der Sie herausgeholt hat. Ihr Komplize!«

»Komplize? Ich weiß nicht, wen ...« Brenner stützte sich mit der unverletzten Hand an der Kabinenwand ab und richtete sich auf, soweit es seine schmerzenden Rippen zuließen. Er atmete zweimal tief ein und aus, ehe er noch einmal ansetzte: »Ich weiß nicht, wen Sie meinen. Ich kenne den Mann nicht.«

Schneider tat etwas, was Brenner nicht nur vollkommen überraschte, sondern auch eine Menge mehr über seine Verfassung verriet als seine Worte. Brenner hätte damit gerechnet, von ihm angebrüllt zu werden, aber er sagte kein Wort, sondern hob plötzlich die Hand und versetzte ihm einen Stoß, der ihn haltlos aus dem Lift herausstolpern ließ.

»Meinetwegen!« sagte er wütend. »Sie müssen nicht mit mir reden. Sie können alles der Polizei erzählen. Sie ist bereits unterwegs.«

Seine Schätzung war richtig gewesen: Außer Schneider hielten sich allein in seinem begrenzten Sichtfeld noch drei weitere Männer auf, und vielleicht mehr dahinter. Der Raum, in dem der Lift angehalten hatte, war sehr groß, wie ihm die hallenden Echos verrieten. Wahrscheinlich die Eingangshalle der Klinik.

»Was wollen Sie?« murmelte er. »Ich weiß nicht, wer der Mann ist. Er hat mich gezwungen, mit ihm –«

»Wie gesagt, das können Sie alles der Polizei erklären«, unterbrach ihn Schneider. Seine Stimme zitterte jetzt. Offenbar kostete es ihn immer größere Mühe, sich noch zu beherrschen.

»Der Polizei? Wieso?« Brenner verspürte einen ihm selbst fast unerklärlichen Anflug von Trotz. »Seit wann ist es verboten, ein Krankenhaus zu verlassen?«

»Schon immer«, antwortete Schneider. »Wenigstens, wenn man dabei Leute umbringt. Also – wo ist der Kerl?«

»Umbringt?« Brenner fuhr wie elektrisiert hoch. Außer körperlichen Schmerzen gab es also doch noch etwas, was den Panzer aus aufgepfropfter Müdigkeit durchdringen konnte. »Was ... was soll das heißen?«

Natürlich wußte er, was es hieß. Er konnte sich nur nicht vorstellen, *wen* Salid umgebracht hatte, und schon gar nicht, warum – aber plötzlich erinnerte er sich wieder daran, was Salid vorhin gesagt hatte: *Ich habe einen Fehler gemacht, das ist alles*. Großer Gott, bezeichnete dieser Irre den Mord an einem Menschen wirklich lapidar als *Fehler*? Und trotzdem: Es ergab keinen Sinn.

»Ich glaube, er sagt die Wahrheit«, sagte eine andere Stimme, und obwohl Brenner sie erst ein einziges Mal gehört hatte, erkannte er sie sofort wieder. Sie gehörte Johannes, dem Eindringling aus der vergangenen Nacht, der sich als Krankenhauspfarrer ausgegeben hatte.

»Was soll das heißen?« fragte Schneider scharf.

Brenner wandte den Kopf in die Richtung, aus der Johannes' Stimme kam, und stellte zu seiner Überraschung fest, daß er deutlich besser sehen konnte, seit er die Liftkabine verlassen hatte. Die Droge verlor anscheinend rasend schnell ihre Wirkung. Vielleicht war es hier draußen auch einfach nur heller.

»Daß ich nicht das Gefühl hatte, er würde Brenner kennen«, antwortete Johannes.

»Wer weiß, vielleicht haben Sie damit sogar recht«, sagte

Schneider spitz. »Ich beginne mich mittlerweile allerdings zu fragen, ob *Sie* ihn vielleicht kennen, *Pater*.«

Irgend etwas kratzte an der Treppenhaustür; nicht sehr laut, aber doch hörbar. Und nicht nur für Brenner. Schneider verstummte praktisch mitten im Satz, und auch die beiden Pfleger wandten sich überrascht dem Treppenhaus zu. Einen Moment später wiederholte sich das Geräusch, und diesmal erkannte es Brenner: Es war der Laut, mit dem Fingernägel über geriffeltes Drahtglas fuhren.

Schneider hatte es offenbar im gleichen Augenblick identifiziert und wohl auch die richtigen Schlüsse daraus gezogen, denn er machte mit der linken Hand eine hastige Geste, still zu sein, und deutete zugleich auf die Tür. Einer der beiden Pfleger – seiner Statur nach der brutale Kerl, der Brenner gerade im Aufzug überwältigt hatte – setzte sich in Bewegung und streckte die Hand nach dem Türgriff aus. Vielleicht war Salids Trick doch nicht so gut gewesen. Auf der anderen Seite – Brenner konnte sich nicht vorstellen, daß ein Mann wie dieser Salid einen solchen Fehler begehen würde.

Auch der zweite Pfleger setzte sich in Bewegung und trat in angespannter Haltung an die Seite seines Kollegen, als dieser die Tür öffnete, und im gleichen Moment begriff Brenner seinen Irrtum: Nicht *Salid* war es, der einen Fehler beging.

Die Tür wurde mit solcher Wucht aufgestoßen, daß alles gleichzeitig zu passieren schien: Der eiserne Türrahmen krachte gegen Gesicht und Stirn des Pflegers und schleuderte ihn zu Boden, und die Wucht reichte auch noch aus, den anderen zurückstolpern zu lassen. Praktisch in der gleichen Sekunde erschien Salid selbst unter der Öffnung, setzte dem Mann nach und fegte ihm mit einem blitzartigen Tritt die Beine unter dem Leib weg. Der Pfleger stürzte, rollte sich mit erstaunlicher Behendigkeit auf den Rücken und stemmte sich halb in die Höhe. Salid hob den Arm und deutete mit der ausgestreckten Hand wie mit einer Waffe auf ihn, und der Mann erstarrte zur Salzsäule. Der Anblick war ebenso bizarr wie lächerlich, und trotzdem wirkte die Geste zugleich fast bedrohlicher, als hätte er tatsächlich eine Waffe in der Hand gehalten.

»Was, um alles in der Welt –?« begann Schneider.

Salid fuhr mit einer abgehackten Bewegung herum und brachte Schneider mit einem einzigen Blick zum Schweigen. Dann nickte er in Brenners Richtung. »Gut gemacht«, sagte er. »Und jetzt nichts wie weg von hier. Ich fürchte, die guten Leute hier haben die Polizei verständigt.«

»Worauf Sie sich verlassen können!« sagte Schneider. Brenner hätte seinen Mut bewundert, wäre er nicht voll und ganz damit beschäftigt gewesen, Salid anzustarren und sich wie vor den Kopf geschlagen zu fühlen. Warum hatte er das gesagt?

»Schnell jetzt!« Salid eilte mit raschen Schritten los und versuchte, Johannes quasi im Vorbeigehen mitzuziehen, aber der Geistliche riß sich mit einer raschen Bewegung los und sprang regelrecht zur Seite.

»Nein!«

Salid wirkte ehrlich verblüfft. »Aber ich dachte, wir wären uns einig.«

»Ich halte keine Vereinbarungen mit einem Mörder.«

»Mörder? Was reden Sie? Ich habe niemanden –«

»Sie haben Alexander umgebracht«, fiel ihm Johannes ins Wort.

»Umgebracht? Er ist tot?« Salid wirkte ungefähr so betroffen wie ein Mann, der eine Delle in den Kotflügel eines zwölf Jahre alten Wagens gefahren hat. Nach einer Sekunde zuckte er mit den Schultern. »Das wollte ich nicht. Es tut mir leid.«

»Ja, genau so sehen Sie aus«, sagte Schneider. Salid würdigte ihn nicht einmal eines Blickes.

Zwei oder drei Sekunden lang sah er Johannes kopfschüttelnd und mit einem Ausdruck ehrlichen Bedauerns an, dann trat er einen halben Schritt zurück und versenkte die rechte Hand in die Jackentasche.

»Schade«, sagte er. »Aber wenn es nicht anders geht ...«

Die aus tausend Kriminalfilmen bekannte Geste verfehlte ihre Wirkung auch auf den Geistlichen nicht. Er fuhr sichtbar zusammen, und Brenner nahm an, daß er auch blaß wurde. Trotzdem schüttelte er nach einem Moment den Kopf.

»Sie schießen nicht«, sagte er – wobei seine Stimme allerdings so heftig zitterte, daß sie ihm den angestrebten Effekt gründlich verdarb. »Tot nutze ich Ihnen nichts.«

Salid zog die Hand nicht aus der Tasche, aber er bewegte sie entsprechend nach vorne, so daß sich der dünne Stoff ausbeulte. »Würden Sie Ihr Leben darauf verwetten?«

Brenner wußte, daß Salid keine Waffe besaß. Es war eine fremde Jacke, in die Salid seine Schultern – die übrigens tatsächlich so breit waren, wie Brenner vermutet hatte – gezwängt hatte, und in der Jackentasche hatte sich keine Waffe befunden. Salid hatte auch nichts aus dem Morgenmantel genommen, sondern diesen achtlos zu Boden geworfen. Brenner war sicher, daß er keine Waffe hatte.

Johannes offenbar nicht, denn er zögerte nur noch die eine Sekunde, die er seinem Stolz schuldig war, dann nickte er. »Also gut, ich beuge mich der Gewalt. Aber nur unter Protest. Ich betrachte Ihr Verhalten als Freiheitsberaubung!«

»Genaugenommen ist es Kidnapping«, antwortete Salid gelassen. »Aber darüber sollten wir später reden – es sei denn, Sie legen Wert darauf, auch noch eine ausgewachsene Schießerei zu erleben.« Er deutete mit der freien Hand zum Ausgang und legte den Kopf auf die Seite. »Hören Sie? Die Polizei kommt.«

Auch Brenner hörte in diesem Moment ein noch dünnes, aber rasch deutlicher werdendes Heulen: den unverwechselbaren Ton einer Polizeisirene. Salid mußte über ein mindestens ebenso scharfes Gehör verfügen wie er. Obwohl er sehen konnte.

Salid wedelte ungeduldig mit der freien Hand und richtete gleichzeitig seine imaginäre Waffe auf Brenner. Er *hatte* keine Waffe. Er *konnte* keine Waffe haben. Andererseits ... Salid war zwischenzeitlich allein gewesen; lange genug, um eine Waffe zu holen, die er irgendwo deponiert hatte? Kaum. Nicht einmal annähernd lange genug. Es gab nur eine winzige Chance, daß mehr in der Jackentasche war als eine leere

Hand. Dummerweise war auch eine Ein-Prozent-Chance, zu sterben, möglicherweise tödlich. Und Salid machte nicht den Eindruck eines Mannes, der noch viel zu verlieren hatte.

Das Heulen der Polizeisirene wurde lauter, als sie die Klinik verließen und sich nach rechts wandten

Zumindest seine innere Uhr schien wieder zu funktionieren, denn als Weichsler erwachte, spürte er genau, daß mindestens eine halbe Stunde vergangen war. Eine unheimliche Stille umgab ihn, so intensiv, daß er im allerersten Moment fürchtete, taub zu sein. Dann reagierte sein Körper auf das Erwachen. Er bewegte sich unbewußt, und Weichsler hörte die beinahe unmerklichen Geräusche, die er dabei verursachte. Er öffnete die Augen, drehte sich auf die Seite und setzte sich umständlich auf.

Er sah nicht sehr viel. Das Licht war ausgegangen, und die einzige Helligkeit war ein mattgrauer Schein, der durch die zerbrochenen Fenster hereindrang und sich auf Glassplittern und kleinen Schneeverwehungen brach, die sich überall gebildet hatten. Der Sturm selbst hatte jedoch aufgehört. Durch die Fenster wirbelten keine Eiskristalle mehr herein, und *das* war auch der Grund für die unheimliche Stille, die er gespürt hatte. Es war gar nicht so ruhig, aber die letzte Erinnerung, die er mit in die Bewußtlosigkeit hinübergenommen hatte, war das Heulen des Orkans gewesen.

Weichsler vermied es, sich zum Fenster herumzudrehen; denn außer dem Sturm gab es noch eine Erinnerung: die an den toten Wachoffizier, der über der Fensterbrüstung hing. Er hatte das Gefühl, daß es nicht der einzige Tote sein würde, den er fand.

Weichsler ging mit staksigen Schritten zur Tür und betätigte den Lichtschalter, aber die Lampen blieben tot. Vielleicht waren sie zerschossen, mit größerer Wahrscheinlichkeit aber war die Hauptsicherung herausgeflogen. Auch draußen auf dem Flur herrschte fast vollkommene Dunkelheit.

Er hatte Angst, in diese Schwärze hinauszutreten, und es zeigte sich, daß diese Angst berechtigt war. Der Schulkorridor war so still wie das Klassenzimmer und wahrscheinlich das gesamte Gebäude, aber Weichsler erkannte trotz des praktisch nicht vorhandenen Lichtes, daß er voller Toter war. Die erste Leiche lag nur wenige Schritte links neben der Tür, aber die zweite bereits unmittelbar auf der anderen Seite, und es wurden mehr, je weiter sich die schreckliche Spur der Treppe näherte. Die Stufen selbst waren übersät mit reglosen Körpern; zwanzig, dreißig, vielleicht noch viel mehr. Die Klassenräume dort oben waren zu Schlafsälen umfunktioniert worden, um die fünfzig Männer des Einsatzkommandos aufzunehmen, und auf dem Weg dorthin mußte eine regelrechte Schlacht getobt haben.

Weichsler wollte es nicht. Im Gegenteil, er wehrte sich mit aller Kraft dagegen, aber seine Phantasie machte sich selbständig und zeigte ihm in Farbe und dreidimensional, was geschehen sein mußte: Die Schüsse und der Lärm aus dem Erdgeschoß hatten die Männer geweckt, und das erste, was sie gesehen hatten, als sie ebenso erschrocken wie schlaftrunken aus ihren Räumen torkelten, war eine Armee lebender Toter gewesen. Wahrscheinlich hatten sie sofort das Feuer eröffnet.

Ein bitterer Geschmack breitete sich auf Weichslers Zunge aus, während er langsam die Treppe hinaufstieg, wobei er manchmal im wahrsten Sinne des Wortes über die Toten hinwegklettern mußte, um überhaupt noch von der Stelle zu kommen. Er korrigierte seine Schätzung noch einmal nach oben, als er den ersten Stock erreichte, denn auch der Korridor hier oben war voller Leichen. Einige von ihnen trugen gefleckte Uniformen oder zumindest Teile davon, und manche umklammerten noch im Tode die Waffen, mit denen sie sich gewehrt hatten – gegen einen Feind, der nichts von ihnen gewollt hatte. Weichsler blieb neben jedem seiner toten Kameraden stehen und untersuchte ihn, und er fand genau das, was er erwartet hatte: Die Männer waren ausnahmslos erschossen worden, und die tödlichen Kugeln hatten die meisten in den Rücken getroffen. Nicht die Toten hatten den Tod gebracht, sondern die Lebenden. Aber war das nicht eigentlich immer so?

Weichsler durchsuchte das Obergeschoß der Schule von einem Ende zum anderen. Es war in allen fünf Klassenräumen das gleiche: Die Türen standen offen, und auch die Räume dahinter waren voller Toter. Die meisten Fenster waren eingeschlagen. Wahrscheinlich hatten sie es am Schluß aufgegeben, sich ihren Weg nach draußen freischießen zu wollen, und waren durch die Fenster geflohen.

Es war so sinnlos. Schlimmer. Es war nicht sinnlos, es war ein Verbrechen: Sie waren Zeuge eines Wunders geworden, vielleicht des ersten wirklichen *Wunders* in der aufgezeichneten Geschichte der Menschheit. Die Toten waren auferstanden. Und die Soldaten hatten darauf reagiert, wie Menschen überall und zu allen Zeiten auf das reagierten, was sie nicht verstanden.

Weichsler versuchte, die Anzahl der Toten zu schätzen, aber er kam zu keinem Ergebnis – vielleicht, weil er Angst davor hatte, vielleicht auch, weil eine so logische Tätigkeit nicht mehr auf die dunklen Pfade paßte, auf denen seine Gedanken wandelten. Tief in sich war er gewiß, daß keiner von denen, die aus der Turnhalle herübergekommen waren, noch lebte, aber er hatte Angst davor, aus dieser Gewißheit *Wissen* zu machen. Aber zugleich betete er auch fast, daß dem so war. Er ertrug weder den Gedanken, daß sie dieses Wunder zerstört hatten, noch den, daß die Toten tatsächlich zurückgekehrt waren. Vielleicht war dies eine von den Situationen, von denen er bisher nur gelesen hatte, ohne wirklich daran zu glauben, daß es sie gab: Jeder mögliche Ausgang war *falsch*.

Am Ende des letzten Zimmers angekommen, trat er ans Fenster und sah auf den Hof hinaus. Der Sturm war so spurlos verschwunden, als hätte es ihn niemals gegeben, und die Temperaturen schienen ebenso schlagartig wieder gestiegen zu sein, wie sie vorhin ins Bodenlose gefallen waren. Der Asphalt glänzte feucht, aber er sah nirgendwo Schnee. Fünf

Meter unter ihm lag eine reglose Gestalt in gefleckten Tarnhosen und mit nacktem Oberkörper; ansonsten war der Hof leer.

Weichsler wandte sich vom Fenster ab und ging, noch immer von dem gleichen leeren Gefühl erfüllt, zur Tür zurück – im Grunde, ohne zu wissen, warum. Ein sonderbares Gefühl von Endgültigkeit hatte ihn erfaßt. Er hatte keine Angst mehr, und selbst das Entsetzen war einem dumpfen Druck gewichen, der nach den Erlebnissen der vergangenen Stunden fast wie eine Erleichterung war; aber er konnte sich einfach nicht vorstellen, daß er als einziger Überlebender einfach hier weggehen konnte, und noch viel weniger, daß er sein Leben so weiterführen würde, als wäre nichts geschehen.

Als er den Klassenraum verlassen wollte, fiel sein Blick in das Gesicht einer toten Frau, die quer vor der Tür lag. Vorhin war er einfach über sie hinweggestiegen, fast ohne sie zur Kenntnis zu nehmen, nur eine weitere Leiche unter vielen. Jetzt sah er ihr Gesicht, und er erkannte es wieder.

Eigentlich hätte er es nicht erkennen dürfen, denn es hatte sich radikal verändert. Als er es das letzte Mal gesehen hatte, war ihr Gesicht entstellt gewesen, grau und schaumgummiartig, beherrscht von zwei blauvioletten toten Augen, die ihn voller verzweifeltem Flehen anblickten. Wenn das Schicksal tatsächlich mehr war als ein abstrakter Begriff, sondern eine lenkende Macht, dann mußte es über einen wahrlich rabenschwarzen Humor verfügen. Es war das Mädchen, das unter seinen Händen aufgewacht war. Aber nun war ihr Antlitz unversehrt.

Weichsler stand minutenlang einfach da und starrte auf das Mädchen hinab, und er brauchte all diese Zeit, um einen einzigen Gedanken zu denken. Er war nicht klar formuliert, denn dazu war er zu schrecklich, und er lief auf eine Erkenntnis hinaus, die noch entsetzlicher war; so schlimm, daß er dieses Begreifen nur ganz langsam in sein Bewußtsein tröpfeln lassen konnte. Die Toten waren nicht einfach aufgestanden. Sie waren *geheilt*. Was aus der Turnhalle herausgekommen war, das waren nicht George Romeros Zombies gewesen, sondern Brüder und Schwestern des Lazarus. Das Wunder, das das Leben zu ihnen zurückgebracht hatte, hatte auch die Spuren des Giftes getilgt.

Weichsler ließ sich neben dem toten Mädchen zu Boden sinken und streckte die Hand nach ihrem Gesicht aus, aber er wagte es nicht, sie zu berühren. Vorhin war ihr Gesicht nichts als eine Zombie-Fratze gewesen. Jetzt war es wunderschön, erfüllt von einem Zauber, den die geringste Berührung zerstören würde. Statt dessen ließ er seine Fingerspitzen einen Zentimeter über ihrer Haut entlangwandern und zeichnete so die Konturen ihres Gesichtes nach, dann auch die ihres Körpers. Über den beiden großen Blutflecken in ihrem Leib stockte er. Der zweite Tod war endgültiger gewesen als der erste, aber vielleicht auch gnädiger; auf jeden Fall aber schneller. Er hatte sich geirrt, als er vorhin geglaubt hatte, nur seine eigenen Kameraden wären Opfer der modernen Vernichtungsmaschinen geworden. Er hatte sich auch geirrt, was die Zerstörungskraft der Waffen anging, an denen er und seine Kameraden jahrelang ausgebildet worden waren. Daß sie Leben auslöschen konnten, hatte er gewußt. Daß sie sich am Ende selbst mächtiger als die Kraft eines Wunders erweisen konnten, nicht. Der Gedanke erschreckte ihn nicht einmal, aber er überraschte ihn.

Er stand auf und untersuchte noch zwei oder drei weitere Tote, aber es blieb dabei: Die einzigen Verletzungen, die sie hatten, waren die tödlichen Schußwunden großkalibriger automatischer Waffen.

Weichsler ging in den Klassenraum zurück, trat ans Fenster und sah die Gestalt auf der anderen Seite des Schulhofes. Sie stand reglos da und sah zu ihm hinauf, und obwohl sie viel zu weit entfernt war, um ein Gesicht zu haben, spürte Weichsler den Blick ihrer dunklen Augen wie die Berührung einer warmen, sehr starken Hand. Das Gefühl war ungleich intensiver als zuvor in der Halle, obwohl er den Augen da viel näher gewesen war, aber es war keine Drohung darin, kein Zorn, nicht einmal ein Vorwurf. Aber vielleicht so etwas wie ein Urteil, das noch nicht gefällt, geschweige denn ausgesprochen war. Nur der Weg dorthin war bereits vorgezeichnet.

Zum drittenmal in dieser Nacht hatte Weichsler jenes seltsame Gefühl von Endgültigkeit, aber nun wußte er, was es bedeutete. Er trat vom Fenster zurück und sah noch einmal zu dem toten Mädchen an der Tür. Dann zog er seine Pistole und schoß sich eine Kugel in den Kopf.

Das Heulen der Polizeisirene war lauter geworden, kaum daß sie die Klinik verlassen hatten, und sie waren noch keine zehn Meter weit gekommen, da gesellte sich ein zweiter, gleichartiger Ton hinzu, der aus der entgegengesetzten Richtung kam. Brenner erwartete spätestens jetzt, daß Salid anfangen würde zu laufen, aber der Palästinenser tat nichts dergleichen, sondern machte im Gegenteil eine knappe, aber äußerst bestimmte Geste, als Johannes zusammenfuhr und sich erschrocken umsehen wollte.

»Ganz ruhig«, sagte er. »Gehen Sie ganz ruhig weiter. Keine Panik.«

Seinem Gesichtsausdruck nach zu schließen – Brenner konnte ihn mittlerweile tatsächlich *sehen*, obwohl es hier draußen weitaus dunkler war als in der hellerleuchteten Eingangshalle der Klinik –, *war* er längst in Panik, aber er gehorchte trotzdem. Wahrscheinlich hatte er einfach nur Angst vor Salid – obwohl Brenner sich dies im Grunde gar nicht vorstellen konnte. Im nächsten Moment schon fragte er sich, wieso eigentlich. Daß Johannes *Geistlicher* war, bedeutete schließlich noch lange nicht, daß er nicht das Recht hatte, um sein Leben zu fürchten. Brenner selbst widerstand der Versuchung zwar, sich immer wieder nervös umzusehen, aber das lag wohl mehr daran, daß er sowieso nicht viel gesehen hätte.

Sie gingen in raschem Tempo weiter, allerdings nicht so schnell, daß sie Aufsehen erregt hätten, hätte sie jemand beobachtet, obwohl das Heulen der aus entgegengesetzten

Richtungen näherkommenden Sirenen immer rascher anzuschwellen schien. Brenner begann sich zu fragen, ob Salid tatsächlich so gute Nerven hatte, wie es schien – oder vielleicht einfach nur lebensmüde war. Irgend etwas im Klang der Sirene hinter ihnen änderte sich. Sie wurde nicht wirklich *lauter*, aber sie klang jetzt irgendwie *präsenter*. Der Wagen war in die Straße eingebogen und näherte sich ihnen nun in direkter Linie. Spätestens jetzt, dachte Brenner, wäre eigentlich der Zeitpunkt gekommen, zu rennen.

Statt dessen blieb Salid stehen, warf einen raschen Blick nach rechts und links und deutete dann auf die Ecke des Klinikgebäudes, von der sie noch fünf oder sechs Meter entfernt waren. Die Klinik grenzte nicht unmittelbar an ein weiteres Gebäude, sondern an einen kleinen Park, der von einer gut zwei Meter hohen, weißgestrichenen Mauer umgeben war.

»Können Sie klettern?«

Die Frage galt Brenner, der sie mit einem energischen Kopfschütteln beantwortete. Die anstrengendste Sportart, zu der er sich in den letzten fünf oder sechs Jahren durchgerungen hatte, war Computerschach. Unter normalen Umständen hätte er sich vielleicht trotzdem zugetraut, das Hindernis zu überwinden, aber das hier war schließlich nicht normal: Er war noch immer halb blind und – da machte er sich nichts vor – am Ende seiner Kräfte. Im Augenblick war er schon heilfroh, wenn er ohne fremde Hilfe eine Türschwelle überwinden konnte.

»Dann wird es Zeit, daß Sie es lernen«, antwortete Salid.

»Aber –«

Salid nahm seinen Protest nicht einmal zur Kenntnis, sondern versetzte ihm einen Stoß, der ihn gegen seinen Willen auf die Mauer zustolpern ließ, so daß er ganz instinktiv die Arme ausstreckte, um irgendwo Halt zu finden. Seine rechte Hand protestierte mit wütend pochenden Schmerzen, als sie unsanft über den weißgestrichenen Zement schrammte, aber Salid war bereits neben ihm, umschlang mit erstaunlicher Kraft seine Hüften und hob ihn einfach in die Höhe. Brenner griff ganz instinktiv nach der Oberkante der Mauer, und

Salid machte das Kunststück komplett, indem er ihm einen weiteren Stoß versetzte, der ihn regelrecht über das Hindernis hinwegkatapultierte. Vermutlich war alles, was ihn vor einer ernsthaften Verletzung rettete, der weiche Grasboden auf der anderen Seite. Nur einen Augenblick später folgte ihm Johannes – auf weit elegantere Weise, aber offensichtlich auch nicht ganz aus freien Stücken –, und praktisch im gleichen Moment landete Salid mit einem federnden Satz zwischen ihnen. Wortlos beugte er sich zu Brenner herab und zog ihn auf die Füße.

»Geht es noch?«

Brenner nickte benommen mit dem Kopf – obwohl er in Wahrheit nicht einmal sicher war, auch nur noch einen einzigen weiteren Schritt tun zu können. Salid hätte sowieso keine Rücksicht darauf genommen.

»Sie müssen verrückt sein, wenn Sie glauben, daß die tatsächlich darauf hereinfallen«, sagte Johannes. »Jedes Kind kann sich denken, was Sie vorhaben. Ihr Fluchtwagen steht auf der anderen Seite der Klinik, stimmt's?«

»Wahrscheinlich haben sie uns sogar dabei beobachtet, wie wir über die Mauer gestiegen sind«, sagte Salid fröhlich. »Und was den Fluchtwagen angeht ... Ich hoffe doch, daß er bald kommt.« Er deutete nach rechts. »Weiter.«

Brenner versuchte erst gar nicht, den Sinn dieser Worte zu verstehen. Er hatte längst begriffen, daß Salid sicherlich hochintelligent und in noch größerem Maße gefährlich war, zugleich aber auch vollkommen verrückt.

Salid trieb sie unerbittlich weiter. So schnell, wie Brenner gerade noch konnte, entfernten sie sich vom Klinikgebäude, hielten sich aber nahe der Mauer. Brenner schätzte, daß sie allerhöchstens zwanzig Meter zurückgelegt hatten, als vor ihnen ein zuckender blauer Lichtblitz aufflammte und dann wieder erlosch: das Blaulicht eines der beiden Streifenwagen, das unweit vor ihnen durch die Gitterstäbe eines Tores fiel. Das Heulen der Sirenen war mittlerweile so nahe gekommen, daß die beiden Laute ineinander übergingen und er sie nicht mehr richtig orten konnte. Auf der Mauerkrone tanzte ein blauer Schimmer entlang und verlor sich hinter ihnen wieder.

Salid deutete auf das Tor, legte selbst einen kurzen Sprint ein und blieb unmittelbar vor dem Gittertor stehen. Brenner konnte nicht genau erkennen, was er tat, aber das Schloß hielt seinen Manipulationen nicht einmal so lange stand, wie Johannes und er brauchten, um Salid zu erreichen.

»Sehen Sie.« Salid deutete durch die Gitterstäbe auf die Straße hinaus. »Da kommt unser Fluchtfahrzeug.«

Johannes riß ungläubig die Augen auf. »Sind Sie verrückt?«

»Komplett«, bestätigte Salid. »Das ist mein Erfolgsrezept. Der Grund, weshalb ich noch am Leben bin.« Er wurde übergangslos wieder ernst. »Sie warten hier, bis ich Ihnen ein Zeichen gebe. Wenn Sie zu fliehen versuchen, töte ich Sie.«

Für jemanden, der angeblich auf *ihrer* Seite stand, drohte er ziemlich oft damit, einen von ihnen umzubringen, fand Brenner. Er glaubte auch nicht, daß diese Drohung ernst gemeint war, aber seltsamerweise nutzte ihm diese Überzeugung nichts. Sie machte es nicht besser. Vielleicht war der Grund, aus dem er selbst Salid ebenso widerspruchslos gehorchte wie Johannes, weniger die Angst vor dem, was er ihnen androhte, als vielmehr davor, wozu er *imstande* war.

Und es kam noch etwas dazu: Im Grunde wußte er es schon die ganze Zeit über, aber er hatte es sich bisher noch nicht eingestanden, und er schrak auch jetzt noch vor dem Gedanken zurück – aber die Wahrheit war, daß Salid ihn faszinierte. Was er tat – nein, nicht, *was* er tat, sondern weit mehr der Umstand, *daß* er all diese Dinge tat, daß er den Mut, die Kraft oder auch nur die Gewissenlosigkeit besaß, all diese Dinge zu tun, das berührte etwas tief in Brenner. Nicht den Abscheu, die Furcht und die gerechte Empörung, die er Menschen wie ihm gegenüber empfand, sondern etwas ganz anderes, etwas Dunkles und Uraltes, das in jedem Menschen schlummerte und das in Salid einen Bruder erkannte; die Bestie in ihm, welche die Bestie, die Salid vielleicht war, willkommen hieß.

Der Gedanke erschreckte ihn, aber er enthielt auch eine Wahrheit, der er sich nicht verschließen konnte. Nach allem, was er über Salid gehört hatte, war dieser ein Mörder, ein Mensch ohne Gewissen oder Skrupel, für den Gewalt etwas Normales war und der Widerstand brach, statt ihn zu umgehen. Nichts von alledem hatte Brenner je getan – aber manchmal hatte er sich gewünscht, es zu *können*. Nicht, daß er es wirklich getan hätte – die Tatsache allein, dazu imstande zu sein, hätte ihm vollends gereicht. Er war es nicht, und nun ertappte er sich dabei, Salid um diese Fähigkeit zu beneiden.

Und vielleicht nicht nur darum.

Das Heulen der ersten Polizeisirene war mittlerweile verstummt; der Wagen hatte vermutlich sein Ziel erreicht und vor der Klinik angehalten, aber das Geräusch des zweiten Streifenwagens kam immer näher, und irgendwo in der Ferne wimmerte noch ein drittes Martinshorn. Was immer Schneider mit seinem Anruf ausgelöst hatte, war weit mehr als ein normaler Polizeieinsatz und auf jeden Fall wohl mehr, als er selbst erwartet hatte. Salid schien dieser Gedanke jedoch nicht zu stören – er wartete in aller Seelenruhe, bis das an- und abschwellende Heulen herankam, dann riß er die Tür auf und stolperte mit wild rudernden Armen einen Schritt auf den Bürgersteig hinaus. Brenner beobachtete vollkommen verständnislos, wie er auf die Knie sank, seinen Sturz im letzten Moment mit den Händen abfing und sofort wieder die Arme in die Höhe riß, um wild damit zu gestikulieren. Das Heulen der Sirene schwoll mittlerweile weiter an, und als Salid sich mit hastig-ungeschickten Bewegungen in die Höhe stemmte, wurde er von einem grellen Scheinwerferstrahl erfaßt. Salid riß schützend den linken Unterarm vor das Gesicht und torkelte weiter auf die Straße hinaus.

»Er ist hier!« schrie er. »Hierher! Schnell!«

Bremsen kreischten. Für eine oder zwei Zehntelsekunden war Brenner felsenfest davon überzeugt, daß der Streifenwagen Salid erfassen und einfach niederwalzen würde, aber der Fahrer reagierte im letzten Moment. Der grünweiße Passat schleuderte zur Seite, verfehlte Salid um kaum einen halben Meter und kam quer zur Fahrtrichtung zum Stehen.

»Er ist hier!« schrie Salid erneut. »Im Park! Schnell!«

Die Türen des Streifenwagens wurden gleichzeitig aufgerissen, und zwei Beamte stürzten heraus. Der eine hatte seine Waffe bereits gezogen, der andere tat es, während er ins Freie sprang.

»Sind Sie lebensmüde, Mann?« schrie er. »Was ist los?«

Salid taumelte auf den Beamten zu, wobei er sich weit nach vorne beugte und zugleich noch immer den Arm vor das Gesicht hielt, als blende ihn das grelle Scheinwerferlicht. In Wirklichkeit konnten die beiden so nicht genau erkennen, wen sie eigentlich vor sich hatten – und genau das war schließlich der Sinn dieses perfekt inszenierten Auftritts. »Er ist im Park!« keuchte er. »Seien Sie vorsichtig! Er hat eine Waffe! Er hat den Priester erschossen!«

Auch der zweite Beamte war mittlerweile um den Wagen herumgeeilt. Seine Waffe war dabei auf Salid gerichtet gewesen, aber nun schwenkte er sie herum und richtete sie ganz instinktiv auf das offenstehende Gittertor – und damit auf Brenner, dem jäh zu Bewußtsein kam, daß er von der Straße aus deutlich als dunkler Umriß hinter dem Tor zu sehen sein mußte. Und daß die beiden Polizisten ihn nach Salids Worten zweifellos für den Mörder hielten, den sie jagten.

Vielleicht erlagen sie diesem Irrtum nur eine Sekunde, aber das war mehr, als Salid brauchte. In einer einzigen blitzschnellen Bewegung richtete er sich auf, schlug einem der beiden Beamten die Waffe aus der Hand und schmetterte dem anderen den Unterarm gegen die Kehle. Der Polizist sank keuchend in die Knie, schlug die Hände gegen den Hals und rang verzweifelt nach Luft, während sein Kollege die Arme in die Höhe riß, um Salid anzugreifen.

Er hatte nicht einmal die Spur einer Chance. Salid blockte seinen Hieb mit dem Ellbogen ab, tänzelte zur Seite und versetzte ihm einen Faustschlag, der ihn rücklings über die Motorhaube des Streifenwagens schleuderte. Blitzschnell setzte er ihm nach, riß ihn in die Höhe und versetzte ihm einen zweiten, noch härteren Schlag. Der Mann erschlaffte in seinen Armen. Salid warf ihn achtlos zu Boden und drehte sich herum.

»Los!«

Wenn es noch eines Beweises bedurft hätte, daß etwas in ihm Salid gehorchen *wollte,* dann hätte er ihn jetzt gehabt. Brenners Füße setzten sich wie von selbst in Bewegung. Er stürmte aus dem Tor und auf Salid und den Streifenwagen zu, so schnell er konnte, obwohl in seinem Kopf eine immer lauter werdende Stimme war, die ihm zuschrie, daß das, was er tat, nicht nur an Wahnsinn *grenzte,* sondern diese Grenze eindeutig überschritten hatte. Er hatte seine Chance gehabt. Salid war nur wenige Sekunden fort gewesen, aber diese Zeit hätte Johannes und ihm trotzdem gereicht, in der Dunkelheit des Parks zu verschwinden. Warum hatten sie es eigentlich nicht getan? *Warum, um alles in der Welt, hatten sie es nicht getan?*

Wahrscheinlich gab es keine Erklärung; und wenn, dann keine, die er im Moment ertragen hätte. Salids unheimlicher Bann über ihn hielt auf jeden Fall noch immer an – und ganz offensichtlich wirkte er genauso auf Johannes; denn auch er hatte sich – wenn auch nach einem winzigen Zögern – in Bewegung gesetzt.

Salid riß die hintere Tür des Streifenwagens auf und stieß Brenner kurzerhand hinein, ehe er auch nur irgend etwas sagen konnte. Danach wandte er sich an Johannes. »Können Sie Auto fahren?«

»Nicht besonders gut«, antwortete Johannes. »Und nennen Sie mich nicht –«

»Dann wird es Zeit, daß Sie es lernen«, unterbrach ihn Salid. Er versetzte Johannes einen Stoß, der ihn unsanft hinter das Steuer beförderte, und eilte hastig um den Wagen herum. Bevor er einstieg, beugte er sich zu dem bewußtlosen Polizeibeamten hinab und nahm dessen Waffe an sich. Brenner war nicht besonders überrascht, aber Johannes starrte die Waffe mit einem Ausdruck an, der unter allen anderen vorstellbaren Umständen einfach nur komisch gewesen wäre.

Und für Salid offenbar sogar unter diesen, denn er grinste plötzlich breit, nahm die Pistole in die linke Hand und versenkte die andere in die Jackentasche. Als er sie wieder herauszog, war sie immer noch leer, aber er streckte den Zeigefinger aus, hob den Daumen nach oben und sagte: »Reingelegt.«

»Sie hatten gar keine Waffe«, sagte Johannes.

Stimmt, antwortete Salids Blick. *Aber ich hätte dich trotzdem schneller umbringen können, als du es dir auch nur vorstellen kannst.* Laut sagte er: »Sie sind zu leichtgläubig, mein Freund. Und jetzt fahren Sie los – bitte.«

Johannes starrte ihn noch einen winzigen Moment lang zornig an, aber er mußte wohl auch den Teil von Salids Antwort verstanden haben, den er *nicht* laut ausgesprochen hatte, denn er widersprach nicht mehr, sondern legte den Gang ein und fuhr behutsam an. Salid streckte die Hand aus und schaltete mit einer raschen Bewegung Sirene und Blaulicht des Streifenwagens ab.

Es *konnte* nicht gutgehen. Brenner wußte es. Er war mitten in einer verrückten Geschichte, die nicht funktionieren *konnte*. Die Zeit arbeitete gegen sie, und alle Gesetze der Wahrscheinlichkeit und Logik ebenso. Trotz allem waren zwar erst wenige Sekunden vergangen, seit Salid den Streifenwagen angehalten und die beiden Polizisten überwältigt hatte, auch wenn es ihm vorgekommen war wie eine Ewigkeit. Aber Schneider und die anderen würden auch nur wenige Sekunden brauchen, um den Polizisten zu sagen, in welcher Richtung sie geflohen waren. Brenner hielt instinktiv den Atem an, als sie den Klinikeingang passierten. Der zweite Streifenwagen stand schräg auf dem Bürgersteig, und von seinen beiden Insassen war keine Spur zu sehen.

Trotzdem: Es *konnte* nicht gutgehen.

Aber es ging gut. Sie passierten das Krankenhaus unbehelligt, und während hinter ihnen das Heulen einer weiteren Polizeisirene anschwoll, erreichten sie das Ende der Straße und bogen nach rechts ab.

Und ich sah vier Engel stehen
an den vier Ecken der Erde ....
... und der eine Engel sprach:
Beschädiget die Erde nicht,
noch das Meer noch die Bäume ...
Apk 7,1.3

Auf der Gardinenleiste saß eine Spinne. Sie war nicht besonders groß, noch benahm sie sich in irgendeiner Weise auffällig, sondern hockte ganz im Gegenteil seit mindestens einer halben Stunde mucksmäuschenstill da, als spüre sie ganz genau, daß mißtrauische Augen sie in jeder Sekunde beobachteten und nur auf das geringste Lebenszeichen warteten.

Natürlich würde es ihr nichts nutzen. Charlotte hatte das kleine Miststück mit dem ihr angeborenen untrüglichen Instinkt für Schädlinge und Schmutz entdeckt, kaum daß es aus seinem Versteck herausgekrochen war, und der einzige Grund, aus dem es überhaupt noch am Leben war, war der, daß Charlotte bisher einfach nicht die *Zeit* gefunden hatte, ihm den Garaus zu machen. Nebst einer Trittleiter oder einem passenden Stuhl, mittels dessen sie ihre mit einhundertdreiundsechzig Zentimetern Körpergröße gepaarten neunzig Kilogramm auf das Niveau des achtbeinigen Scheusals dort oben hinaufbefördern konnte, hieß das.

Was die *Zeit* anging, die würde sie sich jetzt nehmen, ganz gleich, was passierte, und das passende Kletterwerkzeug hielt sie in der rechten Hand. Sie war ganz außer Atem, denn sie war eigens in den Keller hinuntergegangen, um die dreistufige Aluminiumleiter zu holen, und so verlängerte sich die Lebenserwartung dieses schmutzigen kleinen Mistviehs dort oben noch einmal um etliche Sekunden, die sie brauchte, um ihre Last abzusetzen und Luft zu holen. In letzter Zeit bereitete es ihr immer größere Mühe, Treppen zu steigen, und das lag *nicht* nur an ihrem Zigarettenkonsum, wie ihr wohlmeinende Leute immer wieder einzureden versuchten, sondern wohl eher an der Tatsache, daß sie in wenigen Tagen ihren sechzigsten Geburtstag feiern würde. Sie war eindeutig nicht mehr in dem Alter, die steile Treppe ins Kellergeschoß hinunter- und mit einer sperrigen Last in der Hand wieder hinaufzuspringen. Sie spürte jede einzelne Stufe, die sie genommen hatte, schon jetzt schmerzhaft in den Knochen, und morgen früh würde sie sie doppelt schmerzhaft spüren.

Aber was sein mußte, mußte sein.

Dabei hatte sie im Grunde gar nichts gegen Spinnen. Nicht im besonderen, hieß das. Ebensowenig wie sie irgend etwas gegen Ratten, Mäuse, Wanzen, Hunde, Kakerlaken, Katzen oder anderes Getier hatte – solange es nur dem Hotel fernblieb. Haustiere waren hier nicht erlaubt, und das galt für *jegliche* Art von Getier, unabhängig von seiner Größe, Aussehen oder der Anzahl seiner Beine. Charlotte leitete die Pension seit vierzig Jahren, und sie war stolz darauf, daß sich in diesen Jahren nicht ein einziger Gast über irgendwelches Ungeziefer beschwert hatte.

Möglicherweise lag das allerdings daran, daß der Unterschied zwischen den meisten ihrer Gäste und dem, was Charlotte als *Ungeziefer* bezeichnete, nicht allzu gravierend war. Vielleicht bestand er tatsächlich nur in der Größe und der Anzahl ihrer Extremitäten ...

Sie wollte weitergehen, aber ihr Herz klopfte noch immer wild, und sie spürte erst jetzt richtig, wie sehr sie der Weg in den Keller und zurück erschöpft hatte: Ihre Knie zitterten, und die Luft in ihrer Kehle schmeckte scharf; ein wenig nach Kupfer. Sie maß die kaum kleinfingernagelgroße Spinne über der Gardinenleiste mit einem mißtrauischen Blick, kam zu dem Schluß, daß sie sich in den nächsten zwei Minuten wahrscheinlich ebensowenig bewegen würde wie in der halben Stunde zuvor, und klappte die Trittleiter kurzerhand auf, um sich für einen Moment darauf niederzusetzen. Nur bis sie wieder einigermaßen zu Atem gekommen war. Es kam selten vor, aber in Momenten wie diesen machte ihr ihr Übergewicht doch zu schaffen, sowohl das an Körpermasse als auch das an Jahren. In letzter Zeit waren diese Momente häufiger geworden, und Charlotte mutmaßte nicht zu Unrecht, daß sie sich bald noch mehr häufen würden. Sie hatte nicht mehr sehr lange zu leben, das wußte sie.

Dieses Wissen hatte nichts mit irgendwelchen medizinischen Gründen zu tun, noch erschreckte es sie. Sie rauchte zuviel, sie schlief zuwenig, und sie aß zuviel und hatte entsprechendes Übergewicht, aber sie ließ sich zweimal im Jahr gründlich untersuchen, und das unwillige Kopfschütteln ihres Arztes, jedesmal wenn er die Untersuchungsergebnisse vor sich auf dem Tisch liegen hatte, hatte nichts mit irgendwelchen *Krankheiten* zu tun, sondern einzig damit, daß sie – Zitat: – *in Anbetracht ihres Lebenswandels schon geradezu kriminell gesund* war.

Trotzdem änderte das nichts daran, daß ihre Lebensuhr zum größten Teil abgelaufen war. Sie war sechzig – oder würde es jedenfalls in einigen Tagen werden –, und sie hatte den größten Teil der ihr zugedachten Spanne hinter sich. Sie hatte vielleicht noch zehn Jahre, möglicherweise auch fünfzehn, aber kaum mehr. Das war in Ordnung. Sie hielt nichts davon, neunzig zu werden und als seniles Wrack in einem Rollstuhl zu enden. Sie hatte ein ziemlich gutes Leben gehabt – über weite Strecken hinweg zumindest –, und sie wollte sich nicht beschweren. Bei wem auch?

Sie war mittlerweile weit genug zu Atem gekommen, um den zweiten Teil ihrer Expedition in Angriff nehmen zu können. Sie streckte den rechten Arm aus, zog sich am Türgriff in die Höhe und wollte in der gleichen Bewegung nach der Trittleiter greifen, als es klingelte.

Charlotte verharrte für einen Moment mitten in der Bewegung; überrascht und aus einem ihr selbst nicht ganz einsichtigen Grund auch ein wenig beunruhigt. Es war nahezu vier; selbst für sie eine ungewöhnliche Zeit. Auf der anderen Seite aber auch nicht *so* ungewöhnlich, daß sie übermäßig erstaunt oder gar *erschrocken* hätte sein dürfen. Die Zeiten, in denen ihr Hotel vornehmlich Gäste aufgenommen hatte, die sich anmeldeten und zu halbwegs normalen Zeiten an- und abreisten, waren längst vorbei, falls es sie überhaupt jemals wirklich gegeben hatte.

Die Gäste, die heutzutage kamen, pflegten sich nicht anzumelden, und die meisten hatten nicht einmal Gepäck. Die meisten blieben auch nicht lange: zwei, manchmal drei Stunden, selten eine ganze Nacht.

Trotzdem war sie beunruhigt und auf eine schwer greifbare Weise alarmiert. Vielleicht lag es an den Polizeisirenen, die sie vorhin gehört hatte, als sie auf der Kellertreppe gewesen war. Ziemlich viele Sirenen, die zwar nicht in unmittelbarer Nähe erschollen, aber auch nicht sehr weit entfernt.

Es klingelte zum zweitenmal, und Charlotte gemahnte sich selbst daran, daß dieses nächtliche Klingeln zumindest eine *potentielle* Einnahme bedeutete – und sie jeden Pfennig bitter nötig hatte. Die Gäste ihres Etablissements kamen nicht nur unangemeldet und zu manchmal unmöglichen Zeiten, sie kamen in letzter Zeit auch immer seltener.

Sie warf der kleinen Spinne über dem Fenster einen Blick zu, der sehr deutlich machte, daß die Sache zwischen ihnen nur aufgeschoben war, nicht vergessen, dann wandte sie sich rasch um und verließ das Zimmer. Als sie den Korridor betrat und sich der halb verglasten Eingangstür näherte, klingelte es zum drittenmal; und diesmal hielt der Ton länger an, und er klang irgendwie ... ungeduldig. Wer immer dort draußen stand, hatte es eilig. Aber vermutlich galt das für jeden, der nachts um vier ein Hotelzimmer brauchte. Durch das bunte Tiffany-Glas hindurch konnte sie einen hochgewachsenen, schwarzen Schatten erkennen, der genau in diesem Moment den Arm hob, um zum viertenmal den Klingelknopf zu drücken.

»Schon gut, schon gut!« rief Charlotte. »Ich komme. Kein Grund, das ganze Haus wachzuklingeln!«

Tatsächlich senkte der Schatten den Arm wieder, bewegte sich aber ansonsten nicht. Von dem höflichen halben Schritt zurück von der Tür schien der nächtliche Besucher nichts zu halten – falls er jemals davon gehört hatte. Charlotte bezweifelte es.

Sie erreichte die Tür, drückte die Klinke aber nicht herunter, sondern öffnete das kleine Fenster in Form eines Kolibris, das in die Mitte der Tiffany-Arbeit eingelassen war. »Ja, verdammt – was gibt es denn?«

Sie war selbst ein wenig erstaunt über den scharfen Ton in ihrer Stimme. Normalerweise war es nicht ihre Art, so mit Gästen zu reden; nicht einmal, wenn sie um diese Zeit kamen. Aber normalerweise erschrak sie auch nicht, wenn es morgens um vier an der Tür klingelte.

Vor ihr stand ein sehr groß gewachsener, dunkelhaariger Mann, dessen Gesicht sie im blassen Schimmer des Mondlichtes nicht richtig erkennen konnte, obwohl er nahe genug gewesen wäre, um ihn zu berühren. Aber sie sah zumindest, daß es scharf geschnitten war und mit ziemlicher Wahrscheinlichkeit einem Ausländer gehörte. Nicht, daß Charlotte etwas gegen Ausländer hatte – ebensowenig wie gegen Spinnen, Hunde oder Katzen. Solange sie blieben, wo sie hingehörten, störten sie sie nicht.

Die Worte, die der Fremde an sie richtete, bestätigten ihren ersten Eindruck. Er sprach perfekt Deutsch; schnell und so akzentfrei, daß es schon fast wieder auffiel. Trotzdem spürte man irgendwie, daß er sich nicht in seiner Muttersprache ausdrückte.

»Bitte entschuldigen Sie die späte Störung«, begann er. »Aber wir haben das Schild gesehen, und unten brannte noch Licht.«

Er trat nun doch einen Schritt zurück und deutete mit einer komplizierten Geste nacheinander auf das kleine Neonschild neben der Tür, das »ZIMMER FREI« verkündete, das erleuchtete Fenster daneben und dann auf eine weitere Gestalt, die ein paar Schritte hinter ihm im Dunkeln stand. Etwas an ihr war seltsam, aber Charlotte konnte im ersten Moment nicht genau sagen, was. Irgendwie stimmten ihre Umrisse nicht.

»Wissen Sie, wie spät es ist?« fragte Charlotte mißtrauisch.

Der Ausländer nickte und zwang ein Lächeln auf sein Gesicht, das so falsch war, daß Charlotte fast davor erschrak. »Ja. Ich entschuldige mich noch einmal für die Störung. Wir wollten Sie nicht wecken, aber ... wir können heute nacht nicht weiter, und wir sind fremd hier und kennen uns nicht aus.«

Charlotte winkte ab. Sie versuchte, möglichst unauffällig an dem Ausländer vorbeizusehen, um dahinterzukommen, was mit dem Umriß seines Begleiters nicht in Ordnung war. Er wirkte irgendwie ... zu breit. Aber das Licht draußen war sehr schwach. Der Himmel hatte sich wieder zugezogen, und er war nicht nahe genug, um ihn im Lichtschein zu erkennen, der aus dem Fenster fiel. Charlotte fragte sich, ob das Absicht war.

»Sie haben mich nicht geweckt«, sagte sie. »Sie können ein Zimmer haben. Hundertzwanzig die Nacht – aber Sie müssen die *ganze* Nacht bezahlen.«

»Kein Problem«, sagte der Fremde.

»Im voraus.« Charlotte legte die Hand auf die Klinke, aber sie drückte sie noch nicht herunter, sondern wartete, bis der Fremde in seine Jacke griff und seine Brieftasche hervorzog.

Die Bewegung schien ein Signal für seinen Begleiter zu sein, näher zu kommen. Als er sich bewegte, zerfiel der massige Schatten zu zwei schlankeren, eng aneinandergeschmiegten Umrissen, und Charlotte zog die Hand so hastig wieder zurück, als wäre der Türgriff plötzlich rotglühend. Es waren zwei Männer. Der eine stützte den anderen.

»He, was –«

»Es ist nicht das, was Sie glauben«, sagte der Ausländer, ruhig, aber so schnell, daß Charlotte ziemlich sicher war, daß es *ganz genau das* war, was sie glaubte. »Unserem Freund ist nicht gut. Er ist krank. Deshalb können wir heute nacht auch nicht weiter.«

»Krank?«

»Es ist nichts Ansteckendes, keine Sorge.« Der Fremde lächelte noch unechter, klappte seine Brieftasche auf und zog zwei zusammengefaltete Hunderter hervor. »Selbstverständlich zahlen wir mehr. Schließlich sind wir auch zu dritt.«

Charlotte zögerte, nach den beiden Banknoten zu greifen, die ihr der Fremde durch das Kolibri-Fenster hinhielt. Sie konnte das Geld gut gebrauchen, und die drei waren auch nicht das erste Schwulen-Trio, das hierherkam und sich für ein paar Stunden einmietete. Aber da war etwas in der Stimme des Fremden gewesen, was sie alarmierte, etwas wie eine Drohung. Nein, keine Drohung ... Es klang verrückt, aber genau diesen Eindruck hatte sie: Seine Stimme klang, als wäre er es gewohnt, Drohungen auszustoßen, und bemühte sich nun mit aller Macht, es *nicht* zu tun. Irgend etwas sagte ihr, daß sie diese drei Fremden besser nicht aufnehmen sollte.

»Es ... gibt ein Krankenhaus, nur zwei Blocks entfernt von hier«, sagte sie zögernd. »Wenn Ihr Freund so krank ist, ist er dort vielleicht besser aufgehoben. Und auch billiger.«

»Das ist nicht nötig.« Zwischen Zeige- und Mittelfinger des Ausländers erschien wie hingezaubert ein dritter Hunderter. »Wir wissen, was ihm fehlt. Er braucht nur ein paar Stunden Schlaf, das ist alles.«

Charlotte starrte das Geld an, dann noch einmal die beiden aneinandergeklammerten Gestalten hinter dem Ausländer, aber schließlich siegte ihre Gier. Sie nahm das Geld an sich, öffnete die Tür und trat einen Schritt zurück. Der Ausländer drehte sich herum, ging zu den beiden anderen zurück und legte sich den Arm der reglosen Gestalt über die Schultern. Zumindest in diesem Punkt hatte er nicht gelogen – der Bursche sah nicht nur krank aus, er war eindeutig *bewußtlos*. Selbst in der schlechten Beleuchtung konnte Charlotte erkennen, daß sein Gesicht kalkweiß war.

»Sind Sie sicher, daß Ihr Freund keinen Arzt braucht?« fragte sie.

»Ganz sicher. Ein paar Stunden Schlaf, und er ist wieder in Ordnung.« Der Ausländer schüttelte den Kopf und sah sie offen an, während sein Begleiter rasch den Blick senkte. Offenbar wollte er nicht erkannt werden. Aber Charlotte entging keineswegs, wie nervös er war. In der Ferne hörte sie wieder eine Polizeisirene. Sie fragte sich, ob das Auftauchen dieser drei sonderbaren Burschen etwas damit zu tun hatte. Wenn, war es nicht ihr Problem. Achselzuckend trat sie beiseite, um den Eingang freizugeben, und deutete zugleich hinter sich.

»Die erste Etage. Sie können sich ein Zimmer aussuchen. Die Türen sind offen.«

Wenn dem Ausländer dies sonderbar vorkam – was es ja schließlich auch war –, so ließ er es sich jedenfalls nicht anmerken. Er nickte nur und ging so rasch an ihr vorbei, daß sein Begleiter Mühe hatte, mit ihm Schritt zu halten, und den reglosen Burschen zwischen ihnen fast losgelassen hätte. Charlotte fiel erst jetzt auf, daß der Ausländer ein Jackett trug, das ihm um mindestens zwei Nummern zu klein war. Und der bewußtlose Typ sah auch so aus, als käme er aus der Kleiderkammer der Heilsarmee. Sie hatte einen Blick für so was.

»Frühstück gibt es keines«, rief sie den dreien hinterher. »Aber auf dem Zimmer steht eine Kaffeemaschine. Und um elf fängt der nächste Tag an. Wenn Sie dann noch da sind, müssen Sie nachzahlen.«

»Das geht in Ordnung. So lange bleiben wir bestimmt nicht.«

Charlotte blickte den dreien nach, bis sie die Treppe erreicht hatten und aus ihrem Sichtfeld verschwanden. Sie war völlig verwirrt – und sie hatte Angst und wußte nicht einmal genau, wovor. Im Grunde nicht vor diesen drei Männern; obwohl der Ausländer in seinem viel zu kleinen Anzug und mit seiner seltsamen Art zu reden schon reichlich unheimlich war. Aber das war es nicht. Charlotte hatte Erfahrung mit unheimlichen Gästen. Diese drei *waren* seltsam, aber es waren längst nicht die schrägsten Vögel, die sie je aufgenommen hatte, und sicherlich auch nicht die gefährlichsten. Aber etwas an ihnen war anders. Anders als an allen anderen, die sie jemals aufgenommen hatte.

Sie schloß die Tür, ließ das Kolibri-Fenster aber geöffnet und blickte im Schein des hereinströmenden Mondlichtes auf die drei Banknoten, die sie noch immer in der rechten

Hand hielt. Dreihundert – ein guter Preis für eine Nacht; zumal, wenn sie nur noch zwei oder drei Stunden lang war. Eigentlich zuviel, selbst für ein Schwulentrio, das eine verschwiegene Unterkunft suchte. Aber dafür hielt Charlotte die drei schon längst nicht mehr. Vielmehr fragte sie sich, ob jemand, der so viel Geld nur dafür bezahlte, hereingelassen zu werden und keine dummen Fragen beantworten zu müssen, nicht vielleicht auch bereit war, noch viel mehr zu bezahlen.

Vielleicht. Aber vielleicht war er auch bereit, noch ganz andere Dinge zu tun, um sein Inkognito zu wahren. Sie ließ den Gedanken, den dreien zu folgen und mehr zu verlangen, rasch wieder fallen und verstaute das Geld hastig in der Kitteltasche. Sie hatte gelernt, daß ihre Gäste ein gewisses Maß an Gier akzeptierten, ja, sogar erwarteten, es aber nicht gut war, den Bogen zu überspannen. Dieses gewisse Maß zu überschreiten konnte sogar ausgesprochen ungesund sein.

Außerdem konnte sie das Geld verdammt gut gebrauchen. Die Dreihundert würden sie für den Rest der Woche aller finanzieller Sorgen entheben, und das war schon mehr, als sie in den meisten Wochen behaupten konnte. Sie schloß die Fensterklappe und verriegelte sorgfältig die Tür. Es konnte ihr gleich sein, was diese drei dort oben taten und wer sie waren. Es *hatte* ihr gleich zu sein.

Aber tief in sich wußte sie, daß das nicht stimmte. Es hatte niemals gestimmt. Nur war es ihr noch niemals so klar gewesen wie heute.

Sie schüttelte unwillig den Kopf, zwang ein grimmiges Lächeln auf ihre Lippen und versuchte den Gedanken zu verscheuchen, wie sie es schon so oft getan hatte. Es ging nicht. Statt in das Gefängnis zurückzukehren, in das sie ihn und andere, ähnliche schon vor zehn oder vielleicht auch zwanzig Jahren eingesperrt hatte und an dessen Wänden sie seither unentwegt weitergemauert hatte, wurde er im Gegenteil eher stärker, und dann, ganz plötzlich, war es ihr, als hebe sich ein Schleier von ihren Augen, und zum erstenmal seit – seit Jahren? seit einem Jahrzehnt? überhaupt? –

seit langer, langer Zeit sah sie ihre Umgebung so, wie sie wirklich war: Das Hotel war schon längst kein Hotel mehr, sondern eine heruntergekommene Absteige, in der die Gäste nach Stunden bezahlten und das nicht einmal mehr verblichenen Glanz zeigte, sondern einfach nur noch schäbig war.

Charlotte blinzelte. Sie fühlte sich ... fremd, und das auf eine unheimliche, kaum in Worte zu fassende Weise. Sie lebte seit annähernd vierzig Jahren in diesem Haus, aber sie hatte es niemals zuvor mit einer solchen Klarheit gesehen wie jetzt: eine Blinde, der plötzlich das Augenlicht zurückgegeben worden war, so daß sie sich in ihrer ein Leben lang vertraut geglaubten Umgebung nicht mehr zurechtfand. Alles hier war schäbig. Es war *billig*, und es war vor allem eines: verlogen.

Das war nicht immer so gewesen, aber sie konnte sich einfach nicht daran erinnern, wann dieses Haus aufgehört hatte, ein *Haus* zu sein, und zum Grab ihrer Träume und dem Kerker ihres Gewissens zu werden begann. Vor zehn Jahren? Vor zwanzig? Oder schon damals, als sie dieses Haus übernommen hatte, selbst noch fast ein Kind, das am Grab seiner Eltern ein Geschenk entgegennahm, ohne zu ahnen, was es sich selbst und seiner Seele damit antat?

Charlotte machte einen Schritt, blieb wieder stehen und sah sich aus weit aufgerissenen Augen um, deren Ausdruck, hätte sie ihn sehen können, sie selbst mehr als alles andere erschreckt hätte. Zumindest hier unten und in den drei kleinen Räumen, die sie selbst bewohnte, blitzte alles vor Sauberkeit, aber das änderte nichts daran, daß sie plötzlich das Gefühl hatte, im Schmutz zu ersticken. Wann hatte es angefangen? Wann, um Gottes willen, hatte sie aufgehört, sich um Dinge zu kümmern, die *sie nichts angingen*, und wann hatte sie angefangen, tatsächlich an all die Lügen zu *glauben*, mit denen sie seither lebte?

Sie wußte es nicht, und vielleicht war das das Schlimmste überhaupt. Sie konnte nicht einmal mehr sagen, *wann* sie sich selbst verraten hatte. Sie –

Der Vorhang wurde so abrupt wieder zugezogen, wie er sich gehoben hatte, und von einer Sekunde auf die andere erschienen ihr ihre Gedanken ebenso bizarr und dumm, wie sie der Anblick ihres eigenen Hauses erschreckt hatte.

Was für ein Unsinn!

Sie schüttelte übertrieben heftig den Kopf, lächelte nervös und warf noch einmal einen Blick in die Richtung, in der das sonderbare Trio verschwunden war. Was war los mit ihr? Wurde sie allmählich senil, oder hatten die drei sie nur in einem ungünstigen Moment erwischt? Es *konnte* ihr nicht nur egal sein, was diese drei dort oben trieben, es *war* ihr egal, verdammt noch mal, sogar *scheißegal*. Es ging sie nichts an. Jeder hatte das Recht, sein eigenes Leben zu leben und zu tun und zu lassen, was immer er wollte. Wenn sie ihnen das Zimmer nicht vermietete, würden sie es eben auf dem Rücksitz eines Autos treiben oder in irgendeinem Park. Es änderte nichts. Und es *ging sie nichts an*.

Charlotte straffte die mageren Schultern, drehte sich endgültig herum und machte sich auf den Rückweg in die Küche. *Dort* gab es Ungeziefer, das sie wirklich beseitigen sollte.

Gegen jede Erwartung war er noch im Wagen wieder eingeschlafen. Vielleicht war es nichts als eine verspätete Reaktion auf irgendeine der Drogen, mit denen er noch immer bis zum Stehkragen vollgestopft war, vielleicht auch eine ganz natürliche Abwehrreaktion seines Körpers, mit dem dieser auf den Streß und die Angst reagierte; möglicherweise war es auch nur *seine* Art, wie eine hysterische Jungfer in Ohnmacht zu fallen – so oder so, als Brenner erwachte, konnte er sich weder erinnern, wo er war, noch, wie er hierhergekommen war. Er lag wieder einmal auf einem Bett, er hatte wieder einmal Kopfschmerzen, und er erwachte wieder einmal mit der quälenden Erinnerung an einen völlig konfusen Alptraum.

Aber damit hörte jede Ähnlichkeit mit den vergangenen drei Tagen auch schlagartig auf.

Die Decke über seinem Kopf war nicht weiß, sondern hatte eine undefinierbare, schmuddelige Färbung und ein unregelmäßiges Muster aus Wasserflecken. Sie schien einmal einen Stuckrand gehabt zu haben, der jetzt aber fast bis zur Unkenntlichkeit weggebrochen war. In der Luft lag ein leichter, aber sehr unangenehmer Geruch: eine Mischung aus kaltem Zigarettenrauch, zu lange nicht gewechselter Bettwäsche, verschiedenen Essensdünsten. Und das Bett, auf dem er lag, war hart. Er spürte die Federn der durchgelegenen Matratze schmerzhaft im Rücken. Außerdem war es kalt.

Und er war nicht allein. Statt des leisen Summens seiner elektronischen Wachhunde hörte er Stimmen, die zwar kaum lauter – und übrigens auch kaum besser verständlich – waren, aber es waren *menschliche* Stimmen, die sich unterhielten, und er mußte wohl trotz allem zumindest unbewußt einen Teil der Worte identifiziert haben, denn er begriff immerhin, daß es sich bei dieser Unterhaltung um *ihn* drehte.

Langsam wandte er den Kopf, wobei der Anblick der schmuddeligen Zimmerdecke über ihm in einer allmählichen Drehbewegung dem einer kaum besser erhaltenen Wand mit billigen Tapeten und einem lieblos gerahmten Kaufhausgemälde wich, bis er die beiden Männer sah, die auf der anderen Seite des Zimmers an einem kleinen Tisch saßen und leise, aber trotzdem sehr heftig miteinander diskutierten. Ihre Worte wollten noch immer keinen Sinn ergeben, aber die sie begleitende Gestik tat es sehr wohl. Er wurde Zeuge von etwas, das vielleicht noch nicht ganz ein Streit war, es aber bald werden würde.

Erst dann wurde ihm klar, wie ungewöhnlich diese Beobachtung war. Nicht, *was* er sah, sondern *daß* er es sah. Vor seinen Augen war kein grauer Nebel mehr. Er bemerkte noch einige wenige trübe Flecken, die aber nach und nach verschwanden und vielleicht nur Reste der Müdigkeit waren, die er noch nicht ganz abgeschüttelt hatte, aber er konnte sehen. Fast hundertprozentig.

Seine Bewegung war den beiden Männern am Tisch nicht entgangen. Sie unterbrachen ihr Gespräch und drehten sich in seine Richtung, und als Brenner in ihre Gesichter sah, erinnerte er sich zuerst an ihre Namen und dann, schlagartig, an alles andere.

Nicht, daß er besonders wild auf *diese* Erinnerung gewesen wäre ...

»Sie sind wach«, sagte Salid. »Das ist gut.«

Johannes fügte hinzu: »Wie fühlen Sie sich?«

»Hm«, antwortete Brenner – was seiner Meinung nach eine durchaus angemessene Antwort auf beides darstellte. Er war auch nicht ganz sicher, ob es wirklich *gut* war, wach zu sein. Und wie er sich fühlte.

»Was ist passiert?« fragte er. »Wo sind wir?«

»In Sicherheit«, antwortete Salid. »Aber ich fürchte, nicht für sehr lange.«

Johannes stand wortlos auf und durchquerte mit wenigen Schritten das kleine Zimmer, um zu einem Waschbecken neben der Tür zu treten. Brenner konnte hören, wie er ein Glas Wasser einlaufen ließ, und allein das Geräusch weckte seinen Durst. Zumindest wußte er jetzt, *wo* sie waren: ein billiges Bett, ein ebenso einfacher Schrank, seit einem Jahrzehnt nicht mehr gestrichene Tapeten und das obligate Waschbecken an der Wand neben der Tür: Brenner kannte Zimmer wie diese zur Genüge. In den letzten Jahren hatte er es vermeiden können, in Hotels dieser Kategorie zu nächtigen, aber er kannte sie.

»Halten Sie das für klug?« fragte er, während er sich vorsichtig aufsetzte und auf den gewohnten Schwindelanfall wartete. Er kam nicht.

»Was?« fragte Salid.

»Das hier ist ein Hotel, nicht?« Brenner machte eine ausholende Handbewegung und fuhr fort, ohne Salids Antwort abzuwarten. »Hier werden sie uns wahrscheinlich zuallererst suchen.« Gleichzeitig fragte er sich, warum um alles in der Welt er das eigentlich sagte. Das einzige, was ihn interessieren sollte, war, *daß* sie sie fanden – wer immer *sie* sein mochten.

Johannes kam zurück und reichte ihm mit der einen Hand ein Glas Wasser, mit der anderen zwei kleine, in der Mitte eingekerbte Tabletten. Brenner griff dankbar nach dem Glas, zögerte aber spürbar, nach den Pillen zu greifen.

»Was ist das?«

Johannes lächelte. »Aspirin«, antwortete er. »Ehrenwort, sonst nichts. Ich dachte mir, Sie könnten sie vielleicht gebrauchen.«

Damit hatte er nur zu recht. Brenner hatte Kopfschmerzen; nicht erst jetzt, sondern schon seit er erwacht war, aber sie bisher aus irgendeinem Grunde noch gar nicht richtig zur Kenntnis genommen. Johannes' Worte änderten das schlagartig. Er spürte nicht nur das dröhnende Hämmern hinter seiner Stirn, er erinnerte sich auch plötzlich daran, daß es die ganze Zeit über dagewesen war. Mit zitternden Fingern griff er nach den beiden Tabletten, legte sie auf seine Zunge und spülte sie mit einem großen Schluck Wasser herunter. Die Tabletten waren geschmacklos, aber das Wasser schmeckte scheußlich: viel zu warm und nach den alten Bleirohren, durch die es geflossen war.

»Wie geht es Ihnen?« fragte Johannes noch einmal, nachdem Brenner ihm das Glas zurückgegeben und er es achtlos neben sich auf den Boden gestellt hatte. »Was machen Ihre Augen?«

Im Moment schrien sie danach, zuzufallen. Er war immer noch müde, zugleich aber auch in einem so angespannten Zustand, daß er jetzt garantiert nicht einschlafen würde; selbst wenn er die Gelegenheit und Zeit dazu gehabt hätte.

»Es geht«, antwortete er. »Ich kann schon wieder fast normal sehen. Bei der Gelegenheit – wieso tragen Sie eine rote Perücke?«

Johannes sah ihn eine Sekunde lang verwirrt an, und er setzte tatsächlich dazu an, die Hand an den Kopf zu heben, dann lachte er. Allerdings klang es eher pflichtschuldig als überzeugt. Eigentlich hatte er recht, dachte Brenner – es war nicht unbedingt der passende Moment, um Witze zu machen.

»Es ist fast wieder normal«, sagte er nach einer weiteren Sekunde. »Was immer man mir gegeben hat, scheint nicht mehr zu wirken.«

Er hatte mit irgendeiner Antwort gerechnet – zumal Johannes ja eine entsprechende *Frage* gestellt hatte, aber weder der Geistliche noch Salid sagten etwas. Als Brenner aufsah, bemerkte er, daß sie einen raschen Blick miteinander tauschten; einen Blick einer ganz besonderen Art. Einer Art, die ihm nicht gefiel.

»Also gut«, sagte er. »Ich glaube, allmählich wäre mir einer von euch beiden eine Erklärung schuldig.«

Er sah erneut von Salid zu Johannes und wieder zurück, und wieder entdeckte er in ihren Blicken eine Gemeinsamkeit, die ihn nicht nur überraschte, sondern auch ein wenig besorgter werden ließ, als er es ohnehin schon war. Unbeschadet von allem, was er gerade selbst behauptet hatte, war er natürlich alles andere als *in Ordnung*. Ganz im Gegenteil, er fühlte sich – vorsichtig ausgedrückt – beschissen. So ziemlich alles, was zu seinem Körper gehörte, tat auf die eine oder andere Weise weh, und über seinem Bewußtsein schien noch immer ein Schleier aus farbloser Watte zu liegen, der es ihm unmöglich machte, mehr als zwei zusammenhängende Gedanken zu denken. Aber *so* benommen, daß er nicht spürte, daß zwischen den beiden irgend etwas vorging, war er nun wieder nicht. Er hätte schon blind sein müssen, um *das* zu übersehen.

»Ich fürchte, dazu ist im Moment –«, begann Johannes, aber Salid unterbrach ihn.

»Wir haben genug Zeit. Vielleicht für eine ganze Weile zum letztenmal.«

Johannes runzelte die Stirn, aber er widersprach nicht. Er sagte allerdings auch nichts mehr, sondern trat einen Schritt zurück und verschränkte die Arme vor der Brust, was ihn trotz seiner Größe und seiner eigentlich stattlichen Erscheinung mehr als alles andere wie ein trotziges Kind erscheinen ließ. Zum erstenmal fiel Brenner auf, wie jung der Geistliche noch war; was vielleicht ganz einfach an dem banalen Grund lag, daß er ihn jetzt auch zum erstenmal *wirklich* sah, nicht nur als Schemen mit einem verschwommenen Fleck dort, wo sein Gesicht sein sollte. Er korrigierte seine bisherige Schätzung ein gutes Stück nach unten. Johannes war keinen Tag älter als dreißig.

»Sie sind okay?« fragte Salid plötzlich.

Brenner sah ihn verständnislos an, aber Salid wiederholte seine Frage noch einmal und unterstrich sie mit einer entsprechenden Geste. »Es ist wichtig. Ich meine, Sie verstehen, was ich sage. Sie sind nicht mehr ... betäubt oder so etwas?«

»Ich verstehe, daß ich offenbar mit zwei Verrückten zusammen bin«, antwortete Brenner verärgert. »Und ich verstehe auch, daß ich gekidnappt worden bin – und wahrscheinlich eine ganze Hundertschaft Polizei nach mir sucht. Sehr viel mehr verstehe ich allerdings nicht. Sollte ich?«

Sein eigener aggressiver Ton überraschte ihn selbst, und er erschreckte ihn auch ein bißchen, denn Brenner erinnerte sich jäh daran, mit *wem* er da eigentlich sprach. Aber Salid reagierte ganz anders, als er erwartete. Er wurde weder zornig, noch lachte er oder verwies ihn sonstwie in seine Schranken, sondern maß ihn nur mit einem langen, abschätzenden Blick. Dann tat er etwas, das Brenner nicht verstand: Er griff in die Tasche, zog die Pistole heraus, die er dem Polizeibeamten abgenommen hatte, und entsicherte sie. Mit einer übertrieben deutlichen Bewegung legte er sie vor sich auf die Tischplatte.

»Was ... soll das?« fragte Brenner. Sein Herz klopfte.

»Sie sollen sehen, daß ich es ehrlich mit Ihnen meine«, antwortete Salid. »Ich habe Pater Johannes hier das gleiche Angebot gemacht – fragen Sie ihn, wenn Sie wollen.«

»Was für ein *Angebot*?« fragte Brenner mißtrauisch.

»Sie können gehen«, antwortete Salid. Diesmal ließ er ganz bewußt eine Sekunde verstreichen, ehe er fortfuhr: »Ich meine es ernst. Sie können aufstehen und gehen, wenn Sie das wollen. Ich werde Sie nicht daran hindern. Ich verlange nichts von Ihnen, als daß Sie mir zuhören. Und wenn Sie nach dem, was ich Ihnen zu sagen habe, immer noch der

Meinung sind, daß Sie nicht bleiben wollen, sind Sie frei. Nehmen Sie die Waffe, wenn Sie mir nicht glauben.«

Brenner rührte keinen Finger, um nach der Pistole zu greifen. Zum einen war Salids Angebot nicht nur theatralisch und vollkommen überflüssig – hatte *er* nicht vor ein paar Augenblicken erst mit Nachdruck verlangt, endlich zu erfahren, was hier gespielt wurde? –, und zum anderen machte es wahrscheinlich keinen großen Unterschied, wer von ihnen die Waffe in der Hand hatte oder nicht. Wenn Salid ihn daran hindern wollte, dieses Zimmer zu verlassen, dann würde er es tun, so oder so.

Da er nicht antwortete, schien Salid sein Schweigen als Zustimmung zu deuten – und so ganz nebenbei hatte er wohl auch Brenners Gedanken erraten oder sie in seinen Augen gelesen, denn er griff wieder nach der Waffe, sicherte sie und ließ sie in die Jackentasche gleiten. Während er dies tat, fragte er wie beiläufig: »Glauben Sie an Ihren Gott?«

Sosehr Brenner auch die Frage – ausgerechnet *diese* Frage – in diesem Moment verblüffte, fiel ihm doch die außergewöhnliche Formulierung auf. Er ging nicht darauf ein, aber er war trotzdem sehr sicher, daß es *nicht* daran lag, daß sich Salid nicht in seiner Muttersprache ausdrückte. »Wieso?«

»Beantworten Sie meine Frage«, verlangte Salid. »Ehrlich.«

Das war das Problem. Eigentlich konnte Brenner das nicht. »Nein«, sagte er. Dann zuckte er mit den Schultern, warf Johannes einen beinahe hilfesuchenden Blick zu – den dieser allerdings ignorierte – und relativierte seine Antwort selbst. »Vielleicht. Ich ... ich weiß es nicht.«

Was, zum Teufel, sollte das? Welche Rolle spielte es, verdammt noch mal, ob er ein gläubiger Mensch war oder nicht?

»Sie haben noch nie wirklich darüber nachgedacht, nicht wahr?« vermutete Salid.

»Und wenn?« fragte Brenner. »Welche Rolle spielt –?«

»Jede«, unterbrach ihn Salid. »Die einzige überhaupt. Oder vielleicht auch keine – ich weiß es nicht. Es würde es leichter machen, denke ich. Wenigstens für mich.«

»Aha«, sagte Brenner. Was ungefähr genau das ausdrückte, was er im Augenblick empfand. Das Gespräch begann allmählich nicht nur bizarr, sondern schon surrealistisch zu werden. Er konnte nicht sagen, was er eigentlich erwartet hatte – wahrscheinlich nichts, denn seit Salids Auftauchen in seinem Krankenzimmer hatten sich die Dinge derart überschlagen, daß er kaum zum Denken gekommen war –, aber das auf jeden Fall nicht. Er wußte nicht viel über Salid, aber immerhin so viel, daß dieser mit großer Wahrscheinlichkeit für den Tod etlicher unschuldiger Menschen verantwortlich war, daß es sich bei ihm um einen der meistgesuchten Terroristen der Welt handelte und daß er mit noch größerer Wahrscheinlichkeit ziemlich verrückt war. Was er nicht erwartet hatte, war, auf einen religiösen Fanatiker zu treffen – dabei lag der Gedanke eigentlich nahe. Gerade bei einem Mann wie Salid.

Salid lächelte schmerzlich. »Ich verstehe, daß Sie mich jetzt für verrückt halten«, sagte er. »Ich wünschte mir fast, ich wäre es. Aber ich fürchte, so leicht ist es nicht. Noch vor ein paar Tagen ...« Er verlor für einen Moment den Faden und zugleich auch irgendwie die Kontrolle über seinen Blick. Er irrte hierhin und dorthin, glitt hilfesuchend über Brenners Gesicht und weiter, ein seltenes Tier, das das Tageslicht scheute und verzweifelt nach einem Versteck suchte.

Etwas Sonderbares geschah. Brenner sollte alles mögliche für diesen Mann empfinden – Abscheu, Haß, Furcht, Ekel –, aber alles, was er für einen kurzen Moment spürte, war Mitleid. Mörder oder nicht, vor ihm saß ein Mensch, der Höllenqualen litt. »Worauf wollen Sie hinaus?« fragte er.

»Wenn ich das wüßte«, murmelte Salid. »Alles ist plötzlich so ... anders. Vor ein paar Tagen hätte ich Ihnen diese Frage beantworten können, aber jetzt ...«

»Sie meinen, Sie wissen nicht, warum Sie mich entführt haben?« fragte Brenner, zögerte einen Moment und fügte mit einer Kopfbewegung auf Johannes hinzu: »Und ihn?« Sein Zögern hatte einen Grund. Er war mittlerweile nicht mehr sicher, ob Salid Johannes tatsächlich *entführt* hatte.

»Wissen?« Salid lächelte erneut dieses sonderbar schmerzliche Lächeln, das Brenner jetzt aber eindeutig *unheimlich* vorkam. Vielleicht war es gar das Lächeln eines Wahnsinnigen. »Was heißt schon wissen? Die meisten Menschen verwechseln *wissen* mit *glauben*, ist Ihnen das eigentlich klar?« Er deutete auf Johannes, dann auf sich. »Sehen Sie ihn an und mich. Vor ein paar Tagen noch hätte ich diesen Mann für meinen Erzfeind gehalten. Die Inkarnation von allem, was ich hasse und verabscheue. Ein Christ.«

»Dabei beten wir beide zu dem gleichen Gott«, sagte Johannes.

»Und allein für diese Bemerkung hätte ich Sie wahrscheinlich getötet«, fügte Salid hinzu.

»Sie sprechen sehr viel vom Töten«, sagte Johannes. Er gab sich Mühe, ruhig zu klingen, aber es gelang ihm nicht völlig.

»Es ist alles, was ich kann«, antwortete Salid leise. »Der Grund, aus dem wir hier sind.«

Brenner fuhr ein ganz kleines bißchen zusammen, und er sah aus den Augenwinkeln, daß auch Johannes' zur Schau getragene Selbstbeherrschung ein wenig mehr abbröckelte. Welches Angebot Salid Johannes auch immer gemacht zu haben behauptete – sie hatten offensichtlich nicht über *alles* gesprochen. Und ebenso offensichtlich kam jetzt der unangenehme Teil. Seine Hände wurden feucht.

Zwei, drei Sekunden verstrichen, dann ging abermals eine deutliche Veränderung mit Salid vonstatten, diesmal aber in umgekehrter Richtung. Brenner konnte regelrecht *sehen*, wie der Palästinenser die Kontrolle über seine Gefühle zurückerlangte. Die erschreckende Kraft, die für ein paar Sekunden aus seinem Blick gewichen war, kehrte wieder zurück, und er straffte sich auch körperlich. Mit einem Ausdruck deutlicher Verblüffung sah er Johannes und ihn an, als würde ihm erst in diesem Moment klar, wie seine Worte auf die beiden wirken mußten.

»O nein«, sagte er, »Sie täuschen sich. Ich bin nicht hier, um *Sie* zu töten. Im Gegenteil.«

Er setzte sich weiter auf und griff in die Jackentasche – nach Brenners fester Überzeugung aus keinem anderen Grund als dem, die Pistole hervorzuziehen und dieser Farce endlich ein Ende zu machen. Statt dessen zog er nur eine Packung Zigaretten hervor und riß ein Streichholz an. Seine Hände zitterten noch immer leicht.

Brenner und Johannes tauschten einen raschen Blick. Vielleicht hatte sich Brenner in dem Geistlichen doch getäuscht, zumindest, was sein Verhältnis zu Salid anging. Er sah nicht die Spur von Verstehen in seinen Augen; nur Verwirrung und eine tief eingegrabene, bohrende Furcht, die einen vollkommen anderen Grund zu haben schien als die, die Brenner selbst verspürte.

»Warum erzählen Sie uns nicht einfach, warum wir hier sind?« fragte Johannes.

Salid stieß eine Rauchwolke durch die Nase aus, wedelte mit der flachen Hand vor dem Gesicht und sagte: »Weil ich Ihre Hilfe brauche.«

Der einzige Grund, aus dem Brenner dieses Eingeständnis nicht überraschte, war vermutlich der, daß ihn *gar nichts* mehr überraschen konnte, was Salid sagte oder tat. Wenigstens redete er sich das ein. »Wobei?«

»Bei dem einzigen, was ich kann«, antwortete Salid. »Ich muß jemanden töten.«

»Und dazu brauchen Sie unsere Hilfe?« Brenner riß ungläubig die Augen auf. »Wie kommen Sie auf die Idee, daß wir das könnten? Oder es gar *wollten*?«

»Es hat mit dem Kloster zu tun«, antwortete Salid. »Mit dem, was ich darin entdeckt habe. Ich erkläre es Ihnen, aber zuerst möchte ich, daß Sie mir ein paar Fragen beantworten. Was wollten Sie dort? Wieso waren Sie und das Mädchen da?«

»Woher wissen Sie von dem Mädchen?« fragte Brenner scharf. Er konnte nicht sagen, warum, aber es war ihm unangenehm, daß Salid von Astrid sprach. Er rührte damit an eine Erinnerung, die er lieber vergessen hätte.

»Ich weiß es«, sagte Salid. »Woher, spielt keine Rolle. Wieso waren Sie da?«

»Wenn Sie so gut informiert sind, sollten Sie das auch wissen«, antwortete Brenner feindselig. »Es gab keinen Grund. Es war ein Zufall.«

»Ich habe schon vor Jahren aufgehört, an Zufälle zu glauben.«

»Aber es war so«, verteidigte sich Brenner. »Wir wußten nicht einmal, daß dieser Ort existiert. Ich bin in der Nähe mit dem Wagen liegengeblieben, und wir sind losgelaufen, um irgendwo zu telefonieren. Das ist alles.«

»Und Sie?« Salid wandte sich mit einer ruckhaften Bewegung an Johannes, der ganz instinktiv eine leicht gespannte Verteidigungshaltung annahm. Etwas an ihrem Gespräch änderte sich, ganz plötzlich und so nachhaltig, daß weder Johannes noch er eine Chance hatten, darauf zu reagieren. Aus Salids *Erklärung* wurde jählings ein Verhör, bei dem *sie* antworteten, statt Antworten zu bekommen.

»Ich weiß noch viel weniger«, sagte er. »Ich habe erst aus den Nachrichten überhaupt von seiner Existenz erfahren.«

»Das glaube ich Ihnen sogar«, sagte Salid. »Aber ich glaube Ihnen *nicht*, daß Sie weniger wissen als Brenner. Dieser andere Mann, mit dem Sie gesprochen haben –«

»Alexander?« fragte Johannes. »Den Sie umgebracht haben?«

Salid starrte ihn an. Er schwieg eine volle Sekunde, dann führte er den begonnenen Satz in unverändertem Tonfall weiter: »– wer war er? Er gehörte sicher zum Kloster, nicht wahr?«

»Nein«, antwortete Johannes. »Niemand von dort hat überlebt.«

»Erzählen Sie mir von diesem Alexander. Wer war er? *Was* war er?«

Johannes schwieg, aber sein Gesichtsausdruck änderte sich abermals, und Brenner begriff, daß er nicht der einzige hier im Raum war, der Erinnerungen hatte, die ihm unangenehm waren.

»Ich werde es Ihnen leichter machen«, fuhr Salid fort. »Ich sage Ihnen einfach, was *ich* weiß, und Sie antworten mit ja oder nein, einverstanden?« Er nahm einen letzten Zug aus seiner Zigarette, sah sich vergeblich nach einem Aschenbecher um und drückte sie schließlich kurzerhand auf der Tischplatte aus. Der Anzahl der Brandflecke nach zu schließen, war er nicht der erste, der das tat.

»Ich nehme an, es gibt eine Art ... Geheimbund in Ihrer Kirche. Er nennt sich natürlich nicht so, aber es läuft darauf hinaus. Eine kleine Gruppe weißhaariger alter Männer, die ein gewaltiges Geheimnis hüten und über erstaunliche Macht verfügen. Richtig?«

»Woher wissen Sie das?« fragte Johannes verblüfft.

Salid lächelte. »Weil es so etwas überall gibt, in jeder Religion«, antwortete er. »Auch bei uns. Man weiß von ihnen, man redet hinter vorgehaltener Hand über sie und hütet sich, ihnen zu nahe zu kommen, aber im Grunde nimmt man sie nicht besonders ernst. Wie viele solcher Organisationen gibt es in Ihrer *christlichen* Kirche? Zwanzig? Fünfzig?«

»Wahrscheinlich mehr«, antwortete Johannes. »Aber Alexanders Leute –«

»– sind anders«, fiel ihm Salid ins Wort. »Irgend etwas unterscheidet sie von den anderen. Sie sind unauffälliger. Sie sind nicht wie die anderen, die ihr Geheimnis gerade weit genug lüften, um alle Welt wissen zu lassen, daß sie ein Geheimnis haben. Und es gibt sie schon sehr lange. Seit Jahrhunderten.«

»Woher wissen Sie das?« fragte Johannes noch einmal. Brenner konnte sehen, wie langsam das Blut aus seinem Gesicht wich. Er verstand diesen Schrecken nicht wirklich. Was Salid erzählte, war nicht gerade sensationell.

»Weil ich ihr Geheimnis kenne«, antwortete Salid. »Und ich denke, Sie kennen es auch. Sie beide.«

Johannes schwieg verbissen, aber Brenner sagte voller ehrlicher Überzeugung: »Ich habe nicht die geringste Ahnung, wovon Sie überhaupt reden. Was ... was soll denn dieser ganze Unsinn überhaupt? Haben Sie uns beide wirklich entführt, um uns ... irgend etwas über *Geheimbünde* zu erzählen?«

»Ich rede von diesem Kloster, Brenner«, antwortete Salid ernst. »Und von dem, was darin gefangen war. Eine sehr, sehr lange Zeit.«

»Gefangen?« Brenner versuchte zu lachen. Es mißlang. »Da war nichts ... *gefangen*.«

»Es war gefangen, und jetzt ist es frei«, sagte Salid ruhig. »Ich habe es *gesehen*.« Er antwortete in ihrer beider Richtung, aber er sah dabei fest Johannes an. Brenner folgte seinem Blick, und als er in Johannes' Augen sah, lief ihm erneut ein eisiger Schauer über den Rücken.

Der Geistliche wirkte nicht überrascht oder verwirrt oder gar ungläubig. Alles, was Brenner in seinem Blick las, war ein so abgrundtiefes Entsetzen, daß Worte nicht ausreichten, es zu beschreiben. Es kostete Brenner unendliche Mühe, sich vom Anblick dieses vom Terror beherrschten Gesichtes zu lösen und sich wieder an Salid zu wenden. Er spürte, wie er am ganzen Leib zu zittern begann.

»Wovon ... reden Sie?« fragte er stockend.

»Schweigen Sie!« krächzte Johannes. »Reden Sie nicht weiter! Das ist ... das ist Gotteslästerung!«

Salid sah ihn traurig an, und etwas Neues erschien in seinem Gesicht. Es war zum Teil eine Furcht, die ebenso tief und unbeschreiblich war wie die, die er in Johannes' Augen gelesen hatte, aber zu diesem Entsetzen gesellte sich auch noch etwas anderes: eine Entschlossenheit und Kraft, die mindestens ebenso groß war und Brenner beinahe noch mehr erschreckte als das Grauen, das sich in Johannes' Blick spiegelte.

»Sie haben etwas dort gefangengehalten, Brenner«, sagte er leise. »Ich habe es gesehen. Ich habe ihm gegenübergestanden.« Er griff wieder in die Jackentasche, und diesmal zog er wirklich die Pistole hervor. Brenner spürte aber auch instinktiv, daß in dieser Geste keine Drohung lag. Die Pistole war für ihn in diesem Moment keine Waffe, sondern etwas, woran er sich festklammern konnte, vielleicht das einzig Vertraute, was ihm in dieser Welt noch geblieben war. »Und ich bin hier, um es zu töten. *Wir* sind hier, um es töten. Sie, er und ich.«

»Was?« fragte Brenner. »Wovon ... reden Sie?«

»Nein«, krächzte Johannes. »Hören Sie auf! Reden Sie nicht weiter. *Ich verbiete es*!«

»Es hat viele Namen«, sagte Salid leise und mit einem Ernst, der Brenner jede Möglichkeit nahm, seine Worte in diesem Moment anzuzweifeln. »Aber ich glaube, der bekannteste ist der, unter dem Sie ihn auch kennen:

Satan.«

Die Spinne saß immer noch dort, wo Charlotte sie das letzte Mal gesehen hatte, aber sie kam ihr kleiner vor und nicht mehr so abstoßend wie bisher. Das war natürlich der blanke Unsinn – weder war das Tier in den vergangenen Minuten geschrumpft, noch hatte es in irgendeiner Weise an Attraktivität gewonnen –, aber im allerersten Moment war der Eindruck so intensiv, daß Charlotte verblüfft unter der Küchentür innehielt und den winzigen Fleck lebendigen Schmutzes über der Gardinenleiste anstarrte.

Dann überkam sie Zorn. Der Moment sonderbarer Klarsichtigkeit war vorüber, aber sie erinnerte sich sehr wohl daran, und auf einer tieferen, dem bewußten Zugriff ihres Denkens entzogenen Ebene begriff sie auch, daß ihr unheimliches Erlebnis tatsächlich etwas mit ihren nächtlichen Überraschungsgästen zu tun hatte, und sie fühlte sich angegriffen, auf eine unfaire, heimtückische Weise.

»Miststück!« murmelte sie, aber sie war nicht einmal ganz sicher, *wen* sie damit eigentlich meinte. Wahrscheinlich nicht den fingernagelgroßen Arachniden, der zwei Meter über ihr auf der Gardinenleiste hockte und sie aus glitzernden Augen anstarrte.

Mit einer entschlossenen Bewegung langte sie nach der Trittleiter, die noch immer am Türrahmen lehnte, klappte sie auf und trug sie mit zwei energischen schnellen Schritten zum Fenster, ohne das kleine Scheusal dort oben auch nur für eine Sekunde aus den Augen zu lassen. Plötzlich konzentrierte sich ihr ganzer Zorn auf dieses winzige Geschöpf, nicht einmal, weil es häßlich und schmutzig gewesen wäre – das *war* es, aber wer, zum Teufel, war sie eigentlich, *darüber* richten zu wollen? –, sondern weil es ein *Eindringling* war, gegen den sie sich verteidigen mußte – und vor allem *konnte*.

Ächzend stieg sie die drei Stufen der Trittleiter hinauf, balancierte eine halbe Sekunde auf der geriffelten Metallfläche an ihrem oberen Ende und streckte dann die Hand nach der Spinne aus. Das leichte Ekelgefühl, das sie bei dem Gedanken überkam, die Spinne mit bloßen Fingern packen und zerquetschen zu wollen, ignorierte sie. Normalerweise hätte sie ein Papiertaschentuch oder ein anderes geeignetes Hilfsmittel dazu genommen, aber dazu reichte die Zeit nicht. Es war mit einem Male ungeheuer wichtig, den Eindringling zu vernichten. Und es schnell zu tun.

Draußen heulte eine Polizeisirene auf, so warnungslos und nahe, daß Charlotte erschrocken zusammenfuhr und statt nach der Spinne hastig nach den Stores griff, um ihr Gleichgewicht zu halten. Eine einzelne, aber schreckerfüllte Sekunde lang balancierte sie mit verzweifelter Anstrengung auf der Trittleiter, und für eine noch kürzere Zeitspanne war sie vollkommen davon überzeugt, den Kampf zu verlieren und einen halben Meter in die Tiefe zu stürzen; eine lächerliche Distanz, aber für ihre altersschwachen Knochen vielleicht schon genug, um wie Glas zu zersplittern. Doch sie gewann den Kampf. Der altersschwache Stoff ächzte unter der Belastung, aber er hielt, und schon im nächsten Moment hatte sie ihr Gleichgewicht endgültig wiedergefunden und atmete erleichtert auf.

Das Heulen der Polizeisirene draußen war lauter geworden, und durch den Spalt, den sie selbst gerade die Gardine aufgezogen hatte, konnte sie das Blinken des dazugehörigen Blaulichtes erkennen. Neugierig beugte sie sich ein Stück zur Seite, um auf die Straße hinauszublicken. Der Polizeiwagen kam in scharfem Tempo herangefahren und bremste plötzlich ab. Eine Sekunde lang sah es fast so aus, als würde er unmittelbar vor dem Haus anhalten, dann gab der Fahrer jäh wieder Gas, und der Wagen raste mit durchdrehenden Reifen davon. Nicht einmal sehr weit entfernt hörte sie noch mehr Sirenen heulen.

Charlotte blickte noch einige Sekunden lang weiter auf die Straße hinaus, auch als der Streifenwagen längst verschwunden war und es eigentlich nichts mehr zu sehen gab, und gerade als sie die Gardine wieder zuziehen wollte, sah sie erneut eine Bewegung draußen auf dem Trottoir.

Diesmal war es kein Polizeiwagen. Es war eine schattenhafte Gestalt, die im bleichen Licht der Nacht tatsächlich ein bißchen wie ein Gespenst aussah und langsam auf das Haus zukam. Ein weiterer nächtlicher Gast? Nach allem, was bisher geschehen war, hätte Charlotte das kaum mehr überrascht, und für einige Sekunden sah es tatsächlich so aus, als bewege sich die Gestalt direkt auf sie zu. Unheimlicher noch: Für einen ganz kurzen Moment hatte sie das Gefühl, angestarrt zu werden. Das Empfinden war sehr unangenehm und so intensiv, daß sie fast meinte, die Blicke dieses Fremden wie die Berührung einer Hand zu fühlen. Dann war er verschwunden, von einer Sekunde auf die andere und so lautlos, wie er gekommen war.

Charlotte zog die Gardine endgültig zu. Sie war plötzlich sehr nachdenklich. Da draußen war etwas passiert, das war klar, und es war ganz bestimmt *kein* Verkehrsunfall gewesen. Sie hätte die drei nicht hereinlassen sollen. Sie würde Schwierigkeiten bekommen, wenn sie tatsächlich etwas mit der Aufregung dort draußen zu tun hatten, große Schwierigkeiten sogar. Charlotte lebte seit einem halben Menschenalter in einer Art Waffenstillstand mit den Ordnungsbehörden, die ihr privates Stundenhotel duldeten, solange sie darauf achtete, daß sich keine Drogendealer oder anderes zwielichtiges Gesindel darin einnisteten, aber sie wußte auch, wie brüchig solche niemals besiegelten Absprachen sein konnten. Wenn ihre nächtlichen Gäste kein Schwulentrio waren, sondern tatsächlich etwas mit dem da draußen zu tun hatten, dann tat sie verdammt besser daran, die Polizei zu benachrichtigen, bevor diese von selbst kam und anfing, ihr Hotel auseinanderzunehmen.

Die Entscheidung war nicht leicht. Vielleicht war es die schwerste, die Charlotte seit einem Jahrzehnt hatte fällen müssen. Es war sicherlich klüger, jetzt von dieser Leiter herunterzusteigen und die 110 zu wählen, auch wenn es vielleicht unnötig war. Was konnte ihr passieren? Schlimmstenfalls würde ihr ein leicht genervter Polizeibeamter erklären, daß es einen schlimmen Unfall irgendwo in der Nähe gegeben hätte und sie Besseres zu tun hatten, als sich um die Gäste ihres Etablissements zu kümmern. Und wenn es tatsächlich anders war, wenn sie sich tatsächlich mit drei gesuchten Mördern oder Schlimmeren unter einem Dach aufhielt, ohne es zu wissen, dann war sie *auf jeden Fall* besser beraten, die Polizei zu rufen. Logisch war die Entscheidung klar, die sie treffen mußte.

Trotzdem, sie zögerte. Jetzt von der Leiter herunterzusteigen und anzurufen bedeutete nicht nur, das Richtige zu tun, sondern auch, mit ihrer eisernen und vielleicht einzigen Regel zu brechen, und davor hatte sie beinahe noch mehr Angst als vor dem Ausländer und den beiden anderen Mördern.

Natürlich würde sie es trotzdem tun. Sobald sie die Spinne erledigt hatte. Unvorstellbar, wenn hier gleich ein ganzes Polizeiaufgebot hereinstürmte und das Ungeziefer sah, von dem ihr Haus befallen war! Man konnte ihr nachsagen, was man wollte, aber ihr Haus war *sauber*, und das würde es bleiben, Mörder hin oder her. Die wenigen Augenblicke machten keinen Unterschied. Entschlossen richtete sie sich wieder auf und streckte zum zweitenmal die Hand nach der Spinne aus.

Das Tier folgte jeder ihrer Bewegungen aufmerksam – sie war ihm jetzt tatsächlich nahe genug, um seine Augen erkennen zu können, mikroskopisch feine Kristallsplitter in einem schwarzen Pelz –, rührte sich aber immer noch nicht. Wenn es überhaupt verstand, daß etwas sich ihm näherte, reichte dieses Verstehen auf jeden Fall nicht aus, um einen Fluchtreflex auszulösen.

Und dann, ganz plötzlich, begriff Charlotte, daß es gar nicht fliehen *wollte*.

Es war, als hätte sie etwas Unsichtbares, sehr Kaltes berührt. Ihre Fingerspitzen verharrten zehn Zentimeter vor dem Tier in der Luft, und die Kälte war immer noch da. Sie spürte, wie sie langsam ihre Hand hinaufkroch, sich in ihrem Unterarm ausbreitete und kurz darauf die Schulter erreichte. Was geschah mit ihr? *Was, um Gottes willen, geschah mit ihr?*

Charlotte sah jetzt, daß die Spinne gar nicht so reglos dahockte, wie sie bisher angenommen hatte. Sie bewegte sich, allerdings nicht oft und nur ganz sacht: Von Zeit zu Zeit hob sie ein Bein, streckte es aus und zog es wieder zurück; fast wie ein Mensch, der zu lange reglos in einer Haltung ausgeharrt hatte und nun seine Glieder streckte, damit sie nicht einschliefen.

Aber das war doch verrückt. Sie schloß für eine Sekunde die Augen, ballte die Hand ruckartig zur Faust und öffnete sie ebenso ruckartig wieder. Während sie dies tat, redete sie sich mit aller Gewalt ein, daß es nichts als Einbildung gewesen sein konnte. Wenn sie die Lider wieder hob, war die Spinne verschwunden, ganz zweifellos durch die schnelle Bewegung aufgeschreckt und in die Flucht getrieben. Es *konnte* gar nicht anders sein.

Aber als sie es schließlich tat, war das Tier noch da. Und diesmal gab es gar keinen Zweifel: Sie saß nicht einfach nur da, lauerte auf Beute oder tat, was Spinnen auch immer tun mögen, wenn sie manchmal stundenlang reglos auf der Stelle verharren. Sie saß ganz eindeutig da und *starrte sie an*. Der Blick ihrer winzigen Augen war direkt in den Charlottes gerichtet, und das war noch nicht einmal das Schlimmste. Schlimmer – geradezu grauenerregend – war das, was Charlotte in diesem halben Dutzend mikroskopischer Kristallsplitter sah. Erkennen. Begreifen. Ein Verstehen der Dinge, das vielleicht anders war als das Charlottes und das aller anderen Menschen, so radikal anders, daß es keinerlei Bezugspunkt zwischen ihnen geben konnte, aber trotzdem vorhanden. Dieses winzige Etwas war alles, nur kein vernunftloses Tier. Es lebte. Es *dachte*. Und im Moment dachte es ganz eindeutig über *sie* nach.

Die Erkenntnis sickerte nur ganz langsam in Charlottes Bewußtsein; wie ein zähflüssiges Gift, das sich seinen Weg mühsam durch einen trockenen Schwamm bahnen mußte, bevor es seine Wirkung entfalten konnte. Doch als es dies schließlich tat, geschah es mit fast explosiver Wucht.

Charlotte schrie auf und riß die Hand, deren Finger noch immer zehn Zentimeter über der Spinne verharrten, mit solcher Kraft zurück, daß sie sich allein dadurch selbst aus dem Gleichgewicht brachte. Diesmal gab es kein sekundenlanges Balancieren auf der Trittleiter, keinen armwedelnden Kampf um ihr Gleichgewicht und nichts, woran sie sich hätte festhalten können. Sie fiel, sofort und so schwer, als wäre sie aus fünf Metern Höhe herabgestürzt, nicht aus fünfzig *Zentimetern*.

Der Aufprall war grauenhaft. Er kam viel schneller, als sie erwartet hatte, und er war grausam hart. Sie konnte *hören*, wie ihr linker Oberschenkel brach, und alles, was sie über Unfälle wie diese zu wissen geglaubt hatte, stellte sich als falsch heraus: Es war weder so, daß sie gar nicht verstand, was ihr widerfuhr, noch, daß sie keine Schmerzen gehabt hätte.

Sie begriff sehr wohl, daß diese winzige schwarze Spinne dort oben gekommen war, um sie für alles bezahlen zu lassen, was sie ihren Brüdern und Schwestern in den vergangenen Jahrzehnten angetan hatte, und daß es mit diesem Sturz keineswegs vorbei war. Und was den Schmerz anging: Charlotte hatte in ihrem Leben niemals schwere Unfälle oder Krankheiten erlitten, so daß größere Schmerzen ihr bisher erspart geblieben waren und ihr jede Vergleichsmöglichkeit fehlte. Aber sie glaubte nicht, daß es noch viel schlimmer werden konnte. Sie hätte geschrien, aber der Aufprall hatte ihr die Luft aus den Lungen gepreßt, und außer ihrem Oberschenkelknochen mußte wohl noch mehr zu Bruch gegangen sein, denn sie konnte kaum atmen. Sie *bekam* Luft, aber es war gerade genug, um am Leben und bei Bewußtsein zu bleiben, aber nicht, um zu schreien oder sich irgendwie zu rühren.

Mühsam öffnete sie die Augen. Selbst diese kleine Anstrengung kostete sie bereits Kraft, und die Schmerzen in ihrem Bein wurden noch schlimmer, als hätte der Befehl an ihre Lider, sich zu heben, einen Impuls in ihrem gesamten Nervensystem ausgelöst, der in einer Explosion dicht unterhalb ihrer Hüfte endete. Diese neuerliche Welle der Pein ließ sie die Kontrolle über ihre Blase verlieren, und die klebrige Nässe des Blutes an ihrem Oberschenkel vermischte sich mit einer anderen Wärme, die aus ihrem Körper herausfloß. Charlotte wimmerte leise; nicht vor Schmerz, sondern aus einem anderen Gefühl heraus, das noch viel schlimmer als der körperliche Schmerz war: Scham, Erniedrigung und Ekel vor sich selbst.

Für eine geraume Weile lag sie mit wieder geschlossenen Augen so da, mit verdrehten Gliedern, in einer allmählich größer werdenden Lache aus Blut und Urin und leise winselnd. Der Gestank war überwältigend, und sie empfand ihn noch hundertmal intensiver, als er wirklich war. Sie betete darum, das Bewußtsein zu verlieren und lange genug ohnmächtig zu bleiben, um sich dabei halbwegs zu erholen, so daß sie sich zum Schrank schleppen und einen Aufnehmer herausholen konnte, um hinter sich sauberzumachen, ehe sie den Krankenwagen rief – oder zu sterben. Sie wollte nicht, daß man sie so fand. Nicht so hilflos und so *schmutzig*. Es war nicht ihre Schuld. Ein Unfall. Jeder würde ihr versichern, daß sie absolut keinen Grund hätte, sich zu schämen. Aber das stimmte nicht. Was immer man ihr vorwerfen wollte – sie hatte ihr ganzes Leben lang gegen Ungeziefer, Unrat und Schmutz gekämpft, und sie wollte nicht so schmutzig gefunden werden. Dann lieber tot.

Aber ihre Gebete wurden nicht erhört. Sie blieb bei Bewußtsein, aber die Kraft kehrte nicht in ihren Körper zurück, und auch die Schmerzen nahmen nicht ab. Und als sie endlich die Augen wieder öffnete, sah sie die Spinne.

Sie hockte zehn Zentimeter vor ihrem Gesicht auf dem Boden und starrte sie an, und in ihren Augen war noch immer dieses beunruhigende Erkennen, das weit über bloßes tierisches Verständnis hinausging und das Charlotte auf seine Art mehr angst machte als der Gedanke an ihr gebrochenes Bein oder die Schande, die es bedeuten würde, so gefunden zu werden. Da war etwas wie Triumph im Blick dieser winzigen Augen; nein, kein Triumph: die Zufriedenheit beim Anblick einer langen, schweren, aber bewältigten Arbeit. Dieses Tier war gekommen, um sie zu töten, und es hatte sein Werk fast vollbracht.

»Verschwinde«, sagte sie. Sie sagte es nicht wirklich; was über ihre Lippen kam, war nur ein unartikuliertes Wimmern, aber sie formulierte das Wort in Gedanken, und sie bekam eine Antwort.

Warum tust du das?

Charlottes Augen quollen vor Entsetzen ein Stück weit aus ihren Höhlen, und ihr Herz schlug plötzlich so rasend schnell, daß sie regelrecht spüren konnte, wie das Blut in ihr Gehirn gepreßt wurde und dort ein leichtes Schwindelgefühl auslöste. Zugleich begann ihr Bein noch heftiger zu pochen, aber der Schmerz trat in den Hintergrund. Er war keinen Deut weniger schlimm als zuvor, aber plötzlich nicht mehr so präsent. Die Spinne hatte zu ihr gesprochen. Das war unmöglich, das begriff sie selbst in ihrem momentanen Zustand, es war unmöglich und total verrückt, aber sie hatte die Worte gehört.

Ebenso verrückt war es, daß sie *antwortete*, aber sie tat es trotzdem. »Was ... was willst du von mir?« stammelte sie. »Geh ... geh weg! Laß mich! Geh!!«

Die Spinne kam im Gegenteil ein kleines Stückchen näher, blieb aber außer Reichweite ihrer Hände. Außerdem waren ihre Bewegungen jetzt so schnell, daß Charlotte sie vermutlich ohnehin nicht zu fassen bekommen hätte, selbst wenn sie sich hätte rühren können. Was sie nicht konnte. Sie war vor Schmerz immer noch wie paralysiert, und in ihren Armen und Händen war überhaupt kein Gefühl mehr.

Warum tust du uns das an? fragte das Tier noch einmal. *So viele Jahre. So viele, die du von uns getötet hast. Aber du meinst gar nicht uns.*

»Nein!« wimmerte Charlotte. »Geh weg! So ... so geh doch weg! *Bitte*!«

Sie sah jetzt, daß das Tier gar nicht wirklich sprach. Seine winzigen Freßwerkzeuge bewegten sich, unablässig, schnell und einem nicht durchschaubaren, aber vorhandenen Muster folgend, aber die Stimme kam nicht dorther, und als sie dies begriff, begriff sie auch, daß die Stimme gar nicht von der Spinne kam. Es war nicht wirklich das Tier, das zu ihr sprach.

Etwas war hier. Etwas Fremdes. Eine Wahrhaftigkeit, die mit den drei Besuchern gekommen war und unerwünschten Einzug in dieses Haus gehalten hatte. Sie hatte ihre Berührung vorhin draußen im Flur gespürt, und sie fühlte sie jetzt. Die Worte übertrugen sich nur auf dieses winzige achtbeinige Insekt, aber sie hätten ebensogut aus dem Tischbein kommen können, aus dem Boden oder auch aus der leeren Luft, und wahrscheinlich stammten sie ohnehin nirgendwoanders her als aus ihr selbst. Trotzdem war es weiter die Spinne, die zu ihr sprach, und Charlotte antwortete auch weiter dem Tier, keinem imaginären Punkt irgendwo im Nichts.

Du hast Tausende von uns getötet. Aber du hast dich gemeint. Du kämpfst gegen uns, weil du es nicht wagst, dich dir selbst zu stellen.

»Nein!« wimmerte Charlotte. »Das ist nicht wahr. Ich habe euch nichts getan. Ihr habt mir nichts vorzuwerfen! Ich habe nur mein Haus verteidigt!«

Aber du hast diesen Kampf doch schon längst verloren. Schon vor zwanzig Jahren.

»Nein!« keuchte Charlotte. »Hör auf! Das ist nicht wahr! Mein Haus ist sauber!«

Erinnerst du dich? An jenen Tag, an dem dieses junge Paar kam? Du hattest Sorgen. Die Bank machte dir Ärger, und das Hotel warf schon lange nicht mehr genug ab, um davon zu leben. Du hattest Angst, es verkaufen zu müssen.

»Hör auf!« keuchte Charlotte. Sie erinnerte sich. Es war gar nicht nötig, sich zu erinnern. Sie hatte es niemals vergessen; sie hatte sich nur *eingeredet*, den Moment vergessen zu haben, an dem es begonnen hatte.

Damals war es noch nicht wie heute. Da konnte nicht jeder mit jedem ins Hotel gehen und tun, was er wollte. Du hattest deine Verantwortung. Es war deine Aufgabe, darauf zu achten, daß dein Haus sauber bleibt. Die beiden waren sehr jung.

Und sie hatte das Geld gebraucht, jeden Pfennig davon. Die beiden *waren* sehr jung. *Zu* jung. Er vielleicht zwanzig, sie allerhöchstens sechzehn, und das schlechte Gewissen und die Nervosität standen ihnen ins Gesicht geschrieben. Sie hätte sie nicht hereinlassen dürfen. Sie waren Kinder, die hier nichts zu suchen hatten. Aber sie hatte das Geld gebraucht, jeden Pfennig davon. Und das war der Moment gewesen, in dem sie die Weichen gestellt hatte. Eine Kleinigkeit, nur eine winzige Kleinigkeit. Aber auch ein winziger Schritt in die falsche Richtung war ein Schritt in die falsche Richtung. Und diesem ersten war ein zweiter gefolgt und ein dritter und dann immer mehr.

Die Spinne bewegte sich wieder ein paar winzige trippelnde Schritte weit, und als sich Charlottes Blick von ihr löste, erkannte sie eine zweite, etwas größere Spinne von anderem Körperbau und hellerer Farbe, die mit fast gemächlichen Schritten in ihr Gesichtsfeld hineinmarschierte. Sie konnte den Kopf keinen Millimeter bewegen, aber sie glaubte, daß diese beiden Tiere nicht einmal die einzigen waren. Da war eine Bewegung in ihren Augenwinkeln, und irgend etwas berührte ihren unverletzten, wenn auch gelähmten Fuß.

Damals hast du dich selbst verraten, fuhr die Spinne fort. *Du hast gesündigt. Gegen alles, woran du je geglaubt hast. Du tötest uns, aber du meinst dich.*

»Das ist nicht wahr!« stöhnte Charlotte. Trotz allem kam es ihr noch immer absurd vor, daß sie hier auf dem Boden lag und mit einer Spinne diskutierte, die nicht größer als ein Fingernagel war, aber sie begriff auch zugleich, daß sie in Wahrheit mit sich selbst sprach; mit jenem Teil von sich, den sie die letzten zwanzig Jahre hinweg sorgsam im tiefsten Kerker ihrer Seele eingesperrt hatte. Sie hatte geglaubt, den Schlüssel weggeworfen zu haben, aber irgendwie war die Tür zu seinem Verließ doch aufgestoßen worden.

»Das ist nicht wahr!« sagte sie noch einmal. »Ich achte auf Sauberkeit, das ist alles. Ich kann kein Ungeziefer hier dulden. Und keinen Schmutz. Alles andere geht mich nichts an.«

Hinter den beiden Spinnen erschien ein weiteres Geschöpf. Es war nicht größer, sah aber vollkommen anders aus: die vielbeinige, fühlerbewehrte Ausgabe eines Gürteltieres, dessen Panzer die Farbe von zerschrammtem Kupfer hatte. Eine Kakerlake.

Das stimmt nicht, sagte die Spinne. *Es geht dich etwas an. Du weißt, was sie dort oben in den Zimmern tun. Du stellst es dir vor. In jeder Sekunde. In jedem Augenblick. Du weißt, was sie dort treiben. Die Schwulen. Die Perversen. Die Ehebrecher. Du weißt es, und du leidest darunter. Es geht dich sehr wohl etwas an. Weil* du *es nicht erträgst. Der Schmutz und Abschaum, gegen den du kämpfst, das Ungeziefer – du lebst von ihm.*

Zu der ersten Kakerlake gesellte sich eine zweite, dritte, und dann waren es plötzlich so viele, daß Charlotte sie nicht mehr zählen konnte. Die Tiere rückten in einer fast militärisch anmutenden Kolonne näher und hielten schließlich inne; eine Armee winziger gepanzerter Monstren, die vor ihr Aufstellung nahm und auf das Angriffssignal wartete.

Du hast Tausende von uns getötet, aber die Sauberkeit, die du wolltest, hast du damit nicht erreicht. Du hast Leben vernichtet, um deine Lüge zu zementieren. Aber nicht einmal das ist dir gelungen.

Und das war die Wahrheit. Wenn es in ihrem Leben jemals etwas gegeben hatte, woran sie glaubte, so waren es Werte wie Ehre, Anstand, Sitte und Moral gewesen. Werte, die vielleicht heute ein wenig aus der Mode gekommen waren, und vielleicht sogar zu Recht, aber für *sie* waren sie wichtig gewesen. Es ging sie vielleicht tatsächlich nichts an, was andere taten, wer mit wem, wann und wie, aber es ging sie sehr wohl etwas an, wenn dies unter ihrem Dach geschah. Sie hatte ihr Haus zu dem werden lassen, was sie auf der ganzen Welt am meisten verabscheute, und sie hatte es nicht nur zugelassen, sie hatte davon profitiert.

Überall rings um sie herum raschelte und trippelte es jetzt; ein Geräusch wie Popcorn, das in einem Nebenzimmer auf den Boden fällt. Die sanfte Berührung an ihrem Fuß war längst nicht mehr die einzige. Sie konnte spüren, wie unzählige winzige Beinchen über ihren Körper huschten, Antennen über ihre Haut tasteten und glattes Chitin sich an ihren Kleidern rieb. Das ganze Zimmer schien lebendig geworden zu sein. Sie waren alle gekommen. Jedes einzelne Ungeziefer, das sie vernichtet hatte. Seltsamerweise blieb der Schrecken aus, den sie bei dieser Erkenntnis verspüren sollte. Vielleicht, weil sie tief in sich drin jetzt *wußte,* daß all dies nicht wirklich geschah. Die Spinnen, Kakerlaken, Schaben, Wanzen, Käfer und Flöhe waren nicht wirklich da.

Sie mußte aus diesem Alptraum erwachen. Sie durfte sich nicht unterkriegen lassen. Jeder mußte für sich selbst entscheiden, was er tat, und niemand hatte das Recht, sich in diese Entscheidung einzumischen. Wenn ihr Krieg gegen den Schmutz und die Schädlinge nichts als ein Krieg gegen sich selbst gewesen war, dann war das ihre Sache. Und sie würde diesen Krieg weiterführen, gleich morgen, wenn sie wieder auf den Beinen war.

Doch zuerst mußte sie hier raus.

»Es ... es tut mir so leid«, log sie. »Ich werde dafür büßen.«

O ja, antwortete die Spinne mit einem Seufzen, in dem zugleich eine tiefe Traurigkeit und eine chitinklare Härte lag. *Das wirst du.*

Sie machte einen Satz und sprang Charlotte ins Gesicht, und mit einer Verzögerung von vielleicht einer halben Sekunde rückte die gesamte restliche Insektenarmee näher, und Charlotte begriff zu spät, daß sie sich getäuscht hatte. Es war keine Halluzination. Die Kreaturen waren *da.* Sie waren gekommen, um sie für alles bezahlen zu lassen, was sie ihnen angetan hatte. Sie krochen in ihre Haare, ihre Ohren, den Mund und die Nase, sie huschten über ihre Haut und suchten sich ihren Weg unter ihre Kleider, stechend, beißend, kratzend. Einige wenige dieser Stiche und Bisse taten spürbar weh, die meisten aber vermochten sie nicht wirklich zu verletzen. Es war allenfalls wie das Scheuern von feinem Sandpapier auf der Haut, das im ersten Moment nicht einmal wirklich unangenehm, geschweige denn schmerzhaft war.

Aber nur im ersten Moment. Zwanzig Jahre waren lang. Sie hatte viele unschuldige Leben ausgelöscht in dieser Zeit, und sie waren alle gekommen.

Ausnahmslos.

»Das ist ... lächerlich«, sagte Johannes. Er sagte es ohne sonderliche Überzeugung und auch nicht besonders laut, dafür aber mit um so größerer Nervosität. Sein Blick war scheinbar auf Salids Gesicht gerichtet, aber das stimmte nicht. In Wahrheit starrte er einen Punkt fünf Zentimeter vor Salids Augen an.

Und Brenner ... empfand eigentlich gar nichts. Salids Behauptung war einfach grotesk. Lächerlich. Völlig verrückt. Aber er war weder überrascht noch erstaunt oder gar amüsiert. Er kam sich vor wie der Zuschauer in einem Film, der von seinem bequemen Kinosessel aus die Handlung oben auf der Leinwand verfolgte, ohne wirklich daran beteiligt zu sein; im Grunde auch, ohne daß sie ihn wirklich interessierte. Abwechselnd betrachtete er Salids und Johannes' Gesicht, und ihm fiel zum erstenmal auf, wie unnatürlich ihr Mienenspiel wirkte: Sie beide kämpften offenbar mit aller Kraft um ihre Fassung, und bei beiden schien nicht sicher, daß sie diesen Kampf gewinnen würden.

Draußen, weit entfernt, heulte eine Polizeisirene, und das Geräusch ließ den Hauch von Irrealität verschwinden, der sich wie ein unsichtbarer Nebel im Raum ausgebreitet hatte. Obwohl Salid noch vor einigen Augenblicken behauptet hatte, daß sie hier vollkommen sicher wären, fuhr er doch hoch und stand auf und ging mit schnellen Schritten zum Fenster. Mit Daumen und Zeigefinger zog er die Gardinen einen Spaltbreit auseinander und blickte auf die Straße hinab. Das Geräusch der Polizeisirene kam näher und veränderte zugleich seine Tonlage; der Wagen wurde langsamer. Ein vertikaler Streifen flackernder blauer Helligkeit erschien auf Salids Gesicht und spaltete es in zwei ungleiche Hälften, von denen die eine immer, die andere in regelmäßigem, schnellem Wechsel im Dunkel lag und wieder daraus auftauchte. Trotzdem blieb es vollkommen unbewegt. Das Mienenspiel, das Brenner zu beobachten glaubte, war nur eine Illusion aus Licht und Schatten. Salid wirkte angespannt und sehr aufmerksam; obwohl das enervierende Heulen und das flackernde blaue Licht das Gegenteil zu beweisen schienen, fühlte er sich offenbar sehr sicher. Auf welchen Schutz vertraute er, dachte Brenner.

Das Geräusch der Sirene wurde allmählich wieder leiser, und lange, bevor es endgültig verklang, erlosch das blaue Flackern auf Salids Gesicht. Trotzdem blieb er am Fenster stehen und blickte weiter auf die Straße hinab, und auch der Ausdruck auf seinen Zügen änderte sich nicht. Vielleicht konnte er das gar nicht mehr, überlegte Brenner. Er kannte diesen Mann kaum, aber nach allem, was er über ihn gehört hatte, mußte er die letzten zehn Jahre seines Lebens wie ein gejagtes Tier verbracht haben: ununterbrochen auf der Flucht, unentwegt auf der Hut, immer angespannt, jederzeit bereit, zuzuschlagen oder davonzulaufen. Vielleicht konnte er schon gar nicht mehr anders. Brenner fragte sich, ob dieser Mann überhaupt noch wußte, was das Wort *Sicherheit* bedeutete, was es hieß, *keine* Angst zu haben, und er kam zu dem Schluß, daß dem wahrscheinlich nicht so war.

»Finden Sie es auch lächerlich?« fragte Salid nach einer Weile und ohne den Blick vom Fenster zu wenden, so daß Brenner fast eine Sekunde benötigte, um überhaupt zu begreifen, daß die Worte ihm galten.

Brenner wollte antworten, aber er konnte es gar nicht. Salids direkte Frage machte ihm klar, daß er sich bisher mit

Erfolg darum herumgemogelt hatte, tatsächlich über das *nachzudenken*, was der Palästinenser gesagt hatte. Er fühlte sich hilflos. Das überzeugte »Natürlich!«, das die logische Antwort – die *einzige* Antwort – gewesen wäre, wollte nicht kommen. Er hatte sich etwas vorgemacht, als er glaubte, bei Salids Worten nichts zu empfinden. Die Stumpfheit in ihm war keine Leere. Sie war etwas Fremdes und Erschreckendes, das von den natürlichen Schutzmechanismen seines Bewußtseins nur zur Leere deklariert worden war, damit er sich nicht mit dem Problem auseinandersetzen mußte.

Salid drehte sich nun doch vom Fenster herum und sah ihn direkt an. Er wiederholte seine Frage nicht, aber sein Blick war zwingender als alles, was er hätte sagen können. Brenner hielt diesem Blick nicht einmal eine Sekunde lang stand, ehe er wegsah und unbehaglich die Hände bewegte; vielleicht nur, um Zeit zu gewinnen.

»Ich glaube nicht an ... so etwas«, sagte er schließlich.

Salid legte fragend den Kopf auf die Seite.

»An den Teufel«, sagte Brenner widerwillig. Salids Blick wurde noch eine Spur härter, und fast gegen seinen Willen hörte Brenner sich hinzufügen: »Oder Gott.«

Das Eingeständnis fiel ihm erstaunlich schwer. Er hatte nie zu jenen aktiven Gegenchristen gehört, die ihren Standpunkt bei jeder sich bietenden Gelegenheit offenbarten und fast ebenso fanatisch verteidigten wie die, deren Glauben sie angeblich nicht teilten, den ihren. Er hatte irgendwann einmal, schon vor langer Zeit, darüber nachgedacht, ob es so etwas wie eine höhere Gerechtigkeit im Universum gab, und war zu dem Schluß gekommen, daß sie nicht existierte und das Schicksal nicht einmal willkürlich war, sondern nicht vorhanden: eine Aneinanderreihung von Zufällen und naturwissenschaftlich zwingenden Abläufen, die nichts mit einer göttlichen Gerechtigkeit oder gar einem lenkenden Willen zu tun hatte. Er behielt diesen Standpunkt zumeist für sich, aber es war ihm doch nie schwergefallen, ihn zu vertreten, geschweige denn, ihn laut auszusprechen. Jetzt fiel es ihm schwer, und er wußte auch, warum. Es war die Anwesenheit des Geistlichen. Für einen ganz kurzen Moment, in dieser Zeit aber sehr intensiv, haßte er Salid dafür, daß er ihn zwang, in Johannes' Gegenwart über sein Verhältnis zu Gott und dem Schicksal zu reden.

»Danach habe ich nicht gefragt«, sagte Salid.

»Aber das ist meine Antwort.« Brenner hörte selbst, daß er einfach nur trotzig klang. Trotzdem fuhr er fort: »Man kann schlecht an den Teufel glauben, wenn man nicht an Gott glaubt, oder?«

Er sah sich bei diesen Worten kurz nach Johannes um, fast, als erwarte er Beistand von ihm, aber alles, was er in den Augen des jungen Jesuitenpaters las, war ein schwaches Echo des Entsetzens von gerade und vielleicht ein Ausdruck, über den er lieber nicht nachdenken wollte. Wie oft mochte Johannes so etwas schon gehört haben? Sicher schon zu oft, um sich wirklich darüber zu empören, und wahrscheinlich auch zu oft, um noch immer mit missionarischem Eifer gegen diesen Standpunkt anzugehen. Mit großer Sicherheit hatte er hundert geschliffene Antworten darauf parat, von denen jede einzelne gut genug war, Ketzer wie Brenner zum Verstummen zu bringen; aber er lächelte nur kurz und traurig und starrte dann wieder auf einen imaginären Punkt irgendwo im Nichts vor sich.

Salid zog spöttisch die Augenbrauen hoch, verschränkte die Arme vor der Brust und lehnte sich gegen das Fenster. »Wir haben einen Ketzer unter uns, Pater«, sagte er zwar eindeutig an Johannes' Adresse, aber ohne Brenner aus den Augen zu lassen. »Jemand, der glaubt, nicht zu glauben. Aber das glaube ich nicht.«

»Hören Sie mit dem Unsinn auf«, sagte Brenner verärgert. »Es gibt keinen Teufel mit Hörnern, Dreizack und Quastenschwanz –«

»– so wenig wie einen Gott mit weißem Haar und langem Bart, der auf einer Wolke sitzt und Engeln das Harfespielen beibringt«, fiel ihm Salid ins Wort. Er lächelte dabei, aber seine Worte klangen plötzlich hart und kalt wie das Glas, an dem er lehnte. »Davon rede ich auch nicht. Ich rede vom

Bösen, ich rede von den Kräften der Zerstörung, dem Chaos, von der dunklen Seite, die in jedem von uns ist. Sie glauben nicht daran? Machen Sie sich nicht lächerlich! Sie wissen so gut wie ich, daß es sie gibt.«

Er hatte die Stimme nur ein ganz klein wenig gehoben, aber Brenner fühlte sich sofort wieder eingeschüchtert. Das Gespräch war in eine Richtung abgeglitten, die ihn fast hätte vergessen lassen, wer und was Salid war. Aber nur fast. Vielleicht hatten Salids Worte ihn im letzten Moment wieder daran erinnert, und vielleicht war es nicht besonders klug, sich mit einem möglicherweise geistesgestörten Massenmörder über Begriffe wie *Gut* und *Böse*, *Teufel* und *Gott* zu unterhalten. Brenner schwieg.

»Und Sie, Pater? Glauben Sie auch nicht an den Teufel?«

»Als Person?« Johannes verzog geringschätzig die Lippen. »Nein.«

»Dann glauben Sie also auch nicht an Gott als Person. Als was dann? Als Idee? Als Gedankenmodell? Als Prinzip?«

»Vielleicht als Hoffnung«, antwortete Johannes.

»Ja – und vielleicht auch gar nicht.«

Johannes fuhr auf. »Das ist –«

»Was?« unterbrach ihn Salid scharf, nur eine Spur lauter, aber dies auf eine ganz bestimmte Art und Weise, die Johannes endgültig zum Verstummen brachte. »Die Wahrheit? Ihr düsteres Geheimnis, Pater? Die große Sünde in Ihrem Leben?«

Johannes starrte ihn an. Seine Lippen zitterten, und in seinen Augen erschien ein gequälter Ausdruck, aber er sagte nichts mehr. Plötzlich tat er Brenner unendlich leid. Plötzlich glaubte er zu begreifen, was Salids großes Geheimnis war, weshalb er so gefürchtet und in seinem blutigen Handwerk so erfolgreich war. Er hatte einen natürlichen Instinkt für Schwäche. Vielleicht mußte er sein Gegenüber nur ansehen, um dessen wunden Punkt zu erkennen, die Achillesferse, die jeder Mensch auf die eine oder andere Weise hatte.

Salid fuhr mit einem grimmigen Nicken fort: »Das ist es, nicht wahr? Sie sind ein Geistlicher. Sie haben Ihr Leben der

Aufgabe gewidmet, Ihr Prinzip zu vertreten – aber tief in sich zweifeln Sie. Sie wissen nicht genau, ob es Ihren Gott gibt.«

»Hören Sie auf!« sagte Brenner scharf. »Lassen Sie ihn in Ruhe!«

Salid blinzelte. »Oh, was höre ich denn da? Haben Sie etwa Mitleid mit ihm? Wieso? Wenn es doch nichts gibt, woran Sie glauben, Brenner, und nichts, was Sie zu fürchten hätten – was interessiert Sie dann das Schicksal anderer?«

So formuliert, war die Frage durchaus berechtigt, aber die Formulierung an sich war schon falsch. Nicht an Gott oder irgendeine andere höhere Gerechtigkeit zu glauben bedeutete für Brenner nicht zwingend, keine Rücksicht mehr auf die Gefühle anderer nehmen zu müssen. »Lassen Sie ihn in Ruhe«, sagte er nur noch einmal.

Salid verzog abfällig die Lippen, aber zu Brenners Erstaunen ging er tatsächlich nicht weiter auf dieses Thema ein, auch wenn es gerade noch so ausgesehen hatte, als hätte er Spaß daran gefunden, den Pater zu quälen. »Entschuldigung«, sagte er. »Ich habe wohl ein wenig die Beherrschung verloren.«

Brenner begann sich allmählich zu fragen, ob Salid vielleicht nicht den *Verstand* verloren hatte, aber das behielt er vorsichtshalber für sich. Er sah den Palästinenser noch einen Moment lang durchdringend und abschätzend an, dann stemmte er sich behutsam in die Höhe und ging mit kleinen, vorsichtigen Schritten zum Waschbecken. Er hatte Durst, und sein Gesicht fühlte sich heiß an, obwohl er kein Fieber hatte. Das Gehen fiel ihm viel leichter, als er zu hoffen gewagt hatte. Sein Körper erholte sich mit geradezu unheimlicher Schnelligkeit von der Wirkung der Medikamente, mit denen sie seinen Kreislauf drei Tage lang überflutet hatten. Wäre die Situation nur ein wenig anders gewesen, dann wäre vielleicht das Wort *Wunder* angebracht – aber das umging er nun selbst in Gedanken sehr sorgfältig.

Als er sich die zweite Hand voll eiskalten Wassers ins Gesicht schöpfte, drang ein dumpfes Poltern durch die Tür.

Es war nicht besonders laut, und es war eigentlich auch mehr ein Schlag, das Geräusch, mit dem ein Zentnersack Mehl aus großer Höhe auf Beton oder Stein prallen mochte. Salid löste sich mit einer fließenden Bewegung von seinem Platz am Fenster, eilte zur Tür und öffnete sie einen Spaltbreit. Als Brenner eine entsprechende Frage stellen wollte, machte er eine herrische Geste mit der Linken und preßte gleichzeitig das Ohr gegen den Türspalt, um zu lauschen.

Auch Brenner hielt erschrocken den Atem an. Viel weniger als das Geräusch machte ihm Salids Reaktion klar, daß sie hier vielleicht doch nicht so sicher waren, wie der Palästinenser bisher behauptet hatte.

Das Poltern wiederholte sich nicht, aber nach einigen Sekunden konnten sie eine Stimme hören, die gedämpft aus dem Erdgeschoß heraufdrang. Salid lauschte ihr einige Augenblicke, dann schloß er beruhigt die Tür wieder und drehte sich zu ihnen herum. »Unsere Zimmerwirtin«, sagte er. »Wahrscheinlich hat sie Ärger mit einem anderen Gast.«

Für Brenners Geschmack ging er ein wenig zu leichtfertig mit der Situation um, zumindest in Anbetracht der Kleinigkeit, daß wahrscheinlich jeder Polizeibeamte im Umkreis von dreihundert Kilometern nach ihnen suchte. Aber Salid gab ihm keine Gelegenheit, einen Einwand vorzubringen, sondern unterstrich seine Worte noch einmal mit einer abschließenden Geste und wies dann aus der gleichen Bewegung heraus auf Johannes.

»Erzählen Sie uns von dem Kloster«, sagte er

»Ich weiß nichts darüber«, behauptete Johannes. Selbst Brenner begriff sofort, daß das nicht stimmte. Johannes war kein sehr talentierter Lügner. Salid lächelte auch nur, und so wie vorhin Brenner brachte dieses Lächeln nun Johannes dazu, von sich aus weiterzureden. Er tat es, ohne sie anzusehen, aber sein Blick war auch nicht mehr auf den imaginären Punkt im Nichts gerichtet, den er bisher angestarrt hatte; vielmehr hatte Brenner das Gefühl, daß der andere tatsächlich etwas sah, wenn auch etwas, das nur für ihn sichtbar war.

»Ich weiß wirklich nicht viel darüber«, sagte Johannes. »Niemand weiß viel über dieses Kloster. Ich glaube, es gibt nur eine Handvoll Menschen, die überhaupt wissen, daß es existiert.«

»Aber Sie gehören dazu«, stellte Salid fest. »Warum?«

»Das tut nichts zur Sache«, sagte Johannes scharf, kehrte aber sofort wieder zu jenem nachdenklichen und leicht verschreckten Tonfall zurück, in dem er über das Kloster und sein Geheimnis gesprochen hatte. »Aber ich weiß, daß es schon sehr lange existiert. Die ältesten Dokumente, die ich gefunden habe, stammen aus dem elften Jahrhundert. Aber ich glaube, es war schon früher da, schon viel früher.«

»Aber niemand hat seine Existenz zur Kenntnis genommen«, vermutete Salid.

Johannes nickte. »Jedenfalls wurde sie sorgfältig vertuscht, und das über lange Zeit. Ich habe zehn Jahre lang in Stadtarchiven und Kirchenbüchern gesucht, und ich habe nicht mehr als eine Handvoll Beweise für die Existenz dieses Klosters gefunden. Und selbst die waren so vage, daß ich nicht einmal wußte, wo es genau lag.«

»Zehn Jahre?« Brenner sah ihn zweifelnd an. »Dann müssen Sie noch ein halbes Kind gewesen sein, als Sie mit Ihrer Suche angefangen haben.«

Johannes ignorierte seine Frage. Er wollte nicht über den Grund sprechen, aus dem er sich für dieses Kloster und sein Geheimnis interessiert hatte, und wahrscheinlich war es besser, wenn sie das zumindest im Moment akzeptierten. »Ich weiß nicht, wer diese Leute sind, aber ich glaube, der Orden ist so alt wie die katholische Kirche, vielleicht sogar älter.«

Vielleicht wurde ihm selbst in diesem Moment klar, welche Wirkung seine Worte auf Salid und Brenner haben mußten, denn er schrak sichtbar zusammen, löste seinen Blick von jenem imaginären Punkt im Nichts oder der Vergangenheit und sah Salid herausfordernd an. »Es gibt ein Geheimnis dort, aber ich weigere mich zu glauben, daß sie den Teufel dort eingesperrt haben.«

»Warum sind Sie dann hier?« fragte Salid.

»Weil Sie mich dazu gezwungen haben«, antwortete Johannes. Salid machte sich nicht einmal die Mühe, darauf zu reagieren. Johannes schien einen Moment lang regelrecht auf Widerspruch zu warten, doch als er merkte, daß nichts kam, fuhr er in ruhigerem Ton fort: »Ich kenne das Geheimnis nicht wirklich. Ich nehme an, daß es außerhalb der Mauern dieses Klosters nur zwei oder drei Menschen gibt, die es kennen. Vielleicht gab es nur einen einzigen – und den haben Sie getötet.«

»Es war ein Unfall«, sagte Salid. »Ich wollte das nicht. Und ich bedaure es.«

Der Einwurf überraschte Brenner. Nach allem, was er über Salid gehört hatte, schien er ein Mann zu sein, der zahllose Menschen getötet hatte und dem ein Leben nichts galt. Auf jeden Fall ein Mensch, zu dem es nicht paßte, sich auf diese Weise zu verteidigen.

Wenn Johannes den Einwurf überhaupt gehört hatte, so ignorierte er ihn. »Ich kenne ihr Geheimnis nicht«, sagte er noch einmal. »Aber ich glaube, ich weiß, womit es zu tun hat. Ich weiß, worauf sie sich vorbereiten.«

»Worauf?« wollte Brenner wissen.

Johannes sah ihn offen an, und die latente Furcht in seinen Augen war nun zu einer sichtbaren Glut geworden; ein Schwelbrand, der nicht erlosch, sondern kurz davorstand, in Flammen auszubrechen.

»Auch wenn Sie behaupten, kein Christ zu sein«, sagte er. »Kennen Sie die Bibel? Die Offenbarungen des Johannes?«

Brenner mußte in der Tat einen Moment überlegen, aber nicht sehr lange. »Johannes?« fragte er. »Sie meinen, das Jüngste Gericht? Den Weltuntergang und all das?«

»Die Apokalypse«, bestätigte Johannes ernst.

Brenner blickte ihn zwei, drei Sekunden lang fassungslos an, dann begann er schrill und unecht zu lachen. »Das wird ja immer verrückter!« sagte er. Er deutete auf Salid und dann auf Johannes. »Zuerst behauptet er, daß in diesem Kloster der Satan persönlich gefangengehalten worden wäre, und jetzt wollen Sie mir erzählen, der Weltuntergang stünde bevor?«

»Nein«, sagte Johannes ruhig. »Er steht nicht bevor. Er hat bereits begonnen.«

Es war sehr still im Inneren des Einsatzwagens. Die einzigen Geräusche, die zu hören waren, waren das von statischem Rauschen untermalte Brabbeln des Funkverkehrs und ein regelmäßiges metallisches Klicken, das daher kam, daß der junge Streifenpolizist neben Heidmann nervös an seiner Waffe herumspielte. Heidmann hatte ihn deshalb schon ein halbes dutzendmal angesehen – und sich bei dieser Gelegenheit jedesmal davon überzeugt, daß die Pistole gesichert war –, und der Junge hatte seine nervösen Fingerübungen auch jedesmal eingestellt, aber nie für sehr lange. Heidmann konnte ihn verstehen. Der junge Streifenpolizist – Heidmann schätzte ihn auf allerhöchstens zwei-, dreiundzwanzig, und wenn er Pech hatte, war dies sogar sein erster richtiger Einsatz – war nicht der einzige hier, der nervös war und vermutlich Angst hatte. Außer ihm, Heidmann selbst und den beiden Abhörspezialisten hielten sich noch fünf weitere uniformierte Beamte im Inneren des rundum geschlossenen Ford-Transit auf, der fünfzig Meter entfernt von der Pension geparkt auf dem Bürgersteig stand, und sie alle waren nervös und hatten auf die eine oder andere Weise Angst. Einige mehr, einige weniger. Aber vermutlich hatte er von allen hier die größte Angst vor dem, was auf sie zukommen mochte – ganz einfach, weil er sich vermutlich am besten vorstellen konnte, was *wirklich* möglich war.

Unglückseligerweise war er auch der Leiter dieser kleinen Einsatzgruppe und durfte seine Furcht nicht zeigen, aber vielleicht konnte er sie als Vorsicht tarnen.

»Sie kommen.«

Heidmann warf dem Mann hinter dem Steuer einen bösen Blick zu, ehe er dessen ausgestreckter Hand folgte. Es dauerte einen Moment, bis er die beiden dunkel gekleideten Gestalten identifizierte, die sich dem Wagen näherten. Sie gaben sich nicht einmal Mühe, zu schleichen oder besonders unauffällig zu sein, aber allein die Farbe ihrer Kleidung ließ sie beinahe mit der Nacht verschmelzen. Heidmann stand auf, ging gebückt nach hinten und öffnete eine Hälfte der hinteren Wagentür, gerade als einer der beiden die Hand nach dem Griff ausstreckte.

»Kommissar Heidmann?« Der amerikanische Akzent war unüberhörbar, und zumindest den, der ihn angesprochen hatte, hätte Heidmann auch so auf den ersten Blick als CIA-Agent erkannt, denn er entsprach so genau dem Klischee, als wäre er eigens nach diesen Kriterien ausgesucht worden: Er war mindestens eins neunzig groß und hatte eine entsprechende Schulterbreite, die Hände und das Gesicht eines Preisboxers und einen blonden Bürstenhaarschnitt. Er mußte sich bücken, um zu Heidmann in den Wagen hinaufzusteigen.

Sein Begleiter schien das genaue Gegenteil ein kleiner, drahtiger Bursche in einem zerknitterten Anzug, der jedoch den gleichen Friseur zu haben schien und sich auf eine schwer zu beschreibende Art ähnlich bewegte wie der erste.

Heidmann ließ die beiden Männer einsteigen, schloß die Tür hinter ihnen und wandte sich dann mit einer betont langsamen Bewegung um. Sein Blick glitt dabei unauffällig über die Gesichter der Polizeibeamten, die auf der harten Bank auf der rechten Seite des Wagens Platz genommen hatten, und er sah überall den gleichen Ausdruck: eine Mischung aus Nervosität, Anspannung und zumindest bei zweien oder dreien eine ungesunde Bewunderung, die wahrscheinlich weniger den beiden Amerikanern galt als vielmehr dem, was sie *waren*.

»Ich bin Kommissar Heidmann«, sagte er überflüssigerweise und ganz instinktiv an den größeren der beiden gewandt, der, der ihn gerade angesprochen hatte. »Und Sie sind –?«

»Smith, CIA«, antwortete der blonde Riese. Er ignorierte Heidmanns ausgestreckte Hand, lächelte aber für einen Moment durchaus freundlich und deutete dann mit einer Kopfbewegung auf seinen Begleiter. »Das ist Agent Kenneally. Und ehe Sie fragen: Ich heiße wirklich Smith.«

Heidmann lachte, aber Smith wurde sofort wieder ernst, wandte sich mit einem fragenden Blick an die beiden Männer auf der linken Seite des Wagens. Anstelle einer Sitzbank gab es dort einen schmalen Tisch, auf dem sich Dutzende kompliziert aussehender elektronischer Apparaturen um den Platz stritten. Einer von beiden lauschte gebannt in seine Kopfhörer und beobachtete dabei scheinbar konzentriert das langsame Drehen der überdimensionalen Spulen eines Tonbandgeräts. Auch der andere trug einen Kopfhörer, hatte ihn aber so aufgesetzt, daß das linke Ohr frei blieb. »Wie sieht es aus?«

Der Beamte warf Heidmann einen fragenden Blick zu, auf den dieser mit einem angedeuteten Kopfnicken reagierte, bevor er antwortete. »Sie sind es, gar kein Zweifel.«

Smith tauschte einen bezeichnenden Blick mit Kenneally, dann wandte er sich an Heidmann, während er gleichzeitig ein kaum zigarettenschachtelgroßes Funkgerät aus der Tasche seines Maßanzuges zog. »Sie haben nichts unternommen?«

Heidmann begriff erst mit ein oder zwei Sekunden Verzögerung, daß diese Frage eine zumindest versteckte Beleidigung beinhaltete, denn seine Befehle waren in dieser Richtung eindeutig gewesen. Smith schien sein Schweigen jedoch schon als Antwort angenommen zu haben, denn er drückte die Taste seines Funkgerätes und begann leise und so schnell in seiner Muttersprache hineinzusprechen, daß Heidmann kaum ein Wort verstand, obwohl er sich eigentlich einbildete, ganz gut Englisch zu können. Zumindest bekam er genug mit, um zu begreifen, daß Smith einigen anderen Männern Anweisungen gab, sich bereitzuhalten.

Heidmann fragte sich, wie viele dort draußen in der Dunkelheit wohl warten mochten. Nach allem, was er über Salid gehört hatte, wahrscheinlich die halbe CIA. Und jeder Polizeibeamte aus zwanzig Kilometern Umkreis, egal, ob er Dienst hatte oder nicht. Abu el Mot konnte sich im Moment mit großer Wahrscheinlichkeit der zweifelhaften Ehre rühmen, der meistgesuchte Mann der Welt zu sein.

Smith steckte sein Funkgerät wieder ein und wandte sich an den Mann am Tonband. »Worüber reden sie?«

Der Mann zog den Kopfhörer ganz herunter und sah für einen Moment fast hilflos aus. »Über ... Gott«, sagte er.

»Wie?« fragte Heidmann.

»Über Gott und das Jüngste Gericht«, bestätigte der Beamte.

»Er hat einen Priester dabei«, sagte Kenneally.

»Den Jesuitenpater, den er entführt hat«, fügte Heidmann hinzu.

»Es steht nicht fest, ob er ihn wirklich entführt hat«, erwiderte Kenneally. »Und selbst wenn – das ändert nichts daran, daß der Mann gefährlich ist. Sind Sie sicher, daß sie keinen Verdacht geschöpft haben?«

Der Mann am Tonband schüttelte überzeugt den Kopf und strich fast liebkosend mit der Hand über seine Geräte. »Wir sind nicht einmal in die Nähe des Hauses gekommen«, sagte er. »Das ist auch nicht nötig. Sie können jedes Wort hören, das sie sprechen, über fünfzig Meter hinweg und durch eine geschlossene Glasscheibe. So deutlich, als stünden sie hier im Raum.« Er hob die Hand und streichelte seine Geräte, und er sah Kenneally dabei auffordernd an, als warte er nur auf eine entsprechende Frage, um die Vorzüge seiner technischen Wunderwerke rühmen zu können. Als diese nicht kam, wirkte er ein wenig enttäuscht, sagte aber nichts mehr.

»Okay«, sagte Smith. Er wandte sich direkt an Heidmann: »Das war gute Arbeit, Herr Kommissar. Ab jetzt übernehmen wir den Fall.« Er wollte unverzüglich an Heidmann vorbei und wieder zur Tür gehen, aber Heidmann hielt ihn rasch am Arm zurück.

»Einen Moment«, sagte er.

Smith blickte stirnrunzelnd auf Heidmanns Hand, die auf seinem Unterarm lag, und Heidmann löste beinahe hastig seinen Griff. Trotzdem fuhr er ruhig, aber mit großem Nachdruck in der Stimme fort: »Ich habe andere Befehle, Agent Smith.«

Smith' Blick zeigte nicht die mindeste Regung; seine Augen waren kalt wie bemalte Glaskugeln. »Und wie lauten diese Befehle?«

»Ich soll Sie in jeder erdenklichen Form unterstützen«, antwortete Heidmann. »Aber das bedeutet nicht, daß ich die Hände in den Schoß lege und zusehe.«

»Sie unterstützen uns genug, wenn Sie uns unsere Arbeit tun lassen«, sagte Smith. »Salid ist unser Problem. Wir sind seit zehn Jahren hinter ihm her.«

»Das war er vielleicht«, antwortete Heidmann. »Jetzt ist er es nicht mehr. Er hat einige hundert Bürger unseres Landes umgebracht, Mr. Smith. Wir werden diese Geschichte gemeinsam durchziehen.«

Smith' Augen blieben weiter so ausdruckslos und kalt wie bisher, aber Heidmann konnte regelrecht sehen, wie es dahinter arbeitete. »Seien Sie vernünftig, Herr Kommissar«, sagte er. »Es ist –«

»Ich *bin* vernünftig«, unterbrach ihn Heidmann, eine Spur lauter und eine Spur schärfer. »Ich befolge nur meinen Auftrag.«

»Ich könnte Sie zwingen«, sagte Smith.

»Tun Sie das«, erwiderte Heidmann ruhig. »Aber solange mir niemand das Gegenteil befiehlt, werde ich tun, wozu ich hergeschickt wurde: Ihnen dabei helfen, diesen Terroristen zu fangen.« *Und dafür sorgen, daß er diese Nacht überlebt*, fügte er in Gedanken hinzu. Vielleicht tat er Smith und seinem Kollegen damit ja unrecht, aber er hatte das Gefühl, daß der Auftrag der beiden CIA-Agenten *diesen* Umstand nicht unbedingt einschloß.

»Wir stehen auf derselben Seite, Agent Smith«, fuhr er fort.

Smith blickte ihn noch einen Moment lang nun fast wütend an, aber dann zuckte er mit den gewaltigen Schultern. »Ganz wie Sie meinen«, sagte er.

Heidmann lauschte einen Moment lang angespannt auf irgendeinen Unterton von Drohung oder Verrat, schalt sich dann aber in Gedanken selbst einen Narren. Offenbar hatte er zu viele schlechte Kriminalfilme gesehen. Smith hatte es versucht und begriffen, daß sie tatsächlich im selben Boot saßen und nur verlieren konnten, wenn sie sich jetzt um Kompetenzen stritten.

»Wie wollen Sie vorgehen?« fragte er.

Smith machte eine Kopfbewegung; nicht zum Hotel, sondern auf die geschlossene Hecktür des Wagens. »Ich habe eine Einheit zur Hintertür geschickt«, sagte er, »und eine zweite auf das Dach. Sobald die Männer Stellung bezogen haben, schlagen wir zu.« Er schwieg einen Moment, in dem er die beiden Männer an den Überwachungsgeräten und ihre Apparaturen aufmerksam musterte, dann fuhr er fort: »Es wäre vielleicht gut zu wissen, wie viele Personen sich sonst noch im Haus aufhalten. Können Sie das herausfinden?«

»Wenn sie laut genug schnarchen, ja«, antwortete der Mann, der zuvor schon mit ihm gesprochen hatte. Heidmann zog strafend die Augenbrauen hoch, und er rettete sich in ein verlegenes Grinsen und sagte: »Ich werde es versuchen.«

»Gut.« Smith klopfte mit der flachen Hand auf die Tasche, in der er sein Walkie-talkie hatte verschwinden lassen. »Dann geben Sie mir Bescheid, sobald Sie etwas herausgefunden haben.« Er wandte sich wieder direkt an Heidmann. »Sie und Ihre Männer sichern die Vordertür. Aber Sie unternehmen nichts, solange ich nicht das Kommando gebe.«

Es lag Heidmann auf der Zunge zu widersprechen – niemand hatte diesem Amerikaner das Kommando über die Aktion erteilt, und möglicherweise war Smith' so plötzliches Nachgeben gerade gar kein Nachgeben gewesen, sondern nur eine andere Taktik. Aber dann fielen ihm gerade noch rechtzeitig seine eigenen Worte ein: Sie standen auf derselben Seite. Sie gewannen nichts, wenn sie sich stritten.

Smith schien seine Gedanken zu lesen, denn er sah ihn ungefähr zwei Sekunden lang stumm und sehr durchdringend an, ehe er in sehr viel leiserem, aber fast beschwörendem Tonfall fortfuhr. »Sie dürfen diesen Mann auf gar keinen Fall unterschätzen, Kommissar Heidmann. Er ist gefährlicher, als Sie es sich auch nur vorstellen können.«

»Ich weiß«, sagte Heidmann, aber Smith schüttelte erneut den Kopf.

»Nein, das wissen Sie nicht«, behauptete er. »Salid ist kein Mensch. Nicht in dem Sinne, in dem Sie das Wort benutzen. Er ist eine Maschine. Eine tödliche, präzise arbeitende Mordmaschine, die kein Gewissen, kein Zögern und keine Skrupel kennt. Halten Sie sich das in jeder Sekunde vor Augen. Er ist schon aus Situationen entkommen, die aussichtsloser erschienen als diese hier, und jedesmal hat er Tote zurückgelassen; meine Männer, seine eigenen Männer, Unbeteiligte, die einfach das Pech hatten, ihm im Weg zu stehen. Salid tötet, wie Sie eine Tür öffnen oder einen Wagen starten. Vergessen Sie das niemals!«

Hätte er auch nur zwei Sekunden weitergeredet, hätte Heidmann ihn unterbrochen. Smith' Worte, so übertrieben sie auch klingen mochten, jagten ihm einen Schauer über den Rücken, und viel schlimmer war vermutlich noch die Wirkung, die sie auf die anderen Männer im Wagen hatten. Er war froh, als Smith sich herumdrehte und die Tür öffnete.

Trotzdem hielt er ihn noch einmal zurück. »Wie lange sind Sie schon hinter ihm her?« fragte er.

»Hinter Salid?« Smith' Gesicht verdüsterte sich, und etwas Ungutes erschien in seinen Augen. »Zu lange.«

Er ging, aber seine Worte hinterließen etwas in Heidmann; ein Wissen, auf das er lieber verzichtet hätte. Der Ausdruck, den er in den Augen des Amerikaners gesehen hatte, hatte ihn zutiefst erschreckt, denn er hatte ihm klargemacht, daß Smith mehr war als ein durchschnittlicher CIA-Agent, der einen Terroristen jagte, und Salid für ihn mehr als irgendein Verbrecher, den er zur Strecke zu bringen hatte. Er wußte nicht, was zwischen diesen beiden Männern vorgefallen war, und er würde es vermutlich auch niemals erfahren, aber eines wußte er plötzlich mit Sicherheit: Was immer heute nacht geschehen würde, was immer er tat oder versuchte, da waren Smith und Salid, und nur einer von diesen beiden würde die Nacht überleben.

»Das ist lächerlich«, sagte Brenner. Er hielt sich mit der linken Hand am Waschbecken fest und deutete mit der anderen auf Salid. »Von ihm hätte ich so etwas vielleicht noch erwartet, aber ich dachte, daß *Sie* etwas vernünftiger wären. Der Weltuntergang? *Apokalypse Now?* Nehmen Sie es mir nicht übel, Johannes, aber das ist einfach albern.«

»Aber es paßt alles zusammen«, protestierte Johannes. »Sehen Sie es denn nicht? Sind Sie denn blind? Es ist alles in den Offenbarungen aufgeschrieben, und sie erfüllen sich, eine nach der anderen! Wir haben nicht mehr viel Zeit! Die Welt steuert unaufhaltsam auf den Abgrund zu!«

»Das tut sie seit fünfzig Jahren«, erwiderte Brenner.

»Aber niemals so!« Johannes hob die Hand, wie um sie zur Faust zu ballen und auf den Tisch zu schlagen, führte die Bewegung aber nicht zu Ende. »Begreifen Sie denn nicht? Es ist alles wahr, was in der Bibel steht. Johannes hat es uns offenbart, und seine Worte erfüllen sich! Lesen Sie es nach! *Und es fiel vom Himmel ein großer Stern, brennend wie eine Fackel. Er fiel auf den dritten Teil der Flüsse und auf die Wasserquellen ... und viele Menschen starben an den Wassern, weil sie bitter geworden waren.* Die Engel haben begonnen, die sieben Siegel zu brechen. Nicht irgendwann, sondern *jetzt.* Und Alexander und seine Brüder wußten es. Sie haben sich darauf vorbereitet. Seit Jahrhunderten schon.«

»Es hat ihnen nur nicht viel genutzt«, antwortete Brenner.

Johannes ignorierte seinen Einwurf. »Ich kann Sie vermutlich nicht von etwas überzeugen, woran Sie nicht glauben wollen«, sagte er. »Aber wenn Sie ehrlich zu sich selbst wären, würden Sie zugeben, daß ich recht habe Machen Sie die Augen auf. Sagen Sie mir, was in der Welt geschieht, und ich sage Ihnen, wo in den Offenbarungen des Johannes die passende Vorhersage steht. Wort für Wort.«

»Ich kenne die Bibel nicht so gut wie Sie«, antwortete Brenner, »aber ich vermute, daß für *jede* Situation irgendwo die passende Prophezeiung zu finden ist.«

Johannes wirkte nun eindeutig wütend, zugleich aber auch sehr enttäuscht. »Was ist los mit Ihnen, Brenner?«

fragte er. »Haben Sie Angst, daß ich Sie überzeugen könnte, oder –«

»Hört auf!« sagte Salid. Er hatte nicht einmal besonders laut gesprochen, aber wieder in jenem scharfen, alarmierten Ton, der sowohl Brenner als auch Johannes auf der Stelle verstummen ließ. Brenner wandte den Kopf und sah erst jetzt, daß Salid die Tür erneut einen Fingerbreit geöffnet hatte und offenbar angespannt auf den Flur hinauslauschte.

»Was ist los?« fragte er.

Salid brachte ihn mit einer nur angedeuteten Geste zum Verstummen, verharrte drei, vier weitere Sekunden lang reglos an der Tür und schloß sie dann wieder. Rasch drehte er sich herum, eilte zum Fenster und zog die Gardinen einen Spaltbreit auseinander.

»Was haben Sie?« fragte Brenner erneut. »Ist irgend etwas nicht in Ordnung?«

Salid lugte angespannt auf die Straße hinaus, und obwohl Brenner sein Gesicht deutlich im Profil erkennen konnte, war ihm keine Regung anzumerken. Nach einigen weiteren Augenblicken trat Salid wieder vom Fenster zurück.

»Nichts«, sagte er. »Ich habe mich wohl getäuscht. Es ist alles ruhig.«

Aber das war nur das, was er *sagte*. Sein Gesichtsausdruck und seine Gesten bewiesen das genaue Gegenteil. Er schüttelte heftig den Kopf, legte den Zeigefinger über die Lippen und wies mit der anderen Hand über die Schulter zurück auf das Fenster. Brenner setzte dazu an, eine verwirrte Frage zu stellen, aber Salid brachte ihn mit einem hastigen Wink zum Schweigen und fuhr laut fort: »Ich bin nervös. Offenbar sehe ich bereits Gespenster. Aber das ist ja kein Wunder.« Gleichzeitig ging er zum Tisch, zog ein Blatt Papier und einen Kugelschreiber aus der Tasche und begann mit hastigen, ineinanderfließenden Großbuchstaben darauf zu schreiben:

SIE SIND DA. EIN WAGEN AUF DER STRASSE. VIELLEICHT MEHR.

Brenner sog erschrocken die Luft zwischen den Zähnen ein, was Salid zu einem neuerlichen, erschrockenen Gestikulieren veranlaßte. »Wir sollten ein paar Stunden schlafen«, sagte er. »Sobald es hell wird, besorge ich uns einen Wagen, und wir verlassen die Stadt.«

Gleichzeitig schrieb er:

ES KANN SEIN, DASS WIR ABGEHÖRT WERDEN. SEID VORSICHTIG!

»Und wohin?« fragte Brenner. Die Worte überraschten ihn fast selbst, und sie veranlaßten auch Salid zu einem erstaunten Stirnrunzeln. Brenner hätte selbst nicht sagen können, warum er das gesagt hatte. Er spielte Salids Spiel mit, aber daß er es tat – daß er es überhaupt *konnte* –, überraschte ihn von allen hier vielleicht am meisten.

»Darüber denke ich nach, sobald wir aus der Stadt heraus sind«, sagte Salid und schrieb gleichzeitig:

ZWEI ODER DREI SIND AUF DEM DACH. KOMMT MIT! LEISE!

»Legt euch hin und schlaft«, fuhr er fort. »Ich passe eine Stunde auf und wecke dann den ersten.« Er richtete sich wieder auf, ging langsam zur Tür und gab Johannes und Brenner mit Gesten zu verstehen, daß sie ihm folgen sollten. Während er die Klinke herunterdrückte, sagte er:

»Ich gehe noch einmal hinunter. Vielleicht kann ich unserer Zimmerwirtin noch eine Tasse Kaffee abschwatzen. Laßt niemanden herein. Ich klopfe dreimal.«

Er öffnete die Tür, trat auf den Korridor hinaus und zog gleichzeitig seine Waffe. Plötzlich war er ein völlig anderer Mensch, und die Veränderung geschah so schnell und war so radikal, daß sie Brenner fast mehr erschreckte als das, was er gerade gesagt und geschrieben hatte. Er konnte sein Gesicht nicht einmal sehen, aber Salid, der gerade noch in dem zu kleinen Anzug und mit übermüdetem Gesicht einfach nur bemitleidenswert ausgesehen hatte, war plötzlich der Mann, als den ihn die ganze Welt kannte und fürchtete. Er duckte sich leicht und drehte sich dabei in einem Halbkreis nach links und rechts und wieder zurück, und jede noch so winzige Bewegung strahlte eine Kraft und Schnelligkeit aus, die Brenner erschauern ließ. Es war nichts, was wirklich zu sehen gewesen wäre, aber dafür um so deutlicher zu spüren. Brenner wußte plötzlich einfach, daß er niemals einem Menschen gegenübergestanden hatte, der gefährlicher gewesen wäre als dieser Palästinenser, und er mußte mit einem Male wieder an ihre Flucht aus dem Krankenhaus denken. Er hatte miterlebt, wie Salid zu kämpfen verstand, aber sein noch getrübtes Sehvermögen, vielleicht auch der Schock, hatten dafür gesorgt, daß er gar nicht *wirklich* begriffen hatte, was geschah. Erst jetzt, im nachhinein, wurde ihm klar, *wie* nahe die beiden Pfleger und der Arzt dem Tod gewesen waren. Plötzlich, und vielleicht zum erstenmal wirklich, hatte er Angst vor Salid.

Salid hob die linke Hand, legte den Daumen über die Lippen und bedeutete ihnen mit der anderen, nachzukommen. Johannes stand gehorsam auf, aber Brenner zögerte. Seine Gedanken rasten. Wenn er überhaupt noch eine Chance hatte, irgendwie halbwegs unbeschadet aus dieser Geschichte herauszukommen, dann jetzt. Salid würde nicht auf ihn schießen. Er konnte hierbleiben und ihn und diesen verrückten Priester einfach ihrem Schicksal überlassen; oder er konnte mitgehen und mit ziemlicher Sicherheit erschossen werden, wenn sie versuchten, aus dem Hotel zu fliehen. Es war gar keine Entscheidung. Es war so klar, daß er sich fragte, warum er auch nur eine Sekunde darüber nachdachte. Er *mußte* hierbleiben, wenn er am Leben bleiben wollte.

Seine Knie zitterten noch immer – jetzt allerdings wohl mehr vor Furcht –, aber sie hatten trotzdem die Kraft, seinen Körper zu tragen, und sein Herz hämmerte so laut, daß er glaubte, man müsse es durch das ganze Haus hören, als er die Tür erreichte. Salid war zwei, drei Schritte weit auf den Korridor hinausgetreten und wieder stehengeblieben, und die schlechte Beleuchtung sorgte dafür, daß er nun vollends zu einem drohenden tiefenlosen Schatten geworden war. Er hatte die linke Hand auf das Treppengeländer gelegt und lauschte mit schräggehaltenem Kopf ins Erdgeschoß hinab; die Pistole in seiner Rechten deutete auf das Ende des Korridors und die Treppe, die hinauf ins Dachgeschoß führte.

»Keinen Ton mehr jetzt«, flüsterte Salid. »Wenn wir draußen sind, lauft ihr mir nach. Ganz egal, was passiert, rennt einfach.«

Johannes nickte nervös. So deutlich, wie Brenner die Gefahr spürte, die Salid umgab, konnte er die Furcht spüren, die Johannes ausstrahlte; und er spürte auch, daß es eine gänzlich andere Art von Angst war als die, die *er* empfand. Er hatte Angst um sein Leben, Angst davor, verletzt oder getötet zu werden, und all das empfand Johannes sicherlich auch. Aber da war noch mehr. Da war eine Furcht vor etwas, dessen wahres Ausmaß Brenner nicht einmal erahnte. Ob der Priester nun verrückt war oder nicht, er *glaubte* das, was er gerade erzählt hatte.

Salid hob den Fuß, um ihn auf die oberste Treppenstufe zu setzen, und im gleichen Sekundenbruchteil erscholl aus dem Erdgeschoß ein gedämpfter, abrupt wieder abbrechender Schrei. Salid erstarrte mitten in der Bewegung. Seine rechte Hand mit der Pistole schwenkte herum und in die Richtung, aus der der Schrei gekommen war, und im gleichen Sekundenbruchteil, in dem sie nicht mehr auf das hintere Ende des Korridors zielte, flog dort eine Tür auf, und ein geduckter Schatten sprang auf den Flur hinaus. Ein einzelner, peitschender Schuß fiel.

Salid ließ sich nach hinten fallen, hielt sich aber weiter mit der linken Hand am Treppengeländer fest und nutzte die Hebelwirkung, um aus seinem Sturz einen komplizierten Drehschwung zu machen, bei dem seine Waffe sich wieder der Dunkelheit am Ende des Flures zuwandte. Er schoß, prallte schwer auf den Rücken und feuerte noch einmal, während er bereits herumrollte und den Schwung seiner eigenen Bewegung nutzte, um wieder auf die Füße zu kommen.

Noch während er aufsprang, feuerte er ein zweites Mal. Die Gestalt, die aus der Tür herausgesprungen war, wurde zurück- und in die Höhe gerissen und prallte hilflos gegen die Wand, und noch während sie nach vorne kippte und schließlich zu Boden fiel, erschienen ein zweiter und dritter Schatten unter der Türöffnung.

Salid schrie irgend etwas, aber die Worte gingen im hämmernden Stakkato einer MPi-Salve unter. Alles geschah gleichzeitig, praktisch im selben Bruchteil einer Sekunde, aber zugleich schien die Zeit auch stehenzubleiben, als hätte sie sich auf magischem Wege geteilt, so daß Brenner auf der einen Seite überhaupt keine Zeit fand, auch nur richtig zu begreifen, was geschah, geschweige denn, irgendwie darauf zu reagieren, gleichzeitig aber auch mit brutaler Klarheit sah, was geschehen würde. Die MPi-Salve stanzte eine schnurgerade Reihe ovaler, rauchender Löcher in den Holzfußboden, verfehlte Salid um eine knappe Handbreite und raste mit phantastischer Geschwindigkeit weiter, Flammen und Rauch und Millionen winziger qualmender Holzsplitter wie eine bizarre Kielspur hinter sich herziehend. Sie lief mit tödlicher Präzision auf Brenner zu.

»Irgendwas stimmt nicht«, sagte Heidmann. Er schüttelte den Jackenärmel hoch und sah auf die Uhr. Vor gut fünf Minuten hatten sie Smith durchgegeben, daß das Hotel mit ziemlicher Sicherheit keine anderen Gäste hatte; zumindest nicht in den Zimmern, die sie mit dem Richtmikrofon erreichen konnten. Seither hatten sie nichts mehr von dem CIA-Mann und seiner Truppe gehört.

Und das würden sie auch nicht. Wenigstens nicht über Funk. Heidmann war noch nicht soweit, es auszusprechen, aber der Verdacht war nicht von der Hand zu weisen, daß er sich doch hatte täuschen lassen. Smith hatte niemals vorgehabt, ihn und seine Leute wirklich an dieser Aktion zu beteiligen.

»Soll ich sie noch einmal rufen?« fragte der Mann am Funkgerät.

Heidmann sah ihn eine Sekunde lang nachdenklich an, dann schüttelte er den Kopf. »Nein«, sagte er. »Wir gehen raus. Sie, Sie und Sie« – er deutete nacheinander auf drei der fünf uniformierten Beamten, die auf der schmalen Bank auf der anderen Seite des Wagens saßen, wobei er den jungen

Polizisten, der so nervös an seiner Waffe herumgespielt hatte, bewußt ausließ – »kommen mit. Die anderen bleiben hier und warten auf den Einsatzbefehl.«

Während er die hintere Wagentür öffnete und in die Nacht hinaustrat, zog er seine Waffe. Es war kein angenehmes Gefühl. In mehr als fünfundzwanzig Dienstjahren hatte er die Pistole nur dreimal ziehen müssen, und nur einziges Mal, um *wirklich* zu schießen. Er hatte nicht einmal getroffen, aber es war trotzdem der entsetzlichste Moment in seinem Leben gewesen, sowohl vor- als auch hinterher, und er hatte nichts mehr gehofft, als es nie wieder tun zu müssen. Allein dafür, daß er nun gezwungen war, die Waffe wieder benutzen zu müssen und möglicherweise auf einen Menschen zu schießen – und ihn zu töten! –, haßte er Smith.

Die drei Beamten verließen hinter ihm den Wagen und entsicherten ebenfalls ihre Waffen. Sie wirkten nervös; mehr, als Heidmann lieb war, aber er konnte sie verstehen. Ein weiterer Posten auf der länger werdenden Minusliste, die er für *Agent Smith* angelegt hatte: Seine Worte mochten als Warnung gedacht gewesen sein, aber alles, was er erreicht hatte, war, die Männer noch nervöser zu machen, als sie es ohnehin waren.

Heidmann sah sich aufmerksam um. Es war noch eine gute Stunde bis Sonnenaufgang, aber die Nacht war trotzdem nicht mehr so dunkel wie noch vorhin, als Smith und sein Kollege gekommen waren. Das Schwarz des Himmels war einem stumpfen Asphaltgrau gewichen, und wie oft in der Dämmerung war die Sicht jetzt schlechter als bei richtiger Dunkelheit. Das Hotel ragte als bedrohlicher Schatten auf der anderen Straßenseite in den Himmel, massiger, schwärzer und dunkler, als es aus dem Wageninneren heraus ausgesehen hatte. Nur hinter zwei Fenstern brannte Licht: hinter dem in der ersten Etage, auf die das Richtmikrofon und die Videokamera zielten, und einem schmalen Fenster im Erdgeschoß, gleich neben der Tür. Ihre Spionagetechnik – und eine entsprechende Anfrage auf dem Revier – hatte ihnen verraten, daß dort die Inhaberin des Hotels wohnte. Heidmann hoffte, daß sie tief und fest schlief. Er war mittlerweile ziemlich sicher, daß es in dieser Nacht Tote geben würde.

Er hatte seine Leute vorher instruiert, so daß keine weiteren Befehle notwendig waren. Sie bewegten sich ein gutes Stück in der entgegengesetzten Richtung vom Wagen und dem Hotel fort, ehe sie die Straße überquerten und sich dem Gebäude wieder näherten. Der tote Winkel aus dem Fenster im ersten Stock war nicht groß genug, um sie wirklich zu verbergen, aber vielleicht entgingen sie so doch einer zufälligen Entdeckung, falls Salid oder einer der beiden anderen einen beiläufigen Blick auf die Straße werfen sollten.

Die Kälte fiel Heidmann auf. Trotz der Jahreszeit war es in den letzten Tagen immer empfindlich kalt gewesen, aber nun war der Wind, der ihnen in die Gesichter schlug, geradezu eisig und zudem sehr viel heftiger als noch vor einer Stunde, als sie hier Stellung bezogen hatten. Obwohl die Straße auf der rechten Seite unbebaut war und es dort nur einige Bäume und spätwinterlich-blattloses Buschwerk gab, brach sich der Wind wimmernd an der Häuserfront zur Linken; ein Geräusch wie von Wölfen, die in der Nacht heulten.

Während sie sich dem Stundenhotel näherten, dachte Heidmann fast krampfhaft über sein weiteres Vorgehen nach. Er war mittlerweile davon überzeugt, daß Smith niemals vorgehabt hatte, mit ihm zu kooperieren, und das scheinbare Eingehen auf seine Forderung nur dem Zweck diente, einen unnötigen Streit zu vermeiden und ihn zu beruhigen, bis alles gelaufen war. Wahrscheinlich waren die CIA-Leute längst in Stellung gegangen, und vielleicht griffen sie in genau diesem Moment bereits zu.

Aber das war nur das, was Heidmann *glaubte*. Er war sich durchaus der Möglichkeit bewußt, daß er sich irrte. Wenn er vorschnell handelte und dadurch die ganze Aktion in Gefahr brachte ...

Nein, darüber dachte er lieber nicht nach. Sein Instinkt sagte ihm, daß er recht hatte, und dieser Instinkt hatte ihn in dem vergangenen Vierteljahrhundert eigentlich nur sehr selten getrogen.

Sie erreichten das Hotel. Heidmann näherte sich mit klopfendem Herzen der Tür und versuchte, durch das buntfarbene Bleiglas des kleinen Fensters einen Blick nach drinnen zu werfen, sah aber nichts außer einer verzerrten Spiegelung seines eigenen Gesichts. Er preßte das Ohr gegen das Glas, lauschte. Stille.

Seine linke Hand glitt in die Manteltasche und zog das Funkgerät heraus. »Irgendwas von den Amerikanern?« fragte er, ohne sich zu melden oder Zeit mit irgendwelchem anderen Schnickschnack zu vertrödeln.

»Nichts«, dröhnte es aus dem Gerät. Heidmann fuhr erschrocken zusammen und drehte am Lautstärkeregler, so daß die nächsten Worte nur noch als rauschendes Flüstern zu vernehmen waren. »Soll ich sie noch einmal rufen?«

»Nein«, sagte Heidmann grimmig, verbesserte sich aber dann hastig. »Oder doch. Versuchen Sie es. Aber melden Sie sich nur, wenn *sie* sich melden.«

Er schaltete ab, steckte das Gerät wieder ein und sah sich nervös um. Die Straße war menschenleer und so verlassen, wie eine Straße in einem Gebiet nur sein konnte, das im Umkreis von drei Blocks abgeriegelt war. Nirgends rührte sich etwas. Selbst das Heulen des Windes hatte nachgelassen, und obwohl sich der Himmel jetzt zusehends aufhellte, schien es eher noch dunkler geworden zu sein. Und trotzdem hatte er das Gefühl, daß irgend etwas da war; eine Bewegung, die er nicht im einzelnen erkennen konnte, die es aber trotzdem gab. Etwas ... *Lebendiges* war hier. Etwas, das nicht gut war. »Unsinn«, murmelte er.

Ihm fiel zu spät auf, daß er das Wort laut ausgesprochen hatte. Zwei der drei Beamten hinter ihm sahen ihn verwirrt und fragend an, während der Blick des dritten fast verbissen auf der Tür verharrte. Heidmann hinderte sich gerade noch im letzten Augenblick selbst daran, es noch schlimmer zu machen, indem er sich in ein verlegenes Lächeln flüchtete oder irgendeine entsprechende Bemerkung machte. Die Frage, was er als nächstes tun sollte, wurde allmählich brennend. Vielleicht war es doch ein Fehler gewesen hierherzukommen. Indem er von sich aus die Initiative ergriff, zwang er sich auch, sie zu behalten. Er hatte einmal angefangen und konnte nun ohne triftigen Grund nicht mehr aufhören.

Heidmann legte den Kopf in den Nacken und sah nach oben. Der Himmel hing wie eine Decke aus geschmolzenem Blei über der Straße, tiefer und stumpfer, als er sein durfte, und trotzdem hatte Heidmann erneut dieses unheimliche Gefühl von Präsenz. Irgend etwas war hier, das nicht hier sein sollte.

Diesmal sprach er den Gedanken nicht laut aus.

Heidmann wechselte die Pistole von der rechten in die linke Hand, streckte die Finger nach der Türklinke aus und drückte sie herunter. Sie bewegte sich nicht. Obwohl ihn dieser Umstand einerseits erleichterte, verschlimmerte er seine Bredouille eher noch. Sie kamen nicht ins Haus, ohne anzuklopfen oder gleich die Tür einzuschlagen – und beides würde diesen verrückten Massenmörder dort oben wahrscheinlich gleichermaßen alarmieren. Es *war* ein Fehler gewesen herzukommen. Wo blieb Smith?

Er drehte sich halb herum und suchte die Straße ab. Der Wagen der Amerikaner stand dreißig oder vierzig Meter entfernt; vor einer halben Stunde noch weit genug, um vollkommen in der Dunkelheit zu verschwinden und unsichtbar zu bleiben. Jetzt konnte er ihn als verschwommenen farblosen Schemen erkennen. Etwas bewegte sich dahinter. Smith?

Heidmann blinzelte. Die Bewegung war aber immer noch da, aber sie wurde nicht deutlicher. Auf jeden Fall war es kein Mensch. Es war überhaupt nichts, was er wirklich erkennen konnte, sondern etwas wie reine Bewegung, ohne den dazugehörigen Körper, der sie verursachte. Es war ein unheimlicher, bizarrer Anblick. Für einen ganz kurzen Moment glaubte er wirklich, eine Gestalt zu erkennen, aber wahrscheinlich sah er sie nur, weil er sie sehen *wollte*. Er blinzelte erneut, und als er die Lider wieder hob, war die Gestalt verschwunden. Nur die Bewegung war noch da, und jetzt sogar sehr viel deutlicher – als wäre die Nacht selbst zu grauem quirlendem Leben erwacht, das sich rings um den

Wagen herum konzentrierte. Etwas wie eine körperlose Woge aus Schwärze schien über dem Fahrzeug zusammenzuschlagen und es zu verschlingen.

Heidmann schloß noch einmal die Augen, preßte die Lider so fest zusammen, daß winzige bunte Lichtblitze auf seinen Netzhäuten erschienen, und als er sie wieder hob, waren die Schatten verschwunden. Natürlich. Sie waren niemals dagewesen. Nichts als Einbildung. Sein Nervenkostüm war wirklich nicht mehr das beste.

Er drehte sich wieder zur Tür herum, und als er die Hand zum zweitenmal nach der Klinke ausstreckte, geschahen mehrere Dinge gleichzeitig: Das Funkgerät in seiner Manteltasche gab ein raschelndes elektronisches Husten von sich. Die Dunkelheit rings um sie herum bekam auf unheimliche Weise Substanz und schien zu einer Mauer zu werden, die sie nun auch körperlich einschloß. Und aus dem Haus selbst erklang ein Schuß, fast unmittelbar gefolgt von einem Schrei und dem dumpfen Poltern eines Körpers, der zu Boden fiel.

Heidmann fluchte lauthals, warf sich mit aller Kraft gegen die Tür und fluchte gleich darauf noch viel lauter, als er vom Schwung seiner eigenen Bewegung zurückgeworfen wurde und um ein Haar das Gleichgewicht verlor. Der Schmerz trieb ihm die Tränen in die Augen. Seine Schulter fühlte sich an, als wäre sie gebrochen, aber die Tür hatte nicht einmal gezittert. Es war eine sehr alte, trotzdem aber sehr *massive* Tür, die vermutlich auch dem Ansturm von drei oder vier Männern zugleich standgehalten hätte.

Während Heidmann nun mit schmerzverzerrtem Gesicht wieder näher humpelte und sich dabei die geprellte Schulter rieb, fielen im Haus erneut Schüsse; diesmal war es das hämmernde Stakkato einer Maschinenpistole, in das sich ein entsetzter Schrei mischte, der dann so plötzlich abbrach, daß dieses jähe Schweigen nur eine einzige Deutung zuließ.

Die MPi-Salve jagte mit unvorstellbarer Schnelligkeit auf ihn zu und würde ihn treffen, noch ehe er auch nur vollends den Entschluß fassen konnte, sich zur Seite zu werfen, aber auf einer zweiten, subjektiven Ebene hatte Brenner auch das Gefühl, die Zeit wäre stehengeblieben. Er konnte regelrecht spüren, wie die Befehle seines Gehirns durch sein Nervensystem rasten, ohne die geringste Chance, die Muskeln und Sehnen, an die sie gerichtet waren, jemals zu erreichen; geschweige denn, diese Befehle in *Bewegung* umzuwandeln, mit der er dem heraneilenden Tod ausweichen konnte. Ihm blieb sogar genügend Zeit, die Anzahl der rauchenden Krater zu schätzen, welche die Geschoßsalve in den Boden stanzen würde, bevor die vorletzte Kugel vermutlich seine Kniescheibe und die letzte seinen Brustkorb zerschmettern mußte: vier, allerhöchstens fünf.

Zwei, dann drei der großkalibrigen Geschosse rissen ovale, rauchende Löcher in den Holzfußboden, das vierte grub sich unmittelbar zwischen seinen Füßen ein. Der fünfte Schuß kam nicht.

Brenner registrierte gar nicht, daß die Zeit wieder zu ihrem normalen Ablauf zurückgefunden hatte. Er stand mit angehaltenem Atem da und wartete auf den entsetzlichen Schmerz, mit dem das dreitausend Stundenkilometer schnelle Projektil seinen Brustkorb zerschmettern würde, aber es fiel kein Schuß mehr. Statt dessen erscholl ein dumpfes Poltern und einen Moment später ein reißendes Geräusch, wie es Brenner noch nie zuvor gehört hatte, das aber so entsetzlich war, daß er innerlich aufstöhnte. Es klang wie lebendiges Fleisch, das vom Knochen gerissen wurde.

»Brenner! Vorsicht!« Der Schrei und der kraftvolle Stoß, mit dem Johannes ihn zur Seite schleuderte, erfolgten gleichzeitig. Er wäre zu spät gekommen, um ihn aus der Bahn der MPi-Salve zu befördern, aber er ließ ihn nicht nur gegen die Wand taumeln, sondern riß ihn auch endgültig aus seiner Erstarrung. Noch während er fast verzweifelt um sein Gleichgewicht kämpfte, erfaßte er mit einem Blick die bizarre Szene am anderen Ende des Flures, aber er verstand nicht, was er sah.

Der Mann, der auf ihn geschossen hatte, hatte seine Waffe fallen lassen. Das war das Poltern gewesen, das er gehört hatte. Brenner hatte instinktiv angenommen, daß Salid auf den Angreifer geschossen und ihm so das Leben gerettet hätte, aber Salid wälzte sich am Boden und kämpfte gleichzeitig mit zwei Männern, wie es aussah, und seine eigene Waffe war davongeflogen und lag meterweit entfernt. Der Angreifer, der auf Brenner gefeuert hatte, stand noch unter der Tür des angrenzenden Zimmers und war nur als Schatten zu erkennen, aber Brenner konnte immerhin sehen, daß er die Hände vor das Gesicht geschlagen hatte. Etwas bewegte sich zwischen und unter seinen Fingern, und er hörte noch einmal jenes grauenhafte reißende Geräusch, nicht sehr laut, aber unablässig wie eine Tonbandaufnahme von einer halben Sekunde Dauer, die sich ständig wiederholte. Plötzlich stieß der Mann einen gurgelnden Schrei aus und verschwand rückwärts taumelnd unter der Tür. Aber bevor die Schatten ihn verschlangen, machte Brenner eine fürchterliche Beobachtung. Sie ergab keinen Sinn, aber etwas in ihm stellte eine Verbindung zu jenem fürchterlichen, reißenden Geräusch her, und er war nicht in der Lage, sich gegen diese Schlußfolgerung zu wehren. Etwas geschah mit den Händen des Mannes. Sie färbten sich von den Handgelenken zu den Fingerspitzen aufsteigend braun und einen Sekundenbruchteil später schwarz, und noch eine Winzigkeit später, gerade in jenem Sekundenbruchteil, in dem die Schatten des unbeleuchteten Zimmers den Mann verschlangen, vollzog sich der unheimliche Wechsel in umgekehrter Reihenfolge: Die dunkle Farbe floß wieder in die hochgerissenen Ärmel zurück, aber sie schien das Fleisch mitzunehmen. Für einen unendlich kurzen Moment, gerade lange genug, um es zu erkennen, aber nicht sicher sein zu können, es wirklich zu sehen, hatte Brenner die schreckliche Vision, einen grinsenden Totenschädel zu erblicken, der von zwei hochgerissenen Skeletthänden bedeckt wurde.

»Zurück! Brenner – kommen Sie zurück! *Verdammt, wollen Sie umgebracht werden*?!«

Brenner war von dem Gesehenen viel zu schockiert, um auf die Worte zu reagieren. Hilflos stand er da und starrte die Tür an, hinter der jetzt wieder nichts als barmherzige Dunkelheit herrschte, aber zugleich sah er das schreckliche Bild noch immer, ein Anblick, der nichts anderes als eine fürchterliche Halluzination gewesen sein konnte, ohne daß ihm dieses Wissen irgend etwas von seiner entsetzlichen Wirkung nahm. Er hörte, daß Johannes abermals seinen Namen schrie, aber er war unfähig, darauf zu reagieren, auch nur *irgend etwas* zu tun. Schließlich packte ihn Johannes kurzerhand am Arm und zerrte ihn grob in das Zimmer zurück, aus dem sie gerade herausgekommen waren. Mit der linken Hand versetzte er Brenner einen Stoß, der ihn haltlos durch den winzigen Raum stolpern und wieder auf das Bett zurückfallen ließ, mit der anderen warf er die Tür ins Schloß.

Brenner rappelte sich mühsam hoch. Für einen Moment begann sich das Hotelzimmer vor seinen Augen zu drehen, so daß er sich hastig mit beiden Händen abstützte, um nicht gleich wieder nach vorne zu sinken. Er war nicht sicher, ob es sich bei diesem Schwindelanfall wirklich um eine neuerliche Nachwirkung der Medikamente handelte oder vielleicht um etwas viel Schlimmeres. Er sah das furchtbare Bild noch immer. Er konnte tun, was er wollte, es blieb vor seinen Augen, als hätte es sich unauslöschlich in seine Netzhäute eingebrannt. Aber er *konnte* es nicht wirklich gesehen haben!

»Großer Gott!« stammelte Johannes. »Jesus Christus, was tun wir nur? Was ... was geschieht hier nur?«

Brenner sah auf und blickte in das schreckensbleiche Gesicht des jungen Jesuiten. Johannes lehnte schweratmend an der Tür, wie um sie mit seinem Körpergewicht zu blockieren. Daß die papierdünne Spanplatte einer Pistolenkugel ungefähr so viel Widerstand entgegensetzen würde wie der Anzug, den er trug, schien er sich nicht vor Augen zu halten. Aber wahrscheinlich war das auch egal. Es spielte keine Rolle, ob jemand Johannes durch die Tür hindurch erschoß oder hereinkam, um es zu tun. Brenner begriff plötzlich, daß die vage Furcht, die er die ganze Zeit über gehabt hatte, nur zu berechtigt gewesen war. Salids Nähe allein reichte, um sie zum Tode zu verurteilen. Trotzdem sagte er müde:

»Gehen Sie von der Tür weg.«

Johannes sah ihn eine halbe Sekunde lang verständnislos an, aber dann fuhr er erschrocken zusammen und trat hastig zwei Schritte weit ins Zimmer hinein. In seinen Augen flackerte noch immer die gleiche, kaum mit Worten zu beschreibende Furcht, die Brenner schon einmal darin gesehen hatte. Aber es war mit dieser Furcht wie mit seinem eigenen Schwindelgefühl: Er war nicht sicher, ob es wirklich die Angst vor dem *Tod* war, die er in Johannes' Blick las, oder vielleicht etwas viel Schlimmeres.

»Sie ... sie haben auf Sie geschossen!« stammelte Johannes. »Großer Gott, beinahe ... beinahe hätten sie Sie umgebracht!«

»Falsch«, antwortete Brenner ruhig. »Sie haben auf *uns* geschossen, Johannes.« Er richtete sich behutsam auf und wartete auf einen neuerlichen Schwindelanfall, während er die Beine vom Bett schwang. Dann fügte er hinzu: »Und keineswegs aus Versehen.«

»Nicht aus ...« Johannes riß ungläubig die Augen auf. »Wie meinen Sie das?«

Wenn man bedachte, daß Johannes gerade eben noch viel schneller und besser reagiert hatte als er selbst, dachte Brenner, stellte er sich jetzt ziemlich begriffsstutzig an. Vielleicht *wollte* er die Wahrheit nicht sehen. Er stand auf, ging an Johannes vorbei und streckte die Hand nach der Türklinke aus, hatte aber nicht den Mut, sie herunterzudrücken.

»Diese Männer sind nicht hier, um irgend jemanden zu *verhaften*«, sagte er. »Muß ich noch deutlicher werden?«

Bevor Johannes antworten konnte, wurde die Tür aufgerissen, und Salid stürmte herein. Er blutete aus einem fast fingerlangen Riß auf der Stirn und hatte einige üble Prellungen im Gesicht, schien aber nicht ernsthaft verletzt zu sein. Er hatte seine Pistole wieder aufgehoben und in den Gürtel geschoben. In den Händen hielt er die MPi, die der Mann fallen gelassen hatte, der auf Brenner geschossen hatte. Er schloß die Tür nicht hinter sich, so daß Brenner den Korridor bis zur Treppe hin deutlich überblicken konnte. Auf dem Boden lagen drei reglose Gestalten. Sämtliche Türen standen offen; wahrscheinlich hatte Salid die dahinterliegenden Zimmer kontrolliert, ehe er zurückkam.

»Das war knapp«, sagte er. »Ist einer von euch verletzt?«

Brenner und Johannes schüttelten gleichzeitig die Köpfe, und Johannes fragte: »Was ist mit den Polizisten?«

»Das waren keine Polizisten«, antwortete Salid.

»Sie haben sie umgebracht«, behauptete Johannes. Seltsam – aber Brenner hatte das ganz sichere Gefühl, daß die Empörung in seiner Stimme nur gespielt war; bestenfalls *Gewohnheit*.

»Den einen, der zuerst geschossen hat«, antwortete Salid zögernd. »Jedenfalls nehme ich es an. Die beiden anderen sind bewußtlos. Wir haben nicht viel Zeit.« Er sah sich hastig im Zimmer um. Obwohl er von allen hier vermutlich am besten wußte, wie aussichtslos ihre Situation war, war seinem Gesicht nicht die geringste Regung anzusehen.

»Worauf warten wir dann noch?« fragte Johannes. »Wir müssen hier raus!«

»Eine gute Idee, Hochwürden«, antwortete Salid spöttisch. »Wenn Sie uns jetzt auch noch verraten, wie ...« Er machte eine Kopfbewegung zum Fenster hin. »Da draußen wimmelt es garantiert von Scharfschützen.«

Ein sonderbares Geräusch, das von draußen hereindrang und rasch an Lautstärke zunahm, hinderte ihn daran, weiterzureden. Brenner drehte sich stirnrunzelnd herum, sah einen Moment zum Fenster und ging dann an Johannes vorbei. Das Geräusch schwoll rasch weiter an und wurde jetzt so laut, daß es selbst hier drinnen fast jede Unterhaltung unmöglich machte, und Brenner erkannte es, noch ehe er die Gardinen zurückzog und den kantigen Schatten sah, der sich vor die Wolken geschoben hatte. Ein Helikopter. Sie fuhren schweres Geschütz auf. Offenbar war die Polizei – oder wer immer es war – entschlossen, Salid kein weiteres Mal entkommen zu lassen.

»Gehen Sie vom Fenster weg!« schrie Salid über das Heulen des Hubschraubers hinweg. Brenner wollte dem Befehl nachkommen, aber in diesem Moment flammte unter dem Rumpf des Helikopters ein greller Scheinwerferstrahl auf, der jedoch nicht auf das Fenster zielte. Als Brenner sich ein Stück weit vorbeugte und das Gesicht gegen das Glas preßte, konnte er erkennen, daß er auf den Hauseingang gerichtet war.

»Aufbrechen!« befahl Heidmann.

Einer der drei Polizisten machte Anstalten, Heidmanns Beispiel zu folgen und sich gegen die Tür zu werfen, aber die beiden anderen hatten aus seinem Fehler gelernt; während der eine seinen Kollegen zurückhielt, visierte der zweite aus kaum einem Meter Abstand das Schloß an und drückte dreimal rasch hintereinander ab. Die Kugeln ließen Funken und rauchende Holzsplitter aus der Tür fliegen. Wie durch ein kleines Wunder hielt sie selbst diesem Angriff stand, aber ein abschließender Fußtritt des Polizeibeamten sprengte sie endgültig auf. Sie flog krachend gegen die Wand und gab den Blick auf das Innere des Gebäudes frei.

Die Dunkelheit dahinter war fast vollkommen, aber was Heidmann nicht sah, das verriet ihm sein Gehör, und seine Phantasie erschuf die dazu passenden Bilder – lebhafter und sehr viel eindringlicher, als ihm lieb war. Aus dem oberen Stockwerk des Hotels drangen noch immer Schüsse, Schreie und der unverkennbare Lärm eines Kampfes, aber da waren noch andere Geräusche – Geräusche, die näher waren und nicht eindeutig zu identifizieren, aber dafür um so unheimlicher. Heidmann hörte ein seidiges Rascheln und Schleifen, ein Geräusch wie von Millionen winziger Knochensplitter, die auf eine Tischplatte aus Marmor fielen. Ein Wispern und Flüstern wie von fernen Stimmen im Wind und etwas, das wie ein Stöhnen klang. Nichts davon war laut. Die Geräusche hätten im Höllenlärm des Kampfes, der ein Stockwerk über ihnen tobte, einfach untergehen müssen, und trotzdem hörte er sie ganz deutlich; beinahe deutlicher als die Schüsse und Schreie von oben.

Einer der uniformierten Beamten wollte das Haus betreten, aber Heidmann hielt ihn mit einer hastigen Geste zurück. »Warten Sie!« sagte er. Zugleich bewegte er sich behutsam einen Schritt vor, ließ sich neben dem zersplitterten Türrahmen in die Hocke sinken und suchte die Dunkelheit jenseits des Durchgangs mit Blicken zu durchdringen. Er sah kaum etwas; nur Schatten und Umrisse, die vielleicht gar nicht da waren, aber es war der gleiche, unheimliche Effekt wie gerade draußen auf der Straße: Die Schwärze selbst schien lebendig geworden zu sein. Der Boden, die Wände, die Decke, ja, selbst die Dunkelheit dazwischen *bewegten* sich.

Was war los mit ihm? Sosehr der unheimliche Effekt Heidmann auch erschreckte, war er sich doch die ganze Zeit über der Tatsache bewußt, daß er ihn nicht wirklich sah. Seine Nerven spielten ihm einen Streich. Aber das hätten sie nicht gedurft. Heidmann war im Laufe seiner fünfundzwanzig Dienstjahre mehr als einmal in Lebensgefahr gewesen – oder hatte es zumindest geglaubt –, oft genug jedenfalls, um Angst und Nervosität in allen Spielarten zu kennen. Etwas wie dies hatte er nie erlebt. Er war niemals in *Panik* geraten. Jetzt stand er kurz davor, und das nur, weil er ein paar Schatten sah, die er nicht deutlich erkennen konnte.

Die Schüsse aus dem Obergeschoß hielten immer noch an. Dort oben mußte eine regelrechte Schlacht im Gange sein. Heidmann begriff plötzlich, daß er schon zwei oder drei Sekunden reglos hier saß und in die Dunkelheit hineinstarrte und daß nicht nur die drei Männer in seiner Begleitung, sondern auch die drüben im Wagen sein Benehmen deutlich beobachten konnten. Er richtete sich wieder auf, streckte den Arm mit der Waffe in die Dunkelheit wie ein Blinder seinen Taststock und trat einen Schritt weit in den Flur hinein. Unter seinen Füßen knisterte es; ein Gefühl, als liefe er auf Erbsen oder Popcorn, das unter dem Gewicht seiner Tritte zerbrach.

»Smith!« rief er laut. »Sind Sie hier?«

Keine Antwort. Das Hämmern der Schüsse aus dem Obergeschoß hielt für einen Moment inne und schien dann doppelt laut weiterzugehen, aber seine Augen hatten sich nun auch an die veränderten Lichtverhältnisse hier drinnen gewöhnt. Er konnte seine Umgebung zumindest in Umrissen erkennen – ein schmaler Flur, der zu einer ebenso schmalen, steilen Treppe führte und hier unten drei Türen hatte, von denen eine offenstand. Dahinter brannte Licht. Sonderbarerweise erhellte der Schein nur den Türrahmen und fiel nicht in den Flur hinaus, aber Heidmann war nicht in dem Zustand, über dieses Phänomen nachzudenken. Er warf einen raschen Blick zur Treppe hinauf und kam zu dem Schluß, daß es glatter Selbstmord wäre, jetzt dort hinaufzugehen; die Frage war nicht, ob, sondern von welcher Seite er erschossen wurde, wenn er das tat.

Er bedeutete seinen Männern mit einer wortlosen Geste, ihm zu folgen, wies dann auf die beiden geschlossenen und als letztes auf die offenstehende Tür. Sein unausgesprochener Befehl wurde präzise befolgt. Zwei der Polizeibeamten öffneten die Türen und verschwanden mit angeschlagenen Waffen in den dahinter liegenden Räumen, während der dritte an seine Seite trat.

Mit klopfendem Herzen näherte sich Heidmann der erleuchteten Tür. Er konnte einen schmalen Ausschnitt des dahinterliegenden Raumes erkennen; eine kleine, schäbige Küche mit billigen Möbeln und alten Tapeten, deren Muster sich vor seinen Augen zu bewegen schien. Auf dem Boden lag ein zerschlissener brauner Teppich.

Irgend etwas sagte ihm, daß er diesen Raum besser nicht betrat, und das Gefühl war so deutlich, daß er tatsächlich noch einmal zögerte, ehe er die Schwelle überschritt. Wäre er allein gewesen, hätte er vermutlich auf diese Warnung gehört.

»Smith?« rief er laut. »Smith – sind Sie hier? Kenneally?«

Er bekam keine Antwort, und diesmal hatte ihn sein Gefühl nicht getrogen. Heidmann trat mit einem entschlossenen Schritt vollends in den Raum hinein und sah zwei reglose Gestalten auf dem Boden liegen. Er erkannte sofort, daß sie tot waren, und er wußte auch sofort, um wen es sich handelte: Neben einer umgestürzten Aluminiumleiter unter dem Fenster lag eine grauhaarige Frau von vielleicht fünfzig oder sechzig Jahren, die in einen zerschlissenen Kittel gehüllt war und bei der es sich offensichtlich um die Besitzerin dieses Etablissements handelte. Der zweite Tote war Smith. Er lag unmittelbar hinter der Tür auf dem Rücken und starrte aus weit aufgerissenen Augen gegen die Decke. Etwas stimmte nicht mit seinem Gesicht, aber Heidmann konnte im allerersten Moment nicht sagen, was.

Er verschwendete auch keinen zweiten Gedanken an diese Frage, sondern trat mit einem raschen Schritt über den Leichnam des Amerikaners weg und drehte sich zugleich einmal im Kreis. Die Waffe, die er nun mit beiden Händen hielt, machte die Bewegung getreulich mit, und sein Zeigefinger hatte den Abzug nun fast bis zum Druckpunkt durchgezogen. Ganz gleich, was er noch vor ein paar Minuten selbst gedacht hatte, er hätte geschossen, hätte sich Smith' Mörder noch im Raum aufgehalten.

Aber er war allein. Das Zimmer hatte keinen zweiten Ausgang, und die spärlichen Möbel boten kein Versteck, das groß genug gewesen wäre, einen Menschen zu verbergen. Wer immer den CIA-Mann umgebracht hatte, war nicht mehr da.

Heidmann ließ mit einem erleichterten Seufzer die Waffe sinken und drehte sich wieder zu Smith' reglosem Körper herum. Sein Blick streifte dabei das Gesicht des Polizeibeamten, der ihm gefolgt war. Der Mann stand in einer fast grotesken, mitten in der Bewegung erstarrten Haltung unter der Tür und starrte Smith an. Sein Gesicht hatte jede Farbe verloren, und die Augen quollen vor Entsetzen weit aus den Höhlen. Er zitterte am ganzen Leib.

Selbst angesichts ihrer prekären Situation erschien Heidmann dieses Verhalten zumindest ungewöhnlich. Anders als in amerikanischen Serienkrimis sahen echte Polizisten nicht jeden Tag Tote, aber sie *sahen* sie, und die meisten Unfallopfer boten einen weit schlimmeren Anblick als ein Ermordeter.

Heidmann wollte eine entsprechende Bemerkung machen, aber dann fiel sein Blick wieder auf Smith, und im gleichen Moment begriff er sowohl den Grund für das Entsetzen in den Augen des Polizeibeamten als auch den für das vage Gefühl von Unrichtigkeit, das ihn quälte. Was nicht richtig war, war Smith' Gesicht.

Es war gar kein Gesicht. Es sah aus wie ein Gesicht, es ähnelte den kantigen Zügen des CIA-Beamten bis ins Detail, aber es war das dritte Mal, daß Heidmann das unheimliche Gefühl hatte, etwas wie reine Bewegung ohne den dazugehörigen Körper zu sehen. Diesmal hielt die Illusion nur einen Sekundenbruchteil an, ehe er erkannte, *was* sich da bewegte.

Smith' Gesicht brodelte. Es wimmelte. Seine vierschrötige Physiognomie schien in Hunderte und Aberhunderte winziger, asymmetrischer Teile zerbrochen zu sein, die perfekt ineinander paßten, von denen sich aber jedes einzelne unabhängig von allen anderen ständig bewegte, so daß das ganze Gesicht zu kochen und sich unentwegt zugleich aufzulösen als auch wieder neu zu formen schien.

Und genau dies geschah. Was er für Smith' Gesicht gehalten hatte, hatte nichts mit einem menschlichen Antlitz zu tun. Es waren Insekten. Tausende und Abertausende winziger, schimmernder Rückenpanzer in verschiedenen Farben und unterschiedlichen Formen, die jede für sich nicht größer als der Fingernagel eines Säuglings waren und sich zu einer perfekten Mimikri zusammengefügt hatten, die sie eine genaue Kopie des CIA-Mannes werden ließ. Beigefarbenes Chitin bildete die Haut und die Lippen, die dunkleren Rückenpanzer einiger größerer Käfer die Augen. Wimpern und Brauen wurden von einem Wald mikroskopisch feiner Fühler imitiert, die Zunge hinter den halb geöffneten Lippen schließlich war ein ineinandergeknoteter Strang rosafarbener nackter Würmer.

Heidmann wollte schreien, aber es ging nicht. Für einen Moment hatte er jede Kontrolle über seinen Körper verloren. Er konnte nur dastehen und die furchtbare Schimäre anstarren, die da aus den tiefsten Abgründen seiner eigenen Seele emporgestiegen war, um ihn mit dem absoluten Horror zu konfrontieren – denn das war die einzige Erklärung, die es für diesen Anblick gab. Er *konnte* nicht real sein. Er war zu bizarr, um Wahrheit zu sein, zu entsetzlich, um wirklich zu geschehen. Für eine letzte, verzweifelte Sekunde klammerte er sich mit aller Kraft an diese Vorstellung. Er erlebte das nicht wirklich!

Dann fuhr der Polizist neben ihm herum, taumelte wieder auf den Flur hinaus und begann sich dort würgend zu übergeben, und das Geräusch ließ nicht nur die Illusion zerplatzen und die Lähmung von Heidmann abfallen, es machte ihm auch klar, daß er sich in gleich zweifacher Hinsicht getäuscht hatte: Was er sah, war *keine* Halluzination, und es war auch keineswegs der *absolute* Horror. Es *konnte* schlimmer werden, denn als hätte diese Erkenntnis den unheimlichen Zauber gebrochen, begann sich Smith' Gesicht nun tatsächlich aufzulösen. Die imitierten Züge zerflossen, als die Insekten wie auf ein lautloses Kommando hin in allen Richtungen davonzueilen begannen. Darunter kam ein kahler, augenloser Totenschädel zum Vorschein, so blank und weiß wie eine Kopie aus Kunststoff und mit leeren Augenhöhlen, hinter denen es ebenfalls wimmelte und wuselte.

Und was für den Kopf galt, galt auch für den ganzen Körper. Smith' Hände rissen in Sekundenschnelle auf und ließen dünne Skelettfinger zurück, die haltlos auseinanderbrachen und einen wirren Knochenhaufen wie das Orakel eines höllischen Schamanen bildeten. Die Kleider begannen einzufallen wie ein Ballon, aus dem die Luft entweicht, als ein brodelnder Strom winziger Insekten aus den Ärmeln, den Hosenbeinen, den Kragen der plötzlich leeren Hülle hervorströmte. Der ganze entsetzliche Vorgang dauerte nicht einmal fünf Sekunden, dann stand Heidmann vor einem leeren

Maßanzug, der sich über blankgefressenen Knochen spannte, und inmitten eines größer werdenden Kreises aus Insekten, die in allen Richtungen vor ihm davonwichen. Mit ihnen verschwand der Teppich, der niemals ein Teppich gewesen war. Heidmann begriff plötzlich, woher das unheimliche Popcorngeräusch gekommen war, das seine Schritte verursachten: Was er für einen Teppich gehalten hatte, war eine zentimeterdicke Schicht aus Milliarden winziger Insekten, die den Boden lückenlos bedeckte, so wie auch das Muster auf den Tapeten nicht aus Papier und Farbe bestand, sondern aus Chitin und Fühlern, Beinen und Flügeln und mikroskopisch feinen, schimmernden Kristallaugen. Seine verzweifelte Hoffnung, einer Halluzination erlegen zu sein, hatte sich nicht erfüllt. Die Bewegung, die er im Nichts zu sehen geglaubt hatte, war real, und sie *hatte* Substanz.

Mit einem Male wurde ihm klar, daß diese Erkenntnis noch eine weitere, vielleicht noch schlimmere Konsequenz hatte: Er befand sich in Gefahr. Einer unvorstellbaren Gefahr, gegen die es absolut keine Gegenwehr gab. Auf einer anderen Ebene seines Bewußtseins wunderte sich Heidmann beinahe, daß er überhaupt noch in der Lage war, so etwas Banales wie Furcht zu empfinden, aber er empfand sie, und sie steigerte sich in Sekunden zu nackter Panik.

Er war so gut wie tot. Im Augenblick wichen die Insekten zwar noch immer vor ihm zurück, so daß er und das, was von Smith übriggeblieben war, sich genau im Zentrum eines rasch größer werdenden Kreises freien Bodens befanden, aber das änderte nichts daran, daß die tödlichen Kreaturen praktisch jeden Quadratzentimeter dieses Raumes bedeckten. Es waren nur winzige Insekten, aber es waren Unzählige, Milliarden und Abermilliarden winziger gepanzerter Krieger, die in ihrer Gesamtheit eine riesige Freßmaschine bildeten, in deren Magen er sich befand. Er hatte gesehen, was sie Smith angetan hatten, und sie hatten es so schnell getan, daß der Amerikaner offenbar nicht einmal Zeit gefunden hatte, seine Waffe abzufeuern. Den Schuß hätten sie selbst draußen gehört.

Heidmann sah sich verzweifelt nach einem Fluchtweg um. Die Insekten waren überall – auf dem Boden, den Wänden, der Decke. Sie bildeten ein wimmelndes Muster auf der Tapete, flossen als knisternder, beweglicher Überzug über die Möbel und bedeckten die Fensterscheibe, hingen in großen, zitternden Trauben von der Decke und waren vermutlich auch draußen im Hausflur. Der Polizist hatte aufgehört, sich zu übergeben, aber Heidmann hörte auch sonst nichts mehr von ihm. Vielleicht war er bereits tot.

Er hob in einer Geste vollkommener Hilflosigkeit die Pistole und zielte auf die Front klickender, rasselnder sechsbeiniger Zwergenritter, die ihn umgab, dann ließ er sie wieder sinken. Das Gewicht der Waffe verlieh ihm kein Gefühl von Sicherheit, sondern führte ihm die Ausweglosigkeit seiner Situation im Gegenteil nur noch deutlicher vor Augen. Trotzdem steckte er die Pistole nicht sofort ein, sondern drehte sich ein weiteres Mal und etwas langsamer im Kreis. Sein Fuß stieß dabei versehentlich gegen Smith' Schläfe. Der ausgehöhlte Totenschädel rollte wie eine mißgestaltete Bowlingkugel davon und verschwand in der Front der Insekten, deren Rückzug mittlerweile zum Stehen gekommen war. Dutzende der winzigen Kreaturen wurden einfach zerquetscht, aber schon einen Moment später war der Totenschädel verschwunden; jetzt nicht mehr als eine formlose Verdickung inmitten der Insektenarmee, deren Inneres von neuem, ungutem Leben erfüllt wurde.

Der Anblick war so entsetzlich, daß Heidmann instinktiv einen Schritt zurückprallte, ehe ihm bewußt wurde, daß er sich dadurch den Insekten in seinem Rücken wieder näherte und womöglich Gefahr lief, das Schicksal des Totenschädels zu teilen. Erschrocken blieb er stehen und fuhr auf dem Absatz herum.

Er hatte sich den Insekten nicht genähert. Die Front der Tiere war im gleichen Tempo vor ihm zurückgewichen, in dem er sich auf sie zu bewegte.

Heidmann sah verblüfft hinter sich. Die Tiere waren dort wieder näher gekommen, so daß er sich noch immer im Zentrum eines perfekten, zwei Meter messenden Kreises befand. Heidmann machte einen zögernden Schritt, und der Kreis freien Bodens wanderte mit ihm. Er blieb wieder stehen, nahm all seinen Mut zusammen und trat dann einen Schritt zurück. Diesmal bewegte sich der Kreis nicht mit, sondern blieb, wo er war, so daß er sich nicht mehr in seinem Mittelpunkt befand. Erst als er sich wieder der Tür näherte, begannen die Insekten seine Bewegung erneut nachzuvollziehen.

Die Bedeutung dieser Beobachtung war so klar, daß Heidmann für einen Moment sogar seine Panik vergaß und die wimmelnde Insektenflut aus fassungslos aufgerissenen Augen anstarrte. *Sie ließen ihn gehen!* Es war vollkommen unmöglich. Es war absurd. Es war lächerlich, aber sie *ließen ihn gehen*!

Unmöglich! dachte er. Es konnte nicht sein. Insekten waren nicht zu einer so abstrakten intellektuellen Leistung fähig! Sie griffen ihre Opfer an oder ignorierten sie, aber sie waren nicht in der Lage, einem Gedankengang zu folgen, der darin gipfelte, einem Eindringling freien Abzug zu gewähren, solange er sich an die vorgegebene Richtung hielt.

Aber Insekten töteten auch normalerweise keine Menschen und nahmen dann die Stelle des Fleisches ein, das sie aufgefressen hatten ...

Unendlich behutsam bewegte sich Heidmann weiter. Er hatte Angst, das Wunder selbst zu zerstören und die Tiere vielleicht durch eine unbedachte Bewegung zum Angriff zu reizen, aber seine schreckliche Eskorte rückte nicht näher. Der Kreis vollzog jede seiner Bewegungen getreulich nach, überflutete Smith' Skelett und eskortierte ihn zur Tür und weiter hinaus auf den Flur.

Von den drei Polizeibeamten war keine Spur mehr zu sehen, aber Heidmann entdeckte auch keine Uniformfetzen oder Knochen. Dafür sah er etwas, das ihn fast noch mehr entsetzte: Aus irgendeinem Grund war es heller geworden, so daß er erkennen konnte, daß es auch hier draußen von Insekten wimmelte. Boden, Decke und Wände waren von einer brodelnden schwarzbraunen Schicht bedeckt, die mit jeder Sekunde noch weiter anzuwachsen schien.

Etwas berührte seinen Fuß; ein kaum spürbares, zaghaftes Zupfen, das er unter normalen Umständen kaum registriert hätte. Jetzt aber waren alle seine Nerven bis zum Zerreißen angespannt, und er sah, hörte und fühlte zehnmal besser als sonst. Erschrocken senkte er den Blick – und prallte mit einem keuchenden Schrei zurück.

Er war stehengeblieben, nachdem er das Zimmer verlassen hatte, das zu Smith' Grab geworden war, aber der Kreis aus Insekten bewegte sich weiter; nicht einmal sehr schnell, aber unerbittlich. Die Bedeutung dieser Geste war klar: *VERSCHWINDE!* Sie war so deutlich, daß er das Wort regelrecht zu hören glaubte.

Heidmann fuhr herum und rannte schreiend auf den Ausgang zu. Der lebende Teppich teilte sich vor ihm aber nicht schnell genug, unter seinen Füßen wurden Hunderte der winzigen Tiere zermalmt, so daß sich schon nach wenigen Schritten eine schmierige Schicht unter seinen Schuhsohlen bildete, auf der er auszugleiten drohte. Mehr taumelnd als rennend erreichte er die Tür, prallte ungeschickt dagegen und schaffte es erst beim zweiten Versuch, sie zu öffnen.

Als er auf die Straße hinauslief, fiel ein greller Scheinwerferstrahl in sein Gesicht. Eine Lautsprecherstimme schrie etwas, das er nicht verstand, denn unmittelbar über dem Haus kreiste mittlerweile ein Helikopter, dessen wirbelnde Rotoren einen heulenden Miniaturorkan entfachten. Das Licht war so grell, daß Heidmann instinktiv stehenblieb, sich duckte und schützend die rechte Hand vor die Augen riß. Er hatte vergessen, daß er noch immer die Pistole darin trug.

Eine ganze Salve von Schüssen fiel. Das Heulen der Hubschrauberturbine verschlang jedes Geräusch, aber zwischen den Büschen auf der anderen Straßenseite stachen plötzlich mehr als ein Dutzend winziger, orange-weißer Flämmchen hervor. Praktisch im gleichen Augenblick zerplatzte die Fensterscheibe neben ihm, und aus dem Mauerwerk zu beiden Seiten der Tür stoben Funken.

Mehrere Dinge geschahen gleichzeitig: In der Fensterscheibe unmittelbar neben Brenners Gesicht erschien ein daumennagelgroßes, rundes Loch mit milchig zersplitterten Rändern, dann fiel die gesamte Scheibe wie in Zeitlupe zusammen, und ein heulender, unglaublich *kalter* Wind schlug Brenner ins Gesicht. Er hatte den Schuß nicht einmal gehört, ebensowenig wie den zweiten, aber er konnte die Kugel deutlich spüren, die ihn um wenige Zentimeter verfehlte, ehe sie sich auf der anderen Seite des Zimmers in die Wand grub. Salid schrie ihm eine weitere Warnung zu, aber er stand noch immer wie gelähmt da. Genau wie gerade eben draußen auf dem Flur wußte er genau, daß er sterben würde, wenn er sich nicht bewegte, und genau wie gerade konnte er es einfach nicht.

Vielleicht war es auch gut so, denn sonst hätten weder er noch Salid gesehen, was sich in diesem Augenblick unten auf der Straße abspielte. Noch während Salid auf ihn zusprang, um ihn vom Fenster wegzuzerren, wurde die Tür unter ihnen aufgerissen, und eine Gestalt in einem hellen Trenchcoat stolperte aus dem Haus. Sofort richtete sich der Scheinwerferstrahl direkt auf den Mann, der noch zwei, drei Schritte weitertaumelte und instinktiv die Hände vor das Gesicht riß.

Aus den Schatten auf der anderen Straßenseite stach grelles Mündungsfeuer. Die Gestalt wurde getroffen und zurückgeworfen, und im gleichen Moment fühlte sich auch Brenner von starken Händen gepackt und so wuchtig zu Boden geschleudert, daß ihm die Luft wegblieb. Dort, wo er gerade noch gestanden hatte, stoben plötzlich Holzsplitter und grauer Qualm aus dem Fensterrahmen.

»Untenbleiben!« Salid zerrte ihn grob an der Schulter mit sich, bis sie das Bett zwischen sich und das Fenster gebracht hatten, erst dann richtete er sich auf Hände und Knie hoch und gestattete auch Brenner, sich aufzusetzen.

»Sind Sie verrückt geworden?« schrie er. »Was sollte das? Wollen Sie sterben?«

»Sie ... sie haben ihn einfach erschossen!« murmelte Brenner. »Es war einer von ihnen! Sie haben nicht einmal abgewartet, bis sie ihn erkennen konnten!«

Plötzlich erstrahlte das Zimmer in grellweißer Helligkeit, und gleichzeitig steigerte sich der Sturm, der durch das zerborstene Fenster hereinfauchte, zu einem tobenden Orkan. Der Helikopter näherte sich dem Haus.

»Raus hier!« schrie Salid. *»Schnell!«*

Brenner las die Worte nur von seinen Lippen ab; das Heulen der Rotorblätter verschlang jedes andere Geräusch. Aber er *sah*, wie die dem Fenster gegenüberliegende Wand plötzlich in einer weißgrauen Staubexplosion verschwand. Etwas traf das Bett hinter ihm und ließ es wie unter Faustschlägen erzittern, und wirbelnde weiße Federn mischten sich in die Staubwolke. Salid versetzte ihm einen Stoß, der ihn fast bis auf den Flur hinaus schlittern ließ, folgte ihm mit einem regelrechten Hechtsprung und robbte auf Händen und Knien bis zur nächsten Tür auf der gegenüberliegenden Seite. Erst dort richtete er sich wieder auf und gestikulierte Johannes und ihm hastig zu, ihm nachzukommen. Als Brenner ihm folgte und dabei einen Blick über die Schulter zurückwarf, sah er, wie die lautlose Zerstörung sich über das gesamte Zimmer ausbreitete, in dem sie gerade noch gewesen waren: Das Waschbecken neben der Tür explodierte in Millionen Bruchstücke, dann zerbarsten das Bett und die übrigen Möbelstücke. So völlig absurd der Gedanke auch Brenner selbst erschien, es gab nur eine einzige Erklärung dafür: Irgend jemand feuerte mit einem Maschinengewehr durch das Fenster herein; wahrscheinlich aus dem Helikopter, der nun unmittelbar vor dem Haus schwebte.

Salid mußte ihn erneut am Arm packen und unsanft zu sich heranzerren, ersparte sich aber diesmal jeden Kommentar, sondern warf nur die Tür ins Schloß und eilte dann mit zwei gewaltigen Schritten zum Fenster. Nachdem er sich mit einem raschen Blick davon überzeugt hatte, daß von dort keine unmittelbare Gefahr drohte, drehte er sich wieder zu Brenner und Johannes herum und sah sie nacheinander und kopfschüttelnd an. »Hört mir zu«, sagte er. »Ich bringe euch hier heraus, aber das geht nur, wenn ihr tut, was ich sage. Keine Extratouren und keine Fragen. Die Jungs da draußen meinen es ernst!«

Brenner hatte das unangenehme Gefühl, daß diese Worte im Grunde nur ihm galten, aber es war Johannes, der antwortete:

»Aber das ist doch ... Wahnsinn!« stammelte er. »Sie können nicht einfach auf uns schießen. Wir haben nichts getan!«

»Ich fürchte, das interessiert die Männer dort draußen nicht«, erwiderte Salid ernst.

»Aber das kann nicht sein!« antwortete Johannes. Seine Stimme zitterte und war schrill und mißtönend. Er war kurz davor, in Panik auszubrechen. »Wir haben nichts damit zu tun! Wir sind nur –«

»Unschuldige?« Salid lachte hart. »Gerade Sie sollten doch wissen, daß es so etwas wie *Unschuld* nicht gibt.«

»Hören Sie auf!« keuchte Johannes. Er trat auf Salid zu und hob die Hände, als wolle er sich auf ihn stürzen. »Wir haben mit dem Ganzen nichts zu tun! Sie jagen *Sie*, aber nicht uns!«

»Sind Sie sicher?« fragte Salid leise.

Johannes starrte ihn an. »Was ... was meinen Sie damit?«

»Vielleicht wissen wir alle drei schon zuviel«, erwiderte Salid. Er schwieg einen Moment, und als er weitersprach, war seine Stimme hörbar leiser geworden. »Verzeihen Sie. Ich ... rede wahrscheinlich Unsinn. Es tut mir leid, daß ich Sie in diese Situation gebracht habe. Ich würde mich stellen, wenn ich genau wüßte, daß ich Sie und Brenner damit rette, aber ich fürchte, das würde nichts nutzen.« Er machte eine Handbewegung zur Tür hin. »Sie haben gesehen, was passiert ist.«

Johannes' Lippen begannen zu beben. Seine Augen wurden noch größer. Sie waren jetzt fast schwarz vor Furcht. »Sie ... Sie meinen –«

»Er meint, daß die Männer dort draußen dafür sorgen werden, daß keiner von uns das Haus lebend verläßt«, unterbrach ihn Brenner. Er hatte nicht die Kraft, Johannes bei diesen Worten direkt anzusehen, aber er las in Salids Augen, daß er der Wahrheit damit wohl ziemlich nahe gekommen war.

»Warum?« fragte er.

Salid sah ihn für die Dauer eines langen Atemzuges schweigend und mit einer Mischung aus Trauer und Ernst an. Er drehte sich zum Fenster und warf einen sichernden Blick nach draußen, ehe er antwortete.

»Ein amerikanischer CIA-Agent, der mir seit langem auf der Spur ist. Ich kenne nicht einmal seinen Namen. Er hat die Leute aufgehetzt.«

»Unsinn!« sagte Brenner. Er gestikulierte fast wütend in Richtung des Fensters. »Was geht dort draußen vor, Salid? Wer sind diese Männer? Warum jagen sie Sie *wirklich*?«

»Haben Sie keine Nachrichten gehört?« fragte Salid. »Die Katastrophe vor drei Tagen war meine Schuld. Wenigstens ist das die offizielle Version.«

»Und was war es?«

»Ein harmloses Glasröhrchen mit einer farblosen Flüssigkeit in einem angeblich drucksicheren Behälter, aus dem Safe einer geheimen amerikanischen Airforce-Basis«, erklärte Salid. »Der Behälter muß mit dem Kloster in die Luft gegangen sein. Ein Zeug, wie es die Amerikaner nach eigenen Angaben überhaupt nicht besitzen.«

»Das ist kein Grund, hier einen Krieg vom Zaun zu brechen«, behauptete Brenner. »Mein Gott, wir sind hier nicht im Wilden Westen! Sie schießen mit Maschinengewehren! Sie ... sie fliegen einen Hubschrauberangriff auf ein Wohnhaus, mitten in einer Großstadt!«

Zu seiner Verblüffung lächelte Salid. »Oh, ich verstehe«, sagte er. »Sie meinen, nicht einmal die CIA würde es wagen, so etwas zu tun? Aus Angst vor diplomatischen Verwicklungen?« Er lachte. Umständlich legte er die Maschinenpistole auf das Bett, griff in die Innentasche seiner Jacke und zog drei eng zusammengefaltete, schreibmaschinenbeschriftete Blätter heraus, die offensichtlich roh aus einem Hefter herausgerissen worden waren, denn ihre linke Kante war ausgefranst. Brenner konnte den Text nicht identifizieren, aber er hätte schon so gut wie blind sein müssen, um den leuchtendroten diagonalen Streifen und den grellen Aufdruck TOP SECRET darin zu übersehen.

»Sie würden noch ganz andere Dinge riskieren als ein paar diplomatische Konsequenzen, um zu verhindern, daß das hier an die Öffentlichkeit dringt«, sagte Salid.

»Wieso?« fragte Johannes. Er wollte nach den Blättern greifen, aber Salid zog rasch die Hand zurück und griff erneut in die Jackentasche. Diesmal zog er ein Feuerzeug hervor.

»Der Beweis«, antwortete er. »Der Grund, aus dem ich in Ihr kaltes Land gekommen bin. Diese drei harmlosen Blätter würden ausreichen, um einen Krieg auszulösen, glauben Sie mir.«

»Was steht darauf?« fragte Johannes.

Salid schüttelte den Kopf. »Es ist besser, wenn Sie das nicht zu genau wissen.« Und damit ließ er das Feuerzeug aufschnappen und hielt die Flamme an die Blätter. Das Papier kräuselte sich und wurde braun, fing aber nicht sofort Feuer, so daß Salid seinen Versuch insgesamt dreimal wiederholen mußte, ehe die Blätter mit gelben, heftig rußenden Flämmchen zu brennen begannen. Ein beißender Gestank nach schmorendem Kunststoff begann sich im Zimmer auszubreiten.

»Warum tun Sie das?« fragte Brenner verblüfft.

Salid wedelte mit den brennenden Papieren, um den Flammen mehr Sauerstoff zuzuführen. »Weil es keine Rolle mehr spielt«, sagte er. »Nichts spielt mehr eine Rolle, wenn wir das nicht aufhalten, was aus dem Kloster entkommen ist.«

Er wartete, bis die Flammen fast seine Finger versengten, dann ging er zum Waschbecken und ließ die brennenden Papierstücke hineinfallen. Der Gestank nach brennendem Kunststoff war so intensiv geworden, daß Brenner husten mußte.

»Es wird nichts nutzen«, sagte Brenner leise. »Wenn diese Papiere wirklich so brisant sind, wie Sie behaupten, dann –«

»– reicht allein der *Verdacht* aus, Sie könnten ihren Inhalt kennen, um Sie auch aus dem Weg zu räumen«, fiel ihm Salid ins Wort. »Ich weiß. Und es tut mir leid. Aber ich kann es nicht ändern. Ich kann nur versuchen, Sie einigermaßen heil hier herauszubringen.«

»Hier herausbringen?« Johannes schrie fast. »Da draußen wartet eine ganze Armee auf uns! Sie haben gesehen, was passiert ist. Sie schießen auf ihre eigenen Leute! Wir sind tot, sobald wir das Haus verlassen!«

»Ich weiß«, antwortete Salid. »Aber ich habe auch nicht vor, etwas so Dummes zu tun.«

»Sondern?« fragte Johannes verblüfft.

Salid nahm seine Waffe wieder vom Bett auf. Mit einer routinierten Bewegung zog er das Magazin heraus, kontrollierte es und schob es wieder an seinen Platz. »Wir werden auf sie warten«, sagte er. »Hier.«

Heidmann erwachte, als sie die Trage in den Krankenwagen hoben. Er hatte entsetzliche Schmerzen, aber obwohl sein erster Gedanke pures Entsetzen über den Umstand war, aus der barmherzigen dunklen Umarmung der Bewußtlosigkeit wieder zurück in diese Hölle aus Qual und Pein geschleudert worden zu sein, begriff er fast im gleichen Moment doch noch etwas anderes, viel Schlimmeres: Jeder einzelne Nerv in seinem Körper schien in Flammen zu stehen. Er verspürte eine Qual, die er sich bisher nicht einmal hatte vorstellen können, aber nur bis zur Brust hinab. Der Schmerz hörte unmittelbar unterhalb seines Herzens schlagartig auf – nein, nicht schlagartig: *wie abgeschnitten*.

Er wußte sofort, was das bedeutete.

Obwohl er Höllenqualen litt, arbeiteten seine Gedanken doch mit einer selten gekannten Schärfe. Zwei der Kugeln hatten ihn getroffen: Die erste hatte ihm die Waffe aus der Hand geprellt und gleich noch das letzte Glied des kleinen Fingers mitgenommen. Die zweite hatte seinen Brustkorb dicht unterhalb des Herzens durchschlagen und war in seinem Rückgrat steckengeblieben.

Er erinnerte sich auch an alles, jedes noch so winzige Detail, jeden einzelnen Gedanken, der ihm durch den Kopf geschossen war, während er sich drüben im Haus aufgehalten hatte, und er wußte mit unerschütterlicher Sicherheit, daß dies alles *wirklich* geschehen war; der Gedanke, es als Halluzination abzutun, war verlockend, aber er wollte sich nicht einstellen. Auch wenn es gegen jede Logik war, gegen alles, was er jemals zu wissen geglaubt und gelernt hatte – es war geschehen.

Er öffnete die Augen. Im ersten Moment sah er nichts als rote Nebel, dann gerannen sie zu einem verschwommenen Bild, das nach einer weiteren Sekunde etwas klarer wurde, wenn auch nicht richtig. Er blickte in ein blasses Gesicht unter schweißverklebtem dunklem Haar, das sich tief über ihn beugte. Die signalrote Jacke und die geschickten, kundigen Bewegungen, mit denen sich der Mann an ihm zu schaffen machte, identifizierten ihn als Arzt. Er wirkte fast erschrocken, als Heidmann die Augen öffnete und ihn ansah, aber der Ausdruck machte schon nach einer Sekunde dem vorsichtiger Erleichterung Platz.

»Sie sind wach«, sagte er. »Das ist sehr gut. Sie dürfen sich nicht bewegen, haben Sie das verstanden?«

Heidmann wollte antworten, aber der Arzt hob rasch die Hand und machte eine verneinende, warnende Geste. »Versuchen Sie nicht, zu reden. Geben Sie mir ein Zeichen mit den Augen, wenn Sie mir antworten wollen.«

Heidmann senkte die Lider, und ein flüchtiges, rasch vergängliches Lächeln huschte über die Züge des Arztes. »Haben Sie Schmerzen?« fragte er.

Heidmann blinzelte zur Antwort. Der Arzt drehte den Kopf und sagte etwas zu jemandem, den Heidmann von seiner Position auf der Liege aus nicht sehen konnte, dann nahm er eine Schere und begann zuerst, Heidmanns Mantel, dann seine Jackenärmel aufzuschneiden. »Ich werde Ihnen etwas gegen die Schmerzen geben«, sagte er. »Aber es ist wichtig, daß Sie wach bleiben. Und Sie dürfen sich nicht bewegen, unter gar keinen Umständen. Haben Sie das verstanden?«

Heidmann beantwortete die Frage mit einem Blinzeln. Er war in seinem Leben noch niemals ernstlich krank gewesen, geschweige denn verletzt worden, aber er hatte Situationen wie diese zur Genüge miterlebt, um zu wissen, daß es besser war, wenn er wirklich genau tat, was der Arzt von ihm verlangte. Aber es ging nicht nur um ihn. Er mußte ihm sagen, was sich dort drüben im Haus abspielte. Unbedingt. Doch allein der Versuch, seine Stimmbänder zu bewegen, bereitete ihm neue, unerträgliche Qualen.

Der Arzt stieß ihm eine Nadel in die linke Armvene und drückte den Kolben der Spritze herunter. Heidmann spürte beides hundertmal intensiver, als ihm lieb gewesen wäre, aber es dauerte auch nur einen kurzen Moment, bis sich eine kribbelnde Woge wohltuender Betäubung in seinem Arm auszubreiten begann und rasch weiter nach oben stieg. Der Schmerz verging nicht ganz, sank aber doch auf ein beinahe erträgliches Maß herab.

»Das ist das Stärkste, was ich Ihnen geben kann«, sagte der Arzt mit einem Ton echten Bedauerns in der Stimme. »Machen Sie sich keine Sorgen, Sie kommen durch.«

Als ob es darum ginge! Heidmann dachte in diesem Moment nicht an sich. Er war kein Held. Das war er nie gewesen. Er hätte niemals von sich selbst geglaubt, daß er imstande wäre, sein eigenes Leben zu riskieren, um das eines anderen zu retten, aber nun war es ihm egal, was mit ihm geschah. Er mußte die Männer dort draußen warnen. Niemand durfte in dieses Haus gehen. Was dort drüben wartete, war schlimmer als der Tod. Er versuchte es, aber seine Stimmbänder versagten ihm auch jetzt den Dienst. Die kribbelnde Linie, hinter der der Schmerz seine absolute Herrschaft über seinen Körper verloren hatte, hatte seine Schulter erreicht und begann sich nun langsam in seinem Brustkorb auszubreiten. Vielleicht konnte er reden, wenn das Medikament seine volle Wirkung entfaltet hatte.

Der Arzt verabreichte ihm eine zweite Injektion, warf ihm einen langen, besorgten Blick zu und richtete sich dann ein wenig auf.

»Was ist da vorne los?« rief er, lauter und mit sehr scharfer Stimme. »Wieso fahren wir nicht? Der Mann muß ins Krankenhaus!«

Er bekam keine Antwort, aber nur einen Augenblick später wurde die Hecktür des Krankenwagens unsanft aufgerissen. Heidmann hörte aufgeregte Stimmen, die offenbar miteinander stritten, dann konnte er hören, wie jemand in den Krankenwagen stieg und näher kam.

»Was soll das?« fragte der Arzt aufgebracht. »Was fällt Ihnen ein? Sehen Sie nicht, daß der Mann schwer verletzt ist? Sie haben hier nichts zu suchen!«

»Es tut mir leid, Herr Doktor«, sagte der Eindringling. »Aber ich muß mit dem Patienten reden.«

»Das kommt überhaupt nicht in Frage!« erwiderte der Arzt zornig. »Der Mann wird mit niemandem reden. Er muß ins Krankenhaus. Sofort.«

»Bitte, Herr Doktor – machen Sie es nicht unnötig schwer. Es dauert wirklich nur einen Moment, aber es ist sehr wichtig.«

Heidmann erkannte die Stimme jetzt, aber es gelang ihm im ersten Moment nicht, ihr einen Namen oder ein Gesicht zuzuordnen. Dann wußte er, wer es war: Kenneally. Die Erkenntnis erfüllte ihn mit einer Mischung aus Erleichterung und Staunen. Er hatte ganz automatisch angenommen, daß der CIA-Agent Smith' Schicksal geteilt hatte und ebenfalls tot war.

Der Arzt wollte erneut auffahren, aber Kenneally schnitt ihm mit einer herrischen Geste das Wort ab. Er tat noch mehr: Mit einer scheinbar mühelosen Bewegung ergriff er den Arzt am Handgelenk, zog ihn in die Höhe und bugsierte ihn zur Tür hin, wo bereits zwei weitere Männer warteten. Ohne auf die lautstarken Proteste und die heftige Gegenwehr des Arztes zu reagieren, ergriffen sie ihn an beiden Armen und zerrten ihn davon.

Kenneally nahm auf dem Hocker Platz, auf dem der Arzt gesessen hatte, und sah Heidmann nachdenklich ins Gesicht. Er tat das sehr lange – drei, vier, fünf Sekunden –, und die

Art, auf die er ihn musterte, ließ Heidmann innerlich erschauern. Womit immer er gerechnet hatte, nichts davon war in Kenneallys Blick. Seine Augen waren kaum weniger kalt als die der Insekten, denen er im Haus begegnet war. »Können Sie mich verstehen?« fragte er.

Heidmann antwortete auf die gleiche Art, auf die er sich mit dem Arzt verständigt hatte, und Kenneally runzelte flüchtig die Stirn.

»Was ist da drüben passiert?« fragte er. »Wo sind Smith und die anderen?«

»Tot«, antwortete Heidmann. Das Medikament hatte seine Wirkung jetzt voll entfaltet. Er hatte immer noch Schmerzen, fühlte sich aber zugleich auch auf eine wohlige Art benommen. Das Reden bereitete ihm weniger Mühe, als er erwartet hatte.

»Salid hat sie umgebracht«, vermutete Kenneally, aber Heidmann schüttelte mühsam den Kopf.

»Sie dürfen da ... nicht wieder hineingehen«, sagte er stockend. »Schicken Sie ... niemanden mehr ... dorthin.«

Kenneally runzelte die Stirn. »Was soll das heißen?«

»Es war nicht ... Salid«, sagte Heidmann mühsam. Das Gefühl wohliger Benommenheit wich einer immer heftigeren Müdigkeit. Aber sosehr er sich die Ohnmacht gerade zurückgewünscht hatte, so heftig kämpfte er jetzt dagegen an. Er durfte nicht das Bewußtsein verlieren, noch nicht. »Die ... Käfer«, murmelte er. »Sie werden ... alle töten.«

»Käfer?« Zum erstenmal sah er so etwas wie eine menschliche Regung auf Kenneallys Gesicht: einen Ausdruck ungläubiger Verblüffung. »Wovon reden Sie?«

»Insekten«, flüsterte Heidmann. Seine Stimme war so leise, daß er nicht einmal sicher war, ob er das Wort überhaupt aussprach. Trotzdem fuhr er fort: »Käfer ... überall. Sie ... haben Smith gefressen und ... die Frau.«

»Was, zum Teufel, hat Ihnen dieser Idiot von Arzt gespritzt?« fragte Kenneally.

»Nein!« stöhnte Heidmann. »Es ist ... wahr. Gehen Sie nicht ... zurück.«

Kenneally starrte ihn noch einen Moment lang zornig an, dann stand er mit einem so heftigen Ruck auf, daß sein Schemel zurückflog und umfiel. Ohne Heidmann auch nur noch eines einzigen weiteren Blickes zu würdigen, wandte er sich um und ging.

»Nein«, keuchte Heidmann. »Bleiben Sie ... hier! Es ist wahr. Sie dürfen nicht ... nicht wieder zurück.«

Aber Kenneally hörte ihn nicht mehr. Er hatte den Wagen längst verlassen. Heidmann konnte hören, wie er sich draußen auf englisch mit jemandem unterhielt. Eine dumpfe Verzweiflung begann sich in ihm breitzumachen. Sie durften nicht zurück. Die Insekten hatten ihn gehen lassen, aber nur, um die anderen zu warnen. Sie würden keinen weiteren Eindringling in ihrem Reich dulden.

Der Gedanke, was den Männern widerfahren würde, die sich vermutlich gerade in diesem Moment auf Kenneallys Befehl hin bereitmachten, das Haus zu stürmen, erfüllte ihn mit einem solchen Entsetzen, daß er all seine Kraft zusammennahm und sich mühsam ein kleines Stück weit in die Höhe stemmte. Sein Körper quittierte diese Anstrengung mit einer neuen Welle wütender Schmerzen, aber Heidmann biß die Zähne zusammen und kämpfte sich weiter hoch. Erneut begannen rote Schleier vor seinen Augen zu tanzen, und ihm wurde übel, doch er kämpfte auch dieses Gefühl nieder und stemmte sich in einer verzweifelten Anstrengung auf der unverletzten linken Hand in die Höhe, so weit es ging. Stöhnend hob er den Kopf und zwang sich, die Augen wieder zu öffnen. Er war nicht mehr allein. Jemand hatte den Krankenwagen betreten und stand gebückt vor ihm.

Im allerersten Moment dachte er, es wäre Kenneally, der noch einmal zurückgekommen war, oder vielleicht der Arzt. Dann klärte sich sein Blick, und er erkannte, daß es keiner von beiden war.

Heidmann erstarrte. Etwas in ihm erlosch. Er spürte keinen Schmerz mehr, keine Angst. Alles, was er gerade noch gedacht und gefühlt hatte, war fort, und alles, wozu er fähig war, war, das Gesicht des Fremden anzustarren, der den

Krankenwagen betreten hatte und auf ihn herabblickte. Dieses Gesicht – *großer Gott, dieses Gesicht!*

»Nein!« flüsterte er. Und dann noch einmal: *»Nein!«*

Die Gestalt hob den Arm und streckte die Hand nach ihm aus. Heidmann keuchte vor Entsetzen, stieß sich sowohl mit der unverletzten rechten als auch mit der verstümmelten linken Hand ab und kroch, die gelähmte untere Hälfte seines Körpers wie ein lebloses Anhängsel mit sich zerrend, von dem Fremden fort. Sein Blick hing dabei wie gebannt an dessen Augen. Augen, die groß und dunkel und *uralt* waren, von einem Wissen erfüllt, dessen bloße Ahnung etwas in ihm zu verbrennen schien. Er hatte das Gefühl, sterben zu müssen, wenn er ihrem Blick auch nur noch eine weitere Sekunde ausgesetzt war, aber es war ihm auch unmöglich, ihm auszuweichen. Wimmernd vor Furcht kroch er zurück, so weit er konnte. Die Hand des Fremden folgte ihm, näherte sich seinem Gesicht und berührte ihn flüchtig an der Stirn.

Ein weißglühender Ball aus purem Feuer explodierte in Heidmanns Rücken, breitete sich rasend schnell in seinem ganzen Körper aus – und erlosch.

Mit ihm erloschen die Schmerzen, und zugleich kehrte das Gefühl in die untere Hälfte seines Körpers zurück. So abrupt, daß sich seine Beine ruckartig fast einen halben Meter von der Liege hoben und dann zurückfielen. Heidmann keuchte vor Überraschung und Schrecken, setzte sich auf und betrachtete aus ungläubig aufgerissenen Augen seine Beine. Sie zitterten. Er konnte *fühlen*, wie sie zitterten. Er war nicht länger gelähmt. Er hatte *gespürt*, wie die Gewehrkugeln sein Rückgrat zertrümmert und die empfindlichen Nerven ein für alle Male durchtrennt hatten, aber er konnte die Beine *bewegen*! Und mehr noch: Als er die rechte Hand hob und seine Finger betrachtete, sah er, daß die Wunde nicht nur aufgehört hatte zu bluten, sondern praktisch vollkommen verheilt war. Das Wunder hatte seine Grenzen – das abgerissene Fingerglied war nicht nachgewachsen, aber der Stumpf war mit glatter, rosafarbener Haut überzogen und tat nicht einmal weh.

Heidmann hob mit einem Ruck den Kopf und sah sich um. Er war allein. Der unheimliche Fremde war so lautlos verschwunden, wie er gekommen war.

Einen kurzen Moment lang erwog er sehr ernsthaft die Möglichkeit, daß er ins Koma gefallen war und einer bizarren Fieberphantasie erlag, schob diesen Gedanken aber sofort wieder von sich. Selbst wenn es so war, hätte er keine Möglichkeit, sich Klarheit zu verschaffen, und trotz allem war das Geschehen so real, wie es nur sein konnte; mehr noch – ihm war, als spüre er zum erstenmal im Leben überhaupt, was Realität bedeutete, und als sei ganz im Gegenteil alles, was er bisher erlebt hatte, nur ein Ausschnitt eines viel größeren, komplizierteren Ganzen gewesen, das er auch jetzt noch nicht erfassen konnte, aber nun zum erstenmal überhaupt erahnte. So mußte sich jemand fühlen, der von den Toten zurückgekommen war. Er hatte gehört, daß Menschen, die nach einem klinischen Tod wieder aufgewacht waren, ein völlig anderes Verhältnis zum Leben entwickelten, aber er hatte nicht geglaubt, daß es *so* war.

Ohne sich der Bewegung selbst bewußt zu sein, setzte er sich endgültig auf und schwang die Beine von der lederbezogenen Liege. Erst als seine Füße den Metallboden des Wagens berührten, wurde ihm klar, welches Wunder diese eigentlich so selbstverständliche Bewegung darstellte. Nicht einmal, weil sie noch vor einer Minute für ihn vollkommen unmöglich gewesen wäre. Plötzlich überkam ihn eine große, fast allgewaltige Ehrfurcht vor dem Leben selbst. Zum allererstenmal, seit er denken konnte, wurde ihm klar, wie gewaltig dieses Wunder war, das er bisher als so ganz selbstverständlich hingenommen hatte, und welche unvorstellbare Macht nötig gewesen sein mußte, um es aus dem Nichts zu erschaffen.

Zum allerersten mal in seinem Leben spürte Heidmann, daß es einen Gott gab.

Er stand auf, ging gebückt die zwei Schritte bis zur Tür und trat aus dem Wagen. Kälte, Dunkelheit und der eisige Wind schlugen über ihm zusammen, aber obwohl er sofort am ganzen Leib zu zittern begann und sein eigener Atem eine graue Wolke vor seinem Gesicht bildete, breitete sich ein Lächeln auf seinen Zügen aus. Er litt nicht unter der Kälte oder dem schneidenden Wind, sondern genoß jedes einzelne dieser Gefühle mit einer niemals gekannten Tiefe, denn auch sie waren Teil des gewaltigen Wunders, dessen er sich nun bewußt war.

Jemand schrie etwas. Heidmann drehte sich herum und sah eine Gestalt in einer leuchtendroten Jacke auf sich zueilen, wobei sie heftig mit den Armen gestikulierte. Es war der Arzt. Er schien ihn nicht zu erkennen oder hielt ihn womöglich für Kenneally oder einen seiner Männer, denn auf seinem Gesicht hatte sich ein Ausdruck fast heiligen Zorns breitgemacht. Er stürmte mit wütend vorgereckten Schultern heran – und blieb so abrupt stehen, als wäre er gegen ein unsichtbares Hindernis geprallt. Ein Ausdruck so komischer Fassungslosigkeit breitete sich auf seinem Gesicht aus, daß Heidmann unwillkürlich lächeln mußte. »Was ...?« stammelte er. Seine Augen weiteten sich. »Aber ... aber das ist doch ...«

»Machen Sie sich keine Sorgen«, sagte Heidmann lächelnd. »Es ist alles in Ordnung.« Und damit drehte er sich herum und verschwand mit langsamen Schritten in der Nacht. Niemand versuchte ihn aufzuhalten.

Seit ihrem unfreiwilligen Umzug in das andere Zimmer waren allerhöchstens fünf Minuten vergangen, aber Brenner hatte das Gefühl, es wären Stunden. Sie hatten nicht mehr viel geredet. Wenn Salid die Wahrheit gesagt hatte, was den geheimen Kampfstoff betraf, dann hatten die Männer, die dort draußen auf sie warteten, einen triftigen Grund mehr, dafür zu sorgen, daß sie mit niemandem mehr reden konnten.

Trotzdem kam ihm ihre Situation beinahe absurd vor. Er wußte nicht einmal genau, in welcher Stadt sie sich befanden, aber es *war* eine Stadt. Eine Stadt mit Tausenden, vielleicht Zehntausenden von Menschen. Sie konnten hier nicht einfach einen Krieg anfangen, nur um einen einzigen Mann zur Strecke zu bringen. Und zugleich war diese ungeheuerliche Vorstellung Brenners einzige Hoffnung. Ganz gleich, welche Macht diese Männer dort draußen hatten, wie viele Waffen sie besaßen und wie entschlossen sie waren, sie konnten diese Belagerung nicht ewig durchhalten. Mit jeder Sekunde, die verstrich, ohne daß sie zum endgültigen Sturm auf das Haus ansetzten – oder es kurzerhand in die Luft sprengten, nicht einmal mehr das schloß Brenner mittlerweile aus –, stiegen ihre Chancen, daß jemand kam und dem ganzen Spuk ein Ende bereitete.

Salid stand auf und trat ans Fenster, um einen Blick hinauszuwerfen. Das hatte er in den letzten fünf Minuten mindestens ebenso oft getan wie Brenner. Ebenso wie er hatte er vermutlich dort unten nichts anderes gesehen als die schwarzen Schatten des an allen Seiten von Mauern umschlossenen Innenhofes, auf den das Fenster hinausführte.

»Ich verstehe nicht, wo sie bleiben«, sagte Johannes. »Sie hätten längst hier sein können.«

»Sie werden schon früh genug kommen«, antwortete Salid, ohne sich vom Fenster herumzudrehen. »Keine Sorge.« Er lachte leise und nicht sehr humorvoll. »Wenn es losgeht, bleibt immer dicht bei mir. Ganz egal, was passiert und was ich tue.«

»Und was *wollen* Sie tun?« fragte Johannes.

Es war nicht das erste Mal, daß er diese Frage stellte, aber er bekam auch jetzt keine Antwort. Salid drehte sich nur vom Fenster weg, sah zuerst Brenner einen Moment und dann Johannes einen längeren Augenblick an und verzog dann die Lippen zu etwas, von dem er vielleicht glaubte, daß es ein zuversichtliches Lächeln war. Johannes wiederholte seine Frage nicht, aber zumindest Brenner war sicher, daß Salid keinen Plan hatte. Sie saßen in der Falle. Vielleicht vertraute Salid einfach auf sein Glück; vielleicht war es auch immer seine Art gewesen, niemals einen Plan zu haben, sondern immer aus der Situation heraus zu agieren. Wäre er mit dem Palästinenser allein gewesen, hätte er eine entsprechende Frage gestellt, aber Johannes' Anwesenheit hielt ihn davon ab. Auf eine gewisse Weise war ihm Johannes' Verhalten noch rätselhafter als das Salids. Vorhin, als sie tatsächlich und unmittelbar in Gefahr gewesen waren, hatte Johannes so präzise und gut reagiert, als wäre *er* der Kampferfahrene von ihnen; jetzt benahm er sich so, als wolle er das Klischee vom weltfremden, sanftmütigen – und ein bißchen feigen – Geistlichen mit aller Gewalt unter Beweis stellen.

Ein leises Rascheln ließ ihn aufsehen. Das Geräusch war nicht sehr deutlich, und es fiel ihm schwer, die Richtung festzustellen, aus der es kam, aber es hielt an. Und er war nicht der einzige, der es hörte. Auch Salid legte den Kopf schräg und lauschte, zuckte aber nach einigen Augenblicken mit den Achseln und drehte sich wieder zum Fenster herum.

»Was ist?« fragte Johannes erschrocken.

»Nichts«, antwortete Brenner. Das Geräusch war immer noch da, hatte aber vermutlich nichts zu bedeuten. Es war ein altes Haus, in dem es wahrscheinlich unentwegt irgendwo knisterte und knackte.

»Ich glaube, sie kommen«, sagte Salid plötzlich.

Johannes sog erschrocken die Luft zwischen den Zähnen ein, und auch Brenner sah mit einem Ruck hoch.

»Wo?« fragte Johannes.

Salid zuckte mit den Schultern. »Ich bin nicht sicher«, murmelte er. Seine Hände schlossen sich fester um die Waffe, und Brenner sah, daß sein Zeigefinger nervös über den Sicherungshebel strich, ihn aber noch nicht umlegte. »Aber ich glaube, ich habe dort unten etwas gesehen.«

Er drehte sich mit einem plötzlichen Ruck vom Fenster weg, ging zur Tür und machte dabei eine Geste zu Johannes und Brenner, zurückzubleiben. Unendlich behutsam und ohne den mindesten Laut öffnete er sie einen Spaltbreit, lauschte einen Moment hinaus und schob die Tür dann weiter auf. Er ging dabei leicht in die Hocke und richtete den Lauf der Maschinenpistole schräg nach oben, um auf alles zu schießen, was sich draußen vielleicht rührte. Wieder lauschte er Sekunden. Als draußen alles still blieb, öffnete er die Tür völlig und richtete sich wieder auf.

Brenner sah, wie er erschrocken zusammenfuhr und mitten in der Bewegung erstarrte. »Was ist?!« fragte er alarmiert.

Salid machte eine hastige Bewegung mit der freien Hand, still zu sein, trat dann einen weiteren Schritt aus dem Zimmer hinaus und drehte sich blitzschnell nach rechts und dann nach links.

Brenner hielt das Warten nicht mehr aus. Ohne sich darum zu scheren, was Salid davon halten würde, stand er auf und folgte ihm auf den Korridor hinaus. »Was ist los?« fragte er.

Salid machte erneut eine hastige Bewegung, still zu sein, deutete aber in der gleichen Geste zur Treppe hin, und Brenner sah fast sofort, was er meinte. Der Flur war leer. Die drei reglos daliegenden Gestalten, die er das letzte Mal gesehen hatte, als er auf den Gang hinausblickte, waren nicht mehr da.

Salid legte warnend den Zeigefinger auf die Lippen, hob die Waffe in der rechten Armbeuge und bewegte sich geschmeidig wie eine Katze auf die Tür auf der gegenüberliegenden Gangseite zu. Er verschwand für einige Sekunden in dem dahinterliegenden Zimmer, tauchte aber fast sofort wieder auf und gestikulierte Brenner erneut, still zu sein und wieder ins Zimmer zurückzugehen. Ebenso schnell und geschickt wie gerade näherte er sich auch der zweiten und dritten Tür auf dem Gang und untersuchte die dahinterliegenden Räume. Als er das Zimmer unmittelbar an der Treppe betrat, hielt Brenner instinktiv den Atem an. Doch Salid kam auch jetzt nach wenigen Augenblicken wieder heraus und mit raschen Schritten zu ihm zurück.

»Es ist niemand da«, sagte er in nachdenklichem, fast verblüfftem Ton.

»Aber das ist doch unmöglich.« Johannes war ihnen gefolgt und starrte aus weit aufgerissenen Augen auf den Flur hinaus, und er sprach weitaus lauter, als Brenner für angemessen hielt.

Salid zuckte mit den Schultern. »Sie müssen aufgewacht sein«, sagte er. »Ich verstehe nur nicht, warum sie nicht versucht haben, uns zu überwältigen.«

»Und ... der Tote?« fragte Brenner.

Salid hob abermals die Schultern. »Wahrscheinlich haben sie ihn mitgenommen. Vielleicht war er auch nicht tot. Ich habe auf ihn geschossen, aber möglicherweise habe ich ihn nur verwundet.«

»Das meine ich nicht«, sagte Brenner. Er deutete auf den Raum, den Salid als letzten durchsucht hatte. »Was ist mit dem Mann dort drinnen?«

Salid runzelte die Stirn. »Dort war niemand.«

Ein seltsames Gefühl begann sich in Brenner auszubreiten. Nicht wirklich Angst, sondern etwas, das vielleicht schlimmer war: ein Gefühl von Unwirklichkeit, das die ganze Zeit über tief in ihm bereits dagewesen war, ohne daß er sich seiner bewußt wurde. Er hatte *gesehen*, wie der Mann zurückgetaumelt und gestürzt war. Er schwieg.

Salid starrte einen Moment lang überlegend zu Boden, dann drehte er sich vollends zu ihm und Johannes um und zog die Pistole aus dem Gürtel. »Können Sie damit umgehen?« fragte er.

Brenner blickte die Waffe mit einem Ausdruck an, als hielte Salid ihm eine giftige Schlange entgegen. »Niemals.«

»Ich erwarte nicht, daß Sie sich den Weg freischießen«, antwortete Salid ernst. »Manchmal hilft es schon, einfach in die Luft zu schießen.«

Er machte eine auffordernde Bewegung mit der Waffe, aber Brenner wich im Gegenteil einen Schritt zurück und schüttelte entschlossen den Kopf. »Das kann ich nicht«, sagte er. Und dann noch einmal und noch entschlossener: »Niemals!«

Salid sah für einen Moment ziemlich wütend aus, aber er sagte nichts, sondern zog nur die Unterlippe zwischen die Zähne und schob die Pistole wieder unter seinen Gürtel zurück. Unschlüssig sah er sich um, und wieder hatte Brenner das Gefühl, daß Salid im Grunde ebensowenig wie

Johannes oder er wußte, was er tun sollte. Brenner war jetzt fast sicher, daß Salids Stärke zum größten Teil darin bestand, auf jede nur vorstellbare Situation zu reagieren und ganz instinktiv immer das Richtige zu tun. Vielleicht war der meistgesuchte Terrorist der Welt tatsächlich so einzufangen: indem man einfach nichts tat und ihm so keine Gelegenheit gab, auf irgend etwas zu *reagieren*.

Brenner bewegte sich unschlüssig an ihm vorbei zur Tür. Er hatte fast Angst, wieder auf den Flur hinauszublicken, obwohl er ganz genau wußte, was er dort sehen würde; nämlich nichts. Aber möglicherweise war es gerade das, was ihn erschreckte. Er verstand von Salids Handwerk genau so viel, wie er aus Kriminalromanen und einschlägigen Hollywood-Filmen aufgeschnappt hatte – was im Klartext vermutlich kaum weniger als *nichts* bedeutete –, aber selbst ihm war klar, daß die beiden Männer dort draußen die Gelegenheit kaum ungenutzt hätten verstreichen lassen, sie zu überraschen. Wenn sie es nun trotzdem getan hatten, mußte es einen Grund dafür geben. Aber welchen?

Er trat neben Salid und legte die Handfläche gegen den Türrahmen.

Um ein Haar wäre er der Länge nach auf den Flur hinausgefallen. Das Holz gab unter seinen Fingern nach und zerfiel regelrecht zu Staub. Kleinere Splitter fielen zu Boden, dann löste sich ein fast armlanger Teil des Türrahmens und stürzte polternd auf den Korridor hinaus. Er zerbrach in winzige Bruchstücke, als er auf dem Boden aufprallte. Brenner kippte haltlos nach vorne, und Salid griff gedankenschnell zu und fing ihn auf, als er das Gleichgewicht zu verlieren drohte. Dabei streifte seine Schulter abermals den Türrahmen und brach dabei ein weiteres Stück heraus.

»He, he, immer langsam«, sagte Salid. »Wir kommen schon früh genug hier raus.«

Brenner bedankte sich mit einem flüchtigen Nicken für Salids Hilfe, fand mit einem ausladenden Schritt sein Gleichgewicht vollends wieder und maß den Türrahmen mit einem verwirrten Blick. Das Haus war alt und in einem vollkommen verwahrlosten Zustand, aber er hatte den Rahmen kaum berührt ...

Zögernd streckte er die Finger aus und tastete über das zersplitterte Holz. Es fühlte sich sonderbar an; weich, feucht und auf eine unangenehme Weise klebrig, eine fast breiige Masse, die schon unter ihrem eigenen Gewicht fast zusammensank. Für einen Moment hatte er das Gefühl, daß sich unter seinen Fingern etwas bewegte, aber als er genauer hinsah, gewahrte er nichts.

»Was haben Sie?« fragte Johannes. Er war näher gekommen und betrachtete den geborstenen Türrahmen mit ebensolchem Erstaunen wie Brenner.

»Nichts«, antwortete Brenner rasch. Nach einer Sekunde fügte er mit einem nervösen Lächeln hinzu: »Wahrscheinlich nur ein bißchen zuviel Vertrauen zu diesem Bauwerk.«

Auch Salid streckte die Hand aus und befühlte das gesprungene Holz. Nachdenklich nahm er ein wenig der weißlichen Masse, die unter der abblätternden Lackschicht zum Vorschein kam, zwischen Daumen und Zeigefinger und zerrieb sie. Er roch daran, zuckte schließlich mit den Schultern und wischte sich die Finger an den Hosenbeinen ab. Brenner und Johannes sahen ihn fragend an, aber Salid zuckte nur noch einmal mit den Schultern.

»Wenn wir hier in Amerika oder Australien wären, würde ich auf Termiten tippen«, sagte er. »Aber so etwas gibt es hier wohl nicht. Wahrscheinlich ist diese Bruchbude einfach nur alt.« Er lachte leise. »Wer weiß – vielleicht bricht sie gleich zusammen, und wir können in dem ganzen Durcheinander bequem entkommen.«

Auch Brenner lächelte – flüchtig und genauso unecht, wie Salids Lachen geklungen hatte –, betrachtete den Türrahmen aber noch einmal und genauer. Der Lack war an zahllosen Stellen gerissen, und der seltsame Zersetzungsprozeß schien sich darunter fortzusetzen. Möglicherweise war Salids Scherz weniger komisch, als er hatte sein sollen. Wenn sich das ganze Haus in einem ebensolchen Zustand befand wie diese Tür, würde es vielleicht *wirklich* zusammenbrechen, wenn hier drinnen mehr abgefeuert wurde als ein Pistolenschuß. Aber das war absurd!

»Also los«, sagte Salid. »Gehen wir nach unten.«

Er entsicherte seine Waffe und trat zum zweitenmal geduckt auf den Flur hinaus; obwohl er ihn gerade erst abgesucht hatte, auf die gleiche, fast übervorsichtige Weise. Geduckt huschte er zur Treppe, ließ sich auf ein Knie herab und starrte einen Moment lang konzentriert in die Dunkelheit hinunter, ehe er Brenner und Johannes zu sich heranwinkte.

Brenner folgte ihm mit klopfendem Herzen. Obwohl er sich Mühe gab, sich so leise wie möglich zu bewegen – was vermutlich höchst überflüssig war –, erreichte er nicht annähernd Salids Schnelligkeit und Eleganz. Im Vergleich zu dem Palästinenser bewegte er sich ungeschlacht wie der sprichwörtliche Elefant im Porzellanladen, was ihm auch prompt einen kritischen Blick Salids eintrug. Er wollte ein Wort der Entschuldigung vorbringen, aber Salid schnitt ihm mit einer hastigen Handbewegung das Wort ab und deutete zugleich in die Dunkelheit am Fuße der Treppe hinunter. Brenner mußte nur einen Moment lauschen, um zu begreifen, was Salid meinte. Sie waren nicht allein im Haus. Jemand bewegte sich dort unten.

Das hieß, Brenner war nicht ganz sicher, ob es tatsächlich *jemand* war und nicht vielmehr *etwas*. Er hörte Geräusche, aber es waren nicht die, die er erwartet hatte. Etwas raschelte. Ein Knistern und Kollern, leise und unauffällig, aber trotzdem ungemein *präsent*, als käme es aus keiner bestimmten Quelle, sondern aus allen Richtungen zugleich. Ein Geräusch, das ihn an Erbsen erinnerte, die eine Treppe hinunterkullerten, oder an eine Kunststoffschüssel voller Popcorn, in der ungelenke Kinderhände gruben. Etwas schien sich am Fuße der Treppe zu bewegen, aber wenn es überhaupt da war und nicht nur seiner Phantasie entsprang, so konnte er nicht sagen, was.

»Was ist das?« fragte Johannes. Er war nahezu lautlos hinter Brenner aufgetaucht und hatte sich wie Salid auf ein Knie herabgelassen, und wie er wirkte er sehr angespannt, zugleich aber auch erstaunlich ruhig. Ohne daß es Brenner aufgefallen war – und vermutlich auch, ohne daß *er selbst* es überhaupt wußte –, hatte sich wieder die gleiche, fast unheimliche Veränderung an ihm vollzogen wie schon einmal. Brenner war plötzlich sicher, daß es auch diesmal wieder Johannes sein würde, der richtig reagierte, sollten sie in eine gefährliche Situation geraten, und nicht er. Für eine Sekunde verspürte er ein zwar vollkommen widersinniges, aber nichtsdestotrotz sehr heftiges Neidgefühl.

Salid deutete ein Achselzucken an. »Keine Ahnung«, sagte er, sehr leise und ohne den Blick von der auf so unheimliche Weise lebendig gewordenen Dunkelheit am Fuße der Treppe zu nehmen. Seine Augen waren schmal, und Brenner fragte sich, ob der Palästinenser vielleicht tatsächlich dort unten mehr sah als er selbst. Vermutlich. Vielleicht *sah* Salid nicht einmal viel mehr, aber ganz bestimmt konnte er mit dem Gesehenen mehr *anfangen*.

»Die Amerikaner?« fragte Johannes.

Salid zuckte mit den Schultern, überlegte einen Moment und schüttelte dann den Kopf. »Nein ... etwas anderes.«

Die Formulierung ließ Brenner schaudern.

Etwas.

Er hatte *etwas* gesagt. Nicht *jemand*.

Salid machte eine entsprechende Geste, still zu sein, stand langsam wieder auf und begann geduckt die Treppe hinunterzugehen, sehr langsam und unendlich behutsam, wie es Brenner vorkam. Trotzdem legte er nicht mehr die gleiche Lautlosigkeit an den Tag wie zuvor. Die ausgetretenen Stufen ächzten hörbar unter seinem Gewicht, und mindestens einmal glaubte Brenner ganz deutlich das Geräusch von reißendem Holz zu hören. Auch Salid zögerte einen spürbaren Moment, ehe er die Bewegung zu Ende führte, und er vermied es, die Stufe mit seinem ganzen Körpergewicht zu belasten, sondern ließ den nächsten Schritt viel schneller auf den letzten folgen als die zuvor. Erst als er die Treppe gut zur Hälfte hinter sich gebracht hatte, gab er Brenner und Johannes einen Wink, nachzukommen.

Brenner bedeutete Johannes, noch einen Moment zu warten, und folgte Salid als erster. Sein Verhalten hatte nichts mit Mut zu tun; eher im Gegenteil. Er hätte es nicht ertragen, hinter sich nicht Johannes, sondern nichts als flüsternde Dunkelheit zu wissen.

Erst als er diesen Gedanken so formulierte, wurde ihm klar, wie sehr er der Wahrheit entsprach. Das Haus war längst nicht mehr still. Nach den Schüssen, dem Höllenlärm des Hubschraubers und ihren eigenen Gesprächen war es ihm vielleicht still *erschienen*, aber vermutlich war es das nie gewesen. Er hörte plötzlich, wie *laut* die Dunkelheit war, die ihn umgab. Das Rascheln und Knistern war noch immer da, und es schien nun tatsächlich nicht mehr nur vom unteren Ende der Treppe her zu kommen, sondern von überallher zugleich, und zu diesen mittlerweile bekannten Lauten hatten sich andere, unbekannte und unheimliche gesellt: ein Raunen, Flüstern und Wispern wie von fernen Kinderstimmen im Wind, das Huschen winziger Füßchen auf hartem Boden, ein Zirpen, Knistern, Krachen und Mahlen, Freß- und Zersetzungsgeräusche, ein unheimliches Reißen und Zerren und noch andere, undefinierbare, aber auch unheimliche Laute. Es war, als wäre das ganze Haus rings um ihn herum zum Leben erwacht.

»Was soll das heißen – *er ist weg*?« Kenneally gab sich Mühe, nicht zu schreien, aber es gelang ihm eigentlich nur, weil es ihm trotz seiner scheinbar perfekten Aussprache noch immer Mühe bereitete, sich überhaupt in dieser fremden Sprache auszudrücken. Sie war so furchtbar unpräzise, und sie gehorchte Regeln, die ihm manchmal regelrecht barock vorkamen und viel komplizierter, als vonnöten gewesen wäre.

Im Moment war er allerdings nicht in der Stimmung, über die grammatikalischen Fußangeln der deutschen Sprache nachzudenken. Er mußte sich viel zu sehr zusammenreißen, um diesen Dummkopf vor sich nicht am Kragen zu packen und so lange zu schütteln, bis ihm die randlose Brille von der Nase rutschte.

»Aber es ist so!« verteidigte sich sein Gegenüber. »Ich verstehe es ja selbst nicht, aber er ... Als ich gerade zum Wagen zurückgehen wollte, kam er mir entgegen! Er ist einfach aufgestanden und weggegangen!«

»Einfach so?« vergewisserte sich Kenneally. »Und Sie haben nicht versucht, ihn aufzuhalten?«

»Aufhalten?« Der Arzt blinzelte verständnislos. »Aber warum denn?«

»Wa–?« Kenneally japste hörbar, und sein Entsetzen war nicht einmal gespielt. Diesmal brauchte er tatsächlich mehrere Sekunden, bis er sich wenigstens wieder so weit in der Gewalt hatte, daß er weiterreden konnte. »Hören Sie, Mister: Noch vor fünf Minuten haben Sie mir erzählt, daß der Mann eine lebensgefährliche Schußwunde in der Brust hätte. Sie haben behauptet, er wäre *gelähmt*. Und jetzt erzählen Sie mir, er wäre aufgestanden und so mir nichts, dir nichts davonspaziert?!«

»Ich weiß, wie es sich anhören muß«, antwortete der Arzt. »Aber ganz genau so war es! Ich ... ich verstehe es ja selbst nicht.«

Seine Stimme klang fast gequält, und wäre Kenneally nur ein kleines bißchen weniger wütend gewesen, hätte er vielleicht sogar Mitleid mit ihm empfunden. Der Mann sah bei genauem Hinsehen nicht nur verstört, sondern schlichtweg *fassungslos* aus. Aber Kenneally war nicht in der Stimmung, genauer hinzusehen. Er war in der Stimmung, etwas ganz anderes zu tun.

»Ich schätze, Sie verstehen eine ganze Menge nicht«, sagte er in bewußt verletzendem Ton. »Vielleicht Ihren Beruf?«

Die Verwirrung in den Augen des Notarztes machte Überraschung und eine halbe Sekunde später dem Feuer gerechter Empörung Platz, aber Kenneally gab ihm keine Gelegenheit zu protestieren, sondern drehte sich abrupt um und ließ ihn einfach stehen. Seine Zeit war zu kostbar, um sie mit einem sinnlosen Streit zu vertun. Außerdem tat es ja vielleicht gut, seinem Ärger ein bißchen Luft zu machen, indem er auf diesem armen Kerl herumtrampelte – der überdies nichts dafür konnte, denn von den *wahren* Zusammenhängen hatte er nicht einmal eine Ahnung –, es brachte aber nichts ein; ein billiger Triumph, der mehr schadete als nutzte.

Er steuerte mit energischen Schritten den Wagen an, der auf der anderen Straßenseite stand, aber schon auf halbem Wege kam ihm einer seiner Männer entgegen. Er wirkte sehr aufgeregt und sehr besorgt. Kenneally hätte seine Worte gar nicht hören müssen, um den Grund für beides zu wissen.

»Das Telefon glüht«, begann der Agent übergangslos. »Wir brauchen jetzt eine Entscheidung, Sir. Die deutschen Behörden werden nicht mehr lange stillhalten.«

Die deutschen Behörden können mich mal, dachte Kenneally. Laut sagte er: »Beruhigen Sie sie, irgendwie. Verdammt, Sie sind doch für eine solche Situation ausgebildet worden, oder?«

Überhaupt nicht, antwortete der Blick des Mannes, und das entsprach durchaus der Wahrheit. Die Männer waren auf denkbare Situationen vorbereitet, aber nicht darauf, in einer belebten Stadt inmitten eines befreundeten Landes einen fast kriegsmäßigen Einsatz durchzuführen. Der Agent war klug genug, diesen Einwand zumindest nicht laut vorzubringen, aber er schüttelte trotzdem den Kopf und fuhr fort:

»Ich weiß nicht, wie lange ich sie noch hinhalten kann. Der Polizeipräsident droht, unsere Straßensperre mit Gewalt zu durchbrechen, wenn wir seine Leute nicht durchlassen.«

Der Helikopter, dachte Kenneally. *Das war dieser dreimal vermaledeite Helikopter! Smith hätte ihn niemals anfordern dürfen.*

Er konnte sich lebhaft vorstellen, was jetzt in den Büros der örtlichen Polizei vor sich ging. Sie hatten natürlich die Schüsse gehört – verdammt noch mal, sie hatten *Maschinengewehrsalven* gehört! –, und wenn das noch nicht gereicht haben sollte, sie aufzuschrecken, dann hätte es der Hubschrauberlärm getan. Smith mußte völlig den Verstand verloren haben, einen *Kampfhubschrauber* mitten in der Stadt das Feuer auf ein Wohnhaus eröffnen zu lassen! Aber Smith war tot, und wie es aussah, blieb die ganze Scheiße wieder mal an ihm hängen. Die ganze Geschichte drohte ihm aus den Händen zu gleiten. Wenn die Sache weiter eskalierte, würde er sich am nächsten Morgen vielleicht fragen lassen müssen, wie es kam, daß an diesem Abend CIA-Agenten auf deutsche Polizeibeamte geschossen hatten und umgekehrt, statt gemeinsam gegen Salid und seine Begleiter vorzugehen ...

Das durfte nicht geschehen.

»Also gut«, sagte er. »Ich rede mit ihnen. Halten Sie sie fünf Minuten hin. Sagen Sie, daß ich mich melde und bis dahin hier nichts weiter geschieht. Ich brauche fünf Minuten.«

Der Agent wirkte immer noch nicht überzeugt, aber er protestierte jetzt nicht mehr, sondern drehte sich mit einem angedeuteten Achselzucken um und verschwand mit schnellen Schritten in die Richtung, aus der er gekommen war.

Kenneally blickte ihm nach, aber er tat es, ohne ihn wirklich zu sehen; so wenig, wie er in diesem Moment die anderen Männer dort drüben gesehen hätte oder die Wagen oder die Baumreihe, die ein stummes Spalier zwischen der Straße und der zu Ende gehenden Nacht bildete. Sein Blick war auf einen imaginären Punkt im Nichts gerichtet, und hätte ihm jemand in diesem Moment ins Gesicht gesehen, wäre er zweifellos erschrocken; denn was immer Kenneally in diesen Sekunden auch sah, es war nichts Gutes. Schließlich schloß er für einen Moment die Lider, seufzte sehr tief und sehr leise und ließ die rechte Hand in die Jackentasche gleiten. Als er sie wieder hervorzog, hielt sie ein kleines, scheinbar vollkommen normales Funktelefon.

Der Agent entfernte sich wieder ein paar Schritte von seiner Position und blieb schließlich ein wenig abseits der geparkten Wagen stehen. Seine Finger klappten das Gerät auf und tippten eine sehr lange Nummer ein. Wie immer, wenn er diese Nummer wählte – was in den letzten Tagen ebenso beunruhigend oft der Fall gewesen war, wie es in den *Jahren* zuvor selten vorgekommen war –, begann er sich auf eine schwer greifbare Weise unwohler zu fühlen; je mehr Zahlen er eingab und je weiter er sich der letzten Ziffer näherte, desto langsamer wurden seine Bewegungen. Vor der letzten Ziffer zögerte er eine geschlagene Sekunde.

Der Teilnehmer am anderen Ende der Verbindung meldete sich, kaum daß Kenneally den Daumen von der Tastatur gehoben hatte, und auch das war etwas, was eher zu seiner Beunruhigung beitrug, statt sie zu mildern. Früher war es anders gewesen. Es hatte manchmal lange gedauert, ehe sich jemand meldete, und manchmal war auch gar keine Reaktion erfolgt. Jetzt kam die Verbindung so schnell zustande, daß es dafür nur eine Erklärung gab: Der Teilnehmer auf der anderen Seite hatte mit der Hand auf dem Telefonhörer darauf gewartet, daß der Apparat klingelte.

»Ja?«

»Smith ist tot«, sagte Kenneally übergangslos.

Eine Sekunde Schweigen, dann: »Wie?«

»Ich weiß es nicht«, antwortete Kenneally. Einen winzigen Moment lang spielte er mit dem Gedanken, seinem Gesprächspartner zu erzählen, *wie* er an diese Information gekommen war, entschied sich aber dann dagegen. Es zu sagen hätte auch bedeutet, von Heidmann zu berichten und dem, was der Arzt über ihn erzählt hatte. Kenneally wußte zwar, daß dieser Vorfall für seinen Gesprächspartner zweifellos von höchstem Interesse war, hielt es aber trotzdem für klüger, ihn zu verschweigen. Er hatte schon genug Probleme hier. Und wahrscheinlich hatten die Schwierigkeiten noch nicht einmal richtig begonnen. So sagte er nur: »Ich war nicht dabei. Aber er ist tot. Und die Männer, die bei ihm waren, auch.«

Ganz unwillkürlich hatte er die Stimme gesenkt, während er sprach – obwohl es eigentlich nicht nötig war. Die Verbindung war abhörsicher, und selbst wenn sie es nicht gewesen wäre, hätte niemand das Gespräch zurückverfolgen können. Unter der Nummer, die Kenneally gerade eingetippt hatte, hätte sich von jedem anderen Apparat der Welt aus ein Weingut in der Toscana gemeldet, dessen Besitzer nicht einmal wußte, daß es jemanden wie Kenneally gab; geschweige denn den Mann, mit dem der CIA-Agent sprach.

»Und die anderen?«

»Salid ist noch im Haus«, antwortete Kenneally. »Wir haben alles abgeriegelt. Er kann nicht entkommen.«

Drei, vier, fünf, schließlich zehn endlose Sekunden lang herrschte vollkommenes Schweigen, dann sagte die Stimme auf die gleiche, fast emotionslose Weise wie bisher: »Töten Sie ihn. Und seine beiden Begleiter auch.«

Kenneally war erschrocken, aber nicht überrascht. Er hatte geahnt, daß er diese Anweisung bekommen würde. Nein: Er hatte es *befürchtet*. »Das ... ist nicht so einfach«, sagte er zögernd. »Ich fürchte, ich kann das nicht.«

»Sie müssen es. Glauben Sie mir – es ist wichtig.«

»Natürlich«, beeilte sich Kenneally zu versichern. »Aber die Situation ist leider sehr kompliziert. Wir sind nicht allein. Die örtlichen Behörden laufen bereits Amok. Smith hat –«

»Sie *müssen* es tun«, unterbrach ihn die Stimme im Hörer. »Es ist unvorstellbar wichtig. Töten Sie die drei, unbedingt. Selbst wenn ... wenn es das Leben weiterer Unschuldiger kosten würde. Der Preis spielt keine Rolle. Es steht mehr auf dem Spiel, als Sie sich auch nur vorstellen können.«

Kenneally war schockiert; nicht nur wegen dem, *was* sein Gesprächspartner gesagt hatte, sondern vielmehr über die Art, wie er es tat. Seit jenem Tag vor nunmehr fünfzehn Jahren, an dem Kenneally die gesichtslose Stimme am Telefon das erste Mal gehört hatte, hatte sie stets gleich geklungen: ruhig, freundlich und sehr bestimmt, aber im Grunde auch so ausdruckslos, daß sie ebensogut einer Maschine hätte gehören können. Was er jetzt darin hörte, war *eindeutig* eine Emotion gewesen. Und nicht irgendeine. Es war Angst.

»Wie Sie wünschen«, sagte er.

Die Verbindung wurde ohne ein Wort des Abschieds unterbrochen, und Kenneally klappte das Gerät wieder zu. Mehrere Sekunden lang starrte er den kleinen Apparat mit steinernem Gesicht an, dann klappte er ihn wieder auf und wählte eine andere, sehr viel kürzere Nummer. Diesmal meldete sich der Agent, mit dem er selbst vor ein paar Augenblicken erst gesprochen hatte.

»Kenneally hier«, sagte er. »Was haben Sie erreicht?«

Die Stimme des Agenten klang nervös und verriet sehr viel mehr über seinen wahren Zustand, als es seine Worte taten: »Ich konnte sie beruhigen, Sir. Aber ich fürchte, nicht für lange. Der Polizeipräsident dieser Stadt ist auf dem Weg hierher. Er war sehr deutlich. Wenn noch ein Schuß fällt, droht er damit, unsere Absperrung mit Gewalt durchbrechen zu lassen und uns alle zu verhaften. Wir haben noch fünf Minuten. Allerhöchstens.«

»Das reicht«, antwortete Kenneally. »Schicken Sie die Einsatzgruppe los. Wir stürmen das Haus.«

»Aber Sie, Sie –«

»Sie haben mich verstanden!« unterbrach ihn Kenneally in scharfem, fast schneidendem Ton. »Stürmen Sie das Haus. Sofort. Ich übernehme die volle Verantwortung.«

Zwei, drei Sekunden lang herrschte Schweigen, und Kenneally rechnete schon damit, daß der Mann sich weigern würde, diesen Befehl auszuführen. Genaugenommen *mußte* er sich weigern. Kenneally hätte an seiner Stelle nicht anders reagiert – *ohne* die Informationen, die er besaß. Er betete, daß seine Autorität ausreichte, um die Bedenken des Mannes zu überwinden.

»Ganz wie Sie meinen, Sir«, sagte der Agent schließlich. »Aber ich darf Sie bitten, Ihren Befehl noch einmal und vor Zeugen zu wiederholen.«

Kenneally sah in Richtung des Wagens, in dem der CIA-Agent saß und mit ihm telefonierte. Er war keine fünfzig Meter entfernt, und die Situation war im Grunde schon fast absurd: Er hätte nur hingehen und seinen Befehl wiederholen müssen. Aber er rührte sich nicht von der Stelle, sondern sagte nur noch einmal:

»Ich gebe Ihnen den Befehl, das Haus zu stürmen. Ich übernehme die volle und alleinige Verantwortung für diese Aktion. Und ich will keine Überlebenden.«

»Sir?!«

»Sie haben richtig verstanden«, sagte Kenneally. Seine Stimme klang belegt, und der Speichel in seinem Mund schmeckte plötzlich bitter. Er hatte Mühe, überhaupt noch zu sprechen. »Töten Sie Salid und seine Begleiter, selbst wenn sie sich ergeben sollten. Das ist ein Befehl.«

Brenner war nicht der einzige, der die unheimlichen Laute hörte. Auch Johannes war stehengeblieben und sah sich mit kleinen, nervösen Blicken um, und obwohl er Salids Gesicht nicht erkennen konnte, spürte er die plötzlich gestiegene Anspannung des Palästinensers.

»Unheimlich«, murmelte Johannes.

Salid machte eine ärgerliche Geste, still zu sein, und Johannes fuhr sichtbar zusammen. Die winzige Bewegung allein reichte aus, um die Treppe spürbar erzittern zu lassen. Einen Moment später hörten sie ein sonderbar dumpfes, ächzendes Geräusch, dann lief ein spürbares Zittern durch das gesamte Haus.

Brenner streckte ganz automatisch die Hand nach dem Treppengeländer aus, um sich daran festzuhalten, besann sich im letzten Moment darauf, was mit dem Türrahmen oben geschehen war, und griff nur sehr behutsam zu. Trotzdem zerfiel das Geländer unter seinen Fingern zu einer klebrig-feuchten Masse, und diesmal war es keine Einbildung – er konnte *sehen*, wie etwas daraus hervorkroch und mit raschen, abgehackt wirkenden Bewegungen davonhuschte. Es verschmolz schon nach einer Sekunde mit den Schatten, aber Brenner hatte einen deutlichen Eindruck von etwas Winzigem, Dunklem mit zu vielen Beinen und glitzernden Augen. Und einem Stachel.

Angeekelt trat er einen Schritt zurück und wischte sich die Finger an der Wand auf der anderen Seite ab.

Er konnte spüren, wie sie vibrierte.

Etwas bewegte sich.

Kroch.

Unter der Tapete.

Und nicht nur dort. Ganz plötzlich wurde ihm klar, daß die Bewegung tatsächlich *überall* spürbar war; im Boden, in den Wänden, hinter den gesprungenen Holzvertäfelungen und in den Treppenstufen, selbst in der Dunkelheit, die das untere Ende der Treppe verschlungen hatte.

»Irgend etwas ... stimmt hier nicht«, sagte er. »Da ... ist etwas.«

Er hatte lauter gesprochen, als er eigentlich selbst beabsichtigte, aber zu seiner Überraschung gebot ihm Salid nicht sofort und herrisch, zu schweigen, sondern sah ihn nur einen Moment lang nachdenklich – und ein bißchen erschrocken? – an, ehe er sich wieder umdrehte, um seinen Weg fortzusetzen.

Im gleichen Moment explodierte die Tür.

Der Blitz war so grell, daß Brenner vor Schmerz aufschrie und das Gleichgewicht verlor. Hilflos taumelte er gegen die Wand, sank daran zu Boden und riß die Arme vors Gesicht. Er war blind. Vor seinen Augen rotierten weiße Feuerräder, und für Sekunden war er auch so gut wie taub; das Dröhnen der Explosion war so gewaltig gewesen, daß er kaum etwas hörte.

Und es hielt an. Dem ersten, splitternden Krachen folgte ein zweiter, noch gewaltigerer Donnerschlag und praktisch im gleichen Sekundenbruchteil ein noch grellerer Blitz, der selbst durch seine geschlossenen Lider drang. Schüsse fielen, zuerst eine kurze, rasende Salve, dann ein einzelner Pistolenschuß und dann wieder ein abgehackter Feuerstoß. Die Geschosse fuhren mit dumpfem Klatschen in die Wände und den Boden oder rissen Stücke aus dem Treppengeländer und den Stufen. Er hörte, wie Salid etwas schrie und zurückschoß, und krümmte sich weiter, als mindestens eines der Geschosse unmittelbar in seiner Nähe einschlug. Ganz instinktiv wartete er darauf, daß jemand kam und ihn in Sicherheit brachte.

Aber es kam niemand.

Salid hatte sich am Fuße der Treppe zusammengekauert und feuerte auf die Tür, obwohl dort nicht mehr als Schatten zu erkennen waren, die hinter einem Vorhang aus Rauch und züngelnden Flammen tanzten.

Trotzdem mußte er getroffen haben, denn durch den Lärm drang ein gellender Schrei an Brenners Ohr, und für einen Moment hörte das Schießen auf. Vielleicht nur für eine Sekunde, aber lange genug für Salid, in die Höhe zu springen und zwei, drei Stufen weit die Treppe hinaufzuhetzen. Augenblicke später stach eine neue, orangeweiße Mündungsflamme aus dem Vorhang aus Rauch und Feuer vor der Tür. Die Salve verfehlte Salid, der sich blitzschnell duckte, und riß gut einen Meter des Treppengeländers in Stücke. Salid fluchte, kroch auf Händen und Knien weiter die Treppe hinauf und gab einen ungezielten Feuerstoß über die Schulter zurück ab. Die letzten drei- oder viermal schlug der Hammer der Waffe klickend ins Leere. Salid warf die nutzlose MPi fort, hastete weiter und kam schweratmend neben Brenner an.

»Nach oben!« schrie er. *»Worauf warten Sie?!«*

Brenner war noch immer wie gelähmt. Er hörte Salids Worte und wußte, daß der Palästinenser recht hatte. Er würde sterben, wenn er auch nur noch einen Augenblick länger hier blieb. Aber er konnte sich einfach nicht rühren.

Salid fluchte, ergriff ihn roh an der Schulter und zerrte ihn mit einem Ruck in die Höhe, und im gleichen Moment erschien unter ihm ein hochgewachsener, dunkler Schatten. Trotz seiner Lähmung schrie Brenner ihm eine Warnung zu, aber Salid reagierte bereits, noch bevor er den ersten Ton hervorbrachte; vermutlich hatte er den Schrecken auf seinem Gesicht erkannt und richtig gedeutet. Er ließ Brenners Schulter los und fuhr in einer blitzschnellen Kreiselbewegung herum, wobei er sich auf ein Knie herabsinken ließ und zugleich die Pistole aus dem Gürtel zog.

Aber so schnell er auch war, er war nicht schnell genug. Ein Schuß fiel. Salid wurde mitten in der Bewegung herum- und zur Seite geworfen, ließ seine Waffe fallen und prallte gegen das beschädigte Geländer, das unter der Belastung endgültig in Stücke zerbrach. Mit einem gellenden Schrei stürzte er in die Tiefe und schlug schwer auf dem gefliesten Boden des Hausflurs auf.

Die Zeit schien stehenzubleiben. Was Brenner schon einmal erlebt hatte, wiederholte sich, nur noch schlimmer. Wie in einer bizarren, zehnmal verschärften Zeitlupenaufnahme sah er, wie der Mann am unteren Ende der Treppe den Arm hob und nun auf ihn zielte. Die Waffe war genau auf sein Gesicht gerichtet. Er konnte *sehen,* wie sich der Zeigefinger des Mannes um den Abzug spannte und das gebogene Stück

Metall Millimeter um Millimeter zurückzog, und so absurd es ihm selbst erschien, er war sicher, daß er die Kugel *sehen* würde, wenn sie aus dem Lauf herausflog und auf ihn zuraste. Und er war immer noch nicht in der Lage, sich zu rühren.

Über ihm erscholl ein lautstarkes Poltern. Johannes stolperte die Treppe hinunter, verlor plötzlich das Gleichgewicht und fiel der Länge nach nach vorne. Er schlitterte auf dem Bauch die Stufen weiter hinunter und bekam dabei irgendwie Salids Pistole zu fassen. Der Mann am unteren Ende der Treppe, der auf Brenner zielte, war für einen winzigen Moment abgelenkt. Vielleicht verblüffte ihn der Anblick einfach zu sehr, vielleicht war er auch einfach nur unschlüssig, auf welches der beiden Ziele er schießen sollte.

Johannes schlitterte weiter immer schneller in die Tiefe, brachte es irgendwie fertig, sich währenddessen auf den Rücken zu drehen, und hielt die Pistole in den vorgestreckten Händen. Er schoß; zwei-, drei-, viermal hintereinander, bis er das Ende der Treppe erreicht hatte und so wuchtig auf dem Boden aufprallte, daß ihm die Waffe aus den Händen geschleudert wurde.

Jede einzelne Kugel traf.

Diesmal war es kein Traum, sondern eine Vision, die ihn unvermittelt und mit der Wucht eines Blitzschlages traf und ihn ebenso brutal und nachhaltig aus der Wirklichkeit hinausschleuderte, wie die Pistolenkugeln den Mann am Fuße der Treppe zu Boden warfen.

Er war übergangslos wieder an jenem Ort, den er in seinem Traum besucht hatte, aber etwas war anders: Diesmal wußte er zweifelsfrei, daß es mehr war als ein Traum. Er war als Beobachter hier, als – vielleicht nicht einmal geladener – Gast, zwar ohne Körper, aber sich seiner selbst doch sehr bewußt. Der rote Widerschein der Fackeln, der über sein Gesicht strich, streifte nicht seine Züge, *ebensowenig wie der Körper, dessen Last er spürte, sein eigener war. Er hatte Schmerzen in Händen und Füßen und entsetzlichen Durst.*

»Verstehst du mich?«

Da war wieder jenes bärtige, grauhaarige Gesicht, das er schon einmal gesehen hatte, diesmal aber allein. Die anderen Stimmen waren fort, und obwohl er die Schwärze jenseits des pulsierenden Halbkreises aus rotem Fackellicht nicht mit Blicken durchdringen konnte, spürte er, daß sie allein waren. Ein Blick in die grauen, trotz des Ausdruckes grimmiger Entschlossenheit im Grunde noch immer gütigen Augen seines Gegenübers sagte es ihm. Was sie zu besprechen hatten, das ging nur sie etwas an.

»Du verstehst mich«, sagte der andere.

Er antwortete nicht. Er wollte antworten, aber er hatte keine Möglichkeit, den Körper, dessen Gast er war, dazu zu bewegen. Jegliche Initiative war ihm genommen. Vielleicht war er mehr Gefangener *als* Gast. *Sein unfreiwilliger Wirt wiederum wollte nicht antworten. Er hätte es gekonnt, trotz der fürchterlichen Verletzungen, die man ihm zugefügt hatte, denn seine Kräfte gingen weit über die eines sterblichen Menschen hinaus.*

Obwohl er sich immer mehr des Umstandes bewußt wurde, daß er nur ein Beobachter in einem streng abgegrenzten Bereich jenes fremden Bewußtseins war, begriff er doch auf der anderen Seite immer mehr vom wirklichen Wesen seines Gastgebers. Die Mauern, die ihn umgaben, waren in seine Richtung hin durchlässig. Nicht einmal sehr: Er wußte noch immer nichts über die Identität *des anderen – falls er überhaupt so etwas wie eine persönliche Identität hatte – noch über seine wahre Natur, geschweige denn über den Grund seines Hierseins. Jeglicher Zugang zu seinen Gedanken und Erinnerungen war ihm verwehrt. Aber er spürte, daß es etwas Gewaltiges war, etwas so Mächtiges und Altes, etwas so* Wissendes, *daß er plötzlich sicher war, nicht wirklich ein Gefangener zu sein. Vielmehr waren die Mauern, die ihn umgaben, zu seinem Schutz errichtet worden, denn eine einzige Berührung jenes lodernden Geistes hätte ihn verglühen lassen wie eine Motte, die dem Feuer zu nahe gekommen war.*

Und er spürte noch etwas: eine Enttäuschung, die unvorstellbar tief war. Wer oder was immer dieses Wesen war, es hatte den Kampf seines Lebens gekämpft; einen Kampf, der ebenso urgewaltig war wie seine Existenz selbst – und verloren.

»Ich weiß, daß du mich verstehst«, sagte der Bärtige nach einer Weile. Er lächelte, aber es war ein bitteres Lächeln, das Brenner angst gemacht hätte, wäre er in der Lage gewesen, eigene Gefühle zu empfinden. »Du konntest dich nie vor mir verstellen, das weißt du doch. Vor allen anderen vielleicht, aber nicht vor mir.«

Er wechselte die Fackel von der rechten in die linke Hand, so daß ihr blutroter Schein nun auf die andere Hälfte seines Gesichtes fiel. Der Effekt war erstaunlich. Es schien plötzlich ein vollkommen anderes Gesicht zu sein; eines, das keinerlei Ähnlichkeit mehr mit dem hatte, in das er bisher blickte. Ein anderer Mensch. Selbst seine Stimme war die eines anderen.

»Du hast es gewußt, nicht wahr? Das war der Grund, aus dem du mich niemals wirklich anerkannt hast. Du hast mich stets nur geduldet, und selbst das wolltest du eigentlich nicht. Und ich weiß sogar, warum. Du hast gewußt, daß ich dich am Ende besiegen würde. Nicht die anderen. Vor ihnen hast du dich nie gefürchtet. Nicht vor ihren Waffen, nicht vor ihren Legionen und Heerscharen, vor ihren Schwertern und Rüstungen. Du wußtest stets, daß sie dir nichts anhaben konnten.«

Jetzt schwang Triumph in seiner Stimme, ein böser, fast höhnischer Triumph, und zugleich spürte Brenner, wie die Enttäuschung seines Gastgebers zu entsetztem Begreifen wurde – und dann zu Zorn, einem unvorstellbaren, brodelnden Zorn, der die Kraft hatte, Welten zu zerstören. Er bäumte sich mit aller Macht gegen die unsichtbaren Ketten auf, die ihn hielten – und prallte zurück. Was immer es war, das ihn hielt, es war so alt und so stark wie er selbst; und vielleicht stärker.

»Kämpfe ruhig«, sagte der andere. »Wehr dich ruhig. Verbrauche deine Kräfte. Es wird dir nichts nutzen. Ich kenne dein Geheimnis. Ich weiß, wer du wirklich bist. Ich weiß, wozu du geschickt wurdest. Deshalb konnte ich dich besiegen.«

Er beugte sich vor; gleichzeitig näherte sich die Fackel seinem Gesicht, und Brenner spürte die Hitze der Flammen auf der Haut. Sie kam näher. Näher. Näher. Aus dem Brennen wurde Schmerz. Seine Augen füllten sich mit Tränen, aber das Feuer kam immer noch näher, und dann berührte etwas grausam Heißes seine Wange. Brenner schrie auf, warf den Kopf zurück – und blickte in ein bärtiges Gesicht, das sich erneut verändert hatte. Die Hitze war noch immer da, aber die Fackel war verschwunden, und die Augen, die besorgt auf ihn herabblickten, waren nun schwarz, nicht länger grau.

»Sind Sie wieder okay?« fragte Salid.

Brenner benötigte eine geschlagene Sekunde, um zu begreifen, daß das unbekannte Gesicht aus dem Traum wieder dem Salids gewichen war. Diesmal war der Übergang so fließend gewesen, daß er ihn fast nicht bemerkt hatte. Statt in einer dunklen Felsenhöhle befand er sich wieder in einem Haus, und er lag nicht auf hartem Stein, sondern auf den Stufen einer Treppe, deren Kanten schmerzhaft in seinen Rücken schnitten. Das heftige Brennen auf seiner Wange stammte von der Ohrfeige, die Salid ihm verabreicht hatte, um ihn aufzuwecken.

»Alles ... in Ordnung«, antwortete Brenner mühsam. Er versuchte sich in die Höhe zu stemmen, glitt aus und kam erst beim zweiten Versuch hoch. Mit einer Mischung aus Verwirrung und Schrecken sah er sich um.

Für den Moment hatten sie Ruhe. Die Haustür und ein vielleicht meterbreiter Bereich davor brannten noch immer, aber die Angreifer hatten sich zurückgezogen. Möglicherweise hatte die unerwartet heftige Gegenwehr sie überrascht; vielleicht gab es aber auch einen anderen Grund.

»Was ist mit ihm?« Brenner deutete auf Johannes, der in einer schon fast absurd verkrümmten Haltung am Fuße der Treppe hockte und aus leeren Augen vor sich hin starrte.

Salid zuckte mit den Schultern, aber er tat es auf eine Art, die Brenner erahnen ließ, daß er die Antwort auf diese Frage sehr wohl wußte. Brenner wußte sie auch – aber etwas in ihm wollte sich nicht daran erinnern. Er wollte auf Johannes zugehen, aber Salid hielt ihn mit einer Handbewegung zurück.

»Sind Sie wirklich okay?« fragte er.

»Warum?«

»Das ist keine Antwort«, sagte Salid. Er streckte die Hand aus, um Brenner an der Schulter zu berühren, aber Brenner schlug seinen Arm beiseite; mit einer Entschlossenheit und Kraft, die ihn selbst mindestens ebensosehr verblüffte wie Salid.

»Kümmern Sie sich nicht um mich«, sagte er scharf. »Was ist hier überhaupt los? Wieso sind sie weg?«

Salid wirkte irritiert, zuckte aber dann nur mit den Schultern und machte eine wedelnde Handbewegung, die die Tür und den gesamten Bereich davor einschloß. »Sie kommen wieder, keine Sorge«, sagte er spöttisch. »Wahrscheinlich schneller, als Ihnen lieb ist. Wir müssen raus hier.«

Das wiederum war keine Antwort auf *seine* Frage, dachte Brenner. Aber er kannte Salid mittlerweile gut genug, um sie nicht zu wiederholen. Außerdem hatte er recht: Welchem neuerlichen Wunder sie ihre Rettung auch zu verdanken hatten, es würde nicht lange anhalten. Und irgendwann *mußte* ihr Kredit beim Glück einfach aufgebraucht sein. Realistisch betrachtet, hatten sie ihn bereits gehörig überzogen.

Er rappelte sich mühsam hoch und schlug linkisch in Salids Richtung. Der Palästinenser sah ihn nur verwirrt an, zuckte aber dann mit den Schultern und war mit einem Schritt neben Johannes. Er sagte etwas zu ihm, das Brenner nicht verstand, aber Johannes reagierte nicht; weder auf die Worte noch auf den Klang der Stimme.

»Was ist mit ihm?« fragte Brenner erneut.

Salid wollte antworten, legte aber dann plötzlich den Kopf auf die Seite und lauschte einen Moment mit angespanntem Gesichtsausdruck. »Sie kommen zurück«, sagte er.

Auch Brenner lauschte, aber er hörte nichts außer dem Prasseln der Flammen, dem dumpfen Schlagen seines eigenen Herzens – subjektiv bei weitem das lauteste Geräusch hier – und einem sonderbaren Rascheln und Knistern, das er sich nicht erklären konnte. Das Geräusch war nicht einmal neu. Er hatte es die ganze Zeit im Hintergrund gehört, ohne sich seiner wirklich bewußt zu sein. Und es war lauter geworden.

»Kümmern Sie sich um ihn«, sagte Salid. Er bückte sich, um etwas vom Boden aufzuheben, das Brenner als Waffe zu identifizieren glaubte, und eilte zur Tür. Vor dem Hintergrund der orangegelben Flammen wurde er zu einem flachen Umriß, einem Gespenst ohne Körper, das nur Schatten und Gefahr war.

Brenner schüttelte den Gedanken mühsam ab. Er begann Salid zu glorifizieren – warum? Dieser Mann war sein größter Feind. Er hatte binnen eines einzigen Tages seine Existenz vernichtet, und er würde mit ziemlicher Sicherheit innerhalb der nächsten Minuten sein Leben vernichten. Brenner verstand sich selbst nicht mehr.

Vorsichtig ließ er sich neben Johannes auf die Knie sinken und berührte den Geistlichen am Arm. Johannes reagierte auf seine Bemühungen ebensowenig wie auf die Salids gerade, aber es gelang Brenner immerhin, einen Blick in sein Gesicht zu erhaschen.

Was er darin sah, erschreckte ihn zutiefst.

Johannes' Gesicht war leer. Er war kein Schrecken in seinen Augen zu lesen. Keine Furcht. Nicht einmal körperlicher Schmerz, den er empfinden mußte, denn er blutete aus zahllosen winzigen Kratzern und Rissen im Gesicht und an den Händen. Aber Johannes' Augen waren so leer und tot wie zwei bemalte Glasmurmeln.

»Um Gottes willen, was haben Sie?« fragte Brenner. »Was ist los? Sind Sie verletzt?«

Er bekam keine Antwort. Johannes hörte seine Worte nicht. Etwas in ihm schien erloschen zu sein.

»Sie kommen«, sagte Salid. »Verdammt, das ist eine ganze Armee – weg hier!« Er fuhr herum, rannte auf Brenner zu und wedelte dabei mit beiden Armen. »Laufen Sie! Nach oben!«

»Nach oben? Aber wir sind doch gerade erst –«

Etwas traf die Tür und riß das wenige in Stücke, was davon noch übriggeblieben war. Flammen und Rauch erfüllten den Korridor, und der Lärm war so unbeschreiblich, daß Brenner vor Schmerz aufschrie und die Hände gegen die Ohren schlug. Ein Hagel winziger, heißer Trümmer regnete auf Johannes und ihn herab.

Die Druckwelle der Explosion schleuderte Salid nach vorne, aber er stürzte nicht, sondern stolperte ein paar Schritte weit ungelenk dahin, ehe er den Schwung der Bewegung ausnutzte und die Hand nach dem Treppengeländer ausstreckte, um sich daran festzuhalten.

Seine Finger glitten durch das morsche Holz wie durch aufgeweichtes Pappmaché. Salid keuchte vor Überraschung, taumelte einen weiteren ungeschickten Schritt nach vorne und verlor nun endgültig die Balance. Aber noch während er stürzte, drehte er sich im Fallen herum und riß die erbeutete Waffe in die Höhe. Ein kurzer, abgehackter Feuerstoß raste über Brenner und Johannes hinweg und stanzte ein Loch in die Flammenwand, die den Eingang verschlungen hatte. Brenner war nicht sicher, aber er glaubte einen Schrei zu hören. Ein weiteres Menschenleben, das sinnlos ausgelöscht worden war.

»Lauft!« brüllte Salid. *»Ich halte sie auf, solange ich kann!«*

Brenner reagierte ohne eigenes Zutun. Salids Magie funktionierte noch immer: Er gehorchte einfach, nicht nur ohne, sondern eindeutig *gegen* seinen Willen. Mit der Kraft der Verzweiflung riß er Johannes in die Höhe, warf sich herum und stolperte zwei, drei Stufen weit die Treppe hinauf, während Salid einen weiteren Feuerstoß auf die Tür abgab. Diesmal wurden die Schüsse erwidert. Rechts und links des Palästinensers explodierten winzige Vulkane aus Staub und zerfetztem Holz, aber er selbst schien wie durch ein Wunder auch diesmal nicht getroffen zu werden.

»Weiter!« brüllte er. *»Aufs Dach! Vielleicht schießen sie vor Zeugen nicht auf euch!«*

Johannes begann sich schwach zu wehren, aber das nahm Brenner gar nicht zur Kenntnis. Unter ihnen explodierte wieder etwas, und diesmal erbebte das gesamte Haus in seinen Grundfesten. Er konnte spüren, wie sich die Treppe wie das Deck eines Schiffes im Sturm zur Seite neigte –

– und brach.

Das hieß, *brechen* war eigentlich nicht das richtige Wort. Er konnte fühlen, wie seine Füße durch das Holz sanken, als hätte es plötzlich seine gesamte Stabilität eingebüßt und die Konsistenz von Morast angenommen. Gleichzeitig begannen sich die Stufen vor ihm auf unmögliche Weise zu verbiegen und zu verzerren. Das Geländer kippte zur Seite, wurde zu einem zuckenden Gummischlauch und zerfiel in Millionen Splitter, und den Bruchteil einer Sekunde später verwandelte sich die gesamte Treppe in eine brodelnde Schräge, in die er haltlos hineinstürzte.

Brenner schrie, schaffte es irgendwie noch, das Gesicht zur Seite zu drehen und die Hände schützend in die Höhe zu reißen, und überschlug sich anderthalbmal in der Luft, ehe er mit den Trümmern der Treppe unten im Hausflur aufschlug. Instinktiv erwartete er einen Aufprall, der der Höhe seines Sturzes entsprach, aber er schien eher auf etwas Weiches und Federndes zu fallen, das unter ihm nachgab und dem Sturz so die schlimmste Wucht nahm. Für einen Moment war er blind. Millionen winziger Trümmer regneten auf ihn herab, nahmen ihm die Sicht und ließen ihn keuchend nach Atem ringen.

Immerhin hörte er, wie Johannes neben ihm aufschrie und weitere Schüsse fielen; einige ganz in der Nähe, die meisten aber draußen vor dem Haus. Der Boden unter ihm zitterte immer noch, und auch das unheimliche Knistern und Rascheln war noch da, ungleich lauter jetzt sogar.

Mühsam stemmte sich Brenner in die Höhe – was gar nicht so einfach war, denn er war ein gutes Stück weit in den Boden hineingetrieben worden; das morsche Holz hatte unter dem Aufprall seines Körpers nachgegeben, und *das* war es wohl letztendlich auch gewesen, was ihm das Leben gerettet hatte. Aber seine blind hin und her tastenden Hände fanden auch keinen Halt. Es erging ihm wie Salid gerade: Was immer seine Finger ergriffen, löste sich darunter auf wie ein von der Sonne ausgedörrter Schwamm. Winzige Staubkörnchen rieselten in seine Ärmel, seinen Kragen und den Hosenbund. Es fühlte sich an, als huschten Millionen dürrer Spinnenbeine über seine nackte Haut.

Schließlich gelang es ihm, sich in eine halb sitzende Position hochzustemmen. Er wischte sich Staub und Holzsplitter aus dem Gesicht, blinzelte ein paarmal und sah im ersten Augenblick nichts als durcheinanderstürzende Schatten und Flammenreflexe.

Salid feuerte immer noch. Brenner sah, wie ein weiterer Schatten aus den zuckenden Flammen vor der Tür auftauchte und wie von einem Faustschlag getroffen zurücktorkelte; dann änderte sich das Schußgeräusch: Der Hammer von Salids Waffe schlug mit einem hektischen Klicken ins Leere. Salid fluchte, schleuderte die MPi fort und versuchte hochzuspringen, aber es erging ihm wie Brenner und Johannes gerade auf der Treppe: Die morschen Bodendielen gaben unter seinem Gewicht nach. Er sank bis ans rechte Knie ein, stürzte hilflos nach vorne und versuchte sich abzufangen; mit dem Ergebnis, daß nun auch seine Hände bis über die Gelenke in den Boden einsanken. Ein Ausdruck fassungsloser Verblüffung breitete sich auf den Zügen des Palästinensers aus – und schlug urplötzlich in jähes Entsetzen um.

Zwei weitere Männer sprangen geduckt durch den Feuervorhang vor der Tür, und diesmal wäre Salids Reaktion wohl selbst dann zu spät gekommen, wenn er noch eine Waffe gehabt hätte. Einer der beiden ließ sich blitzschnell zur Seite fallen und eröffnete gleichzeitig das Feuer auf Salid; der zweite sank auf ein Knie herab und legte auf Brenner an.

Eine Sekunde darauf waren sie verschwunden.

Es ging so schnell, daß Brenner nicht einmal wirklich Zeit fand zu erschrecken: Der Angreifer, der auf ihn angelegt hatte, stieß einen gellenden Schrei aus und brach durch den Fußboden, der unter seinem Gewicht einsackte, um Meter tiefer auf dem Kellerboden aufzuschlagen; der andere beendete seine Seitwärtsrolle noch und wurde von der Wand verschlungen.

Sie gab nicht etwa nach oder brach unter seinem Anprall zusammen. Beides wäre erstaunlich gewesen, aber nach dem, was Brenner bisher gesehen hatte, noch irgendwie zu verstehen.

Was er nun sah, nicht.

Die Wand *verschluckte* ihn. Der scheinbar massive Stein teilte sich entlang einer schnurgeraden, meterlangen Linie unmittelbar über dem Kopf des Mannes, und etwas Schwarzes, Glitzernd-Körniges ergoß sich wie ein Strom aus brodelndem Morast über den Mann. Er fand nicht einmal Zeit, einen Schrei auszustoßen. Das schwarze Wogen packte ihn, riß ihn in die Höhe und zerrte ihn in die Wand hinein.

Das Gefühl des *Déjà-vu* und das Begreifen dessen, was er jetzt sah, kamen gleichzeitig. Es war keine Einbildung gewesen. Der Mann, dessen Gesicht verschwunden war, war wirklich dagewesen. Und er bildete sich auch nicht nur ein, das Huschen und Tasten zahlloser winziger Spinnenbeine auf der Haut zu fühlen ...

Und plötzlich sah er zum erstenmal, was *wirklich* rings um sie herum geschah.

Das gesamte Haus war zum Leben erwacht. Schwarzem, gepanzertem, vielbeinigem Leben, Leben mit glitzernden Facettenaugen und winzigen schnappenden Kiefern, mit haarigen Beinen und zuckenden Antennen, das die Treppe gefressen hatte, die Wände aushöhlte und den Boden, das kroch, krabbelte, fraß ...

Brenner schrie. Es war kein menschlicher Laut mehr, sondern ein überschnappendes Kreischen, in dem alles Entsetzen lag, das er aufbringen konnte. Er sprang in die Höhe, taumelte gegen eine Wand, die weich wie Gummi war und warm und *lebendig*, und schlug wie von Sinnen um sich. Er kreischte, schrie, brüllte. Seine Hände fuhrwerkten wie wild in der Luft herum, kratzten durch sein Gesicht und schlugen nach den winzigen krabbelnden Ungeheuern, fetzten Haut und zerbrechendes Chitin beiseite, zerrten an seinen Kleidern. Ein unbeschreibliches Ekelgefühl hatte von ihm Besitz ergriffen.

Er erwachte erst, als eine Hand in sein Gesicht klatschte und der Schmerz den Vorhang aus Wahnsinn durchbrach. Seine Nase begann zu bluten, und für einen Moment wurde ihm schwindelig. Salid hatte so fest zugeschlagen, daß er vielleicht das Bewußtsein verloren hätte, wären nicht alle seine Nerven bis zum Zerreißen angespannt gewesen. Das Gesicht des Palästinensers verzerrte sich vor ihm, schien asymmetrisch zu werden und nur mühsam in seine angestammte Form zurückzufinden, nachdem Salid mit der Hand darüberstrich. Etwas Dunkles, Kleines tropfte von seinen Fingern herab zu Boden.

»Brenner – hören Sie mich?«

Es waren nicht seine Augen, mit denen etwas nicht stimmte. Salids Gesicht bewegte sich tatsächlich. Spinnen krochen darüber, Käfer, Heuschrecken und Kakerlaken, Millionen kleiner Insekten mit dürren, krabbelnden Beinen, die –

Salid versetzte ihm eine zweite Ohrfeige, die nicht annähernd so heftig war wie die erste, ihn aber trotzdem nachhaltiger in die Wirklichkeit zurückriß.

»Alles in Ordnung?« fragte Salid. Sein Blick war sehr besorgt, aber Brenner suchte vergeblich nach *Furcht* darin. Begriff er denn nicht, was hier geschah? *Sah er es denn nicht?!*

»Was ... was ist das?« stammelte Brenner. »Was ist das, Salid? Was –?« Er spürte im letzten Moment selbst, daß er schon wieder hysterisch zu werden drohte, und riß sich mühsam zusammen. Sein Atem ging so schnell, daß ihm schon wieder schwindelte, aber diesmal wehrte er sich nicht gegen das Gefühl. Alles, was diesem Horrorszenario auch nur einen Deut Wirklichkeit nahm, war sein Verbündeter.

»Ich weiß es nicht«, sagte Salid. »Aber es spielt auch keine Rolle. Wir haben vielleicht noch eine Chance. Kommen Sie!«

Er wartete gar nicht ab, ob Brenner darauf einging oder nicht, sondern packte ihn am Arm und zog ihn einfach hinter sich her zum Ausgang. Auf halbem Wege bückte er sich, zerrte Johannes in die Höhe und sprach ihn an, aber der junge Geistliche zeigte auch jetzt keine Reaktion. Sein Blick war noch immer so leer und erloschen wie vorhin, als Brenner neben ihm niedergekniet war. Vielleicht hatte sein Gott ein Einsehen mit ihm gehabt, dachte Brenner, und sein Bewußtsein ein für allemal ausgelöscht, so daß er nicht mehr sehen mußte, was hier geschah.

Sie näherten sich dem Ausgang. Kurz bevor sie ihn erreichten, ließ Salid Brenner und Johannes los und bedeutete ihnen mit Gesten, stehenzubleiben.

»Halten Sie noch durch?« fragte er.

Brenner nickte – aber er war nicht sicher, ob das die Wahrheit war. Er *redete sich ein*, das absolute Entsetzen von gerade überwunden zu haben, aber das stimmte nicht. Was er im Moment empfand, war keine Tapferkeit, sondern Lähmung, die jederzeit in die eine oder andere Richtung umschlagen konnte.

Salid mußte diese Wahrheit in seinem Gesicht lesen, denn er sah plötzlich noch ein wenig besorgter aus als zuvor. Aber er sagte nichts mehr, sondern ging geduckt weiter zur Tür. Das Feuer dort war fast erloschen, aber hier und da züngelten noch Flammen aus dem Holz. Brenner beobachtete, wie sie Salids Beine streiften, aber der Palästinenser zuckte nicht einmal zusammen. Geduckt huschte er weiter, umging das geborstene Loch, in das der Soldat hineingestürzt war, und erreichte die Tür. Brenner konnte nicht erkennen, was Salid dort draußen sah, aber die Reaktion des Palästinensers allein war erschreckend genug.

Salid erstarrte für einen Moment mitten in der Bewegung. Er stand völlig offen und deckungslos da, ein perfektes Ziel für jeden, der draußen auf der Straße mit einem Gewehr stand, aber niemand feuerte auf ihn.

Und erst in diesem Moment fiel Brenner die Stille auf.

Das unheimliche Rascheln und Knistern, dessen Ursache er nun kannte, erfüllte das Haus noch immer, und dazu waren andere Laute gekommen, eindeutig *bedrohliche* Geräusche: ein tiefes Mahlen und Grollen, das manchmal von einem spürbaren Zittern des Bodens begleitet wurde und keine Deutung offenließ. Das Haus war instabil geworden. Es würde zusammenbrechen. Bald. Vielleicht jetzt.

Aber etwas anderes war verstummt: Niemand schoß mehr. Die Schreie, die gerufenen Befehle und das Sirenengeräusch draußen waren nicht mehr da. Vor dem Haus herrschte eine schon fast unheimliche Stille.

Brenner setzte sich mit klopfendem Herzen in Bewegung. *Er* spürte die Hitze, die von den züngelnden Flammen ausging, sehr wohl, aber der Schmerz war seltsam irreal, ebenso wie der in seinen Händen und seinem Gesicht. Körperlicher Schmerz war Teil einer Welt, zu der er schon nicht mehr ganz zu gehören schien. Obwohl er ihm die Tränen in die Augen trieb, ging er nicht schneller, sondern verlangsamte seine Schritte sogar noch, während er den ausgefransten Krater im Boden passierte. Er wollte es nicht, aber sein Blick fiel trotzdem in die Tiefe und suchte den Mann, der dort hinuntergestürzt war. Er war nicht mehr da. Wo er sein sollte, brodelte eine glitzernde Flut aus Braun und Schwarz. Brenner sah rasch weg.

Er erreichte Salid, raffte sein letztes bißchen Mut zusammen und trat neben ihn, ebenso hoch aufgerichtet und ungeschützt wie der Palästinenser. Es war ihm gleich, ob er damit ein leichtes Ziel bot oder nicht. Vielleicht wartete etwas in ihm ja darauf, erschossen zu werden.

Doch draußen auf der Straße war niemand, der auf ihn schoß. Brenners Augen weiteten sich ungläubig. Noch vor einer halben Sekunde hatte er geglaubt, die Grenzen dessen erreicht zu haben, was ein Mensch an Schrecken und Entsetzen empfinden konnte, aber nun begriff er, daß das nicht stimmte. Es gab immer ein *Mehr*.

»O mein Gott!« flüsterte er. »Was ist das?«

Der Wagen kam mit kreischenden Bremsen zum Stehen; beinahe sogar noch rechtzeitig. Die Stoßstange krachte in die Beifahrertür des weißgrünen Streifenwagens, der die rechte Seite der Straße blockierte, und hinterließ einen spiegelverkehrten Abdruck darin. Der Aufprall war nicht heftig genug, um den Airbag auszulösen, aber Kenneally wurde trotzdem so hart in den Sicherheitsgurt geschleudert, daß seine Zähne aufeinanderschlugen und er Blut schmeckte. Glas zerbrach klirrend, und etwas begann lang und anhaltend zu scheppern.

Kenneally riß die Beifahrertür auf und sprang aus dem

Wagen, während er gleichzeitig fluchend die linke Hand hin und her schüttelte. Er hatte ganz instinktiv versucht, den erwarteten Aufprall abzufangen, und die Automatik des Sicherheitsgurtes hatte wohl einen Sekundenbruchteil zu spät reagiert; das, oder seine Arme waren zu lang. Sein Handgelenk schmerzte, als wäre es gebrochen. Aber das spielte jetzt vermutlich auch schon keine Rolle mehr. Er hatte den Alptraum überlebt, der seine Leute verschlungen hatte, irgendwie. Aber er wußte nicht einmal, was wirklich geschehen war.

»Stehenbleiben!«

Ein grelles Licht stach in seine Augen, und er hörte Lärm: Schreie, Sirenen, durcheinanderhastende Schritte und Gepolter. Irgendwo, weit entfernt, aber noch hörbar, brüllte eine Lautsprecherstimme etwas auf deutsch, das er nicht verstand, und von noch weiter her näherten sich zahlreiche Sirenen; anders als die, die er gewohnt war, aber in ihrer Botschaft unmißverständlich. Er stolperte noch einen Schritt weiter, blieb schließlich stehen und kam endlich – nachdem sich der Aufruf ein drittes Mal wiederholt hatte – auf die Idee, die Hände in die Luft zu strecken.

Vielleicht rettete ihm das das Leben. Das grelle Licht blieb auf sein Gesicht gerichtet und trieb ihm weiter die Tränen in die Augen, aber er konnte trotzdem verschwommen sehen; gut genug jedenfalls, um zu erkennen, daß er von mindestens einem Dutzend deutscher Polizeibeamter umringt war, die ihre Waffen auf ihn angelegt hatten. Die meisten sahen sehr nervös aus; nervös genug jedenfalls, um bei der ersten verdächtigen Bewegung mit dem Zeigefinger zu zucken. Kenneally schickte ein Stoßgebet zum Himmel, daß die Männer wenigstens annähernd so diszipliniert waren wie die, die Smith und er befehligten. Befehligt *hatten* …

Unendlich vorsichtig senkte er die Hände und trat einen weiteren Schritt nach vorne. Der Scheinwerferkegel, der auf ihn gerichtet war, folgte der Bewegung unerbittlich, aber das Licht war jetzt wenigstens nicht mehr direkt auf sein Gesicht gerichtet. Vorsichtig hob er die Linke und wischte sich mit dem Handrücken die Tränen aus den Augen.

Eine Gestalt in grauem Trenchcoat und dazu passender Haar- und Gesichtsfarbe näherte sich ihm und wedelte dabei hektisch mit beiden Händen; die eine Hälfte der Geste galt den Polizeibeamten, die noch immer auf Kenneally angelegt hatten, die zweite ihm. Kenneally konnte sein Gesicht noch immer nicht deutlich erkennen, aber er *spürte* die Erregung des anderen regelrecht. Nicht, daß er nicht gewußt hätte, wie mit Männern in solchen Situationen umzugehen war.

Entschlossen trat er dem Mann im Trenchcoat entgegen und fuhr ihn an: »Wer, zum Teufel, sind Sie? Was soll dieser Scheiß hier? Wir –«

Er hatte sich verrechnet. Der andere ließ sich von seinem naßforschen Ton nicht im mindesten beeindrucken, sondern brachte Kenneally ganz im Gegenteil mit einer einzigen, fast nur angedeuteten Bewegung zum Verstummen. »Ich«, antwortete er betont, »bin der stellvertretende Bürgermeister dieser Stadt – genauer gesagt dem, was noch davon steht. Mein Name ist Dessler. Aber wer sind *Sie*? Und Ihre zweite Frage gebe ich zurück: Was soll der Scheiß dahinten? Wo sind Heidmann und seine Leute?«

»Tot«, antwortete Kenneally. Er ließ eine Sekunde verstreichen und fügte dann hinzu: »Jedenfalls nehme ich das an. Ebenso wie Agent Smith und die meisten meiner Leute.«

Desslers Gesicht wurde noch eine Spur bleicher. »Tot?«

Kenneally zuckte mit den Schultern. »Vermutlich. Es sollte mich wundern, wenn einer *das* überlebt hat. Ich bin froh, daß ich davongekommen bin.«

»Das?« Dessler sah ihn scharf an. »Was ist *das*?« Eine Spur neuen Mißtrauens erschien in seinen Augen, und Kenneally gemahnte sich innerlich zur Vorsicht. Er durfte diesen Mann nicht noch einmal unterschätzen. Das Eis, auf dem er sich bewegte, war ohnehin dünn genug. Er konnte sich keinen Fehler leisten.

Das Schlimme war, daß er Desslers Frage nicht einmal dann wirklich hätte beantworten können, wenn er es gewollt hätte. Er wußte nicht, was geschehen war. Etwas war aus dem Haus herausgekommen, aber es war nicht Salid gewesen. Hinter Kenneallys Stirn überschlugen sich die Bilder, aber nichts davon schien irgendeinen Sinn zu ergeben. Da war etwas Dunkles gewesen, etwas Kriechendes und trotzdem irrsinnig *Schnelles*, das den Männern gefolgt und über sie hergefallen war, und dann ... Er erinnerte sich nicht. Nicht wirklich. Jemand hatte ihn gepackt und in den Wagen gezerrt, und sie waren mit kreischenden Reifen davongerast, das war alles, woran er sich erinnerte. Alles, woran zu erinnern er sich *gestattete*.

Er hob die Schultern. »Ich habe nicht die mindeste Ahnung«, sagte er. »Ich schätze, Ihre Leute haben Mist gebaut.«

»Unsere ...?« Dessler sah einen Moment lang aus zu Schlitzen zusammengezogenen Augen in die Dunkelheit hinter Kenneally. Er sah sehr nervös aus; aber nicht annähernd so verunsichert oder gar hilflos, wie es Kenneally recht gewesen wäre. »Was soll das heißen, *unsere* Leute?«

»Ich hatte die Information – von *Ihnen* –, daß Salid zusammen mit zwei Geiseln in einem Hotelzimmer festsitzt«, antwortete Kenneally, wobei er sich bemühte, eine ganz genau bemessene Spur von Aggressivität in seine Stimme zu legen. »Unbewaffnet, oder wenigstens so gut wie.« Er lachte bitter. »Ich weiß nicht, *was* er hat, aber es sah nach einer tragbaren Taschen-Armee aus. Mindestens ein Dutzend meiner Leute sind tot, und ich fürchte, Ihre Beamten auch.«

»Aber das ... das ist ...« Letztendlich war es Kenneally doch gelungen, ihn aus der Fassung zu bringen. Es war nur die Frage, wie lange dieser Zustand anhalten würde. Vermutlich nicht lange genug. »... unmöglich! Unsere Informationen waren zuverlässig. Ein Dutzend Beamte haben ihn gesehen.«

»Ich weiß nicht, was sie gesehen haben«, antwortete Kenneally scharf. »Ich weiß nur, was dieser Kerl getan hat.« Er ließ eine ganz genau bemessene Zeitspanne verstreichen, ehe er in etwas versöhnlicherem, aber noch immer besorgtem Tonfall fortfuhr: »Hören Sie, Mister Dessler – ich will Ihnen oder Ihren Leuten nicht zu nahe treten, aber dieses

Dreckschwein ist ein anderes Kaliber als das, womit Sie es normalerweise zu tun haben. Der Kerl ist kein normaler Verbrecher. Er ist nicht einmal ein normaler Mörder. Er hat Dutzende von Menschen auf dem Gewissen, sofern er so etwas überhaupt besitzt. Und er ist immer für eine Überraschung gut. Verdammt, bei diesem Kerl würde es mich nicht einmal wundern, wenn er eine taktische Atomwaffe im linken Schuh versteckt hätte.«

Dessler sah ihn mit eindeutigem Entsetzen in den Augen an, aber genau das hatte Kenneally ja erreichen wollen. Außerdem war er nicht einmal mehr sicher, ob er damit wirklich so sehr übertrieben hatte.

»Ich muß telefonieren«, fuhr er fort. »Wo kann ich hier –?« Er wollte in die Tasche greifen, um sein Handy herauszuholen, aber er führte die Bewegung nicht zu Ende, als zwei, drei Polizeibeamte nervös ihre Waffen hoben und wieder auf ihn anlegten. Dessler machte eine beruhigende Geste in die Runde, aber er hatte sich auch bereits wieder gefangen.

»Überhaupt nicht«, sagte er entschlossen.

Kenneally fuhr auf. »Was soll das hei–?«

»Das soll heißen«, fiel ihm Dessler ins Wort, »daß Sie sich als verhaftet betrachten dürfen, *Herr* Kenneally. Sie werden mit niemandem mehr telefonieren oder sonst irgend etwas tun. Ab sofort kümmern *wir* uns um die Sache. Das hätten wir von Anfang an tun sollen.«

»Sie wissen ja nicht, worauf Sie sich da einlassen«, sagte Kenneally. »Dieser Kerl ist –«

»Genug!« Diesmal war etwas in Desslers Stimme, was selbst Kenneally klarmachte, daß es vielleicht besser war, jetzt nicht mehr zu widersprechen. Dieser Mann sah vielleicht *aus* wie ein unbedarfter deutscher Kleinstadt-Bürgermeister, aber er hatte Courage. »Ich werde jedenfalls nicht weiter tatenlos zusehen, wie Sie hier Krieg spielen. Wo ist Ihr verdammter Hubschrauber?«

Kenneally zuckte mit den Schultern. »Keine Ahnung«, sagte er. Es war die Wahrheit. Seit sie geflüchtet waren, hatte er jeden Kontakt zu der Maschine verloren. Er drehte sich nervös auf der Stelle herum, starrte drei, vier Sekunden lang konzentriert in die Dunkelheit hinter sich und wandte sich dann wieder an Dessler.

»Hören Sie, Herr Bürgermeister«, sagte er betont. »Meinetwegen verhaften Sie mich und meine Leute – mir ist es recht. Auf diese Weise bin ich wenigstens sicher, daß ich morgen früh noch am Leben bin. Aber tun Sie sich und Ihren Männern einen Gefallen: Geben Sie Schießbefehl!«

»Auf Salid?«

Kenneally schüttelte heftig den Kopf. »Nicht nur auf Salid. Auf alles, was sich bewegt. Ich weiß nicht, was dort hinten passiert ist, aber eines weiß ich ziemlich sicher: Was immer aus dieser Richtung kommt, gehört bestimmt nicht zu uns. Es ist vielleicht nicht einmal menschlich.«

Dessler lachte, aber es klang nicht sehr echt. »Sie sind ja verrückt«, sagte er. »Es scheint zu stimmen, was man über euch Amis sagt: Ihr seht zu viele schlechte Filme.«

»Ich wollte, es wäre so«, antwortete Kenneally. Er lächelte bitter, trat Dessler wieder einen Schritt entgegen und streckte ihm die aneinandergelegten Handgelenke entgegen. »Bitte! Verhaften Sie mich!«

Dessler starrte seine Hände an, als wüßte er nicht genau, was er damit anfangen sollte, und im Grunde hatte Kenneally damit gerechnet, daß er irgendeine Bewegung machen und die Sache damit auf sich beruhen lassen würde, aber schließlich trat Dessler ein Stück zur Seite und winkte einen der Polizisten herbei. »Nehmen Sie ihn fest. Und die anderen auch.«

Der Beamte trat auf ihn zu und zog ein Paar Handschellen unter der Jacke hervor. Kenneallys Gedanken überschlugen sich. Für einen ganz kurzen Moment spielte er ernsthaft mit dem Gedanken, einen gewaltsamen Ausbruch zu versuchen – aber wirklich nur für einen *ganz* kurzen Moment. Seine Einschätzung, was diese Leute hier anging, mochte durchaus richtig sein: Es waren Kleinstadtpolizisten, deren Leben sich normalerweise in so aufregenden Dingen wie der Jagd nach Scheckbetrügern oder dem Verteilen von Tickets an Falschparker erschöpfte, aber gerade das machte sie gefährlich. Er würde seinen Auftrag nicht erfüllen können, wenn er von einem übereifrigen Polizisten in den Kopf geschossen wurde.

Die Handschellen schlossen sich mit einem schnappenden Geräusch um seine Handgelenke, das allein Kenneally genug über ihren Mechanismus verriet, um sie auch ohne Schlüssel öffnen zu können. Während ihn der Beamte mit einer vollkommen übertrieben heftigen Bewegung am Oberarm ergriff und vor sich hertrieb, sah sich Kenneally das erste Mal wirklich *aufmerksam* um.

Was er feststellte, beruhigte ihn. Alles in allem hatte er es mit weniger als einem Dutzend Beamten zu tun und einer vielleicht dreimal so großen – und beständig anwachsenden – Anzahl von Zivilisten, die ihr möglichstes taten, um die Straßensperre zu durchbrechen oder wenigstens einen Blick auf die andere Seite der Barriere zu werfen, die von den drei quergestellten Streifenwagen gebildet wurde. Nicht weit entfernt zuckten die Blaulichter eines Feuerwehrwagens und einer Ambulanz um die Wette. Wenn der Tanz losging, würde er keine zehn Sekunden brauchen, um zu flüchten.

»Bevor Sie auf irgendeine dumme Idee kommen«, sagte Dessler hinter ihm. »Meine Männer *haben* Schießbefehl. Auch auf Sie.«

Kenneally sah sich im Gehen um. Dessler war ihm gefolgt und sah nun endlich so nervös und hilflos aus, wie Kenneally es sich am Anfang ihres Gespräches gewünscht hätte. Seine letzte Behauptung war eine glatte Lüge, und nicht einmal eine sehr glaubhafte.

Kenneally blieb stehen und sah den grauggesichtigen Mann durchdringend an, und zum erstenmal fiel ihm auf, wie unscheinbar er im Grunde war. Er revidierte seine Meinung über ihn abermals, und diesmal kam er der Wahrheit wahrscheinlich ziemlich nahe. Dessler gehörte offensichtlich durchaus zu jenen Männern, die in Streßsituationen über sich hinauszuwachsen vermögen. Aber er griff dabei nach jedem Strohhalm, der sich ihm bot. In diesem Falle hieß dieser Strohhalm Kenneally.

»Sie wissen nicht, worauf Sie sich einlassen«, sagte er noch einmal, und diesmal wischte Dessler den Einwand nicht mit einer Handbewegung zur Seite, sondern antwortete im gleichen Ton:

»Dann sagen Sie es mir, verdammt noch mal!«

»Ich wollte, ich wüßte es«, antwortete Kenneally. Er erinnerte sich an die Schwärze, nicht mehr. *Etwas* war aus dem Haus gekommen. Er wußte immer noch nicht, was, aber er wußte, daß es hierherkam. »Ich kann Ihnen nur eines sagen: Was immer Sie sehen, schießen Sie darauf.« *Falls es etwas nutzt.*

»Sie meinen das ernst, nicht?« fragte Dessler. »Ich meine, Sie ... Sie glauben wirklich, wir sind hier in einer Ihrer Bronx-Schießereien oder irgendeinem dieser beschissenen Hollywood-Filme, wie? Sie müssen völlig verrückt sein! Sie können nicht einfach hierherkommen und Krieg spielen! Sie –«

Jemand schrie. Einen Moment später fiel ein einzelner Pistolenschuß, und obwohl die beiden Laute jeder für sich sonderbar dünn und fast verloren klangen, wirkte der eine wie ein Katalysator für den anderen. Für den Bruchteil einer Sekunde kehrte eine fast gespenstische Stille ein, in der selbst das asynchrone Heulen der Sirenen innezuhalten schien.

Dann brach ringsum und überall zugleich Panik aus.

Kenneally sah nicht hin. Er brauchte zwei Sekunden, um den Polizeibeamten zu überwältigen, der ihn eskortierte, und weitere fünf, um sich der Handschellen zu entledigen.

Es war ein Anblick wie aus einem jener *Post-Doomsday*-Filme, die er früher so gerne gesehen hatte, nur weniger dramatisch, nicht in Technicolor, sondern in Schwarzweiß und ohne akustische Untermalung.

Vielleicht wirkte sie deshalb so entsetzlich *real.*

Die Straße vor dem Haus war verschwunden. Was Brenner im allerersten Moment für Dunkelheit gehalten hatte, war eine tintige Schwärze, die lautlos aus den Wolken herausgesickert war und sich als farbenvernichtendes Leichentuch über der Schöpfung ausgebreitet hatte. Und etwas von dieser Dunkelheit begann auch in seine Seele zu kriechen und sie zu zerstören; langsam, schleichend und fast ohne Schmerz.

»Was ... was ist das?« flüsterte er noch einmal.

Diesmal bekam er eine Antwort, auch wenn die Worte ebensowenig an Johannes gerichtet waren, wie seine Frage ihm gegolten hatte.

»Die Ödnis«, flüsterte der junge Geistliche. »Das öde Land. Vater im Himmel, es ... *es hat begonnen.*« Brenner sah aus den Augenwinkeln, wie Johannes sich bekreuzigte und eine Bewegung begann, wie um auf die Knie zu sinken, sie aber nicht zu Ende führte; wie eine Marionette, deren Spieler auf einmal beschlossen hatte, ein anderes Stück zu spielen. Warum fiel ihm ausgerechnet dieser Vergleich ein?

»Was hat begonnen?« fragte Salid. Es war Brenner immer noch nicht möglich, seinen Blick von der furchterregenden Schwärze jenseits der Schwelle zu lösen, aber er registrierte trotzdem, wie Salid sich herumdrehte und Johannes scharf ansah. *»Was?«*

»Die Apokalypse«, antwortete Johannes. »Das Ende der Welt. Verstehen Sie denn nicht? Haben Sie denn keine Augen im Kopf? *Sehen Sie doch hin*!«

»Ich sehe nichts«, antwortete Salid. »Ausgenommen der Tatsache, daß wir vielleicht doch noch eine Chance haben.« Er wandte sich an Brenner. »Was ist mit Ihnen? Sind Sie okay?«

Ein Gefühl eindeutig hysterischer Belustigung stieg in Brenner hoch. Okay? »Das ist die lächerlichste Frage, die ich heute gehört habe«, antwortete er.

Salid nickte. »Sie *sind* okay«, behauptete er. »Los, jetzt weg hier. Lauft zu dem Wagen dort drüben. Ich komme sofort nach!«

Lächerlich oder nicht, Salids unheimliche Macht über Brenners Willen funktionierte noch immer. Diesmal beobachtete er sich selbst genau: Seine Gliedmaßen setzten sich nicht nur *ohne*, sondern eindeutig *gegen* seinen eigenen Entschluß in Bewegung. Ohne daß Salid ihn eigens dazu auffordern mußte, ergriff er Johannes' Hand und zog ihn mit sich die kurze Treppe hinab und auf den Wagen auf der gegenüberliegenden Straßenseite zu, auf den Salid gedeutet hatte. Es war nur einer von mehreren Wagen. Etwas stimmte nicht damit, aber er vermochte nicht zu sagen, was. Vielleicht war *er* es ja, mit dem etwas nicht stimmte. *Sie*. Johannes, Salid und er waren die einzigen lebenden Wesen in dieser Fantasy-Kulisse, und sie hatten hier ebensowenig verloren wie Häuser, die Menschen verschlangen, und Männer, deren Gesichter sich in nichts auflösten, in der Wirklichkeit. Er hatte mehr und mehr das Gefühl, durch eine Drehtür in eine fremde, bizarre *Nicht-Wirklichkeit* getreten zu sein.

Und es wurde schlimmer, mit jedem Schritt, den sie sich vom Haus entfernten. Jemand hatte einen Eimer geschmolzenes Pech genommen und über der Welt ausgegossen. Die einzige Farbe, die er sah, war Schwarz. Der Himmel war leergefegt; es gab keine Wolken, keine Sterne, nichts mehr, nur eine einheitliche schwarze Fläche, die mit rauchigen Fäden aus Dunkelheit mit der Erdoberfläche verbunden schien.

Sein Fuß stieß gegen ein Metallteil, das scheppernd davonrollte. Brenner sah ihm nach. Er hatte das Gefühl, es eigentlich erkennen zu müssen, aber es dauerte eine Sekunde, ehe aus diesem Gefühl auch tatsächlich *Wissen* wurde: Es war eine Gürtelschnalle. Die *Metallteile* einer Gürtelschnalle. Der dazugehörige Lederriemen fehlte. So wie der hölzerne Schaft des Gewehres, dessen Lauf, Abzug und Schußmechanismus er daneben entdeckte. Wie das Lederarmband der Uhr, die vor ihm lag. Der Kinnriemen des Helmes. Die Kunststoffteile des Handfunkgerätes, dessen Metallskelett vor ihm glitzerte – die Straße war voller Trümmer. Waffen, Kleidungs- und Ausrüstungsstücke, vielleicht auch Dinge des alltäglichen Gebrauchs, die die Männer bei sich gehabt hatten, die das Haus stürmten. Aber alles, was nicht aus Metall oder Glas bestand, war verschwunden.

Und als hätte diese Erkenntnis einen Schleier von seinen Augen gezogen, sah er nun auch, was mit der Silhouette der Baumreihe auf der anderen Straßenseite nicht stimmte.

Sie war skelettiert. Die Bäume hatten sich in nackte, abgenagte Stämme verwandelt, an deren Ästen nichts mehr war. Aus den Büschen waren bizarre Skulpturen aus gebogenem Draht geworden, und die Erde dazwischen war so tot wie schwarze Lava. Alles Lebende war von diesem Ort entfernt worden, so spurlos und gründlich, als hätte es niemals existiert. Das kriechende Inferno hatte nicht nur das Haus und die Männer, die darin eingedrungen waren, verschlungen, sondern auch alles, was hier draußen existiert hatte.

Von einem Gefühl plötzlich neu aufkommender Panik erfüllt, sah Brenner sich wild auf der Straße um, aber er entdeckte nicht, wonach seine entsetzt aufgerissenen Augen suchten. Der Straßenbelag war übersät mit Trümmerstücken, deren ursprüngliches Aussehen er zum Großteil nicht einmal erraten konnte, aber er sah weder Leichen noch Reste von Kleidung, abgesehen von jener ersten Gürtelschnalle und etwas, das eine ungute Ähnlichkeit mit Brillengläsern hatte; Dinge, die man *verlieren* konnte – zum Beispiel, wenn man auf der Flucht vor jemandem war. Oder etwas.

»Was, zum Teufel, tut ihr hier?« Salid kam mit zwei, drei gewaltigen Sätzen herangestürmt und fuchtelte dabei mit beiden Armen. Seine Hände waren jetzt nicht mehr leer, und Brenner begriff, warum er noch einmal ins Haus zurückgelaufen war, obwohl das Gebäude jeden Moment über ihm hätte zusammenbrechen können. Der Palästinenser war jetzt wieder bewaffnet: Er hielt eine Maschinenpistole in der rechten und drei oder vier Reservemagazine in der linken Hand.

»Lauft weiter! Verdammt!« Er versetzte Johannes einen Stoß, der ihn haltlos taumeln ließ. Brenner stolperte von sich aus weiter, auch wenn er das Gefühl hatte, sich bei jedem Schritt übergeben zu müssen. Unter seinen Schuhen knirschten Glas und Metall, und leise, ganz weit entfernt, aber trotzdem gerade noch an der Grenze des Wahrnehmbaren, war da noch immer dieses unheimliche Rascheln und Wispern.

Salid erreichte den Wagen als erster, riß die Tür auf und sprang fluchend zurück. Eine schwarze, glitzernde Schlammwoge schwappte ihm entgegen und zerspellte auf der Straße vor seinen Füßen in hunderttausend Einzelteile, die auf emsig huschenden Beinchen davonwirbelten. Salid stieß einen Laut aus, der irgendwo zwischen einem Keuchen und einem Schrei lag, und sprang einen weiteren Schritt zurück, und auch Brenner und Johannes blieben wieder stehen.

Dieser Wagen würde sie nirgendwo mehr hinbringen. Er war nur noch ein Skelett, pures Metall und Glas, das auf blankgefressenen Felgen schräg wie ein gestrandetes Schiff dastand. Aus dem Armaturenbrett hingen halb aufgelöste Instrumente wie metallene Eingeweide, die nur noch von glitzernden, ihrer Kunststoffisolation beraubten Kupfer- und Messingdrähten gehalten wurden. Lenkrad und Sitze waren vollkommen verschwunden. Der Wagen hatte eine gewisse Ähnlichkeit mit den ausgebrannten Wracks, die Brenner in seiner Funktion als Versicherungsvertreter dann und wann zu Gesicht bekommen hatte. Nur daß er nicht *gebrannt* hatte. Etwas hatte ihn regelrecht *aufgelöst*.

Salid verzog angeekelt das Gesicht und begann nach den winzigen Insekten zu treten, die vor ihm davonhuschten. Sie zerplatzten mit einem sonderbar hellen, weithin hörbaren Geräusch, und Brenners Phantasie hatte sich weit genug von ihren Zügeln losgerissen, um daraus dünne, nach Vergeltung verlangende Schmerzensschreie zu machen.

Die Tiere griffen Salid nicht an. Wer immer sie geschickt – *was* immer sie geschickt – hatte, hatte sie nicht gesandt, um *sie* zu vernichten. Trotzdem hielt Salid nicht inne, sondern trat immer wilder und mit immer größerer Kraft zu. Seine Schuhe stampften die winzigen Tierchen in den Boden, als zertrete er keine fingernagelgroßen Insekten, sondern ein gefährliches Untier, von dem er fürchtete, daß es ihm seine Fänge ins Fleisch trieb, wenn er es nicht mit dem ersten Angriff unschädlich machte. Er stieß immer noch diese sonderbaren, keuchenden kleinen Schreie aus. Und er hörte auch nicht auf, als vor ihm längst nichts mehr war, sondern steigerte sich in eine regelrechte Raserei.

Schließlich hob Brenner die Hand und berührte Salid an der Schulter. »Es ist gut«, sagte er. »Hören Sie auf, Salid.«

Nichts war *vorbei*, und das wußten sie beide, und es war erst recht nichts *gut*. Aber wenn schon nicht seine Worte, so war es vielleicht das Gewicht seiner Hand, das den unseligen Bann brach. Salid fuhr herum und schlug seinen Arm so heftig zur Seite, daß Brenner beinahe aus dem Gleichgewicht geraten wäre und ein betäubender Schmerz bis in seine Schulter hinaufschoß. Aber er blickte dabei auch in Salids Augen, und er sah, daß das Feuer des Wahnsinns darin erlosch und einer noch immer tobenden, aber trotzdem *anderen* Furcht Platz machte. Was Salid jetzt spürte, war Angst; ein gutes Gefühl, gegen das, was zuvor von ihm Besitz ergriffen hatte.

»Es ist vorbei«, sagte Brenner noch einmal.

Salid atmete hörbar ein. Nervös fuhr er sich mit der Zungenspitze über die Lippen. »Ich ... es tut mir leid.«

»Was?« fragte Brenner. »Daß Sie ein menschliches Gefühl gezeigt haben?«

»Ich habe die Kontrolle verloren«, sagte Salid. »Bitte verzeihen Sie.« Er zögerte einen kurzen, aber spürbaren Moment, dann fügte er hinzu: »Ich hasse Spinnen. Es ist albern, aber ... Es wird nicht wieder passieren.«

Brenner schwieg. Es waren keine Spinnen gewesen. Nicht nur. Nicht einmal zu einem Großteil. Und drinnen im Haus waren sie zu Millionen über sie hergefallen. Wieso hatte Salid *dort* nicht so reagiert, wenn er tatsächlich nur an einer Arachnophobie litt?

Er wußte die Antwort, kaum daß er die Frage in Gedanken formuliert hatte, und – was vielleicht schlimmer war – Salid las es deutlich in seinen Augen. Der Palästinenser fürchtete Spinnen ebensowenig wie Maschinengewehre und Kampfhubschrauber oder *irgend etwas* auf dieser Welt. Das einzige, was er fürchtete, war die Angst. Und für einen Moment hatte sie ihn überwältigt. Er hatte die Kontrolle verloren; über die Situation, über das Geschehen und vor allem über *sich selbst*, und das war es, was ihm angst machte.

Dann, von einer Sekunde auf die andere, war er wieder er selbst. Er fuhr mit einem Ruck herum, starrte den ausgehöhlten Wagen eine halbe Sekunde lang fast haßerfüllt an und versetzte der Tür schließlich einen wuchtigen Tritt.

»Damit kommen wir jedenfalls nicht weiter«, sagte er zornig. Er starrte einen Moment ins Leere, drehte sich dann nach rechts, nach links und wieder nach rechts. Brenner konnte regelrecht sehen, wie es hinter seiner Stirn arbeitete. Zugleich fand er mehr und mehr zu seinem gewohnten Selbst zurück. Auch wenn er vor dem Gedanken zurückschreckte: Brenner war sicher, daß Salid diese Situation *begrüßte*. Es war eine Herausforderung. Eine Aufgabe, die zu lösen war; etwas, wogegen er *kämpfen* konnte.

Schließlich drehte sich Salid erneut herum und deutete in westlicher Richtung die Straße hinab. »Dort entlang. Schaffen Sie es noch?«

Brenner nickte, blieb aber trotzdem reglos stehen. Die Straße verlor sich nach vielleicht dreißig, vierzig Metern in vollkommener Finsternis – ihm fiel erst jetzt auf, daß nicht nur sämtliche Straßenlaternen, sondern *jede* Beleuchtung ausgefallen war –, aber er war davon überzeugt, daß hinter dieser Dunkelheit etwas auf sie wartete. Die Männer, die gekommen waren, um sie zu töten. Oder etwas anderes. Schlimmeres.

»Warum gehen wir nicht dort entlang?« Brenner deutete auf die Baumreihe hinter dem Wagen. Er konnte nicht erkennen, was dahinter lag, vermutete aber, daß es sich um eine kleine Grünanlage oder einen Park handelte; vielleicht schon ein Teil des Krankenhausgeländes. Salid hatte ja gesagt, daß sie nur einen Block davon entfernt waren.

»Weil sie damit ganz bestimmt rechnen«, antwortete Salid. »Ich habe keine Lust, einem Dutzend Scharfschützen vor die Zielfernrohre zu laufen.«

Nach allem, was sie in den letzten Minuten gesehen hatten, mußte das selbst in seinen eigenen Ohren lächerlich klingen, aber Brenner widersprach nicht. Tief in sich hatte er längst resigniert. Es war gar nicht Salids Suggestivkraft, die ihn zwang, Dinge zu tun, die er gar nicht tun wollte. Er hatte nicht mehr den *Willen*, irgend etwas zu tun. Vorhin hatte er

Johannes mit einer Marionette verglichen, aber nun begriff er, daß er selbst es war, der an unsichtbaren Fäden hing, ja, sich mit dem letzten bißchen Kraft daran klammerte.

Sie gingen ein Stück weit schweigend die Straße hinunter, wobei Salid sich unentwegt nervös umsah und noch nervöser mit der Waffe spielte, die er noch immer in der Rechten trug. Die Dunkelheit begleitete sie für eine Weile, aber sie war jetzt nicht mehr so vollkommen wie vorhin, als sie sie nur von außen gesehen hatten. Brenner vermied es am Anfang fast krampfhaft, zu den Häusern hinaufzublicken, an denen sie vorbeigingen. Er hatte Angst, leere Fensterhöhlen zu erblicken, Häuser ohne Türen, ohne Treppengeländer und Stufen, ohne *Leben.* Doch diese schlimmste aller Vorstellungen zumindest erwies sich als falsch. Schließlich sah er, fast gegen seinen Willen, doch zu der Fassade zur Linken hoch, und sie sah ganz normal aus: ein Haus ohne Licht zwar, aber unversehrt. Die Plage, die die Straße leergefegt hatte, hatte die Gebäude hier – und, großer Gott, betete er, das *Leben* in ihnen – unberührt gelassen.

Plötzlich blieb Salid stehen und hob warnend die Hand. »Dort vorne!« flüsterte er.

Nicht weit vor ihnen begann sich die biblische Finsternis zu lichten; und nicht nur im übertragenen Sinne. Es kam Brenner tatsächlich so vor, als befänden sie sich im Inneren einer schwarzgrauen Nebelbank, die wenige Schritte vor ihnen aufhörte. Dahinter waren flackernde rote und blaue Lichter zu erkennen, und auch die Geräusche waren wieder in die Welt zurückgekehrt. Er hörte Stimmen, Schreie, Sirenen und Rufe, den Lärm von Menschen – *sehr vielen Menschen* –, die aufgeregt durcheinanderliefen. Wie das Licht waren auch die Laute sonderbar gedämpft, als drängen sie durch eine Nebelwand zu ihnen. Oder kämpften darum, Wirklichkeit zu werden.

»Bleibt hier!« befahl Salid. Er huschte geduckt davon und wurde schon nach zwei Schritten zu einem Teil der Schwärze, der sich nur durch seine Bewegung von ihr unterschied. Aber diesmal gehorchte Brenner nicht. Der Gedanke, allein hier zurückzubleiben, war schlimmer als alles, was ihn dort vorne erwarten konnte. Salid warf einen Blick über die Schulter zurück und runzelte mißbilligend die Stirn, aber er unternahm nichts, um Brenner zurückzuhalten.

Sie erreichten das Ende des dunklen Bereiches, das auch nahezu mit dem der Straße identisch war. Salid wedelte warnend mit der Hand – diesmal gehorchte Brenner dem Befehl und blieb stehen, wenn auch nur einen knappen Schritt hinter ihm –, preßte sich mit dem Rücken gegen die Backsteinwand des Gebäudes, das die Straßenkreuzung markierte, und ließ sich vorsichtig in die Hocke sinken.

Unendlich langsam schob er sich vor und spähte um die Ecke. Brenner folgte ihm, wobei er sich Mühe gab, Salids Bewegungen zu kopieren.

Was er sah, war eine andere Szene, die er aus zahllosen Filmen und Geschichten kannte und die doch vollkommen *anders* war: Vor ihnen, allerhöchstens noch fünfzehn oder zwanzig Meter von der Kreuzung entfernt, war eine Straßensperre errichtet worden. Drei Streifenwagen standen mit rotierenden Blaulichtern quer über der Fahrbahn und blockierten sie in ganzer Breite, dahinter waren die ebenfalls von rotierenden Lichtsignalen gekrönten Dächer mehrerer Feuerwehr- und Krankenwagen zu erkennen. Brenner zählte auf Anhieb mindestens ein Dutzend Polizeibeamte, dazu eine ungleich größere Anzahl von Zivilisten – wahrscheinlich Schaulustige –, die sich nur noch widerwillig davon abzubringen zu halten schienen, die Straßensperre einfach zu überrennen. Von weitem näherten sich weitere heulende Sirenen, und er glaubte auch das gefürchtete Hubschraubergeräusch wieder zu hören, war aber nicht ganz sicher.

Salid deutete auf einen Punkt auf der linken Straßenseite. Im ersten Augenblick dachte Brenner, er wollte ihn auf den Wagen aufmerksam machen, der offenbar in die Flanke eines der Streifenwagen hineingefahren war. Dann sah er, was Salid wirklich meinte: Ein Stück hinter den ineinandergekeilten Fahrzeugen standen fünf oder sechs Polizeibeamte, die mit gezogenen Waffen zwei Zivilisten umringten. Sie waren viel zu weit entfernt, um zu hören, was dort drüben gesprochen wurde, aber die Bedeutung der Gesten, die sie beobachteten, war klar. Der Wagen mußte versucht haben, die Straßensperre zu durchbrechen. Es war ein sehr großer, sehr *amerikanischer* Wagen. Etwas in Brenner löste sich; ein Druck, von dem er erst jetzt, als er nicht mehr da war, überhaupt spürte, daß es ihn gegeben hatte. Wenigstens hatten einige überlebt.

»Sie sind abgelenkt«, flüsterte Salid. »Vielleicht haben wir eine Chance.« Er überlegte zwei, drei Sekunden lang angestrengt und wies dann mit einer Kopfbewegung nach vorne. »Ziemlich viele Schaulustige, wie?«

»Wie meinen Sie das?« erwiderte Brenner. Die Frage gefiel ihm nicht. Etwas an der Art, wie Salid sie stellte, gefiel ihm nicht.

»Gaffer sind eine Pest«, antwortete Salid. Er klang beinahe fröhlich. »Jedenfalls für *eine* Seite.«

Brenner blickte fragend. Salid hob seine Waffe, überprüfte das Magazin und grinste Brenner an. »Für die andere ...«

»Sie wollen doch nicht etwa –?«

Salid machte eine beruhigende Handbewegung, aber das Grinsen verschwand trotzdem nicht vollkommen von seinem Gesicht. »Keine Angst. Ich habe nicht vor, jemanden zu verletzen. Ich schätze, ich werde auf eines dieser hübschen blauen Blinklichter dort drüben schießen. Vielleicht kann ich für eine kleine Panik sorgen.«

»Und dabei kann niemand zu Schaden kommen, wie?«

Salid zuckte mit den Schultern. »Bei dem, worum es hier geht, könnten eine ganze Menge Menschen *zu Schaden kommen*, meinen Sie nicht?«

Brenner antwortete nicht mehr – was hätte er auch sagen sollen? Salid hatte recht. Davon abgesehen war er ziemlich sicher, daß nichts, was er tun oder sagen würde, den Palästinenser in irgendeiner Weise beeindrucken oder gar von etwas abbringen konnte, wozu er sich entschlossen hatte. Trotzdem spürte er, daß dieses Argument falsch war. Mathematik und Ethik waren nun einmal nicht kompatibel.

Salid ließ sich auf das linke Knie herabsinken, stützte den Ellbogen auf den Oberschenkel und legte die Waffe an. Brenner beobachtete ihn nervös. Salids Vorhaben gefiel ihm immer weniger. Fünfzehn Meter waren keine nennenswerte Entfernung für einen so guten Schützen, wie Salid es zweifelsohne war, aber dort drüben standen so viele Menschen, daß auch eine geringe Abweichung schon zu einer Katastrophe führen mußte. Brenner verstand nichts von Waffen, aber er bezweifelte, daß man mit einer Maschinenpistole so präzise schießen konnte, wie Salid es vorhatte.

Salid hob die Waffe um eine Winzigkeit, zielte lange, und Brenner legte ihm die Hand auf die Schulter. »Warten Sie!«

Vor ihnen bewegte sich etwas. Die Schatten zwischen der Straßensperre und ihnen schienen lebendig geworden zu sein, ohne daß Brenner die Bewegung genau definieren konnte. Etwas wogte, wie schwarze Tinte, die sich wolkig in bewegtem Wasser auflöste. Er hörte wieder das Rascheln und Knistern, aber diesmal klang es eher wie Stimmen, die mit dem Wind herangetragen wurden. Die Schreie verlorener Seelen.

Salid ließ die Maschinenpistole sinken und deutete nach rechts. Der bizarre Effekt war auch dort sichtbar, und durch die größere Entfernung wirkte er fast noch unheimlicher. Es war, als wäre die Straße selbst zum Leben erwacht.

Etwas berührte Brenners Fuß; ein flüchtiges Zupfen, das er durch das Leder des Schuhs hindurch eigentlich gar nicht spüren konnte. Trotzdem fuhr er wie elektrisiert zusammen, als er die winzige spinnenbeinige Kreatur erblickte, die über seine Schuhspitze kroch. Hastig schüttelte er sie ab und setzte ganz instinktiv dazu an, sie zu zertreten, ganz wie Salid es vorhin getan hatte.

Dann erstarrte er mitten in der Bewegung.

Das Insekt war nicht allein gekommen. Es waren Millionen, und sie waren überall. Die Schwärze, die die Straße zum Leben erweckt hatte, kam nicht aus dem Nirgendwo, sondern aus der Dunkelheit, die ringsum herrschte. Sie waren überall: auf dem Boden, den Wänden, zwischen ihren Füßen, auf ihren Schuhen, krochen an ihren Hosenbeinen empor und tauchten lautlos aus der Dunkelheit hinter ihnen auf, eine kriechende, krabbelnde, klickende Flut winziger gepanzerter Ungeheuer, keines größer als der kleine Finger eines Kindes, aber endlos in ihrer Zahl.

Brenner schwindelte. Sein Herz begann immer heftiger zu klopfen, und er spürte, wie ihm am ganzen Leib kalter Schweiß ausbrach. Für einen Moment drohte ihn die gleiche Panik zu übermannen wie vorhin im Haus. Seine Knie zitterten so heftig, daß er die Hand ausstreckte und an der Mauer nach Halt suchte. Aber er zog den Arm hastig wieder zurück, als etwas Kleines, Hartes seine Finger berührte.

Auch die Mauer war voller krabbelnder Kreaturen. Aber es waren keine Spinnen, wie Salid gesagt hatte. Es waren auch keine Käfer oder Ameisen oder irgend etwas, das Brenner jemals gesehen hätte. Der Anblick war so bizarr, daß Brenner für einen Moment sogar sein Entsetzen vergaß und sich vorbeugte, um die winzigen Wesen genauer in Augenschein zu nehmen.

Am ehesten ähnelten sie vielleicht noch etwas zu klein geratenen Heuschrecken, nur daß ihre Glieder etwas kräftiger waren und wie die Körper mit winzigen schwarzbraunen Schuppen gepanzert. Aus den dreieckigen Schädeln, die über beunruhigend große und *wissende* Augen verfügten, wuchsen kräftige Beißzangen, und der hintere Teil des Körpers war nach oben gebogen und endete in einem nadelspitzen Stachel, was den Geschöpfen eine gewisse Ähnlichkeit mit kleinen gepanzerten Skorpionen verlieh.

»Dort!« Salid deutete nach vorne. »Sehen Sie doch!«

Brenner riß seinen Blick mühsam von der Wand los und sah in die Richtung, in die Salids ausgestreckte Hand wies. Die Woge lebendig gewordener Dunkelheit näherte sich der Straßensperre, und die Bewegung war mittlerweile so heftig geworden, daß sie auch von dort aus sichtbar war. Einige Polizeibeamte bewegten sich zögernd auf die kriechenden Schatten zu, blieben aber fast sofort wieder stehen.

Die Bewegung der Insektenarmee hielt hingegen nicht

inne. Sie glitt lautlos auf sie zu und schien dabei noch schneller zu werden. Brenner sah, wie einer der Polizeibeamten zusammenfuhr und plötzlich einen irren Veitstanz aufzuführen begann; ein anderer schrie auf und torkelte rückwärts gehend davon.

»Großer Gott, *nein!*« flüsterte Brenner. »Bitte, *nicht*!«

Das letzte Wort ging im Peitschen eines Schusses unter, den einer der Beamten auf die heranwogende Insektenarmee abfeuerte. Die Kugel schlug Funken aus dem Asphalt, ohne die Geschöpfe nur im geringsten aufhalten zu können. Die Schwärze überflutete die Füße der Männer, schickte sich für einen Moment an, an ihren Beinen emporzukriechen, und Brenners Herz schien für die gleiche, unendlich kurze Zeitspanne auszusetzen. Ein furchtbares Bild stieg aus seiner Erinnerung empor: ein Gesicht, das sich in Schatten auflöste und dann einfach nicht mehr da war; Hände, deren Finger zu Skelettklauen wurden, ihres Fleisches und allen Lebens beraubt, im Bruchteil einer Sekunde. Es geschah wieder. Und diesmal waren keine barmherzigen Schatten da, die die Wahrheit vor ihm verbargen. Es geschah wieder, hier und jetzt, vor seinen Augen.

Dann zog sich die Dunkelheit zurück. Sein allerschlimmster Alptraum wurde nicht wahr. Die Männer schrien vor Furcht und Ekel, und auf der anderen Seite der Straßensperre brach im Bruchteil eines Augenblickes Panik aus, aber die Geschöpfe waren diesmal nicht gekommen, um zu töten. Brenner sah, wie einer der Beamten ausglitt und mit wild rudernden Armen in die brodelnde Masse zu seinen Füßen hineinfiel, aber er verschwand nicht darin, wie die Männer im Haus, sondern taumelte wieder auf die Füße und rannte schreiend weiter.

»Los!« brüllte Salid. »Lauft!«

Er sprang in die Höhe und rannte los, dicht gefolgt von Brenner und Johannes, die einfach blindlings hinter ihm herstürmten.

Brenner keuchte vor Ekel und Widerwillen, als er spürte, wie unter seinen Schritten zahllose winzige harte Körper auseinanderbarsten. Die Tiere machten keine Anstalten, vor ihnen zu fliehen – und wohin auch? Was auf den ersten Blick wie der Straßenasphalt ausgesehen hatte, war in Wirklichkeit eine wabernde, kriechende Masse, in die sie bei jedem Schritt fast bis an die Knöchel einsanken und die sich in Wellen auf die Straßensperre und die fliehende Menschenmenge dahinter zubewegte – aber sie griffen Johannes, Salid und auch ihn nicht an. Trotzdem wäre es ihm fast lieber gewesen, sie hätten es getan. Der Gedanke, von diesen scheußlichen Geschöpfen attackiert zu werden, war entsetzlich, aber der, daß sie – warum auch immer – *auf ihrer Seite* standen, war noch hundertmal schlimmer.

»Die Wagen!« schrie Salid. »Lauft zu den Wagen!«

Offenbar hatte er vor, einen der Streifenwagen zu stehlen, deren Besitzer sich der in kopfloser Panik davonstürmenden Menge angeschlossen hatte, aber die schwarze Woge erreichte sie lange vor ihnen, und was sich vorhin nur in Brenners Phantasie abgespielt hatte, das sah er jetzt wirklich. Es war viel undramatischer, als er erwartet hätte, und gerade deshalb noch viel schlimmer: Für nicht viel mehr als eine Sekunde war es, als ob die Fahrzeuge unter einer schwarzen, sacht vibrierenden Decke verborgen würden, eine zuckende Masse, die ihre Formen abgerundet und diffus nachbildete und dann weiterglitt. Was zurückblieb, das waren ausgehöhlte Wracks ohne Reifen, Polsterung und Armaturenbretter; ja, selbst ohne Lack. Die Metallkarossen schimmerten matt, als wären sie mit einem Sandstrahlgebläse behandelt worden. Bei zwei, drei Wagen lösten sich die Front- und Heckscheiben, als sie ihrer Gummidichtungen beraubt wurden, und zerbarsten auf der Straße.

»Verflucht!« Salid blieb stehen und sah sich wild um. Die wogende Insektenarmee floß um seine Füße wie glitzerndes hartes Wasser, aber er nahm sie jetzt gar nicht mehr zur Kenntnis; ein weiterer Beweis dafür, daß seine Rede vorhin nichts als eine Schutzbehauptung gewesen war. Er machte einen Schritt zur Seite, blieb wieder stehen und drehte sich einmal im Kreis. Sein Gesicht war zu einer Grimasse verzerrt, vor der Brenner erschrak. Schließlich rannte er weiter, flankte nahezu ansatzlos über einen der quergestellten Polizeiwagen hinweg und gestikulierte Brenner und Johannes ungeduldig zu, dasselbe zu tun.

Brenner folgte ihm, wesentlich weniger elegant, trotzdem aber fast ebenso schnell, während Johannes nicht einmal den Versuch machte, das Hindernis zu überwinden. Er stand einfach da und starrte ihn an. Seine Augen waren leer.

»Verdammt noch mal, worauf warten Sie?« fauchte Salid. »Sie –«

Brenner brachte ihn mit einer Geste zum Verstummen. Ein neues, auf eine schwer zu definierende Weise vielleicht noch schlimmeres Gefühl von Furcht breitete sich in ihm aus, als er in Johannes' Gesicht blickte. Eigentlich war es das erste Mal, daß er Johannes bewußt ansah, seit sie das Haus verlassen hatten. Johannes' Augen waren nicht wirklich leer. Es *war* noch etwas darin, aber Brenner bezweifelte plötzlich, ob es *Leben* war. Und er begriff im gleichen Moment, daß er nicht der einzige war, der Salid nicht wirklich aus freien Stücken folgte.

Wie hatte er nur so blind sein können? Hatte er wirklich geglaubt, nur er wäre mit dem Schlimmsten konfrontiert worden, was er sich vorstellen konnte? Vermutlich war er, verglichen mit dem jungen Geistlichen, noch gut dran. Sein Leben war in den letzten Stunden unwiderruflich zu einem Scherbenhaufen geworden, den keine Macht der Welt wieder kitten konnte, aber das war nichts gegen das, was Johannes durchmachen mußte. Er hatte nicht das Schlimmste erlebt, was er sich vorzustellen imstande war: Er hatte das Schlimmste *getan*, wozu er imstande war.

Er hatte einen Menschen getötet.

Es spielte keine Rolle, ob es in Selbstverteidigung geschehen war, absichtlich oder fast ohne sein Zutun. Er hatte ein menschliches Leben ausgelöscht, für einen Mann wie ihn ein Verbrechen von so absurder Größe, daß Brenner das Entsetzen, das er spüren mußte, wahrscheinlich nicht einmal in Ansätzen nachempfinden konnte.

»Worauf warten Sie?« fragte Salid noch einmal. Er klang immer noch ungeduldig, aber auch ein wenig unsicher. Vielleicht wußte er nicht, was in Johannes vorging, aber er hätte schon blind sein müssen, um nicht zu sehen, *daß* etwas mit ihm geschah.

Brenner wiederholte seine abwehrende Geste, wandte sich ganz zu Johannes um und streckte ihm die Hand entgegen.

Mehr als eine Sekunde verging, bis Johannes überhaupt auf die Bewegung reagierte. Er blinzelte, sah auf Brenners ausgestreckte Rechte hinab und deutete ein Kopfschütteln an; nicht in der Art einer Verneinung, sondern eher so, als wisse er nicht, was er mit der dargebotenen Hand überhaupt anfangen sollte.

»Kommen Sie«, sagte Brenner leise. »Ich helfe Ihnen.«

Johannes reagierte auch jetzt nicht sofort, und Brenner wäre nicht überrascht gewesen, hätte er einfach den Kopf geschüttelt und wäre davongelaufen; oder hätte gar nichts getan. Aber dann hob er zögernd die Hand und ergriff die Brenners. Unbeholfen, aber gehorsam – *willenlos* – kletterte er über die Kühlerhaube des Wagens hinweg, so daß sie ihren Weg fortsetzen konnten.

Obwohl der Zwischenfall nur wenige Sekunden gedauert hatte, hatte sich das Bild auf der Straße vollkommen gewandelt, als Brenner sich wieder zu Salid herumdrehte. Vor ihnen standen zwei weitere Fahrzeugwracks auf blanken Felgen – ein Feuerwehrwagen und zwei Ambulanzen – und weitere in einer Entfernung von vielleicht dreißig oder vierzig Metern, aber es war kein Mensch mehr zu sehen. Die Straße lag leer und glänzend vor ihnen, aber mit Ausnahme von Salid, Johannes und ihm selbst war alles Leben winzig und vielbeinig und in glänzende Panzer aus schwarzem Horn eingeschlossen.

Salid wollte etwas sagen, aber er kam auch jetzt nicht dazu.

Es war noch nicht vorbei. Die Dunkelheit, aus der sie geflüchtet waren, folgte ihnen ein zweites Mal: Rings um sie herum erloschen die Lichter.

Und der siebente Engel goß aus
seine Schale in die Luft,
und es ging aus
eine Stimme vom Himmel ...
... die sprach: Es ist geschehen.
Apk 16,17

Das Licht war ausgefallen, und die Dunkelheit, die sich im gleichen Moment hinter den Fenstern des Hausflures ausgebreitet hatte, sagte Kenneally, daß es sich nicht nur um eine ausgebrannte Glühbirne handelte. Trotzdem war er überrascht, als er nach einer Sekunde des Zögerns ans Fenster trat und hinausblickte.

Er sah praktisch nichts. Die Straße unter ihm hatte sich in eine schwarze Schlucht ohne Boden verwandelt, und wo die Stadt dahinter sein sollte, breitete sich nur eine gewaltige lichtlose Ebene aus. Und das war einigermaßen beunruhigend. Er befand sich in der dritten Etage, und auf dem Weg hierher hatte er sich seine Umgebung sehr genau eingeprägt: Die gegenüberliegende Straßenseite wurde nur von einer knapp zwei Meter hohen Betonmauer begrenzt, hinter der sich das Krankenhausgelände erstreckte, ein weitläufiger Park mit nur einem einzigen, nicht einmal sonderlich hohen Gebäude, so daß er eigentlich die gesamte Stadt hätte überblicken können müssen. Für die Dunkelheit, die er statt dessen sah, gab es nur eine einzige Erklärung: Der Stromausfall beschränkte sich nicht nur auf dieses Gebäude oder die Straße.

Ein leises Schleifen hinter Kenneally riß ihn aus seinen Gedanken. Blitzartig fuhr er herum und griff in die Tasche, fühlte aber nur das glatte Plastik des Funktelefons. Erst danach fiel ihm wieder ein, daß ihm die Beamten seine Waffe abgenommen hatten. *Eine* seiner Waffen.

Das Geräusch hatte sich nicht wiederholt, aber Kenneally war zu gut ausgebildet, um sich darauf zu verlassen, daß es nur Einbildung gewesen war oder ein Zufall. Während er konzentriert in die Schwärze hinter sich starrte, ließ er sich langsam in die Hocke sinken, griff nach unten und zog den

Revolver, den er in einem Knöchelhalfter am linken Bein trug. Das Klicken, mit dem er den Hahn spannte, klang in der Stille des Hausflures schon fast selbst wie ein Pistolenschuß, aber es war auch ein ungemein *beruhigender* Laut – auch wenn er insgeheim das Gefühl hatte, daß ihm die Waffe nichts nutzen würde. Trotzdem war ihr Gewicht beruhigend, und sei es nur, weil es etwas Vertrautes war und etwas, was er zeit seines Lebens mit Sicherheit und Macht assoziiert hatte.

»Ist da jemand?« fragte er – zuerst auf deutsch, denn natürlich war die naheliegendste Vermutung die, daß irgendein vorwitziger Hausbewohner ein Geräusch gehört hatte und herausgekommen war, und dann, als er keine Antwort bekam, noch einmal in seiner Muttersprache.

Das Ergebnis war dasselbe. Niemand antwortete. Niemand *konnte* antworten, denn er war allein. Seine Augen hatten sich mittlerweile weit genug an das schwache Licht gewöhnt, um den Flur überblicken zu können. Er sah zwar wenig mehr als ein Muster aus geometrischen Schatten, aber darin war kein Platz für einen Menschen. Seltsam ... Für einen Moment war das Gefühl, beobachtet zu werden, so stark gewesen, daß es schon fast an Gewißheit grenzte, und normalerweise konnte er sich sehr gut auf sein Gefühl verlassen. Aber vermutlich waren seine Nerven auch nicht mehr die besten.

Kenneally zuckte mit den Schultern, machte eine Bewegung, wie um die Waffe in die Jackentasche zu stecken, wechselte sie aber dann nur von der Rechten in die Linke und zog mit der freigewordenen Hand das Telefon hervor, ehe er sich wieder zum Fenster herumdrehte. Sofort wurde das Gefühl, beobachtet zu werden, so intensiv, als *berührte* ihn etwas zwischen den Schulterblättern. Doch als er sich abermals herumdrehte, war der Flur so leer wie zuvor.

Überhaupt war das Haus unheimlich still. Wirklich *bewußt* wurde ihm dies vielleicht erst in diesem Moment, aber gespürt hatte er es natürlich schon die ganze Zeit über. Viel *zu* still. Nach allem, was auf der Straße geschehen war, dem Sirenengeheul, den Stimmen, dem Lärm, dem Motorengeräusch und den Schreien, von den Schüssen und dem Lärm des Hubschraubers kaum einen Block weiter ganz zu schweigen, hätte der Flur voller Menschen sein müssen, die sich neugierig an den Fenstern drängten.

Nichts davon war der Fall. Das Haus schien im Gegenteil wie ausgestorben zu sein. Vielleicht waren alle seine Bewohner geflohen, oder die örtlichen Behörden waren umsichtig genug gewesen, sie zu evakuieren.

Irgend etwas sagte Kenneally, daß dies nicht die Erklärung war, aber er schrak auch zugleich davor zurück, über den *wahren* Grund der Grabesstille nachzudenken, die von dem schäbigen Wohnhaus Besitz ergriffen hatte.

Vielleicht, weil er dann auch über die Ursache der anderen, viel gewaltigeren Dunkelheit hätte nachdenken müssen, die die Stadt draußen vor dem Fenster verschlungen hatte. Es war nicht allein der Stromausfall – *wenn* es sich überhaupt um einen solchen handelte. Selbst ohne elektrisches Licht hätte es nicht *so* dunkel sein dürfen. Am Himmel stand nicht ein einziger Stern, und das, obwohl die Nacht – soweit er sich erinnerte – eigentlich wolkenlos gewesen war. Und hätte nicht längst die Dämmerung hereinbrechen müssen?

Kenneally schob den Ärmel zurück und sah auf die Uhr, konnte aber die Stellung der Zeiger in dem praktisch nicht vorhandenen Licht nicht richtig erkennen. Trotzdem – eigentlich müßte schon langsam die Sonne aufgehen. Die Wolken, die offensichtlich aufgezogen waren, mußten tatsächlich sehr dicht sein. Allerdings spielte das Wetter seit einigen Tagen ohnehin verrückt.

Wieder hörte er ein leises Rascheln hinter sich, aber diesmal widerstand er dem Impuls, sich herumzudrehen. Er wußte, daß er allein war. Statt dessen klappte er das Telefon auf, wählte nur mit dem Daumen die vielstellige Nummer, die er früher in dieser Nacht schon einmal gewählt hatte, und lauschte auf das Freizeichen.

Die Satellitenverbindung kam zustande, kaum daß er den Daumen von der letzten Taste gehoben hatte, und diesmal *wußte* er, daß der Teilnehmer am anderen Ende der Leitung mit der Hand auf dem Telefonhörer auf seinen Anruf gewartet haben mußte.

»Ist es vorbei?«

Sein Gesprächspartner machte sich nicht die Mühe, sich mit einer Begrüßung oder irgendeiner anderen Floskel aufzuhalten. Kenneally hörte deutlich die Anspannung, die in der Stimme des anderen mitschwang. Er gab sich gar keine Mühe, sie zu verhehlen.

Er antwortete nicht gleich, sondern erst nach zwei oder drei Sekunden, und dieses Zögern allein machte seine Antwort schon beinahe überflüssig. »Nein. Es gab ... Schwierigkeiten.«

»Das heißt, sie leben noch.«

»Ja«, antwortete Kenneally.

»Sie haben versagt.« In der Stimme war nichts von dem Vorwurf, den die Worte beinhalteten. Sie klang eher resigniert.

Trotzdem verteidigte sich Kenneally heftig. »Es war nicht meine Schuld!« sagte er. »Sie haben mir nicht gesagt, *womit* ich es zu tun habe. Ein halbes Dutzend meiner besten Männer sind tot, und ... und ich weiß nicht einmal genau, was passiert ist.«

»Was *ist* passiert?«

»Verdammt, ich weiß es nicht!« wiederholte Kenneally heftig. Es war die Wahrheit. Irgend etwas in ihm sperrte sich noch immer dagegen, die Erinnerungen zu Bildern zu machen. Er hatte ganz deutlich gesehen, was vor dem Haus geschehen war, aber er konnte es einfach nicht formulieren. Nicht in Worten, nicht einmal in Bildern für sich. »Irgend etwas ist aus dem Haus gekommen. Es war nicht Salid oder einer der anderen, aber ...«

»Also sind sie am Leben und auf freiem Fuß. Sie müssen sie töten.«

»Das kann ich nicht«, erwiderte Kenneally.

»Sie müssen. Sie ahnen ja nicht, worum es geht.«

»Dann sagen Sie es mir!« verlangte Kenneally. »Verdammt noch mal, ich riskiere viel! Vielleicht mein Leben, auf jeden Fall aber meine Karriere. Und Sie sagen mir nicht einmal, warum?«

»Für Erklärungen bleibt keine Zeit«, antwortete die Stimme aus dem Telefon. »Aber Sie können mir glauben, daß weder Ihr Leben noch Ihre Karriere noch die geringste Rolle spielen, wenn es Ihnen nicht gelingt, sie aufzuhalten. Sie müssen diese Männer töten. Wenigstens einen von ihnen.«

»Einen?« wiederholte Kenneally überrascht. »Und es ist gleich, welchen?« Wenn diese Geschichte überhaupt jemals einen Sinn ergeben hatte – nun tat sie es ganz bestimmt nicht mehr. Er konnte verstehen, daß jemand Salids Tod verlangte. Möglicherweise gab es triftige Gründe dafür. Vielleicht sogar dafür, einen harmlosen Jesuitenpater und einen unbedarften Versicherungsvertreter mit zu liquidieren, denn sie mochten Zeugen von etwas sein, wofür es keine Zeugen geben durfte.

Aber der Befehl, *einen* der drei zu töten; wahllos? Das war ... absurd!

»Ich habe Sie richtig verstanden?« vergewisserte er sich. »Es ist gleich, welchen ich erwische?«

»Töten Sie alle drei, wenn es Ihnen möglich ist«, antwortete die Stimme. Sie hatte nunmehr jeden Gleichmut verloren. Die ruhige Überlegenheit, die Kenneally immer am meisten daran beeindruckt hatte, war etwas gewichen, das nichts anderes mehr als Panik war. »Wenn es nicht geht, versuchen Sie wenigstens, einen aufzuhalten. Vielleicht reicht es aus.«

»Wozu?« fragte Kenneally.

Diesmal bekam er keine Antwort. Nach einer Weile fuhr die Stimme etwas – nur *etwas*, nicht viel – ruhiger fort: »Wo sind Sie jetzt? Genau?«

Kenneally sagte es ihm, und diesmal verging mehr Zeit, ehe das leise statische Rauschen der Satellitenverbindung wieder vom Klang der Stimme unterbrochen wurde, die Kenneallys Leben seit anderthalb Jahrzehnten beherrschte.

»Gut. Ich kann in ungefähr anderthalb Stunden bei Ihnen sein. Gibt es einen Ort in der Nähe, wo ein Helikopter landen kann?«

»Das Krankenhausdach«, antwortete Kenneally. Er war ein wenig überrascht. Selbst ein wirklich *schneller* Helikopter würde in anderthalb Stunden kaum mehr als fünfhundert Meilen zurücklegen können, und irgendwie hatte er immer angenommen, daß sein geheimnisvoller Gesprächspartner sehr weit weg leben mußte; unabhängig davon, von welchem Ort der Welt aus er gerade mit ihm sprach.

»Dann erwarten Sie mich dort.«

Die Verbindung endete ohne ein Wort des Abschieds oder eine weitere Anweisung. Kenneally blieb vollkommen verstört zurück. Er starrte das Telefon an, und vielleicht zum erstenmal in seinem Leben fragte er sich, ob das, was er tat, auch wirklich *richtig* war. Er hatte niemals an der Stimme gezweifelt, obwohl sie ihm manchmal Aufgaben übertrug, die sinnlos – und in ein oder zwei Fällen seiner Meinung nach auch *falsch* – gewesen waren. Jetzt tat er es

Aber zugleich spürte er auch, daß es zu spät war. Er hatte sich entschieden, schon vor langer Zeit, und wie immer der Preis für diese Entscheidung auch aussehen mochte, er würde ihn heute bekommen – oder bezahlen müssen.

Er klappte das Telefon zu, stand eine Sekunde lang reglos vor der schwarzen Fensterscheibe, die seine Gestalt als sonderbar verzerrten Schemen widerspiegelte, und öffnete den Plastikdeckel dann erneut. Die Nummer, die er diesmal anwählte, war nicht wesentlich kürzer als die andere, und eigentlich war es nicht einmal eine richtige Telefonnummer. Das Gespräch wurde über mehrere Satelliten umgeleitet und umkreiste vermutlich einmal den Erdball, ehe es schließlich über ein Relais, von dessen Existenz nicht einmal seine unmittelbaren Vorgesetzten wußten, in das Funknetz der US-Army eingespeist wurde. Statt eines Freizeichens hörte er nur ein knisterndes Rauschen, dann meldete sich der Bordfunker des Helikopters, der den Angriff auf die Pension geflogen hatte. Kenneally ließ ihm nicht einmal hinlänglich Zeit, sich zu melden, ehe er ihn in scharfem Ton unterbrach:

»Commander Kenneally hier. Ihre Position?«

Der Mann gab ihm die geforderten Daten, und Kenneally versuchte sie im Kopf nachzurechnen. Wenn er sich nicht kräftig verschätzte, war die Maschine noch nicht sehr weit entfernt. Zwei, drei Minuten, wenn sie mit Höchstgeschwindigkeit flog.

»Ich habe neue Befehle für Sie«, sagte er. »Beidrehen und zurückkommen, so schnell wie möglich.«

»Aber Sir!« Er konnte die Überraschung in der Stimme des Offiziers trotz der schlechten Verbindung deutlich hören. »Vor zwei Minuten hat uns General Martin angerufen. Unser Befehl lautet eindeutig –«

»Er wird hiermit aufgehoben«, unterbrach ihn Kenneally. »Mein Autorisationscode lautet Alpha-Rot-Charlie. Bitte bestätigen.«

Die Antwort kam nicht sofort; zum Teil vermutlich, weil selbst die gut ausgebildeten Offiziere an Bord dieses Helikopters eine Sekunde brauchten, um ihre Überraschung zu überwinden; zum anderen vielleicht, weil sie wohl vorsichtshalber den versiegelten Briefumschlag öffneten, den die Maschine an Bord hatte, um sich von der Korrektheit des Codes zu überzeugen.

Kenneally betete, daß er stimmte. Er selbst hatte keine Ahnung. Noch vor Tagesfrist hatte er nicht einmal gewußt, daß es diesen Code *gab*. Es gab nicht sehr viele Menschen auf der Welt, die von seiner Existenz wußten oder ihn gar kannten. Einer von ihnen war der Präsident der Vereinigten Staaten und ein anderer sicherlich General Martin, unter dessen Oberbefehl die US-Luftstreitkräfte in Europa standen. Und wieder ein anderer eine namenlose Stimme am Telefon, irgendwo im Umkreis von fünfhundert Meilen.

»Bestätigt«, sagte der Funker schließlich. Kenneally atmete innerlich auf. »Ihre Befehle, Sir?«

»Absolute Funkstille, sobald dieses Gespräch beendet ist«, sagte Kenneally. »Sie kehren zurück und eliminieren die Ziele. Unter allen Umständen. Opfer unter der Zivilbevölkerung müssen in Kauf genommen werden.«

»Sir?«

Kenneally verspürte Zorn. Er hielt es prinzipiell nicht für nötig, daß Soldaten einen Befehl *verstanden* oder ihn gar anzweifelten, und er war schon gar nicht in der momentanen Stimmung zu diskutieren. Andererseits hatte er dem Mann gerade mehr oder weniger deutlich befohlen, auf Frauen und Kinder zu schießen, wenn es nötig sein sollte, und er sprach nicht mit einer Maschine. So schluckte er die scharfe Entgegnung herunter, die ihm auf der Zunge lag, und bemühte sich ganz im Gegenteil sogar, verständnisvoll zu klingen, als er antwortete:

»Es wird wahrscheinlich nicht notwendig sein. Versuchen Sie, möglichst wenig Schaden anzurichten – aber Sie *müssen* die Ziele eliminieren. Sie wissen, was zwanzig Meilen von hier entfernt geschehen ist. Salid hat dieses Teufelszeug immer noch bei sich. Nach unseren Informationen plant er, die städtische Wasserversorgung damit zu verseuchen. Wenn ihm das gelingt, müssen wir mit Zehntausenden von Opfern rechnen. Halten Sie ihn auf – um jeden Preis. Bestätigen.«

»Bestätigt, Sir.«

»Gut«, sagte Kenneally. »Ab sofort halten Sie Funkstille. Ende und aus.«

Die Lichter fielen nicht schlagartig aus, sondern nacheinander; mit einer winzigen Verzögerung nur, allerhöchstens eine Zehntelsekunde, aber doch spürbar, so daß es nicht schlagartig dunkel wurde, sondern sich die Schwärze wie eine lautlose schnelle Woge vor ihnen die Straße entlang bewegte. Und dieser ersten Düsternis folgte eine zweite, die beinahe noch erschreckender war: Kaum hatte die Schwärze das Ende der Straße erreicht – sie machte dort nicht halt, wie Brenner erschrocken registrierte, sondern breitete sich immer weiter und weiter aus –, da erloschen auch die Lichter hinter den Fenstern. Die Gebäude auf der linken Straßenseite, die gerade noch fast taghell erleuchtet gewesen waren, wurden zu schwarzen Felsen in der Nacht.

Und nicht nur sie.

Brenner konnte nur einen kleinen Teil des nächsten Straßenzuges überblicken, aber er sah, daß auch dort nacheinander zuerst die Straßenbeleuchtung und dann alle anderen Lichter erloschen, und es dauerte nur noch Sekunden, bis sich auch der Himmel im Westen weiter verdunkelte. Der sanfte Schein, den das hellerleuchtete Stadtzentrum bisher ans Himmelsgewölbe gezaubert hatte, war nicht mehr da.

»Es hat begonnen«, flüsterte Johannes. »Harmageddon. Das letzte Gefecht.«

Salid fuhr auf dem Absatz herum und funkelte Brenner an. »Verdammt, bringen Sie ihn endlich zum Schweigen, oder ich tue es!« drohte er. Direkt an Johannes gewandt und fast brüllend, fügte er hinzu: »Das ist ein verdammter Stromausfall und sonst nichts!«

Johannes sah ihn nur an und schwieg, und auch Brenner zog es vor, nichts zu sagen. Salid wußte so gut wie sie, daß dies *alles* sein konnte, nur eines nicht: ein normaler Stromausfall. Aber er weigerte sich trotzdem noch immer, Johannes' Erklärung zu akzeptieren. Tatsache war, daß er nicht wissen *wollte*, was hier vorging.

»Aber ihr könnt doch nicht so blind sein«, sagte Johannes schließlich. »Ihr müßt doch –«

»Bitte.« Brenner legte ihm beruhigend die Hand auf die Schulter. »Es ist besser, wenn Sie jetzt still sind.«

Johannes sah ihn verwirrt an, aber er schwieg gehorsam, und Salid knurrte: »Wir sollten diesen Spinner hierlassen. Verdammt, ich kann nicht mehr klar denken. Wir müssen ... wir brauchen ein Fahrzeug. Irgendeinen Wagen! Los!«

Diesmal reagierte Brenner nicht schnell genug auf die Aufforderung. Vielleicht hatte er einfach auch angefangen zu vergessen, wer Salid *wirklich* war. Er war so verblüfft, daß er den körperlichen Schmerz nicht einmal richtig registrierte, als Salid ihm ungeduldig den Lauf der MPi in die Seite stieß, um ihn zum Weitergehen zu bewegen – obwohl er so heftig war, daß er ihm die Tränen in die Augen trieb. Er stolperte weiter, wobei er Johannes ganz instinktiv hinter sich her zog, und fand nach einem halben Dutzend ungeschickter Schritte wieder in seinen normalen Rhythmus.

Die Straßensperre und die ausgehöhlten Autowracks blieben rasch hinter ihnen zurück, aber der Bereich kahlgefressener Erde begleitete sie noch eine Weile – zumindest nahm Brenner das an. Sehen konnte er den Erdboden kaum, denn die Insekten waren noch immer da. Der Großteil der kriechenden Finsternis war so spurlos wieder im Nichts verschwunden, wie er daraus aufgetaucht war, aber es mußten noch immer Millionen sein, die zurückgeblieben waren; eine jetzt nicht mehr knöchelhohe, aber noch immer fast geschlossene schimmernde Decke aus Horn und lebendem Fleisch, die die Straße bedeckte. Brenner hielt seinen Blick fast krampfhaft *nicht* auf die Straße gerichtet, aber er sah es trotzdem: Die Tiere wichen vor ihren Schritten beiseite, aber die Lücke schloß sich hinter ihnen sofort wieder.

Weiter vorne, ein Stück jenseits der Kreuzung jedoch, wurde der Straßenbelag etwas heller. Vielleicht hatte das kriechende Chaos es dabei bewenden lassen, nur *diese* Straße leerzufegen, um ihnen die Flucht zu ermöglichen. Er sah dort vorne auch wieder Fahrzeuge am Straßenrand stehen, die, zumindest aus der Entfernung betrachtet, unbeschädigt erschienen.

»Und es tat sich der Brunnen des Abgrundes auf«, flüsterte Johannes, *»und es ging auf ein Rauch aus dem Brunnen, und aus dem Rauch kamen Heuschrecken auf die Erde.«*

»Wir wissen, daß Sie bibelfest sind, Pater«, sagte Salid gepreßt.

Johannes ignorierte seine Worte. Mit leiser, bebender und zugleich auch wieder sehr fester Stimme fuhr er fort: *»Und sie hatten Panzer wie eiserne Panzer und Schwänze gleich den Skorpionen, und es waren Stacheln an ihren Schwänzen.«*

Salid blieb stehen. Etwas arbeitete hinter seiner Stirn, und Brenner konnte sehen, wie sich jeder Muskel in seinem Körper verhärtete. »Hören Sie auf«, sagte er, nicht laut, sondern gefährlich leise.

»Und ihnen war die Macht gegeben, zu beschädigen die Menschen, die nicht das Zeichen des Herrn auf ihrer Stirn trugen«, fuhr Johannes fort. Er war sehr bleich, aber er hielt Salids Blick stand. Die Angst, die auf seinem Gesicht zu lesen war, war nicht die Angst vor dem Palästinenser. »Verstehen Sie denn immer noch nicht? Begreifen Sie denn nicht, was hier geschieht? Was –«

Salid schlug ihn nieder. Es ging so schnell, daß Brenner den Schlag nicht einmal sah, und der Jesuit vermutlich auch nicht. Eine blitzartige Bewegung, und Johannes krümmte sich, schlug die Arme um den Leib und fiel keuchend zuerst auf die Knie, dann gänzlich zu Boden.

»Sind Sie verrückt?« keuchte Brenner. Hastig kniete er neben Johannes nieder und streckte die Hände nach ihm aus, aber dieser schüttelte nur den Kopf. Er hatte große Mühe zu atmen, stemmte sich aber trotzdem aus eigener Kraft wieder in die Höhe.

»Es ist schon gut«, sagte er gepreßt. »Es war meine Schuld.«

»Nichts ist gut!« antwortete Brenner zornig. Er funkelte Salid an. Eine innere Stimme riet ihm, vorsichtig zu sein. Der Terrorist war am Ende seiner Kraft angelangt, er würde ihn ebenso schlagen wie Johannes und vielleicht sogar schlimmer; aber das war ihm gleich.

»Sind Sie verrückt geworden?« fragte er. »Was ist in Sie gefahren?«

Salid begann am ganzen Leib zu zittern. Er ballte die Hände zu Fäusten und trat einen halben Schritt auf Brenner zu, und Brenner war jetzt davon überzeugt, daß er ihn niederschlagen würde. Aber dann entspannte er sich plötzlich.

»Entschuldigung«, murmelte er. »Ich ... habe die Beherrschung verloren.«

Zum zweitenmal. Brenner sprach es nicht aus, aber die Worte schienen trotzdem fast hörbar in der Luft zu hängen. Das erste Mal hatte Salid ein paar Heuschrecken zertreten. Diesmal hatte er Johannes niedergeschlagen. Was würde das nächste Mal passieren? Würde er einen von ihnen töten?

»Bitte verzeihen Sie«, sagte Salid noch einmal. »Ich ... muß mich zusammenreißen. Es wird Zeit, daß wir es zu Ende bringen.«

»Zu Ende?« Brenner hatte plötzlich Mühe, nicht hysterisch loszulachen. *Zu Ende?* Johannes hatte recht: Salid *war* blind.

»Was denn *zu Ende* bringen?« murmelte er. »Sehen Sie sich doch um!« Er deutete heftig gestikulierend auf Johannes. »Er hat recht! Sehen Sie denn nicht, mit welchen Kräften wir es hier zu tun haben? Glauben Sie wirklich, Sie können das ... dieses *Ding* mit Ihrer lächerlichen Waffe aufhalten?«

»Ich weiß es nicht«, antwortete Salid leise. »Aber ich habe es gesehen. Es *lebt*. Und was lebt, kann getötet werden.«

»Ja, und das macht Ihnen besonderen Spaß, nicht wahr?« fragte Brenner bitter.

Salid sah ihn auf eine Weise an, die Brenner seine Worte fast auf der Stelle bedauern ließ. Er war diesem Mann nichts schuldig, rein gar nichts, und trotzdem fühlte er sich miserabel dabei, ihn verletzt zu haben. Aber er kam nicht dazu, irgend etwas zu sagen.

Hinter Salid erschien ein gigantisches schwarzes Monstrum. Es fiel wie ein Stein vom Himmel und fing seinen Sturz erst im allerletzten Moment ab, so schnell, daß es buchstäblich aus dem Nichts aufzutauchen schien. Ein ungeheures Kreischen und Heulen schlug über Brenner und den anderen zusammen, und noch bevor sie der Lärm erreichte, traf sie eine Sturmböe mit der Wucht eines Faustschlages und schleuderte sie alle drei zu Boden.

Der Sturz rettete ihnen das Leben. Flammen stachen durch die Dunkelheit in ihre Richtung. Irgend etwas explodierte nur Zentimeter neben Brenners Gesicht auf dem Asphalt und überschüttete ihn mit einem Hagel winziger scharfkantiger Splitter und einem kurzen, heftigen Hauch glühendheißer Luft. Instinktiv rollte er sich zur Seite und schlug die Arme über dem Gesicht zusammen, während das Ungeheuer über ihn hinwegfauchte und eine Schleppe aus Sturm, Lärm und Flammen hinter sich herzog. Salid schrie irgend etwas, aber das Krachen der Explosionen hielt noch immer an und zerriß seine Worte.

Brenner rollte herum, nahm vorsichtig die Arme herunter und hob den Kopf. Ein brennender Schmerz über seinem linken Auge nahm ihm die Illusion, vollkommen unversehrt davongekommen zu sein, aber er war nicht so schlimm, daß er sein Denken beeinträchtigt hätte. Mühsam stemmte er sich auf Hände und Knie hoch, überzeugte sich mit einem raschen Blick davon, daß Johannes, der neben ihm niedergestürzt war, ebenfalls noch lebte, und suchte dann nach Salid.

Der Palästinenser hatte sich mit einem gewaltigen Hechtsprung in die entgegengesetzte Richtung in Sicherheit gebracht, war aber bereits wieder auf den Knien und hatte seine Waffe in Anschlag gebracht, um auf das Ungeheuer zu feuern.

Es war nichts anderes als ein Helikopter. Obwohl seit ihrem Auftauchen kaum eine Sekunde vergangen sein konnte, hatte die Maschine bereits das Ende der Straße erreicht und zog steil in die Höhe, um nicht gegen die Häuserfront zu prallen. Ihre Bordwaffen hatten aufgehört zu feuern, aber über der Straße hing eine doppelte Spur rasch auseinanderwehender Staubfahnen, die die Einschläge der Geschosse markierte. Es war Brenner vollkommen rätselhaft, wieso sie den Hubschrauber weder gesehen noch gehört hatten, bis er wie ein biblischer Racheengel über sie hereingebrochen war.

»Lauft!« brüllte Salid. »Rennt weg! Vielleicht wollen sie nur mich!«

Das war ungefähr ebenso lächerlich wie seine Versuche, den Helikopter mit seiner MPi zu erwischen. Er gab Dauerfeuer, aber der Hubschrauber war längst über den Dächern verschwunden und zog dort eine nahezu grotesk enge Schleife, um zu einem neuen Angriff anzusetzen. Und selbst wenn er getroffen hätte, hätte er ihm wahrscheinlich kaum Schaden zufügen können. Brenner erkannte den Hubschrauber wieder: Es war die gleiche Maschine, die sie vorhin im Haus angegriffen hatte, und ihre Besatzung war offenbar noch genauso entschlossen, keine Gefangenen zu machen.

»Lauft endlich!« schrie Salid. »In verschiedene Richtungen! So kann er nur einen erwischen!«

Das war sicher ein vernünftiger Vorschlag. Trotzdem erhoben sich Johannes und Brenner wie auf ein gemeinsames Kommando hin gleichzeitig und rannten auch nebeneinander los. Salid fluchte, duckte sich tiefer und jagte einen weiteren, abgehackten Feuerstoß aus seiner MPi, als der Helikopter im Tiefflug heranraste.

Brenner begann im Zickzack zu laufen, sah aber im Rennen über die Schulter zu Salid und dem heranrasenden Ungeheuer aus Stahl und Glas zurück. Salid feuerte mit unvorstellbarer Kaltblütigkeit – und erstaunlicher Präzision. Aus dem Rumpf des Hubschraubers schlugen Funken, und mindestens eines der Geschosse traf die Kanzel und durchschlug sie, schien aber keinen weiteren Schaden anzurichten, denn unmittelbar darauf erwiderte der Helikopter das Feuer. Unter seinem Rumpf züngelten kleine, orangegelbe Flammen hervor, und dann verschwand die Maschine und die Straße unter ihr hinter einer doppelten Spur zehnmeterhoher Feuer- und Staubgeysire, die mit unglaublicher Schnelligkeit auf Salid zujagte.

Und ihn verfehlte.

Salid kniete immer noch da, als der Helikopter über ihn hinwegraste und seine Geschoßspur weiter die Straße entlangtrieb. Er wirkte benommen, fassungslos, aber er war nicht nur am Leben, sondern augenscheinlich sogar unverletzt, obwohl einige der Explosionen in seiner unmittelbaren Nähe erfolgt waren.

Der Helikopter verringerte rasend schnell sein Tempo und begann sich, noch während er die Straße entlangraste, in der Luft zu drehen. Seine Maschinengewehre feuerten nicht mehr, aber Brenner zweifelte nicht daran, daß dies aus dem einzigen Grund geschah, um Munition zu sparen. Sobald die Männer hinter der gesprungenen Glaskanzel wieder ein lohnendes Ziel sahen, würden sie das Feuer zweifellos wieder eröffnen.

Die Maschine fegte so dicht über ihnen hinweg, daß Brenner und Johannes um ein Haar vom Luftzug der Rotoren von den Füßen gerissen worden wären. Mühsam stolpernd und mit rudernden Armen fand Brenner sein Gleichgewicht wieder und wich ganz instinktiv nach links aus, in die dem Helikopter abgewandte Richtung. Johannes folgte ihm, aber obwohl er jetzt um sein Leben lief, bewegte er sich noch immer mit mechanischen, steifen Schritten, die mehr Ähnlichkeit mit den Bewegungen eines Roboters hatten als mit denen eines lebenden Menschen. Brenner war sicher, daß er, hätte man es ihm befohlen, einfach stehengeblieben wäre und auf den Tod gewartet hätte.

»Schneller!« schrie Brenner ihm zu und griff gleichzeitig selbst noch mehr aus, als er sah, daß die Maschine ihre Drehung fast vollendet hatte.

Die Männer im Inneren des Hubschraubers taten genau das, was er erwartet hatte. Die Maschine schwankte durch das gewagte Manöver wie ein kleines Boot in hohem Wellengang, weshalb die erste MG-Salve Johannes und ihn hoffnungslos verfehlte und Meter über ihnen Steinbrocken und Putz aus der Fassade spritzen ließ. Aber der Pilot erlangte die Gewalt über seine Maschine rasch zurück. Der Hubschrauber stand für eine Sekunde nahezu still in der Luft, dann kippte sein Bug nach vorne, und die Maschine begann auf Johannes und ihn zuzurasen. Die Gatlin-Gun, deren Lauf wie der stumpfe Saugrüssel eines riesigen metallenen Insekts unter dem kantigen Bug hervorragte, begann mit einem hohen, an den Nerven reißenden Singen Geschosse in schneller Folge auszuspeien. Erneut explodierten Flammen und Steintrümmer aus der Straßendecke, aber diesmal bewegte sich die rasende Eruptionsspur direkt auf Johannes und ihn zu.

Nur drei oder vier Schritte von ihnen entfernt befand sich eine kurze Treppe, die zu einer Haustür hinaufführte. Wenn sie den Flur erreichten, hatten sie vielleicht noch eine winzige Chance. Brenner versetzte Johannes einen Stoß, der ihn schneller vorwärtstaumeln ließ, warf einen Blick über die Schulter zurück und schrie vor Entsetzen auf, als er sah, daß die MG-Salve weiter direkt auf ihn und den jungen Geistlichen zujagte. Sie war schnell. Unvorstellbar *schnell.* Mit einer verzweifelten Anstrengung warf er sich vor, überwand die beiden letzten Stufen mit einem einzigen Satz, warf sich mit weit ausgebreiteten Armen gegen Johannes und riß ihn so mit sich zu Boden.

Im nächsten Sekundenbruchteil explodierte die Welt rings um sie herum. Die Geschosse stanzten faustgroße und -tiefe Löcher in die Wände beiderseits der Tür, fetzten Holzstücke aus dem Rahmen und schlugen Funken aus den Treppenstufen zu Brenners Füßen. Die gesamte Tür wurde wie von einem gewaltigen Hammerschlag getroffen und zerbarst in einem Trümmerregen nach innen, und die Luft war voller Qualm, Staub und beißendem Pulvergestank. Etwas fuhr so heiß wie der glühende Fingernagel des Teufels über Brenners Rücken. Der Schmerz ließ ihn aufschreien. Er krümmte sich wie ein getretener Wurm. Glühendheiße Steinsplitter und qualmendes Holz regneten auf ihn herab, als die Geschoßsalve weiterwanderte und nun die linke Hälfte der Tür samt der danebenliegenden Wand zerschmetterte. Er war so gut wie blind. Alles, was er sah, waren schwarzer Rauch und Qualm, hinter dem es immer wieder grell aufblitzte.

Dann war es vorbei. Das Heulen der Maschinenkanone verstummte abrupt, und nach dem Höllenlärm waren Brenners Ohren fast taub, so daß er weder das Prasseln der Flammen noch das Geräusch hörte, mit dem sich immer noch Trümmerstücke und Staub aus der Wand lösten und zu Boden rieselten.

Brenner richtete sich unsicher auf. Er war fest davon überzeugt, daß seine Arme unter dem Gewicht seines Körpers einknicken würden, denn er *mußte* verletzt sein. Man sagte ja, daß der Schock einer schweren Verletzung im ersten Moment oft so groß war, daß man den Schmerz nicht einmal spürte. Ebensowenig hätte es ihn gewundert, hätte er sich immer weiter und weiter hochgestemmt und plötzlich seinen eigenen zerfetzten Körper neben dem von Johannes unter sich liegen sehen.

Nichts dergleichen geschah. Statt dessen spürte er nur wieder ein heftiges Brennen zwischen den Schulterblättern, wo ihn die Kugel gestreift hatte, und eine Unzahl winziger Schnitt- und Schürfwunden an den Händen und im Gesicht.

Brenner sah fassungslos an sich herab. Es war vollkommen unmöglich. Nicht nach der Hölle, die rings um sie herum losgebrochen war. Und trotzdem: Nicht eine einzige Kugel hatte ihn oder Johannes getroffen.

Ganz langsam drehte er sich herum. Staub und Rauch verzogen sich nur langsam, aber er konnte trotzdem erkennen, daß der Hubschrauber immer noch reglos über der Straße hing. Die Maschinenkanone hatte aufgehört zu feuern, und trotz der Entfernung von gut fünfzehn oder zwanzig Metern konnte er den fassungslosen Ausdruck auf dem Gesicht des Piloten erkennen, als dieser sah, wie Johannes und er sich offensichtlich unversehrt inmitten des Chaos erhoben.

Aber er sah noch etwas: Die Rauchspuren, die die Bahn der Geschoßsalve markierten, verwehten diesmal nicht. Vielmehr veränderten sie langsam, von unten nach oben aufsteigend, ihre Farbe, wurden dunkler und irgendwie *massiver*, als hätte der Qualm brodelnde, zähe Substanz gewonnen. Die Straße fünf Meter unter der Maschine begann zu vibrieren, und dann löste sich auch dort etwas wie feiner, körniger Dunst und begann langsam in die Höhe zu steigen.

Obwohl die Luft über der Straße nahezu unbewegt war, schwankte die Maschine plötzlich, als wäre sie von einer Sturmböe getroffen worden. Vielleicht hatte der Pilot für einen Moment die Kontrolle über sie verloren, vielleicht hatten Salids Schüsse auch mehr Schaden angerichtet, als Brenner bisher geglaubt hatte. Der Pilot erlangte die Gewalt über den Helikopter schon nach einer Sekunde zurück, aber bis es ihm gelang, hatte sich die Position der Maschine ein wenig verändert; möglicherweise nicht einmal zufällig. Die Kanone unter dem Bug deutete jetzt wieder auf Salid, der dreißig Meter entfernt noch immer dastand und mit seiner Waffe auf den Hubschrauber zielte. Aus irgendeinem Grund schoß er nicht – möglicherweise aus dem ganz banalen

Grund, daß er keine Munition mehr hatte, aber vielleicht war es auch mehr. Irgend etwas geschah hier. Etwas ... *Unvorstellbares* spielte sich vor ihrer aller Augen ab, und Salid mußte es ebenso deutlich spüren wie Brenner und Johannes und vielleicht auch die Männer im Helikopter. Etwas *Großes*.

Brenner hielt den Atem an, als er sah, wie der Lauf der Maschinenkanone noch ein Stück weiter herumschwenkte als der Helikopter selbst und sich auf Salid richtete. Doch der Pilot feuerte ebensowenig wie der Palästinenser. Die Situation war fast absurd: Die beiden Kontrahenten standen sich gegenüber wie zwei Darsteller aus einem grotesken Western; zwei Duellanten, die in der Morgendämmerung herausgekommen waren, um einen Ehrenhändel zu Ende zu bringen. Es war ein höchst unfairer Vergleich: Auf der einen Seite ein einzelner Mann, mit nichts als seinen leeren Händen und einer Waffe, die so gut wie nutzlos war, auf der anderen eine der gefährlichsten Vernichtungsmaschinen, die je gebaut worden waren, ein Monstrum aus Stahl und Kunststoff, dessen Zerstörungskapazität ausreichte, um eine kleine Stadt auszulöschen. Und so begriff Brenner beinahe sofort die Allegorie, die in dieser Szene lag: Es war das klassische Bild. Der Kampf mit dem Drachen. Menschlicher Wille gegen die Urgewalt der Zerstörung; die beiden Kräfte, die die Welt seit Anbeginn der Zeiten vielleicht am nachhaltigsten verändert hatten.

Dann beschloß der Pilot offensichtlich, der grotesken Situation ein Ende zu setzen, und drückte den Auslöser. Die Gatlin-Gun stieß ein sekundenlanges, schrilles Heulen aus, und rings um Salid explodierte die Straße.

Er selbst blieb unversehrt.

Das Wunder, das Brenner und Johannes gerettet hatte, wiederholte sich. Rechts, links vor und sogar *hinter* Salid stoben meterhohe Flammensäulen in den Himmel, aber er selbst stand völlig unberührt da, beschützt von einer unsichtbaren, unvorstellbaren Macht, deren Anwesenheit Brenner jetzt stärker denn je spürte. Vielleicht war der Kampf, zu dem sie gegen ihren Willen angetreten waren, doch nicht so aussichtslos, wie er bisher geglaubt hatte. Sie waren nicht allein.

Die Flammen rings um Salid erloschen, aber was Brenner schon einmal beobachtet hatte, wiederholte sich: Die Rauchsäulen, die von der Straße hochstiegen, lösten sich nicht auf, obwohl die Rotoren des Hubschraubers einen wahren Sturmwind entfesselten, in dem sich Salid kaum noch auf den Beinen halten konnte und der selbst Brenner und Johannes gegen die Wand preßte. Den brodelnden Qualm ließen sie unversehrt. Vielleicht, weil es kein Rauch war ...

Es waren die Insekten, der lebende Teppich, der die Straße auch hier überall bedeckte. Hunderte, Tausende, vielleicht Millionen der winzigen gepanzerten Heuschrecken entfalteten ihre Flügel und erhoben sich lautlos in die Luft, Dutzende winziger, sich drehender Windhosen aus Schwärze und glitzerndem Horn bildend, die dort aufstiegen, wo die Geschosse die Straße getroffen hatten. Auch der körnige Nebel unter dem Helikopter war dichter geworden und sah jetzt beinahe kompakt aus.

Auch der Pilot hatte das Phänomen nun endlich bemerkt, und vielleicht sah er noch viel deutlicher als Brenner und Johannes, was tatsächlich geschah. Die Turbine des Hubschraubers heulte plötzlich schrill auf. Die Maschine machte einen regelrechten Satz in die Höhe und zugleich auf Salid zu, begann sich gleichzeitig um die eigene Achse zu drehen und beschleunigte weiter.

Sie war nicht schnell genug. Der Pilot holte das Letzte aus seiner Maschine heraus, aber der lautlose Sturmwind war schneller. Aus den tanzenden Windhosen wurde eine einzige, brodelnde Masse, ein wirbelndes Chaos aus reiner Bewegung und lebendig gewordener Schwärze, die im Bruchteil eines Augenblicks zum Hundertfachen ihrer ursprünglichen Größe explodierte. Etwas wie eine gewaltige, dunkle Kralle schlug nach dem Helikopter und ließ ihn taumeln.

Die Maschine schwankte. Sie gewann noch immer an Höhe und schien sogar noch schneller zu werden, aber aus ihrem pfeilgeraden Aufstieg wurde ein torkelndes Schwanken, und das Motorengeräusch hörte sich plötzlich verändert an; schriller, unregelmäßiger und irgendwie mühevoll. Brenner konnte den Hubschrauber kaum noch richtig sehen. Er schwebte nach wie vor über der Straße, war aber plötzlich in einen Nebel aus tanzenden Schatten eingehüllt. Millionen, Millionen und Abermillionen winziger geflügelter Angreifer, die gegen den Rumpf prallten, an den Scheiben zerbarsten und den rasenden Wirbel der Rotoren zu unterbrechen versuchten, in die Ansaugöffnungen der Turbine krochen und zu Tausenden in den Auspuffschächten verglühten.

Brenner konnte nicht sehen, *was* letzten Endes geschah. Vielleicht war es den Heuschrecken irgendwie gelungen, in die Kanzel einzudringen und über die Besatzung herzufallen, vielleicht verstopfte die zusammenschmelzende Masse aus winzigen Körpern auch binnen Sekunden die Maschinen – das Motorengeräusch wurde noch schriller und begann jetzt eindeutig zu stottern. Die Maschine wankte, stand für einen Moment in der Luft still und drehte sich dann immer schneller und schneller um ihre eigene Achse, als hätten die Rotoren beschlossen, stillzustehen und statt dessen die Maschine darunter wie einen riesigen Kreisel rotieren zu lassen. Dann hörte das Motorengeräusch schlagartig auf.

Ein furchtbares, splitterndes Geräusch erklang, der Laut von zerreißendem Stahl und auseinanderberstenden Lagern, und in der nächsten Sekunde kippte der Hubschrauber auf die Seite und fiel dann wie ein Stein zu Boden. Er schlug weit jenseits der Betonmauer auf, die das Krankenhausgelände auf der anderen Straßenseite umgab. Eine fünfzig Meter hohe Flammensäule schoß in den Himmel und verwandelte sich für Sekunden in einen wabernden Pilz. Ein ungeheurer Donnerschlag erklang, und in weitem Umkreis regneten brennende Trümmerstücke zu Boden.

Brenner schloß für einen Moment die Augen. Das Krachen der Explosion hallte lange und unnatürlich verzerrt in seinen Ohren wider, und das Licht war für Momente so grell, daß es selbst durch seine geschlossenen Lider drang, als wolle es sich für alle Zeiten in seine Netzhäute einbrennen. Er hörte, wie Johannes neben ihm etwas zu stammeln begann – dem monotonen Singsang seiner Stimme nach zu vermuten wahrscheinlich ein Gebet –, aber verstand kein Wort davon. Nicht, weil Johannes undeutlich geredet hätte. Für eine Sekunde, nicht mehr, war es ihm, als hätte er verlernt, die menschliche Sprache zu verstehen. Der grelle Blitz und das ungeheure Krachen der Explosionen schienen ihn ein Stück weit aus der Wirklichkeit hinausgeschleudert zu haben, und es hätte vielleicht nur noch einer Winzigkeit bedurft, seinen Geist endgültig über die schwarze Klippe zu stoßen, an deren Rand er seit Stunden entlangtaumelte.

Aber er fing sich wieder; diesmal noch. Sein Bewußtsein hangelte sich langsam in die plötzlich so unsicher gewordenen Grenzen der Realität zurück, und plötzlich fand er sich zusammengekauert neben Johannes dahocken, in einer verkrümmten, schutzsuchenden Haltung, die Arme über den Kopf geschlagen und beide Knie dicht an die Brust gezogen. Es mußte wohl doch deutlich mehr als eine Sekunde verstrichen sein, denn das Grollen der Explosion war mittlerweile völlig verklungen, und Salid stand nicht mehr draußen auf der Straße, sondern beugte sich mit besorgtem Gesicht über ihn und redete offensichtlich schon eine geraume Weile auf ihn ein.

»Was ist los mit Ihnen?« fragte er. »Verdammt, Brenner, antworten Sie endlich!«

Brenner nahm vorsichtig die Arme herunter, blieb aber noch einen Moment lang in der gleichen, verschreckten Haltung sitzen. Er verspürte dieses Gefühl nicht wirklich, aber seine Körpersprache signalisierte Salid anscheinend, daß er Angst hatte, er würde ihn schlagen; denn nach einer winzigen Pause fügte Salid in beruhigendem Ton hinzu:

»Ich tue Ihnen nichts. Keine Angst. Es ist vorbei.«

Brenner richtete sich zitternd auf. Salid mußte ihn stützen, und Brenner klammerte sich mit solcher Kraft an ihm fest, daß es dem Palästinenser weh tun mußte. Aber Salid wehrte sich nicht, sondern überzeugte sich erst davon, daß Brenner auch tatsächlich aus eigener Kraft auf den Beinen stehen konnte, ehe er seine Hand mit sanfter Gewalt beiseiteschob. »Wir müssen weiter«, sagte er.

Brenner nickte, und er setzte sich auch gehorsam in Bewegung und folgte dem Palästinenser, aber die Worte kamen ihm zugleich auch fast absurd vor. Weiter. Mit einem Male schien ihm dieser Begriff vollkommen leer, sinnlos. »Weiter« bedeutete, *irgendwohin* zu gehen, und er hatte plötzlich das Gefühl, daß es kein *Irgendwo* mehr gab, wohin sie gehen konnten. Seit er in dieser Nacht aufgewacht war – Großer Gott! War es tatsächlich erst ein paar Stunden her, seit dieser Wahnsinn begonnen hatte? War das alles wirklich in *einer einzigen Nacht* passiert?! – ,war er von einem Moment des Irrsinns in den nächsten, furchtbareren gestolpert, immer in der festen Überzeugung, daß es nicht mehr schlimmer kommen konnte, und immer einen Augenblick davon entfernt, eines Besseren belehrt zu werden.

Das Furchteinflößendste von allem aber war vielleicht, daß er tief in seinem Inneren spürte, daß auch Salid längst nicht mehr wußte, wohin sie dieses *Weiter* führen würde. Sie hatten einen Kampf aufgenommen, der im gleichen Moment, in dem sie ihn begannen, bereits verloren gewesen war, vielleicht sogar, *weil* sie ihn aufgenommen hatten, und sie wußten schon lange nicht mehr, gegen wen sie eigentlich kämpften oder nach welchen Regeln. Die Ereignisse hatten längst die Kontrolle über ihr Handeln übernommen.

Er stolperte blindlings hinter Salid her und merkte nicht einmal, daß dieser stehenblieb, bis Salid den Arm ausstreckte und er unsanft dagegenlief. Erst dann registrierte Brenner, daß die Straße vor ihnen nicht mehr leer war. Ein Wagen kam auf sie zu; nicht sehr schnell, aber mit aufgeblendeten Scheinwerfern und heulendem Motor und außerdem nicht ganz gerade; der Fahrer war entweder verletzt oder betrunken, oder er hatte keine Ahnung vom Autofahren. Es kam Brenner fast absurd vor, daß er solche Details überhaupt noch bemerkte, aber auch seine Wahrnehmung der Dinge schien sich verändert zu haben.

Obwohl sich das Motorengeräusch nicht veränderte, sondern eher noch schriller zu werden schien, als das Fahrzeug näher kam, wurde es langsamer. Brenner sah aus den Augenwinkeln, wie Salid die – nutzlose, weil leergeschossene – MPi hob, sie aber nicht direkt auf den Wagen richtete, sondern nur in seine ungefähre Richtung. Der Wagen – ein Mercedes oder Ford-Van, das konnte er nicht genau erkennen – schwenkte dicht vor ihnen zur Seite, vollführte eine ungeschickte Hundertachtzig-Grad-Drehung und stieß dann wieder ein Stück zurück. Der Motor ging aus. Brenner wartete darauf, daß jemand ausstieg, aber statt dessen geschah eine gute halbe Minute lang gar nichts. Dann wurde eine der beiden hinteren Türhälften aufgestoßen, und eine schlanke Gestalt in einem fleckigen hellen Mantel winkte ihnen hektisch zu.

»Steigt ein! Schnell!«

Nach allem Absurden, was geschehen war, erschien es Brenner fast schon wieder logisch, daß sie gehorchten, ohne auch nur eine Frage zu stellen. Salid überwand die Entfernung zum Van mit zwei, drei schnellen Schritten, sprang ins Innere des Wagens und drehte sich dann herum, um erst Johannes und dann Brenner beim Einsteigen behilflich zu sein. Er schloß die Tür hinter Brenner, überzeugte sich pedantisch davon, daß sie verriegelt war, und wandte sich erst dann an ihren geheimnisvollen Retter.

»Wer sind Sie?«

»Das ist jetzt egal.« Der Mann im Trenchcoat hatte sich schon wieder herumgedreht und war auf dem Weg nach vorne. Brenner sah jetzt, daß sein Mantel nicht wirklich *schmutzig* war, wie er anfangs geglaubt hatte. Er war zerfetzt und hier und da angesengt, aber die dunklen Flecken, die er für Schmutz gehalten hatte, waren eingetrocknetes Blut.

»Haltet euch fest. Ich werde ziemlich schnell fahren müssen. Und ich weiß nicht, ob sie uns verfolgen.«

Brenner gehorchte ganz automatisch, und auch Johannes und – zu Brenners Überraschung – selbst Salid, wenn auch nach kurzem Zögern, ließen sich auf die schmale, ungepolsterte Bank auf der rechten Seite des Wagens niedersinken. Die gegenüberliegende Seite wurde von einem wuchtigen Metalltisch beherrscht, der sich über die gesamte Fahrzeuglänge zog und von Tonbandgeräten, Bildschirmen, Mikrofonen und allen möglichen anderen elektronischen Apparaturen nur so überquoll.

Der Fremde hatte mittlerweile das Führerhaus wieder erreicht, hinter dem Steuer Platz genommen und drehte den Zündschlüssel. Der Motor sprang erst beim dritten oder vierten Versuch an, dann aber mit einem schrillen Heulen, als der Mann viel zuviel Gas gab. Brenners Vermutung, daß ihr Chauffeur wenig, wenn nicht überhaupt nichts vom Autofahren verstand, wurde fast zur Gewißheit, als sich der Wagen in Bewegung setzte – mit einem Ruck, der Johannes und ihn fast von der Bank geschleudert hätte. Salid hatte sich ein wenig besser in der Gewalt, aber er verdrehte die Augen, legte endlich die leergeschossene Waffe auf den Boden und balancierte geduckt und mit halb ausgebreiteten Armen nach vorne.

»Vielleicht wäre es besser, wenn ich fahre«, sagte er.

»Wahrscheinlich«, antwortete der Mann am Steuer, ohne allerdings irgendeine Bewegung zu machen, um diese Erkenntnis in die Tat umzusetzen. Er nahm nicht einmal den Fuß vom Gas, sondern beschleunigte im Gegenteil noch mehr. Der Motor heulte protestierend auf, und der Van schoß mit einem so heftigen Schaukeln um die Kurve, daß Salid hastig an der Rückenlehne des Beifahrersitzes nach Halt suchte.

»Sie sollten in den nächsten Gang schalten«, sagte er. »Auf diese Weise lebt der Motor länger – und wir erregen vielleicht nicht ganz so viel Aufsehen.«

Der Fahrer tat, was Salid ihm geraten hatte, und prügelte den nächsthöheren Gang hinein – dem Geräusch nach zu urteilen, ohne die Kupplung zu benutzen.

»Sie sind kein sehr geübter Fahrer, wie?« fragte Salid.

»Ich hab' nicht einmal einen Führerschein«, gestand der Fremde. »Aber wenn wir angehalten werden, ist es trotzdem besser, wenn *ich* am Steuer sitze.« Er sah zu Salid hoch, während er dies sagte, und zum erstenmal sah Brenner sein Gesicht deutlicher; wenn auch im unheimlichen grünen Widerschein der Armaturenbeleuchtung. Trotzdem erschrak er zutiefst. Auch das Gesicht des Mannes war voller eingetrocknetem Blut. Quer über seine linke Wange zog sich eine klaffende, noch nicht völlig verkrustete Wunde, und was von seiner Haut überhaupt noch sichtbar war, war so bleich wie die eines Toten. Brenner sah hastig weg. Er *wollte* nicht wissen, welches Geheimnis diesen Mann umgab. Im Grunde wollte er nicht einmal wissen, warum er ihnen half.

Auch Salid schwieg für mehrere Sekunden, nachdem er ins Gesicht des Fremden geblickt hatte. Seine Stimme zitterte ganz leise, als er weitersprach, und Brenner bemerkte, daß er die Rückenlehne des Sitzes fester umklammerte, als nötig gewesen wäre.

»Wohin bringen Sie uns?« fragte er.

»Zum Kloster«, antwortete der Fremde.

Der Donner der Explosion war längst erloschen, aber die Fensterscheibe schien noch immer unter Kenneallys Fingerspitzen zu vibrieren, und in seinen Ohren hatte das dumpfe Krachen, mit dem der Helikopter auf dem Boden aufschlug und in einem Flammenball auseinanderbarst, eher wie ein Schrei als wie eine Explosion geklungen. Er glaubte die Hitze zu spüren, welche hinter dem zuckenden Licht steckte, das noch immer hinter der Betonmauer auf der anderen Straßenseite loderte; so intensiv, daß seine Hände, die er gegen die Fensterscheibe preßte, plötzlich tatsächlich zu schmerzen begannen. Es war ihm nicht möglich, sie zurückzuziehen.

So wenig, wie es ihm möglich war, *irgend etwas* zu tun oder auch nur einen klaren Gedanken zu fassen. Alles, was er empfand, war Entsetzen. Diesmal hatte er *gesehen*, was geschah, und es gab keine Möglichkeit mehr, es irgendwie zu verleugnen. Die Dunkelheit war lebendig geworden und hatte den Helikopter vom Himmel gefegt, so, wie sie vorhin seine Leute von der Straße gefegt hatte – und die getötet, die er ins Haus geschickt hatte. Aber das war etwas anderes gewesen. Die Männer vorhin hatten gewußt, was sie taten. Sie waren sich des Risikos bewußt gewesen – vielleicht nicht der Tatsache, welchem Gegner sie wirklich gegenüberstanden, aber doch der, daß es sich um einen möglicherweise tödlichen Feind handelte. Letztlich spielte es keine Rolle, ob sie von einem palästinensischen Terroristen oder einer mystischen Macht getötet worden waren.

Die beiden Piloten dort drüben waren ahnungslos gewesen. Sie hatten sich in der Sicherheit ihrer unbesiegbaren Vernichtungsmaschine gewähnt und nicht einmal gewußt, was sie erwartete; mehr noch – hätten sie gewußt, was sie *wirklich* taten, hätten sie Kenneallys Befehl bestimmt nicht befolgt, sondern eher ihn aufs Korn genommen als die drei Männer dort unten auf der Straße. Er hatte sie belogen. Ebensogut hätte er seine Pistole nehmen und sie eigenhändig erschießen können.

Seltsam – Kenneally hatte sich nie viele Gedanken um die Menschen gemacht, die er befehligte und bisweilen in den fast sicheren Tod schicken mußte. Wie viele seiner Kollegen war Kenneally schon vor Jahren zum Zyniker geworden, für den Menschenleben nichts als eine Verfügungsmasse waren, mit der man fast nach Belieben umgehen konnte; etwas von – wenn überhaupt – *materiellem* Wert, der sich aus den Kosten für Ausbildung, Equipment und den möglichen Regreßansprüchen eventueller Hinterbliebener errechnete. Zum allererstenmal hatte er das Gefühl, mehr als eine *Sache* zerstört, sondern mit diesen beiden Leben etwas auf sein Gewissen geladen zu haben, das vielleicht zu schwer wog, um noch damit fertig zu werden.

Was geschah mit ihm? Was waren das für Gedanken?

Kenneally schloß für einen Moment die Augen und preßte die Stirn gegen das Glas, aber es nutzte nichts. Zwischen seinen Schläfen tobte ein Chaos aus unbekannten, erschreckenden Empfindungen und Bildern, die zu gräßlich waren, um sie zu ertragen, und vor denen er die Augen doch nicht schließen konnte, denn sie spielten sich *hinter* seinen Lidern ab. Was war das? Verlor er den Verstand?

Nein. Du hast nur gelernt zu sehen.

Er hörte die Stimme nicht wirklich. Nicht auf die Weise, auf die er sein Leben lang *gehört* hatte, und im ersten Moment nahm er die Worte nicht einmal wirklich wahr, sondern hielt sie einfach für einen Teil des emotionalen Wirbelsturmes, der durch sein Gehirn fegte. Aber es war etwas darin, das zu gleichen Teilen unendlich fremd und *anders* als auch auf fürchterliche Weise vertraut war. Kenneally öffnete die Augen. Er wünschte sich, es nicht zu tun, aber er konnte nicht anders.

Er war nicht mehr allein. Das Gefühl, beobachtet zu werden, das ihn die ganze Zeit über gequält hatte, wich schlagartig dem *Wissen*, daß jemand hinter ihm stand. Er sah nur einen Schatten, einen verzerrten Reflex auf der Fensterscheibe, der sich im züngelnden Licht der Flammen auf unheimliche Weise zu bewegen schien, und trotzdem wußte er sofort, wer es war.

»Was willst du?« stöhnte er. »Geh. Laß mich in Frieden! *Geh*!«

Die Gestalt, die Smith war, obwohl sie es nicht sein konnte, bewegte sich einige Schritte weit auf ihn zu und wurde nun auch in der Spiegelung auf dem Glas zu einem Körper. Trotzdem war etwas an ihr auf grauenerregende Weise *falsch*.

Es ist noch nicht zu spät.

Kenneally ertrug den Druck nicht mehr. Kein Schrecken, den er sah, konnte so entsetzlich sein wie der, den er *nicht* sah. Mit einem Ruck drehte er sich zu Smith herum und hob gleichzeitig seine Waffe. Ganz gleich, auf welche Weise Smith den Tod überlistet hatte, ob er nun zu einem Zombie geworden war oder zu einem mythischen Dämon, er konnte wenigstens *versuchen*, ihn –

Kenneally brachte weder den Gedanken noch die Bewegung gänzlich zu Ende.

Es gab nichts, was er tun konnte.

Smith war kein Zombie, keine lebende Leiche, die aus einem Horrorfilm entsprungen war. Smith war überhaupt nicht Smith, sondern eine wirbelnde, kribbelnde Masse aus Tausenden und Abertausenden durcheinanderwuselnder, vielbeiniger, glitzernder ... *Dinger*, die ihn aus winzigen Augen anstarrten. Das *Ding*, das seinen Anzug ausfüllte und die Formen seines Gesichts okkupiert hatte, befand sich in ständiger, brodelnder Bewegung, in der es vermutlich auch bleiben mußte, um den Kräften der Schwerkraft zu widerstehen, die es zu Boden reißen und seiner unnatürlichen Form berauben wollten. Unter Smith' zerfetztem Anzug schienen ein Dutzend Herzen gleichzeitig und in unterschiedlichem Takt zu schlagen. Arme und Beine veränderten unentwegt ihre Länge, und seine Hände hatten mal zwei Finger, dann keine und dann wieder ein Dutzend, und immer wieder fielen Teile der gräßlichen Masse herunter und krabbelten auf mikroskopisch kleinen Beinchen zurück, um sich erneut mit dem alptraumhaften Gebilde zu vereinen. Nur das Gesicht behielt seine Form, aber das machte den Anblick eher noch schlimmer, statt ihm seinen Schrecken zu nehmen. Kenneally spürte, wie sein Herz aussetzte. Eine Hand aus Eis griff durch seine Kopfhaut und den Schädel hindurch und begann sein Gehirn zusammenzudrücken, und er konnte nicht mehr atmen. Er war ...

Verrückt.

Er hatte den Verstand verloren, erlag einer durch und durch gräßlichen Halluzination.

Nein. Das hast du nicht.

O doch, das hatte er. Er hatte – zumindest für einen kurzen Moment – die Grenzen zwischen Normalität und Wahnsinn überschritten, und dieser Gedanke erschreckte ihn nicht im geringsten. Ganz im Gegenteil, es war vielleicht das einzige, was ihn noch davor bewahrte, *tatsächlich* den Verstand zu verlieren. Er stand einem Mann gegenüber, der kein Mann war, sondern eine grauenerregende Karikatur eines Menschen, die aus Tausenden winziger Insekten bestand, und das *konnte* nur eine Halluzination sein. Kenneally wich wieder zurück, bis er mit dem Rücken gegen die Fensterscheibe stieß, und führte die Bewegung seiner rechten Hand verspätet zu Ende. Die Mündung der Pistole richtete sich auf Smith' Gesicht.

»Was willst du?« fragte er. Es machte ihm nichts aus, mit einer Halluzination zu sprechen. Ganz im Gegenteil machte es die Situation erträglicher. Er konnte mit der Vorstellung leben, den Verstand verloren zu haben und sich das alles nur einzubilden. Mit der, daß es wirklich geschah, nicht. Ganz bestimmt nicht.

Ich bin gekommen, um dich zu warnen. Es ist noch nicht zu spät.

»Zu spät? Wofür?«

Die Gestalt kam näher, aber sie tat es eigentlich, ohne sich wirklich zu bewegen – das hieß, sie machte keine *Schritte* oder irgendeine andere Art von Bewegung, wie Kenneally sie jemals gesehen hätte. Es war ein gräßliches Fließen und Gleiten, als bestünde der Körper aus flüssigem Protoplasma, das nur von einer dünnen weichen Haut zusammengehalten wurde. Kenneally versuchte um die gleiche Distanz zurückzuweichen, aber hinter ihm war nur noch das Fenster. Das Glas knackte, als er sich mit aller Kraft dagegenpreßte, und eigentlich hätte es unter dem Druck zerbrechen müssen.

Du darfst nicht weiter auf diesem Weg gehen, wisperte die Stimme in seinen Gedanken. *Es ist noch nicht zu spät. Sieh, welchen Preis ich bezahlt habe.*

»Du bist nicht Smith«, sagte Kenneally überzeugt. In seiner Stimme war ein hysterischer, schriller Ton, der ihn selbst erschreckte. »Smith würde mich niemals warnen. Vor nichts.«

Ich war niemals dein Freund, gestand das Smith-*Ding* ruhig. *Aber die Dinge haben sich geändert. Die* Welt *hat sich geändert, Kenneally. Die Zeit der Lügen ist vorbei. Ich habe mich entschieden, schon vor langer Zeit, und ich habe den Preis bezahlt. Mein Leben war Tod, und die Strafe ist das, was ich gelebt habe. Hunderttausendfach. Sieh!*

Die Gestalt machte wieder einen dieser gräßlichen fließenden Schritte, und das war mehr, als Kenneally ertragen konnte. Er schrie auf und drückte ab, zwei-, drei-, sechsmal hintereinander, bis die Waffe leergeschossen war. Die Schüsse hallten in dem leeren Korridor wider wie Kanonenschläge, und sie trafen alle. Smith war zu nahe, um ihn zu verfehlen. Die Kugeln stanzten in sein Gesicht und zerfetzten Dutzend, vielleicht Hunderte der winzigen lebenden Puzzleteile, aus denen es zusammengesetzt war.

Die brodelnden Arme hoben sich. Hände und Gesicht wurden eins, verschmolzen zu einer einzigen zitternden Masse und barsten wieder auseinander, und als er die Hände senkte, war sein Gesicht wieder unversehrt. Es war unmöglich, die Anzahl der Kreaturen zu schätzen, die sich zu der Nachahmung einer menschlichen Gestalt zusammengefunden hatten, aber es *konnten* hunderttausend sein. Ebensogut aber auch nur fünfzigtausend oder eine Million. War es *das*, was Smith meinte? Mußte er hunderttausendmal sterben, um für ein Leben zu bezahlen?

Kehr um, fuhr Smith fort. *Geh nicht dort hinüber. Du wirst bezahlen, für alles, was du getan hast, und auch für das, was du nicht getan hast, aber der Tod ist nicht das, wofür du ihn hältst. Die Zeit der Gnade ist ebenso vorbei wie der Lüge und des Verzeihens. Du darfst Salid und die anderen nicht länger verfolgen, oder das, was dir widerfährt, wird millionenmal schlimmer sein als mein Schicksal. Laß sie gehen!*

»Warum?« schrie – nein, *kreischte* – Kenneally. Etwas in ihm wollte zerbrechen. Zwischen seinen Schläfen befand sich plötzlich eine Stahlfeder, die mit unerträglicher Kraft zusammengepreßt worden war. Warum starb er nicht einfach?

Weil Salid der sein wird, der dich richtet, antwortete Smith. Und damit drehte er sich herum und ging langsam davon. Nach nur zwei oder drei Schritten sog ihn die Dunkelheit im hinteren Teil des Korridors auf, aber Kenneally stand noch lange da und starrte in die Richtung, in der die furchtbare Erscheinung verschwunden war.

Schließlich fiel sein Blick auf den Boden, dorthin, wo Smith gestanden hatte. Seine Schüsse hatten doch Schaden angerichtet. Dutzende fingernagelgroßer, zermalmter Insekten bedeckten den Boden, winzige Geschöpfe mit zerborstenen Panzern, abgerissenen Gliedmaßen und zerfetzten Flügeln. Eines der winzigen Geschöpfe lebte noch, denn es zuckte ununterbrochen mit den beiden vorderen seiner drei Beinpaare, und die winzigen Scheren an seinem Schädel öffneten und schlossen sich in einem beständigen, vom Takt der Agonie bestimmten Rhythmus. Kenneally hob den Fuß und zermalmte es mit aller Kraft, die er aufbringen konnte.

Smith hatte ein weiteres Hunderttausendstel seiner Schuld bezahlt.

Am Ende war es ihrem Fahrer doch irgendwie gelungen, die Kontrolle über den Wagen zu erringen; das Fahrzeug lief zwar alles andere als ruhig, rollte aber doch in gleichmäßigem Tempo dahin, und der Motor kreischte nicht mehr wie ein gequältes Tier. Salid hatte sich eine Weile mit dem Fahrer unterhalten, leise und ohne daß Brenner die Worte verstanden hätte; er hätte wohl auch nicht hingehört. Johannes und er saßen nebeneinander und in der gleichen Haltung auf der unbequemen Bank: nach vorne gebeugt, mit hängenden Schultern und Köpfen, die Ellbogen auf den Knien aufgestützt und jeder für sich in seine eigenen Gedanken versunken.

Das gleichmäßige Schaukeln des Wagens begann eine einschläfernde Wirkung auf Brenner auszuüben. Seine Lider wurden schwer, und es kostete ihn immer mehr Kraft, die Augen aufzuhalten. Die Verlockung, sich einfach in die warme Umarmung des Schlafs fallen zu lassen, wurde mit jeder Sekunde stärker.

Ein kleiner Teil seines Bewußtseins wunderte sich, daß er in einem Moment wie diesem an Schlaf auch nur denken konnte; aber nur ein sehr kleiner Teil: der, der schon vor einer geraumen Weile an der Wirklichkeit verzweifelt hatte und überhaupt der Überzeugung war, daß es sich bei alledem hier nur um einen Alptraum handeln konnte – einen von der besonders unangenehmen, hartnäckigen Sorte derer, die niemals enden und nach dem Aufwachen höchstens schlimmer werden statt besser. Zugleich gab es da noch einen anderen – noch kleineren – Teil in ihm, der ihm klarzumachen versuchte, daß schon dieser Gedanke höchst lächerlich war, und darüber hinaus –

Brenner schüttelte heftig den Kopf, blinzelte ein paarmal übertrieben rasch und atmete hörbar tief und lange ein. Es war sehr kalt im Wagen, und die eisige Luft sollte eigentlich dafür sorgen, daß hinter seiner Stirn wieder Klarheit herrschte. Aber es nutzte nichts. Seine Gedanken führten noch immer einen irren Tanz auf, der eher schlimmer zu werden schien, je verbissener er versuchte, sie zu ordnen.

»Einen Penny für Ihre Gedanken«, sagte Salid plötzlich. Brenner sah auf. Salid lächelte.

»Wie?«

Salid machte eine wegwischende Geste mit der linken Hand. »Eine amerikanische Redewendung«, sagte er. »Vergessen Sie's.«

»Ich weiß«, antwortete Brenner. »Ich wundere mich nur, daß ausgerechnet Sie Amerikanismen benutzen.«

»Gewohnheit«, erwiderte Salid. Er zuckte mit den Schultern und lächelte wieder, aber es war plötzlich kein sehr angenehmes Lächeln mehr; nur noch ein Verziehen des Gesichts, dem das Gefühl, das eigentlich dahinterstehen sollte, vollkommen abging. »Vielleicht ist das der Grund, aus dem ich die Amerikaner so hasse.«

»Weil Sie ihre Redewendungen benutzen?«

»Weil sie sich die ganze Welt untertan zu machen versuchen«, antwortete Salid. Er sprach plötzlich lauter, nicht einmal unfreundlich oder gar zornig, aber doch eine Spur schärfer als bisher, und in seinen Augen war mit einem Male ein harter, fast erschreckender Glanz. Hätte Brenner Platz genug dazu gehabt, wäre er instinktiv ein Stück von dem Palästinenser weggerückt. Zum erstenmal seit langer Zeit wieder wurde ihm bewußt, mit wem er hier eigentlich im Wagen saß.

»Ich ... verstehe nicht«, sagte er.

»Nein?« fragte Salid höhnisch. »Tun Sie das nicht? Wirklich nicht, oder wollen Sie es nur nicht verstehen?«

Brenner sagte nichts mehr; es tat ihm bereits leid, das Thema überhaupt angesprochen zu haben – dies war wirklich nicht die Situation, sich mit Salid auf eine politische Grundsatzdiskussion einzulassen. Aber es war auch zu spät. Salid sprach von sich aus und ohne Brenners Zutun weiter; und das hätte er vermutlich selbst dann getan, wenn Brenner einfach aufgestanden und weggegangen wäre.

»Machen Sie die Augen auf! Sehen Sie sich doch um! Hören Sie! Sie beherrschen unsere Sprache. Sie beherrschen unser Denken. Ihre Produkte überschwemmen unsere Märkte und ihre Fernsehserien unsere Bildschirme. Ihre Art zu leben –«

»– ist ihre Art«, unterbrach ihn Brenner. »Niemand zwingt Sie oder sonst jemanden, sie anzunehmen.«

»Aber wir tun es«, erwiderte Salid heftig. »Diese Nation ist ... schlimmer als alles, was dieser Welt je zugestoßen ist. Wo immer sie auftauchen, beherrschen sie das Leben der Leute. Mit ihrer Coca-Cola. Mit ihren Autos. Ihrem American Way of Life.«

Brenner schüttelte nur den Kopf. »Sie sind dreißig Jahre zu spät dran, Salid«, sagte er.

»Ja, vielleicht«, antwortete Salid. »Vielleicht ist es nicht einmal deren Schuld. Vielleicht haben Sie recht, und wir sind es, die wir uns diese Art zu leben aufzwingen lassen.«

»Tun wir das?« fragte Brenner – obwohl er die Antwort im Grunde kannte. Salid hatte recht – auf seine Weise. Zugleich erlag er einem furchtbaren Irrtum; aber sonderbarerweise schloß das eine das andere in diesem Falle nicht einmal aus.

»Ja!« erwiderte Salid heftig. »Jedenfalls die meisten. Aber ich nicht. Ich weigere mich, ein Leben zu führen, das ich nicht führen will!«

Vielleicht verstand Brenner in diesem Moment zum erstenmal wirklich, warum Salid zu dem geworden war, was er war. »Niemand zwingt Sie dazu«, antwortete er – obwohl er wußte, wie sinnlos es war. Er hatte tatsächlich – wenn auch nur für einen kurzen Moment – angefangen zu vergessen, was Salid war, aber er gemahnte sich innerlich zur Vorsicht. Eine solche Nachlässigkeit konnte unter diesen Umständen durchaus tödlich enden. Er kannte Salids Geheimnis jetzt. Es war so simpel wie monströs, wenn man bedachte, zu welchen Konsequenzen es letztendlich geführt hatte: Salid suchte einfach jemanden, gegen den er kämpfen konnte. Wäre er in diesem Land geboren, wäre er vielleicht ein Mitglied der RAF oder einer ähnlichen Organisation geworden, in Irland vielleicht ein führender Kopf der IRA und in den Staaten möglicherweise ein Mitglied des Ku-Klux-Klan. Es spielte für Salid keine Rolle, gegen wen er kämpfte. Vielleicht hatte es einen Mann wie ihn gebraucht, um diesen Kampf hier zu führen: einen Kampf ohne Aussicht auf Erfolg, ohne die geringste Chance auf einen Sieg – und wenn er ehrlich war, auch ohne die geringste Chance, ihn zu überleben. Er fragte sich nur, welche Rolle er, Brenner, in diesem Kampf spielte.

Vielleicht, weil er das Gespräch nicht weiterführen wollte, vielleicht aber auch, weil er Angst vor der Antwort auf seine Fragen hatte, stand er auf und ging gebückt an Salid und Johannes vorbei nach vorne. Der Mann hinter dem Steuer sah flüchtig auf und machte dann eine Kopfbewegung auf den Beifahrersitz. Wahrscheinlich hatte er gehört, was Salid und Brenner miteinander besprochen hatten; vielleicht sah man ihm den aufgewühlten Zustand, in dem er sich befand, auch einfach an.

Brenner bedankte sich mit einem flüchtigen Nicken für die Einladung und leistete ihr Folge. Ein ganze Weile saßen sie schweigend nebeneinander, dann sagte der Fremde plötzlich: »Er ist schwierig.«

Brenner, dessen Gedanken mittlerweile schon wieder begonnen hatten, eigene Wege zu gehen, hatte im ersten Moment Mühe, die Frage überhaupt zu verstehen. Dann nickte er, wobei er gerade noch dem Impuls widerstand, sich zu Salid herumzudrehen. »Sie meinen ... Salid?«

»Er ist dieser Terrorist, nicht?«

Unter allen anderen denkbaren Umständen wäre es einfach grotesk gewesen, auch nur anzunehmen, daß der Mann, der ihnen vermutlich allen das Leben gerettet hatte, nicht einmal genau wußte, wer sie waren. Jetzt erschien es Brenner auf eine sonderbare Weise sogar logisch. Ohne seine Frage zu beantworten, fragte er: »Wie ist Ihr Name?«

»Heidmann«, antwortete der Fremde. »Aber das spielt keine Rolle mehr. Ich war einmal Polizist ... Es ist lange her.«

Brenner vermutete, daß es ungefähr eine Stunde her war; allerhöchstens. »Und was sind Sie jetzt?« fragte er.

Der andere zuckte mit den Schultern, und die Bewegung übertrug sich über seine Hände, die mit viel zuviel Kraft das Lenkrad hielten, bis auf die Räder. Der Wagen machte einen sanften Schlenker nach links und einen etwas weniger sanften nach rechts, ehe Heidmann ihn wieder vollends in der Gewalt hatte. »Auf jeden Fall ein schlechter Autofahrer«, sagte er lächelnd.

Brenner blieb ernst. »Warum helfen Sie uns?« fragte er.

Er bekam nicht sofort eine Antwort. Heidmann starrte eine geraume Weile einfach vor sich ins Leere. Aber Brenner hatte das sichere Gefühl, daß er es nicht nur tat, um in dem Schneegestöber, das inzwischen eingesetzt hatte, die Straße erkennen zu können. Schließlich sagte er: »Ich denke, weil ich mich für das Leben entschieden habe.«

Das war eine sehr sonderbare Antwort – direkt unheimlich, fand Brenner. Vor allem, wenn sie aus dem Mund eines Mannes kam, der nach allem, was er von Medizin zu verstehen glaubte, eigentlich tot sein müßte. Er betrachtete Heidmanns Gesicht im grünen Widerschein des Armaturenbrettes genauer; nicht heimlich und aus den Augenwinkeln, sondern ganz offen, so daß dieser es bemerken mußte. Wenn es ihn störte, ließ er sich jedenfalls nichts anmerken.

Heidmanns Gesicht war eindeutig das eines lebenden Menschen, nicht eines Zombies. Die klaffende Wunde auf seiner Wange war schlimm, aber nicht lebensgefährlich; wahrscheinlich nicht einmal wirklich gefährlich. Aber sein

Mantel war vorne auseinandergefallen, jetzt, wo er saß, und Brenner konnte erkennen, daß der dunkle Fleck auf seinem Hemd ein noch dunkleres Zentrum hatte: einen kreisrunden, gut zehnpfenniggroßen Krater, der mit geronnenem Blut gefüllt war. Das passende – größere – Gegenstück befand sich auf Heidmanns Rücken. Sein Mantel war schwarz von Blut, aber auch verkohlt. Der Mann hatte einfach kein Recht mehr zu leben. Er tat es trotzdem.

»Sie sollten nicht erschrecken«, sagte Heidmann plötzlich. Er starrte weiter nach vorne, aber seine Worte machten klar, daß er Brenners Blick bemerkt hatte. Plötzlich war es Brenner doch peinlich, ihn angestarrt zu haben.

»Aber Sie müßten tot sein!«

»Vielleicht bin ich das«, sagte Heidmann lächelnd. »Vielleicht müssen wir unsere Begriffe von Tod und Leben auch neu definieren.« Er zuckte abermals mit den Schultern, diesmal aber weit vorsichtiger, so daß der Wagen nicht wieder aus der Spur geriet, sondern stur weiter geradeaus seinem Weg in den Sturm hinein folgte. »Es spielt keine Rolle. Machen Sie sich keine Sorgen um mich.«

Damit hatte er seine Frage eindeutig nicht beantwortet; allerdings auch ebenso eindeutig auf eine Art, die klarmachte, daß er es nicht wollte. Brenner sah ihn noch einen Moment lang nachdenklich an, dann drehte er sich ein wenig im Sitz herum und starrte in die gleiche Richtung wie Heidmann: durch die beschlagene Frontscheibe nach draußen.

Viel gab es allerdings nicht zu sehen. Der Schneefall hatte zugenommen, und zudem schien der Wind noch an Kraft gewonnen zu haben, so daß ihnen die wirbelnden weißen Flocken nun fast waagerecht entgegenkamen. Die Sicht betrug deutlich weniger als dreißig Meter, obwohl die Scheinwerfer des Wagens voll aufgeblendet waren. Sie hatten die Stadt längst hinter sich gebracht und fuhren über eine menschenleere Landstraße. Beiderseits der asphaltierten Strecke hatten sich kniehohe Schneeverwehungen gebildet. Seit der Schneefall eingesetzt hatte, schienen sie das erste Fahrzeug zu sein, das die Straße befuhr. Die Schneedecke vor ihnen war nahezu unversehrt, und manchmal hatte er das Gefühl, daß die Straße einfach im Nichts verschwand. Er fragte sich, wie Heidmann es unter diesen Umständen fertigbrachte, den Wagen überhaupt noch in der Spur zu halten. Selbst er hätte vermutlich Schwierigkeiten gehabt, den Wagen nicht schon in den ersten Minuten in den Straßengraben zu lenken.

»Es müßte längst hell sein«, murmelte Salid hinter ihnen. Brenner wandte den Kopf und bemerkte erst jetzt, daß der Palästinenser aufgestanden und zu ihnen nach vorne gekommen war. Er stützte sich mit beiden Händen auf den Rückenlehnen von Brenners und Heidmanns Sitzen auf und spähte aus zu Schlitzen zusammengekniffenen Augen durch die Windschutzscheibe hinaus; nach oben, dorthin, wo der Himmel sein sollte und wo nur eine brodelnde graue Masse war, die Schnee darstellen konnte, aber auch alles andere.

»Wie spät ist es?« fragte Brenner.

Salid zuckte mit den Schultern und antwortete, ohne sich die Mühe zu machen, auf die Uhr zu sehen. »Keine Ahnung. Meine Uhr ist stehengeblieben.«

»Es ist nicht mehr weit«, sagte Heidmann. »Sie sollten nach hinten gehen.«

»Warum?«

Der Ex-Polizeibeamte machte eine Kopfbewegung nach vorne, in das wirbelnde weiße Chaos hinein. »Es ist nicht mehr weit bis zum Sperrgebiet. Dort vorne ist eine Straßensperre. Es ist besser, wenn man Sie nicht sieht.«

»Eine Straßensperre?« Salid spannte sich fast unmerklich, aber Heidmann machte rasch eine beruhigende Geste. Brenner wurde ein ganz kleines bißchen nervös, als Heidmann die linke Hand vom Lenkrad nahm und damit in den Mantel griff. Aber das Schicksal schien immer noch auf ihrer Seite zu sein: Der Wagen blieb treu in der Spur, und sie landeten nicht im Straßengraben.

»Keine Sorge. Niemand wird dumme Fragen stellen.« Er zog einen in transparenten Kunststoff eingeschweißten Ausweis hervor und reichte ihn Salid. Brenner sah, wie Salid überrascht und wohl auch ein bißchen ungläubig die Stirn runzelte, als er erkannte, worum es sich handelte: um Heidmanns Dienstausweis, der ihn als Polizeibeamten identifizierte. Aber zu seiner Überraschung sagte Salid nichts, sondern reichte Heidmann den Paß nach ein paar Sekunden zurück. Ebenso wortlos wandte er sich nach einigen weiteren Sekunden um und ging in den hinteren Teil des Wagens zurück, um sich wieder neben Johannes zu setzen. Brenner hörte, wie er leise mit dem Jesuitenpater zu sprechen begann, konnte aber nicht verstehen, was er sagte.

»Sie wissen, daß er Sie töten wird, wenn das hier eine Falle ist«, sagte er leise.

Heidmann lächelte nur, und fast im gleichen Moment wurde auch Brenner selbst klar, wie lächerlich diese Worte klingen mußten. Heidmann gehörte nicht mehr zu den Menschen, die der Tod erschrecken konnte.

»Entschuldigung«, sagte er.

»Schon gut. Man kann alte Gewohnheiten schlecht von einem Tag auf den anderen ablegen, nicht?« Er machte eine Kopfbewegung nach hinten. »Besser, Sie gehen jetzt auch nach hinten. Es kann nicht mehr weit sein.«

Brenner stand zögernd auf. Er hätte sich gerne noch weiter mit Heidmann unterhalten, war aber zugleich auch erleichtert, aus seiner Nähe zu entkommen. Es war ein unheimliches Gefühl, mit einem Toten zu sprechen. Aber vielleicht, überlegte er, sollte er sich besser daran gewöhnen. Was hatte Heidmann doch gleich gesagt: Vielleicht müssen wir unsere Begriffe von Tod und Leben neu definieren?

Der Helikopter landete fast auf die Minute pünktlich. Wenigstens vermutete Kenneally, daß es so war – seine Armbanduhr war stehengeblieben, und ob er seiner inneren Uhr noch vertrauen konnte, wußte er nicht. Sie behauptete jedenfalls, daß seit seinem Telefonat anderthalb Stunden vergangen waren, als der Hubschrauber auf dem Krankenhausdach zur Landung ansetzte.

Kenneally waren sie vorgekommen wie anderthalb Jahrhunderte. Er hatte nur noch schemenhafte Erinnerungen daran, wie er aus dem Haus auf der anderen Straßenseite heraus- und hierhergekommen war. Der gleiche Überlebensmechanismus, der ihn schon einmal vor den schlimmsten Bildern bewahrt hatte, hatte erneut eingesetzt: Ebenso wie an die Szene vor dem belagerten Haus erinnerte er sich auch an sein Treffen mit dem Smith-*Ding* nur noch wie an einen Traum, in dreidimensionalen, grausam klaren und farbigen Bildern zwar, aber zusammenhanglos und mit einem Gefühl der Irrealität, das dem Grauen seine schlimmste Spitze nahm. Irgend etwas in ihm verhinderte, daß er sich erinnerte; darüber war er sich diesmal sogar im klaren, aber er kämpfte nicht dagegen an. Es war eine Halluzination gewesen, nicht weniger, aber, verdammt noch mal, auch nicht mehr. Was sie zu bedeuten hatte, stand auf einem anderen Blatt und spielte im Moment keine Rolle.

Kenneally hatte auf der windabgewandten Seite des Treppenhauses Schutz gesucht, wodurch er den Hubschrauber erst bemerkt hatte, als dieser sich aus dem Nachthimmel herabsenkte. Er sah ihn nur aus den Augenwinkeln, aber ein Teil seines Bewußtseins registrierte alles sehr genau. Er hatte von Helikoptern wie diesen gehört, aber noch niemals selbst einen gesehen: Maschinen, die nicht nur auf Radar- und sonstigen Ortungsschirmen so gut wie unsichtbar waren, sondern auch beinahe lautlos flogen. Soweit Kenneally wußte, gab es nur eine Handvoll davon, die für streng geheime Operationen der CIA oder des Militärs reserviert waren. Der Umstand, daß sein geheimnisvoller Besucher eine dieser Maschinen flog, sagte eine Menge mehr über ihn als alles, was Kenneally in den letzten Jahren herausgefunden hatte.

Die Seitentür des Helikopters wurde aufgeschoben, als Kenneally den halben Weg hinter sich gebracht hatte. Kenneally hielt darauf zu und zog den Kopf zwischen die Schultern. Trotzdem schien sich der Schnee, der in sein Gesicht peitschte, plötzlich in einen Hagel aus Glasnadeln zu verwandeln, der ihm schier die Tränen in die Augen trieb, und auf den letzten Metern war er nicht einmal mehr sicher, es zu schaffen. Die Rotoren mochten lautlos sein, aber sie entfesselten einen wahren Sturmwind, der ihn von den Füßen zu reißen drohte; dazu kam, daß der Miniatur-Taifun den frisch gefallenen Schnee davonfegte und das Dach darunter spiegelglatt gefroren war. Er stolperte mehrmals und fiel nur wie durch ein Wunder nicht hin.

Eine Hand streckte sich ihm entgegen, als er den Helikopter erreichte. Kenneally griff dankbar danach, hielt sich mit der anderen Hand am Türrahmen fest und zog sich mit einer letzten Kraftanstrengung ins Innere der Maschine – um prompt endgültig die Balance zu verlieren und schmerzhaft auf ein Knie herabzufallen, denn der Pilot ließ den Hubschrauber wieder aufsteigen, noch bevor er ganz in der Kabine war.

Kenneally kroch mit einer ebenso ungeschickten wie hastigen Bewegung ein Stück weiter, während der Mann, der ihm geholfen hatte, rasch die Tür schloß. Durch das große Fenster darin konnte Kenneally erkennen, wie schnell sie an Höhe gewannen. Die Lautlosigkeit, mit der dies geschah, war beinahe gespenstisch. Hier drinnen war der Motorenlärm fast überhaupt nicht mehr zu hören.

Er wollte sich aufrichten, sank aber mit einem überraschten Laut wieder zurück und hielt sich das linke Knie, auf das er gefallen war. Der Schmerz trieb ihm die Tränen in die Augen. Kenneally wartete einige Sekunden, dann stemmte er sich mit zusammengebissenen Zähnen auf die Sitzbank hoch. Sein linkes Bein pochte erbärmlich, und für eine Sekunde war der Schmerz so schlimm, daß ihm übel wurde. Zugleich kam es ihm fast grotesk vor – er hatte doch nicht wirklich all dies überstanden, um sich dann beim Einsteigen in einen Hubschrauber das Bein zu brechen, oder?

»Alles in Ordnung?«

Kenneally nickte und umklammerte mit beiden Händen sein Knie, ehe er den Kopf hob und sein Gegenüber ansah. Er erlebte eine Überraschung. Er hatte die Stimme erkannt, obwohl sie sich anders anhörte als am Telefon, aber das

Gesicht, in das er blickte, paßte nicht zu ihr. Die Stimme, die sein Leben in den letzten fünfzehn Jahren weit mehr beeinflußt hatte, als ihm bis heute überhaupt klar gewesen war, war die eines alten – oder zumindest älteren – Mannes, volltönend und von einer Autorität erfüllt, die Assoziationen von weißem Haar und starken Händen weckte, aber was er sah, war das genaue Gegenteil. Sein Gegenüber war keinen Tag älter als fünfunddreißig – allerhöchstens – und dunkelhaarig, dazu sehr schlank und von einer fahrigen Nervosität, die Kenneally selbst jetzt spüren konnte, obwohl der Mann regungslos auf der Bank saß und ihn beobachtete. Er sah ein wenig übernächtigt aus, und obgleich er die Hände fest auf die Oberschenkel gelegt hatte und sie nicht bewegte, schienen sie unmerklich zu zittern.

»Sie sind Kenneally.«

Kenneally nickte erneut. Er sagte auch jetzt noch nichts – vielleicht, weil er einfach noch Zeit brauchte, um das, was er sah, zu verarbeiten. Er hatte geglaubt, einer Autorität zu dienen, einer grauen Eminenz im Hintergrund, aber das war ... Großer Gott, als er das erste Mal mit ihm gesprochen hatte, da konnte der Bursche noch kaum mehr als ein Kind gewesen sein!

»Ich glaube, Sie sind mir ein paar Erklärungen schuldig«, sagte er gepreßt. Seine Stimme zitterte, weil sein Knie mittlerweile tatsächlich so erbärmlich schmerzte, daß er sich langsam zu fragen begann, ob er sich vielleicht wirklich etwas gebrochen hatte. Das machte ihn wütend; sein Gegenüber mußte annehmen, daß es Unsicherheit war – womit er der Wahrheit vielleicht näher kam, als Kenneally lieb war.

Zu seiner Überraschung antwortete der junge Mann jedoch sehr ernst: »Das stimmt. Sie werden alles erfahren. Aber zuerst beantworten Sie mir eine Frage: Wie konnte er entkommen?«

»Woher wissen Sie, daß er entkommen ist?«

»Sie wären nicht hier, wenn Sie Ihren Auftrag erfüllt hätten«, antwortete der andere. In seiner Stimme war nicht einmal eine Spur von Tadel oder auch nur Bedauern. Alles, was Kenneally zu hören glaubte, war etwas wie Resignation. Eine Winzigkeit leiser – und eigentlich mehr zu sich selbst gewandt als an Kenneally – fügte er hinzu: »Außerdem hatten Sie von Anfang an wahrscheinlich keine Chance.«

»Wenn Sie das wußten –«

»Bitte!« Der Mann, dessen Namen er immer noch nicht wußte, hob besänftigend beide Hände, und Kenneally sah, daß sie tatsächlich zitterten. Es waren sehr schlanke Hände; wie das Gesicht das Gegenteil dessen, was er erwartet hatte: die Hände eines sehr sanften Mannes.

»Ich werde Ihnen alles erklären – soweit unsere Zeit reicht. Ich fürchte nur, daß uns weniger bleibt, als nötig wäre, alle Ihre Fragen zu beantworten.«

Kenneally wurde nun wirklich zornig, woran nicht zuletzt auch der immer noch anhaltende Schmerz in seinem Bein schuld war. »Die Zeit werden Sie sich nehmen müssen«, sagte er scharf. »Sie wollen, daß ich einen Mann für Sie töte?« Er lachte. »Nehmen Sie es mir nicht übel ..., aber ich finde, daß Sie mir wenigstens sagen sollten, warum!«

»Sie haben gewiß recht«, antwortete der andere. »Das Problem ist nur, daß uns einfach nicht genug Zeit bleibt.« Er sah auf die Uhr, runzelte die Stirn und schob den Ärmel mit einem angedeuteten Achselzucken wieder zurück. »Kaum mehr als fünf Minuten, wenn nicht weniger.«

»Bis wann?« fragte Kenneally.

»Bis wir das Kloster erreichen«, antwortete der andere. »Unser Ziel.«

»Das Kloster?«

»Es hat dort begonnen. Es ... muß wohl auch dort enden.« Einen Moment lang schien sein Blick ins Leere zu gehen. Er blickte Kenneally weiter an, aber dieser war sicher, daß er in Wahrheit etwas ganz anderes sah. Und er war nicht sehr erpicht darauf, zu erfahren, was.

»Das weiß ich nicht«, erwiderte Kenneally – selbst für seinen Geschmack eine Spur zu schnell, um überzeugend zu klingen. Er fuhr auf: »Was, zur Hölle, hat das alles mit Smith zu tun? Wer sind Sie überhaupt? Ich ... verdammt, ich weiß ja nicht einmal Ihren Namen!«

Der andere lächelte, und sonderbarerweise sah er dadurch plötzlich viel älter aus statt jünger, wie es bei einem normalen Lächeln sein sollte. »Mein Name? Der tut nichts zur Sache ... nicht mehr. Aber Sie können mich Adrianus nennen, wenn Sie wollen.«

»Adrianus? Was ist das für ein Name?«

»Der Name eines meiner Lehrer«, erwiderte der andere. »Nicht meiner. Aber er paßt, und er ist so gut wie jeder andere. Unsere Bekanntschaft wird nicht von langer Dauer sein ... so oder so. Sie haben gesehen, wie Smith starb?«

»Nein«, erwiderte Kenneally heftig. Er schrie das Wort fast.

»Ich will nicht wissen, was Sie gesehen haben«, antwortete Adrianus. »Aber was immer es war, es ist die Antwort auf alle Ihre Fragen, Kenneally. Wir haben es hier nicht mit einem Terroristen zu tun oder irgendeinem der Verbrecher, die Sie normalerweise jagen. Möglicherweise wird das Schicksal dieser Welt in Ihren Händen liegen, wenn wir unser Ziel erreichen. Haben Sie eine Waffe?«

Kenneally griff ganz automatisch in die Jackentasche und zog seine Pistole hervor, beendetet die Geste jedoch nicht, sondern ließ die Waffe mit einer fast trotzigen Bewegung wieder zurückgleiten. Adrianus hatte sie allerdings trotzdem gesehen. Er runzelte flüchtig die Stirn, stand auf und öffnete eine Metalltür, die in der Wand über Kenneallys Kopf eingelassen war. Kenneally erhaschte einen flüchtigen Blick auf einen Waffenschrank, in dem sich mindestens ein halbes Dutzend Gewehre sowie eine große Anzahl Faustfeuerwaffen befanden. Adrianus nahm mit einer sehr zielgerichteten Bewegung ein wuchtiges M13 sowie eine kurzläufige Maschinenpistole mit zwei rechtwinklig zueinander angeordneten Magazinen heraus und legte beides neben Kenneally auf den Sitz.

»Das wird genügen«, sagte er.

»Wofür?« Kenneally musterte die beiden Waffen mißtrauisch und streckte die Hand nach der MPi aus, griff aber dann statt dessen nach dem M13. Mit einer routinierten Bewegung zog er das Magazin heraus und betrachtete die Munition. Mit spitzen Fingern nahm er eine der Patronen heraus und runzelte die Stirn. Das großkalibrige Geschoß schimmerte in einem stumpfen Graphitgrau und war an der Spitze kreuzförmig eingekerbt. Kenneally hatte diese Art von Munition noch nie selbst benutzt, aber natürlich kannte er sie. Und er fürchtete sie. Kugeln wie diese durchschlugen das Ziel nicht, sie zerfetzten es. Ganz gleich, worum es sich handelte. Mit dieser Waffe konnte man niemanden kampfunfähig machen, sondern nur töten. Angewidert schob er die Patrone wieder ins Magazin.

»Was soll das?« fragte er. Er hatte Mühe, seinen Zorn im Zaum zu halten. »Wofür halten Sie mich? So etwas benutzten vielleicht Männer wie Salid, aber ich nicht!«

Adrianus setzte sich wieder. Er warf einen Blick auf seine nutzlose Armbanduhr, ehe er Kenneally wieder ansah, und er tat es auf eine Art, als wolle er ihn eigentlich fragen, wo denn dieser große Unterschied zwischen Männern wie Salid und Männern wie Kenneally sei. Allerdings war er klug genug, diese Worte nicht laut auszusprechen.

»Jetzt ist nicht der Moment, um über *Ethik* zu sprechen oder gar Fairneß«, sagte er. »Sie müssen Salid und die anderen unschädlich machen, und es spielt keine Rolle, wie.«

»Warum?« fragte Kenneally. Als er keine Antwort bekam, fügte er hinzu: »Wer sind Sie, Adrianus? *Was* sind Sie?«

Er hatte nicht wirklich damit gerechnet, eine Antwort zu bekommen, und es vergingen auch einige Sekunden, ehe Adrianus reagierte. Als er schließlich sprach, redete er sehr leise und in einem Ton, den Kenneally nicht deuten konnte, der ihm aber ein eisiges Frösteln über den Rücken laufen ließ.

»Wir sind eine Art ... Wächter«, sagte er zögernd. »Ich und ... einige andere.«

»Andere? Welche *anderen*?« Kenneally beugte sich im Sitz vor. »Hat Smith zu euch gehört?«

»Smith?« Adrianus schüttelte den Kopf. Allein die Vermutung schien ihn zu amüsieren. »Nein. Smith wußte wenig mehr als Sie, Kenneally. Wir ... sind nicht viele. Nur eine Handvoll. Aber es gibt viele, die für uns arbeiten, und noch mehr, die für die arbeiten, die uns dienen. Unsere Aufgabe ist von unvorstellbarer Wichtigkeit.« Er schwieg eine Sekunde und fügte dann leiser und wieder mit diesem auf so unheimliche Weise ins Leere gerichteten Blick hinzu: »Sie wollen wirklich die Wahrheit wissen, Kenneally?«

Kenneally beugte sich noch weiter vor und mußte hastig seine Haltung korrigieren, um nicht das Gleichgewicht zu verlieren. »Ja«, sagte er.

»Sie wird Ihnen nicht gefallen.«

»Was mir noch viel weniger gefällt, sind Plattheiten«, erwiderte Kenneally zornig. Er deutete heftig gestikulierend auf die beiden Waffen auf dem Sitz neben sich. »Sie wollen, daß ich einen Menschen für Sie umbringe? Ich glaube nicht, daß mir *das* gefällt. Schon gar nicht, ohne zu wissen, warum.«

Das war die falsche Taktik. Adrianus hatte seine Deckung für den Bruchteil einer Sekunde sinken lassen, und Kenneally hatte den Mann gesehen, der sich dahinter verbarg: einen schwachen, zutiefst verängstigten Mann, der im Grunde nichts anderes suchte als Hilfe. Aber er war kein Mann, der sich unter Druck setzen ließ. Kenneally hätte sich ohrfeigen können. Er schien alles vergessen zu haben, was er je gelernt hatte.

»Erzählen Sie mir nicht, daß das etwas Neues für Sie wäre«, sagte er kühl. »Wie viele Menschen haben Sie in Ihrem Leben getötet, Kenneally? Zehn? Hundert?«

»Keinen einzigen«, antwortete Kenneally zornig.

»Vielleicht nicht mit eigenen Händen«, erwiderte Adrianus. »Aber über wie viele Leben haben Sie entschieden?«

»Das ... das ist etwas anderes«, verteidigte sich Kenneally. Natürlich war es das nicht, und Adrianus machte sich nicht einmal die Mühe, darauf zu antworten. Es war kein Unterschied, ob man einen Menschen mit eigenen Händen tötete oder den *Befehl* gab, ein Leben auszulöschen. Vielleicht war es sogar schlimmer, und vielleicht rührte Kenneallys Zorn zum Großteil aus der Tatsache her, daß er nun zum erstenmal selbst spürte, wie es war, einen solchen Befehl zu *bekommen*, statt ihn zu *geben*. »Ich habe es nie ohne Grund getan«, erklärte er. »Ich wußte, warum.«

»Und Sie haben an diesen Grund geglaubt?« fragte Adrianus. »Seien Sie ehrlich, Kenneally – und sei es zum erstenmal in Ihrem Leben. Sie haben niemals an dem gezweifelt, was Sie taten?«

Hatte er gerade geglaubt, Adrianus in die Enge getrieben zu haben? Lächerlich.

Adrianus seufzte tief, und plötzlich schien alle Kraft aus seinem Körper zu weichen. Er sank regelrecht vor Kenneallys Augen in sich zusammen. Als er weitersprach, flüsterte er nur noch. »Wir waren immer von dem überzeugt, was wir taten«, sagte er. »Wir *wußten*, daß es richtig war. Verstehen Sie mich richtig, Kenneally – es hatte nichts mit Mutmaßungen zu tun oder einer vagen Möglichkeit. Wir wußten stets, daß es irgendwann passieren würde, nur nicht genau, wann und wo. Aber wir dachten, wir wären vorbereitet.«

Er legte eine kurze Pause ein, und diesmal war Kenneally klug genug, ihn nicht zu unterbrechen. Adrianus *wollte* reden. Was er zu sagen hatte, war so wichtig, daß er es mit jemandem teilen mußte, sollte der Druck nicht zu unerträglich werden. Nach einer Weile fuhr er fort.

»O ja, wir dachten, wir wären vorbereitet. Seit so langer Zeit ... Aber wir haben versagt. Vielleicht hatten wir nie wirklich eine Chance. Glauben Sie, daß es Dinge gibt, die zum Scheitern verurteilt sind, schon allein dadurch, daß man sie beginnt, Kenneally?«

Kenneally nickte stumm. Plötzlich hatte er das Gefühl, daß er gar nicht mehr wissen wollte, was Adrianus ihm zu erzählen hatte.

»Sie wollen wissen, worum es geht«, fuhr Adrianus fort. Er hatte sich wieder gefangen; nicht vollständig, aber doch weit genug, um sich wieder im Sitz aufzurichten und Kenneallys Blick ruhig standzuhalten. »Ja, ich glaube, Sie haben ein Recht dazu, es zu erfahren. Sie müssen diese Männer töten, Kenneally. Alle drei, wenn es möglich ist. Ehe eines ihrer Siegel gebrochen wird.«

Kenneally wurde hellhörig. Das war eine sehr sonderbare Wortwahl, fand er – aber sie kam gewiß nicht von ungefähr. »Warum?« fragte er. »Was haben sie Ihnen getan?«

Adrianus lächelte traurig. »Was immer«, sagte er, »diese drei in ihrem Leben auch getan haben mögen, es hat nichts mit dem zu tun, weshalb wir hier sind, Kenneally. Sehen Sie, das ist vielleicht der Preis, den *ich* zu zahlen habe. Ich gebe Ihnen den Befehl, drei unschuldige Leben auszulöschen, und ich allein werde die Verantwortung dafür tragen müssen. Nicht Sie. Ich erteile Ihnen die Absolution, Kenneally, soweit ich das kann. Es ist *meine* Verantwortung. Was immer uns erwartet, wenn ... es vorbei ist: Ich werde vor meinem Richter stehen, nicht Sie.«

Kenneally war nicht einmal sicher, ob er Adrianus' Worte richtig verstand, aber wenn er es tat und all dieses Gerede von Absolution, von Verantwortung und dem Letzten Gericht in religiösem Sinne gemeint war, dann war es nicht so einfach. Ganz und gar nicht. Außerdem: Kenneally glaubte nicht einmal an Gott. Er war das Kind überzeugter Atheisten, und er hatte sich diese Überzeugung zu eigen gemacht, seit er selbständig denken konnte.

»Und wenn ich mich weigere?« fragte er. »Sie haben es selbst gesagt: Die drei sind unschuldig – obwohl das dummes Zeug ist, wenigstens, was Salid angeht. Der Mistkerl hat mehr Menschen auf dem Gewissen, als ich in meinem Leben Hot dogs gegessen habe.« Er machte eine abwehrende Bewegung, als Adrianus widersprechen wollte. »Also, was, wenn ich mich weigere? Sie haben vielleicht recht, und ich habe Menschenleben ausgelöscht, aber ich habe es nie grundlos getan.«

»Es gibt einen Grund«, antwortete Adrianus ernst. »Aber er heißt nicht Salid. Es ist das Kloster, Kenneally. Der, der darin eingekerkert war. Und der nun frei ist.«

»Wer?« fragte Kenneally. »Von wem sprechen Sie, Adrianus?«

Adrianus sah ihn länger als eine Minute schweigend und durchdringend an. Dann sagte er es ihm.

Die Straßensperre, von der Heidmann gesprochen hatte, war tatsächlich da, aber sie hielt sie nicht auf, und auch Brenners Überlegungen, wie der Polizeibeamte sein sonderbares Äußeres erklären wollte, erwiesen sich als überflüssig. Die beiden quergestellten Geländewagen, die die Straße blokkierten, waren ebenso verlassen wie der improvisierte Lagerplatz, den sie ein Stück weit dahinter fanden: ein leeres Benzinfaß, in dessen näherem Umkreis der Schnee geschmolzen war und das noch verbrannt roch. Salid, der ausgestiegen war, um sich umzusehen, kam mit einem Gewehr und drei Reservemagazinen zurück, und als sie weiterfuhren, sah Brenner weitere weggeworfene Gegenstände im Schnee am Straßenrand liegen. Offenbar war die Sperre in aller Hast verlassen worden – um nicht zu sagen, die Männer, die hier Dienst getan hatten, waren *geflohen.* Brenner fragte sich nicht, wovor. Er wollte es lieber nicht wissen.

In brütendes Schweigen versunken, fuhren sie weiter. Salid beschäftigte sich intensiv damit, die gefundene Waffe auseinanderzunehmen und wieder zusammenzusetzen, wobei er jedes einzelne Teil pedantisch sauberwischte und mehrmals auf seine Funktion überprüfte. Johannes starrte weiter ins Leere. Vorhin, kurz bevor sie auf Heidmann gestoßen waren, hatte es für einen Moment so ausgesehen, als erwache er noch einmal aus dem unheimlichen Zustand, in den er versunken war, aber Brenner glaubte mittlerweile nicht mehr daran, daß Johannes' Geist noch einmal den Weg zurück aus seiner ganz privaten Hölle finden würde. Er war verdammt. Er hatte das Schlimmste getan, das ein Mann wie er tun konnte, und er zahlte den Preis dafür. Nicht irgendwann, nicht nach irgendeinem Jüngsten Gericht, sondern hier und jetzt.

Vielleicht war er von ihnen dreien am besten dran.

Nach einer geraumen Weile hielt er die Untätigkeit einfach nicht mehr aus. Er stand auf und ging wieder nach vorne, setzte sich diesmal aber nicht auf den freien Platz neben Heidmann, sondern stützte sich mit beiden Händen auf der Rückenlehne seines Sitzes auf und beugte sich vor, um durch die beschlagene Windschutzscheibe einen Blick in den Himmel hinauf zu werfen. Brenner wußte nicht, wie lange sie jetzt unterwegs waren, und er wußte auch nicht mehr, inwieweit er seiner inneren Uhr noch trauen konnte; aber es mußten Stunden vergangen sein, seit sie das Krankenhaus verlassen hatten. Es hätte längst hell sein müssen.

»Es ist jetzt nicht mehr weit«, sagte Heidmann. »Dort vorne halte ich an.«

Brenners Blick folgte der Richtung seiner Kopfbewegung, und Brenner erlebte eine Überraschung. Im ersten Moment hatte er nicht einmal verstanden, was Heidmann überhaupt meinte, aber plötzlich erkannte er die Straße wieder – die langgezogene, leicht abfallende Kurve, den verschneiten Waldrand zu beiden Seiten und die dreieckige, kaum sichtbare Lücke im Unterholz, nur noch hundert Meter entfernt auf der linken Seite. Vor zwei oder drei Minuten mußten sie die Stelle passiert haben, an der das Mädchen und er mit dem Mitsubishi liegengeblieben waren. Dort vorne begann der Weg, der zum Kloster führte.

»Ich kann Sie nicht weiter begleiten«, sagte Heidmann.

»Ich weiß«, antwortete Brenner. Der Weg war für einen Wagen nicht passierbar, aber das war es nicht, was Heidmann gemeint hatte. Seine Aufgabe war erfüllt. Er hätte sie auch nicht weiter begleitet, wenn dort vorne eine vierspurige Autobahn durch den Wald geführt hätte. »Aber Sie haben mir immer noch nicht geantwortet.«

Heidmann sah ihn fragend an.

»Ohne Sie hätten wir es nicht geschafft«, sagte Brenner. »Warum haben Sie das getan?«

»Weil ich es Ihnen schuldig war«, antwortete Heidmann. Mehr nicht. In seiner Stimme war kein Pathos. Er lächelte weder, noch machte er irgendeine erklärende Geste oder sonst etwas, aber das war auch nicht nötig. Brenner verstand auch so, was er meinte. Vielleicht war diese Antwort sogar die einzige, die er überhaupt akzeptiert hätte.

Er ging zu Salid und Johannes zurück, sagte aber nichts, sondern wartete, bis der Palästinenser von sich aus zu ihm hochsah.

»Wir sind da?«

Brenner nickte. »Den Rest des Weges müssen wir laufen.« Er deutete auf Johannes. »Was ist mit ihm? Schafft er es?«

Salid zuckte mit den Schultern, aber als er aufstand, erhob sich auch Johannes und trat neben ihn. Es war ein durch und durch unheimlicher Anblick: Johannes' Augen blieben so leer, wie sie seit einer Stunde waren, und seine Bewegungen wirkten irgendwie ... *falsch*. Kaum mehr wie die eines lebenden Menschen, sondern vielmehr wie die eines Roboters, perfekt imitiert und trotzdem nicht vollends überzeugend.

Es wäre besser, wenn sie ihn hierlassen würden, überlegte Brenner. Besser für Johannes, und wahrscheinlich auch besser für sie – *vor allem* besser für sie. Ohne daß er eine entsprechende Frage stellen mußte, spürte er, daß hinter Salids Stirn die gleichen Überlegungen abliefen. Aber weder er noch Salid sprach diesen Gedanken aus. Sie waren zu dritt aufgebrochen, und sie würden zu dritt ankommen, so oder gar nicht. Wo immer ihr Ziel lag.

Der Wagen hielt an. Salid stieß die Hecktür auf und sprang ins Freie, noch bevor sie ganz zum Stehen gekommen waren, und für einen Moment fiel er wieder in seine alten Verhaltensmuster zurück: Er stand mit gespreizten Beinen da, ein wenig nach vorne gebeugt und die Waffe im Anschlag. Aber an seinen Bewegungen war plötzlich überhaupt nichts Bedrohliches mehr. Er kam Brenner vielmehr wie ein Kind vor, das Krieg spielte.

»Alles in Ordnung«, rief er. »Ihr könnt aussteigen.«

Brenner lächelte flüchtig. Er *war* ein Kind, das Krieg spielte. Vielleicht war er sein Lebtag lang nichts anderes gewesen. Brenner und Johannes stiegen hintereinander aus, wobei Brenner automatisch seine Hand ausstreckte, um dem Jesuiten zu helfen. Johannes ignorierte die ausgestreckte Rechte jedoch und stieg aus eigener Kraft aus dem Wagen. Der Transporter rollte los, noch bevor Brenner die Türen schließen konnte. Die Räder drehten auf dem spiegelglatt gefrorenen Boden im ersten Moment durch, als Heidmann viel zuviel Gas gab. Als sie schließlich griffen, begann der Wagen zu schlingern, stellte sich quer und sprang dann mit einem Satz wieder in die ursprüngliche Richtung.

»Ich hoffe, er kommt lebend an«, sagte Salid kopfschüttelnd. »Gibt eine Menge zwischen hier und der Stadt.«

Das war nicht Heidmanns Problem, dachte Brenner. Er war ziemlich sicher, daß er *nicht* gegen einen Baum fahren würde. Aber er war nicht sicher, ob es noch eine Stadt *gab*, bis ihr geheimnisvoller Helfer sie erreichte.

Er wartete, bis der Wagen in der Dunkelheit und dem immer noch anhaltenden Schneetreiben verschwunden war, dann drehte er sich herum und deutete mit einer Kopfbewegung auf den dreieckigen schwarzen Schatten im Wald. Selbst von hier aus, keine fünf Meter mehr entfernt, war der Weg, der dahinter begann, nicht zu erkennen.

Salid runzelte auch nur fragend die Stirn, bewegte sich aber nicht. »Sind Sie sicher?«

»Ich dachte, Sie waren schon mal hier.«

»Ich habe einen anderen Weg genommen«, antwortete Salid. Er machte einen zögernden Schritt, blieb wieder stehen, machte einen weiteren Schritt und runzelte dann anerkennend die Stirn. »Tatsächlich. Perfekt. Wer immer diesen Weg angelegt hat, versteht sein Geschäft.«

Sie nahmen Johannes in die Mitte, als sie in den Wald eindrangen. Brenner hatte erwartet, sich seinen Weg mehr oder weniger in völliger Dunkelheit ertasten zu müssen, aber das Gegenteil war der Fall: Obwohl die Bäume so dicht standen, daß die Zweige sich über ihren Köpfen zu einem Dach vereinten, war es hier drinnen beinahe heller als draußen auf der Straße. Auch auf dem Waldboden lag Schnee, der das bißchen Licht, das es überhaupt gab, reflektierte, aber es gab zumindest kein Schneetreiben, in dem alles verschwand, was weiter als drei oder vier Meter entfernt war.

Trotzdem beschlich Brenner ein unheimliches Gefühl, das mit jedem Schritt stärker wurde. Vielleicht lag es an der unwirklichen Beleuchtung: Das Licht war kein wirkliches Licht, sondern etwas Graues, irgendwie *Träges*, das fast lebendig wirkte, auf jeden Fall aber substantiell; etwas konnte sich dahinter verstecken, in seinem Schutz herankriechen und sie belauern, vielleicht, um im richtigen Moment über sie herzufallen und –

Brenner verscheuchte den Gedanken. Der Weg wurde von Schatten und Bereichen undurchdringlicher Schwärze flankiert, aber dahinter verbarg sich absolut nichts. Die einzigen Dämonen, die in diesem Wald auf sie warteten, stammten aus ihnen selbst. Die Macht, gegen die sie angetreten waren, hatte es nicht nötig, ihnen einen Hinterhalt zu legen.

Der Weg kam ihm weiter vor als vor drei Tagen, als er ihn zusammen mit Astrid gegangen war. Er konnte sich an eine Biegung erinnern, möglicherweise auch an eine zweite – aber hatte es tatsächlich auch eine dritte und vierte gegeben? Was, wenn sie sich verirrt hatten? Möglicherweise gab es ja mehr als *einen* Weg, der in diesen verwunschenen Wald hineinführte, oder – viel simpler – die Rettungs- und Bergungsteams, von denen es in den letzten Tagen hier nur so gewimmelt haben mußte, hatten einfach eine weitere Bresche in den Wald geschlagen, und sie waren irgendwo falsch abgebogen. Sollten sie etwa so weit gekommen sein, nur um sich dann kurz vor dem Ziel zu verlaufen – und möglicherweise im Schnee zu erfrieren; keiner von ihnen trug Kleidung, die der Witterung angemessen gewesen wäre. Die Vorstellung war so grotesk, daß er fast laut aufgelacht hätte. Aber zugleich auch furchteinflößend. Die Menschen, die auf grotesk-komische Weise ums Leben gekommen waren, füllten vermutlich sehr viele Gräber.

»Ich verstehe nicht, daß niemand hier ist«, sagte Salid plötzlich. Der Klang seiner Stimme war wie das Licht, das sie umgab: unwirklich und dumpf und irgendwie nicht so, wie er sein sollte. Trotzdem jagten die Worte Brenner einen Schauer über den Rücken. Er mußte wieder an die verlassene Straßensperre denken und daran, daß sie auf dem gesamten Weg hier heraus keinem einzigen anderen Fahrzeug begegnet waren.

»Es müßte von Polizei und Militär hier nur so wimmeln«, fuhr Salid fort. Er klang beinahe enttäuscht, fand Brenner.

»Vielleicht haben sie aufgegeben?«

»Mich zu jagen?« Salid machte ein abfälliges Geräusch. »Ich will Ihnen nicht zu nahe treten, Brenner – aber haben Sie in den vergangenen Stunden vielleicht das eine oder andere nicht richtig mitbekommen? Sie würden *alles* tun, um mich zu kriegen.«

»Wir haben ihnen ziemlich zugesetzt«, antwortete Brenner.

»Blödsinn.«

Natürlich war es das. Sogar *ausgemachter* Blödsinn. Vor ein paar Stunden noch hätte Brenner über diese Behauptung gelacht, aber jetzt war er sicher, daß die Männer, die das Haus gestürmt hatten, keine Sekunde zögern würden, diesen ganzen Wald zu bombardieren, wenn sie wüßten, daß sie hier waren.

»Wahrscheinlich suchen sie uns hier nicht«, fuhr er fort. Das klang kaum überzeugender als seine Behauptung von gerade, und Brenner glaubte selbst keine Sekunde daran, daß es so war. Aber zu seiner Überraschung widersprach Salid diesmal nicht. Vielleicht, weil die andere – die *wirkliche* – Erklärung schlimmer gewesen wäre.

Sie gingen um eine weitere Biegung, und dann lag das Tor vor ihnen, so plötzlich, daß Brenner um ein Haar dagegengelaufen wäre und erschrocken zurückprallte. Salid wollte die Hand nach den schmiedeeisernen Stäben ausstrecken, aber Brenner hielt ihn hastig zurück.

»Warten Sie«, sagte er. »Als wir das letzte Mal hier waren, stand dieser Zaun unter Strom.«

Salid sah ihn zweifelnd an, trat aber trotzdem selbst einen halben Schritt zurück und sah aufmerksam nach rechts und links. Schließlich zuckte er mit den Schultern, hob sein Gewehr und stieß das Tor mit dem Lauf auf. Er achtete allerdings sorgsam darauf, nur den Kunststoffschaft zu berühren, obwohl ihm die schwere Waffe dadurch fast entglitten wäre.

»Sehen Sie?« sagte er. »Kein Strom. Wahrscheinlich ist er überall ausgefallen.«

Brenner gab ihm im stillen recht. Trotzdem achtete er darauf, dem Gitter nicht zu nahe zu kommen, als er hinter Salid durch den Zaun trat, und führte auch Johannes behutsam am Arm durch das Hindernis. Er entspannte sich erst, als sie mehrere Schritte weit gegangen waren und die Barriere in sicherer Entfernung hinter ihnen lag.

Der Wald auf der anderen Seite unterschied sich in nichts von dem, durch den sie bisher gelaufen waren. Brenner versuchte sich zu erinnern, wie weit es noch bis zum Kloster war, konnte es aber nicht – Astrid und er waren dieses letzte Stück nicht zu Fuß gegangen, sondern von dem jungen Mönch mit dem Wagen mitgenommen worden. Er war langsam gefahren, was schon angesichts der schlechten Straße notwendig gewesen war, aber auch ein langsamer Wagen war immer noch schnell, verglichen mit einem Fußgänger. Fünf Minuten konnten auf diese Weise leicht zu einer Stunde werden, wenn nicht mehr. Und Brenner bezweifelte, daß sie noch so lange durchhalten würden. Die Kälte setzte ihm immer mehr zu. Irgendwie hatte er es bisher fertiggebracht, sie zu ignorieren, aber das war ein Trick, der nicht auf Dauer funktionieren konnte. Seine Hände und Zehen waren bereits taub, und die Luft, die er einatmete, schien sich allmählich in eine Art zähflüssiges Glas zu verwandeln. Salid und Johannes erging es nicht anders. Johannes' Lippen waren blau, und sein Gesicht hatte einen wächsernen Schimmer angenommen. Brenner glaubte nicht, daß sie noch länger als zehn, allerhöchstens fünfzehn Minuten durchhalten würden.

Plötzlich hob Salid die Hand, legte den Kopf auf die Seite und zischte: »Stop!«

Johannes und Brenner blieben gehorsam stehen. Auch Brenner lauschte, aber das einzige, was er hörte, waren sein eigener Atem und das sanfte Hintergrundwispern des Waldes.

»Was ist?« fragte er.

Salid lauschte noch eine, zwei Sekunden, dann entspannte er sich ein wenig und sah zu Brenner zurück. »Nichts«, sagte er achselzuckend. »Ich dachte, ich hätte etwas gehört. Ich muß mich getäuscht haben.«

Aber das hatte er nicht. Im gleichen Moment, in dem Salid weiterging, hörte auch er etwas.

Hufschlag.

Es kam ihm selbst verrückt vor, aber das Geräusch war zwar leise, trotzdem jedoch sehr klar zu identifizieren. Es war Hufschlag. Das Klappern eisenbeschlagener Hufe auf Stein, das rasch näher kam.

»Sie hören es auch, nicht?« fragte Salid.

Brenner nickte. Er drehte sich herum, starrte aufmerksam in die Dunkelheit hinter sich und dann wieder nach vorne. Der Laut war deutlicher geworden, seltsamerweise aber nicht *lauter;* als hätte sich zwar die Anzahl der Pferde erhöht, nicht ihre Nähe vergrößert. Es klang nicht mehr nach einem Pferd, sondern mehreren. Vielen. Sehr vielen.

»Sie haben recht«, sagte er. »Da ist nichts.«

Er mußte lauter gesprochen haben, als er gewollt hatte, denn Salid blickte ihn zweifelnd an, zuckte aber dann nur erneut mit den Schultern und wollte weitergehen. Brenner hielt ihn zurück.

»Salid.«

Der Terrorist erstarrte eine halbe Sekunde lang mitten in der Bewegung zu einer fast grotesken Haltung, dann drehte er sich auf ganz genau die gleiche Weise wieder zu Brenner herum. Es sah aus, als wäre ein Film angehalten und dann ein kleines Stück weit wieder rückwärts abgespielt worden.

»Ja?«

»Eine Frage haben Sie mir noch nicht beantwortet«, sagte Brenner. Strenggenommen hatte er sie noch gar nicht gestellt, aber er holte es nach. »Wenn wir in diesem Kloster wirklich das finden, was Sie erwarten ...« Warum sprach er das Wort eigentlich nicht aus? »Wie wollen Sie es vernichten?«

Salid antwortete nicht, und Brenner machte eine Kopfbewegung auf das halbautomatische Gewehr, das der Palästinenser in der Armbeuge trug. »Damit?«

Die Frage hatte spöttisch klingen sollen, aber seine Stimme hatte plötzlich einen hysterisch-schrillen Ton, welcher den gewünschten Effekt gründlich zunichte machte. Salid sah ihn sehr lange an, wirklich *sehr* lange. Vielleicht eine geschlagene Minute.

»Warum nicht?« fragte Salid schließlich.

»Mit einem *Gewehr*?« Brenner kreischte fast. »Ich verstehe Sie richtig, ja? Sie ... Sie glauben, daß dort vorne das absolute Böse auf uns wartet. Der Teufel in Person. Scheijtan, wie Sie ihn nennen. Und Sie wollen ihn *erschießen*?«

»Wenn Sie einen besseren Vorschlag haben ...« Salid lächelte auf eine sehr seltsame, schwer zu deutende Weise, sah eine Sekunde lang auf sein Gewehr hinab und deutete dann mit einer Kopfbewegung auf Johannes. »Wer weiß ... Vielleicht ist *er* unsere Waffe. Vielleicht ist auch alles ganz anders ... Wollen Sie umkehren?«

Die Frage überraschte Brenner, obwohl er sich eingestehen mußte, daß er sie im Grunde provoziert hatte. Er antwortete auch nicht sofort darauf; das impulsive Kopfschütteln, zu dem er ansetzte, war eher Gewohnheit, eine Reaktion, die er, geschult durch tausend Actionfilme und -romane, auf eine Frage wie diese selbst von sich erwartete. Nicht die Wahrheit. Nicht einmal annähernd die Wahrheit. Er wollte nicht hier sein. Ganz bestimmt nicht. Er *wollte* umkehren.

Aber wie konnte er das?

»Ja«, sagte er. »Aber ich fürchte, es geht nicht darum, was *ich* will.«

Er ging weiter, bevor Salid noch einmal widersprechen konnte und auch weil er die Kälte nicht mehr lange ertragen würde. Das Gefühl war in seine Hände und Füße zurückgekehrt; allerdings hätte er *darauf* gerne verzichtet. Die Luft, die er atmete, war mittlerweile zu scharfkantigen Splittern zerbrochen. Er hatte das Gefühl, von innen heraus zu Eis zu erstarren. Seine Schuhe erzeugten knirschende Geräusche auf dem Schnee, und er hörte den Hufschlag noch immer. Vielleicht war es nichts als das Geräusch seines eigenen Herzens, das in seinen Ohren dröhnte.

Es war nicht sein eigener Puls, aber es war auch kein Hufschlag. Sie traten nebeneinander um die nächste Biegung, und als die Bäume vor ihnen zurückwichen, erkannte Brenner zweierlei: Der Weg war nicht mehr annähernd so weit gewesen, wie er befürchtet hatte. Das Kloster lag als schwarzer Schattenriß vor ihnen, vielleicht noch fünfzig, vielleicht auch hundert Meter entfernt, aber nicht weiter. Er konnte sich kaum daran erinnern, wie es ausgesehen hatte, und trotzdem erschien ihm der Umriß verändert. Was er sah, war nicht das geometrische Profil eines von Menschenhand geschaffenen Bauwerkes, sondern die zerfurchte Silhouette eines Gebirges, auf das ein tollwütiger Riese mit einer Axt eingeschlagen hatte. Die Explosion mußte zu größeren Zerstörungen geführt haben, als ihm bis jetzt klar gewesen war.

Das zweite, was er begriff, nur einen Sekundenbruchteil später und mit einem Gefühl abgrundtiefen Schreckens, war die wirkliche Ursache des Geräusches, das Salid und er gehört hatten. Sie hörten es noch immer, und es gewann jetzt rasend schnell an Lautstärke. Aber es war kein Hufschlag. Es war das Geräusch eines Helikopters, der wie ein mythisches Ungeheuer aus einer längst vergessen geglaubten Zeit hinter den zerfurchten Schatten der Ruine auftauchte und Kurs auf Salid, Johannes und ihn nahm.

Nachdem das Motorengeräusch verstummt war, hatte sich eine fast unheimliche Stille im Inneren des Hubschraubers ausgebreitet. Kenneally war wie gelähmt. Was er gehört hatte, war absurd; einfach lächerlich – trotz allem, was er erlebt hatte, so grotesk, daß er am liebsten vor Lachen laut losgebrüllt hätte. Aber ihm war nicht nach Lachen zumute. Alles, was er fühlte, war eine tiefe, saugende Leere, die plötzlich in seinem Inneren klaffte und in der alle seine Gefühle und Empfindungen wie in einem sich immer schneller drehenden schwarzen Strudel verschwanden.

»Werden Sie es tun?« fragte Adrianus endlich. Seit sie gelandet waren und der Pilot die Motoren abgeschaltet hatte, waren sicherlich fünf Minuten vergangen; vielleicht mehr. Kenneallys Zeitgefühl war ebenso stehengeblieben wie seine und Adrianus' Armbanduhr. Vielleicht war es auch eine Stunde, vielleicht nur Sekunden. Möglicherweise gab es auch so etwas wie Zeit schon nicht mehr. Es hätte längst hell werden müssen, aber auf der anderen Seite der bullaugenartigen Fenster herrschte noch immer tiefste Dunkelheit. Jemand hatte eine schwarze Decke über den Himmel gezogen und das Licht ausgesperrt.

Kenneally schwieg. Seine Finger strichen über das Metall der Waffe, die quer über seinen Knien lag, aber er fühlte die kühle Glätte kaum. Er war nicht ganz sicher, daß er überhaupt verstand, was Adrianus meinte.

»Das ... das ist monströs«, flüsterte er. Das Gespräch war so absurd wie das Thema, um das es ging: Zwischen Frage und Antwort lagen mehr als fünf Minuten, und sie kamen nicht immer in der richtigen Reihenfolge. »Was Sie da erzählen, ist ...« Er brach ab. Eine Minute später sagte Adrianus:

»Vielleicht haben Sie recht, Kenneally. Aber es ist nun einmal geschehen. Und es war richtig. Wir wären alle nicht hier, wenn sie ihn damals nicht eingekerkert hätten.«

»Und was haben Sie davon?« fragte Kenneally lahm. Er mußte seine Zunge zwingen, sich zu bewegen. Die geistige Paralyse, die Adrianus' Eröffnung in ihm ausgelöst hatte, schien eine körperliche Lähmung nach sich zu ziehen, die erst mit einiger Verspätung einsetzte. »Er wird uns alle vernichten. Womit soll ich ihn aufhalten? *Damit*?«

Er hielt das Gewehr mit beiden Händen in die Höhe und schüttelte es so wild, daß Adrianus ganz instinktiv ein kleines Stück auf dem Sitz nach hinten wich. Die Heftigkeit seiner Reaktion überraschte ihn selbst. Und er verstand sie nicht. Er glaubte nichts von dem, was Adrianus erzählte. Gott und Teufel, Jesus und Beelzebub, dieser ganze religiöse Humbug ... das war ... Aberglaube. Ein Überbleibsel aus einer Welt, die so überholt war wie Adrianus selbst.

Und trotzdem zweifelte er keinen Moment daran, daß es die Wahrheit war.

»Ich habe Ihnen nicht versprochen, daß es gelingt«, erinnerte Adrianus. »Ich habe Ihnen nicht einmal versprochen, daß Sie es überleben. Aber wir müssen es versuchen. Es ist uns schon einmal gelungen, ihn aufzuhalten.«

»Und was haben Sie davon gehabt?« fragte Kenneally.

»Zeit«, antwortete Adrianus ernst. »Zweitausend Jahre, Mr. Kenneally. Für uns. Für uns alle. Und vielleicht gelingt es noch einmal, eine Gnadenfrist herauszuschinden. Wir *müssen* es versuchen.«

Kenneally schüttelte den Kopf. »Es ist reizend, daß Sie immer *wir* sagen«, murmelte er.

»Ich würde es selbst tun«, antwortete Adrianus. »Ich kann nicht schießen.«

Das war ein so simpler Grund, daß Kenneally ihn vorbehaltlos akzeptierte. Außerdem wollte er nicht mehr widersprechen. Er wollte überhaupt nicht mehr reden. Worte erschienen ihm plötzlich so sinnlos. Er legte das Gewehr wieder quer über seine Knie und begann erneut, mit den Fingerspitzen über das Metall zu streichen.

Zeit verging. Die Uhren waren stehengeblieben, aber die Sekunden strichen trotzdem fast hörbar an der Maschine vorbei. Die Frist, von der Adrianus gesprochen hatte, mußte längst vorüber sein. Möglicherweise waren sie ja schon zu spät. Vielleicht hatten Salid und die beiden anderen ihr Ziel ja schon erreicht gehabt, lange bevor sie hier ankamen, und die Dinge, die sie aufhalten wollten, hatten längst begonnen.

Ein leises Piepsen erklang. Adrianus griff in die Jackentasche, zog ein kleines Sprechgerät hervor und meldete sich. Er lauschte kaum länger als eine Sekunde, dann sagte er: »In Ordnung. Starten Sie.«

»Sind sie da?« fragte Kenneally.

»Sie kommen.« Adrianus nickte zur Bestätigung und deutete in der gleichen Bewegung auf das Gewehr über Kenneallys Knien. »Machen Sie sich bereit. Sie werden nicht viel Zeit haben.«

Er hatte alle Zeit der Welt. Kenneally war ein guter Schütze. Er traute sich durchaus zu, auch aus einem fliegenden Helikopter heraus einen Mann zu treffen, vor allem mit einer halbautomatischen Waffe wie dieser. Aber er hatte nicht vergessen, was das Smith-*Ding* zu ihm gesagt hatte: *Der Mann, der dich richten wird*. Er würde Salid nicht töten. Salid würde *ihn* töten. Er wußte es. Der Insektenmann hatte es gesagt.

Trotzdem stand er auf, ging zur Tür und schob sie auf. Über ihren Köpfen begannen sich die Rotorblätter zu drehen, und die ganze Maschine begann sacht zu zittern, das war alles. Selbst als der Helikopter abhob, hatte er kaum das Gefühl, sich in einem Flugzeug zu befinden. Der Boden schien vielmehr nahezu lautlos unter ihnen in die Tiefe zu gleiten, gefolgt von den Schatten der niedergebrannten Klostermauern, zwischen denen sie gewartet hatten. Kenneally ließ sich langsam auf das rechte Knie herabsinken, stützte den Ellbogen auf den Oberschenkel und setzte das Gewehr an die Schulter.

»Ich bete für Sie«, sagte Adrianus. Das war vielleicht der Gipfel der Absurdität – und so ganz nebenbei etwas, das Kenneally vollkommen gleichgültig sein konnte –, und trotzdem wirkten die Worte sonderbar beruhigend. Alles war durcheinander, auf den Kopf gestellt und ins Gegenteil verkehrt. Kenneally, ausgerechnet er, der überzeugte Atheist, war plötzlich zu einem Krieger in der letzten der biblischen Schlachten geworden. Später, so nahm er sich vor – wenn es ein Später für ihn geben sollte –, würde er herzhaft über diesen obskuren Scherz des Schicksals lachen.

Er schaltete die mit einem Nachtsichtgerät gekoppelte Laser-Zieleinrichtung des Gewehrs ein und preßte das linke Auge gegen die Optik, während der Helikopter, der seinen Steigflug mittlerweile beendet hatte, eine Neunzig-Grad-Drehung in der Luft vollführte und der Waldrand unter ihnen in Sicht kam. In dem grüngefärbten Panorama, das sich seinem Blick bot, sah der verschneite Wald aus wie eine Aufnahme aus einem Science-fiction-Film, unwirklich und mit zu harten, falschen Konturen. Trotzdem konnte er die drei Gestalten, die hintereinander auf dem verschneiten Waldweg herankamen, so deutlich erkennen, als stünden sie auf Armeslänge vor ihm.

»Los!« sagte er.

Adrianus mußte seinen Befehl unmittelbar weitergegeben haben, oder der Pilot hörte ihre Gespräche mit, denn der Helikopter machte einen regelrechten Satz nach vorne und begann mit unglaublicher Schnelligkeit zu beschleunigen. Kenneally korrigierte die Richtung des Gewehrlaufes um eine Winzigkeit, zielte auf die erste der drei Gestalten – der Mann war als einziger bewaffnet, und Kenneally vermutete, daß es Salid war. *Der Mann, der dich richten wird.* Das Gewehr ruckte kaum spürbar in seiner Hand und stieß eine Salve von zehn oder fünfzehn Geschossen aus. Er hatte gut gezielt, aber der Helikopter schien sich doch stärker zu bewegen, als ihm bewußt war: Die Salve verfehlte Salid knapp und ließ den Schnee vor seinen Füßen explodieren.

Der Terrorist reagierte so schnell, wie Kenneally erwartet hatte: Er warf sich blitzschnell zur Seite und landete mit einer eleganten Rolle im Schnee; gleichzeitig versuchte er seine eigene Waffe in Anschlag zu bringen, um zurückzuschießen. Normalerweise hätte Salid es nicht einmal beachtet. Nach einer solchen Aktion und aus Salids Position heraus einen Mann in einem fliegenden Hubschrauber zu treffen war praktisch unmöglich. Aber er hatte in den letzten Stunden eine Menge Dinge erlebt, die eigentlich unmöglich waren, und Smith' Stimme – *Der Mann, der dich richten wird. Der Mann, der dich richten wird. Der Mann, der ...* – schien mittlerweile ununterbrochen in seinem Kopf zu widerhallen, so daß er erschrocken zurückprallte und eine Sekunde lang so intensiv auf den Schmerz des Treffers wartete, daß er ihn tatsächlich schon *fühlte*.

Nichts geschah. Der Helikopter stieß weiter auf die drei einsamen Gestalten im Wald herab. Salid lag auf dem Bauch im Schnee und zielte nicht einmal auf ihn, sondern schien irgendwelche Schwierigkeiten mit seiner Waffe zu haben, und die beiden anderen standen einfach da und starrten dem herannahenden Todesboten entgegen, ohne sich zu rühren.

Kenneally fluchte lautlos in sich hinein. Er schätzte, daß ihm noch zwei, allerhöchstens drei Sekunden blieben, bis sie über die Männer hinweg waren und der Pilot eine Schleife fliegen mußte, um zu einem neuen Angriff anzusetzen; eine Aktion, die sicher ebenfalls nur Sekunden in Anspruch nahm, Salid aber dann *garantiert* Zeit und Gelegenheit zu einem sicheren Schuß gab. Salid würde er nicht mehr erwischen. Dazu waren sie bereits zu nahe. Er zielte auf eine der beiden anderen Gestalten und zog den Abzug durch.

Einen Sekundenbruchteil, bevor die Waffe die zweite Salve ausspie, setzte der Motor des Helikopters aus. Die Maschine bockte, wie ein Wagen, dessen Fahrer von der Kupplung abgerutscht war, und die Schüsse verfehlten ihr Ziel und zerfetzten nur einige Äste, meterweit hinter dem Mann am Waldrand. Kenneally nahm den Finger vom Abzug.

Irgend etwas schien nun *wirklich* mit der Zeit geschehen zu sein. Der Helikopter schoß, wie ein geworfener Stein von seinem eigenen Schwung noch ein Stück weitergetragen, über Salid und die beiden anderen hinweg, aber er stürzte nicht. Kenneally blieb Zeit genug, das Gewehr sinken zu lassen und sich zu Adrianus herumzudrehen, und als die Maschine endlich ihren Schwung aufgebraucht hatte und ihr Tonnengewicht wieder den normalen Gesetzen der Physik zu gehorchen begann, sah er sogar noch, wie Adrianus die Augen schloß und sich bekreuzigte. Die Zeit, die Hände zum Gebet zu falten, blieb ihm nicht.

Kenneally spürte nicht einmal mehr, was sein Bewußtsein auslöschte: der eigentliche Aufprall oder die Druckwelle der Explosion, die die Maschine einen Sekundenbruchteil später in einen lodernden Feuerball verwandelte.

Jemand ohrfeigte ihn; eine ebenso alte wie hirnrissige Methode, einen Bewußtlosen aufzuwecken, die hier und jetzt allerdings ihren Dienst tat. Brenner öffnete stöhnend die Augen und bewegte den Kopf hin und her, aber Salids Hand klatschte noch zweimal auf seine Wange; nicht so fest, daß es *wirklich* weh getan hätte, aber doch hartnäckig genug, um ihn daran zu hindern, wieder in die verlockende Umarmung der Ohnmacht zurückzugleiten.

Er erinnerte sich mit vollkommener Klarheit an das, was geschehen war, von dem ersten Entsetzen über die Anwesenheit des Hubschraubers, dem Aufpeitschen des Schnees vor seinen Füßen und dem Geräusch der Schüsse, das sie erst einen Sekundenbruchteil später erreichte. Doch es war eine seltsame losgelöste Erinnerung, wie aus der Sicht eines fernen Beobachters. Vielleicht war das, was er in den letzten Stunden erlebt hatte, einfach zuviel gewesen; vielleicht war er schließlich an einem Punkt angelangt, wo er nicht mehr handeln konnte. Er hatte nicht einmal gezuckt, als er sah, wie der Mann in der Seitentür des Helikopters direkt auf ihn anlegte, und er *wußte*, der nächste Schuß würde ihn treffen, konnte ihn gar nicht verfehlen.

Dann hatte der Motor des Helikopters ausgesetzt ...

Der Donner der Explosion, die ihn zu Boden geschleudert hatte, rollte noch immer als gebrochenes Echo über den Himmel, und Brenner spürte, wie ihm der Schnee eisig in den Kragen und die Jackenärmel rutschte und dort sofort zu schmelzen begann.

Brenner blinzelte, hob mühsam die rechte Hand, um die Schläge abzuwehren, und stellte zu seiner Überraschung fest, daß es nicht Salid war, der ihn schlug, wie er ganz instinktiv angenommen hatte. Das Gesicht, das sich über ihn beugte, gehörte Johannes. Er war sehr blaß und zitterte am ganzen Leib, aber seine Augen waren wieder klar.

»Alles okay?« fragte er.

Brenner hütete sich zu nicken. Ihm war übel, und er war ziemlich sicher, daß das quälende Hämmern hinter seinen Schläfen zu einem entsetzlichen Schmerz explodieren würde, wenn er den Fehler beging, sich zu heftig zu bewegen, aber er signalisierte seine Zustimmung mit einem Senken und Heben der Lider. Johannes richtete sich erleichtert auf.

Er konnte nicht sehr lange bewußtlos gewesen sein; vielleicht nicht einmal eine Sekunde. Außerdem hatte sich auch Salid gerade erst aufgerichtet und kam humpelnd heran. Brenner war ziemlich sicher, daß ihn die Schüsse nicht getroffen hatten. Vielleicht hatte er sich weh getan, als er zu Boden gegangen war.

»Ist einer von euch verletzt?« fragte er.

»Nein«, antwortete Brenner mit zusammengebissenen Zähnen. Äußerst behutsam hob er den Kopf, wartete auf die Schmerzexplosion zwischen seinen Schläfen und atmete erleichtert auf, als sie nicht kam. Der Schmerz ebbte im Gegenteil immer weiter ab und sank auf das Niveau eines zwar spürbaren, aber erträglichen Drucks. Durch diesen ersten Erfolg mutiger geworden, stemmte er sich in eine halb sitzende Position hoch und griff schließlich sogar nach Johannes' Hand, um sich ganz aufhelfen zu lassen.

Salid beobachtete ihr Tun mit sichtbarer Überraschung, aber er sagte nichts dazu, sondern maß Johannes nur mit einem prüfenden Blick, ehe er sich mit einer ruckhaften Bewegung herumdrehte und auf die Klostermauern wies.

»Gehen wir.«

Kein Wort über das, was geschehen war. Kein Blick auf den zerstörten Hubschrauber, der zwanzig Meter hinter ihnen in einer Rauch- und Flammensäule hinter den Büschen flackerte. Was geschehen war, war geschehen, und es war gleich, wie und weshalb. Offenbar hatte sich Salid endgültig in die Rolle eingefunden, die andere, stärkere

Mächte ihm und den beiden anderen in diesem Geschehen zugedacht hatten. Oder er hatte einfach Angst davor, zu viele Antworten zu erhalten.

»Schaffen Sie's?« Obwohl es Johannes gewesen war, der *ihm* auf die Füße half, wandte sich Brenner mit einem fragenden Blick und einer entsprechenden Geste an den jungen Geistlichen. Johannes zitterte noch immer am ganzen Leib, was vielleicht einfach an der Kälte lag, die trotz des Gluthauches, den das brennende Hubschrauberwrack ausstrahlte, immer grausamer zu werden schien. Aber da war noch ein anderes, düstereres Feuer, das tief in Johannes' Augen loderte und das Brenner mehr denn je erschreckte. Sein Geist war aus der Verbannung seiner ganz privaten Hölle zurückgekehrt, aber er hatte etwas mitgebracht. Brenner wollte nicht wissen, was es war.

Sie näherten sich dem Kloster. Der Weg war weiter, als Brenner geglaubt hatte, denn die Nacht und das unwirkliche Licht verzerrten die Dimensionen, und dazu kam, daß sie mittlerweile alle am Ende ihrer Kräfte angelangt waren, so daß sie gute zehn Minuten brauchten, um den gemauerten Torbogen zu erreichen. Brenner war so erschöpft, daß er sich gegen die Wand sinken ließ und die Augen schloß, um Kraft zu sammeln.

Auch Salid ließ sich erschöpft in die Hocke sinken und rang hörbar nach Atem. Seine Hände zitterten so stark, daß er das Gewehr fallen ließ, es aber hastig wieder aufraffte und so fest an sich preßte, daß es schon fast komisch wirkte. Wie er so dahockte, zusammengekauert und die Waffe fest mit beiden Händen gegen die Brust gepreßt, erinnerte er Brenner an einen Zwerg, der endlich seinen Schatz gefunden hatte.

Brenner zählte in Gedanken bis fünfundzwanzig – das war vielleicht mehr von ihrer kostbaren Zeit, als er opfern durfte, aber das Minimum, das er brauchte, wenn er auch nur noch einen einzigen Schritt tun wollte. Als er die Augen wieder öffnete, hatte sich Salid zu einer einigermaßen normalen Haltung aufgerichtet. Johannes stand neben ihm und sah sich aus weit aufgerissenen Augen um. Brenner fragte sich, ob er in der fast vollkommenen Dunkelheit, die in dem Torgewölbe herrschte, überhaupt etwas sehen konnte. Er selbst war so gut wie blind. Salids und Johannes' Gestalten waren schemenhaft in dem grauen Licht zu erkennen, das durch die gegenüberliegende Toröffnung hereinfiel, aber die Dunkelheit hinter ihnen konnte ebensogut die Schwärze des Weltalls sein. Oder des Nichts.

»Wohin jetzt?« fragte Salid.

Brenner setzte zu einer Antwort an, ehe ihm klar wurde, daß die Frage Johannes gegolten hatte, nicht ihm. Der Jesuit sah Salid allerdings nur verständnislos an.

»Woher ... wieso fragen Sie mich das?«

Salid blinzelte. Er sah verwirrt aus, dann verblüfft, mit einer Spur von Unmut. »Ich denke, Sie kennen sich hier aus«, sagte er scharf.

»Ich war niemals zuvor hier.«

»Sie sagten, Sie *kennen* das Geheimnis dieses Klosters.« Salid erhob sich mit einem Ruck und trat fast drohend auf Johannes zu.

»Ich kenne sein Geheimnis, aber ich kenne diesen Ort nicht«, antwortete Johannes. »Ich war niemals hier.«

»Moment mal«, sagte Salid. »Sie wollen sagen, daß –«

»Es ist gut«, sagte Brenner leise. »Lassen Sie ihn in Ruhe. Ich weiß den Weg.« Er wußte ihn nicht, aber er war überzeugt davon, daß er ihn finden würde. Jemand – etwas – hatte sie hierhergeführt. Bestimmt nicht, um sie im allerletzten Moment im Stich zu lassen.

Salid gab sich mit dieser Antwort allerdings nicht zufrieden. Er trat einen weiteren Schritt auf Johannes zu, und für einen ganz kurzen, aber furchtbaren Moment schien er sich vor Brenners Augen wieder in den Mann zurückzuverwandeln, der er den Großteil seines Lebens über gewesen war: ein Killer, der Menschenleben auslöschte, wie andere eine Zigarette ausdrückten, und der das Wort Gewissen nicht einmal kannte.

»Nein, es ist nicht gut«, sagte er scharf. »Dieser Kerl hat gesagt, er wüßte Bescheid. Verdammt, ich habe mein *Leben* auf sein Wort hin riskiert! Und jetzt erzählt er mir, daß er niemals hiergewesen ist?«

»Er hat nie etwas anderes behauptet«, erinnerte Brenner. »Und jetzt hören Sie verdammt noch mal auf! Wir sind nicht hier, um uns gegenseitig anzufeinden.«

Für die Dauer einer Sekunde war er sicher, daß sich Salids Zorn nun auf ihn entladen würde. Dann wichen Wut und Anspannung so plötzlich aus der Gestalt des Palästinensers wie die Luft aus einem Ballon, in den man ein Loch gestochen hatte.

»Also gut«, murmelte er. »Dann zeigen Sie uns den Weg. Jetzt. Ich will es hinter mich bringen.«

Brenner zögerte. Spätestens jetzt war der Moment gekommen, wo er im Grunde zugeben mußte, daß er keinen Schimmer hatte, wohin sie gehen sollten. Er wußte ja nicht einmal genau, *wonach* sie suchten – oder was es war, das sie hergeführt hatte. Etwas in ihm zweifelte immer noch an Salids und Johannes' Worten. Es war einfach zu absurd. Nein. Zu furchtbar. Es gab Dinge, die nicht einmal *gedacht* werden sollten, und was hier geschah, gehörte eindeutig dazu.

Gerade als sein Zögern lange genug andauerte, um Salids Mißtrauen wieder zu schüren, drehte er sich um und ging auf das jenseitige Ende des Torbogens zu. Johannes trat wortlos und wie ganz selbstverständlich neben ihn, während Salid den Abschluß bildete. Brenner hörte, wie er seine Waffe entsicherte – als ob das, was sie erwartete, tatsächlich einfach *erschossen* werden konnte! Lächerlich.

»Und Sie waren wirklich noch nie hier?« fragte er nun selbst, während er auf den verwüsteten Innenhof hinaustrat und wieder stehenblieb. Er sah sich aufmerksam um, registrierte Johannes' Kopfschütteln aber trotzdem aus den Augenwinkeln heraus.

Es war ein seltsam unwirkliches Gefühl, hier zu stehen. Es war gerade vier Tage her, daß er hiergewesen war, aber das Kloster hatte sich so radikal verändert, daß es ein anderer Ort zu sein schien. Sie befanden sich inmitten einer ausgeglühten Ruine, die selbst ihre Grundrisse verändert zu haben schien. Das große Gebäude auf der gegenüber liegenden Seite des Hofes war nicht mehr da. Er hatte ausgebrannte Ruinen erwartet, vielleicht einen zusammengefallenen Schuttberg, aus dem verkohlte Balken herausragten, aber das Bauwerk war einfach *verschwunden*. Die Explosion mußte so gewaltig gewesen sein, daß sie es einfach eliminiert hatte wie ein Todesstrahl aus einem der Science-fiction-Filme, die er früher so gerne gesehen hatte.

Auch der Rest des Klosters war stark in Mitleidenschaft gezogen worden. Brenner sah wenig mehr als Schatten und schwarze Umrisse, die sich vor dem dunkelgrauen Himmel nur schwer identifizieren ließen, aber tatsächlich schien das Torgewölbe, aus dem sie herausgetreten waren, der einzige Teil der gesamten Klosteranlage zu sein, der nicht fast vollkommen zerstört worden war. Welche Kräfte auch immer hier gewütet hatten – die Zerstörung war mit der Explosion eines abstürzenden Helikopters allein kaum zu begründen. Nicht einmal dann, wenn er bis zum Bersten mit Munition vollgestopft war.

»Nein. Niemals.« Johannes antwortete erst nach einer guten Minute auf die Frage. »Aber ich wollte es. Hierherzukommen war ... war alles, was ich je wollte.«

Salid wollte etwas sagen, aber Brenner brachte ihn mit einer hastigen Geste zum Schweigen. Johannes redete nicht wirklich mit ihm. Er antwortete auch nicht wirklich auf seine Frage.

»Es ist der einzige Grund, aus dem ich in den Orden eingetreten bin«, fuhr Johannes fort. »Sie ... sie haben meinen Vater getötet. Er war ihnen auf der Spur. Das meiste von dem, was ich über sie weiß, habe ich von ihm erfahren. Er war Journalist, wissen Sie? Er hat sie sein Leben lang gejagt, aber am Schluß waren *sie* es, die *ihn* zerstört haben. Damals habe ich geschworen, sie zu vernichten.«

Er sah Brenner an. Das unheimliche Feuer in seinen Augen war immer noch da, aber sie schimmerten jetzt auch vor Tränen. »Sie haben mich gefragt, was mein großes Geheimnis ist«, murmelte er. »Nun kennen Sie es. Ich bin nicht aus Überzeugung Jesuit geworden. Es war alles gelogen. Ich wollte Rache, das ist alles.«

»Aber Sie haben Ihren Glauben gefunden«, vermutete Salid. Diese Worte – ausgerechnet von ihm – überraschten Brenner; vielleicht um so mehr, weil er sie selbst einen Sekundenbruchteil später ausgesprochen hätte, und sei es nur aus Mitleid für Johannes. Er hatte bis zu diesem Moment nicht einmal geglaubt, daß Salid überhaupt dazu in der Lage war, dieses Gefühl zu empfinden.

»Später«, sagte Johannes. »Aber das macht es nicht besser.«

»Es ändert *alles*«, widersprach Salid heftig. »Sie haben –«

»Ich habe einen Menschen getötet«, unterbrach ihn Johannes. Er hob die Hände. »Mit diesen Händen, Salid. Ich habe ein Leben ausgelöscht. Ich bin verdammt. Vielleicht ist das die Strafe für das, was ich getan habe.«

Er begann ihnen wieder zu entgleiten. Brenner spürte es. Johannes hatte für einige Minuten den Rückweg aus der Hölle aus Verzweiflung gefunden, in die er hinabgestürzt war, aber es war nur ein letztes Aufbegehren gewesen. Vielleicht war schon zuviel von ihm auf der anderen Seite der Barriere, war das Gewicht seiner Schuld, das ihn in den Abgrund zerren wollte, einfach zu gewaltig. Ihnen blieben bestenfalls noch einige Augenblicke.

»Salid hat recht«, sagte er hastig. Er fühlte sich hilflos, und genau so klangen seine Worte auch, hilflos und einfach nur verzweifelt. Sie brauchten Johannes. Er wußte nicht einmal, wozu, aber sie brauchten ihn. Jeder von ihnen hatte eine Aufgabe hier, und Johannes' Aufgabe war noch nicht erfüllt. »Bitte, Johannes, geben Sie nicht auf. Kämpfen Sie! Wir ... wir brauchen Sie!«

»Wozu?« fragte Johannes mit einem traurigen Lächeln. »Um noch mehr Menschen zu töten? Um noch ein Leben auszulöschen?« Er schüttelte den Kopf. »Das werde ich nicht zulassen.«

»Keiner von uns wird noch irgend etwas tun, wenn wir noch lange hier herumstehen und reden«, sagte Salid. »Sie haben gesagt, Sie wüßten den Weg, Brenner. Also?«

Er wußte den Weg. Er war ihn schon einmal gegangen, und das Wissen war da, griffbereit, aber immer, wenn er die Hand danach ausstrecken wollte, glitt es zwischen seinen Fingern hindurch wie ein Fisch im Wasser. Sie waren ganz nahe. Er war schon einmal hiergewesen. *Sie* waren schon einmal hiergewesen, das Mädchen Astrid und er – *seine* große Lüge. Er hatte ihr Sicherheit versprochen, und was er ihr gebracht hatte, das war der Tod. Sie war vor seinen Augen zu Asche verbrannt.

Vor der Tür, hinter der die Treppe begann.

Er drehte sich auf dem Absatz herum und deutete in den Torbogen zurück. »Dort«, sagte er. »Die Tür auf der linken Seite.«

Salid war der erste, der in das gemauerte Gewölbe zurückging und an die Tür trat. Sie war verkohlt. Die oberste Schicht Holz war zu grauer Schlacke verbrannt und gerissen, aber sie hatte den Höllengluten trotzdem standgehalten, die auch hier gewütet hatten. Als Brenner neben ihm anlangte und die Hand nach dem Griff ausstrecken wollte, machte er eine abwehrende Geste und bedeutete ihnen gleichzeitig, zurückzutreten. Er selbst wechselte das Gewehr von der linken in die rechte Armbeuge, legte den Zeigefinger auf den Abzug und streckte dann den anderen Arm aus, um die Tür zu öffnen.

Brenners Herz begann schneller zu schlagen. Plötzlich schrie alles in ihm danach, Salid zurückzureißen und zu laufen, so schnell er nur konnte. Etwas Furchtbares, etwas Unvorstellbares würde geschehen, wenn jemand diese Tür öffnete.

Salid bewegte den verkohlten Riegel. Er zerbröselte unter seinen Fingern, aber die Tür öffnete sich. Ein unheimliches, flackerndes rotes Licht fiel heraus und überzog Salids Gesicht und Hände mit der Farbe von frischem Blut.

Nichts geschah. Die Dämonen der Hölle stürzten sich nicht auf Salid, um ihn in ihr düsteres Reich hinabzuzerren, und auch Satan persönlich erschien nicht. Hinter der verbrannten Tür lagen die obersten Stufen einer offensichtlich aus dem gewachsenen Fels herausgemeißelten Treppe, erhellt vom flackernden Licht einer Fackel, die irgendwo an ihrem unteren Ende brennen mußte. Sonst nichts. Sonst *nichts*.

»Sehen Sie?« sagte Salid. Er versuchte zu lächeln, aber es wirkte ebenso unecht wie die Erleichterung, die er mit seinen Worten zum Ausdruck bringen wollte. »Nichts passiert.«

Er ließ das Gewehr sinken und entspannte sich, und im gleichen Moment ertönte ein peitschender Knall.

Seine Kleider hatten gebrannt. Die Hitze hatte sein Haar zu Asche versengt und seine Hände mit roten, nässenden Blasen überzogen, so daß es aussah, als trüge er feuchte rote Gummihandschuhe, und er vermutete, daß sein Gesicht auch keinen wesentlich anderen Anblick bot. Wenn er atmete, dann schrie jeder einzelne Nerv in seiner Kehle vor Schmerz auf, und seine Lungen, die tausend Grad heiße Luft eingesogen hatten, schickten weißglühende Schmerzpfeile in jeden Winkel seines Körpers. Trotzdem lebte er noch.

Kenneally konnte nicht sagen, wie er aus dem Helikopterwrack herausgekommen war. Er erinnerte sich daran, aber es schienen die Erinnerungen eines anderen zu sein. Es mußte so sein, denn wenn die Bilder, die in seinem Kopf waren, wirkliche Erinnerungen gewesen wären, dann hätte das bedeutet, daß er, eingehüllt in einen Mantel aus loderndem Feuer, direkt aus dem Wrack herausmarschiert wäre, brennend wie ein Dämon aus tiefsten Abgründen der Hölle und über schmelzendes Metall hinwegschreitend, ein Wesen, dessen Element das Feuer war, das Hitze atmete und in dessen Adern flüssige Lava pulsierte.

Natürlich war das nicht möglich. Es war eine Halluzination – darin hatte er ja mittlerweile Übung –, ein Trugbild, ausgelöst durch die vermeintliche Todeserfahrung und die Qualen, die er litt. Die Wahrheit war wohl eher, daß er aus dem Wrack herausgeschleudert worden war, so daß ihn die unmittelbare Wucht der Explosion nicht erfassen konnte. Es spielte auch keine Rolle. Er lebte, und das war alles, was im Moment wichtig war.

Kenneally machte sich nichts vor. Er hatte genug Erfahrung in solchen Dingen, um zu wissen, daß seine Verletzungen mit ziemlicher Sicherheit tödlich waren. Er würde sterben, und wenn nicht, dann den Rest seines Lebens als entstellter Krüppel im Rollstuhl zubringen, was für ihn die schlimmere Alternative darstellte. Aber er lebte *jetzt*, und der Schock und die Unmengen von Adrenalin, die seinen Blutkreislauf überfluteten, schützten ihn sogar noch vor den schlimmsten Schmerzen. Dieser Zustand würde nicht lange anhalten, das wußte er. Geschichten von Männern, die mit tödlichen Verletzungen oder abgerissenen Gliedmaßen noch stundenlang weitergekämpft hatten, gehörten ins Reich der Legenden. Ihm blieben bestenfalls Minuten. Aber vielleicht reichte diese Frist, um seine Aufgabe zu Ende zu bringen und Salid und einen oder auch beide andere zu erschießen. Danach – wenn seine Kraft noch reichte – würde er sich selbst töten.

Die Ruine des Klosters schien unendlich weit entfernt zu sein. Aus den Sekunden, die der Helikopter gebraucht hätte, um die Distanz zurückzulegen, wurde eine nicht enden wollende Tortur, die ihn mit jedem Schritt eine Winzigkeit mehr Kraft zu kosten schien, als er aufbringen konnte. Seine Füße hinterließen blutige Abdrücke im Schnee, und er spürte, wie das Leben aus unzähligen winzigen Wunden aus ihm herausfloß; nicht einmal schnell, aber unerbittlich. Vielleicht hatte das Schicksal sich ja einen besonders grausamen Scherz für das Ende aufbewahrt – etwa den, daß er Salid gerade noch sehen konnte, aber nicht mehr die Kraft hatte, auf ihn anzulegen und abzudrücken.

Nach hundert Ewigkeiten erreichte er das Tor. Er nahm es nicht wirklich zur Kenntnis. Der Weg hierher hatte ihn in eine Maschine verwandelt, die zu nichts anderem mehr fähig war, als einen Fuß vor den anderen zu setzen und sich weiterzuschleppen, nicht mehr dazu, zu *sehen*, wohin er ging. Er prallte gegen die Mauer, stürzte mit einem lautlosen Schmerzensschrei zurück und blieb hilflos wie eine auf den Rücken gefallene Schildkröte liegen. Er wußte nicht mehr, wo er war. Wer er war. Was er hier sollte.

Halt. Das stimmte nicht. Salid. *Der Mann, der dich richten wird.* Er mußte Salid töten. Er wußte nicht mehr, wer oder was dieser Salid war, geschweige denn, *warum* er ihn töten sollte. Er wußte nur, daß er es tun mußte. Es war wichtig. Wichtig für ihn. Wenn es ihm nicht gelang, dann war alles, woran er sein Leben lang geglaubt hatte, falsch gewesen.

Aus einem winzigen, bisher unentdeckten Reservoir an Kraft in seinem Körper nahm er die Energie, sich auf den Bauch zu wälzen und sogar mühsam auf Hände und Knie hochzustemmen. Seine Handflächen schienen zu explodieren, als er sie mit seinem vollen Körpergewicht belastete. Es war, als griffe er in glühende Glasscherben. Trotzdem stemmte er sich weiter hoch, kam irgendwie auf die Füße und taumelte in den Torbogen hinein. Er war fast blind, aber er konnte noch hören. Geräusche. Das leise Säuseln des Windes. Das Wispern und Flüstern des Waldes. Schritte. Stimmen?

Stimmen.

Salids Stimme.

Die Erkenntnis öffnete die Ventile zu einem weiteren, bisher unentdeckten Potential, aber auch zu einem weiteren Begreifen: nämlich dem, daß er jetzt von den absolut letzten Reserven zehrte, jenen Energien, die für das Leben selbst zuständig waren und nicht für Dinge wie Bewegung, Gedanken und Handeln. Er verbrauchte seine Lebenskraft. Jeder Atemzug, den er von jetzt an tat, kostete ihn ein Jahr. Aber er brauchte auch nicht mehr viel Zeit. Ein paar Sekunden. Nicht mehr, als not tat, ein Gewehr zu heben und einen Finger zu krümmen.

Sein Denken klärte sich noch einmal, und er konnte auch plötzlich wieder ein bißchen besser sehen. Salid und die beiden anderen standen nur wenige Schritte vor ihm. Er erkannte Salid auf die gleiche Weise wie vorhin: Er war der einzige, der eine Waffe trug.

Der Mann, der dich richten wird?

Nein.

Er glaubte nicht an diesen Humbug. Das alles war nicht wahr. Aberglaube. Etwas für primitive Völker und schlichte Gemüter, nicht für einen Mann wie ihn, der mehr über das Leben und den Tod erfahren hatte, als er wollte. Er würde diesem verdammten Insektenmann beweisen, daß es nicht wahr war. Er würde sterben, aber nicht von Salids Hand.

Kenneally hob das Gewehr, zielte und drückte ab.

Salid keuchte, torkelte gegen die Wand und schlug beide Hände gegen den Hals. Zwischen seinen Fingern quoll hellrotes, sprudelndes Blut in einem pulsierenden Strom hervor. Würgend fiel er zu Boden, wälzte sich auf den Rücken und wieder zurück und lag dann plötzlich still. Seine Bewegungen endeten so abrupt wie die einer Maschine, deren Stecker herausgezogen worden war.

Der Schuß hätte ebensogut Brenner selbst treffen können. Für einen Moment glaubte er sogar den Schmerz zu spüren, der Salids Leben auslöschte, dann machte sich ein Gefühl sonderbar prickelnder Lähmung in seinen Gliedern breit. Er empfand nicht einmal mehr wirklichen Schrecken, als hätte er seine Gefühle nun endgültig bis zur Neige ausgeschöpft, und da war einfach nichts mehr, was er noch spüren konnte. Johannes schlug neben ihm entsetzt die Hand vor das Gesicht und stieß ein halblautes Schluchzen aus, aber auch das nahm Brenner kaum mehr zur Kenntnis. Er fragte sich, warum, doch selbst diese Frage stellte er sich nicht mehr verbittert oder zornig, sondern mit kalter, fast wissenschaftlicher Neugier. Es war so sinnlos. Warum waren sie so weit gekommen? Nur damit Salid hier, an diesem Ort, starb?

Er hörte ein Geräusch, und als er aufsah, taumelte eine Alptraumgestalt auf sie zu. In der düsteren Beleuchtung des Torbogens war er fast nur als Schemen zu erkennen, aber das machte es nicht besser, sondern beinahe schlimmer, denn es ließ seiner Phantasie genug Spielraum, um die Schrecken zu komplettieren, die seine Augen mehr errieten als sahen.

Der Mann mußte gebrannt haben. Sein Anzug war zu einem Gespinst aus grauer Asche und halb verkohlten Fäden geworden, die sich überall in sein Fleisch hineingefressen zu haben schienen. Gesicht, Schädel und Hände waren eine einzige, fürchterliche Brandwunde, hier und da von großen Flecken aus geronnenem Blut bedeckt, wie schorfiger Ausschlag. Brenner war nicht sicher, ob der Verbrannte überhaupt noch sehen konnte; seine Augen waren zugeschwollen, vielleicht gar nicht mehr da, und die Lippen durch die Einwirkung unvorstellbarer Hitze zu einem immerwährenden Grinsen zurückgezogen. Er torkelte, weil mindestens eines seiner Beine gebrochen war, und seine Schritte hinterließen blutige Fußabdrücke auf dem Boden. Die Erscheinung hatte kein Recht mehr, am Leben zu sein, geschweige denn, sich zu *bewegen*. Aber sie war da, schlurfte taumelnd wie die böse Karikatur eines Menschen auf sie zu und schleifte zu allem Überfluß auch noch die ausgeglühten Reste eines Gewehres hinter sich her. Wenn er mit dieser Waffe geschossen hatte, dann war es ein Wunder, daß sie ihm nicht in den Händen explodiert war.

Das Entsetzen, auf das Brenner wartete, kam noch immer nicht. Er begriff nur, daß seine Angst von vorhin berechtigt gewesen war. Der Dämon *war* da, nur daß er nicht hinter der Tür gelauert hatte, sondern auf der anderen Seite, verborgen in der Schwärze der letzten, immerwährenden Nacht, die sich über der Welt ausgebreitet hatte. Er hatte Salid geholt, und er würde nun sie holen, zuerst Johannes, dann ihn. Er hätte davonlaufen können; das ... *Ding*, das da auf so groteske Weise herangehumpelt und -geschlurft kam, war nicht schnell. Er mußte nicht mal rennen, um ihm zu entkommen.

Aber wozu?

Wohin?

Es gab nichts mehr, wohin sie flüchten konnten.

Und Brenner war des Davonlaufens endgültig müde. Er war sein ganzes Leben lang davongelaufen, vor irgend etwas oder irgend jemandem – meistens vor sich selbst –, aber nun wollte er nicht mehr.

Doch die Alptraumgestalt war nicht gekommen, um ihn zu vernichten. Sie schleppte sich weiter mit kleinen, mühevollen Schritten heran. Ihre linke Schulter streifte an der Wand entlang und hinterließ eine dunkelrote Spur auf dem Ruß, und als sie näherkam, spürte Brenner den Geruch von verbranntem Fleisch und heißem Metall, der sie umgab. Er machte keinen Versuch, vor ihr zurückzuweichen, aber der verbrannte Mann unternahm seinerseits nichts, um Johannes oder ihm etwas zuleide zu tun. Torkelnd näherte er sich Salids Leiche, blieb dicht hinter ihr stehen und hob sein Gewehr. Die Mündung zielte kurz auf Salids Kopf, aber die Finger hatten wohl nicht mehr die Kraft, den Abzug zu betätigen. Nach wenig mehr als einer Sekunde ließ er die Waffe wieder sinken. Seine Hände öffneten sich. Das Gewehr fiel klappernd zu Boden. Er taumelte, stieß einen seltsamen, gurgelnden Laut aus, ein Geräusch, als versuche er mit Stimmorganen zu reden, die nicht mehr da waren, und streckte die Hand nach Brenner aus. In der Bewegung lag nichts Drohendes. Es sah mehr aus wie ein verzweifeltes Flehen nach Hilfe.

Brenner wich nun doch vor der fürchterlichen Gestalt zurück; nicht aus Angst, sondern simplem Ekel, den der Anblick der verstümmelten Hand und der Geruch in ihm wachriefen. Der verbrannte Mann ließ den Arm wieder sinken, wandte sich mit einem fast flehenden Blick an Johannes und drehte sich schließlich zur Tür herum. Das flackernde rote Licht aus der Tiefe verschmolz mit der Farbe dessen, was einmal sein Gesicht gewesen war, und nun sah er endgültig aus wie der Dämon, für den Brenner ihn im ersten Augenblick gehalten hatte. Er taumelte, machte einen unbeholfenen Schritt auf die Tür zu und blieb so dicht vor der obersten Stufe stehen, daß er in die Tiefe stürzen würde, wenn er das Gleichgewicht verlor.

Salid bewegte sich. Brenner registrierte die Bewegung nur aus den Augenwinkeln, und im allerersten Moment nahm er sie nicht einmal richtig zur Kenntnis; etwas, das einfach nicht sein konnte, denn Salid war tot. So tot, wie es nur ging.

Die Kugel hatte seinen Hals zerfetzt, und er lag in einer unglaublich großen Blutlache. Trotzdem bewegte er sich. Tod und Leben waren nicht mehr das, was sie einmal gewesen waren.

Langsam, mit sehr mühevollen, nichtsdestoweniger aber auch sehr zielgerichteten Bewegungen stemmte er sich hoch und griff nach seinem Gewehr. Das Geschoß schien nicht nur seine Muskeln und Sehnen, sondern auch den Knochen zertrümmert zu haben, denn sein Kopf pendelte haltlos von einer Seite auf die andere, aber seine Hände hielten das Gewehr sicher und sehr fest. Das helle Klicken, mit dem er die Patrone in den Lauf schob, hallte wie ein Kanonenschuß von den Wänden des Torgewölbes wider.

Dann geschah alles gleichzeitig.

Der verbrannte Mann drehte sich herum und starrte Salid an. Seine Augen weiteten sich, und trotz der Verheerung, der seine Züge anheim gefallen waren, konnte Brenner den Ausdruck grenzenlosen Erschreckens erkennen, der sich plötzlich darauf breitmachte. »Also doch«, flüsterte er.

Gleichzeitig jedoch schrie Johannes so gellend auf, als wäre *er* es, den die tödliche Kugel getroffen hätte. *»Nein!«* schrie er. *»Nein! Nicht schon wieder! Ich lasse es nicht zu!* NICHT MEHR!«

Er sprang vor, ohne Rücksicht darauf, daß er damit genau zwischen Salid und den verbrannten Mann geriet, und damit direkt in die Schußlinie. Mit einer verzweifelten Bewegung klammerte er sich an Salid und versuchte ihm die Waffe zu entreißen, aber er kam einen Sekundenbruchteil zu spät. Vielleicht war er es sogar selbst, der durch seinen Aufprall den Abzug betätigte.

Der Schuß klang sonderbar gedämpft. Johannes schrie auf, diesmal vor Schmerz statt Entsetzen, ließ Salid aber trotzdem nicht los, sondern klammerte sich nur noch fester an ihn.

Salid feuerte ein zweites Mal. Der Schuß schleuderte Johannes zurück, aber er ließ Salids Schultern immer noch nicht los, sondern zerrte ihn mit sich. Aneinandergeklammert prallten sie gegen den verbrannten Mann und stürzten, scheinbar zu einem einzigen, unentwirrbaren Knäuel aus Gliedern und Körpern geworden, die Treppe hinunter.

Brenner hetzte hinterher, so schnell er konnte. Er hatte keine Chance, einem der drei irgendwie zu helfen: Die Treppe führte so steil in die Tiefe, daß es schon unter normalen Umständen gefährlich gewesen wäre, sie hinabzugehen. Einen stürzenden Mann – und erst recht *drei!* – aufzuhalten war praktisch unmöglich, ohne selbst mitgerissen zu werden. Er hielt nicht einmal mit ihnen Schritt. Salid, Johannes und der Mann schlugen mit einem fürchterlichen Laut am Fuße der Treppe auf, noch bevor Brenner die Hälfte der Strecke hinter sich gebracht hatte. Trotzdem rannte er weiter, so schnell er nur konnte, und sprang die letzten Stufen mit einem einzigen Satz hinab, zu dem er normalerweise niemals den Mut aufgebracht hätte. Er fiel auf die Knie, wimmerte, als ein neuer, grausamer Schmerz durch seine beiden Kniescheiben schoß, und kroch hastig und auf allen vieren weiter.

Er kam zu spät. Salid lag mit weit offenstehenden, gebrochenen Augen in einer neuen und schon wieder mit erschreckender Schnelligkeit anwachsenden Blutlache. Der verbrannte Mann war ein Stück zur Seite gerollt und reglos liegengeblieben, und auch er konnte nicht mehr leben. Die Treppe hatte fünfunddreißig Stufen. Fünfunddreißig Chancen, sich das Genick zu brechen oder auf andere Weise zu Schaden zu kommen. Er selbst hatte den Weg diese Treppe hinunter überlebt, aber da hatte ihn die gleiche, unheimliche Macht beschützt, die zu bekämpfen sie nun gekommen waren. Brenner schenkte der verkohlten Gestalt nur einen flüchtigen Blick, kroch dann zu Johannes hin und drehte ihn auf den Rücken.

Johannes war tot. In seiner Brust und seinem Bauch klafften zwei furchtbare Wunden, aber der Ausdruck auf seinem Gesicht stand in krassem Gegensatz zu dem Anblick. Zum erstenmal, seit Brenner den jungen Jesuiten kennengelernt hatte, glaubte er einen Ausdruck von Frieden auf seinen

Zügen zu entdecken, eine Erleichterung, die trotz der Grimasse entsetzlicher Qual deutlich zu erkennen war. Das unheimliche Feuer in seinen Augen war erloschen, aber sie waren auch nicht so leer, wie es die eines Toten sein sollten. Brenner las etwas darin, was in seiner beruhigenden Wirkung angesichts der Situation, in der er sich befand, geradezu absurd erschien: eine Botschaft, die nur für ihn allein bestimmt war und an deren Wahrhaftigkeit es keinen Zweifel gab. Johannes hatte seinen Frieden gefunden. Wo immer sein Geist jetzt war, es war nicht mehr das Fegefeuer, durch das er gegangen war. Trotzdem –

»Warum?« flüsterte Brenner. Er sprach das Wort nicht einmal wirklich aus, sondern formulierte es nur in Gedanken, ein verbitterter, stummer Schrei, der voller Verzweiflung nach einer Erklärung für all dieses sinnlose Sterben verlangte.

Und er bekam eine Antwort.

»Weil es notwendig war. Für sie und für die ganze Menschheit.«

Die Stimme kam vom oberen Ende der Treppe, und er wußte, was er sehen würde, noch bevor er den Kopf hob und hinaufsah. Es war wie eine getreuliche Wiederholung der Szene vor drei Tagen, dem allerletzten Bild, das er gesehen hatte, ehe eine der fünfunddreißig Treppenstufen sein Bewußtsein auslöschte. Das Mädchen stand da, sogar noch in der gleichen Haltung, als wäre in diesem kleinen Teil der Welt einfach die Zeit stehengeblieben, um jetzt, vier Tage und eine Schöpfungsperiode später, weiterzulaufen.

Brenner sagte nichts. Er saß einfach weiter reglos da, Johannes' Kopf und Schultern in den Schoß gebettet und die rechte Hand über den gebrochenen Augen, wie um ihn vor diesem letzten, schrecklichen Anblick zu beschützen: dem Engel, der zum Teufel geworden war und nun kam, um als letzten ihn zu holen und es zu Ende zu bringen. Er fürchtete das Sterben nicht mehr. Er wollte nur noch, daß es vorbei wäre.

Astrid blieb zwei Schritte vor ihm stehen und sah lange und mit einer nur angedeuteten, aber sichtbaren Spur von

Trauer auf Salids Leichnam herab, ehe sie sich an ihn wandte. In ihrem Blick war etwas, das Brenner schaudern ließ und es ihm unmöglich machte, ihm länger als einige Sekundenbruchteile standzuhalten.

»Warum?« fragte er noch einmal. »Warum dieses grausame Spiel? Hat es euch Spaß gemacht, uns zu quälen?« Plötzlich schrie er: »Warum habt ihr uns nicht sofort vernichtet?«

»Weil die Dinge so geschehen mußten, wie sie vorherbestimmt sind«, antwortete Astrid. Sie deutete auf Salid, dann auf Johannes. »Es war seine Aufgabe, dich hierherzubringen, und die seine, dich zu beschützen.«

Wenn es so ist, dann hat er versagt, dachte Brenner. Dann wurde ihm klar, daß Astrid gar nicht Salid gemeint hatte. Ihre Hand wies in die andere Richtung, auf den verbrannten Mann.

»Ich habe auf dich gewartet«, sagte Astrid. »Du hast lange gebraucht, aber es mußte wohl sein.« Sie deutete mit einer Handbewegung hinter sich, tiefer in die Schatten hinein, in denen sich der gewölbte Gang verlor. Brenner glaubte eine Bewegung jenseits der Schwärze wahrzunehmen, aber sie war nicht deutlich genug, um ihr irgendein *Erkennen* zuzuordnen.

»Komm«, sagte Astrid. »ER erwartet dich.«

Brenner ließ Johannes' reglosen Körper sehr vorsichtig zu Boden gleiten, schloß mit einer ebenso behutsamen Bewegung seine Augen und trat auf das Mädchen zu. Astrid drehte sich um und ging vor ihm her.

Der Weg war nicht weit. Das rote Licht, das sie schon von oben aus gesehen hatten, stammte von einer Anzahl heftig rußender Fackeln, die an den Wänden des Tunnelgewölbes angebracht waren und sie zu einer massiven, höchstens anderthalb Meter hohen Tür geleiteten, die mit einem zentnerschweren Eichenriegel gesichert war. Es gab kein modernes Schloß, nicht einmal einen einfachen Splint, um den Riegel zu sichern, aber gerade die Einfachheit der Konstruktion war es, die sie besonders massiv erscheinen ließ; kein

High-Tech-Schloß, das man mit einer Büroklammer und etwas Geschick öffnen konnte, sondern ein einfaches, simples Ding, das für die Ewigkeit geschaffen schien. Etwa in Brusthöhe war eine Klappe in die Tür eingelassen, zwanzig mal zwanzig Zentimeter und mit einem doppelten Kreuz aus rostigen Eisenstäben gesichert. Es war eine Kerkertür.

Astrid öffnete sie, trat gebückt hindurch und winkte Brenner zu, ihr zu folgen. Er gehorchte, mit klopfendem Herzen, aber trotzdem sehr schnell, und er richtete sich auf der anderen Seite der Tür so hastig auf, daß er schmerzhaft mit dem Rücken an dem niedrigen Sturz entlangschrammte und das Gesicht verzog, ehe er einen weiteren Schritt machte, um sich nicht noch mehr zu verletzen. Möglicherweise war ihm ja eine tragende Rolle in der letzten Schlacht zwischen Gut und Böse zugedacht worden, aber das hieß leider nicht, daß er immun gegen körperlichen Schmerz gewesen wäre.

Aufmerksam sah er sich um. Nicht, daß es viel zu sehen gegeben hätte. Der Raum bestätigte den Eindruck, den die Tür erweckt hatte, und er war das, was man hinter einer Kerkertür erwartete: ein Kerker. Er hatte einen quadratischen Grundriß und maß allerhöchstens fünf Schritte in jede Richtung, und die Decke war so niedrig, daß Brenner gerade noch aufrecht darin stehen konnte, obwohl er alles andere als ein Riese war. Wie der Gang, der hierherführte, war auch die Zelle selbst nicht gemauert, sondern offensichtlich aus dem natürlichen Felsuntergrund herausgemeißelt worden – praktischerweise gleich mit Mobiliar. Es gab eine zwei Meter lange und halb so breite Lagerstatt und einen etwas kleineren, dafür höheren Altarstein, der offensichtlich als Tisch gedient hatte. Die Wände waren schwarz und von einer mindestens zwei Zentimeter dicken Rußschicht bedeckt, und in der Luft hing ein schwacher, aber penetranter Geruch nach Rauch, nach heißem Kerzenwachs und Essen und nach dem Schweiß von zweitausend Jahren Gefangenschaft.

Der Bewohner dieser Kerkerzelle war nirgends zu sehen, aber es gab einen zweiten, ebenso niedrigen Durchgang auf der anderen Seite, der allerdings keine Tür hatte. Astrid deutete auf diesen Durchgang und wiederholte ihre einladende Handbewegung von gerade, machte aber zugleich durch ihre Haltung klar, daß sie Brenner nicht weiter folgen würde. Vielleicht war auch ihre Aufgabe damit erfüllt, daß sie ihn hierhergebracht hatte.

Brenner betrat den angrenzenden Raum Diesmal war er vorsichtig und stieß sich nicht, aber er verschwendete auch keinen Blick auf seine Umgebung. Sein Herz hämmerte. Obwohl sich die Kälte so tief in seinen Körper gegraben hatte, daß er noch immer am ganzen Leib zitterte, waren seine Hände schweißnaß. ER war da. Ganz dicht. Brenner spürte seine Nähe, noch bevor er sich aufrichtete und zu der Gestalt herumdrehte, die am anderen Ende des Raumes stand und ihn ansah. Brenner spürte seinen Blick, wie etwas Unsichtbares, Weißglühendes, das seine Haut berührte und ihn verbrennen mußte wie das Feuer eine Motte, die dem Licht zu nahe gekommen war. Brenner richtete sich auf, schloß die Augen und raffte noch einmal all seinen Mut zusammen. Dann drehte er sich um.

Sie alle hatten sich getäuscht. Salid. Johannes. Der verbrannte Mann. Er selbst.

Es war nicht der Widersacher, den sie alle gefürchtet hatten.

Statt des Alten Feindes, statt einer Gestalt mit Teufelsschweif, mit Pferdefuß und Hörnern und flammendem Atem stand er einem schlanken jungen Mann gegenüber. Er war etwas größer als Brenner selbst und bekleidet mit einem einfachen, knöchellangen Gewand, das irgendwann vor zweitausend Jahren aus der Mode gekommen sein mußte, und um die Brust trug er einen Gürtel aus Gold. Die Male an seinen Händen und Füßen waren kleiner, als er erwartet hatte; keine klaffenden Wunden, sondern dünne, rote Linien, wie vor langer Zeit verheilte Narben.

Was Brenner am meisten überraschte, war seine Jugend. Er sah keinen Tag älter aus als dreißig, und daran änderten weder der weiße Bart irgend etwas noch das schulterlange, schneeweiße Haar, gebleicht in den langen Jahren der Gefangenschaft. Sein Gesicht war immer noch das eines Dreißigjährigen – eines sehr jung gebliebenen Dreißigjährigen –, der nur *versuchte*, älter auszusehen. Das einzige, was diesen Eindruck Lügen strafte, waren die Augen. *Sie* waren nicht jung, aber sie waren auch nicht alt. Sie waren zeitlos. Es waren die Augen eines Wesens, für das eine Million Jahre wie ein Tag war und eine Sekunde wie eine Ewigkeit und das ... *größer* war als ein Mensch. Was immer dieses Wesen war, das da in der Gestalt eines jungen Mannes mit Narben an Händen und Füßen und einer Reihe winziger roter Wunden an der Stirn vor ihm stand, es war gewaltig. Vielleicht nicht einmal wirklich *besser* als sie, aber auf jeden Fall gewaltiger. Sein Zorn, wie seine Gnade, mußte unermeßlich sein.

Die Gestalt im weißen Kleid hob die Hand und deutete auf Brenner.

Und im gleichen Moment *wußte* er.

»Das habe ich nie getan. Ich kam als Freund zu euch. Nicht als Richter.«

»Du lügst«, behauptete Judas. »Du wurdest geschickt, um über uns zu urteilen. Aber das lasse ich nicht zu. Ich habe dich durchschaut. Du kannst alle anderen täuschen, aber nicht mich. Ich weiß, warum du wirklich hier bist. Ich weiß, was *du bist.«*

»Und deshalb willst du mich töten«, sagte er.

Judas zog die Hand wieder unter dem Gewand hervor. Sie war leer. »Ich wollte, ich könnte es«, flüsterte er. »Bei Gott, ich wollte, ich hätte die Kraft dazu. Aber ich kann es nicht.«

Hinter ihm bewegte sich etwas. Ein Schatten näherte sich, dann ein zweiter, dritter ... Keiner der anderen Männer trug eine Fackel, so daß die meisten bloße Umrisse in der Dunkelheit blieben, aber er kannte sie zu gut, um nicht zu wissen, wer sie waren. Er versuchte sich aufzurichten, aber die Stricke, mit denen er gebunden war, hinderten ihn daran. Alles, was er tun konnte, war, den Kopf zu drehen und die beiden Gestalten anzublicken, die unmittelbar hinter Judas aufgetaucht waren.

»Ihr also auch?« murmelte er. »Selbst du, Simon? Johannes? Ihr alle? *Haßt ihr mich auch?«*

»Niemand tut das, Herr.« Der Fischer kam näher, bis sein Gesicht fast in den Bereich der lodernden Flammen geriet, die Judas' Fackel versprühte. Er schien die Hitze nicht einmal zu spüren. »Wir alle lieben dich, Herr. Mehr, als du dir vorstellen kannst. Selbst er.« Er legte Judas die Hand auf die Schulter und lächelte. Judas wich einen Schritt zur Seite, so daß Simons Hand von seiner Schulter glitt.

»Zürne ihm nicht. Er ist verwirrt, und er sucht einen Schuldigen, für das, was er selbst getan hat. Er würde dir nie etwas zuleide tun. Keiner von uns würde das. Wir alle gäben freudig unser Leben, um das deine zu beschützen.«

»Dann laßt mich frei«, verlangte er.

Simon senkte den Blick. Tränen liefen über sein Gesicht. Aber seine Stimme war fest, als er weitersprach. »Das … können wir nicht, Herr. Sie würden dich töten, wüßten sie, daß du noch am Leben bist.«

»Niemand kann mich töten«, antwortete er. »Nur der, der mich geschickt hat. Glaubt ihr wirklich, ihr könntet euch SEINEM *Willen widersetzen?«*

Simon, den er den Fels genannt hatte, sagte nichts dazu, aber die Antwort war deutlich auf seinem Gesicht zu lesen. Er glaubte es nicht. Er wußte, *daß sie es nicht konnten. Und trotzdem würden sie es versuchen.*

»Warum?« fragte er. »Habt ihr denn nichts von dem verstanden, was ich euch gelehrt habe? War denn alles falsch?«

»Nein!« Simon schrie beinahe. Sein Gesicht war ein einziger Ausdruck entsetzlicher Pein. »Es war richtig, Herr. Es war zu richtig. Nicht du bist es, der etwas falsch gemacht hat. Wir sind es, Herr. Nur wir. Judas hat recht. Wir sind zu schwach. Wir sind voller Mängel und Fehler, und wir verfallen nur zu leicht der Verlockung des Bösen. Du verlangst zuviel von uns, Herr. Unsere Welt ist noch nicht reif für deine Art der Gerechtigkeit.«

»Es ist nicht meine *Gerechtigkeit«, erinnerte er. »Auch ich bin nur ein Werkzeug.«*

»Aber wir sind noch nicht bereit«, erwiderte Simon. »Sie haben versucht, dich zu töten, weil sie dich fürchten. Weil sie spüren, daß du ihnen den Untergang bringst. Die Welt ist noch nicht reif für deine Lehre. Wir müssen sie vor dir beschützen. Und dich vor ihr.«

»Was also habt ihr beschlossen?« fragte er.

Simon zögerte lange mit der Antwort. Er hatte nicht die Kraft, ihm in die Augen zu blicken, als er es schließlich tat, und mit Ausnahme Judas Ischariots kam auch keiner der anderen näher, sondern sie blieben Schatten jenseits des unsicheren Lichtkreises, den seine Fackel schuf.

»Sie halten dich für tot, und wir wollen, daß es so bleibt«, sagte Simon. »Du wirst diesen Ort nicht mehr verlassen. Diesen oder einen anderen, sichereren, den es zu finden gilt.«

»Ein Gefängnis, meinst du.«

»Ich wollte, du würdest es nicht so nennen«, flüsterte Simon. »Aber vielleicht hast du recht. Ja, du hast recht. Es ist *ein Gefängnis. Wir müssen es tun, versteh doch! Wir können uns deinem Gericht nicht stellen! Noch nicht! Wir sind noch nicht bereit! Wir ... wir sind nur Kinder, die Zeit brauchen, zu lernen! Ich flehe dich an, Herr, gib uns diese Zeit! Unser Volk ist vielleicht nicht vollkommen, aber ... aber es hat eine Gnadenfrist verdient.«*

Und es hatte diese Frist bekommen. Er *war diese Gnade gewesen; längst nicht die erste, aber vielleicht die letzte, die man den Bewohnern dieser Welt eingeräumt hatte.*

Simon glaubte ihn vielleicht zu kennen, und auf seine Weise hatte er sicher recht damit; trotzdem wäre er sehr erstaunt gewesen, hätte er gewußt, wie *gewaltig die Langmut dessen gewesen war, der ihn hierhergeschickt hatte.*

Er sprach nichts von alledem aus, aber er wußte, daß Simon die Wahrheit in seinem Blick las. Simon war auf seine Weise etwas sehr Besonderes, auch wenn er es selbst nicht einmal ahnte: Es war ihm niemals gelungen, irgend etwas vor ihm zu verheimlichen.

»Dann läßt du uns keine Wahl«, sagte Simon traurig. »Ich bete darum, daß wir mit dieser Schuld leben können. Aber wir müssen es versuchen. Um unserer Kinder willen und der tausendmal tausend anderen dort draußen.«

»Und was wollt ihr tun?« fragte er. »Mich töten?« Er lächelte. »Selbst wenn ihr es könntet, es würde nichts ändern. An meiner Stelle würde ein anderer kommen. Ich bin kaum mehr als ihr, gegen den, der mich geschickt hat. Nur ein Werkzeug.«

»Sind wir das nicht alle?« murmelte Simon. Dann gab er sich einen sichtbaren Ruck, straffte die Schulter und fuhr mit lauterer, wieder fester Stimme fort: »Wir werden dein Werk fortsetzen, Herr. Wir werden in die Welt hinausgehen und deine Lehren verbreiten, und wir werden versuchen, die Menschen auf den Weg zu führen, den du uns gezeigt hast. Jeder einzelne von uns wird sein Leben dafür einsetzen, das verspreche ich dir. Dein Tod wird der Grundpfeiler unserer Macht werden. Wir werden zu Ende bringen, was du begonnen hast. Aber wir können dich nicht gehen lassen, denn diese Welt braucht Zeit. Mehr, als du ihr geben kannst.«

»Mehr, als ich ihr geben darf*«, sagte er traurig. »Glaubt ihr wirklich, ihr könntet mich binden?* Mit Gewalt?«

»Ja«, antwortete Simon mit fester Stimme. »Du hast uns viel gelehrt, Herr, und wir waren gute Schüler. Unsere Kraft wird reichen.«

Die Kraft, die er *sie gelehrt hatte. Glaubten diese Narren denn wirklich, ihn mit seiner eigenen Macht schlagen zu können? Für einen Moment flammte heißer Zorn in ihm auf; ein Gefühl, das ihm vollkommen fremd gewesen war, bevor er auf diese Welt kam und diese schwachen und auf sonderbare Weise zugleich so starken Wesen kennenlernte, über die er richten sollte, und für einen noch kürzeren Moment war er versucht, einfach aufzustehen und seine Fesseln zu sprengen und ihnen zu zeigen, welche Gewalten sie* wirklich *herausgefordert hatten.*

Er tat es nicht. Der Zorn verging, aber auch die Trauer, die er bisher empfunden hatte, kehrte nicht sofort zurück. Plötzlich verstand er Simon und die anderen, und mit diesem Verstehen ging noch etwas anderes einher: ein weiteres, ihm bisher völlig unbekanntes Gefühl, das ihn in seiner Gewaltigkeit schier erstarren ließ. Bewunderung. Ein Erschauern vor dem Mut, den Simon und die anderen aufbrachten, ihm, einem GOTT, zu widersprechen. Vielleicht war er das, wofür sie ihn hielten, vielleicht auch nicht, aber seine Macht kam der eines Gottes gleich; die Macht, Welten zu erschaffen, aber auch zu zerstören, mit nichts mehr als der Bewegung einer Hand und der Kraft eines Gedankens.

Und trotzdem wagten es diese winzigen, verwundbaren Wesen, ihm zu trotzen. Mehr noch – sie wagten es, das Schicksal selbst und sogar den, der hinter ihm stand, herauszufordern, einfach nur, weil sie glaubten, daß ihr Volk diese Chance verdiente. Sie erbaten sie nicht von ihm. Sie forderten *sie. Und verdiente ein Volk, das solche Tapferkeit hervorbrachte, nicht tatsächlich diese eine, vielleicht allerletzte Chance?*

Die Gewalten, die zu entfesseln er im Begriff gewesen war, zogen sich wieder zurück.

Für eine Weile.

Sie sollten ihre Gnadenfrist bekommen.

Der Himmel über dem Wald war noch immer schwarz, als Brenner das Kloster verließ, und das war vielleicht der erste bewußte Gedanke, den er wieder dachte, seit er aus dem Kerker hinaufgestiegen war: Der Jüngste Tag war kein Tag, sondern eine Nacht. Ein Morgen ohne Dämmerung, dem – wenn überhaupt jemals – ein Sonnenaufgang über einer Welt folgen würde, die nichts, aber auch gar nichts mehr mit der gemein hatte, die er kannte.

Die Welt würde nicht untergehen, aber sie würde anders sein. Radikal *anders*, als er sich selbst jetzt auch nur vorstellen konnte.

Er war der letzte, der die Ruine verließ. Die drei anderen warteten bereits am Waldrand auf ihn, und obwohl Zeit keine Rolle mehr spielte, vielleicht nicht einmal mehr wirklich existierte, spürte er doch, daß sie lange auf ihn gewartet hatten. Wie die Visionen, die er zuvor erlebt hatte, war auch diese letzte im Bruchteil einer Sekunde abgelaufen; er *erlebte* die Ereignisse nicht wirklich noch einmal, sondern *erinnerte* sich an sie, schlagartig und in ihrer Gänze, nicht nacheinander. Trotzdem war er allein gewesen, als sein Bewußtsein den Weg in die Gegenwart zurückgefunden hatte, und er war es lange Zeit geblieben. Zeit, in der er einfach dagestanden und nichts anderes getan hatte, als zu erschauern. Die Gewaltigkeit dessen, was er erfahren hatte, ließ keinen Platz mehr für irgendein anderes Gefühl. Sie ließ auch keinen Platz mehr für Zweifel; nicht einmal mehr für die Frage nach dem Warum. Es gab kein Warum. Keinen *wirklichen* Grund, aus dem er auserwählt worden war. Er war es, weil er es war, und das war der einzige Grund, und er reichte.

Es war noch kälter geworden. Ein eisiger, heulender Wind begrüßte ihn, als er aus dem Schutz des Torbogens heraustrat, und Brenner schauderte unter der dünnen Jacke, die er trug. Wozu auch immer er werden würde, etwas von ihm blieb ein lebender, fühlender Mensch, der imstande war, Kälte und Schmerz zu empfinden, Furcht und Leid. Und am Ende, ganz zum Schluß, wenn sie ihre Aufgabe erfüllt hatten, vielleicht den Tod – oder was auch immer auf die Illusion folgen mochte, die er bisher für *Leben* gehalten hatte.

Der Schnee knirschte unter seinen Schuhen, und in das Heulen des Windes mischten sich andere, fremdartige Laute: das Schnauben der Pferde, ein unruhiges Scharren und Hufklappern, das Geräusch von nassem, schwerem Leder, das Klirren von Stahl.

Das erste Pferd war weiß, und der, der auf ihm saß, hatte all seinen Zweifel abgelegt. Johannes hatte den Kampf mit sich selbst gewonnen und war Sieger geblieben.

Das zweite Pferd war rot, ein feuriger Fuchs, und auf seinem Rücken saß der verbrannte Mann, ihr Verfolger, doch er war heil und ohne Makel; denn er war durch das Feuer hindurchgegangen und geläutert worden.

Auf dem dritten Pferd, einem Rappen schwarz wie die Nacht, saß der, den man einst den Vater des Todes genannt hatte. Doch Salid würde nie mehr töten. Er hatte erkannt, welchen Wert der Tod und das Leben besaßen, und so seinen eigenen Tod überwunden.

Das vierte Pferd, ein Falbe, scharrte im Unlicht mit den Hufen.

Zwei Schritte, bevor Brenner die anderen erreichte, blieb er stehen und sah sich noch einmal um. Sein Blick glitt über die Klosterruine, den Waldrand und den sternenlosen, schwarzen Himmel und schließlich über die Pferde, über ihr struppiges Fell und die Nüstern, aus denen grauer Dunst wie der feurige Atem mystischer Drachen dampfte. Die Tiere waren unruhig.

Es wurde Zeit. Brenner griff nach dem Sattelknauf des letzten, vierten Tieres und schwang sich mit einer kraftvollen Bewegung auf seinen Rücken, und im gleichen Moment, in dem er es tat, überkam ihn ein unendlich tiefer Frieden und das unerschütterliche Wissen um das, was zu tun war und *wie* es zu geschehen hatte.

Die Frist war abgelaufen. Die Bewohner dieser Welt hatten ihre Chance gehabt, und nun war es an ihm und den drei anderen, zu entscheiden, ob sie sie genutzt hatten oder nicht.

Ein greller Blitz spaltete den Himmel und schlug irgendwo weit entfernt im Wald ein, und in den Schnee begann sich eiskalter Regen zu mischen. Das Heulen des Windes klang plötzlich wie ein Seufzen, als ducke sich die Schöpfung selbst unter der Vorahnung dessen, was kommen mochte.

Die vier apokalyptischen Reiter wendeten ihre Pferde und ritten in die Welt hinaus.

ENDE

Band 20 306

Wolfgang Hohlbein
Der Thron der Libelle

In Karas seltsamer Drachenwelt herrscht nach langer Unruhe endlich Frieden. Bis plötzlich Schelfheim, die große Stadt am Schlund, langsam, aber unaufhörlich im Abgrund versinkt. Kara und ihre Drachenkrieger wollen das Rätsel lösen.
In den riesigen Höhlen unter der Stadt treffen sie auf sonderbare Fremde – und auf stählerne Libellen, die Feuer spucken

WOLFGANG HOHLBEIN, Deutschlands Fantasy-Autor Nummer Eins, mit seinem bislang ambitioniertesten Roman, mit dem er in die Welt der *Töchter des Drachen* zurückkehrt.

BASTEI
LÜBBE

Sie erhalten diesen Band im Buchhandel, bei Ihrem Zeitschriftenhändler sowie im Bahnhofsbuchhandel.